성모 마리아 찬가

대우고전총서
Daewoo Classical Library

049

성모 마리아 찬가

Cantigas de Santa María

알폰소 현왕 | 백승욱 옮김

아카넷

진실한 사랑

Amor Verus

차례

· · · · · · · · · · · · · · · · · · · ·

1
본 번역에 대하여

　본 번역은 13세기 후반에 스페인 알폰소 현왕이 제작한 『성모 마리아 찬가』의 톨레도본(Códice To)을 국문으로 옮긴 것이다. 이 문헌은 백육십 장에 달하는 양피지 필사본 형태로 이루어졌으며 현재 스페인 마드리드 국립도서관에 소장되어 있다. 다양한 정형 률을 토대로 구성된 시작품이자 동시에 악보를 동반한 가요이며 또한 화려한 색채의 세밀화로 장식된 이 작품은 명실공히 스페인 예술의 금자탑이다. 본 번역의 궁극적인 목적은 8세기 이상을 서구 의 핵심적인 정전(正典)으로 자리매김해온 이 진귀한 스페인 중세 문헌에 대한 국문번역을 통하여 그 텍스트 속에 담긴 가치관과 역 사적 현실, 문체, 사회문화성 등 중요한 무형적 소산을 한국어 사 용자들과 함께 공유하기 위함이다. 이 연구 번역이 현실적으로 가 능하도록 신뢰와 지원을 아끼지 않은 대우재단에 깊은 감사를 표 한다.

2
서문

'기적', 중세 최고의 치유 문학

숭고한 가치와 비정한 현실을 함께 안고 살아가는 사람들에게 이 작품은 한 편의 신앙적·예술적 지침서가 될 수 있는 중요한 고전 텍스트이다. 13세기 스페인 알폰소 현왕(Alfonso X el Sabio, 재위 1252-1284)은 시대를 초월한 역작 『성모 마리아 찬가』를 지음으로써 신과 인간 사이에 존재하는 중간자로서 자신을 표현하고 싶어 했으며 스페인 왕이요 동시에 로마 황제의 강력한 후보자로서 정치적 입지를 공고히 하고자 했다. 『성모 마리아 찬가』는 주제와 문체의 관점에서 11세기 이후 영국과 프랑스에서 유행했던 성모 마리아의 '기적(miracle)' 이야기의 맥을 잇고 있다. 산문 혹은 연극 형태로 전승된 이 문학 조류는 초창기에는 라틴어로 기록되었으나 1200년 이후 스페인에서는 곤살로 데 베르세오(Gonzalo de Berceo)와 같은 가톨릭 사제에 의하여 중세 스페인어 14음절 4행시(cuaderna vía)로 재구성된 바 있다. 그 주요 내용은 당시 유럽 지역에 산재했을 법한 다양한 쟁점과 문제의식과 연관된다. 모든 작품에 나오는 핵심 인물인 성모 마리아는 사람들이 죄의식에서 벗어나 현실의 고충을 해결하고 행복하게 살 수 있도록 도움을 주는 존재이다. 성모 마리아를 찬양하는 일부 서정 가요를 제외한다면 그 대부분의 노래들은 당시 스페인을 포함한 서구 사회에 살았을 법한 사실적인 인물들이 성모 마리아의 극적인 도움으로 불행에서 벗어나 죽음 직전에 구원을 받는다는 서사구조로 이루어졌다. 스페인의 석학 메넨데스 이 펠라요는 『성모 마리아 찬가』를 두고 '성경을 심미적으로 풀어낸 작품'이라고 지칭한 바 있다.(Menéndez Y Pelayo 1897, ix) 아울러 알폰소 현왕의 13세기 톨레도본 및 엘에스코리알본에 여실히 나타나듯이 화사한 세밀화와 다정다감한 음률을 제시한 악보가 기적 이야기 흐름과 조화를 맺어 텍스트 내용 전체를 승화시킨다는 점을 고려할 때 이 작품은 서구 중세 시대에 실험된 참신한 복합 예술이자 동시에 최고의 치유 문학으로 재해석할 수 있다.

문학 속의 중간자적 존재

하나님의 어머니 성모 마리아는 작품 속에서 완전한 신과 불완전한 인간 사이를 오가며 원활한 소통이 가능하도록 돕는 중재자이다. 이 중간자 역할은 죄악에서 자유롭지 못한 인간이 자상한 성모 마리아의 도움 없이 완전한 존재에 다가서기 쉽지 않다는 내용을 전제로 한다. 13세기 당시 서구 사회에서 발생했을 법한 수많은 불행한 개인사들이 성모 마리아의 중재를 통하여 기적적으로 해결된다는 내용이 모든 세부 가요에 공통적으로 나타난다.

역사적 핍진성과 스콜라적 서술 패턴이 조화를 맺고 있는 이 작품의 독특한 문체는 당시 중세 독자들의 호기심을 자극하기에 충분했을 것으로 보인다. 특히 작품의 주요 인물들 사이에 존재하는 중재자가 이야기 전개의 중심에 서서 다양한 에피소드들을 넘나들며 그 흐름에 개입하는 적극적인 주인공으로서 역할을 맡는 서사 패턴은 13세기 스페인 사회에서 매우 세련된 스토리텔링 방법론에 속했다. 오비디우스식의 자전적 화자 어투, 기독교 예화전개 구도, 궁정식 사랑의 진화, 번역을 통한 아랍계 작품의 영향, 독자층의 재구성 등 참신한 문학 요소들이 『성모 마리아 찬가』의 저변을 구성하며 새로운 문체를 실험하고 있는 것이다.

스페인 중세 문학사에서 중재자 역할을 맡은 자전적 화자가 독자와 교감하며 다양한 층위의 담론을 서술해나가는 주요 사례로서 후안 루이스(Juan Ruiz)의 『좋은 사랑의 이야기(Libro de buen amor)』(1335)를 떠올릴 수 있다. 비록 이 연애론 작품과 달리 알폰소 현왕의 『성모 마리아 찬가』가 종교적 주제를 다룬다는 차이점이 있지만 관조적 시각을 가진 한 중간자적 인물이 여러 에피소드들로 구성된 이야기집의 주인공으로 등장한다는 점에서 후안 루이스의 작품과 문체적 공통점을 갖고 있으며 또한 시기적으로 반세기나 앞서 제작되었다는 사실을 기억할 필요가 있다고 본다.

1252년에 등극한 스페인 국왕이자 동시에 신성로마제국 황제를 꿈꾸던 강력한 권력자 알폰소 현왕이 이 엄청난 분량의 대작을 직접 주관하며 제작한 이유는 무엇인가? 그가 성모 마리아의 기적을 참신한 문체로써 재구성하여 그녀의 초자연적인 행적들을 독자들에게 들려주는 중간자적 역할을 자청함으로써 자신이 책과 독자

사이에 지적·영적 지도자로서 자리매김을 하고 싶었던 것은 아닐까? 본 작품집 내부구조를 형식적 관점에서 분석할 때 독립적인 역사적 소재를 기반으로 한 수많은 단편들이 삼인칭 작가에 의해 나열된 듯하다. 이를 전체적인 시각에서 조망할 때 이 모든 독서 행위가 작가인 알폰소 10세에 근접한 어떤 한 화자의 동일한 어투와 이를 교묘히 조율해가는 일관성 있는 시각에 의해 연결되어 있다는 사실을 발견할 수 있다. 결론적으로 성모 마리아가 행한 이 소중한 기적들을 한 편씩 독자들에게 알려주는 문맥 속에 숨어 있는 또 다른 중재자가 바로 알폰소 현왕 자신인 것이다.

지혜의 왕 알폰소 10세

스페인의 요람인 카스티야의 왕계를 잇는 알폰소 10세는 그의 아버지 페르난도 3세가 사망한 1252년에 왕으로 등극하였다. 수백 년에 걸쳐 이슬람문화, 유대문화, 기독교문화가 뒤섞이고 조화를 맺어 형성된 스페인 중세 사회의 다양성을 긍정적으로 바라보았던 그는 당시 이베리아반도의 일반인들이 사용하는 구어체를 주요 표기어로 채택함으로써 보다 새롭고 역동적인 스페인(España)을 기획하였다. 그는 국가 존립에 있어 최고 권위의 문헌이라고 할 수 있는 법전, 역사서, 세계지리 등을 이 새로운 표준어로 기록하였으며 아랍어, 히브리어, 라틴어, 그리스어 등으로 기록된 다수의 주요 문헌들을 스페인어로 번역하도록 유도하였다. 그는 결코 순탄치 않은 역사 현실 속에서 살았다. 당시 그는 차기 신성로마제국 황제가 되기 위한 강력한 후보자였음에도 불구하고 교황청의 신임을 얻지 못해 고민이 깊었다. 또한 말년에는 아들인 산초 4세(Sancho IV)의 반란으로 인해 왕좌에서 물러나는 수모를 겪었다. 한마디로 그는 정치적 관점에서 볼 때 성공자라기보다는 실패자에 속한다. 하지만 학문적으로 보나 사회문화적으로 보나 알폰소 현왕은 명실공히 근대 스페인의 존립을 위해 공헌한 최고의 국가 영웅이다. 그 저변에는 알폰소 현왕이 스페인어를 국가 표준어로 격상하여 실질적으로 사용하기 시작한 일이 가장 큰 요인이라고 생각한다.

스페인 지성의 보고라고 할 수 있는 엘에스코리알 도서관, 마드리드 국립도서관, 스페인 한림원도서관 등지에 산재해 보존되고 있는 알폰소 현왕의 도서들은 동서양의 핵심적인 문헌을 재구성했다고 해도 과언이 아닐 만큼 종교와 지역의 경계를 허무는 중요한 인류문화유산이다. 그는 학문적 관점에서 아랍문화와 유대문화를 차별 없이 수용하였으며 그 주요 문헌을 스페인어로 번역하도록 지시하여 서구 지성사에 큰 기여를 하였다. 번역에 대한 그의 열정은 과거 아랍권에 존재했던 '지혜의 집(Bayt-al-Hikma)'(9세기)에 결코 못지않을 만큼 동서양을 아우르는 문명교류의 실질적인 계기를 만들어내었다는 역사적 사실을 기억할 필요가 있다.

톨레도 번역가 학교와 스페인어 사용

스페인 톨레도 성당의 라이문도 주교에 의해 12세기에 창립된 톨레도 번역가 학교(Escuela de Traductores de Toledo, 1130-1187)는

13세기 알폰소 현왕에 의해 새로운 도약의 시기를 맞이했다. 12세기에 주로 아랍이나 히브리어 문헌을 라틴어로 번역하는 일을 주업무로 맡았던 이 기관이 13세기 중반 이후에는 라틴어보다 당시 이베리안계 로망스어, 즉 중세 스페인어로 번역하는 일에 더 역점을 두게 된 것이다. 스페인어에 대한 알폰소 현왕의 혁신적인 열정은 안달루스의 아랍문화권을 통하여 북아프리카, 중동, 그리스, 인도 등지의 주요 학문적 지식기반이 스페인어로 번역, 전파되도록 유도하였다.

다민족, 다종교, 다언어 지역의 전형이라고 할 수 있는 이베리아반도에서 알폰소 현왕은 '스페인(España)'이라는 새로운 통합 국가를 구상하면서 그와 관련된 참신한 윤리적·심미적 질서를 기독교계 스페인의 구어체로 확립하고자 하였다. 이 구어체 언어가 바로 카스티야 지역에서 유래한 일종의 로망스어로서 오늘날 스페인어의 출발점이 되었다. 비록 당시에는 이 통속어가 표준화가 되지 않은 투박한 방언에 불과했다고 볼 수도 있겠지만 지역민들이 이해할 수 있는 편리하고 경제적인 이 새로운 표기어를 통하여 아랍어, 라틴어, 히브리어로 정리되어온 핵심적인 지식을 번역한 일은 실로 중대한 역사적 사건이 아닐 수 없다. 그 번역 과정에 기독교계, 이슬람계, 유대인계 학자들이 골고루 참여하여 그들의 논의를 거쳐 합의된 문맥들을 기록하였다. 알폰소 현왕이 주도한 정치적·문화적 혁신이 카스티야 지역 방언을 단시간에 스페인 국가 언어로 확립시켰고 스페인어로 제작된 문학 정전(canon)이 본격적으로 생성되는 계기를 마련한 것이다.

알폰소 현왕의 스페인어 사용 정책은 스페인어 표기법이 라틴어에서 파생된 이베리안계 로망스 방언에서 실제 발성음에 더 근접하도록 유도하였다. 이러한 표기법의 변화는 중세 스페인어 및 자체적인 문학 텍스트의 발전을 자극하는 촉매제가 되었다. 역사적으로, 13세기 중반까지 이베리아반도 기독교계 문학에 중심적으로 사용된 표기어가 라틴어와 갈리시아·포르투갈계 지역 방언이었기 때문에 스페인 고유 문학이 독립적으로 존재했다고 보기에는 무리가 있는 것이 사실이다. 하지만 13세기 스페인어가 갖고 있는 시어(詩語)로서의 불안정성과 불충분성에도 불구하고 알폰소 현왕에 의해서 1252년 이후 역사, 법률, 지리, 윤리, 과학 등 주요 분야 지식을 기록하는 언어로 선택받은 일은 새로운 국가 정체성 확립과 긴밀히 연계된 혁신적인 역사적 사건임에 틀림이 없다.

카스티야어와 갈리시아·포르투갈계 방언

1492년 안토니오 네브리하(Antonio de Nebrija)가 스페인 왕실의 지지를 받아 『스페인어 문법서(*Gramática de la lengua Castellana*)』를 출간하기까지 카스티야어는 여전히 맞춤법이 표준화되지 않은 불안정한 언어로 남아 있었다. 더욱이 그보다 200년이나 앞선 13세기에 카스티야 지역민의 대부분은 바스크, 칸타브리아, 갈리시아 등 주변 지역에서 황무지를 개간하러 이주해온 하층민으로 구성되어 글을 제대로 모르는 문맹자가 대부분이었다. 주로 종교인으로 구성된 당시의 식자층은 주요 지식을 라틴어를 통해 익히고

산출하였다.

문헌학적 관점에서 13세기 중반 이전에 이베리아반도의 기독교권 내부에서 품격 있는 문학을 기록할 수 있는 언어는 라틴어를 제외한다면 갈리시아·포르투갈계 방언뿐이었다. 이 이베리아반도 서북부 지역 방언은 11세기에 시작된 산티아고데콤포스텔라(Santiago de Compostela)의 성 야고보 순례길을 따라 프랑스 남부의 정교한 프로방스 시학이 유입되면서 큰 발전을 이루었다. 그 당시 카스티야어(el castellano)라고 불렸던 스페인어는 마드리드에서 200킬로미터 정도 떨어진 북부 지역에 자리잡은 한 백작령에 속한 서민층 방언으로서 정교한 문장이나 시작품을 기록할 정도로 발전하지도 표준화되지도 않은 투박한 언어였다. 당시 알폰소 10세가 카스티야 왕조의 정통성을 계승한 왕임에도 불구하고 그의 핵심적인 작품인『성모 마리아 찬가』를 카스티야계 스페인어가 아닌 갈리시아·포르투갈계 방언을 빌려 기록한 이유가 바로 그러한 언어적 상황 때문이었다고 할 수 있다.

알폰소 현왕과『성모 마리아 찬가』

알폰소 현왕은 페르난도 3세의 아들로서 1221년 톨레도에서 태어나 1284년 세비야에서 사망했다. 1252년에 카스티야 계열의 왕으로 등극한 후 32년간 스페인 기독교권을 통치했으며 독일계 귀족 모계 혈통을 계승했다는 명분으로 신성로마제국 황제로 인가를 받기 위해 반평생을 공들여 노력했으나 교황 그레고리 10세의 반대와 외교력의 한계로 그 일은 수포로 돌아갔다. 정치적 관점에서, 무어인을 상대로 한 국토회복전쟁이 성공하고 국토가 확장해갈수록 아이러니하게도 왕실의 반란과 이해관계 충돌이 가중되었기에 결코 순탄치 않은 인생의 후반기를 보냈다. 장남인 페르난도의 죽음과 둘째 아들인 산초의 모반, 귀족 간의 세력 다툼, 왕위계승 문제의 미결 등이 그 혼란의 대표적인 요인이었다. 정치적 판세와는 달리, 사회문화적 관점에서 알폰소왕은 사후에 현왕(el Sabio)의 칭호를 받았을 만큼 스페인의 역사 속에서 손꼽히는 핵심적인 대업들을 완수한 인물이다. 대표적인 사례로서 화폐 개혁, 언어 개혁, 새로운 국가 역사 및 법률 지침서 확립, 아랍어 혹은 히브리어로 기록된 주요 지식서들을 스페인어로 번역, 전무한 대작 가요집『성모 마리아 찬가』제작, 톨레도 번역가 학교의 활성화, 살라망카 대학교 승격을 포함한 교육 개편 등을 생각할 수 있다.

알폰소 현왕이『성모 마리아 찬가』와 같은 당시로서는 상상을 초월한 대작을 완성함으로써 얻길 원했던 최종적인 보상은 다름 아닌 '절대적 권위'였다고 본다. 해당 문헌의 서문에 잘 나타나듯이 그는 하나님의 어머니와 인간 사이에 존재하는 중간자요 동시에 성모 마리아 찬양을 구현해나가는 핵심 주체로서의 역할을 이 책을 통하여 맡게 된 것이다.

> 내가 원하는 일이 우리 주님의
> 어머니이자 경이로운 피조물인
> 성모 마리아에 대한 찬양이니

나는 오늘 그분을 노래하는

음유시인이 되길 원하며

이에 그녀가 나를 당신의 음유시인으로

여겨주시어 내 노래를 들으시기를

간청합니다. 나는 이 노래를 부르며

그녀가 일으키신 기적을 알리고자 합니다.

나는 이제 다른 여인을 위해 노래하지 않습니다.

이렇게 해서 다른 사람들로 인해 잃었던 것을

되찾을 수 있을 것이라 믿습니다.

(서문: 4-5연)

　당시 스페인을 포함한 신성로마제국 전체에서 최고의 권력자가 되기 위해 반평생을 바쳤던 그에게 있어서 사람들이 우러러보는 최고의 위상 확립은 필수불가결한 요건이었다. 그가 이 대작을 통하여 추구했던 진정한 목적은 자신의 정체성을 공고히 함과 동시에 새로운 국가 건설자로서 자리매김하는 일이었다.

『성모 마리아 찬가』의 문학적 가치

　420편이 넘는 단편과 서정 가요로 구성된 엘에스코리알본을 기준으로 볼 때 『성모 마리아 찬가』는 1257년에 시작하여 첫 100편이 확립된 이래로 알폰소왕이 사망한 해인 1284년까지 최소 27년의 소요 기간을 거쳐 제작되었던 것으로 추정된다.[1] 15세기 이전에 제작된 현존 필사본은 톨레도본, 엘에스코리알본(2종), 피렌체본 총 네 가지이다. 이들의 정확한 제작 시기를 결정하는 일은 문헌학적 자료의 불충분으로 인하여 무리가 있다. 다만 해당 문헌들의 규모, 내용 등을 토대로 톨레도본의 가요와 피렌체본의 가요가 서로 다르며 이 두 판본이 결합되고 여기에다 악보와 세밀화가 더해져 엘에스코리알본이 완성된 것으로 판단된다.

본 가요집은 기도문인 십여 편을 제외한다면 나머지 90%가 서사구조를 갖춘 이야기로 구성되었다. 이 이야기들은 11세기 이후 유럽에 산재해 전승되던 '기적' 서사 단편들에다 스페인 자체적인 예화들을 더해 조율된 것으로 보인다. 대부분의 이야기는 서구의 다양한 지역과 사회 계층에 속한 사실적 인물들이 큰 고충을 겪던 중 성모 마리아의 도움으로 극적인 구원을 받게 된다는 내용을 공통적으로 담고 있다. 대부분의 단편 소재는 극히 파격적이다. 예를 들어 악마의 부하가 된 가톨릭 신부, 아버지에게 살해당한 아들, 남편에게 버림받은 여자, 문지기에게 성폭행당해 임신한 수녀원 원장, 질투심에 불타 자살한 여인, 이교도에게 무참히 살해당한 아이 등과 같은 불행하고 끔찍한 소재들이 대다수를 차지한다. 이 심각한 내용들이 정제된 어휘와 다양한 정형률, 절제된 음률, 섬세한

---

1) 『성모 마리아 찬가』(엘에스코리알본 기준)를 구성하는 360편에 육박하는 기적 이야기 텍스트와 60편에 가까운 순수 찬송가, 2600점 이상의 세밀화 및 악보 그림 등을 총체적으로 고려할 때 그에 소요된 제작 기간은 본문에서 언급한 27년을 초과할 가능성이 높다.(cf. John Keller 1967, 65-66)

다이어그램과 절묘한 조화를 맺어 한 편의 명작을 이루고 있는 것
이다.[2] 알폰소 현왕은 『성모 마리아 찬가』를 제작하는 과정에서 중
세의 형이상학적 상징 체계나 알레고리적 표현과 같은 현학적이
고 장중한 어조의 문체를 선택하기보다 이와는 거리가 먼 실용적
이고 직접적인 표현 어투를 사용하였다. 알폰소 현왕의 이 문체는
카스티야 지역을 중심으로 스페인 사람들이 선호했었던 역사적
현실에 근거한 사실적인 문학 경향을 잘 대변해주고 있다.

---

2) 메트만(Mettmann 1986, 7)은 이 작품이 총 2640건의 세밀화와 53편의 정형률을
   기반으로 확립되었다고 언급한 바 있다.

3
현존 판본들

알폰소 현왕의 고본에서 파생된『성모 마리아 찬가』의 현존 판본은 총 네 종류이다. 100편의 가요로 구성된 톨레도본(To)에서부터 400편이 넘는 가요를 담고 있는 엘에스코리알본(E)에 이르기까지 제각기 크고 작은 차이를 보여주고 있다.

첫째, 톨레도본(Códice de Toledo: To)은 원래 톨레도 성당 도서관에 보존되어온 판본으로서 현재 마드리드 국립도서관(ms. 10069)에 소장되어 있다. 총 100편의 가요와 두 편의 서문이 텍스트의 근간을 이루고 있다. 발터 메트만(Walter Mettmann 1986, 21-24)은 톨레도본이 현존 사본들 중 가장 오래된 것으로서 텍스트 상태가 매우 안정적이라고 평가한 바 있다. 현존 톨레도본은 13세기 고본에 대한 14세기 전사본일 가능성이 높다.

둘째, 엘에스코리알 수도원 도서관에 소장되어 있는 두 종류의 엘에스코리알본 중 하나인 '코디세 리코(Códice Rico: T, T-I-1)'는 세밀화로 유명하다. 총 두 종류의 서문과 200편의 가요로 구성되어 있다. 톨레도 판본에 속한 103편의 가요를 포함하고 있다.

셋째, 피렌체본(Mss. F)은 현재 피렌체 국립도서관(ms. 20)에 소장되어 있으며 104편의 가요로 이루어졌다. 이 가요들은 톨레도본의 후속편으로 불리기도 하며 엘에스코리알본(B-I-2)의 한 부분을 이루고 있다.

넷째, 음악본(Códice de los músicos: E, B-I-2)으로 알려진 또 다른 엘에스코리알본으로서 이 판본은 총 417편의 가요로 이루어졌다. 현존 필사본 중 가장 규모가 크고 완성도가 높은 판본이다. 이 대작은 톨레도본과 피렌체본에 속한 가요들 중 아홉 편을 제외한 나머지를 모두 포함하고 있다.

일러두기

본 국문번역을 위하여 사용된 인쇄체 전사본은 톨레도 필사본(Códice To)을 토대로 역자가 확립하였으며 그 구체적인 번역 대상은 두 편의 서문, 목차, 백 편의 '기적'(기도문 혹은 이야기)이다.

해당 일백 편의 '기적'은 모두 정형시로 이루어졌으며 그 대부분은 후렴부를 갖추고 있다. 이 후렴부는 톨레도 필사본에서 대부분 붉은색으로 기록되었지만 논자가 제작한 인쇄체 전사본에서는 이탤릭체로 표기하였다. 아울러 거의 모든 작품의 첫 어구에 자주 나오는 표현, 즉 '이 주제와 관련하여 …"를 포함하여 지나치게 반복적으로 언급되어 어투를 어색하게 한다고 판단되는 문구는 최소화하거나 일부 생략하였다.

톨레도 필사본에 나타난 철자 선택, 대문자와 소문자 사용, 줄임말 사용, 부호 기입, 띄어쓰기, 행 구성 등에서 통일성이 결여되거나 가독성을 저해할 수 있다고 판단되는 경우, 역자의 판단하에 약간의 수정을 하였다. 이 과정에서 엘에스코리알본(E본)을 참고하거나 비교 대상으로 삼았다.

본 전사본이 제작되는 과정에 텍스트의 통일성과 가독성을 증대하기 위하여 일부 철자를 변경하거나 줄임말을 풀어서 쓴 경우가 종종 있는데 그 구체적인 수정 사례는 아래 경우들을 기본적으로 포함한다.

algūa 〉 alguna

apndi 〉 aprendi

aqa 〉 aquea

aql 〉 aquel

aqla 〉 aquela

bē 〉 ben

buscādo 〉 buscando

caerē 〉 caeren

clígo 〉 clerigo

cōdo 〉 comprido

cōfessor 〉 confessor

conpañas 〉 conpannas

co-ssigo 〉 conssigo

coutreu 〉 couerteu

departimt 〉 departiment

daql 〉 daquel

desespado 〉 desesperado

dš, deus 〉 Deus

ēmentar 〉 enmentar

enpador 〉 enperador

entō 〉 enton

escto 〉 escrito

espança 〉 esperanza

estebā 〉 esteban

faz 〉 fazer

grā 〉 gran

grādes 〉 grandes

Iesu Cst 〉 Iesu Crist

iaz 〉 iazer

iuro 〉 juro

leuar 〉 leuar, levar

mece 〉 merece

mōias 〉 monias

mūdo 〉 mundo

nō 〉 non

nřo 〉 nuestro

out 〉 outra

p 〉 per

pder 〉 perder

pdōado 〉 perdōado

pdon 〉 perdon

ṗmera 〉 primera

pmetera 〉 prometera

pmeyra 〉 primeyra

pnda 〉 prendera

pnde 〉 prende

pnne 〉 prenne

pren 〉 perren

prgoasse 〉 perrigoasse

puado 〉 priuado

pz 〉 prez

q 〉 que

qdar 〉 quedar

qimar 〉 queimar

qlli 〉 quelli

qn 〉 quen

qndo 〉 quando

qnt 〉 quant

qntos 〉 quantos

qria 〉 queria

qro 〉 quero

qss 〉 quess

qy 〉 quey

qm 〉 quero

qn 〉 quen

qnd 〉 quando

qno 〉 queno

qro 〉 quero

qroll 〉 gueroll

qroll 〉 queroll

qrreime 〉 querreime

qrria 〉 querria

qs 〉 quis

qser 〉 quiser

qss 〉 quess

qreu 〉 quereu

quē 〉 quen

qnto 〉 quanto

razō〉 razon

reqzas 〉 requezas

reuēde 〉 reuende

sādade 〉 sanctidade

sañudo 〉 sannudo

sāta maria, Sēa M 〉 Santa maria

sēnor 〉 sennor

senp 〉 senpre

singrō 〉 singraron

Stōs 〉 santos

suiu 〉 seruiu

t̃remos 〉 terremos

tiçō 〉 traiçon

uales ⟩ uales, vales

ueras ⟩ veras

uerran ⟩ uerran, verran

ugē, ủgen ⟩ Virgen

utud ⟩ uertud

uos ⟩ vos

vergōna ⟩ vergonna

& ⟩ y, e

국문역

카스티야의 알폰소왕은
톨레도와 레온,
콤포스텔라에서
아라곤에 이르는 땅과

코르도바와 하엔,
세비야, 무르시아의
주인으로서 하나님의 은혜로
하사받았다고 배웠습니다.

그는 알가르베에서
무어인[1]을 물리친 후 그 땅에
우리의 믿음을 뿌리내렸고
아주 오랜 왕국인 바다호스를

탈환하였으며 내울레의 무어인들을
굴복시켰습니다. 헤레스,
베헤르, 메디나, 그리고

---

[1] 본고에서 "무어인"은 이베리아반도에 살았던 무슬림을 말한다.

알칼라를 점령하였습니다.

로마인들의 왕이자
합법적인 주인이신 그는
보다시피 이 책을 기록하여
그가 충실하게 믿는

하나님의 어머니,
성모 마리아가 행한 기적들을
명예롭게 기록하고
찬양하고자 합니다.

여러분이 보시다시피
그는 모든 이치의 징후를
노래할 수 있는 감미로운
가요와 음악을 지었습니다.[2]

---

2) 『성모 마리아 찬가』의 첫 번째 서문에 해당하며 알폰소왕이 이 책을 제작한 궁극
   적인 목적에 대하여 일인칭 화자의 시점으로 서술하였다.

[고본 목차]³⁾

1⁴⁾

첫 번째 성모 마리아 찬가로서
그녀가 당신의 아들에게 받은
일곱 가지 축복

> 하나님이 그녀를 통해 신성하고 축복받은
> 육신으로 태어나기를 원하셨으니
> 오늘부터 나는 그 영예로운 여인을
> 위하여 노래 부르기를 자청합니다.⁵⁾

2

성모 마리아가 천국에서
손수 가져오신 장백의(長白衣)를
톨레도에 사는 성자 일데폰소에게
나타나 그가 미사에 사용하도록
선물한 이야기

---

3) 톨레도본의 목차가 시작되는 부분이다. 본고 속의 대괄호는 필사본에 부재한 부분
  으로서 텍스트의 가독성을 향상시키기 위해 역자가 임의로 첨가한 부분이다.
4) 본 번역본의 목차에 존재하는 아라비아 숫자(1-100)는 톨레도 판본의 원문에 라틴어
  서수로 표기된 부분을 가독성을 증대하기 위하여 편의상 일괄적으로 수정한 것이다.
5) 본 가요집의 장별 후렴부는 해당 필사본에서 제목 하단과 각 연별 하단부에 위치
  하였지만 본 국문번역에서 독자들이 식별하기 용이하도록 오른쪽 정렬을 하였다.

여러분, 우리는 성모 마리아를
높이 찬양해야 합니다.
그분은 당신을 믿는 사람에게
은혜와 자비를 베푸십니다.

3
악마의 부하가 되기로
약속한 테오필로가
서약서를 되찾도록
성모 마리아가 도와주신 이야기

성모 마리아는
우리가 타락해 저지른
탈선과 실수를 용서받도록
당신의 아들에게 간청하십니다.

4
유대인 아버지가 자신의
아들을 불가마에 던졌을 때
성모 마리아가 그 아이를
불타지 않도록 보호해주신 이야기

다니엘을 사자 굴에서
구하신 주님의 어머니가
이스라엘의 한 아이를

34

불길에서 구출하였습니다.

5

성모 마리아 찬양가를
불렀다는 이유로
유대인에게 살해당한 어린이를
성모 마리아가 소생케 하신 이야기

훌륭한 다윗왕의 후손인
성모 마리아의 이름을 부르시오.
그분은 악을 구속하시니,
제 말을 믿으소서.

6

성모 마리아가
임신을 한 수녀원장이
당신의 제단 앞에서 울다가
잠들었을 때 구원해주신 이야기

우리는 성모 마리아를
극진히 사랑해야 하고
당신의 은총이 우리에게 임하사
부끄럼 없는 악마가 우리로 하여금
실수하거나 죄짓게 못하도록
기도해야만 합니다.

7
악마에게 화형을 선고받은
로마의 한 고결한 여인을
성모 마리아가
죽음에서 구해주신 이야기

성모 마리아는 우리를 비호하시니
영원토록 복자이시어 칭송받으소서.

8
성모 마리아가 당신을 위해
바이올린을 켜며 노래를 부르는
소리꾼에게 초 한 자루를 내리신
로카마두르에서 일어난 이야기

우리 모두 성모 마리아를
기쁜 마음으로 찬양하며
온 정성을 모아
그녀를 영접해야 합니다

9
다마스쿠스 시도나이에서
성모 마리아가 목판에 그려진
당신의 초상 위에 살과 만나[6]가
생기게 한 이야기

밤이나 낮이나
우리가 성모 마리아를
항상 기억하도록
당신이 다마스쿠스에서
큰 기적을 일으키셨으니
우리가 이를 보았습니다.

10

아름답고 선하며
위대하신 큰 능력에 대한
성모 마리아 찬가

그분은 장미 중 장미, 꽃 중의 꽃,
여인 중 여인, 성녀 중 성녀입니다.

11

악마로 인해 강물에서
익사할 뻔한 수도승의 영혼을
성모 마리아가 구원하여
소생케 하신 이야기

---

6) 이스라엘 민족이 이집트를 탈출한 후 광야에서 먹었다는 기적의 음식 만나를 뜻
한다.(cf. 출애굽기 16장)

사람이 정신을 못 차려
죄지을 때가 있을지라도
성모 마리아는 선하시니
절망해서는 안 됩니다.

12
사랑하는 여인의 마음을
살 수 없어 절망에 빠진
한 기사를 성모 마리아가
변화시켜주신 이야기

아름답고 선한 여인을
사모하고자 하는 사람이
영예로운 성모님을 사랑한다면
실족할 일이 없습니다.

13
유대인들이 밀랍으로 만든
예수상을 십자가에 매달았기에
성모 마리아가 팔월
당신의 축제날에 톨레도에서
비통해하신 이야기

성모 마리아를 가장 아프게 하는 것은
당신의 아들을 괴롭히는 일입니다.

14

성모 마리아가 당신에게
기도를 한 도둑이
교수대에서 죽지 않도록
구해주신 이야기

예수 그리스도가 십자가에서
한 도둑을 구원하신 것처럼
그분의 어머니가 또 다른 도둑을
죽음에서 구원하였습니다.

15

모든 성인의 간구에 아랑곳없이
오직 성모 마리아에게 기도를 하였기에
그분이 당신의 아들에게 간청하여
영혼을 구제받을 수 있었던
성 베드로 교단의 한 사제에 대한 이야기

하나님의 이름으로,
성모 마리아는 모든 성자보다
더 위대한 권능을 갖고 계십니다.

16

누에치기가 성모 마리아에게
비단 두건 한 장을

약속한 후 그렇게 하지 못하자
누에가 두 장을 짜도록
당신이 도와주신 이야기

성모 마리아는 우리가
불신에 빠지지 않도록
매일 아름다운 기적을
기꺼이 일으키십니다.

17
성모 마리아가
당신을 찬양하던 한 사제가
죽음을 맞이하자
그의 입에서 라일락 닮은 꽃이
피어나게 한 이야기

주님의 어머니, 당신을 믿으면
실패하는 일이 없습니다.

18
세 명의 기사가
성모 마리아의 성단 앞에서
자신들의 적을 살해하자
당신이 그들에게 복수하신 이야기

하나님의 어머니이자
따님인 성모 마리아에게
해를 입히는 사람은
큰 화를 당하게 됩니다.

19
성모 마리아가
큰 곤경에 처한
로마 황태후를
도우신 이야기

세상의 고달픔에
맞서려는 사람은
성모 마리아를 항상
자신 앞에 내세워야 합니다.

20
성모 마리아가
우리에게 내리시는
큰 은혜에 대한 찬양

이새 집안의 동정녀여,
당신의 큰 은혜를
누가 찬양하고
우리로 인해 겪으신

큰 고통을
누가 말할 수 있겠습니까.

21

성모 마리아가 당신을 위해
기도해온 한 사제를
주교로 정하도록
명령하신 이야기

성모 마리아는 당신의 성도들을
축복하기 위해 항상 애쓰십니다.

22

한 기사와 그의 부하들에게
상처를 입은 한 농부가
죽지 않도록 성모 마리아께서
살려주신 이야기

위대한 능력을 갖고 계신 주님의 어머니는
당신의 성도들을 지키고 보호하십니다.

23

영국의 한 선한 여인을
성모 마리아가 사랑하셔서
통 속의 포도주를 가득히 채워주신 이야기

주님이 잔칫날 손님 앞에서
물을 포도주로 만드셨듯이
그 이후에 주님의 어머니가
포도주 통을 채우셨습니다.

24

산티아고 순례길에서
악마에게 속아 자살한
순례자의 영혼에게
육체로 되돌아와 속죄하라고
성모 마리아가 판결하신 이야기

온 세상을 심판하실 분을 낳은 어머니
성모 마리아의 위대한 판결은
당연한 일입니다.

25

성모 마리아가
유대인들의 시나고그에
교회를 세우신 이야기

승리자의 어머니가 항상 승리하시는 일을
우리가 이상하게 여겨서는 안 됩니다.

26
성모 마리아가 한 여인에게
아기를 가질 수 있도록 해주시고
그 아이를 사산하게 되자
다시 소생시켜주신 이야기

성모 마리아가 원하실 때
병자가 낫고 죽은 자가 살아납니다.

27
콘스탄티노폴리스를 습격해
점령하려고 했던 무슬림들로부터
성모 마리아가 그 도시를
방어해주신 이야기

성모 마리아가 당신의
방패로 지켜주시는
모든 곳이 아주 큰
보호를 받습니다.

28
성모 마리아가 바다에서
임산부가 사망하지 않고
파도 속에서 아들을
출산하도록 구해주신 이야기

우리가 믿음을 갖는다면
주님의 어머니는
우리를 악에서 구하고
지켜주실 수 있습니다.

29
성모 마리아가
당신과 닮은 모습을
돌에 새기신 이야기

우리는 성모 마리아의 모습을
항상 기억해야 합니다.
견고한 돌이 그분의 모습을
담고 있듯이 말입니다.

30
하나님이 성모 마리아를 위해
일으키시는 기적에 대한
성모 마리아 찬가

성자들의 아름다운 빛이자
하늘의 길이신
영광의 여왕 성모 마리아여,
하나님이 당신을 구원하소서.

31
성모 마리아가 수도원을 떠난
한 수녀를 대신하여
일해주신 이야기

성모 마리아는
우리가 죄와 실수를 저질러
수치심을 갖지 않도록
언제나 애쓰십니다

32
세고비아의 농부가
성모 마리아에게 황소를 약속하고 나서
건네주기를 원하지 않자
당신이 그 소를 가져가신 이야기

하나님이 나를 용서해주신 것만큼
성모 마리아의 명성이 알려졌으니
말 못하는 동물들까지도
그분의 은총을 받고 싶어 합니다.

33
성모 마리아가
로마 황제 율리아누스로부터
케사레아 도시를 방어해주신 이야기

하늘에 있는 모든 성자는
우리 주 예수 그리스도의 어머니
성모 마리아를 큰 기쁨으로
섬기고 있습니다.

34
성모 마리아 찬가 이외에
다른 미사곡을 모르는
사제를 파문한 주교에게
성모 마리아가 경고하신 이야기

세상을 창조하신
주님의 어머니가 원하시는
찬송가를 부르는 이는
지혜로운 자입니다.

35
성모 마리아가
바다에 빠진 순례자를 구하고
구조선이 도착하기 전에
물을 가로질러 항구로
인도하신 이야기

네 가지 원소를 창조하신
주님의 어머니는

바다와 온 바람을 다스리는
큰 능력을 갖고 계십니다.

36
성모 마리아가 당신의 형상을
모욕한 한 유대인에게
벌주신 이야기

성모 마리아에게
함부로 한 사람은
큰 벌로 악마의 심판을
받습니다.

37
성모 마리아가 밤중에
영국으로 항해하는
배의 돛에 나타나
침몰하지 않도록
구해주신 이야기

폭우와 광풍 속에서
우리를 보살펴주시는
성모 마리아를 진심으로
사랑해야 합니다.

38
기독교인과 유대인 사이에서
증인으로 나서신
성모 마리아 조각상 이야기

주님의 어머니를 믿는 사람은 자신이
빚진 것을 충분히 갚을 수 있습니다.

39
통증이 너무 심해
발을 절단한 사람을
성모 마리아가
치유해주신 이야기

성모 마리아는 우리를 위해
아름답고 놀라운 기적을
일으키십니다.

40
성모 마리아가
우리를 위해 요청하신 것을
주님께서 거절하지 못하시는
이유에 대한 성모 마리아 찬가

우리 죄인들을 위해 간구하시는
성모님을 보내주시지 않았다면
주님께서 우리가 태어나지 않도록
해주심이 더 나았을 것입니다.

41

성모 마리아 아들의 조각상을
땅에 떨어뜨리려고 도박꾼이
돌을 던졌을 때 그 아들이 맞아
피를 흘리자 당신이 팔을 뻗어
잡아주신 이야기

하나님이 죄인인 우리를 구원하시려고
성모 마리아에게 아들을 주기로 하셨으니
누가 그에게 해를 가할 때 그녀가
마음 아파하시는 것은 당연합니다.

42

성모 마리아가
오만하던 소녀를
현명한 사람으로 변화시켜
천국으로 데려가신 이야기

오 성모 마리아님,
당신을 따르는 사람은

광기에서 벗어나
항상 선하게 행동합니다.

43

성모 마리아가
당신의 조각상이 불에 타지 않도록
구해내신 이야기

성모 마리아 형상에 해를 입히면
대죄이고 신성모독입니다.

44

성모 마리아가 천진무구한 사람을
치유해주신 이야기

우리 주님의 어머니 성모 마리아는
순수한 사람에게 당신의 지혜를
주실 수 있으며 심지어 죄인이
천국을 갖도록 해주십니다.

45

성모 마리아가 두 명의 강도를
감옥에서 구하신 이야기

성모님이 원치 않으시면

어떤 견고하고 무서운 감옥도
죄수들을 가둬놓을 수 없습니다.

46
성모 마리아가
듣지도 말하지도 못하는
사람을 치유해주신 이야기

이 흠 없는 성녀는 듣고 말하게
도와주실 수 있습니다.

47
성모 마리아를 부인하다가
입이 돌아간 사람을
당신이 치료해주신 이야기

성모 마리아가 뜻하시는 것을 이룰 수 없다고
보는 사람은 우둔한 자입니다.

48
온 얼굴에 화상을 입은
한 여인을 성모 마리아가
성자 마르시알 성축일에
치료해주신 이야기

주님의 큰 능력으로 성모님은
모든 아픔과 고뇌를 소멸하십니다.

49

아들을 저당잡힌 후 이자가 너무 올라
빚을 청산할 수 없었던
한 착한 여인에게 성모 마리아가
그 아이를 되돌려주신 이야기

성모 마리아는 성도를 항상 도와주시고
큰 고난에 빠진 이를 구하러 오십니다.

50

성모 마리아가 당신의 아들로 인해
고통받으신 일곱 슬픔에 대한 노래

주님이 성모 마리아를
모셔가시기 전에
당신의 아들로 인해
겪으신 그분의 아픔을
내가 기억하지 않는다면
내가 흘리고 싶은 만큼
많은 눈물을 갖고 있지
않을 수 있습니다.

51

세 편의 미사곡을 듣다가
산에스테반데고르마스 전투에
참가하는 일을
망각한 한 기사를
성모 마리아가 불명예에서
구해주신 이야기

우리를 위해 돌아가신
주님의 어머니를 잘 섬기는
이는 절대 불명예스런 일을
당하지 않습니다.

52

남편의 요청으로
성모 마리아의 보호를 받던
한 여인이 그녀의 구애자가 선물한
신발을 신을 수도 벗을 수도
없었던 이야기

사랑하는 사람을
극진히 보호하고 싶은 이는
성모 마리아의 보호를
요청해야 합니다.

53

성모 마리아가
매일 당신에게 기도를 한
툴루즈 백작의 부하를
용광로 속에서 불타 죽지 않도록
구해주신 이야기

영광의 성모 마리아가
보호하시는 이는
결코 굴욕적인 죽음을
맞지 않습니다.

54

성모 마리아가 톨레도에서
귀머거리이자 벙어리인 한 사람이
듣고 말할 수 있게 해주신 이야기

성모 마리아는 병든 자를 치유하시고
건강한 이를 사망의 길에서 구하십니다.

55

부활절 날 임신하게 한
남편에 대한 분노로 인해
어머니가 아들을 악마에게 주자
성모 마리아가 그 아이를

구해주신 이야기

우리가 알고 있사오니, 성모 마리아는
항상 선하심으로 우리를 도우러 오십니다.

56
성모 마리아가 살라스에 있는
당신 교회에서 어린 소년을
소생시키신 이야기

성모 마리아는 충실하고
아주 정직한 분이기에
위선적인 말을 아주
싫어하십니다.

57
복사(服事)가 성모 마리아 조각상의
손가락에 반지를 끼우려 하자
그 조각상이 손가락을 구부린 이야기

성령의 여왕, 영예로운 동정녀는
당신을 사랑하는 성도들의
범죄함을 원하지
않으십니다.

58

매를 잃어버린 기사가
살라스의 성모 마리아 교회에
기도하러 가서 그 속에 있을 때
매가 그의 손으로 날아와 앉은
이야기

구세주의 어머니를 신뢰하는 사람은
자신의 것을 조금도 손해 보지 않습니다.

59

한 무어인이 자기 집에
정성스럽게 보관한
성모 마리아 조각상의 가슴에서
젖이 흘러나온 이야기

동정녀는 당신의 기적을
더 많은 사람에게 알리고자
믿음이 없는 자에게도
나타나 보여주십니다.

60

우리의 주님이
성모 마리아를 통해 육신으로
태어나신 이유에 대한 찬송

주님이 동정녀에게
육신으로 태어났으니
우리는 이를 언제라도
의심해서는 안 됩니다.

61
악마가 한 사제의 영혼을 잡아가기 위해
두려움을 심어주려고 했지만
성모 마리아가 구해주신 이야기

동정녀 성모 마리아여,
당신이 원하신다면
큰 지혜로 악마에게서
우리를 구원하소서.

62
기사가 사적으로 소유한
샘에서 흘러나오는 물을
몬세랏 수도사들에게
팔기를 원했지만 이를 대신해
성모 마리아가 선물하신 이야기

성모 마리아의 훌륭한 선행은
연민으로 가득하니
가진 자의 것을 취해

필요한 이에게 주십니다.

63

수아송의 성모 마리아 교회로 가는
순례자들이 밤중에 길을 잃자
성모 마리아가 인도해주신 이야기

바다에서 별이 항해자를
잘 인도하듯이
성모 마리아는
신도들을 인도하십니다.

64

성모 마리아 조각상이
앞에 선 사람을 구하기 위해
그녀의 무릎을 펴고 일어나
화살을 대신 맞으신 이야기

우리는 주님의 어머니를
극진히 모셔야 합니다.
그분은 언제나 성도들을
잘 보호하시기 때문입니다.

65

성모 마리아가, 한 선량한 사람에게

그 사람이 악마를 하인으로 두었고
기도를 하고 있지 않을 때
그를 살해하려고 한다는
사실을 깨닫도록 도와주신 이야기

위대한 성신의
영예로운 여왕이여,
당신의 신성함으로 우리를
악마와 죄로부터 지켜주십니다.

66
산양들이 몬세랏으로 몰려와
사제들이 매일 양젖을 짜서
마실 수 있도록
성모 마리아가 도와주신 이야기

주님이 잉태되기를 원하신
성모 마리아를
동물들이 순종하는 것은
너무나 당연한 일입니다.

67
성모 마리아가
글을 배운 적 없는 목동을
수아송으로 데려가

성경책을 읽도록
도와주신 이야기

영광의 성모 마리아가
환자를 병에서 치유하듯이
무지한 사람이 모든 것을
깨닫게 해주실 수 있습니다.

68
서로 증오하는
두 경쟁자가 화해하도록
성모 마리아가 중재하신 이야기

영광의 성모님은 우리의 평화를 위해
큰 기적을 일으키십니다.

69
성모 마리아가 당신의 모유로
병에 걸려 사망한 것으로 보인 사제를
살려주신 이야기

모든 건강을 주시는 성스러운 여왕이여,
왕림하소서. 당신은 우리의 의사이십니다.

70
아베와 이브의
구별에 대한
성모 마리아 찬가

아베와 이브 사이에
큰 차이가 있습니다.

71
성모 마리아 이름의
다섯 철자를 기리기 위해
다섯 편의 찬송가를 지은
사제가 임종한 후 당신이
그의 입에서 다섯 송이 장미가
피어나게 한 이야기

우리를 위하여 주님께서
성모 마리아에게 잉태되기를
원하셨으니 그분의 기적은
아름답고 의롭습니다.

72
몬세랏으로 순례를 가던
한 여자와 그 일행을
도적질한 강도들이

불구자가 되었지만
성모 마리아가
치유해주신 이야기

밤이나 낮이나
우리를 성모 마리아에게
온전히 바쳐 감사해야 합니다.
신도를 해악과 속임수에서
보호하시고
온전히 이끌어
주시기 때문입니다.

73
한 기사와 사랑에 빠져
함께 떠나기로 결심한
수녀의 마음을
성모 마리아가 되돌리신 이야기

성모 마리아는
너무나 자상하고 성실한 분이시니
여러모로 우리를
악에서 지켜주십니다.

74
자신의 사위에 대한

거짓된 소문을 듣고
그를 살해하도록 주문한 여인을
성모 마리아가 구하시어
화형을 당한 그 여인이
불에 타지 않은 이야기

우리가 불행한 순간에
서 있을 때
성모 마리아는 버팀목이자
희망이십니다.

75

십자가의 그리스도가
당신의 어머니를 위해서
연인과 함께 도주하기로 결심한
수녀의 뺨을 때리신 이야기

성모 마리아를 잘 모시는 자는
절대 실족하지 않습니다.

76

성모 마리아가
당신을 찬양하던
한 사제가 큰 병을 앓자
모유로 치유하신 이야기

주님이 드시길 원했던 신성한 모유가
병을 치료한다는 사실은 놀랄 일이 아닙니다.

77

성모 마리아에게 순결을 맹세한
사제가 결혼을 하자
그 여인과 헤어지고
당신을 돌보게 하신 이야기

다른 여인을 위해 성모 마리아를
멀리하는 자는 실족하게 됩니다.

78

성모 마리아가
한 주교에게 미사곡을 부르게 하고
의식 집전을 위한 의복을 하사한 후
그 옷을 두고 떠나신 이야기

성모 마리아를 소망하는 만큼
재산이 더 불어납니다.

79

성모 마리아가
콘스탄티노폴리스에서
당신의 조각상 앞에 있는 천을

내려주신 이야기

성모 마리아는 여러 방식으로
우리에게 나타나기를 원하십니다.

80
다섯 자로 된
성모 마리아 이름의
의미에 대한 찬가

마리아(María)의 이름은 오직
다섯 자로 이루어졌습니다.

81
부부관계 요구를 거절하여
남편에게 폭행당한 여인을
성모 마리아가
치료하신 이야기

큰 연민과 자비와 숭고함,
이 세 가지는 성모 마리아에게 넘칩니다.
이에 그분은 악함과 잔인함과 방종을
용납하지 않습니다.

82

성모 마리아가 모든 이 앞에서
하늘에서 교회로 내려와
'성 마티알의 불' 열병에
앓아 누운 환자들을 모두
치료해주신 이야기

그 동정녀가 갖고 계신
영적 능력이 너무나 커서
우리가 건강하고
병에서 낫게 하십니다.

83

수도원을 짓기로 해놓고
완수하기 전에 세상을 떠난
교활한 기사를 구원하기 위하여
성모 마리아가 당신의 아들을
설득하신 이야기

동정녀이신 성모 마리아는
죄인에게 크고 위대한 자비를 베푸시니
소망만 해도 이미 성취한 일처럼
여겨주십니다.

84
성모 마리아가
당신의 교회 문을 발로 찬 기사에게
복수하신 이야기

성모 마리아를
모욕하려는 자는
나쁜 결과를 얻습니다.

85
미사를 드리는 동안
장님 사제가
앞을 볼 수 있도록
성모 마리아가 치료하신 이야기

성모 마리아는 앞 못 보는 사람의 눈을
밝히는 능력을 갖고 계십니다.

86
한 수녀가 수도원을 떠나
속세를 살아가는 동안
성모 마리아가 교단 일을 대신하고
그녀가 낳은 아들을 키워주신 이야기

성모 마리아는

너무나 선한 분이시니
아주 천천히 화내시고
용서는 크게 하십니다.

87

악마가 자신을 추악하게 그렸기에
살해하길 원했던 화가를
성모 마리아가
구해주신 이야기

성모 마리아가 지키시려는 성도에게
악마는 조금도 해를 입힐 수 없습니다.

88

오랫동안 파문되었던 사람을
성모 마리아가
구원해주신 이야기

주님께서 당신의 어머니를 위하여 모든 죄를
용서하시니 우리는 이를 믿어야만 합니다.

89

포도주가 떨어져 붉게 얼룩진
제의복을 순백색으로 고쳐주신
성모 마리아 이야기

영혼의 죄를 씻어
주실 수 있는 분은
흉한 것을 아름답게
바꿔주실 수 있습니다.

90
천사가 드린
기도에 대한
성모 마리아 찬가

주님의 사랑으로 가득한 여인이여,
우리에게 임하소서.

91
한 소녀에게 아베마리아 성가를
짧게 부르는 방법을 가르쳐주신
성모 마리아 이야기

당신을 찬양하는 법을
우리에게 가르쳐주신 성모님을
깊이 사랑하지 않으면
큰 오류를 범하게 됩니다.

92
성모 마리아에게

드린 것을 빼앗아간
장사꾼의 양모(羊毛)가
불에 타서 없어진 이야기

성모 마리아에게 드리거나
드리기로 약속한 것을
빼앗는 사람은 틀림없이
벌을 받을 것입니다.

93
천국의 환희가 어떤 것인지
보여주기를 간청한
수도사에게 삼백 년 동안
새 노래를 듣게 해주신
성모 마리아 이야기

동정녀를 잘 모신 이는
천국으로 가게 됩니다.

94
보베흐의 성모 마리아 교회에
죄 많은 한 여인이 들어가려고 하자
죄를 고백하기 전까지
그녀의 입장을 허락하지 않으신
성모 마리아 이야기

자신이 지은 죄를
회계하지 않은 사람이
성모 마리아의 자비를
구해서는 안 됩니다.

95
성모 마리아가
샤르트르에서 한 금세공인의
눈을 뜨게 치료해주신 이야기

성모 마리아는 죄지은 영혼을
밝게 해주실 수 있으며
장님이 눈을 뜨고 보도록
하실 수도 있습니다.

96
예수 그리스도의 성체를
애인으로 삼으려고 했던
한 여인의 머리에서 피가 나다가
그 성체를 제거했을 때
피를 멎게 해주신
성모 마리아 이야기

주님이신 당신의 아들을
모욕하는 사람만큼

동정녀를 그토록 슬프게
하는 이는 없습니다.

97
악마에 홀려서
결혼식을 올린 한 사제가
아내와 헤어지고 나서
그 부부가 교단에 함께 입문하도록
도와주신 성모 마리아 이야기

동정녀 마리아의 은혜는
악마의 능력이나
인간의 사악한 배신보다
더 강합니다.

98
기사 남편에게
그가 다른 여인을 더 사랑하며
그녀가 성모 마리아임을
듣고 자살을 시도한 아내를
성모 마리아가 소생시켜주신 이야기.

온 정성을 다하여
성모 마리아를 따르는 사람은
큰 불행이나 슬픔을 당하거나

손해를 결코 보지 않습니다.

99
오만과 자존심으로
잘못 얻은 재산보다
겸손한 가난이 더 소중함을
한 사제가 판단하도록
성모 마리아가 도와주신 이야기

면류관을 쓴 동정녀는
가난한 겸손을 사랑하지만
부유한 거드름을
아주 싫어하십니다.

100
심판의 날을 겪을
우리를 위해 성모 마리아가
당신의 아들에게 드린 기도

주님의 어머니, 그 순간에 우릴 위하여
당신의 아들에게 기도해주소서.

[서문]⁷⁾

시를 노래하는 일은 큰 이해심을 요구하기에
노래하는 사람은 합당한 능력과
판단력을 갖추어야 합니다.
이에 비로소 무엇을 이해하였고 무엇을
표현하고 싶은지 말할 수 있게 되어
참다운 노래를 부를 수 있습니다.

비록 내가 이 두 능력을 원하는 만큼
갖고 있진 않지만 내가 아는 것을
조금이나마 표현해보려고 합니다.
지혜의 원천인 하나님을 믿기에
그분의 도움으로 내가 찾고 있는 것을
조금은 보여줄 수 있을 것이라 믿습니다.

내가 원하는 일이 우리 주님의
어머니이자 경이로운 피조물인
성모 마리아에 대한 찬양이니
나는 오늘부터 그분을 노래하는
음유시인이 되길 원하며

---

7) 『성모 마리아 찬가』의 서문에 해당하며, 알폰소 현왕이 본 문헌을 제작한 목적에
   대하여 설명하였다.

이에 그녀가 나를 당신의 음유시인으로

여겨주시어 내 노래를 들으시기를
간청합니다. 나는 이 노래를 부르며
그녀가 일으키신 기적을 알리고자 합니다.
나는 이제 다른 여인을 위해 노래하지 않습니다.
이렇게 하면 다른 이들로 인해 잃었던 것을
되찾을 수 있을 것이라 믿습니다.

이 여인에 대한 사랑을 얻은 사람은
영원토록 그 가치를 느끼게 됩니다.
그분의 사랑을 한번 받으면 영원히 후회하지 않습니다.
불행히도 그 길에서 이탈하면 선에서 멀어지고
잘못된 길을 걷게 됩니다. 성모 마리아에 대한 사랑은
그 누구도 패배자로 만들지 않습니다.

나는 성모 마리아에게서
어떤 경우에도 떠나지 않을 것입니다.
내가 그녀를 믿음을 다해 모신다면
나는 그녀의 축복에서 절대 멀어지지 않을 것입니다.
그녀의 은총을 겸손히 간구한 사람은 모두 화답을 받을 것입니다.
그녀는 그런 기도에 항상 귀를 기울이고 계십니다.

성모 마리아의 뜻이 그러하기에 나는 노래를 불러
그녀가 어떤 분인지 표현하여 행복하게 해드릴 것입니다.

성모님을 기쁘게 해드리면 그녀는 당신을 사랑하는
사람들에게 내리시는 보상을 내게도 보내주십니다.
이 믿음을 확신하는 사람은
그녀를 기쁜 마음으로 찬양할 것입니다.

1

첫 번째 성모 마리아 찬가로서
그녀가 당신의 아들에게 받은
일곱 가지 축복

하나님이 그녀를 통해 신성하고 축복받은
육신으로 태어나기를 원하셨으니
오늘부터 나는 그 영예로운 여인을
위하여 노래 부르기를 자청합니다.[8]
당신의 왕국에서 우리에게 큰 상을 내리시고
그분을 믿는 자들에게
영원한 생명을 주시어
우리가 다시는
죽음을 겪지 않도록
해주시기 위함입니다.

나는 가브리엘 천사가
성모에게 다가가 축복하며
알려준 아래의 메시지로
이 노래를 시작하고자 합니다.
"오, 하나님의 사랑을 받은 축복의 여인이여,
이제 당신은 이 세상을 구원할

---

8) 책의 목차 부분에서 서술된 총 일백 편 가요에 대한 후렴부 중에 본 첫 번째 곡의
   후렴부는 각 연의 후미가 아닌 첫 번째 연의 상단 부분(1-4행)에 위치하고 있다.

주님을 잉태하고 계십니다.
의구심을 가졌던
당신의 사촌 엘리사벳[9]은
겸연쩍어할 뿐이었습니다."

또한 성모가 베들레헴에
어떻게 도착하였는지 내가 말하겠습니다.
그녀는 연약한 몸을 이끌고
성문 근처에 있는
피신처에 도착하자마자
곧바로 예수 그리스도를 낳으셨습니다.
가난하고 불운한 여인처럼
그녀는 보리가 담긴 구유에
주님을 눕히셨습니다.
그 주위에는
들판의 동물들이
쉬고 있었습니다.

천사들이
"지상의 평화"를 외치며

---

9) 누가복음에서 거론된 인물로서 마리아의 사촌이자 세례 요한의 어머니를 말한다. 해당 스페인어 전사본에는 엘리사벳이 마리아의 남자 형제와 결혼한 부인("cunnada")으로 표시되어 있어 대략 사촌 언니나 올케 정도로 추정해볼 수 있긴 하지만 제한된 자료로써 정확한 판단을 하기가 쉽지 않다. 따라서 성경에 표시되어 있는 광의의 '사촌'지간으로 번역하였다.

찬송하였고
세 명의 동방박사가
먼 곳에서 찾아와
진귀하고 소중한
선물을 드리도록
별이 길을 안내해준
사실 또한 잊어서는
안 됩니다.

언급하고 싶은 또 다른 사건은
막달레나 마리아 옆에서 일어난
성모 마리아의 일입니다.
돌이 무덤에서 멀리 치워지고
그곳을 지키던 천사가
그녀에게 말했습니다.
"불행을 당한 여인이여,
예수님에 대하여 평안히 생각하시오.
당신이 만나기 위해 온 그분이
오늘 아침에 부활하셨습니다."

광채가 나는 구름이
아들을 들어올리는 광경을
성모가 목격했을 때
그녀가 체험한 위대하고 신기한
환희에 대해 말하고자 합니다.

그가 하늘로 승천했을 때
천사들이 나타나 어리둥절해하는
사람들 사이를 걸어 다니며 말했습니다.
"그분이 곧 심판하기 위해 오십니다.
이 일은 입증된 사실입니다."

하나님의 큰 은혜가
어떻게 성모 마리아에게
임하게 되었는지
말하지 않을 수 없습니다.
예수님의 제자들이 모두 모여
주님의 인도와 가르침을 받았고
성령으로 가득히 채워졌습니다.
그래서 그들은 즉시
설교를 할 수 있게
되었습니다.

성모 마리아가 면류관을
어떻게 쓰게 되었는지 내가
하나님의 이름으로 밝히고자 합니다.
그녀가 이 세상을 떠났을 때
주님은 하늘에 있는 그의 옆자리에
그녀를 모셨으며 이때부터
여왕, 딸, 어머니, 여종의 이름으로 불렸습니다.
그러므로 성모 마리아는

우리를 도와주시는 분이며
우리의 보호자이십니다.

2

성모 마리아가 천국에서
손수 가져오신 장백의(長白衣)[10]를
톨레도에 사는 성자 일데폰소[11]에게
나타나 그가 미사에 사용하도록
선물하신 이야기

> 여러분, 우리는 성모 마리아를
> 높이 찬양해야 합니다.
> 그분은 당신을 믿는 사람에게
> 은혜와 자비를 베푸십니다.[12]

성모 마리아가 주신 은혜의 한 증거로,
그녀는 일데폰소라는 이름을 가진

---

10) 본고의 "장백의"는 가톨릭 사제들이 입는 흰색의 긴 천으로 된 예식용 튜닉을
의미한다.
11) 톨레도의 성자 일데폰소(Ildefonso de Toledo, 607-667)를 말한다. 성모 마리
아를 모시는 사제(Capellán de María)라는 별칭으로도 불린다.
12) 각 장의 제목 아래에 위치한 오른쪽 정렬 구문은 해당 작품의 후렴구에 속한다.
13세기 고본에서 이 후렴구는 해당 작품에 속한 모든 연의 후미 부분에 동일하
게 적용되어 나타나지만 본 국문번역본에서는 가독성을 높이기 위하여 첫 열 편
의 작품 이후에 모두 생략하였다.

스페인의 한 주교에게
그의 몸에 잘 맞는 가운을
선물로 주신 적 있습니다.
성모는 일데폰소 주교가
모든 정성을 모아 밤낮으로
그녀를 찬양하는 데 전념했기 때문에
천국에서 이 옷을 가져오셨습니다.
여러분, 이에 우리는 성모 마리아를
찬양해야 합니다.[13]

우리가 사실로
확인할 수 있듯이 그는
설교를 잘 했을 뿐 아니라
성모의 정결성에 대하여
훌륭한 글을 썼습니다.
유대인들과 이교도들의 비판에도 불구하고
그의 성모 마리아 찬양은
스페인에서 좋은 반향을
불러일으켰습니다.
여러분, 이에 우리는 성모 마리아를
찬양해야 합니다.

이전에도 성모 마리아는 세상에서

---

13) 각 연의 마지막 두 행("여러분 … 찬양해야 합니다.")은 후렴구에 해당한다.

그에게 기적을 베푸신 적 있습니다.
그가 레세스빈토왕[14]과 함께
행렬을 따라 걷고 있을 때였습니다.
레오카디아 성녀[15]가 그들에게 나타나자
왕이 그녀의 옷자락을 잡았을 때
그녀가 말했습니다. "오 일데폰소 성자여,
나의 성모 마리아께서
당신을 통해 살아계시는군요."
여러분, 이에 우리는 성모 마리아를
찬양해야 합니다.

성모 마리아는 일데폰소 주교가
톨레도에서 그녀의 정결성에 대해
확고하고 거리낌없이 찬양한다는 사실을
알았기 때문에 그녀의 성축일에
그가 입을 의복을 선물로 주셨습니다.
성스럽고 정결한 동정녀는
그에게 선물을 주며
이렇게 말했습니다. "내 아들이
당신에게 이 가운을 보냈소."
여러분, 이에 우리는 성모 마리아를

---

14) 중세 초기 이베리아 계열 게르만 비시고도 세력의 왕인 레세스빈토(Recesvinto)
를 말한다.
15) 스페인 톨레도의 성녀(Santa Leocadia de Toledo, 304년경 타계)를 말한다.

찬양해야 합니다.

성모 마리아는 그에게
이 특별하고 아름다운 선물을
주시며 이렇게 말했습니다.
"하나님의 이름으로 맹세하노니,
만약 다른 누군가가
당신 자리에 앉으려거나
어떤 이유에서건 이 가운을 입고자 한다면
그것은 무모한 행동이 될 것이고
신의 복수가 뒤따를 것입니다."
여러분, 이에 우리는 성모 마리아를
찬양해야 합니다.

그리스도의 고해 신부가
이 세상을 떠난 후
욕심이 많은 시아그리오가
대주교 자리에 올랐습니다.
그가 무모하게
그 가운을 입으려고 했을 때
성모가 선언한 바에 따라
그는 갑작스런 죽음을 당해
벌을 받았습니다.
여러분, 이에 우리는 성모 마리아를
찬양해야 합니다.

3
악마의 부하가 되기로
약속한 테오필로가
서약서를 되찾도록
성모 마리아가 도와주신 이야기

성모 마리아는
우리가 타락해 저지른
탈선과 실수를 용서받도록
당신의 아들에게 간청하십니다.

하나님께서는 선악과를 먹고
벌을 받으며 지옥으로 간 아담을
성모 마리아의 중재로
용서하셨습니다.
좋은 뜻을 따르고 계신
성모 마리아는 그의 아들과 힘을 합하여
아담을 바깥 세상에 나오도록
함께 와주셨습니다.
성모 마리아는 당신의 아들이
우리를 용서하게 해주십니다.

성모 마리아는 그녀를 섬기던
하인 테오필로를 용서해주셨습니다.
그는 권력을 갖기 위해

유대인들의 충고를 받아들여
악마와 합작한 계약서에 서명을 하고
그 문서를 악마에게 넘기게 되었습니다.
악마는 그가 하나님을 불신하고
성모 마리아로부터 멀어지게 만들었습니다.
성모 마리아는 당신의 아들이
우리를 용서하게 해주십니다.

테오필로가 이러한
큰 죄를 저지르고 나서
한동안 악마를
섬겼다고 합니다.
그 후 그는 참회를 했고
정결한 장소에
나아가 용서를
빌었다고 합니다.
성모 마리아는 당신의 아들이
우리를 용서하게 해주십니다.

그는 심하게 울부짖으며
하나님의 어머니를 보면서
용서를 빌었습니다.
그는 성모 마리아에게
진실로 말했습니다.
"저의 죄가 너무나 깊어서

당신의 기도 없이는
도저히 용서받을 길이 없다는
사실을 고백합니다."
성모 마리아는 당신의 아들이
우리를 용서하게 해주십니다.

그리고 테오필로는
하염없이 눈물을 흘렸습니다.
어느 어머니보다 능력이 출중한
성모 마리아는 칠흑 같은
검은색 악마에게 지옥 불에서
그 계약서를 갖고 오도록 명령하셨습니다.
그리고 그녀는 제대 앞에서
테오필로에게 계약서를 돌려주셨습니다.
성모 마리아는 당신의 아들이
우리를 용서하게 해주십니다.

4

유대인 아버지가 자신의
아들을 불가마에 던졌을 때
성모 마리아가 그 아이를
불타지 않도록 보호해주신 이야기

다니엘을 사자 굴에서
구하신 주님[16]의 어머니가
이스라엘의 한 아이를
불길에서 구출하셨습니다.

부르주[17]에 한 유대인 유리공이 살았습니다.
사무엘이라고 불리는 그 사람은
생활이 녹록지 않아
자신의 외동 아들이
기독교 신자 아이들과 함께
같은 학교에서 공부한다는
사실로 인해 항상 비통한 심정을
안고 살아갔습니다.
다니엘을 사자 굴에서
구하신 주님의 어머니.

---

16) 구약성서의 다니엘서 6장에 나오는 에피소드와 연계된다.
17) 프랑스 중부 도시 부르주(Bourges)를 말한다.

그 소년은 최선을 다해
공부를 했고 그가 듣는 모든 것을
배울 수 있다는 사실에
아주 행복하게 지냈다고 합니다.
그러던 중 그는 같이 공부하는
다른 어린이들의
마음을 사게 되었고
그들의 모임에서 인정을 받았습니다.
다니엘을 사자 굴에서
구하신 주님의 어머니.

이런 일이 벌어지는 상황에서
부활절 기간에 그 아이에게
한 사건이 일어났습니다.
그는 기독교 교회에 가게 되었고
수도원장이 제대에서
어린이들에게 영성체와
예쁜 잔에 담긴 포도주를
주는 모습을 보게 되었습니다.
다니엘을 사자 굴에서
구하신 주님의 어머니.

그 유대인 소년은
환희에 차오른 나머지
성모 마리아가 광채를 발하며

제대에서
당신의 아기 예수를
팔에 안은 채
신도들에게 성체를 주는
환상을 보게 되었습니다
다니엘을 사자 굴에서
구하신 주님의 어머니.

소년이 이 광경을 보았을 때
그는 법열에 차올라
다른 신도들처럼 자신의 영성체를
받기 위해 대열에 서게 되었습니다.
이때 성모 마리아는 당신의 손을 뻗어
소년이 성체 배령을 할 수 있게 해주셨고
소년은 꿀보다 더 달콤한 맛을
느낄 수 있었습니다.
다니엘을 사자 굴에서
구하신 주님의 어머니.

성찬식을 마친 후
소년은 성당을 나와
평소의 여정대로
그의 아버지 집에 돌아갔습니다.
아버지가 소년에게 어디에 다녀왔는지
묻자 그는 "석조대좌에 있던

여자분이 저에게 영성체를
주었습니다"라고 대답하였습니다.
다니엘을 사자 굴에서
구하신 주님의 어머니.

아버지는 이 말을 듣고서
너무나 화가 나
이성을 잃게 되었습니다.
그는 자기 아들을 집어 들어
활활 타오르는
불가마에 던져버리는
잔인하고 믿을 수 없는
일을 저질렀습니다.
다니엘을 사자 굴에서
구하신 주님의 어머니.

소년을 자기 목숨보다
더 소중히 사랑했던 어머니 라켈은
아들이 용광로에서
타들어 가고 있다는 생각에
큰소리로 울부짖기 시작했고
길거리로 뛰쳐나오게 되었습니다.
라켈의 비명 소리가 들리자
사람들이 몰려왔습니다.
다니엘을 사자 굴에서

구하신 주님의 어머니.

그들이 라켈이 절규하는 이유를
알고 난 후 불가마로 곧장 달려가
그 덮개를 열었을 때
소년이 고스란히 누워 있었습니다.
성모 마리아는 당신의 아들인 주님이
사드락과 메삭과 아벳느고[18]를
비호하셨던 것처럼
소년을 보호해주셨습니다.
다니엘을 사자 굴에서
구하신 주님의 어머니.

군중이 큰 환호성을
지르며 소년을 가마 밖으로
데리고 나와 아픈 데가
없는지 물었습니다.
소년이 대답했습니다.
"괜찮습니다. 제대에서
예쁜 아들을 안고 계시던
부인이 저와 함께 계셨습니다."
다니엘을 사자 굴에서
구하신 주님의 어머니.

---

18) 구약성서 다니엘서 3장 13-19절에 나오는 인물들이다.

이 큰 기적으로 말미암아
유대인 여자 라켈은
하나님을 믿게 되었고
소년은 곧 세례를 받았습니다.
화가 나서 악마같이 행동한
소년의 아버지는 아들을 살해하려고 했던 것과
같은 방법으로 사형을 당했습니다.
그 소년의 이름은 아벨입니다.
다니엘을 사자 굴에서
구하신 주님의 어머니.

5
성모 마리아 찬양가를 불렀다는 이유로
유대인에게 살해당한 어린이를
성모 마리아가 소생케 하신 이야기

훌륭한 다윗왕의 후손인
성모 마리아의 이름을 부르시오.
그분은 악을 구속하시니,
제 말을 믿으소서.

거짓과 틀림이 없는 기독교 문헌이
성모 마리아가 영국에서 행한
위대한 기적을
우리에게 말하고 있습니다.

유대인들은 자기들을 비판한
예수 그리스도가 성모 마리아를
통해 태어났기 때문에 이 사건을
큰 논란의 대상으로 삼고 있습니다.
성모 마리아는 훌륭한
다윗왕의 후손입니다.

영국에 남편을 잃은
한 가난한 여자가 살았습니다.
그녀와 전남편 사이에
아들 한 명이 있었는데
그녀에게 큰 위안이 되었습니다.
이런 이유로 그녀는
자신의 아들을
성모 마리아에게 바쳤습니다.
성모 마리아는 훌륭한
다윗왕의 후손입니다.

그 어린이는 놀랍도록 재능이 있고
잘생겼으며
자기가 듣는 모든 것을
빨리 배웠습니다.
또한 그는 노래를
감미롭고 흥겹게 잘 불러서
그가 사는 지방을 넘어

그 주변까지 유명했습니다.
성모 마리아는 훌륭한
다윗왕의 후손입니다.

그 소년이 부르는
찬송가 중 최고의 노래가
'성모 마리아를 찬양하라'
곡이었습니다.
아이가 이 노래를 부르면
사람들이 듣고 기뻐했습니다.
하지만 유대인들은
그렇지 않았습니다.
성모 마리아는 훌륭한
다윗왕의 후손입니다.

소년이 이 노래를
너무나 잘 불러서
듣는 자들은
누구나 다투어 다가와
그를 잡고서
"내가 맛있는 식사나 간식을
주고 싶구나"라고
말했습니다.
성모 마리아는 훌륭한
다윗왕의 후손입니다.

이렇게 되어, 소년은
"어머니, 이제 그만
구걸하셔도 돼요.
성모 마리아께서는
너무나 자비로우셔서
저를 통해 필요한 것을
모두 주시는걸요"라고
말했습니다.
성모 마리아는 훌륭한
다윗왕의 후손입니다.

그 이후, 많은 유대인들과
기독교인들이 모여
함께 주사위 놀이를 하던
어느 축제날에
아이가 노래를 불렀습니다.
모든 사람이 즐거워했지만
한 유대인은 오히려
그 소년을 증오하게 되었습니다.
성모 마리아는 훌륭한
다윗왕의 후손입니다.

그 유대인은 아이가 부르는 노래에
귀를 유심히 기울이다가
모두가 그 자리를 떠나자

그 소년을 자기 집으로 데려갔습니다.
거기서 그는 마치 장작나무를 패듯이
소년의 머리를 도끼로 힘껏 내려쳐
머리가 쪼개지고 이까지
드러나게 되었습니다.
성모 마리아는 훌륭한
다윗왕의 후손입니다.

소년이 목숨을 잃은 후
그 유대인은 재빨리 그의 시신을
술통을 보관하는 와인 저장고로
운반해 묻었습니다.
그가 저지른 일로 인해
소년의 가엾은 어머니는 아들을 찾으러
사방팔방을 다니며
몹시 고통스런 밤을 보내게 되었습니다.
성모 마리아는 훌륭한
다윗왕의 후손입니다.

불운한 여인은 가련하게
눈물을 흘리며 모든 이에게
소년을 본 적 있는지
물었습니다.
한 남자가 그녀에게 말했습니다.
"헌 옷을 파는 한 유대인이

그 아이를
데려가는 것을 보았소."
성모 마리아는 훌륭한
다윗왕의 후손입니다.

사람들이 이 얘기를 듣고
그 장소로 달려갔습니다.
소년의 어머니는 통곡하고
울부짖으며 말했습니다.
"내 아들아, 뭘 하고 있는지 말하거라.
네가 목숨을 혹시나 잃었을까
두려워하는 네 어미 소리를
듣지 못해 오지 못하는 것이냐?"
성모 마리아는 훌륭한
다윗왕의 후손입니다.

소년의 어머니가 말했습니다.
"오, 성모 마리아님, 불행한 사람들에게
안식처가 되시는 나의 여인이시여,
제 아들이 죽었든 살았든 어떻게 되었든지
상관없이 돌려주십시오. 아니면 당신은
저에게 큰 잘못을 하시는 겁니다.
나는 당신의 자비를 믿은 내 아들에게
잘못된 일이 벌어졌다고 말할 것입니다."
성모 마리아는 훌륭한

다윗왕의 후손입니다.

그러자 그 소년은 유대인이 그를 묻었던
무덤에서 크고 맑은 소리로
'성모 마리아를 찬양하라'를
부르기 시작하였습니다.
그는 노래를 어느 때보다
더 잘 불러 성모 마리아를 믿는
신도들을 지켜주시는
하나님을 즐겁게 하였습니다.
성모 마리아는 훌륭한
다윗왕의 후손입니다.

때마침 아이를 찾으려고 모였던
모든 사람이 노랫소리가
들리는 집을 향하여 달려갔습니다.
그들은 건강하게 살아 있는 아이를
유대인이 묻은 그곳에서 꺼냈습니다.
그들은 입을 모아 말했습니다.
"아이에게서 이토록
좋은 향기가 나다니요!"
성모 마리아는 훌륭한
다윗왕의 후손입니다.

소년의 어머니가 아들에게

무슨 일이 있었는지 물었을 때
그는 유대인이 머리를 내려치자
큰 피로를 느꼈고
곧이어 깊은 잠에 빠져들었지만
성모 마리아가 "이곳에서 일어나라"라고
말씀하셔서 깨어났다고
대답했습니다.
성모 마리아는 훌륭한
다윗왕의 후손입니다.

성모 마리아가 또 이런 말을 하셨다고 했습니다.
"너는 긴 잠에 빠져 있었구나.
머리가 완전히 잠에서 깨어나질 않아
네가 즐겨 부르던 내 노래를 잊었겠구나.
하지만 이제 일어나서 그 노래를
여태껏 네가 불렀던 것보다
훨씬 더 잘 불러서
그 누구도 흠잡을 수 없게 하여라."
성모 마리아는 훌륭한
다윗왕의 후손입니다.

소년이 이렇게 말하자마자
그곳에 모였던 모든 사람이
유대인들에게 달려가
그들을 모두 살해하였습니다.

그들은 소년에게 상처를 입힌 사람을
불에 화형하며 말했습니다.
"극악무도한 만행을 저지른 자는
이와 같은 대가를 치른다."
성모 마리아는 훌륭한
다윗왕의 후손입니다.

6
성모 마리아가 임신을 한 수녀원장이
당신의 제단 앞에서 울다가
잠들었을 때 구원해주신 이야기

우리는 성모 마리아를
극진히 사랑해야 하고
당신의 은총이 우리에게 임하사
부끄럼 없는 악마가 우리로 하여금
실수하거나 죄짓게 못하도록
기도해야만 합니다.

위대한 왕의 어머니
성모 마리아가
아주 신실한 한 수녀원장에게
행한 기적을 내가 믿사오니
여러분들에게
말해드리고자 합니다.

사탄이 그녀를
함정에 빠뜨려
그녀가 볼로냐 출신의
한 청지기 남자에게
임신을 당하게
되었습니다.
우리는 성모 마리아를
극진히 사랑해야 합니다.

이 일을 알게 된 수녀들은
아주 신이 났습니다.
그 이유는 수녀원장이
평소 그들의 나쁜 행실을
모른 척하지 않은 이유로
불만이 쌓여 있었기 때문입니다.
그들은 그 지역을 관할하는 주교에게
수녀원장을 고발하였습니다.
그러자 주교가 쾰른[19]에서 오게 되었습니다.
그가 수녀원장을 부르자
그녀는 지체하지 않고
즐겁게 웃는 얼굴로 나타났습니다.
우리는 성모 마리아를 극진히
사랑하고 그분에게 기도해야 합니다.

---

19) 독일 중서부에 위치한 도시 쾰른(Köln)을 말한다.

주교가 그녀에게 이렇게 말했습니다.

"수녀님, 내가 들은 바에 따르면

당신이 아주 불미스런 일을 저질렀더군요.

내가 보는 앞에서 당신이

부정한 행실을 스스로

고치도록 만들기 위해

이곳에 온 것입니다."

수녀원장은 그때

성모 마리아에게 기도를 올렸습니다.

그러자 마치 꿈속에서 일어난 일처럼

성모 마리아는 그 아기를 꺼내어

수아송[20]에서 양육되도록 보냈습니다.

우리는 성모 마리아를 극진히

사랑하고 이분에게 기도해야 합니다.

그녀가 잠에서 깨어나

아기가 사라진 사실을 알았을 때

주교 앞에 섰습니다.

주교는 그녀를 자세히

바라보다가 옷을 벗도록

명령을 내렸습니다.

그가 그녀의 아랫배를 보고 나서

하나님에게 기도를 드리고 온냐 교단의

---

20) 프랑스 북부에 위치한 도시 수아송(Soissons)을 말한다.

수녀들을 야단치기 시작하였습니다.
그가 말하기를 "하나님, 저를
용서해주십시오. 저 사람의 죄를
찾을 수가 없습니다."
우리는 성모 마리아를 극진히
사랑하고 그분에게 기도해야 합니다.

7
악마에게 화형을 선고받은
로마의 한 고결한 여인을
성모 마리아가
죽음에서 구해주신 이야기

성모 마리아는 우리를 비호하시니
영원토록 복자이시어 칭송받으소서.

여러분이 들으면 아주 놀랄 만한
기적 한 편을 소개해드리고자 합니다.
이 이야기는 하나님의 사랑을 받은 성모 마리아가
악마를 로마 밖으로 쫓아낸 이야기입니다.

오래전 로마에 하나님의 어머니를
온 마음을 다해 사랑한 한 여인이 살았습니다.
그러나 그는 악마의 유혹에
빠지고 말았습니다.

성모 마리아, 우리를 변호하시는 분이여
영원토록 복자품에 오르고 칭송받으소서.

훌륭한 남편을 잃게 되자 그는 실의에 빠져
거의 삶을 포기하다시피 하였습니다.
그가 정신이 나간 사이에 그와 남편 간에 있었던
아들과 쾌락에 빠져 임신을 하게 되었습니다.
성모 마리아, 우리를 변호하시는 분이여
영원토록 복자품에 오르고 칭송받으소서.

자신이 임신을 하게 된 사실을 깨달은
그는 심히 괴로워하였습니다.
그 후 그가 아들을 낳게 되자 그는 자신의 집에 들어가 문을 걸어
　잠그고
아무도 자신을 보지 못하게 한 다음 아들을 살해했습니다.
성모 마리아, 우리를 변호하시는 분이여
영원토록 복자품에 오르고 칭송받으소서.

그 당시에 악마 우두머리가
현자로 변신하는 일이 일어났습니다.
그가 예언자라고 자칭하며 다니자
황제는 그를 신하로 임명하였습니다.
성모 마리아, 우리를 변호하시는 분이여
영원토록 복자품에 오르고 칭송받으소서.

악마가 점을 친 여러 가지 중에
그 여인의 일이 포함되어 있었습니다.
그는 그 일을 밝혀내고
그녀를 화형에 처해야 한다고 말했습니다.
성모 마리아, 우리를 변호하시는 분이여
영원토록 복자품에 오르고 칭송받으소서.

점쟁이 입을 통해 이 얘기를 들은
황제는 이 말을 믿어야 할지 망설였습니다.
그가 그 여인을 데려오라고 명령하자
여인이 그를 만나러 순순히 왔습니다.
성모 마리아, 우리를 변호하시는 분이여
영원토록 복자품에 오르고 칭송받으소서.

황제가 여인을 소환하고 나서
그 악마도 함께 불렀습니다.
악마가 여인과 관련해 일어난 모든 일을 말하자
여인은 크게 놀라고 말았습니다.
성모 마리아, 우리를 변호하시는 분이여
영원토록 복자품에 오르고 칭송받으소서.

황제는 그들에게 시간을 주며 이렇게 말했습니다.
"지금부터 사흘이다. 기일 내에 착오 없이 그 기소가
진실로 정당한지 증명해야 한다. 만약 그렇게 하지 않고
사흘 안에 나타나지 않으면 그 머리를 자를 것이다."

성모 마리아, 우리를 변호하시는 분이여
영원토록 복자품에 오르고 칭송받으소서.

내가 들은 바에 따르자면,[21] 그 선한 여인은 거기서
성모 마리아 교회로 달려가 이렇게 기도를 했다고 합니다.
"나의 성모여, 당신의 불쌍한 하녀를
구하러 속히 와주소서."
성모 마리아, 우리를 변호하시는 분이여
영원토록 복자품에 오르고 칭송받으소서.

성모 마리아가 그녀에게 말했습니다. "네가 겪는
이 심판과 시련은 그 현자가 만들어낸 것이다.
너는 그를 개보다 더 천박한 존재로 여기고
용기를 잃지 말지어다."
성모 마리아, 우리를 변호하시는 분이여
영원토록 복자품에 오르고 칭송받으소서.

그 선한 여인은 자진하여
황제 앞에 나타났습니다.
그러나 악마는 그를 모른 척하였고
그에게 아무 말도 하지 않았습니다.
성모 마리아, 우리를 변호하시는 분이여

---

21) 화자가 일인칭 존재를 드러내는 대목이다. 이러한 화자의 전달자적 혹은 중간자
로서의 말투가 본 문헌 전반에서 자주 관찰된다.

영원토록 복자품에 오르고 칭송받으소서.

황제가 말했습니다. "성 마르틴[22]의 이름으로 말하노니
현자여 너의 마지막 날이 아주 가까이 다가왔노라."
그 말을 들은 악마는 그를 힐끔 바라보고 나서는
단번에 천장을 무너뜨리고 달아났습니다.
성모 마리아, 우리를 변호하시는 분이여
영원토록 복자품에 오르고 칭송받으소서.

8
성모 마리아가 당신을 위해
바이올린을 켜며 노래를 부르는
소리꾼에게 초 한 자루를 내리신
로카마두르[23]에서 일어난 이야기

> 우리 모두 성모 마리아를
> 기쁜 마음으로 찬양하며
> 온 정성을 모아
> 그녀를 영접해야 합니다.

나는 우리 주님의 어머니이신

---

22) 4세기 프랑스 투르의 주교였던 성자 마르틴(San Martín 혹은 Sanctus Martinus Turonensis)을 의미한다.
23) 프랑스 중남부 도시 로카마두르(Rocamadour)를 뜻한다.

성모 마리아가 로카마두르에서
행한 기적 한 편을
여러분에게 소개하고자 합니다.
이 얘기를 들으면
기쁨을 느끼실 것입니다.
이제 잘 들어보세요.
여러분에게 얘기하겠습니다.
우리 모두 성모 마리아를
찬양해야 합니다.

노래를 아주 잘 부르고
바이올린은 더 잘 켜는
'시글라르의 페드로'라고 불리는
한 소리꾼이 있었습니다.
내가 들은 바에 따르면 그는
언제나 흠 없는 성모성심 성당을
다니며 성모 마리아에 대한
노래를 불렀습니다.
우리 모두 성모 마리아를
찬양해야 합니다.

그가 눈에 눈물을 머금은 채
성모상 앞에서 부른 노래는
주님의 어머니에게 보내는
내용이었습니다.

그때 그가 이렇게 말했습니다.
"오 성모 마리아여, 당신이 제 노래를 들으시고
행복하시다면 우리가 끼니를 때울 수 있도록
초 하나를 보내주십시오."
우리 모두 성모 마리아를
찬양해야 합니다.

성모 마리아는 그 소리꾼이
노래를 불렀기에 기뻐하셔서
그의 바이올린 위에 초 한 자루를
떨어뜨려 주었습니다. 하지만 성당의
재무 담당 사제가 시인의 손에서
초를 낚아채며 이렇게 말했습니다.
"이 마술사[24] 같으니, 당신이 그것을 갖도록
우리가 그냥 둘 것 같소?"
우리 모두 성모 마리아를
찬양해야 합니다.

하지만 마음을 성모님에게 바친
그 소리꾼이 노래를 멈추지 않고 부르자
그 초가 그의 바이올린 위로
되돌아가 다시 놓였습니다.
화가 난 사제는

---

24) 본문에서 사기꾼의 의미로 해석할 수도 있다.

말할 새도 없이
재빨리 그 초를 다시
낚아채었습니다.
우리 모두 성모 마리아를
찬양해야 합니다.

사제가 음유시인의 바이올린에서
초를 빼앗아간 다음 그것을
오른쪽 뒤편 조금 전 자리로
되돌려놓고 고정해버렸습니다.
그가 말했습니다: "소리꾼이여,
당신이 그것을 저기서 다른 곳으로
옮긴다면 우리는 당신을
마법사로 인정하겠소."
우리 모두 성모 마리아를
찬양해야 합니다.

소리꾼이 사제의 말에
전혀 귀 기울이지 않고
그전에 그랬듯이
바이올린을 연주하자 그 초가
그 위에 다시 옮겨져 놓였습니다.
사제가 그것을 잡으려 애쓰자
사람들이 말했습니다. "그렇게 해도
우리는 고통당하지 않습니다."

우리 모두 성모 마리아를
찬양해야 합니다.

고집스러운 사제가
이 기적을 보게 되자
그가 큰 실수를 범했음을 알고서는
즉시 회개하였습니다.
그는 소리꾼 앞에 엎드려
우리 모두가 하나같이 믿는
성모 마리아의 이름으로
그에게 용서를 구했습니다.
우리 모두 성모 마리아를
찬양해야 합니다.

영예로운 성모 마리아가
소리꾼에게 상을 내리고
무지한 사제를 바꿔놓은
이 기적을 행하신 후
그 소리꾼은 해마다
성모 마리아 교회에
긴 양초 하나를
가져다 놓았습니다.
우리 모두 성모 마리아를
찬양해야 합니다.

9

다마스쿠스[25] 시도나이에서
성모 마리아가 목판에 그려진
당신의 초상 위에 살과 만나가
생기게 한 이야기

밤이나 낮이나 우리가
성모 마리아를 항상 기억하도록 당신이
다마스쿠스에서 큰 기적을 일으키셨으니
우리가 이를 보았습니다.

내가 언급한 이 도시에서 선행을 하며 성자와 같은
삶을 살던 한 여인이 있었습니다. 그녀는 모든 악과 물질과
권력에서 자유로웠고 선덕으로 충만했습니다.
그녀가 세상으로부터 그 어떤 칭찬도 바라지 않은 사실을
여러분들에게 알려드리고자
그녀가 그곳에 여관을 지어 자신의 거처를 어떻게 마련했는지
여러분들에게 말하겠습니다.
성모 마리아는 우리가 밤이나 낮이나
항상 당신을 생각하게 하십니다.

내가 들은 바에 따르자면,
그녀가 집 앞을 지나는 모든 사람에게

---

25) 시리아의 다마스쿠스 시도나이에 소재한 성모 마리아 성소를 말한다.

선을 베풀며 그곳에서 살던 어느 날, 한 사제가
다른 이들처럼 그녀의 집에 머물기 위해 왔었다고 합니다.
그녀가 물었습니다: "어디서 오셨는지 말씀해주세요.
프랑스로 가고 계세요?" 그가 대답했습니다:
"우리는 지체하지 않고 곧장 시리아로 가려고 합니다."
성모 마리아는 우리가 밤이나 낮이나
항상 당신을 생각하게 하십니다.

그 말을 들은 여인이 눈물을 흘리며
성모상 앞에 무릎을 꿇고 입을 맞춘 후
사제에게 그곳에 돌아와 주길
간곡히 애원했습니다.
"아울러 부탁하오니, 신도들을
온전하게 인도하시는 성모 마리아님의 초상화를
우리에게 가져다주십시오."
성모 마리아는 우리가 밤이나 낮이나
항상 당신을 생각하게 하십니다.

하나님이 우리를 위해 십자가에서 돌아가신
성도(聖都)에서 그 수도사가 기도를 드리고 났을 때
그는 자신이 약속했던 성모의 초상화에 대하여
아무것도 기억하지 못했습니다.
그가 그의 일행에게 말했습니다.
"우리가 식량도 없이 이곳에서 지체하는 건
좋지 않으니 이제 그만 떠납시다."

성모 마리아는 우리가 밤이나 낮이나
항상 당신을 생각하게 하십니다.

그는 이런 말을 하고 즉시 떠날 준비를 하고 있을 때
한 목소리가 하늘에서 그에게 들려왔습니다.
"불쌍한 자여, 하나님의 은혜가 가득할지어다.
어떻게 해서 너는 길을 떠나며 그 그림을 가져가지 않은 것이냐?
우리가 이를 용납할 수 없구나. 네가 망각한 탓에 우리가 사랑하는
그 훌륭한 자매가 성모 마리아의 초상화를 갖지 못하게 된다면
너는 무심하다는 비난을 피할 수 없게 된단다."
성모 마리아는 우리가 밤이나 낮이나
항상 당신을 생각하게 하십니다.

사제는 그의 일행이 먼저 떠나도록 하고 나서
재빨리 길을 돌려
그림이 있는 장소를 찾아갔습니다.
그는 그중 가장 잘 그린 그림을 샀습니다.
그가 말했습니다. "정말 잘 샀어.
누가 이 그림에 가격을 붙일 수 있을까?
이제 우리 교회에 이 보물을 가지고 가야겠어."
성모 마리아는 우리가 밤이나 낮이나
항상 당신을 생각하게 하십니다.

일을 완수한 사제는 그림을 접어서
가슴 깊이 품은 채 길을 재촉했습니다.

얼마 가지 않아 그는 나뭇가지 밑에서
잠자고 있는 사자 한 마리를 만났습니다. 사자는
온순한 모습으로 조용히 사제 앞을 걸어갔습니다.
이토록 하나님이 그를 보호하길 원하시니
우리가 이 사실을 의심치 말고 굳게 믿습니다.
성모 마리아는 우리가 밤이나 낮이나
항상 당신을 생각하게 하십니다.

사제가 사자로부터 멀어졌을 때 그는 야수가
떠났음에도 불구하고 여전히 두려움에 떨고 있었습니다.
잠시 시간이 흐른 뒤 순례자들을 약탈하는 한 사악한 도둑이
자기 부하들에게 나지막이 말했습니다.
"저 남자가 정신이 없어 보이니 목숨을 살려두지 말고
해치우는 게 어때? 내가 그를 창으로 찌를 테니
그다음 저 사람이 가진 소지품을 우리가 공평히 나눠 갖자구."
성모 마리아는 우리가 밤이나 낮이나
항상 당신을 생각하게 하십니다.

도둑이 이 말을 하고 난 후 "아우들, 저치를 지금 해치우지"
라고 수군거리며 그 사제를 공격하려 하였습니다.
하지만 천상의 목소리가 높은 곳에서 들려왔습니다.
"사악한 자들아, 우리가 그 사람을
악행과 해악으로부터 보호하고 있으니
그에게 손대지 마라. 경고하노니,
하나님이 너희에게 복수할 것이다."

성모 마리아는 우리가 밤이나 낮이나
항상 당신을 생각하게 하십니다.

수도승이 이 그림 속에 엄청난 힘이 서려 있다는 사실을
목격한 뒤 말했습니다. "하나님이 나의 후원자이듯이
이 그림에 그런 능력이 있으니 콘스탄티노폴리스[26]에 있는
우리 교회에 갖다 놓는 것이 좋지 않겠소?
우리가 만약 다른 곳에 그걸 갖다 놓는다면
현명치 못한 무책임한 처사가 될 거요."
그는 이렇게 생각을 정리한 후 해안가로 가게 되었습니다.
성모 마리아는 우리가 밤이나 낮이나
항상 당신을 생각하게 하십니다.

그는 큰 무리의 사람들과 함께 배에 올랐고
배가 먼 바다를 향해 항해했습니다.
하지만 큰 폭풍이 느닷없이 몰아쳐서 배에 탄 많은 사람들이
목숨을 부지하기 위해 배에서 뛰어내렸던 것으로 보입니다.
수도승이 절망감에 휩싸여 목숨을 구하려고
그가 운반 중이던 우리가 흠모하는 성모 마리아 그림을
집어 들고는 바다에 막 던지려고 하는 중이었습니다.
성모 마리아는 우리가 밤이나 낮이나
항상 당신을 생각하게 하십니다.

---

26) 터키 이스탄불의 옛 도시명으로 15세기 오스만제국에 함락되기 전까지 불린
이름이다.

어떤 한 음성이 그에게 그림을 배 밖으로 던지지 못하게 하면서
그것은 죄악이라고 경고하였습니다.
아울러 그 그림을 하늘로 치켜세우면 거센 날씨가 비켜나갈 것이라
일러주었습니다. 사제가 울부짖으며 말했습니다.
"그렇게 하겠습니다." 그리고는 그 그림을 치켜세우고
마음을 다해 외쳤습니다. "우리의 기쁨이자
구세주이신 하나님께 감사를 드립니다."
성모 마리아는 우리가 밤이나 낮이나
항상 당신을 생각하게 하십니다.

그 즉시 폭풍이 잠잠해졌습니다.
그리고 그 배는 아크레[27]로 돌아갔습니다.
수도승은 그림을 들고
그 선량한 여인의 집에 갔습니다.
이제 우리가 수도승이 무모하게 저지른,
조금도 이득이 없는 큰 실망스런
행동에 대하여 말하겠습니다.
성모 마리아는 우리가 밤이나 낮이나
항상 당신을 생각하게 하십니다.

여인이 그 사제를 알아보지 못하자
사제는 이 점을 다행스럽게 생각했습니다.
하지만 그가 그곳을 떠나려 했을 때 그가 있던 예배당으로 통하는 문을

---

27) 이스라엘 서쪽 항구도시 아크레를 의미한다.

발견하지 못했을뿐더러 그가 어떻게 들어왔는지 기억조차
제대로 해낼 수 없었습니다. 그가 혼잣말을 했습니다.
"우리가 산 이 그림을 더 이상 지체하지 않고 그냥 남겨두고 가면
하나님이 우릴 이 곤경에서 빠져나가게 도와주실지 몰라."
성모 마리아는 우리가 밤이나 낮이나
항상 당신을 생각하게 하십니다.

사제가 이렇게 생각했을 때 문이 열리는 것을 보았습니다.
그 후 그 여인에게 그가 본 바를 말하러 갔습니다.
그는 그녀에게 언급한 바에 대한 증거로서 그 그림을 주었고
그의 과오를 용서받기 위하여 그것을 제단 위에 두었습니다.
그 그림에 살이 붙고 악취가 아닌 달콤한 만나가 솟아났습니다.
우리는 그 만나가 이전에도 솟아나왔고 아직도 넘치도록
솟아나고 있다는 사실을 확신합니다.
성모 마리아는 우리가 밤이나 낮이나
항상 당신을 생각하게 하십니다.

10
아름답고 선하며 위대하신
큰 능력에 대한 성모 마리아 찬가

그분은 장미 중 장미, 꽃 중의 꽃,
여인 중 여인, 성녀 중 성녀입니다.

마리아님은 아름답고 품위 있는 장미,

즐거움과 환희가 가득한 꽃,
자애로운 여인이며
슬픔과 고통을 소멸하는 성녀입니다.
그분은 장미 중 장미, 꽃 중의 꽃,
여인 중 여인, 성녀 중 성녀입니다.

모든 악에서 사람을 보호하고
이 세상을 비천하게 살며 저지른
모든 죄를 용서하시는
이 성녀를 온 마음으로 사랑해야 합니다.
그분은 장미 중 장미, 꽃 중의 꽃,
여인 중 여인, 성녀 중 성녀입니다.

우리는 사력을 다해 성모 마리아를 사랑하고 모셔야 합니다.
이에 그분은 우리를 해악에서
구해주기 위하여 최선을 다하시고
우리가 죄인으로 저지른 과오를 참회하도록 도와주십니다.
그분은 장미 중 장미, 꽃 중의 꽃,
여인 중 여인, 성녀 중 성녀입니다.

나는 이 여인을 나의 성녀로 받아들입니다.
나는 그분의 음유시인이 되겠습니다.[28]
내가 그분의 사랑을 얻을 수만 있다면

---

28) 본고의 서문에 명시한 알폰소 현왕의 저술 목적을 재차 언급하는 구절이다.

나는 모든 다른 사랑을 악마에게 던져버리겠습니다.
그분은 장미 중 장미, 꽃 중의 꽃,
여인 중 여인, 성녀 중 성녀입니다.

11
악마로 인해 강물에서
익사할 뻔한 수도승의 영혼을
성모 마리아가 구원하여
소생케 하신 이야기

　　　　　　　　　사람이 정신을 못 차려
　　　　　　　　죄지을 때가 있을지라도
　　　　　　　　성모 마리아는 선하시니
　　　　　　　　절망해서는 안 됩니다.

어떤 한 수도원의
회계 담당 사제에게 일어난 일을
여러분들에게 말하겠습니다.
사제는 공금을 부도덕하게
사용했는데 이 일은 하나님의 섭리에
어긋나는 행동이었습니다.
사람이 정신을 못 차려
죄지을 때가 있을지라도.

사제는 여러 가지 잘못된 행위들과

아울러 매일 밤 매춘부를 찾아가 쾌락을
즐기는 비행을 저질렀습니다.
하지만 그는 외출을 하기 전에
항상 선한 척하며
성모 마리아의 이름을 부르곤 했습니다.
사람이 정신을 못 차려
죄지을 때가 있을지라도.

이런 일이 벌어질 때마다 그는 금지된 행동을
하기 위해 길을 떠날 때 벨이 울리지 않도록
조치한 후 대문을 교묘히 빠져나갔습니다.
그러나 그가 수도원으로 돌아오는 길에
강물에 빠지는 일이 일어났고
익사할 상황에 놓이게 되었습니다.
사람이 정신을 못 차려
죄지을 때가 있을지라도.

그의 영혼이 육신을 떠났을 때
악마는 즉시 그를 움켜쥐고
즐거워했으며 격렬히 타오르는
불길 속에 집어넣으려고 했습니다.
하지만 천사 무리가 그를
구출하기 위해 재빨리 도착했습니다.
사람이 정신을 못 차려
죄지을 때가 있을지라도.

큰 논쟁이 벌어졌습니다.
악마가 천사들에게 말했습니다.
"이 사람의 영혼은 내 소유가 맞으니
당신들은 가려던 길로 떠나시오.
그가 밤낮으로 해온 짓은 나에게 즐거움을
주기 위한 것이고 내 명령에 따른 것이라오."
사람이 정신을 못 차려
죄지을 때가 있을지라도.

천사 무리가 악마의 주장을 듣고 나서
일리가 있다고 판단한 나머지
슬픈 마음으로 자리를 떠났습니다.
하지만 우리의 인도자인 성모 마리아는
사제를 보호하기 위해 지체 없이
그 자리에 나타나셨습니다.
사람이 정신을 못 차려
죄지을 때가 있을지라도.

성모 마리아가 그곳에 와서
사제의 잘못된 영혼을 되돌리기 위하여
악마들에게 이렇게 말하면서
명령하셨습니다.
"나에게 속한 사람을
제자리로 돌려보내거라."
사람이 정신을 못 차려

죄지을 때가 있을지라도.

악마가 이 말을 듣게 되자
무서워하며 도망쳤습니다.
이때 한 천사가 재빨리 달려와
사제의 영혼을 가로챈 후
그의 육체 속에 되돌려주었고
다시 살 수 있도록 생명을 불어넣었습니다.
사람이 정신을 못 차려
죄지을 때가 있을지라도.

수도원 사제들이 그들을 깨우는
아침 종소리를 기다리다가
종이 울리자 곧바로 일어났습니다.
그들은 지체하지 않고 교회 마당에 나갔고
차가운 시냇가를 지나가다가
죄를 짓고 혼절해 있는 사제를 발견했습니다.
사람이 정신을 못 차려
죄지을 때가 있을지라도.

수도원의 모든 사제는 혼연일체가 되어
죄를 범한 동료가 사악한 악마로부터
자기 자신을 지킬 수 있기를 기원하며
기도문을 열창했습니다.
이 행동은 죽은 자를 살리신

하나님을 기쁘게 해드렸습니다.
사람이 정신을 못 차려
죄지을 때가 있을지라도.

12
사랑하는 여인의 마음을
살 수 없어 절망에 빠진
한 기사를 성모 마리아가
변화시켜주신 이야기

> 아름답고 선한 여인을 사모하고자 하는 사람이
> 영예로운 성모님을 사랑한다면
> 실족할 일이 없습니다.

나는 이러한 의미에서 이제 여러분에게 주님의 어머니가
프랑스에서 일으키신 아름다운 기적을 소개하고자 합니다.
그분은 당신을 사모하는 사람이 절망감에 사로잡혀
자포자기한 채로 멀어지기를 원하시지 않습니다.
아름답고 선한 여인을 사모하고자 하는 사람이
영예로운 성모님을 사랑한다면 실족할 일이 없습니다.

사랑에 빠진 사람은 한 기사입니다. 그는 무기를 다루는 솜씨가
출중하고 용모가 준수하며 좋은 인상을 주고 마음이 너그러운 사람
이었습니다.
그가 어떤 한 여인을 사랑하게 되었는데 그녀에 대한 사랑이 너무나

커서

목숨을 잃거나 정신이 이상하게 될 수도 있겠다는 생각을 할 정도
　　였습니다.

아름답고 선한 여인을 사모하고자 하는 사람이

영예로운 성모님을 사랑한다면 실족할 일이 없습니다.

그는 그 여인의 마음을 사기 위하여 뭐든지 하려고 했습니다.

그는 나갈 수 있는 모든 전쟁과 전투와 시합에 출전하여 최선을 다
　　했습니다.

그 결과 어떤 왕이나 공작도 그의 공훈을 칭송해야 한다고 생각하지
　　않은

사람이 단 한 명도 없었습니다.

아름답고 선한 여인을 사모하고자 하는 사람이

영예로운 성모님을 사랑한다면 실족할 일이 없습니다.

또한 그의 인품이 너무나 자상하여 가진 재산을

세상에 모두 나누어주다 보니 무일푼 신세가 되었습니다.

설상가상으로 그가 넋을 잃고 사랑하는 그 여인을 만나 얘기했을 때

그녀는 그 기사에게 관심을 갖지 않았습니다.

아름답고 선한 여인을 사모하고자 하는 사람이

영예로운 성모님을 사랑한다면 실족할 일이 없습니다.

기사는 비록 자신이 사랑하는 사람에게 이런 식으로

퇴짜를 맞고 무시당했지만 그의 마음이 그 여인에게서

사랑을 얻고자 하는 열정을 망각하거나

또 다른 사랑을 얻으려고 생각한 적이 없었습니다.
아름답고 선한 여인을 사모하고자 하는 사람이
영예로운 성모님을 사랑한다면 실족할 일이 없습니다.

마음속 상처가 너무나 커서 정신을 잃게 된 기사는
믿음이 강한 한 수도원장을 찾아가 고해성사를 하던 중
그 여인의 사랑을 얻기 위해 하나님께
기도를 해달라고 부탁을 하였습니다.
아름답고 선한 여인을 사모하고자 하는 사람이
영예로운 성모님을 사랑한다면 실족할 일이 없습니다.

그 신실한 수도원장은 기사가 사랑에 빠져
제정신이 아니라는 사실을 지켜보면서
이 일이 악마의 소행임을 즉시 알아차렸습니다.
그래서 그는 기사의 감정을 소멸할 방안을 궁리했습니다.
아름답고 선한 여인을 사모하고자 하는 사람이
영예로운 성모님을 사랑한다면 실족할 일이 없습니다.

수도원장이 그 기사에게 말했습니다. "내 친구여, 내 말을 듣게.
자네가 그 여인을 사랑한다면 내가 지금부터 말하는 것을 따라야만
　하네.
즉시 성모 마리아에게 그 여인과 만나게 해달라고 요청하게. 그분은
　능력이
있으시니 그 여자가 자네를 좋아하게 되도록 해주실 수 있다네."
아름답고 선한 여인을 사모하고자 하는 사람이

영예로운 성모님을 사랑한다면 실족할 일이 없습니다.

"자네가 그 여인을 얻기 위해서 해야 하는 일은
다름 아니라 성모 마리아의 제단 앞에 무릎을 꿇고
'아베마리아'를 매일 이백 번씩 새해가 밝을 때까지
쉬지 않고 부르는 일이라네."
아름답고 선한 여인을 사모하고자 하는 사람이
영예로운 성모님을 사랑한다면 실족할 일이 없습니다.

기사는 수도원장이 그에게 얘기한 모든 것을 실행하였습니다.
그는 그해 내내 "아베마리아" 이름을 외쳤습니다.
다만 그를 찾아온 손님들을 접대하느라 며칠 정도
그 이름을 부르지 못한 적이 있었습니다.
아름답고 선한 여인을 사모하고자 하는 사람이
영예로운 성모님을 사랑한다면 실족할 일이 없습니다.

이때 기사는 그 여인을 생각하며 그해가 끝나기 전에
이 일을 완성하고 싶은 생각에 구세주의 어머니를
기념하는 암자에 다시 찾아가 그가 결석한 날을
채우고 돌아오기까지 했습니다.
아름답고 선한 여인을 사모하고자 하는 사람이
영예로운 성모님을 사랑한다면 실족할 일이 없습니다.

기사가 성모 마리아에게 자신의 슬픔과 아픔을 드러내며
이렇게 노력해나갈 때 성모가 보내신 성령이 찾아왔는데

너무나 아름답고 눈부시게 밝아서
바라볼 수조차 없었습니다.
아름답고 선한 여인을 사모하고자 하는 사람이
영예로운 성모님을 사랑한다면 실족할 일이 없습니다.

성령이 그에게 말했습니다. "네 얼굴에서 너의 손을 떼고
나를 똑바로 쳐다보아라. 내 얼굴은 베일에 가려져 있지 않단다.
너의 마음에 따라 나와 그 여인 중에
네가 더 좋아하는 한 명을 선택하여라."
아름답고 선한 여인을 사모하고자 하는 사람이
영예로운 성모님을 사랑한다면 실족할 일이 없습니다.

기사가 대답했습니다. "저의 주인이자 하나님의 어머니여,
당신은 제 눈으로 본 가장 아름다운 분이십니다.
그러니 저를 당신의 총애를 받는 종으로 거두어주십시오.
그 여인을 더 이상 제 마음에 두지 않겠습니다."
아름답고 선한 여인을 사모하고자 하는 사람이
영예로운 성모님을 사랑한다면 실족할 일이 없습니다.

흠 없는 성모 마리아는 기사에게 말했습니다.
"네가 나의 사랑을 받기 위해서는
올해 동안 한 기도를 일 년 더 이어서
내년에도 계속 해야만 한단다."
아름답고 선한 여인을 사모하고자 하는 사람이
영예로운 성모님을 사랑한다면 실족할 일이 없습니다.

성모 마리아는 그 기사를 자신의 종으로 받아주셨습니다.
기사는 그녀가 자신에게 지시를 내릴 때마다 그녀에게
기쁜 마음으로 기도를 하였습니다. 새로운 일 년이 다 지나갈 때
성모 마리아는 그 기사를 데리고 떠나셨습니다.
아름답고 선한 여인을 사모하고자 하는 사람이
영예로운 성모님을 사랑한다면 실족할 일이 없습니다.

13

유대인들이 밀랍으로 만든
예수상을 십자가에 매달았기에
성모 마리아가 팔월 당신의 축제날에
톨레도에서 비통해하신 이야기

성모 마리아를 가장 아프게 하는 것은
당신의 아들을 괴롭히는 일입니다.

나는 여러분에게 하늘의 여왕이신 성모 마리아가
톨레도에서 행하신 기적을 말하고자 합니다.
하나님께서 그녀에게 왕관을 수여하신
팔월의 축제날에 벌어진 일입니다.
성모 마리아를 가장 아프게 하는 것은
당신의 아들을 괴롭히는 일입니다.

그날 주교가 엄숙한 미사곡을
잘 부른 후 기도문을 낭송하기

시작했을 무렵이었습니다.
사람들이 침묵을 지키고 있을 때
한 여인의 가냘프고 슬픔에 찬 목소리가
그들에게 들려왔습니다.
성모 마리아를 가장 아프게 하는 것은
당신의 아들을 괴롭히는 일입니다.

그 흐느끼는 음성이 말했습니다.
"오 하나님, 오 하나님이시여,
나의 아들을 죽인 유대인들이
저지른 배반이 너무나 큽니다. 사실은
그는 그들과 같은 핏줄이 아닙니까.
그들은 내 아들과 친하게 지내기를 원하지 않습니다."
성모 마리아를 가장 아프게 하는 것은
당신의 아들을 괴롭히는 일입니다.

군중이 그 소리를 들은 후에
주교가 교회 바깥으로 나와서
그들이 들은 음성이 무슨 말을 했는지
군중에게 물어보았습니다.
그때 사람들이 대답했습니다. "사악한 유대인들이
그런 나쁜 짓을 저질렀습니다."
성모 마리아를 가장 아프게 하는 것은
당신의 아들을 괴롭히는 일입니다.

그러고 나서 사람들이
유대인 구역으로 급히 이동했을 때
그 말이 거짓말이 아니라는
사실을 발견했습니다.
유대인들은 예수 그리스도의 형상에
매질을 하고 침을 뱉고 있었습니다.
성모 마리아를 가장 아프게 하는 것은
당신의 아들을 괴롭히는 일입니다.

뿐만 아니라 유대인들은
그의 형상을 매달기 위한 십자가를
만드는 중이었습니다.
이 일로 인하여 그들은
모두 목숨을 잃게 되었고
그들의 즐거움은 슬픔으로 변했습니다.
성모 마리아를 가장 아프게 하는 것은
당신의 아들을 괴롭히는 일입니다.

14

성모 마리아가 당신에게 기도를 한
도둑이 교수대에서 죽지 않도록
구해주신 이야기

예수 그리스도가 십자가에서
한 도둑을 구원하신 것처럼
그분의 어머니가 또 다른 도둑을
죽음에서 구원하였습니다.

여러분에게 '엘보'라고 불리는
사악한 도둑을 살리신
성모 마리아 기적을
소개하겠습니다.
그 도둑은 기도를 하며
항상 자기 자신에 대하여
성모 마리아에게 고백을 했고
이로 인해 그가 구원을 받게 되었습니다.
예수 그리스도가 십자가에서
한 도둑을 구원하신 것처럼.

어느 날 그 도둑이
도둑질을 하러 갔을 때
궁중의 치안 판사가
그를 단번에 붙잡았습니다.

판사는 그 죄인을
교수대로 즉시 데려갔습니다.
하지만 하나님의 어머니 성모 마리아는
그 도둑을 불쌍히 여겼습니다.
예수 그리스도가 십자가에서
한 도둑을 구원하신 것처럼.

그가 교수대에서
형을 집행받는 순간
성모 마리아는 지체하지 않았습니다.
그녀는 즉시 도착하여
당신의 손으로
도둑의 발바닥 아래를 받쳤고
그가 질식하지 않도록
들어 올렸습니다.
예수 그리스도가 십자가에서
한 도둑을 구원하신 것처럼.

도둑이 사흘 동안 그곳에
매달려 있었는데도 죽지 않았습니다.
그러던 중 치안 판사가 그 옆을 지나가다가
그가 살아 있다는 사실을 발견하였습니다.
그의 부하 중 한 명은
도둑이 교수형을 당하도록
밧줄을 조정하였지만 성모 마리아께서

도둑을 보호하였습니다.
예수 그리스도가 십자가에서
한 도둑을 구원하신 것처럼.

도둑이 이제 죽었다고 사람들이 생각했을 때
그 도둑은 그들에게 말했습니다.
"나의 친구여, 내가 왜 죽지 않는지
이제 여러분에게 말씀해드리겠소.
성모 마리아께서 구해주셨소.
그분이 손수 나를 붙들어주셨기 때문에
밧줄 올가미에 목이
졸리지 않았던 거요."
예수 그리스도가 십자가에서
한 도둑을 구원하신 것처럼.

치안 판사가 이 말을 듣고 나서
성모 마리아를 찬양하였고
그리고 성모 마리아의 뜻에 따라
그 도둑 엘보를 사형대에서
내려주었습니다.
이런 일이 벌어진 후
그 도둑은 즉시 교단 소속의 일꾼이 되어
평생 성모 마리아의 하인으로 살았습니다.
예수 그리스도가 십자가에서
한 도둑을 구원하신 것처럼.

15

모든 성인의 간구에 아랑곳없이
오직 성모 마리아에게 기도를 하였기에
그분이 당신의 아들에게 간청하여 영혼을 구제받을 수 있었던
성 베드로 교단의 한 사제에 대한 이야기

> 하나님의 이름으로,
> 성모 마리아는 모든 성자보다
> 더 위대한 권능을 갖고 계십니다.

자신의 배를 통하여 하나님을 낳고
손수 그분을 키우다가
유대인들이 무서워
그분을 안고 파라오가 있는
이집트 땅으로 도망을 쳤던
성모 마리아는 이제 하나님에게
크나큰 영향력을 행사하실 수 있는
분이라고 말할 수 있습니다.
하나님의 이름으로, 성모 마리아는
위대한 권능을 갖고 계십니다.

이 영예로운 여인은
쾰른 시 근처에 있는
오래된 수도원에서
큰 기적을 행하기로

결심을 하셨습니다.
그곳에는 성 베드로 교단의
수도사들이 생활을
하고 있었습니다.
하나님의 이름으로, 성모 마리아는
위대한 권능을 갖고 계십니다.

그 훌륭한 사제들 중에
영원한 생명보다
이 세상의 즐거움을 더 가까이했던
한 형제가 있었습니다.
한번은 그가 어떤 병을
치료하기 위해 약을 마셨다가
임종기도도 하지 못한 채
죽는 상황이 발생하였습니다.
하나님의 이름으로, 성모 마리아는
위대한 권능을 갖고 계십니다.

그가 죽자마자 악마는
그의 영혼을 꽉 붙잡았고
그를 멀리 데려갈 생각을 하며
기뻐하고 있었습니다.
성자 베드로는 악마가
그런 짓을 못하도록 경고했으며
하나님에게 그 수도사의 영혼을

용서해달라고 기도하였습니다.
하나님의 이름으로, 성모 마리아는
위대한 권능을 갖고 계십니다.

성자 베드로의 기도에
하나님이 이렇게 응답하였습니다.
"선한 왕 다윗의 예언을
네가 모른다는 말이냐?
죄를 지은 사람은
내 앞에 나올 수 없고
나의 집에
거할 수도 없단다."
하나님의 이름으로, 성모 마리아는
위대한 권능을 갖고 계십니다.

성자 베드로는 하나님의
말씀을 듣고 너무나 슬펐습니다.
그는 찾을 수 있는 모든 성자에게
한 자리에 모이도록 요청하였습니다.
그들은 하나님에게 그 사제를 용서해달라고
함께 기도를 하였습니다.
그러나 하나님은 베드로에게 했던 것과
똑같이 대답하였습니다.
하나님의 이름으로, 성모 마리아는
위대한 권능을 갖고 계십니다.

성자 베드로는
다른 성인들이 뜻을 이루지
못했다는 사실을 확인하고 나서
성모 마리아의 자비를 구했습니다.
그는 성모 마리아에게
악마가 그 사제의 영혼을 구속하도록
내버려 둬서는 안 된다는 말을
그분의 아들에게 전해달라고 부탁하였습니다.
하나님의 이름으로, 성모 마리아는
위대한 권능을 갖고 계십니다.

그 즉시 성모 마리아는
그의 아들에게 찾아가서
자신을 위해 사제의 죄를
용서해달라고 기도하였습니다.
그가 대답했습니다. "어머니, 당신을 기쁘게
해드리기 위해 내가 그렇게 하겠습니다.
그의 육체에 영혼을 불어넣고
주어진 소명을 다하도록 살려주겠습니다."
하나님의 이름으로, 성모 마리아는
위대한 권능을 갖고 계십니다.

하나님이 성모 마리아를 위하여
그 기도를 들어주었을 때
죽었던 사제가 다리를 펴고 일어났습니다.

그는 성모 마리아의 도움이 없었다면
죽을 수밖에 없었고
이번 계기로 인해
하나님의 은혜를 입게 된 사실을
수도원의 사제들에게 얘기하였습니다.
하나님의 이름으로, 성모 마리아는
위대한 권능을 갖고 계십니다.

16

누에치기가 성모 마리아에게 비단 두건 한 장을 약속한 후
그렇게 하지 못하자 누에가 두 장을 짜도록 당신이 도와주신 이야기

성모 마리아는 우리가
불신에 빠지지 않도록
매일 아름다운 기적을
기꺼이 일으키십니다.

성모 마리아께서 당신이
우리에게 중요한 분임을
증거하기 위하여
엑스트레마두라 지방[29]에서
큰 기적을 일으키셨습니다.

---

29) 스페인 중서부 지방 엑스트레마두라(Extremadura)를 말한다.

세고비아[30)]에 살며
집에서 비단을 짜는
한 여인이 있었습니다.
우리가 불신에 빠지지 않게
해주시는 성모 마리아.

그 여인은 누에농사가
잘 되지 않아 비단을 거의 가지고
있지 않았지만
열렬히 사랑해온 제단 위에 있는
'흠 없는 성모 마리아' 상을 위하여
그녀의 베일로 쓰기 위한
긴 비단 천을 만들어
선물하겠다고 약속했습니다.
우리가 불신에 빠지지 않게
해주시는 성모 마리아.

그 여인이 다짐을 한
직후 누에고치들은
실을 뿜어내기 시작했고

---

30) 스페인 중부 도시 세고비아(Segovia)는 위 행에서 언급된 지방 엑스트라마두라
에서 지리적으로 동떨어진 위치에 있다. 하지만 이 두 지역을 거의 동일한 지역
으로 표현한 것으로 보아 그 중간 지점에 위치한 어떤 마을을 의미할 가능성이
있다.

죽지 않았습니다.
하지만 그 여인은 자신이 약속한
바에 대하여 집중력을 잃어갔고
베일을 만들기 위해 비단 짜는 일을
잊어버리게 되었습니다.
우리가 불신에 빠지지 않게
해주시는 성모 마리아.

팔월의 큰 축제날
대낮에 그 여인이
성모 마리아 조각상에
기도를 하러 왔습니다.
그녀가 무릎을 꿇고
기도를 드리는 동안
자신이 선물하기로 약속했었던
비단 천을 기억하게 되었습니다.
우리가 불신에 빠지지 않게
해주시는 성모 마리아.

그녀가 참회의
눈물을 흘리며
집으로 황급히
뛰어갔을 때
누에고치들이
부지런하게

천을 짜고 있는
모습을 보았습니다.
우리가 불신에 빠지지 않게
해주시는 성모 마리아.

그가 눈물을 멈추고
그 천을 시험해보았습니다.
그 후 그는 많은
사람들을 불러서
하나님의 어머니가
경이로운 솜씨로
짠 천을 볼 수 있게
해주었습니다.
우리가 불신에 빠지지 않게
해주시는 성모 마리아.

사람들이 이 광경을 보고 나서
큰 환희에 차올라
하나님의 어머니를 찬양하였고
길거리로 나가서 소리쳤습니다.
"이 위대한 기적을
보십시오. 우리를
인도하시는 성모 마리아께서
하신 일입니다."
우리가 불신에 빠지지 않게

해주시는 성모 마리아.

한두 명씩 재빨리 궁전에
가서 이 모든 것을 보았습니다.
그때 누에고치들은
또 다른 베일을 만들고 있었고
이것이 두 번째였습니다.
따라서 누군가가
하나를 가져가더라도
또 다른 하나가 남아 있게 되었습니다.
우리가 불신에 빠지지 않게
해주시는 성모 마리아.

그 이후에 내가 듣기로는
알폰소왕[31]이 그중 가장
아름다운 베일을 골라
교회에 가져갔다고 합니다.
성스러운 날이 오면
그는 성모 마리아를 의심하는
어리석은 자들이 이교도적인 생각을 떨치도록
그 베일을 가져갔습니다.
우리가 불신에 빠지지 않게
해주시는 성모 마리아.

---

31) 본 문헌의 저자인 알폰소 현왕을 말한다.

17

성모 마리아가
당신을 찬양하던 한 사제가
죽음을 맞이하자
그의 입에서 라일락 닮은 꽃이
피어나게 한 이야기

주님의 어머니, 당신을 믿으면
실패하는 일이 없습니다.

당신을 칭송하고 두려워하는 사람은
실수를 하거나 실패하지 않습니다.
이와 관련하여 나는 프랑스에서 일어난
어떤 한 기적을 소개하고자 합니다.
주님의 어머니, 당신을 믿으면
실패하는 일이 없습니다.

사르트르 지방에 한 불량한 사제가 살았는데
그는 도박꾼에다가 도둑이었습니다.
하지만 그는 마음 한구석에 성모 마리아에 대한
신실한 믿음을 갖고 있었습니다.
주님의 어머니, 당신을 믿으면
실패하는 일이 없습니다.

그가 무모한 짓을 하러 떠날 때

성모 마리아 상을 보게 되면
지체하지 않고 즉시
그 자리를 도망쳤습니다.
주님의 어머니, 당신을 믿으면
실패하는 일이 없습니다.

기도를 한 후에 그 말썽꾸러기 짓을 하고
다시 돌아왔습니다. 죄악에 물들어 살아가다
그는 고백기도도 드리지 못한 채
죽음을 맞이하게 되었습니다.
주님의 어머니, 당신을 믿으면
실패하는 일이 없습니다.

이런 식으로 그가 급사했기 때문에
사람들은 그의 주검을
교회 경내로 받아들이기를 꺼렸고
바깥에 내버려 두게 되었습니다.
주님의 어머니, 당신을 믿으면
실패하는 일이 없습니다.

그 일이 일어난 직후에
성모 마리아가 한 사제의 꿈에 나타나
그에게 말했습니다. "너희들은
옳지 않은 행동을 했단다."
주님의 어머니, 당신을 믿으면

실패하는 일이 없습니다.

"너희들은 나의 사제를 받아들이지 않았고
성스러운 장소에 묻지도 않았으며
다만 그가 먼 곳에서
천대받도록 내버려 두었구나."
주님의 어머니, 당신을 믿으면
실패하는 일이 없습니다.

"하나님이 너희들을 용서하시기를 기원한다.
내일 가장 먼저 해야 하는 일은 슬픔과 존중을 잃지 않고
행렬을 지어서 그의 주검을 데리러 가야 하는 것이다.
너희들이 지은 잘못이 크단다."
주님의 어머니, 당신을 믿으면
실패하는 일이 없습니다.

그 사제는 즉시 잠자리에서 일어나
종을 쳤으며
성모 마리아가 행하신 기적을 보기 위해
부산히 움직였습니다.
주님의 어머니, 당신을 믿으면
실패하는 일이 없습니다.

사제들은 화음을 맞추어
하나님의 자비를 구하는 노래를 불렀고

하나님의 은혜가 가득한 곳에 누워 있는
그를 보게 되었습니다.
주님의 어머니, 당신을 믿으면
실패하는 일이 없습니다.

그 사제가 생전에 항상
성모 마리아를 찬양했기 때문에
하나님이 그의 입에서 라일락과 같은 꽃 한 송이가
피어나게 해주었습니다.
주님의 어머니, 당신을 믿으면
실패하는 일이 없습니다.

이 모든 일이 성모 마리아의 큰 선물이며
제대로 해결되었다고 생각하게 되었습니다.
강론이 끝나자 그들은 춤을 추며
그 사제의 시신을 옮겼습니다.
주님의 어머니, 당신을 믿으면
실패하는 일이 없습니다.

18

세 명의 기사가
성모 마리아의 성단 앞에서
자신들의 적을 살해하자
당신이 그들에게 복수하신 이야기

하나님의 어머니이자 따님인
성모 마리아에게 해를 입히는 사람은
큰 화를 당하게 됩니다.

이 제목으로 나는 영광의 왕이신 하나님의 어머니가
경솔하고 교만한 한 귀족을 꾸짖었다는
아름다운 기적 한 편을 소개하고자 합니다.
지금 이 경이로운 사건을 여러분에게 말하겠습니다.
성모 마리아에게 해를 입히는
사람은 큰 화를 당하게 됩니다.

어느 날 이 사람과
또 다른 두 명이
그들의 적수와 마주치고 나서
추격전을 벌이다가
교회에 그를
가두게 되었습니다.
이 사람을 뒤따라온 사람들은
악마와 가깝게 지냈습니다.

성모 마리아에게 해를 입히는
사람은 큰 화를 당하게 됩니다.

포로가 된 사람은
성모 마리아 교회에
붙들려 있을 것이라고
생각했었지만
분노와 악의로 가득 차서
뒤쫓아온 다른 사람들은
그를 제단 앞에서
살해하고 말았습니다.
성모 마리아에게 해를 입히는
사람은 큰 화를 당하게 됩니다.

그들이 그를 살해하고 나서
교회 밖으로 빠져나가려고 했습니다.
하지만 악행을 저지른
사람에게 압력을 가하셨고
지금도 가하고 계신
하나님에 의해
그들은 애를 쓰면 쓸수록
빠져나갈 수 없었습니다.
성모 마리아에게 해를 입히는
사람은 큰 화를 당하게 됩니다.

그들 중 누구도
칼이나 방패를
잡을 새 없이
하늘에서
번갯불이
내려와
머리부터 몸통 아래까지
태워버렸습니다.
성모 마리아에게 해를 입히는
사람은 큰 화를 당하게 됩니다.

불한당들은 그들의 육체가
불에 타며 고통을 겪는
상황을 보면서 그들이 잘못했다는
사실을 깨닫게 되었습니다.
그들은 악마가
그들을 잡아가지 못하게
성모 마리아에게
자비를 간구했습니다.
성모 마리아에게 해를 입히는
사람은 큰 화를 당하게 됩니다.

그들이 죄를 뉘우친 뒤,
회복을 하였고
신실한 주교에게

고해성사를 했습니다.
이에 주교는 그들이 지은
범행에 대한 처벌로서
고국을 떠나도록
추방하였습니다.
성모 마리아에게 해를 입히는
사람은 큰 화를 당하게 됩니다.

아울러 주교는
불한당들에게
사람을 살해한 그 칼을
속옷 깊은 곳에
넣고 다니도록 명령하여
시실리를 다니는 동안
그들의 살을 파고드는
형벌을 받게 했습니다.
성모 마리아에게 해를 입히는
사람은 큰 화를 당하게 됩니다.

19

성모 마리아가
큰 곤경에 처한
로마 황태후를
도와주신 이야기

세상의 고달픔에 맞서려는
사람은 성모 마리아를 항상
자신 앞에 내세워야 합니다.

문헌에 기록된 바에 기초하여,
주님의 어머니이신 성모 마리아가 베아트리스라고 불리는
로마 황태후에게 행한 기적을 얘기해드리겠습니다.
악령과 병마에 시달리다 파멸했다고 보는
세상의 심판에서 성모 마리아가 황태후를 구해주셨습니다.
이 사건이 본 노래의 주제입니다.
이 세상의 고달픔에 맞서려는 사람은
성모 마리아를 항상 자신 앞에 내세워야 합니다.

내가 말한 이 여인은 황제의 부인이었습니다.
비록 내가 그 황제의 이름은 모르지만 그는 로마제국의 군주였으며
들은 바로는 아주 용맹스러운 전사였다고 합니다.
[그의 아내는 너무나 아름다워서 모든 미인 중에서도
최고의 꽃이었다고 합니다. 그 황태후는 하나님을 믿으며
그의 계명을 위해 헌신했고 무엇보다 성모 마리아를 사랑했습니다.

이 세상의 고달픔에 맞서려는 사람은
성모 마리아를 항상 자신 앞에 내세워야 합니다.

황제가 아내를 목숨이 다하도록 사랑했고 아내 또한
누구보다 그를 사랑했습니다. 하지만 황제는
하나님을 섬기는 충직한 사람으로서 십자군 원정에 참가하게 되었고
바다를 건너 예루살렘에 성지순례를 떠나게 되었습니다.
그가 로마에서 해외로 떠날 때
그와 뜻이 통한다고 생각한 동생을 남겨두었습니다.
이 세상의 고달픔에 맞서려는 사람은
성모 마리아를 항상 자신 앞에 내세워야 합니다.

출발 시간이 다 되었을 때 황제는 그의 동생을 불러다가
황태후에게 이렇게 말했습니다.
"지금부터 내 형제를 아들같이 돌봐주고
그의 어머니가 되어주시오.
그를 꾸짖는 일을 망설이지 마시오.
그렇게 함으로써 나에 대한 사랑을 보여줄 수 있는 거라오."
이 세상의 고달픔에 맞서려는 사람은
성모 마리아를 항상 자신 앞에 내세워야 합니다.

그리고 황제는 길을 떠났습니다.
세월이 좀 흐르자 그의 동생이 황태후를 쳐다보았고
그녀를 연모하게 되었습니다.
그리고 온 정열을 다해 그녀를 사랑한다고 고백하였습니다.

하지만 선한 여인은 그 일을 배신행위로 간주하고 그를
비밀리 탑에 감금하였고 그 속에서 죽게 내버려 두기로 마음먹었습니다.
이 세상의 고달픔에 맞서려는 사람은
성모 마리아를 항상 자신 앞에 내세워야 합니다.

황제는 아크르에 이 년 반 동안 머물며
예루살렘 지역을 여러 차례 지나며 여행하였습니다.
이 일을 마치자 그는 로마로 되돌아왔습니다.
성지를 떠날 때 그는 아내에게 전령을 보냈습니다.
그 후 아내는 그의 부정직한 형제를 풀어주었습니다.
하지만 그는 황태후를 배신했습니다.
이 세상의 고달픔에 맞서려는 사람은
성모 마리아를 항상 자신 앞에 내세워야 합니다.

황제의 형제가 감옥을 나오자 그는 수염이나 머리카락을 깎지 않고
옷도 우중충하게 입었습니다. 그는 황태후에게 다녀오겠다는 말도
하지도 않은 채 그의 형에게 곧장 달려갔습니다. 황제가 그의 동생이
안쓰럽게 있는 모습을 보고 무슨 일이 있었는지 물었습니다.
그가 대답했습니다. "내가 사실대로 솔직하게 털어놓겠습니다."
이 세상의 고달픔에 맞서려는 사람은
성모 마리아를 항상 자신 앞에 내세워야 합니다.

그 둘은 조용한 장소로 갔습니다. 거기서 황제의 동생은 울부짖기
시작했고 황태후에 대하여 격하게 불평을 늘어놓기 시작했습니다.
황태후가 시킨 못된 행동을 거부했기 때문에

자기를 감옥에 가두었다고 말했습니다.
황제가 이 소리를 들었을 때 슬픔을 이기지 못해
말 안장에서 땅바닥으로 떨어졌습니다.
이 세상의 고달픔에 맞서려는 사람은
성모 마리아를 항상 자신 앞에 내세워야 합니다.

황제가 땅바닥에서 일어나 전력을 다해 로마로 달려갔고
곧이어 그를 만나러 나온 황태후를 보게 되었습니다.
황제가 그녀를 보자 그는 화가 난 채로 다가가
그녀의 얼굴을 때렸습니다.
그는 진실을 가리기 위해 기다려주지 않고
그녀를 처형하라고 명령했습니다.
이 세상의 고달픔에 맞서려는 사람은
성모 마리아를 항상 자신 앞에 내세워야 합니다.

황제의 명령을 받은 두 사냥꾼이 그녀를 먼 곳으로 데리고 가서
그 부근 숲속으로 끌고 갔습니다.
그들은 그녀를 숲으로 데리고 가서
음행을 저지르려고 합의를 했습니다.
황태후는 성모 마리아 이름을 불렀습니다.
그때 한 백작이 달려왔고 붙잡혀 있는 그녀를 구출하였습니다.
이 세상의 고달픔에 맞서려는 사람은
성모 마리아를 항상 자신 앞에 내세워야 합니다.

치한들로부터 황태후를 구해낸 백작이 그녀에게 말했습니다.

"여인이여, 당신은 누구이며 어디서 오셨는지 말해주겠습니까?"
그녀가 대답했습니다. "나는 당신의 도움이 필요한 가련하고 불행한
　여자입니다."
백작이 말했습니다. "하나님의 이름으로, 내가 당신의 부탁을
기쁜 마음으로 받아들이겠소. 내 아내가 우리 아들을 교육하기 위해
당신과 같은 사람을 찾고 있었습니다."
이 세상의 고달픔에 맞서려는 사람은
성모 마리아를 항상 자신 앞에 내세워야 합니다.

백작은 이 말을 마치고 나서 그녀를 곧장 백작부인에게 데리고 가
　말했습니다.
"우리 아들을 가르치기 위해서 이 여인이 적합할 것 같소.
그녀는 용모가 수려하고 게다가 어두운 면이 보이질 않소.
그러니 우리 말을 충실히 따를 걸로 믿소.
지금부터 이 여인에게 우리 애를 돌보도록 맡깁시다."
이 세상의 고달픔에 맞서려는 사람은
성모 마리아를 항상 자신 앞에 내세워야 합니다.

그 착한 여인은 백작의 아들을 맡게 되었고
그를 제대로 가르치기 위해 최선을 다했습니다.
한편 백작에게 경망스럽고 신중치 못한 동생이 있었는데
그가 황태후에게 구애를 해왔습니다.
그녀가 거절을 하자 그는 그녀의 생각을 바꿀 승산으로 어느 날 밤
　중에
백작 아들의 목을 자르고 사용한 칼을 여자의 손에 쥐어주었습니다.

이 세상의 고달픔에 맞서려는 사람은
성모 마리아를 항상 자신 앞에 내세워야 합니다.

어린아이의 숨이 끊어진 후 그 착한 여인이 어린이의 죽음을 발견
   하자
비명을 지르며 말했습니다. "아, 어쩌면 좋아?" 백작과 백작부인이
그녀에게 물었습니다. "무슨 일이지요?" 그녀가 대답했습니다. "너무
   나 슬프고
괴롭습니다. 모두 제 책임이에요. 그가 죽어 있었어요." 백작 동생이
   말했습니다.
"당신이 그를 죽여 우리를 불행하게 만들었으니
내가 당신에게 그 죽음에 대한 복수를 해야겠소."
이 세상의 고달픔에 맞서려는 사람은
성모 마리아를 항상 자신 앞에 내세워야 합니다.

그 후 여인은 도둑보다 더 나쁜 그 치한에게 능욕을 당했습니다.
그녀는 백작부인 외에 자신을 도와줄 사람이 없다는 사실을 알았지만
그 치한에게서 도망치기가 쉽지 않았습니다. 어떤 사람이 말했습니다.
"그 여자를 화형시킵시다." 또 다른 사람이 말했습니다. "그 여자의
   손을 잘라버려요."
결국 그들은 그 여인을 시리아에서 온 한 뱃사람에게 넘기게 되었
   습니다.
뱃사람이 그녀를 바다로 데려가 물에 수장하게 만들 계획이었습니다.
이 세상의 고달픔에 맞서려는 사람은
성모 마리아를 항상 자신 앞에 내세워야 합니다.

여인이 배에 올랐을 때 뱃사람은 넋을 잃었고 그가 시키는 대로
하라고 명령하면서 그것이 그녀에게 이로울 것이라고 협박했습니다.
그때 여인이 말했습니다. "성모 마리아님, 당신은 제가 불쌍하지도
　않습니까?
당신의 아들은 저를 기억하지 못합니까? 제가 뭘 어떻게 해야 합니까?"
그때 하늘에서 한 음성이 들려와 뱃사람에게 말했습니다.
"그녀에게서 네 손을 치워라! 그렇게 하지 않으면, 내가 널 벌할 것
　이다."
이 세상의 고달픔에 맞서려는 사람은
성모 마리아를 항상 자신 앞에 내세워야 합니다.

그때 선원들이 말했습니다. "이건 하나님의 심기를 건드리는 일이야.
저 여자를 무인도 암초에 놔두지. 거기서 풍랑을 만나
시달리다가 죽게 될 거야. 그렇게 하지 않으면
불행이 우리에게 닥쳐와 저 여자의 예쁜 모습을 보지 못하게
될걸세." 그들이 여자를 바위 위에 내려주자 바다는 잔잔하게 있지
　않고
큰 파도로 그녀를 요동치게 만들었습니다.
이 세상의 고달픔에 맞서려는 사람은
성모 마리아를 항상 자신 앞에 내세워야 합니다.

황태후는 원래 작은 심장을 가진 사람이 아니었지만
거친 바다와 굶주림을 너무나 자주 겪다 보니 마음이 새까맣게 타
　들어 갔습니다.
그녀가 잠에 들었을 때 주님의 어머니가

그 여인을 위해 한 일을 말해드리겠습니다.

성모 마리아는 그녀가 배고픔을 잊게 해주시고

나환자들까지 치유할 수 있는 몸에 아주 좋은 약초를 주셨습니다.

이 세상의 고달픔에 맞서려는 사람은

성모 마리아를 항상 자신 앞에 내세워야 합니다.

잠에서 깨어났을 때 그 성스러운 여인은 불쾌해하거나 배고파하지
　않았습니다.

마치 빵과 고기로 향연을 벌였던 것처럼 그녀에게 여겨졌습니다.

그녀가 머리 위에 놓인 약초를 발견하고는 이렇게 말했습니다.

"주님의 어머니, 당신을 믿는 자들을 축복해주시는군요.

그들이 당신을 따르고 감사함을 잊지 않는 한

그들은 당신의 큰 은혜로 충만할 것입니다."

이 세상의 고달픔에 맞서려는 사람은

성모 마리아를 항상 자신 앞에 내세워야 합니다.

하나님의 사랑을 받는 친구, 황태후가 이렇게 외치자

아랍인이나 유대인이 없이[32] 신실한 성지순례자만 가득 태운

배 한 척이 그녀를 향해 다가왔습니다.

그들이 왔을 때 그녀는 눈물을 흘리며 도움을 요청했습니다.

"내 친구들이여 당신들이 가는 곳으로 나를 데려가 주시오!"

그들은 그녀를 곧장 배에 태웠습니다.

---

32) 본 문헌의 내용 전반에 배여 있는 종교적·사회문화적 관념, 즉 스페인 중세
　　사회에서 점차 심화되었던 반이슬람주의와 반유대주의를 엿볼 수 있다.

이 세상의 고달픔에 맞서려는 사람은
성모 마리아를 항상 자신 앞에 내세워야 합니다.

황태후가 탄 배가 로마 항구에 도착하자 사람들이 즉시 닻을 내렸고
"신을 찬양합시다"라고 외쳤습니다. 그 배의 주인은
자기 사람들 중 한 명에게 이렇게 말했습니다.
"가서 내 창고에 있는 고기와 생선을 꺼내서 음식을 만들어라.
돈을 받지 않겠다." 황태후가 나환자 한 명을 치료하자
그 소문이 주변에 퍼졌고 많은 수의 나환자가 그녀를 찾아왔습니다.
이 세상의 고달픔에 맞서려는 사람은
성모 마리아를 항상 자신 앞에 내세워야 합니다.

그녀가 병을 낳게 도와준 환자 수는 천 명이 넘었습니다.
그중에는 백작의 동생도 있었는데
그녀가 사월에 치료를 해주었습니다.
그가 완쾌하기 전에 자신이 저지른 극악무도한 죄를 고백해야만 했습
    니다.
그때 백작과 백작부인은 그들의 위선적인 나환자 동생이 꾸민
음흉한 배신으로 희생된 그 정숙한 여인에 대하여 애석해했습니다.
이 세상의 고달픔에 맞서려는 사람은
성모 마리아를 항상 자신 앞에 내세워야 합니다.

황태후는 그달에 많은 나환자들을 치료하였습니다.
하지만 그들이 준 많은 재화는 한 푼도 받지 않고 모두 돌려주었습
    니다.

그녀는 많은 성지순례를 다녀왔고 삼 개월 후에는
황제가 살고 있는 로마에 들어가게 되었습니다.
황제가 그녀를 불러 말했습니다. "나를 위해 나병에 걸린
내 동생을 치료해주시오. 내가 큰 보상을 내리겠소."
이 세상의 고달픔에 맞서려는 사람은
성모 마리아를 항상 자신 앞에 내세워야 합니다.

그 여인은 황제에게 말했습니다.
"당신의 동생이 회복할 것입니다.
하지만 내가 그를 위해 뭔가 하기 전에][33)
그는 교황과 당신 앞에서
그가 저지른 죄를 말끔히 씻어야만 합니다."
이 일이 실제로 이루어졌을 때 교황은 흐느껴 울었습니다.
이 세상의 고달픔에 맞서려는 사람은
성모 마리아를 항상 자신 앞에 내세워야 합니다.

"오, 신이여 어떻게 이런 일이! 누구도 이보다 더 큰 반역을 들은 적
  없을 겁니다."
그는 슬픔에 빠져 자신의 옷을 찢었습니다. 황태후는 눈물을 흘리
  며 말했습니다.

---

33) 본 가요는 톨레도본에서 상당 부분 소실된 채 그 일부분만 보존되고 있다. 따라
   서 역자가 엘에스코리알본의 텍스트를 토대로 그 소실된 부분을 복원하였다.
   두 번째 연(154쪽)에서 스물네 번째 연에 이르기까지 대괄호 안의 내용이 소실
   된 텍스트 부분에 해당한다.

"이제 당신한테 부담 없이 말할 수 있군요. 나는 현실도피주의자처럼 못난

당신 동생이 명백히 고해한 그 부정을 저질렀을 때 희생당한 사람입니다.

이 사실을 진실의 십자가에 계신 하나님께 맹세합니다. 이제 나는 성모 마리아를

모시기를 원합니다. 그녀는 빛이시며 내가 실패하는 것을 보고만 있지 않으십니다."

이 세상의 고달픔에 맞서려는 사람은

성모 마리아를 항상 자신 앞에 내세워야 합니다.

황제의 모든 만류에도 불구하고 그녀는 그에게 되돌아가지 않기로 하였습니다.

그 대신 그녀는 더 이상 세상적인 삶을 살지 않고

비단옷이나 회색다람쥐 모피를 다시는 입지 않는다는

사실을 황제가 믿어도 좋다고 말했습니다.

그녀는 회반죽으로 암자를 세우고

자신을 그 속에 가두어 세상을 영원히 등지기로 하였습니다.

이 세상의 고달픔에 맞서려는 사람은

성모 마리아를 항상 자신 앞에 내세워야 합니다.

20

성모 마리아가 우리에게 내리시는
큰 은혜에 대한 찬양

이새 집안의 동정녀여, 당신의
큰 은혜를 누가 찬양하고
우리로 인해 겪으신 큰 고통을
누가 말할 수 있겠습니까.

성모 마리아님,
밤에도 낮에도 당신은
당신의 아들에게 기도를 하십니다.
하나님이
엄하게 심판하실 때
당신이 싫어하는 죄악과 악행을
여기 이 땅에서 저지르는
우리의 어리석음을
그분이 보지 못하도록
기도를 하십니다.
이새 집안의 동정녀여,
당신의 큰 은혜를 누가 찬양할까.

또한 당신은
우리를 위해
끊임없이 싸우고 계십니다.

쾌락을 앞세워
우리를 교활하게 유혹하는
악마를 무찌르기 위해
분투하십니다.
당신은 항상 눈을 부릅뜨고
우리를 방어하고
보호해주십니다.
이새 집안의 동정녀여,
당신의 큰 은혜를 누가 찬양할까.

당신은 우리를 위해
아름답고 놀라운 기적을 일으키십니다.
제가 너무나 잘 알고 있듯이
우리를 타이르고 참아주시고
항상 마음을 쓰시며
당신을 보면 기겁하는
악마를 대적하여
우리를 지켜주시며
용맹스럽게
싸우고 계십니다.
이새 집안의 동정녀여,
당신의 큰 은혜를 누가 찬양할까.

성모 마리아는
오만한 자에게

겸손한 마음을 가르치고
온순한 자에게는 상을 내리시며
당신의 성스러운 은혜를
후하게 베푸십니다.
그래서 저는 제 자신을 낮추고
당신을 따릅니다.
당신은 신도들이 실족하지 않게
도와주시기 때문입니다.
이새 집안의 동정녀여,
당신의 큰 은혜를 누가 찬양할까.

21
성모 마리아가 당신을 위해
기도해온 한 사제를
주교로 정하도록 명령하신 이야기

　　　　　　　　성모 마리아는 당신의 성도들을
　　　　　　　　축복하기 위해 항상 애쓰십니다.

이 주제에 대해서
나는 여러분에게 흠 없는 성모 마리아가
파비아 도시에서 보여주신
큰 기적에 대해 말씀 드리겠습니다.
성모 마리아는 당신의 성도들을
축복하기 위해 항상 애쓰십니다.

영예로운 성모 마리아를
온 정성을 다해 모시는
영특하고 책임감이 있는
한 사제가 그 도시에 살았습니다.
–성모 마리아는 그녀의 신도들을
축복할 때 항상 행복해하십니다.[34]
성모 마리아는 당신의 성도들을
축복하기 위해 항상 애쓰십니다.

그 도시의 주교가 임종했을 때
우리를 인도하시는
성모 마리아가 그 신실한 사람에게
나타났습니다.
–성모 마리아는 신도들을
항상 축복하고 용기를 주십니다.
성모 마리아는 당신의 성도들을
축복하기 위해 항상 애쓰십니다.

그녀가 그 사제에게 나타나
이렇게 말했습니다.
"되돌아가서 그들에게 내일
주교로 선출해달라고 요청하시오."

---

34) 21번 찬가의 경우, 각 연구 후미 부분에 본 후렴부 이외에 제2의 후렴부가 약간
씩 차이를 보이며 존재한다.

-성모 마리아는 그녀의 신자들을
항상 축복하십니다.
성모 마리아는 당신의 성도들을
축복하기 위해 항상 애쓰십니다.

"제로니모라는 이름의 주교로 선출해달라고 요청하시오.
내가 그대를 칭찬하는 이유는 그대가
나를 지금 섬기고 있고 또한 내가 좋아하는 방식으로
나를 섬겨왔기 때문이라고 말하시오."
-성모 마리아는 신도들을
항상 축복하고 영원히 축원해주십니다.
성모 마리아는 당신의 성도들을
축복하기 위해 항상 애쓰십니다.

그 신실한 사제가 깨어났을 때
그는 성당 사제 회의를 열어
성모 마리아가 그를 주교로 임명해주기를
원하고 계신다는 사실을 말했습니다.
-성모 마리아는 신자들을 축복하기 위해
항상 최선을 다하십니다.
성모 마리아는 당신의 성도들을
축복하기 위해 항상 애쓰십니다.

그들은 만장일치로 의견을 모아
그를 선출하였고

곧이어 주교로 합당하게
추대하였습니다.
−성모 마리아는 신실한 신도들을
항상 올바르게 축복해주십니다.
성모 마리아는 당신의 성도들을
축복하기 위해 항상 애쓰십니다.

22
한 기사와 그의 부하들에게
상처를 입은 한 농부가
죽지 않도록
성모 마리아께서
살려주신 이야기

위대한 능력을 갖고 계신
주님의 어머니는 당신의 성도들을
지키고 보호하십니다.

성모 마리아는 당신의 아들이 준
큰 능력으로 신도들을 보호해주십니다.
이 주제와 관련하여 나는 여러분에게 성모 마리아가
내 생전에 행한 한 기적을 여러분에게 말하겠습니다.
위대한 능력을 갖고 계신
하나님의 어머니.

아르멘테이라[35]에 '마태'라고 불리는
한 농부가 살았는데
그와 그 지역 영주 간에 불화가 생기자
한 기사가 그를 살해하기 위해 도착했습니다.
위대한 능력을 갖고 계신
하나님의 어머니.

기사가 탈곡장에서 수수겨를 벗겨내고 있는
농부를 보자 창으로 공격하라고 명령을 내렸습니다.
농부는 유대인들이 십자가에 못 박고 살해한
하나님의 어머니를 부르기 시작했습니다.
위대한 능력을 갖고 계신
하나님의 어머니.

한 보병이 창의 양날로 그를 공격했지만
그를 찌르지 못했습니다.
그 병사는 그것이 마술이라고 생각하면서
광분한 유다스 마카베우스[36]보다 더 격렬하게 공격했습니다.
위대한 능력을 갖고 계신
하나님의 어머니.

---

35) 스페인 서북부 폰테베드라 지방의 한 도시명으로 보인다.
36) 기원전 2세기경 유대 지역을 점령했던 그리스 셀류코스 군대를 몰아낸 역사적
    인물 유다스 마카베우스(Judas Maccabeus)를 말한다.

그는 자신의 창을 농부를 향해 던져 그를 맞췄지만
상처를 내지 못했습니다. 농부가 성모 마리아를
불렀기 때문입니다. "나의 성모 마리아님,
당신의 신도들을 도와주셨으니 저도 도와주십시오."
위대한 능력을 갖고 계신
하나님의 어머니.

"제가 해를 입을 이유가 없으니
그냥 죽도록 내버려 두지 마십시오."
사람들이 성모 마리아가 행한 기적을 보았을 때
믿음이 없었던 사람들이 그녀를 믿는 신자로 변하였습니다.
위대한 능력을 갖고 계신
하나님의 어머니.

그들은 범죄를 뉘우쳤고 농부에게
용서를 빌었으며 보상을 해주었습니다.
이후 농부는 성지순례자들과 함께
로카마두르 방향으로 여행을 떠났습니다.
위대한 능력을 갖고 계신
하나님의 어머니.

23

영국의 한 선한 여인을
성모 마리아가 사랑하셔서
통 속의 포도주를 가득히 채워주신 이야기

주님이 잔칫날 손님 앞에서
물을 포도주로 만드셨듯이
그 이후에 주님의 어머니가
포도주 통을 채우셨습니다.

영국에 사는 한 아름다운 여인에게
성모 마리아가 베푼 기적 한 편을
소개해드리겠습니다.
그 여인은 하나님에게
훌륭한 재주를 선물받았고
예의가 바른 사람이었기에
하나님께서 당신의 신도가 되기를
각별히 원하셨습니다.
주님이 잔칫날 손님 앞에서
물을 포도주로 만드셨듯이.

그녀가 소유한 모든 장점 중에서
가장 소중한 것은
성모 마리아를
신실하게 믿었다는 사실입니다.

한번은 영국 왕이
그 여인의 집을 방문한 적 있는데
그때 그녀가 수치스런 일을
당하지 않게 구해주셨습니다.
주님이 잔칫날 손님 앞에서
물을 포도주로 만드셨듯이.

그 여인은 왕에게 음식을
대접하기 위해 부지런하게 다니며
그에게 고기와 생선, 그리고
빵과 보리밥을 가져다주었습니다.
하지만 그녀는 고급 와인을
갖고 있지 않았으며 다만
작은 술통에 술이
조금 남아 있을 뿐이었습니다.
주님이 잔칫날 손님 앞에서
물을 포도주로 만드셨듯이.

그녀의 가난은 슬픔을
두 배로 깊게 만들었습니다.
그녀가 누군가로부터 도움을 조금 받으려 해도
그 지역에는 돈을 벌 계기가 없었고
그녀가 다른 사람에게 제공할 수 있는
어떠한 재산도 소유한 것이 없었습니다.
그녀가 가진 것은 오직

성모 마리아와 성부와 성자의 보호막이었습니다.
주님이 잔칫날 손님 앞에서
물을 포도주로 만드셨듯이.

그 여인은 희망을 잃지 않고
교회에 가서 기도했습니다.
"오, 성모 마리아님,
자비를 베풀어주시고
창피함을 작게 만들어주십시오.
그렇게 안 하신다면
저는 마로 짠 옷조차
입지 못할 것입니다."
주님이 잔칫날 손님 앞에서
물을 포도주로 만드셨듯이.

그 여인이 기도를 마치자
왕과 그의 모든 신하는
훌륭한 포도주를 충분히
공급받을 수 있었습니다.
그리고 술통의 술이 줄지 않았기에
맛있는 술이
맛없는 술로 바뀌는 일이
일어나지 않았습니다.
주님이 잔칫날 손님 앞에서
물을 포도주로 만드셨듯이.

24

산티아고 순례길에서
악마에게 속아 자살한
순례자의 영혼에게
육체로 되돌아와
속죄하라고 성모 마리아가
판결하신 이야기

온 세상을 심판하실 분을 낳은 어머니
성모 마리아의 위대한 판결은
당연한 일입니다.

하나님을 당신의 몸속에 잉태하고
가슴으로 영양분을 공급해주시면서
단 한번도 어두운 생각을 한 적 없는 그분은
공정한 심판을 내릴 수 있다고 정당하게 말씀 드립니다.
나는 하나님께서 그분에게 비밀리
많은 지원을 해주신다고 믿습니다.
성모님의 위대한 판결은
당연한 일입니다.

이 노래에 귀를 기울여주시면
나는 여러분에게 성모 마리아가
어떤 한 남자를 심판하게 된
사연을 얘기해드리겠습니다.

그는 매년 산티아고로 성지순례를 간 사람인데
스스로 목숨을 끊었다고 들었습니다.
성모님의 위대한 판결은
당연한 일입니다.

이 순례자는 산티아고에 자주 갔고
훌륭한 믿음을 가졌지만
한번은 죄를 짓게 되었습니다.
순례길을 떠나기 전에 그는 혼인 관계를
맺지 않은 채 신실하지 않은 한 여인과
밤을 함께 보내게 되었습니다.
성모님의 위대한 판결은
당연한 일입니다.

그 후 그는 고해성사조차
하지 않은 채 길을 떠났습니다.
악마가 곧바로
그를 현혹하기 위해
흰 족제비보다 더 하얀 모습을 하고
그 앞에 나타났습니다.
성모님의 위대한 판결은
당연한 일입니다.

악마는 성 야고보[37]의 모습을 하고
나타나 말했습니다.

"비록 내가 너의 행실을
못마땅하게 생각하지만
널 이 복잡한 상황에서 안전하게 구해주겠다.
고로 너는 지옥의 호수에 떨어지지 않을 것이다."
성모님의 위대한 판결은
당연한 일입니다.

"하지만 네가 나를 친구로
생각한다면 먼저 내가
말하는 것을 이행해야만 한다.
악마의 힘에 지배를 받도록 부추긴
너의 동료들을 멀리해야 한단다.
그리고 네 목을 베도록 하여라."
성모님의 위대한 판결은
당연한 일입니다.

그 순례자는 성 야고보가
자신에게 나타나 그렇게 말했다고 생각하면서
이 모든 것을 단순히 믿었고
악마가 말한 바에 따라 사람들을 피했으며
자신의 목을 베었습니다. 또한 그는 자신이
저지른 행동이 올바르다고 생각했습니다.

---

37) 산티아고데콤포스텔라 순례지의 성인이자 스페인 국가 수호 성자인 성 야고보
　　를 말한다.

성모님의 위대한 판결은
당연한 일입니다.

그의 동료들이 그가 죽어 있는 모습을
보았을 때 그를 살해한 것으로
기소당하지 않기 위하여 도망쳤습니다.
그때 악마가 그의 영혼을
가지러 왔고 재빨리 그것을
훔쳐 달아났습니다.
성모님의 위대한 판결은
당연한 일입니다.

그들이 아름다운
성 베드로 교회 옆을 지날 때
콤포스텔라의 성 야고보가
달려와 이렇게 말했습니다.
"이 비천한 존재야, 너는
그 영혼을 데려갈 수 없다."
성모님의 위대한 판결은
당연한 일입니다.

"네가 붙잡고 있는 나의 순례자 영혼은
네가 내 모습으로 가장하여
그를 속인 결과이지. 넌 대역죄를 범했다.
하나님이 나를 보호해주시고

너는 거짓말을 해서 그를 데려가고 있으니
그 영혼을 소유할 수 없단다."
성모님의 위대한 판결은
당연한 일입니다.

그 악마는 무례하게 대답했습니다.
"이 영혼의 주인은 범죄를 저질렀소.
이에 확신하건대
그는 하나님의 왕국에 들어가서는
아니되오. 그는 자기 손으로
자신을 살해하였소."
성모님의 위대한 판결은
당연한 일입니다.

성 야고보가 말했습니다.
"우리와 너희 사이에 논쟁이 발생해
그치지 않으니 이렇게 하는 것이 어떠냐?
성모 마리아에게 재판을 받으러 가자.
그분은 완전무결한
당신의 판결을 지키시는 분이지."
성모님의 위대한 판결은
당연한 일입니다.

그들이 즉시 성모 마리아의 면전에 도착하였고
각자 최선을 다해 자신을 변론했습니다.

그들은 성모 마리아에게
판결을 받았습니다. 판결은 다름 아닌
그 영혼이 구원을 받기 위하여
본래의 자리로 되돌아가는 것이었습니다.
성모님의 위대한 판결은
당연한 일입니다.

판결은 이행되었고
죽은 순례자는 하나님의 뜻에 따라
다시 살아났습니다.
하지만 그가 저지른
범죄에 따른 손실은
만회할 길이 없었습니다.
성모님의 위대한 판결은
당연한 일입니다.

25
성모 마리아가
유대인들의 시나고그[38]에
교회를 세우신 이야기

> 승리자의 어머니가
> 항상 승리하시는 일을
> 우리가 이상하게
> 여겨서는 안 됩니다.

정복자이신 하나님을 낳으신 성모는
하늘에서 루시퍼를 추방하셨고
지옥에서 성인들을 해방하셨으며 우리를 위해
돌아가신 주님의 죽음을 정복하셨습니다.
승리자의 어머니가 항상 승리하시는 일을
우리가 이상하게 여겨서는 안 됩니다.

그 후 주님의 어머니는 유대인들이 다니던
시나고그에서 기적을 행하셨습니다.
그녀의 친구들과 사도들이
그 장소를 사서 교회로 만들었습니다.
승리자의 어머니가 항상 승리하시는 일을
우리가 이상하게 여겨서는 안 됩니다.

---

38) 유대교 사원을 일컫는 말이다.

유대인들이 이 일을 불쾌하게 여겨
케사르에게 항의를 하러 갔습니다.
그리고 그들이 시나고그를 판 돈으로
다시 사들이기를 원한다는 얘기를 했습니다.
승리자의 어머니가 항상 승리하시는 일을
우리가 이상하게 여겨서는 안 됩니다.

황제는 사도들을 불러 이렇게 말했습니다.
"유대인들이 지금 나에게
이런 불평을 하는데
이에 대해 어떻게 생각하시오?"
승리자의 어머니가 항상 승리하시는 일을
우리가 이상하게 여겨서는 안 됩니다.

사도들은 신중한 사람으로서 답했습니다.
"왕이시여, 우리는 의로운 일을 하였습니다.
그들에게 구입한 그곳을 성모 마리아가 잉태한
주님을 모시기 위한 교회로 변화시킨 것 아닙니까?"
승리자의 어머니가 항상 승리하시는 일을
우리가 이상하게 여겨서는 안 됩니다.

그 후 케사르는 이 문제에 대하여 그의 판단을 밝혔습니다.
"즉시 교회 문을 닫으시오. 지금부터
사십 일 동안 시간을 줄 테니
그 합법적인 주인이 누구인지 밝혀내시오."

승리자의 어머니가 항상 승리하시는 일을
우리가 이상하게 여겨서는 안 됩니다.

사도들은 지체하지 않고
시온산에 가서 그곳에 머물고 있는
성모 마리아에게 온 정성을 다해
도움을 청했습니다.
승리자의 어머니가 항상 승리하시는 일을
우리가 이상하게 여겨서는 안 됩니다.

성모 마리아는 그들에게 답했습니다.
"논쟁을 할 때 두려움을 갖지 마라.
그 문제에 있어서 내가 너희들의 보호자가 될 것이니
유대인들이 소송에서 패배할 것이다."
승리자의 어머니가 항상 승리하시는 일을
우리가 이상하게 여겨서는 안 됩니다.

사십 일이 지나자 어김없이
케사르는 교회 문을 열고
그곳에 양 진영을 모두 소환한 가운데
그의 신하들이 소송자료를 조사하였습니다.
승리자의 어머니가 항상 승리하시는 일을
우리가 이상하게 여겨서는 안 됩니다.

그들이 교회 안으로 들어갔으며

성 베드로가 재빨리 제단을 청소했을 때
갑자기 성모 마리아의 초상화가
유대인들의 눈에 들어왔습니다.
승리자의 어머니가 항상 승리하시는 일을
우리가 이상하게 여겨서는 안 됩니다.

유대인들이 말했습니다. "하나님께서
성모 마리아의 초상화를 좋아하시기에
이곳에서 말다툼을 벌이지 말고
평화가 유지되도록 그냥 둡시다."
승리자의 어머니가 항상 승리하시는 일을
우리가 이상하게 여겨서는 안 됩니다.

유대인들이 자리를 떠나자
교회 전체가 온전하게
그녀를 위한 하나의 공간으로
결정될 계기가 생겼습니다.
승리자의 어머니가 항상 승리하시는 일을
우리가 이상하게 여겨서는 안 됩니다.

그 후 성모 마리아에 대한 믿음이 없는
잔인한 황제 케사르는 자기에게
그 초상화를 가져오라고
이스라엘 사람들에게 명령하였습니다.
승리자의 어머니가 항상 승리하시는 일을

우리가 이상하게 여겨서는 안 됩니다.

그 자비의 성모 마리아를 아주 부정적으로
생각하는 풍습을 가진 유대인들이 그곳에 갔습니다.
하지만 그 초상화의 얼굴이 유대인들을 너무나 무섭게
노려보았기에 그들은 감히 아무것도 손댈 수 없었습니다.
승리자의 어머니가 항상 승리하시는 일을
우리가 이상하게 여겨서는 안 됩니다.

26
성모 마리아가 한 여인에게
아기를 가질 수 있도록 해주시고
그 아이를 사산하게 되자
다시 소생시켜주신 이야기

성모 마리아가 원하실 때
병자가 낫고
죽은 자가 살아납니다.

분명히 말하노니, 하나님이 성령을 보내시고
인간의 형태로 나타나 그분의 능력을
물려받으셨으니 성모 마리아도
이러한 기적을 행사하실 수 있습니다.
성모 마리아가 원하실 때
병자가 낫고 죽은 자가 살아납니다.

아기를 낳을 수 없어 슬퍼하는
한 불행한 여인이 성모 마리아에게
임신할 수 있도록 간구기도를 드렸을 때
그분은 큰 기적을 행하셨습니다.
성모 마리아가 원하실 때
병자가 낫고 죽은 자가 살아납니다.

마음속 깊이 슬퍼하며 그 여자가 말했습니다.
"오 나의 성모여, 내 기도를 들으소서. 당신의 선덕을
베풀어주셔서 제가 남자아이를 낳게 해주신다면 그 아이는
저를 너무나 행복하게 할 것이고, 그리고 당신을 모실 겁니다."
성모 마리아가 원하실 때
병자가 낫고 죽은 자가 살아납니다.

그녀의 기도는 곧바로 응답받았고
적당한 시간이 흐르자 그녀가 성모 마리아에게
기도한 그런 아들이 태어났습니다.
성모 마리아는 선물을 지체하지 않고 주셨습니다.
성모 마리아가 원하실 때
병자가 낫고 죽은 자가 살아납니다.

그러나 아기가 태어나자마자 고열을 내며 죽었습니다.
그의 어머니는 아들의 죽음으로 인해
거의 정신을 잃다시피 했고 너무나 슬퍼
그녀의 두 뺨을 쥐어 비틀었습니다.

성모 마리아가 원하실 때
병자가 낫고 죽은 자가 살아납니다.

절망감에 사로잡힌 그 가련한 여인은 아기를 안고
수도원에 가서 제단 위에 그를 내려놓고 큰소리로
울부짖었습니다. 그러자 많은 사람들이 궁금해하며
무슨 일인지 알아보기 위해 다가왔습니다.
성모 마리아가 원하실 때
병자가 낫고 죽은 자가 살아납니다.

큰소리로 통곡을 하며 그녀가 말했습니다.
"성모 마리아님, 저에게 그 아이를 보내주시자마자
다시 데려가시니 이 무슨 일입니까? 저는
그 아이로 인해 행복해질 수가 없는 겁니까?"
성모 마리아가 원하실 때
병자가 낫고 죽은 자가 살아납니다.

"저에게 어머니라는 이름을 허락하신 성모 마리아님,
저에게서 그 아기를 데려가신 일은 잘못된 겁니다. 당신이
당신의 아들로부터 행복감을 느끼신 것처럼 저도 제 아이로 인해
웃음을 가질 수 있도록 아들을 돌려주십시오."
성모 마리아가 원하실 때
병자가 낫고 죽은 자가 살아납니다.

"오직 당신만이 그 아이를 저에게 보내주실 수 있습니다.

그렇기 때문에 저는 당신에게 간구하려고 이곳에 왔습니다.
영광의 성모 마리아님, 제 아들을 빨리 살려주십시오.
그렇게 해주신다면 저는 당신께 감사를 드릴 것입니다."
성모 마리아가 원하실 때
병자가 낫고 죽은 자가 살아납니다.

그 여인의 기도가 끝나자 그 작은 소년은 다시
생명을 갖게 되었습니다. 성스러운 은혜의
성모 마리아가 그렇게 되기를 원하셨기에
침대에서 그 아기가 움직이도록 해주셨습니다.
성모 마리아가 원하실 때
병자가 낫고 죽은 자가 살아납니다.

여인이 이 모든 것을 체험했을 때 처음에는 놀랐지만
그 이후 환희에 차올랐고 감사의 기도를 드렸습니다.
그녀는 자신의 기도를 들어준
주님과 주님의 어머니께 감사를 드렸습니다.
성모 마리아가 원하실 때
병자가 낫고 죽은 자가 살아납니다.

27
콘스탄티노폴리스를 습격해
점령하려고 했던 무슬림들로부터
성모 마리아가 그 도시를
방어해주신 이야기

성모 마리아가 당신의
방패로 지켜주시는
모든 곳이 아주 큰
보호를 받습니다.

이 주제를 통하여
나는 내 모든 정성을 다해
여러분에게 흠 없는 성모 마리아가
행하신 위대하고 훌륭한 기적 한 편을
소개하고자 합니다.
그분은 당신이 돌보고 계신
신도들이 잡혀가거나 패배하기를
원치 않으십니다.
모든 곳이 아주 큰
보호를 받습니다.

내가 발견한 기록에 따르면
콘스탄티노폴리스가
기독교인들의 수중에 넘어가고 난 후,

한 투박스럽고
피에 굶주린 왕이
이교도 군대를 이끌고 와서
도시를 무력으로 함락하려고
주위를 포위했다고 합니다.
모든 곳이 아주 큰
보호를 받습니다.

그 왕이 분노에 타오르며
말하기를, 만약
도시를 무력으로
함락시킨다면
도시민들을
노예로 만들고 또한
그들이 숨겨놓은 재산을
모두 찾아내겠다고 했습니다.
모든 곳이 아주 큰
보호를 받습니다.

하나님께서 저를 도와주시고
구원해주시기를 기원합니다.
내가 들은 바에 따르면
성자 제르마누스[39]가 신실한 대주교로서
그 도시에 살았습니다.
그는 오만한 아랍군대에게서

백성들을 구하기 위해
성모 마리아에게 기도를 했습니다.
모든 곳이 아주 큰
보호를 받습니다.

그는 그 훌륭한 도시의
여인들에게
성모 마리아 상 앞에
촛불을 켜달라고
요청했습니다.
그는 백성들이 잡혀가거나
정복당하지 않도록
그분에게 기도를 하였습니다.
모든 곳이 아주 큰
보호를 받습니다.

이때 그 아랍 왕은 돌을 매달아 던져
도시 내부를 혼란에 빠뜨릴 수 있는
투석기를 준비해놓고
포수들에게 발사를 명령했습니다.
그 후 성벽이

---

39) 715년 콘스탄티노폴리스의 총대주교로 선출된 성 제르마누스(Saint Germanus, 634?-733?)를 말한다. 그는 마리아론에 대한 옹호자이며 니케아공의회(787)에서 성상보호론을 주장하였다.

심하게 공격을 받았고
얼마 가지 않아
성벽이 허물어지기 시작했습니다.
모든 곳이 아주 큰
보호를 받습니다.

도시 안이 너무나 심하게
파괴되었기에
성모 마리아가 오지 않았더라면
백성들은 모두 포로가 되었을 것입니다.
성모 마리아는 그녀의 망토를 펼치고
허물어져 내린 성벽 부분을
막아주셨습니다.
모든 곳이 아주 큰
보호를 받습니다.

그녀가 하늘에서
내려올 때
큰 무리의 성자들이
함께 나타났습니다.
그녀는 점잖게
그녀의 망토를 펼쳐 들고
두툼한 입술을 가진
술탄이 쏜 공격을 막아내었습니다.
모든 곳이 아주 큰

보호를 받습니다.

적의 공격이 심해져
방어선을 뚫고 들어오자
하나님이 당신의 어머니를 위해
그 도시를 방어하셨으니
성벽을 부순 돌들이
반대쪽으로 날아가
수염 난 술탄의 병사들을
섬멸하기 시작했습니다.
모든 곳이 아주 큰
보호를 받습니다.

술탄은 그의 신하들이
자신에 대한 반감에
사로잡혀 배신을
하고 있다고 믿었습니다.
그래서 그는 신뢰할 수 없는 친구
모하메드에게 도와달라며
그를 부르기 시작했지만 곧바로
기만당했다는 사실을 깨닫게 되었습니다.
모든 곳이 아주 큰
보호를 받습니다.

그가 하늘을 향해

눈을 세워 보았을 때
그는 베일을 쓴 하나님의 어머니를
볼 수 있었습니다.
그녀는 망토를 펼치고
공격을 막아내며
그 도시를 보호하고 있었습니다.
그가 이 광경을 보게 되자,
모든 곳이 아주 큰
보호를 받습니다.

자신이 죄인임을
깨닫게 되었습니다.
그는 이 일이 주님께서 행하신
기적임을 알았습니다.
따라서 그는 어떤 상황이건 현명하게
대처하기 위하여 공격 명령을 내리지 않았습니다.
그리고 그의 신하들이 눈치채지 못하게
그 도시에 잠입해 들어갔습니다.
모든 곳이 아주 큰
보호를 받습니다.

이교도들의 왕이 성 제르마누스에게
와서 말했습니다.
"이보십시오. 오늘부터 나는
기독교인이 되기를 원합니다.

신뢰할 수 없는
겁쟁이 모하메드를 떠나
개종을 하기 위해서
당신의 축복이 필요합니다."
모든 곳이 아주 큰
보호를 받습니다.

"내가 왜 이렇게 하는지
말하겠습니다. 당신들의 법이
말하는 성모 마리아께서
당신을 도와주기 위해 오시는 것을 내가 목격했습니다.
이 장면을 내가 보았기 때문에
나는 세례받기를 원하지만
다만 내 신하들에게 알려지기를
원하지 않습니다."
모든 곳이 아주 큰
보호를 받습니다.

시리아의 술탄이 그 도시에 가져다준
엄청난 선물과 수많은 재화는
내가 여러분에게 제대로 말하기조차
쉽지 않은 정도입니다.
게다가 그는 하나님이 나를 보호해주시듯이
적의 공격으로부터
그 왕국을 지켜주었기 때문에

사람들이 그를 고맙게 생각하였습니다.
모든 곳이 아주 큰
보호를 받습니다.

28

성모 마리아가 바다에서
임산부가 사망하지 않고
파도 속에서 아들을
출산하도록 구해주신 이야기

우리가 믿음을 갖는다면
주님의 어머니는 우리를 악에서
구하고 지켜주실 수 있습니다.

성모 마리아의 보호막 속에 있는 사람은 그녀가 원할 때
언제든지 구조를 받고 악으로부터 자신을 지킬 수 있습니다.
한 사례로 그녀는 바다에 빠져 절명할 위기에 있던
한 여인을 구하셨습니다.
우리가 믿음을 갖는다면 주님의 어머니는
우리를 악에서 구하고 지켜주실 수 있습니다.

나는 여러분에게 주님의 어머니인
성모 마리아가 바다로 둘러싸인
브르타뉴라고 불리는 섬[40] 근처에서 행하신
큰 기적 한 편을 소개하겠습니다.

우리가 믿음을 갖는다면 주님의 어머니는
우리를 악에서 구하고 지켜주실 수 있습니다.

성모 마리아에게 수태를 고지한
대천사 가브리엘의 동료인 대천사 미카엘을 위하여
우리 주님의 어머니 성모가 베푸신
경이롭고 아름다운 기적입니다.
우리가 믿음을 갖는다면 주님의 어머니는
우리를 악에서 구하고 지켜주실 수 있습니다.

하나님의 대천사 미카엘 교회에
많은 순례자들이 와서
하나님에게 그들의 죄를 용서해달라고
기도를 하였습니다.
우리가 믿음을 갖는다면 주님의 어머니는
우리를 악에서 구하고 지켜주실 수 있습니다.

그곳은 큰 기도의 장소이지만 썰물이 나가기 전에는
누구도 그곳에 갈 수가 없었습니다.
그 외의 시간대에는 그곳을 떠날 수도
들어갈 수도 없었습니다.
우리가 믿음을 갖는다면 주님의 어머니는

---

40) 프랑스 서북부 브르타뉴주에 위치한 몽생미셸섬을 의미한다. 본 가요의 4연에
언급되는 성 미카엘 성당은 그 지역 내부에 존재한다.

우리를 악에서 구하고 지켜주실 수 있습니다.

어느 날 임신한 어떤 여인이 그곳을 가로질러 가려고 했는데
바닷물이 밀려와서 오도가도 못하게 된 일이 일어났습니다.
그녀는 빨리 걸을 수 없었기에
그곳을 빠져나올 수 없었습니다.
우리가 믿음을 갖는다면 주님의 어머니는
우리를 악에서 구하고 지켜주실 수 있습니다.

그 불쌍한 여인은 아무리 노력을 해도 빠져나갈 수 없었으며
바닷물에 완전히 잠기게 되었습니다.
여인은 자신이 곤경에 처했다는 사실을 인지하고
성모 마리아를 부르기 시작했습니다.
우리가 믿음을 갖는다면 주님의 어머니는
우리를 악에서 구하고 지켜주실 수 있습니다.

그 여인은 바닷물이 자신에게 밀려오는 것을 보고서는
완전히 죽은 목숨이라고 생각하였습니다.
게다가 아기를 낳을 시간이 거의 임박했기 때문에
도피할 수 있는 방법이 없었습니다.
우리가 믿음을 갖는다면 주님의 어머니는
우리를 악에서 구하고 지켜주실 수 있습니다.

하지만 그 여인이 기도를 한 성모 마리아는
그녀의 간구를 듣고 즉시 달려왔습니다. 성모는

자신의 소매를 그 여인에게 뻗었고 아기를 출산할 수 있도록
도와주었을 뿐만 아니라 파도가 잠잠해지도록 만들었습니다.
우리가 믿음을 갖는다면 주님의 어머니는
우리를 악에서 구하고 지켜주실 수 있습니다.

고귀한 여인이신 성모 마리아가
그 여인을 위해 기적을 베푸셨을 때
그녀는 그 기적을 사람들에게 얘기해주기 위하여
아들을 데리고 성 미카엘[41]로 즉시 갔습니다.
우리가 믿음을 갖는다면 주님의 어머니는
우리를 악에서 구하고 지켜주실 수 있습니다.

29
성모 마리아가
당신과 닮은 모습을
돌에 새기신 이야기

우리는 성모 마리아의 모습을
항상 기억해야 합니다.
견고한 돌이 그분의 모습을
담고 있듯이 말입니다.

그곳에 직접 가본

---

41) 몽생미셸섬에 있는 성 미카엘 교회를 의미한다.

사람들에게
들은 바에 따르면
성지 겟세마네[42]에서 발견된
성모 마리아의 모습은
누가 그린 것이 아니라고 합니다.
우리는 성모 마리아의 모습을
항상 기억해야 합니다.

하나님의 용서를 간구하며 말하노니,
그것은 누가 조각한 것도
아니라고 합니다.
다만 거기에 우아한 성모 마리아와
아들의 모습이 선명하게
잘 나타나 있다고 합니다.
우리는 성모 마리아의 모습을
항상 기억해야 합니다.

성모 마리아의 그 형상은
빛나고 반짝거리는 모습으로 만들어졌습니다.
이 기적을 통하여 우리는 그녀가
자연의 모든 것을 주관하는 주인이며
어둠을 빛으로 바꾸기 위해 무엇이든 할 수 있는

---

42) 예수 그리스도가 죽음에 임박하여 사람들을 위하여 기도하러 간 이스라엘 감람
   산 부근의 언덕 이름이다.

능력을 갖고 계시다는 사실을 믿어야만 합니다.
우리는 성모 마리아의 모습을
항상 기억해야 합니다.

하나님은 모든 창조물이 성모 마리아를
공경해야 한다는 것과 아울러
그분의 육신을 통하여
하나님이 하늘에서 내려오셨다는 사실을
우리에게 가르치시기 위하여
바위 위에 그녀의 모습을 새겨넣기로 하셨습니다.
우리는 성모 마리아의 모습을
항상 기억해야 합니다.

30
하나님이 성모 마리아를 위해
일으키시는 기적에 대한
성모 마리아 찬가

성자들의 아름다운 빛이자
하늘의 길이신
영광의 여왕 성모 마리아여,
하나님이 당신을 구원하소서.

자연의 법과는 무관한 방법으로 잉태하시고
당신의 주님을 출산한 후에도

순수한 처녀로 남으신 성모님을
하나님이 구원하시기를 기도하나이다.
당신은 하늘만큼 높은 곳에 계십니다.
하나님의 뜻이
당신의 뜻이기 때문입니다.
영광의 여왕 성모 마리아여,
하나님이 당신을 구원하소서.

크고 무한한 하나님에게
몸소 보호막을 제공하시고
남자 아기로 변하도록 도와주신
당신을 하나님이 구원하시기를 기도하나이다.
당신이 그분을 살리고자
노력했을 때
크나큰 신중함과 믿음의 지혜를
보여주셨습니다.
영광의 여왕 성모 마리아여,
하나님이 당신을 구원하소서.

하나님이 당신을 구원하시길 기도하나이다.
당신을 통해 너무나 아름다운 아들을
우리에게 주셨습니다.
당신은 우리와 닮은 아들을
출산하시고 하나님과 함께
당신은 이브가 지은 어리석은 죄로부터

우리를 구원하시며 우릴
구속했던 죄악을 물리치셨습니다.
영광의 여왕 성모 마리아여,
하나님이 당신을 구원하소서.

하나님이 당신을 구원하시길 기도하나이다.
우리가 잡혀 있던 어두운 감옥을 파괴하고
당신의 아들이 원하는 바에 따라
우리에게 자유를 주셨으며
우리의 큰 슬픔을 소멸해주셨습니다.
당신이 우리를 위해 행하신
선한 일들을 누가 말로써
모두 표현할 수 있겠습니까?
영광의 여왕 성모 마리아여,
하나님이 당신을 구원하소서.

31
성모 마리아가
수도원을 떠난 한 수녀를
대신하여 일해주신 이야기

성모 마리아는
우리가 죄와 실수를 저질러
수치심을 갖지 않도록
언제나 애쓰십니다.

그분은 우리를 죄에서 구원하시고
우리가 일순간 실수를 범했을 때
우리를 지키도록 도와주십니다.
그리고 그분은 우리가 저지른
죄를 뉘우치고 속죄를 하도록 도우십니다.
이 일과 관련하여
우리의 안내자이신
흠 없는 성모 마리아가
어느 수녀원에서 행하신
기적 한 편을 소개하겠습니다.
성모님은 우리가 수치심을
갖지 않도록 언제나 애쓰십니다.

들은 바에 따르면
젊고 아리따운 한 소녀가
그곳에 있었다고 합니다.
소녀는 교단의 규범을
명석히 잘 숙지하고
있었기 때문에
그녀보다 더 신속하게 일을
처리하는 사람이 없었습니다.
그래서 수녀원 사람들은
그를 회계원으로 임명하였습니다.
성모님은 우리가 수치심을
갖지 않도록 언제나 애쓰십니다.

하지만 이 일을 기분 나쁘게 생각한
악마는 그녀가 어느 기사를
열렬히 사랑하게 만들었고
마음의 평화를 갖지 못하게 했기 때문에
결국 그녀가 수도원을 떠나는 일이
생기고 말았습니다.
떠나기 전에 그녀는
허리춤에 차고 있던 열쇠들을
그녀가 믿는 성모 마리아의 제단 앞에
남겨두었습니다.
성모님은 우리가 수치심을
갖지 않도록 언제나 애쓰십니다.

소녀가 기도했습니다.
"오, 하나님의 어머니,
나는 당신의 일을
이제 내려놓습니다.
그리고 제 모든 마음을 다하여
당신을 찬양합니다."
그리고 그녀는 자신보다 더 사랑한
그 남자와 함께 떠났습니다.
그녀는 오랜 세월 동안
그와 함께 죄악 속에 살았습니다.
성모님은 우리가 수치심을
갖지 않도록 언제나 애쓰십니다.

기사가 그녀를 데리고
떠난 후에
아들딸을 낳고 살았습니다.
하지만 자비의 성모 마리아는
방종을 결코 비난하지 않으시고
기적을 일으켜
그 소녀가 과거에 살던
회랑이 있는 수녀원을
그리워하고
다시 돌아오게 만드셨습니다.
성모님은 우리가 수치심을
갖지 않도록 언제나 애쓰십니다.

게다가 그 소녀가 도를 넘는
생활을 하는 동안
성모 마리아께서는
소녀의 책임하에 있었던
모든 일을 하였습니다.
성모는 소녀의 위치에서
소녀의 모든 책무를 수행하였고
지켜본 모든 사람의 증언에 따르면
하나도 놓치지 않고
실행에 옮겼다고 합니다.
성모님은 우리가 수치심을
갖지 않도록 언제나 애쓰십니다.

그 수녀가 회개를 한 직후에
그 기사 곁을 떠났으며
먹지도 자지도 않은 채
수녀원이 보일 때까지 걸어왔습니다.
그녀는 겁에 잔뜩 질린 채
수녀원으로 들어갔으며
그녀가 많이 걱정했었던
현재 수녀원 상태가
어떤지 만나는 사람들에게
묻기 시작했습니다.
성모님은 우리가 수치심을
갖지 않도록 언제나 애쓰십니다.

그들은 소녀에게 진솔하게 말했습니다.
"우리는 가장 훌륭한 수도원장님과 부원장님,
그리고 회계원을 두었는데,
그들이 훌륭히 업무를 수행하고 있으며
실수를 한 적이 없습니다."
소녀가 이 얘기를 듣고
자신에게 십자 성호를 그었습니다.
왜냐하면 그녀가 마치 그녀의 일을
하고 있는 것처럼 그들이 얘기를 한다고
이해했기 때문입니다.
성모님은 우리가 수치심을
갖지 않도록 언제나 애쓰십니다.

종소리가 요란하게 울릴 때
소녀는 떨리는 마음과
창백한 얼굴을 지닌 채
교회 안으로 들어갔습니다.
하나님의 어머니는 소녀에게
그분의 큰 사랑을 볼 수 있도록 하셨습니다.
소녀가 예전에 열쇠를 두었던
장소에 갔을 때
그 열쇠를 발견할 수 있었습니다.
그리고 그녀가 입었던 수녀복을 집어 들었습니다.
성모님은 우리가 수치심을
갖지 않도록 언제나 애쓰십니다.

그 즉시 소녀는 망설이거나 부끄러워하지 않고
다른 수녀들이 있는 곳에 가서
세상을 호령하시는 성모 마리아가
자기를 위해 베푸신 은혜에 대하여
동료들에게 얘기했습니다.
소녀가 자신의 이야기에 대한
사실 여부를 입증하기 위해
그녀의 애인을 불러
동료들에게 해명하도록
하였습니다.
성모님은 우리가 수치심을
갖지 않도록 언제나 애쓰십니다.

이 모든 사실이 입증되고
성 요한[43]의 이름으로 선언하게 되자
수도원의 수녀들은 그 일을
위대한 기적으로 받아들였고
이와 같은 아름다운 기적을
그 이전에 들어본 적이 없다고 생각하였습니다.
그들은 환희에 차올라 노래를 부르기 시작했습니다.
"하나님이 당신을 구해주시기를 기도합니다.
그분은 망망대해 위에 있는 별이자
낮을 밝히시는 태양이십니다."
성모님은 우리가 수치심을
갖지 않도록 언제나 애쓰십니다.

---

43) 예수의 12사도 중 한 명으로 요한복음을 기록했다.

32

세고비아[44]의 농부가
성모 마리아에게 황소를 약속하고 나서
건네주기를 원하지 않자
당신이 그 소를 가져가신 이야기

> 하나님이 나를 용서해주신 것만큼
> 성모 마리아의 명성이 알려졌으니.
> 말 못하는 동물들까지도
> 그분의 은총을 받고 싶어 합니다.

이 일과 관련하여
이새 지파[45]의 후손이신
성모 마리아는 사람들이
기도를 하러 가는
카리온 시에서 이 마일쯤 떨어진
비야시르가 마을에 있는
그분의 교회 안에서
기적을 일으키셨습니다.[46]
하나님이 나를 용서해주신 것만큼

---

44) 스페인 마드리드 인근 도시 세고비아(Segovia)를 말한다.
45) 이새는 구약에 등장하는 인물로 다윗의 아버지이다. 따라서 이새 지파는 다윗 왕의 계보를 의미한다.
46) 카리온 시(Carrión de los Condes)는 스페인 북부에 있는 작은 도시이다. 또한 비야시르가(Villalcázar de Sirga)는 카리온 시 부근에 있는 마을이다.

성모 마리아의 명성이 알려졌으니.

몸이 아픈 많은 사람들이
그곳에 가서 치료를 받아
건강을 회복하였기에
자선을 베풀었고,
이런 이유로
감동을 받은 사람들이
그곳에 가서 진심으로
도와주길 자청했습니다.
하나님이 나를 용서해주신 것만큼
성모 마리아의 명성이 알려졌으니.

그 마을에 살고 있던
세고비아 출신의 한 농부가
각별히 좋아하던
암소 한 마리를 잃어버렸습니다.
그 시기에 그 근처에서
다른 소들도 분실되었는데
늑대에게 잡아먹히거나
심하게 물리는 경우가 많았습니다.
하나님이 나를 용서해주신 것만큼
성모 마리아의 명성이 알려졌으니.

농부는 이런 일이

그 암소에게도 일어날 수 있다고
걱정을 했기에
아내 앞에서 기도를 드렸습니다.
"성모 마리아님, 만약 당신이 저를 도와주셔서
우리 소가 늑대와 도둑으로부터 해를 당하지 않게
보호해주신다면 저는 당신에게 그 소가
뱃속에 임신해 있는 송아지를 바치겠습니다."
하나님이 나를 용서해주신 것만큼
성모 마리아의 명성이 알려졌으니.

"당신이 좋아하는 일인 만큼
이번엔 저를 위해 그 암소를
구해주시기를 기도합니다."
시간이 조금 흐르자 그 소가
다치거나 사고를 당하지 않은 채
귀를 세우고 집에 돌아왔습니다.
곧바로 그 소는 앞서 언급한
송아지를 낳았습니다.
하나님이 나를 용서해주신 것만큼
성모 마리아의 명성이 알려졌으니.

송아지는
건강하게 자랐습니다.
그러자 농부가
그의 아내에게 말했습니다.

"내일 아침 일찍 시장에 갈 거요.
사실 이 송아지는
성자 봉헌 선물로 드릴
동물이 아니라오."
하나님이 나를 용서해주신 것만큼
성모 마리아의 명성이 알려졌으니.

이 말을 한 후
다음날 농부는
그 송아지를 팔려고 했습니다.
하지만 송아지는
농부로부터 탈출하였고
마치 몰이꾼에게
쫓기는 듯이
먼 길을 도망쳐 나왔습니다.
하나님이 나를 용서해주신 것만큼
성모 마리아의 명성이 알려졌으니.

이 똑똑한 송아지는
성모 마리아를 찾아 나섰고
그녀의 교회에 들어가서
그 조각상 앞에 섰습니다.
약속을 지키기 위해 송아지는
교회 재산으로 기부가 되거나
거래가 된 동물들이 보관되어 있는

장소로 찾아갔습니다.
하나님이 나를 용서해주신 것만큼
성모 마리아의 명성이 알려졌으니.

그 시간 이후
그곳에는
굽이 갈라진 동물 중에
몽둥이로 매질하거나
막대기로 찌르지 않고서
힘든 일을
그렇게 잘 견뎌내는
또 다른 동물이 없었습니다.
하나님이 나를 용서해주신 것만큼
성모 마리아의 명성이 알려졌으니.

그 황소를 뒤따라
황급히 도착한 농부는
비야시르가에서 그가 본 일로
인해 크게 놀랐습니다.
농부는 이 일을 글로 써서
널리 알렸고
이를 본 많은 사람들이
기적을 직접 보려고 찾아왔습니다.
하나님이 나를 용서해주신 것만큼
성모 마리아의 명성이 알려졌으니.

33
성모 마리아가
로마 황제 율리아누스로부터
케사레아 도시를 방어해주신 이야기[47]

하늘에 있는 모든 성자는
우리 주 예수 그리스도의 어머니
성모 마리아를 큰 기쁨으로 섬깁니다.

성자들이 성모 마리아의 부르심에
기쁨으로 따르는 일은 바르고 당연합니다.
그녀의 아들이 그들로 인해
십자가에 못 박혔습니다.
하지만 그녀가 그들을 성자로 부르셨으니
그들 모두에게 빛이고 생명이십니다.
이에 그들은 항상 성모 마리아를
행복하게 섬길 준비가 되어 있습니다.
하늘에 있는 모든 성자는
성모 마리아를 큰 기쁨으로 섬깁니다.

시리아의 케사레아에서

---

47) 최후의 다신교 로마 황제이자 비기독교인이었던 플라비우스 클라우디우스 율리
아누스(Falvius Claudius Iulianus, 331-363)를 말한다. 또한 케사레아(혹은
케이사레아)는 이스라엘 지역에 현존하는 도시이다.

기독교인을 사멸하려 쫓아다닌
위선적이고 극악무도한
율리아누스에 대항한
성자 바실리오를 위하여
성모 마리아께서 기적을 행하셨습니다.
악마는 황제의 마음에 더 이상 클 수 없을 만큼
큰 이단적 사고를 심어주었습니다.
하늘에 있는 모든 성자는
성모 마리아를 큰 기쁨으로 섬깁니다.

당시 율리아누스는 페르시아인에 대항하여
전쟁을 치르고 있었는데
그가 적을 공격하기 위해서는
케사레아 땅을 지나가야만 했습니다.
성자 바실리오[48]는 산 아래까지 내려와
그에게 예의를 표하며 말했습니다.
"오류를 범하지 않는 분이 되소서.
하나님이 황제인 당신을 구원해주시기를 기도합니다."
하늘에 있는 모든 성자는
성모 마리아를 큰 기쁨으로 섬깁니다.

율리아누스는 그 성자에게 말했습니다.
"현자여, 당신을 만나서 기쁘다오.

---

48) 케사레아의 성자 바실리오(Sanctus Bailius Magnus, 330-379)를 말한다.

하지만 나는 당신보다 더 많은 것을
알고 있다는 사실을 말하고 싶소.
나는 자연의 모든 비밀을 알고 있기에
자신감에 차 있소." 이에 바실이 말했습니다.
"당신이 창조주를 깨달았을 때
그렇게 되실 수 있기를 바랍니다."
하늘에 있는 모든 성자는
성모 마리아를 큰 기쁨으로 섬깁니다.

성자는 자신의 가슴 안주머니에서
보리빵을 꺼내 황제에게 주며 말했습니다.
"하나님의 은혜로 사람들이 우리에게 준 것입니다.
이런 식으로 우리가 살아갈 수 있습니다.
당신의 귀족층 사람들이 이쪽으로 오고 있군요.
괜찮으시다면, 이 빵을 받으십시오." 율리아누스가 대답했습니다.
"그대가 나를 불쌍히 여겨 보리빵을 제공하니
나는 그대에게 건초를 주겠소."[49]
하늘에 있는 모든 성자는
성모 마리아를 큰 기쁨으로 섬깁니다.

"아울러 내가 그대에게 말하건대
내가 페르시아를 정복한 후 다시 돌아와

---

49) 본문에서 성자 바실리오가 보리빵을 제공하자 율리아누스는 그 성자가 자신을
천대한다고 판단한 나머지 화가 나서 이런 자의적인 답변을 한 것으로 보인다.

그대의 수도원과 도시를 모조리 파괴하겠소.
그대는 형벌로 건초를 먹어야 하고
만약 그렇게 하지 않으면
내가 그대를 굶겨 죽일 것이오.
그리고 그대가 준 빵을 내가 받지 않겠소.
나를 더 이상 비참하게 만들고 싶지 않구려."
하늘에 있는 모든 성자는
성모 마리아를 큰 기쁨으로 섬깁니다.

성자 바실리오가 그 건초를 받은 후
돌아오면서 말했습니다.
"율리아누스여, 당신이 나에게 이 마른 풀을
먹으라고 준 것은 잘못된 행동입니다.
전지전능하신 하나님은 당신이 나에게 보여준
오만한 행동에 대한 답변을 드릴 거요.
내가 가진 모든 것은 구세주의 어머니
성모 마리아에게 받은 선물이라오."
하늘에 있는 모든 성자는
성모 마리아를 큰 기쁨으로 섬깁니다.

성자가 그 도시 사람들에게 되돌아왔을 때
그는 눈물을 흘리며 모두 모이라고 요청했고
율리아누스의 무례함에 대하여 얘기했습니다.
그가 말했습니다. "성모 마리아를
자비로운 어머니로 두신 하나님의 이름으로,

성모 마리아님에게 기도합시다.
그분의 선덕을 통하여
우리는 독재자에게서 구원을 받을 것입니다."
하늘에 있는 모든 성자는
성모 마리아를 큰 기쁨으로 섬깁니다.

그리고 그는 사흘 동안 도시민들이
쉴 새 없이 지내도록 만들었습니다.
그들은 물과 쉰 빵을 먹어가며
순례의 고통과 비애를 참으며 지냈습니다.
밤중에 그는 자애로운 여인이신
성모 마리아께서 그들에게 위협으로부터
탈출할 어떤 방법을 가르쳐주실 것이라고 믿으며
교회에서 밤을 지샜습니다.
하늘에 있는 모든 성자는
성모 마리아를 큰 기쁨으로 섬깁니다.

그 성자가 이렇게 한 후 고된 일정으로
피로에 싸여 성모 마리아 제단 앞에서
잠에 골아떨어졌습니다.
이때 성모 마리아가 큰 무리를 지은 성인들과 함께
주변을 환하게 비추며
그에게 나타나 말했습니다.
"이 일은 내가 다스리는 지역에서 일어났기에
내가 그 악한 자에게 복수를 할 것이다."

하늘에 있는 모든 성자는
성모 마리아를 큰 기쁨으로 섬깁니다.

그리고 성모 마리아는
성자 메르쿠리우스[50]를 불러 말했습니다.
"나의 아들과 나를 모욕한
위선적인 율리아누스가 그의 신하들과 함께
길을 가고 있는 저곳으로 가거라.
그가 우리에게 하려고 했던
나쁜 짓을 바로잡아 주고
우리를 위해 복수를 해주기 바란다."
하늘에 있는 모든 성자는
성모 마리아를 큰 기쁨으로 섬깁니다.

성자 메르쿠리우스는 즉시
그의 백마를 타고 창을 들고 나갔습니다.
곧이어 그는 율리아누스가 있는 곳에 도착했고
그의 복부에 창을 던져
그가 신하들에게 둘러싸인 채
땅바닥 위에서 쓰러져 죽음을 맞게 했습니다.
그 성자는 훌륭한 전사처럼
황제에게 복수를 했습니다.

---

50) 율리아누스 황제를 창으로 살해했다는 전설 속의 인물 '케사레아의 메르쿠리
우스(San Mercurio de Caesarea)'를 말한다.

하늘에 있는 모든 성자는
성모 마리아를 큰 기쁨으로 섬깁니다.

성자 바실리오는 내가 여러분에게 말한
모든 사실을 자신의 영안을 통해 보았습니다.[51]
그 후 성모 마리아는 그에게 책 한 권을 주었습니다.
그가 책을 펴서 속에 담긴
모든 내용을 읽고 마음 깊이 새기자
그녀에게서 멀어지는 것이었습니다.
환영이 사라지자 그는 무섭고 떨린 상태로
돌아왔습니다.
하늘에 있는 모든 성자는
성모 마리아를 큰 기쁨으로 섬깁니다.

이 일이 있은 후 성자 바실리오는
그 부하들 중 한 명을 불러
그리스도 기사인 성자 메르쿠리우스가
예전에 무기를 갖고 있던 장소로 곧장 갔습니다.
그가 그곳에서
무기를 발견하지 못했기에

---

51) 본 문장에서 화자는 독자를 향해 자신의 존재감을 상기시키며 상황 묘사를 하
고 있다. 이러한 사람들에게 실제로 말하는 듯한 어투는 본 작품뿐만 아니라
중세 스페인의 서사 문학(i.e. Mester de clerecía, Mester de juglaría, etc.)에
서 자주 접할 수 있다.

그의 꿈이 사실이었다고 믿게 되었고
하나님을 찬양했습니다.
하늘에 있는 모든 성자는
성모 마리아를 큰 기쁨으로 섬깁니다.

내가 읽은 바에 따르면, 성자 바실리오는
즉시 사람들이 모여 있는 곳에 가서
내가 지금 여러분들에게 말하고 싶은 내용을
그들에게 말했습니다. "성자 메르쿠리우스는
우리를 위해 그 엉터리 황제에게
큰 복수를 했습니다.
그는 어떤 창던지기 시합에서도 볼 수 없는
강력한 창을 던져 황제를 살해했습니다."
하늘에 있는 모든 성자는
성모 마리아를 큰 기쁨으로 섬깁니다.

"여러분이 내 말을 믿지 않을 수도 있겠지만
내가 성자 메르쿠리우스의 무덤을 보러 갔을 때
아무런 무기를 찾을 수 없었습니다.
이 세상을 당신의 권능 안에 갖고 계신
하나님을 위해서
다시 돌아가 보도록 합시다.
이런 일은 모든 사람이
알아야만 하지요."
하늘에 있는 모든 성자는

성모 마리아를 큰 기쁨으로 섬깁니다.

그 후 사람들이 그 장소에 달려갔을 때
그곳에서 모든 무기를 보았습니다.
성자 메르쿠리우스가 던졌던 창이
피범벅이 된 채 땅바닥에 놓여 있었습니다.
이 일로 인해 그들은 당할 자 없는
성모 마리아께서 교활한 율리아누스에게서
그녀의 신도들을 보호하기 위해
이런 일을 꾸미셨다는 사실을 깨달았습니다.
하늘에 있는 모든 성자는
성모 마리아를 큰 기쁨으로 섬깁니다.

그들이 그 창을 만지며 조금이나마
자신의 눈을 믿을 수 있을까 생각하고 있을 때
시리아에서 철학자 리바니우스 선생[52]이
그들에게 도착했습니다.
그는 차가운 주검이 된 율리아누스와
퇴각하는 군대에서 이탈하여
지체하지 않고 그곳까지 온 이유에 대하여
그들에게 설명하였습니다.
하늘에 있는 모든 성자는

---

52) 리바니우스(Libanius, 314-339)는 그리스 소피스트 수사학자로서 시리아 출신
이다. 그는 바실리오를 가르친 스승이었다는 설이 있다.

성모 마리아를 큰 기쁨으로 섬깁니다.

그는 그들에게 백색 기사가 율리아누스를 향해 던진
엄청난 창이 그의 영혼을 육체로부터
어떻게 분리시켰는지 말해주었습니다.
"내가 그 장면을 보았습니다."
그가 확신을 가지고 말했습니다.
"실례가 안 된다면 당신들과 함께
성스러운 인생을 살기를 소망합니다.
당신들의 법을 받아들이고 세상에 알리겠습니다."
하늘에 있는 모든 성자는
성모 마리아를 큰 기쁨으로 섬깁니다.

그들이 그의 이마에 성수를 부었고
그가 세례를 받았습니다.
그 이후에 그들은 성모 마리아 축제를 시작했고
이 행사는 한 달간 지속되었습니다.
매일 정오가 되면
군인 둘 내지 셋이 부대 바깥으로 나와
율리아누스가 어떻게 생을 마쳤는지
사람들에게 실감나게 얘기했다고 합니다.
하늘에 있는 모든 성자는
성모 마리아를 큰 기쁨으로 섬깁니다.

34

성모 마리아 찬가 이외에
다른 미사곡을 모르는
사제를 파문한 주교에게
성모 마리아가 경고하신 이야기

세상을 창조하신
주님의 어머니가 원하시는
찬송가를 부르는 이는
지혜로운 자입니다.

이 노래를 통해
나는 여러분에게
우리를 위하여 기도하시는
성모 마리아께서
그녀를 위한 찬송가 이외에
다른 미사곡을 잘 모르는
어떤 한 사제를 위하여
행하신 위대한
기적 한 편을 말씀 드리겠습니다.
그분이 원하시는
찬송가를 부르는 이여.

그는 무지하다는 이유로
그가 살았던 지역을

관할하는 주교 앞에서
탄핵을 당했습니다.
주교는 그 사제를 면전에
불러놓고 그가 들은
말이 사실인지 물었습니다.
그 사제가 대답했습니다.
"그렇습니다."
그분이 원하시는
찬송가를 부르는 이여.

주교가 사제로부터
그 말이 모두 사실임을
확인하고 나서
그는 연민조차
느끼지 않은 채
그에게 그 지역을
즉시 떠나라고
단호하게
명령했습니다.
그분이 원하시는
찬송가를 부르는 이여.

그날 밤 주교는
성모 마리아가
화가 난 얼굴로

그에게 뭔가
얘기하는 모습을
보았습니다.
"너는 무모한 짓을 했구나.
그 어리석은 말을
고치도록 하여라.
그분이 원하시는
찬송가를 부르는 이여.

또한 그 위선적인 직무를
정지하기를
명령한다.
지금부터 삼십 일 동안
너는 죽음을
맞이하게 될 것이고
사람이 들어갈 수 없는
악마가 지배하는 곳으로
가야만 한다."
그분이 원하시는
찬송가를 부르는 이여.

주교는 아침 일찍 일어나서
그 사제에게 음식을
곱절로 주고는
이렇게 얘기했습니다.

"우리의 지도자이신
성모 마리아님을 위한 찬가를
계속해 노래하여라.
네가 그 노래에 익숙해져 왔으니
그렇게 하는 것이 올바르고 타당하단다."
그분이 원하시는
찬송가를 부르는 이여.

35
성모 마리아가 바다에 빠진
순례자를 구하고 구조선이
도착하기 전에 물을 가로질러
항구로 인도하신 이야기

네 가지 원소를 창조하신
주님의 어머니는
바다와 온 바람을 다스리는
큰 능력을 갖고 계십니다.

이 노래를 불러
나는 여러분에게
흠 없는 성모 마리아가
우리 모두를 위해 행하신
삼백여 편의 기적들 중 한 편을
선택하여 여러분에게

소개해드리겠습니다.

한 척의 배가
아크레 지역의 섬을 향해
항해를 하고 있었습니다.
하지만 거센 풍랑이 불어
배 윗부분이 파괴되었습니다.
팔백 명 이상의 순례자를 태우고 가던
그 배가 침몰하기 시작하였습니다.
바다와 온 바람을 다스리는
큰 능력을 갖고 계십니다.

한 주교가 순례자들과 함께
여행하기 위하여
그 배에 타고 있었습니다.
그는 배가 기울기 시작한 상황을 보았을 때
도망칠 궁리만 하였습니다.
그래서 그는 이백 명의 사람들과
구명정에 옮겨 탔습니다.
바다와 온 바람을 다스리는
큰 능력을 갖고 계십니다.

한 사람이 배에서
구명정으로 건너뛰려고
애를 썼습니다.

하지만 그는 밧줄에 걸려
갑판에서 넘어졌고
곧이어 바다에 빠져 깊은 물속으로
빨려 들어가고 말았습니다.
바다와 온 바람을 다스리는
큰 능력을 갖고 계십니다.

구명정을 타고 있던 사람들은
배가 물속으로 빨려 들어가기 전에
도망쳐 나갔고
모든 것을 잃고 저항하는
사람들로 인해 생길 수 있는
위험에서 탈출하고자 지체하지 않고
노를 젓기 시작했습니다.
바다와 온 바람을 다스리는
큰 능력을 갖고 계십니다.

그들은 해변에 도착할 수 있기를 갈망하며
큰 두려움에 시달리면서 항해하기 시작했고
육지를 향해 나아갔습니다.
그때 그들은 구명정으로 오르려고 하다가
갑판에서 바다에 떨어진 사람이
배 위에 앉아 있다는 사실을
발견하게 되었습니다.
바다와 온 바람을 다스리는

큰 능력을 갖고 계십니다.

그들은 십자 성호를 긋기 시작했습니다.
그리고 그에게 어떻게 된 건지
자초지종을 물었을 때
그가 즉시 사실대로 답했습니다.
그가 수영을 해서 스스로 목숨을 구한 건지
아니면 누군가가 그를 풍랑이 센 바다에서
끌어올려다 준 건지 말입니다.
바다와 온 바람을 다스리는
큰 능력을 갖고 계십니다.

그 사람은 흐느끼기 시작했고 이렇게 말했습니다.
"하나님이 나를 보호해주셨고 성모 마리아께서
나를 구원하셨습니다.
내가 훌륭한 사람이라 그런 것이 아닙니다.
다만 여러분에게 성모 마리아를 믿는 사람이
그녀에게 구원을 받을 수 있다는 사실을
보여주기 위해 일어난 일입니다."
바다와 온 바람을 다스리는
큰 능력을 갖고 계십니다.

그곳에 있던
모든 사람은
찬송가를 부르기 시작하였고

잘못이나 죄가 없는
성모 마리아의 가르침을
받을 수 있도록
그분의 자비를 구했습니다.
바다와 온 바람을 다스리는
큰 능력을 갖고 계십니다.

36
성모 마리아가
당신의 형상을
모욕한 한 유대인에게
벌주신 이야기

성모 마리아에게
함부로 한 사람은
큰 벌로 악마의 심판을
받습니다.

성모 마리아가
아름다운 도시인
콘스탄티노폴리스에서
실제로 행한 기적을 말하고자 합니다.
그분은 당신의 뜻을 반대하는 사람이
마치 바람 속의 지푸라기와 같이
힘이 없다는 사실을

보여주기를 원하십니다.
큰 벌로 악마의 심판을
받습니다.

그 도시에는 나무 위에 색칠을 해
아주 잘 만든 성모 마리아 형상이 있었습니다.
그것은 너무나 아름다워서
누군가 일백 번 이상 보게 되더라도
그만큼이나 잘 만든 것을
찾아볼 수 없을 정도였습니다.
어느 날 밤중에 한 유대인이
그 형상을 훔쳐서
큰 벌로 악마의 심판을
받습니다.

자신의 망토 속에
숨겨 집에 가져왔고
변기 속에 빠뜨리고서는
그 위에 앉아
수치스런 짓을 함으로써
신성모독을 했습니다.
악마가 그의 목숨을 빼앗아
지옥으로 데려갔습니다.
큰 벌로 악마의 심판을
받습니다.

유대인이 살해되어
벌을 받았고
악마가 그를
흔적도 없이 데리고 간 이후에
한 성실한 기독교인이
악마 냄새가 나는 그 구덩이에서
성모 마리아 조각상을
꺼냈습니다.
큰 벌로 악마의 심판을
받습니다.

비록 장소는 불결했지만
조각상이 발산하는
향기가 너무나 아름다워서
동방의 향신료나
향유보다
더 좋은 냄새가
여러분에게 말한
형상에서 풍겨 나왔습니다.
큰 벌로 악마의 심판을
받습니다.

그가 조각상을 가지고 나온
즉시 물로 씻었고
자기 집에 가져갔습니다.

그는 성모상을
적절한 위치에 놓고 나서
자기 자신의 구원을 위하여
조각상에 공물을
바쳤습니다.
큰 벌로 악마의 심판을
받습니다.

이 모든 일이 일어난 후
하나님의 어머니는
큰 증거를 남기셨습니다.
그 형상에서
이전과 유사하게
많은 것이 흘러나와
이 경이로운 일을
기억하게 만드셨습니다.
큰 벌로 악마의 심판을
받습니다.

37
성모 마리아가 밤중에
영국으로 항해하는
배의 돛에 나타나
침몰하지 않도록
구해주신 이야기

폭우와 광풍 속에서
우리를 보살펴주시는
성모 마리아를 진심으로
사랑해야 합니다.

성모 마리아께서
어떤 다른 성자도 해낼 수 없는
큰 기적을 일으키셨습니다.
영국 바다에서 그녀는
우리 모두가 그렇게 애쓰듯이
행운을 찾아 나선 큰 무리의 남자들이
타고 항해하던 배 한 척을 옮겨주셨습니다.
폭우와 광풍 속에서 우리를 보살펴주시는
성모 마리아를 진심으로 사랑해야 합니다.

그들이 바다로 항해하는 동안에 큰 풍랑이 몰려왔고 캄캄한 밤이
되었습니다. 그들의 지혜와 훌륭한 감각은 아무 소용이 없었습니다.
그들은 이제 모두 죽은 목숨이라고 생각했고,

아마 여러분이라도 그렇게 생각했을 것입니다.
폭우와 광풍 속에서 우리를 보살펴주시는
성모 마리아를 진심으로 사랑해야 합니다.

그들이 아주 절박한 위험에 처했다는 사실을 깨달았습니다.
그들은 울부짖고 흐느끼는 가운데 성자들의 이름을 일일이 불러가며
자비를 베풀어달라고 기도하기 시작했고
성자들에게 그곳에 와서 구해달라며 간구했습니다.
폭우와 광풍 속에서 우리를 보살펴주시는
성모 마리아를 진심으로 사랑해야 합니다.

그 배를 타고 여행을 하던 한 경건한 수도원장이 이 소리를 듣고
그들에게 말했습니다. "당신네들은 쓸데없는 성자들한테 기도하는
그런 어리석음을 범하고 있다고 봅니다. 우리가 이 상황에서 벗어
　나도록
성모 마리아께서 도와주실 수 있다는 사실을 잊었습니까?"
폭우와 광풍 속에서 우리를 보살펴주시는
성모 마리아를 진심으로 사랑해야 합니다.

그들이 수도원장이 한 말을 들었을 때 모두 한마음이 되어
자비의 어머니인 성모 마리아를 불렀습니다.
그분이 그들에게 와서 목숨을 구해주시고
그들의 잘못을 용서해달라고 기도했습니다.
폭우와 광풍 속에서 우리를 보살펴주시는
성모 마리아를 진심으로 사랑해야 합니다.

그들이 말했습니다. "성모님, 도와주십시오. 배가 침몰하고 있습니다."

그들이 이렇게 말하면서 습관적으로 배 돛을 쳐다보았습니다.
그러고는 배 꼭대기에 어떤 빛보다
더 밝은 큰 불빛을 보았습니다.
폭우와 광풍 속에서 우리를 보살펴주시는
성모 마리아를 진심으로 사랑해야 합니다.

이 불빛이 그들에게 나타났을 때 바람이 사라졌고
하늘이 개었으며 바다가 잠잠해진 사실을 그들이 보았습니다.
여러분은 이미 믿고 계시겠지만, 조금 후 그들이
열망했던 항구에 도착했고 환희에 벅차올랐습니다.
폭우와 광풍 속에서 우리를 보살펴주시는
성모 마리아를 진심으로 사랑해야 합니다.

38
기독교인과 유대인 사이에서
증인으로 나서신
성모 마리아 조각상 이야기

주님의 어머니를 믿는 사람은 자신이
빚진 것을 충분히 갚을 수 있습니다.

평생 좋은 일과 명성을 얻는 일에
자신의 재산을 사용했고

어리석은 짓을 한번도 하지 않은
어느 한 사람에게
영예로운 주님의 어머니,
흠 없는 성모 마리아께서
행하신 위대하고 아름다운
기적 한 편을 소개해드립니다.

내가 들은 바에 따르면 그 선한 사람이
재산을 모두 탕진했을 때
낯선 사람이나 지인이나 그에게 돈을 빌려줄
사람을 찾을 길이 없었습니다.
그가 이 모든 노력이
소용없는 짓이라 생각하고 나서
한 유대인에게 곧장 찾아가
돈을 좀 빌려줄 수 있는지 물었습니다.
주님의 어머니를 믿는 사람은 자신이
빚진 것을 충분히 갚을 수 있습니다.

그때 그 유대인이 그에게 말했습니다.
"내 친구, 자네가 나에게 좋은 담보를
제공해준다면 내가 기꺼이 빌려주겠네."
기독교인이 대답했습니다.
"나는 그럴 여력이 없다네.
하지만 내가 진실로 말하겠는데,
지정된 날짜에 자네에게 그것을

꼭 갚겠다는 말을 지키겠네."
주님의 어머니를 믿는 사람은 자신이
빚진 것을 충분히 갚을 수 있습니다.

그 유대인이 대답했습니다. "담보 없이는
내가 자네에게 돈을 빌려줄 수가 없다네."
기독교인이 말했습니다.
"내 말을 믿어주게. 나는 예수 그리스도와
성모 마리아를 나의 보증인으로 삼겠네."
유대인이 말했습니다. "나는 그들을 믿지 않아.
하지만 내가 그들을 자네의 보증인으로
받아들이도록 하겠네."
주님의 어머니를 믿는 사람은 자신이
빚진 것을 충분히 갚을 수 있습니다.

"왜냐하면 성모 마리아는
여자 성자이고 예수 그리스도는
남자 성자이자 예언자니까 말이야.
따라서 내가 자네 생각을 받아들이겠네.
자네가 필요한 만큼 돈을 빌려주도록 하지."
기독교인이 대답했습니다.
"내가 보고 있는 바로 저 조각상을
자네에게 담보로 주겠네."
주님의 어머니를 믿는 사람은 자신이
빚진 것을 충분히 갚을 수 있습니다.

유대인이 이 말에 동의하자
그들은 즉시 그 장소로 자리를 옮겼습니다.
그 기독교인이 유대인에게 조각상을
보여주었고 사람들 앞에서
그는 그 형상을 만져보았습니다.
또한 그 두 조각상을 담보로 제공할 것이며
기한이 다 되었을 때 어김없이
그 빚을 갚을 수 있다고 말했습니다.
주님의 어머니를 믿는 사람은 자신이
빚진 것을 충분히 갚을 수 있습니다.

"나의 주 예수 그리스도와
고결하신 어머니여,
만약 제가 멀리 가게 되거나
제 사업이 실패한다 해도
저는 그 계약을 따르지 않을 수 없게 됩니다.
만약 제가 스스로 빚을 갚지 못한다면
저를 대신하여 두 분께서
갚으셔야만 합니다."
주님의 어머니를 믿는 사람은 자신이
빚진 것을 충분히 갚을 수 있습니다.

"제가 두 분에게 그 대가를 지불할 것입니다.
'제가 돈을 제대로 돌려받지 못했습니다'라고
그가 말하고 제게 소송을 걸어

저를 힘들게 할 수 있습니다.
제 재산을 압류하지 못하게
절 위해 돈을 갚아주십시오.
이 일을 죽음으로 대신할 수 있다면
제가 이미 죽었겠지요."
주님의 어머니를 믿는 사람은 자신이
빚진 것을 충분히 갚을 수 있습니다.

기독교인이 유대인을 설득한 후
얼마 지나지 않아 장사에 성공하여
원했던 돈을 벌었습니다.
그가 어떻게 사업을 벌이고
실행에 옮기는지 제대로
알고 있었기 때문입니다.
하지만 돈을 갚기로 약속한
날짜가 성큼 다가오고 말았습니다.
주님의 어머니를 믿는 사람은 자신이
빚진 것을 충분히 갚을 수 있습니다.

자신이 정한 계약을 지키기 위해
채무가 불이행되길 원치 않은
기독교인은 만기일이 하루 남자
큰 시름에 빠졌습니다.
그는 나무상자를 하나 만들어
그 속에 유대인에게 빌린 모든 것을 담았습니다.

그리고 말했습니다. "오 신이시여, 저 상자가
목적지에 도달하도록 인도해주소서."
주님의 어머니를 믿는 사람은 자신이
빚진 것을 충분히 갚을 수 있습니다.

이 말을 하고 나서 그가 나무 상자를
바다에 띄워놓자
바람이 파도를 움직이기 시작했습니다.
다음날 그 상자는 비잔티움 항구의
깊은 바닷물 위에서 발견되었습니다.
한 유대인이 재빨리 그 상자를 잡으려고
시도했지만 그렇게 하지 못했고
상자가 그의 앞쪽 멀리 떠다녔습니다.
주님의 어머니를 믿는 사람은 자신이
빚진 것을 충분히 갚을 수 있습니다.

그 유대인이 이 상자를 보고
사부에게 소리치며 달려갔습니다.
이에 사부는 바깥으로 나와
그에게 말했습니다.
"한 푼어치 가치도 없는 녀석.
바다를 겁쟁이처럼 무서워하고 있잖은가.
내가 한번 해보지.
하나님께서 나한테 보내주실걸세."
주님의 어머니를 믿는 사람은 자신이

빚진 것을 충분히 갚을 수 있습니다.

그가 이 말을 하고 나서
그 장소로 달려가자
상자가 그의 앞쪽으로
파도에 휩쓸려왔습니다.
그는 손을 뻗어
기뻐하며 그 상자를 잡았습니다.
그는 그 속에 뭐가 있는지 알기 위해
망설이지 않았습니다.
주님의 어머니를 믿는 사람은 자신이
빚진 것을 충분히 갚을 수 있습니다.

그는 지체하지 않고
상자를 자신의 집으로 운반했고
그 속에서 돈을 발견했습니다.
그는 친구들 몰래 그 돈을 보관했으며
돈을 얼마나 숨겼는지 그들은 알지 못했습니다.
그가 돈을 세고 나서
상자 속에 다시 갖다 놓고서는
그것을 침대 밑에 놓아두었습니다.
주님의 어머니를 믿는 사람은 자신이
빚진 것을 충분히 갚을 수 있습니다.

유대인이 돈을 안전하게 두었다고

확신하고 있을 때
돈을 빌렸던 상인이 그곳에 도착했습니다.
유대인은 아주 거만하게 굴며
상인에게 그가 빌려준
돈을 갚으라고 요구했습니다.
만약 갚지 않으면 사람들에게 이 일을 알려
창피하게 만들겠다고 말했습니다.
주님의 어머니를 믿는 사람은 자신이
빚진 것을 충분히 갚을 수 있습니다.

기독교인이 말했습니다. "내가 자네에게 돈을
이미 갚았다는 사실을 알고 계신 증인이 있다네.
내가 자네에게 제단에서 보여준
아기 예수의 어머니 성모 마리아님이라네.
그분은 거짓말을 모르시는 분이니 자네에게
어떻게 된 일인지 자초지종을 말해주실걸세.
자네는 그분과 언쟁을 벌이고 싶지 않겠지.
자네에게 큰 재앙이 닥칠 수 있으니까 말이야."
주님의 어머니를 믿는 사람은 자신이
빚진 것을 충분히 갚을 수 있습니다.

그 유대인이 대답했습니다.
"잘 됐네. 우리 교회로 가세.
내가 자네 조각상에게
그 이야기를 듣는다면

자네 말을 인정하겠네."
그들은 교회로 달려갔고
논란의 결과를 알고 싶은
많은 사람들이 그 뒤를 쫓아갔습니다.
주님의 어머니를 믿는 사람은 자신이
빚진 것을 충분히 갚을 수 있습니다.

그들이 교회에 들어갔을 때
기독교인이 말했습니다.
"신성한 성모 마리아님,
제가 그 돈을 갚았는지
사실대로 말씀해주십시오.
제가 이미 갚은 돈을 요구하는
저 유대인의 위선적인 행동을
당신이 밝혀줄 수 있습니다."
주님의 어머니를 믿는 사람은 자신이
빚진 것을 충분히 갚을 수 있습니다.

읽은 바에 따르면, 그때
하나님의 어머니가 말씀하셨습니다.
"저주받을 유대인아,
큰 위선자로구나.
네가 돈을 모두 돌려받았다는
사실을 나는 알고 있단다.
너는 교활하게도 그 돈 상자를

침대 밑에 숨겼더구나."
주님의 어머니를 믿는 사람은 자신이
빚진 것을 충분히 갚을 수 있습니다.

유대인이 이야기를 듣고 나서
온 마음을 다해
성모 마리아와 그의 아들을 신뢰하게 되었고
기독교인으로 개종하였습니다.
이 이야기가 여러분에게 선지자 이사야가 기록한 예언,
즉 하나님께서 우리를 위하여
성모 마리아를 통해 태어나실 것이라는
말씀을 기억하시기 바랍니다.
주님의 어머니를 믿는 사람은 자신이
빚진 것을 충분히 갚을 수 있습니다.

39
통증이 너무 심해
발을 절단한 사람을
성모 마리아께서
치유해주신 이야기

성모 마리아는 우리를 위해
아름답고 놀라운 기적을
일으키십니다.

그분은 아름답고 놀라운
기적을 일으키시어
우리가 주님을 더 믿고
두려워하도록
인도해주십니다. 따라서
여러분에게 은혜가 넘치는
기적 한 편을 소개해드립니다.
성모 마리아는 우리를 위해
아름답고 놀라운 기적을 일으키십니다.

이 이야기는 베라아라고 불리는 곳에서
다리에 화상을 입고
불행하게 살아가는
한 사람에게 일어난 일입니다.
그는 성모 마리아 교회의
제단 앞에서 절규하는
사람들 중 한 명입니다.
성모 마리아는 우리를 위해
아름답고 놀라운 기적을 일으키십니다.

그 화상이 그를
통증과 기형으로
일그러진 사람으로
낙인을 찍었기 때문에
그는 너무나

고통스러워했고
다리를 절단해야만 했습니다.
성모 마리아는 우리를 위해
아름답고 놀라운 기적을 일으키십니다.

이 모든 불행에도 불구하고
그는 계속해서
성모 마리아를 믿었고
그분이 한시바삐
기적을 일으키는
은혜를 베풀어주실 것을
간청했습니다.
성모 마리아는 우리를 위해
아름답고 놀라운 기적을 일으키십니다.

그가 기도를 올렸습니다.
"성모 마리아님, 불행한 사람들에게
보호막이 되어주시는 당신이
저를 도와주시는 일이
당신의 뜻이 되기를 기도 드립니다.
그렇지 않다면 저는 이 순간부터
가장 불행한 사람들 중 한 명으로 생각될 것입니다."
성모 마리아는 우리를 위해
아름답고 놀라운 기적을 일으키십니다.

그 후 성모 마리아는
그가 잠든 사이에
당신의 손을
그의 다리 근처
이곳저곳으로 움직이며
당신의 재빠른 손가락으로
환자의 살을 치료했습니다.
성모 마리아는 우리를 위해
아름답고 놀라운 기적을 일으키십니다.

그가 잠에서 깨어났을 때
다시 소생했다는 느낌을 받았고
자신의 다리를 보았습니다.
그 다리가 제자리에 있다는
사실을 확인했을 때
그는 빠른 걸음으로
걷기 시작했습니다
성모 마리아는 우리를 위해
아름답고 놀라운 기적을 일으키십니다.

이 이야기를 들은
사람들은 모두
성모 마리아에게 곧장
찾아와 감사를 드렸습니다.
그들은 그분의 기적을

누구보다
더 영광스럽게 찬양하였습니다.
성모 마리아는 우리를 위해
아름답고 놀라운 기적을 일으키십니다.

40
성모 마리아가
우리를 위해 요청하신 것을
주님께서 거절하지 못하시는
이유에 대한 성모 마리아 찬가

우리 죄인들을 위해 간구하시는
성모님을 보내주시지 않았다면
주님께서 우리가 태어나지 않도록
해주심이 더 나았을 것입니다.

하나님은 성모 마리아를 택하시고
우리의 보호자가 되게 하셨기에
가장 큰 행복을
우리에게 선물하셨습니다.
주님이 우리로 인해 슬퍼하실 때
그녀는 주님께 기도를 드려
우리가 주님의 사랑과 은혜에서
멀어지지 않게 하십니다.[53]

주님은 성모 마리아를 주님과 우리 사이에
있게 하시고 그녀를 우리의 보호자로 두셨으니
주님에게 그분은 어머니이자 친구이고
딸이자 하녀이십니다.
그러므로 주님은 그녀에게 절대
'아니요'라 못하고 '예'라고 말합니다.
우릴 위해 그녀가 주님께 기도 드리면
주님은 우리를 즉시 용서하십니다.
주님께서 우리가 태어나지 않도록
해주심이 더 나았을 것입니다.

하지만 그녀가 당신의 아들에게
진심으로 기도를 드리지 않는다면
선함으로 가득한 주님일지라도
나를 도와주실 수 없습니다.
우리를 위해 주님은 그녀에게 능력을 주셨고
우리를 살리시기 위해 육신의 아들로 태어나시어
고통을 감내하셨습니다. 이 모두
우리에게 영광을 주시기 위함입니다.
주님께서 우리가 태어나지 않도록
해주심이 더 나았을 것입니다.

우리가 선한 일을 행하지 않고

---

53) 본 가요의 첫 번째 연은 필사본 지면의 부족으로 인해 후렴구가 생략되었다.

악인의 길을 택하는 과오를 저질러
주님이 우리를 위해 준비하신
왕국을 잃어서는 안 됩니다.
예수 그리스도와 우릴 보호하시는
그녀가 우리의 구원을 위해
함께 계신다는 사실을 우리가 굳게 믿는다면
주님의 축복을 절대 잃지 않을 것입니다.
주님께서 우리가 태어나지 않도록
해주심이 더 나았을 것입니다.

41
성모 마리아 아들의 조각상을
땅에 떨어뜨리려고 도박꾼이
돌을 던졌을 때 그 아들이 맞아
피를 흘리자 당신이 팔을 뻗어
잡아주신 이야기

하나님이 죄인인 우리를 구원하시려고
성모 마리아에게 아들을 주기로 하셨으니
누가 주님에게 해를 가할 때
그녀가 마음 아파하시는 것은
당연한 일입니다.

그녀와 당신의 아들은 사랑으로 연결되어서
떨어질 수 없습니다. 그녀의 뜻에 반대하고

주님께 가까이 다가가지 않는다면 어리석은 행동입니다.
사악한 자는 선을 행하고 악을 응징하는
성모 마리아와 그 아들이 합치된,
주님의 사랑을 이해하지 못합니다.[54]

이와 관련하여 아주 오래전에
푸아티에 백작이 프랑스 왕에 대항하여
전쟁을 벌이려고 했습니다.[55]
내가 들은 바에 의하면 교단 사제들이 있는
수도원이 샤토루에 있었지만
백작이 이들에게 해산을 명령했습니다.
그 이유는 그들이 프랑스 왕을 위하여
자기를 배신하려 한다고 의심했기 때문입니다.
하나님이 죄인인 우리를 구원하려고
성모 마리아에게 아들을 주기로 하셨으니.

사제들이 그들에 의하여
수도원으로부터 쫓겨난 후,
그 지역은 아주 사악한 악당들이 넘쳐났고
욕설이 난무했으며

---

54) 본 가요의 첫 번째 연은 필사본 지면의 부족으로 후렴구가 생략되었고 나머지
연 부분이 총 8행이 아닌 6행으로 표기되었다.
55) 푸아티에 백작이자 영국의 왕인 리처드 1세와 프랑스의 필리프 2세(Philippe II)
사이에 있었던 전쟁(1194-1198)을 말한다.

타지 사람들이 그 지역 주민들에게
술을 가져다 팔았습니다.
불쌍한 서민들 중에 도박에 빠진 한 사람이 있었는데
그는 성자들과 흠 없는 마리아를 저주했습니다.
하나님이 죄인인 우리를 구원하려고
성모 마리아에게 아들을 주기로 하셨으니.

때마침 한 여인이 자신의 죄를
고백하기 위해 교회에 들어왔고
사제들이 미사를 드리기 전에
제의를 입는 방을 향해 갔습니다.
그 여자는 거기서 돌에 아름답게 새겨진
하나님과 그의 어머니를 보았고
그녀의 죄를 고백하기 위하여
그들 앞에 무릎을 꿇고 기도했습니다.
하나님이 죄인인 우리를 구원하려고
성모 마리아에게 아들을 주기로 하셨으니.

도박꾼이 이 장면을 보았을 때
그 여인을 화난 눈으로 째려보면서
그녀에게 따지듯이 말하기 시작했습니다.
"저 석상을 믿는 자는 큰 사기를 당하게 될 거요.
그들이 얼마나 큰 실수를 저질렀는지
당신이 볼 수 있도록 내가
저 색칠한 우상들을 부숴버릴 거요."

이에 그는 돌을 집어 그 조각상에 던졌습니다.
하나님이 죄인인 우리를 구원하려고
성모 마리아에게 아들을 주기로 하셨으니.

그 돌은 축복을 주려는 몸짓으로 양팔을 위로
올려 세우고 있는 아기 예수를 맞췄습니다.
돌은 양손을 모두 부러뜨리진 않았지만
그중 하나는 부러지고 말았습니다.
그리고 조각상이 막 넘어지려고 했습니다.
성모 마리아는 그녀의 팔을 뻗어 그것을 잡고서는
위로 끌어올렸습니다. 그녀는 자신의 손가락 사이에
갖고 있던 꽃을 떨어뜨렸습니다.
하나님이 죄인인 우리를 구원하려고
성모 마리아에게 아들을 주기로 하셨으니.

하나님은 더 큰 기적을 일으키셨습니다.
이번에는 그 아기의 상처 위로
선홍색 피가 흘러나오게 하셨습니다.
그리고 성모 마리아의 황금색 가운이
그녀의 가슴 위쪽으로 미끄러져 내려왔습니다.
그래서 그들은 옷이 벗겨진 상태가 되었습니다.
비록 그녀는 울진 않았지만 그녀의 얼굴은
고통스러운 표정을 참아내고 있었습니다.
하나님이 죄인인 우리를 구원하려고
성모 마리아에게 아들을 주기로 하셨으니.

게다가 그녀의 찌푸려진 눈이
너무나 격정적으로 보여서
그녀를 보는 모든 이가 두려움에 떨며
그 얼굴을 함부로 대할 수 없었습니다.
한 무리의 악마가
그 악한 짓을 행한 사람 위에 올라타서
능숙한 사냥꾼처럼
그를 순식간에 살해했습니다.
하나님이 죄인인 우리를 구원하려고
성모 마리아에게 아들을 주기로 하셨으니.

악령에 들린 두 명의 도박꾼이
죽은 동료를 운반하기 위해 그곳에 도착했습니다.
하지만 그들이 정신이 이상해져 그 동료의 몸을
사납게 물어뜯기 시작했습니다.
그들은 강물에 빠져 목숨을 잃었습니다.
악마는 그들에게 자비롭지 않았고 또한
이 소식을 듣는 사람들은 모두
악령에 사로잡히게 했습니다.
하나님이 죄인인 우리를 구원하려고
성모 마리아에게 아들을 주기로 하셨으니.

백작이 이 소식을 들었을 때
무장한 기사들과 같이
교회 앞에 도착해 말에서 내렸습니다.

그때 몹시 흥분한 자들 중 한 명이 이렇게 기도했습니다.
"제 턱 속에 박힌 돌이 너무나 고통스러워
제 마음속에 감출 수 없답니다.
이 일로 인해 값을 많이 치렀지요.
원하신다면 절 치료해주시길 소망합니다."
하나님이 죄인인 우리를 구원하려고
성모 마리아에게 아들을 주기로 하셨으니.

그는 이 기도를 마친 후
자신을 낮추어 그 조각상 앞에
무릎을 꿇고 허리와 머리를 굽혔습니다.
즉시 그의 뼈가 뻣뻣해지고
입을 통해 돌을 토해내었습니다.
그 자리에 있던 모든 사람이 이로 인해 놀랐고
고결한 사람들이 보는 앞에서 그는
조각상 앞에 있는 제단에 그 돌을 가져다 놓았습니다.
하나님이 죄인인 우리를 구원하려고
성모 마리아에게 아들을 주기로 하셨으니.

42

성모 마리아가 오만하던 소녀를
현명한 사람으로 변화시켜
천국으로 데려가신 이야기

오 성모 마리아님, 당신을 따르는 사람은
광기에서 벗어나 항상 선하게 행동합니다.

나는 여러분에게 영광스러운
하나님의 어머니가 행하신
놀라운 기적 한 편을 소개하겠습니다.
여러분은 이 이야기를 들으며
즐거워할 것이고
나 또한 행복을 느낄 것입니다.
오 성모 마리아님, 당신을 따르는 사람은
광기에서 벗어나 항상 선하게 행동합니다.

이 기적은
아주 아름답고
잘생겼으나
경솔하고
변덕이 심했던
뮤즈라는 이름의
한 소녀에게 일어났습니다.
오 성모 마리아님, 당신을 따르는 사람은

광기에서 벗어나 항상 선하게 행동합니다.

소녀가 그런 행동거지를
계속해서 하던 중에
가장 영광스러운 여인이
그녀의 꿈에 나타났는데
놀랄 만큼 평온한 모습으로
많은 아름다운 시녀들과
함께 있었습니다.
오 성모 마리아님, 당신을 따르는 사람은
광기에서 벗어나 항상 선하게 행동합니다.

뮤즈는 자신도 그들과 함께
있고 싶어 했습니다.
하지만 성모 마리아는
그녀에게 이렇게 말했습니다.
"너에게 부탁하노니,
나와 함께 가려거든 웃음과 장난끼,
자존심과 오만을 버려야 한단다.
오 성모 마리아님, 당신을 따르는 사람은
광기에서 벗어나 항상 선하게 행동합니다.

만약 네가 그렇게 하면
오늘부터 삼십 일이 지난 후에
너는 네가 보고 있는

시녀들 사이에 들어와
나와 함께 있게 될 거다.
네가 보듯이 그들은 경망스럽지 않단다.
그런 것은 그들에게 어울리지 않은 행동이란다."
오 성모 마리아님, 당신을 따르는 사람은
광기에서 벗어나 항상 선하게 행동합니다.

뮤즈는 그녀가 환상을 통해 본
그 무리에게서
너무나 큰 감동을 받은 나머지
자신의 나쁜 버릇을
모두 고쳤고
아주 다른 방식으로
완전무결하게 행동하였습니다.
오 성모 마리아님, 당신을 따르는 사람은
광기에서 벗어나 항상 선하게 행동합니다.

그녀의 아버지와 어머니가
이 모습을 보았을 때
뮤즈에게 질문했습니다.
뮤즈가 무엇을 보았는지에 관하여
그들이 얘기를 들었을 때
그들은 우리를 지지하시는
성모 마리아에게 자비를 구했습니다.
오 성모 마리아님, 당신을 따르는 사람은

광기에서 벗어나 항상 선하게 행동합니다.

십오 일이 지나자
뮤즈는 극심한 고열에 시달렸고
몸져 누웠습니다.
성모 마리아는
그녀에게 나타나서
이렇게 말했습니다.
"이곳으로 오너라."
오 성모 마리아님, 당신을 따르는 사람은
광기에서 벗어나 항상 선하게 행동합니다.

"나에게 즉시 오너라."
그녀가 대답했습니다.
"기꺼이 그렇게 하겠습니다."
약속한 날이 되었을 때
하나님은 그녀가
다른 성자들과 함께 있도록
그녀의 영혼을 받아들이셨습니다.
오 성모 마리아님, 당신을 따르는 사람은
광기에서 벗어나 항상 선하게 행동합니다.

성자들이여, 하나님이
분노를 갖고
심판의 날에 오셔서

죄 없는 우리를
구분하시도록 기도해주소서.
그리고 "아멘"이라고
말해주소서.
오 성모 마리아님, 당신을 따르는 사람은
광기에서 벗어나 항상 선하게 행동합니다.

43
성모 마리아가
당신의 조각상이
불에 타지 않도록
구해내신 이야기

성모 마리아 형상에
해를 입히면
대죄이고 신성모독입니다.

어느 어두운 밤중에
둥근 바위산 마루자락에 자리 잡은
몽생미셸 수도원에
번개가 쳤습니다.
성모 마리아 형상에 해를 입히면
대죄이고 신성모독입니다.

밤새도록 번갯불이 그 장소에 심하게 떨어졌고

교회에 있는 모든 것을 파괴했습니다.
하지만 정결한 성모 마리아의 조각상이
있는 장소에는 번개가 치지 않았습니다.
성모 마리아 형상에 해를 입히면
대죄이고 신성모독입니다.

비록 번갯불이 조각상 주변에 있는
모든 것을 태웠지만 성모 마리아는
그 연기나 열기가 조각상에 닿도록
내버려 두지 않았습니다.
성모 마리아 형상에 해를 입히면
대죄이고 신성모독입니다.

하늘의 여왕은 당신의 조각상을 보호하였고
번갯불은 베일에 그을음조차 묻히지 못했습니다.
그것은 마치 그녀가 용광로에 있던 유대인을
자신의 의복으로 보호하신 것과 같았습니다.[56]
성모 마리아 형상에 해를 입히면
대죄이고 신성모독입니다.

그녀의 아들이 창조한 것들 중 하나인 번갯불이
이렇게 성모 마리아에게 순종하였고

---

56) 본 작품의 4장에서 성모 마리아가 유대인 소년을 구해준 문맥과 관련 있는 것
으로 보인다.

조각상에 조금도 해를 가하지 못했습니다.
이 모든 것이 사실입니다.
성모 마리아 형상에 해를 입히면
대죄이고 신성모독입니다.

많은 타 지역에서 와 그곳에 모여 있던 인파들이
이 사실을 보고 일제히 놀라워했습니다.
베일의 실오라기 하나도 불타지 않았고
조각상의 하얀색이
성모 마리아 형상에 해를 입히면
대죄이고 신성모독입니다.

모든 곳에서 피어난 검은 연기에
조금도 변색되지 않은 것을 그들이 보았습니다.
오히려 그 조각상이 장미 즙에 목욕을 한 것 같았습니다.
그 형상과 의복에서 향기가 풍겨났습니다.
성모 마리아 형상에 해를 입히면
대죄이고 신성모독입니다.

44

성모 마리아가
천진무구한 사람을
치유해주신 이야기

우리 주님의 어머니 성모 마리아는
순수한 사람에게 당신의 지혜를
주실 수 있으며 심지어 죄인이
천국을 갖도록 해주십니다.

우리 주님의 어머니 성모 마리아는
수아송에서 '가린'이라고 불리는
환전상을 악마의 손아귀에서
구출하고서 기뻐하셨습니다.
악마에게 붙잡혀
정신을 잃었던 그를
그녀는 역경에서 탈출하게 돕고
천국을 그에게 선물로 주셨습니다.
우리 주님의 어머니 성모 마리아는
순수한 이에게 당신의 지혜를 주실 수 있습니다.

우리 주님의 어머니이신 성모 마리아는
그에게 큰 자비와 사랑을 베풀었습니다.
그의 판단을 흐리고
야비한 방법으로 목줄을 쥔

요사스러운 악마로부터
그를 석방해주셨습니다.
그녀는 그를 회복시켜주셨을 뿐만 아니라
천국을 선물로 주셨습니다.
우리 주님의 어머니 성모 마리아는
순수한 이에게 당신의 지혜를 주실 수 있습니다.

우리 주님의 어머니 성모 마리아는
그녀의 능력과 선덕과 존귀를 통하여
세상이 지속되는 한 찬양을 받을 것입니다.
그녀의 은혜는 우리가 이해할 수 있는
연약한 한계의 범위보다
훨씬 더 크시기 때문입니다.
우리가 천국에 들어갈 수 있도록
당신의 아들에게 항상 애원하십니다.
우리 주님의 어머니 성모 마리아는
순수한 이에게 당신의 지혜를 주실 수 있습니다.

45
성모 마리아가 두 명의 강도를
감옥에서 구하신 이야기

성모님이 원치 않으시면
어떤 견고하고 무서운 감옥도
죄수들을 가둬놓을 수 없습니다.

내가 발견한 문서에 적힌 기적 한 편을
여러분에게 소개해드리겠습니다.
나는 이 이야기를 토대로 환희에 찬 노래를
지을 수 있다고 확신합니다.
어떤 견고하고 무서운 감옥도
죄수들을 가둬놓을 수 없습니다.

두 명의 죄수가 감옥에서 나오고
안전하게 도피하도록 도와주신
이 세상에서 가장 존귀한 여인
성모 마리아께서 어떻게 이런 일을 하셨는지
진실에 의거해 말하겠습니다.
어떤 견고하고 무서운 감옥도
죄수들을 가둬놓을 수 없습니다.

두 범죄자가
도둑질을 하려고
길을 나섰습니다.
하지만 그들은 붙잡혔고
끔찍한 형무소에 투옥되었습니다.
어떤 견고하고 무서운 감옥도
죄수들을 가둬놓을 수 없습니다.

그곳에 머무는 동안
도둑 중 하나가

수아송에 있는
아름답게 건축된
다채로운 색의 교회를 기억했습니다.
어떤 견고하고 무서운 감옥도
죄수들을 가둬놓을 수 없습니다.

그가 동료에게 말했습니다.
"내가 만약 감옥에서 나간다면
수아송에 못을 백 개
보낼 거야.
아주 훌륭한 건축물이거든."
어떤 견고하고 무서운 감옥도
죄수들을 가둬놓을 수 없습니다.

그가 이 약속을 하자
그 물건이 땅바닥에 떨어졌습니다.
깊은 밤이 될 때까지
그는 자리를 뜨지 않고
기다렸습니다.
어떤 견고하고 무서운 감옥도
죄수들을 가둬놓을 수 없습니다.

밤이 찾아오자
그는 동료에게
동정심 많은 성모 마리아가

그 물건을 어떻게 갖다주었는지
얘기했습니다.
어떤 견고하고 무서운 감옥도
죄수들을 가둬놓을 수 없습니다.

이어서 동료가 그에게 말했습니다.
"자네가 나에게 그렇게 얘기했으니까 하는 말인데
만약 성모 마리아님이
이 끔찍한 감옥에서 날 풀어주신다면
나는 못을 천 개라도 보내드리겠네."
어떤 견고하고 무서운 감옥도
죄수들을 가둬놓을 수 없습니다.

첫 번째 죄수가 자신이
해방되었다는 사실을 깨닫자마자
그는 감옥에서 도망쳤습니다.
경비원이 이 상황을 알아차렸을 때
그는 즉시 감옥 문을 열어보았습니다.
어떤 견고하고 무서운 감옥도
죄수들을 가둬놓을 수 없습니다.

그가 지키는 또 다른 죄수가
그곳에 있는지 확인하기 위해서였습니다.
하지만 그는 그 죄수의 자취를 찾을 수 없었고
성모 마리아가 도와주셨다고

추측할 뿐이었습니다.
어떤 견고하고 무서운 감옥도
죄수들을 가둬놓을 수 없습니다.

우리 주님의 어머니
성모 마리아가
두려움 없는 막강한 여왕처럼
그 두 명의 죄수를 풀어주시고
인도해주셨던 것으로 보았습니다.[57]

46
성모 마리아가
듣지도 말하지도 못하는
사람을 치유해주신 이야기

이 흠 없는 성녀는 듣고 말하게
도와주실 수 있습니다.

선의를 갖고 계신 그분은
말을 하지도 듣지도 못하는 어떤 사람이
일순간에 완전히 회복하도록
치유해주셨습니다.

---

57) 본 가요의 마지막 연에는 후렴구가 생략되어 있다. 필사본 지면이 부족해 일어난 결과로 본다.

이 흠 없는 성녀는 듣고 말하게
도와주실 수 있습니다.

이 남자는 자신의 입을 통하여
하나님께 말하지 못했기 때문에 그에게
소원을 들어달라는 간청 기도를 하기 위해
수아송을 찾아갔습니다.
이 흠 없는 성녀는 듣고 말하게
도와주실 수 있습니다.

그는 수화로 몸동작을 취하여
자기 의사를 가까스로 표현할 수 있었습니다.
그래서 그는 성모 마리아에게 빨리 오셔서
자신을 도와달라고 간구하며 웅얼거렸습니다.
이 흠 없는 성녀는 듣고 말하게
도와주실 수 있습니다.

그렇게 해서 제대로 말하고
들을 수 있을 것이라고 믿었습니다.
따라서 그는 제단을
떠나려고 하지 않았습니다.
이 흠 없는 성녀는 듣고 말하게
도와주실 수 있습니다.

내가 여러분에게 말했듯이

구세주의 어머니이신 위대한 여인이
무한한 사랑을 그에게 보여줄 때까지
그는 그 자리에 머물기로 하였습니다.
이 흠 없는 성녀는 듣고 말하게
도와주실 수 있습니다.

그녀는 그에게 즉시 나타나
자신의 손으로 그의 얼굴을 만지며
치료하셨습니다. 그녀가 그의 혀를
풀어주었습니다.
이 흠 없는 성녀는 듣고 말하게
도와주실 수 있습니다.

그의 양 귀를 열어주었기에
순식간에 들을 수 있었습니다.
그의 혀와 귀에 피가
돌기 시작했습니다.
이 흠 없는 성녀는 듣고 말하게
도와주실 수 있습니다.

내가 들은 바에 따르면,
그가 한순간에 성모 마리아를 위하여
찬송가를 불렀고
그곳에서 그녀의 하인으로
남았습니다.

이 흠 없는 성녀는 듣고 말하게
도와주실 수 있습니다.

47
성모 마리아를
부인하다가 입이 돌아간
사람을 당신이
치료해주신 이야기

성모 마리아가 뜻하시는 것을 이룰 수 없다고
보는 사람은 우둔한 자입니다.

이 노래로 나는 수아송에서 일어난
기적 한 편을 소개하고자 합니다.
그곳에는 주님의 어머니께서 밤낮으로 행하신 기적만을 모아
기록한 책 한 권이 있습니다.
성모 마리아가 뜻하시는 것을 이룰 수 없다고
보는 사람은 우둔한 자입니다.

그 지역 수녀원에 성모 마리아 소유의
신발 한 짝이 보존되어 있습니다.
한 무례한 사람이 그 사실을 믿지 않는다고
얘기했기 때문에 유명해진 일입니다.
성모 마리아가 뜻하시는 것을 이룰 수 없다고
보는 사람은 우둔한 자입니다.

그가 말했습니다. "그런 얘기를 믿는다는 것은
정신없는 짓이야. 성모가 돌아가신 지
많은 세월이 흐른 후에 신발이 부패하지도 않고
그렇게 잘 보존되어 있을 리 없어."
성모 마리아가 뜻하시는 것을 이룰 수 없다고
보는 사람은 우둔한 자입니다.

그가 이런 말을 하면서 네 사람과
동행한 채 길을 걷고 있었을 때
그의 입이 뒤틀리기 시작했고 그것을 본 사람들은
모두 경악한 눈으로 지켜보았습니다.
성모 마리아가 뜻하시는 것을 이룰 수 없다고
보는 사람은 우둔한 자입니다.

그는 너무나 아파서 그의 눈이
머리 바깥으로 튀어나올 것같이 느꼈습니다.
이 스트레스로 말미암아 그는
그 신발이 있는 순례지로 되돌아갔습니다.
성모 마리아가 뜻하시는 것을 이룰 수 없다고
보는 사람은 우둔한 자입니다.

그는 그곳에 도착하자마자
제대 앞 바닥에 바짝 엎드려 누웠습니다.
그리고 그 무분별한 말을 함부로 내뱉은
어리석음을 후회했습니다.

성모 마리아가 뜻하시는 것을 이룰 수 없다고
보는 사람은 우둔한 자입니다.

이때 그의 속죄를 위해 수녀원 원장은
신발을 그의 얼굴에 대어주었습니다.
그의 얼굴이 이전과 같이
온전하게 회복되었습니다.
성모 마리아가 뜻하시는 것을 이룰 수 없다고
보는 사람은 우둔한 자입니다.

그 소작농이 완전하게 치유되었다고
판단했을 즈음에 그는
자신이 속한 지주에게서 해방되었고
수도원에 들어와 하인으로 지냈습니다.
성모 마리아가 뜻하시는 것을 이룰 수 없다고
보는 사람은 우둔한 자입니다.

48

온 얼굴에 화상을 입은
한 여인을 성모 마리아가
성자 마르시알 성축일[58]에
치료해주신 이야기

주님의 큰 능력으로 성모님은
모든 아픔과 고뇌를 소멸하십니다.

내가 말한 이 성녀는 성모 마리아입니다.
이분은 당신의 아들이자 왕이신 주님이
우리를 구원해주시도록 쉼 없이 기도하십니다.
주님의 큰 능력으로 성모님은
모든 아픔과 고뇌를 소멸하십니다.

지옥 불뿐만 아니라 이 세상의 불속에서도
우리를 구원해주십니다.
내가 들은 바에 따르면
성자 마르시알 성축일에 일어난
또 다른 불속에서 우리를 구해주셨습니다.
주님의 큰 능력으로 성모님은
모든 아픔과 고뇌를 소멸하십니다.

---

58) 304년 스페인 사라고(Zaragoz)에서 순교한 성자 마르시알(San Marcial 혹은
Saint Martial)을 말하며 그 가톨릭 성축일은 4월 16일이다.

성모 마리아는 이 고통에서
'곤디안다'라고 불리는 한 여인을
치료해주셨습니다. 이 여인이 성모님에게
너무나 열렬히 기도하였기에
어떤 상처도 남지 않고 사라졌습니다.
주님의 큰 능력으로 성모님은
모든 아픔과 고뇌를 소멸하십니다.

산불이 나서 그녀에게
극심한 화상을 입혔습니다.
그녀는 죽을 만큼
심한 통증을 참으며
자신의 얼굴을 베일로 가리고 다녔습니다.
주님의 큰 능력으로 성모님은
모든 아픔과 고뇌를 소멸하십니다.

성모 마리아가 이 여인을
완전하게 치료해주셨기에
시간이 흐르자
살갗이 지금과 같이 변했고
본래의 색을 되찾았습니다.
주님의 큰 능력으로 성모님은
모든 아픔과 고뇌를 소멸하십니다.

그 여인이 너무나

아름다웠기에 그녀를 바라본
모든 사람은 불행한 자의 보호자이고
진심 어린 눈물을 흘리시는
성모 마리아를 찬양하였습니다.
주님의 큰 능력으로 성모님은
모든 아픔과 고뇌를 소멸하십니다.

49
아들을 저당잡힌 후
이자가 너무 올라
빚을 청산할 수 없었던
한 착한 여인에게 성모 마리아가
그 아이를 되돌려주신 이야기

성모 마리아는 성도를 항상
도와주시고 큰 고난에 빠진 이를
구하러 오십니다.

선한 일을 하다가
채무가 너무 늘어서
재산을 모두 탕진한 프랑스의
한 불행한 여인에게 일어난 일입니다.
성모 마리아는 성도를 항상 도와주시고
큰 고난에 빠진 이를 구하러 오십니다.

그녀를 도와주러 성모 마리아가
오시지 않았다면 그녀가 가진 모든 재산을
잃어버렸을 것이고 엄청나게 불어난 이자를
더 이상 갚지 못했을 것입니다.
성모 마리아는 성도를 항상 도와주시고
큰 고난에 빠진 이를 구하러 오십니다.

그 여인이 훌륭한 가문 출신이지만 채무자들은
그녀의 약속을 조건 없이 받아들이지 않았습니다.
그녀는 채무자들에게 자신의 아들을 담보로 제공했습니다.
나중에 그녀는 이 일을 크게 후회했습니다.
성모 마리아는 성도를 항상 도와주시고
큰 고난에 빠진 이를 구하러 오십니다.

이 일은 그녀에게 큰 대가를 치르게 했습니다.
때마침 이자가 급속히 올라갔습니다.
누군가가 그녀를 도와주지 않았다면 그녀가 가진
모든 것을 통해서도 갚지 못할 정도로 올랐었습니다.
성모 마리아는 성도를 항상 도와주시고
큰 고난에 빠진 이를 구하러 오십니다.

그녀는 절친하게 지냈던 많은 사람들에게
도움을 받지 못했고 또한 공공연하게
도움을 찾아다닐 수도 없는 처지였기에
현명한 그 여인은 '본보기이신 성모 마리아'를 찾아갔습니다.

성모 마리아는 성도를 항상 도와주시고
큰 고난에 빠진 이를 구하러 오십니다.

그녀는 성모 마리아에게 온 마음을 다하여
자신을 도와달라고 간구했습니다. 그래서 그녀의 아들이
감옥에서 지내지 않고 되찾을 수 있게 되었습니다.
그녀의 간구는 응답을 받았습니다.
성모 마리아는 성도를 항상 도와주시고
큰 고난에 빠진 이를 구하러 오십니다.

성모 마리아가 그녀에게 지체하지 않고 말했습니다.
"가거라. 그러면 내가 너의 아들을
못된 고리대금업자들로부터 구해주겠다."
이 말이 그 여인에게 마음 깊이 들려왔습니다.
성모 마리아는 성도를 항상 도와주시고
큰 고난에 빠진 이를 구하러 오십니다.

그녀는 지체하지 않고 길을 나섰습니다.
자신의 아들을 간절한 마음으로 찾아다녔습니다.
그리고 마을 사람들이 춤을 추고 있는 곳에서
말없이 있는 아들을 발견하였습니다.
성모 마리아는 성도를 항상 도와주시고
큰 고난에 빠진 이를 구하러 오십니다.

그녀가 "나의 아들아, 이쪽으로 오너라"라고 말하며

아들을 불렀을 때 채무자들은 아무 말도 하지 않았습니다.
그녀는 아들을 자기가 탄 말 앞쪽에 태우고
모두가 지켜보는 가운데 마을을 가로질러 그를 데리고 갔습니다.
성모 마리아는 성도를 항상 도와주시고
큰 고난에 빠진 이를 구하러 오십니다.

그들은 그 여자에게 '여인이여, 어디서 오셨습니까' 혹은
'당신은 우리로부터 그 아이를 데려갈 수 없습니다'라고 말할 수
없었습니다. 이미 아시겠지만, 이는 동정녀 마리아께서 행하신 일
  입니다.
그분은 약속하신 바를 항상 행동에 옮기십니다.
성모 마리아는 성도를 항상 도와주시고
큰 고난에 빠진 이를 구하러 오십니다.

50
성모 마리아가
당신의 아들로 인해 고통받으신
일곱 슬픔에 대한 노래[59]

주님이 성모 마리아를
모셔가시기 전에
당신의 아들로 인해
겪으신 그분의 아픔을
내가 기억하지 않는다면
내가 흘리고 싶은 만큼
많은 눈물을 갖고 있지
않을 수 있습니다.

내가 문헌에서 읽었듯이
이 슬픔들 중 첫 번째가,
헤롯이 자신의
왕권 유지를 위하여
수천 명의 남자 어린이를
학살하라고 명령했을 때
그녀가 이집트로
도피하며 생겨났습니다.

---

59) 이 가요는 후렴부 없이 구성되었다.

두 번째 슬픔은 그녀의 아들이
사흘 동안 사라졌을 때입니다.
그녀는 유대인들이 그를 숨겼거나
누군가가 그를 살해하거나
배반을 했다고 생각했습니다.
그녀가 아들 때문에
눈물을 흘리고 있을 때
그가 그녀에게 돌아왔습니다.

세 번째 슬픔은 아주 큰 사건으로,
한 소식꾼이
그녀에게 아들인
예수 그리스도가 체포되어
홀로 투옥되었고
신도들로부터
버림을 받았다고
얘기했을 때입니다.

성모 마리아가
자신의 아름다운 아들이
무거운 십자가를 지고
잔인하게 매질을 당하면서
수염이 뜯겨지고 엉망이 된 채
소리치는 군중의 야유를 받으며
걸어가는 모습을 보았을 때

네 번째 슬픔을 겪으셨습니다.

다섯 번째 슬픔은
사람들이 그를 십자가에 못 박고
식초를 주어 목마름을
망각게 하려고 했을 때 경험하셨습니다.
사람들이 그가 입었던 옷을 가지려고
제비를 뽑았으며 결국
이 일이 그의 죽음을 앞당겼고
이로 인해 그들은 즐거움을 느꼈습니다.

여섯 번째는 의심할 여지없이
사람들이 그리스도를
십자가에서 내리고 수의를 입혀
매장을 하기 위하여 운구할 때였습니다.
그들은 초자연적인 일을 두려워하며
무덤을 지켰습니다. 하지만 나중에
그는 우리의 보호자가 되었고
사람들은 그를 그 장소에서 발견하지 못했습니다.

성경이 말하기를
일곱 번째 슬픔은
아주 깊고 고통스러운 것입니다.
하나님이 원래 오셨던
높은 곳으로 다시 올라가는

광경을 지켜보신 후
그녀는 낯선 사람들 사이에
외롭게 남겨졌습니다.

51
세 편의 미사곡을 듣다가
산에스테반데고르마스 전투[60]에
참가하는 임무를
망각한 한 기사를
성모 마리아가 불명예에서
구해주신 이야기

우리를 위해 돌아가신
주님의 어머니를 잘 섬기는 이는 절대
불명예스런 일을 당하지 않습니다.

하나님이 나의 보호자이듯이
성모 마리아가 어떤 한 기사를 위하여
행하신 기적을 이 노래를 불러
소개하겠습니다.
그분은 피할 수 없이 당할 수밖에 없었던
큰 불명예에서 기사를 구원해주셨습니다.

---

60) 스페인 소리아(Soria) 지방에 있는 도시 산에스테반데고르마스(San Esteban de Gormaz)에서 989년에 일어난 전투를 말한다.

우리를 위해 돌아가신
주님의 어머니를 잘 섬기는 이.

내가 들은 바에 따르자면
그 기사는 인자하고 용감했으며
그가 살았던 지역과 나라 전체에서
남달리 훌륭한 군인으로 정평이 나 있었습니다.
우리를 위해 돌아가신
주님의 어머니를 잘 섬기는 이.

그는 신실한 삶을 살았고 무어인들을
조금도 동정하지 않았습니다.
당시 알만수르[61]가 산세바스티안데고르마스를
뺏으려고 했을 때
우리를 위해 돌아가신
주님의 어머니를 잘 섬기는 이.

그는 돈가르시아 백작[62]과 함께 그곳으로 갔습니다.
당시 이 백작이 그 지역을 지배하고 있었는데
그는 훌륭한 인격자이며 기백이 대단해서

---

61) 스페인 무어인들의 왕이었던 아부 유수프 야쿠프 알만수르(Abu Amir Muhammad ben Abi Amir al-Mansur, 939~1002)를 말한다.
62) 카스티야(Castilla)의 첫 번째 영주인 페르난 곤살레스(Fernán González)의 아들이자 카스티야 백작이었던 가르시아 페르난데스(García Fernández, 938~995)를 말한다.

무어족들에게 큰 두려움의 대상이었습니다.
우리를 위해 돌아가신
주님의 어머니를 잘 섬기는 이.

카스티야의 주인이었던 이 백작은
산에스테반을 사방에서 포위하여 함락시키려고 하는
알만수르왕에 맞서서
치열한 전투를 벌이고 있었습니다.
우리를 위해 돌아가신
주님의 어머니를 잘 섬기는 이.

백작은 능력이 출중하고 현명했기 때문에
자신의 지역을 방어하였습니다.
그는 알만수르에게 자신의 땅을 조금도 내주지
않았을뿐더러 무어족들을 격렬히 공격하였습니다.
우리를 위해 돌아가신
주님의 어머니를 잘 섬기는 이.

내가 들은 바에 따르면 여러분에게 얘기한
그 기사는 전쟁에서 많은 공헌을 세웠기에
그의 위업이 거론되지 않은
전투나 마상시합이 없을 정도였습니다.
우리를 위해 돌아가신
주님의 어머니를 잘 섬기는 이.

하루는 무어족 군대를 공격하기 위하여
백작과 함께 전쟁을 치르러 떠날 예정이었습니다.
그는 매일 그렇게 했듯이
먼저 미사를 드리러 갔었습니다.[63]
우리를 위해 돌아가신
주님의 어머니를 잘 섬기는 이.

그가 교회에 들어갔을 때 그는 자기 죄를 회개하였고
성모 마리아에 대한 미사곡을 한 부분도 놓치지 않고
모두 들었습니다. 그리고 그 이후 앞서 언급한 노래의
두 부분을 더 들었습니다.
우리를 위해 돌아가신
주님의 어머니를 잘 섬기는 이.

그것은 성령의 여왕에 대한 내용이었습니다.
하지만 그의 지역 대표자 한 명이 이렇게 말하며
그를 못마땅해했습니다. "이 전투에
참가하지 않는 자가
얼굴을 들고 다녀서는 안 된다오."
우리를 위해 돌아가신
주님의 어머니를 잘 섬기는 이.

---

63) 본 단편의 전반적인 내용에 따르면, 기사는 이 미사에 너무나 몰두했기 때문에
   시간이 지체되어 전쟁에 참가하지 못했던 것으로 보인다.

기사는 그 대표자의 성화에 주의를 기울이지 않고
다만 성모 마리아에게 이렇게 기도했습니다.
"나는 당신을 모시는 하인입니다. 이 굴욕적인 상황에서
구출해주십시오. 당신은 그런 능력을 갖고 계시지 않습니까?"
우리를 위해 돌아가신
주님의 어머니를 잘 섬기는 이.

미사를 모두 마쳤을 때 그는 길을 떠났고
그 백작을 도중에 만났습니다. 백작은
자신의 오른팔을 기사의 목 쪽으로 뻗으며 말했습니다.
"그대를 만나 함께 싸웠던 것이 큰 행운이었소.
우리를 위해 돌아가신
주님의 어머니를 잘 섬기는 이.

그대가 없었더라면 나의 군대가 패배했을 것이오.
하나님께 맹세할 수 있소. 이 모든 것이
그대가 알만수르의 주변에 있었던
많은 무어족장들의 목을 베었기 때문이라오."
우리를 위해 돌아가신
주님의 어머니를 잘 섬기는 이.

"무어족을 무찌르는 데
그대보다 더 치열하게
전투를 벌인 기사가 없었소.
그대의 공훈이 크구려."

우리를 위해 돌아가신
주님의 어머니를 잘 섬기는 이.

"하지만 이제 그대에게 간청하건대,
다급한 상황이니만큼 경의 상처를 치료하시오.
몽펠리에에서 온 여러 사람들 중 의사가 한 명 있으니
그가 경을 빨리 낫도록 도와줄 거요."
우리를 위해 돌아가신
주님의 어머니를 잘 섬기는 이.

백작이 그에게 이렇게 말한 후
또 다른 세 사람이 똑같이 말했습니다.
그는 그들의 말에 너무나 쑥스러워서 쥐구멍에라도
들어가고 싶을 만큼 부끄럼을 느꼈습니다.[64]
우리를 위해 돌아가신
주님의 어머니를 잘 섬기는 이.

그러나 그가 자신의 무기를 보았을 때
그것이 피투성이라는 사실을 알아차렸습니다.
그는 그것이 기적임을 깨달았고 그 이외 다른 방식으로
그런 일이 일어날 수 없다는 것을 알았습니다.

---

64) 기사가 미사 참여로 인해 전쟁에 참가를 못했음에도 불구하고 많은 사람들이
    그가 전쟁에 참여한 것으로 생각하고 있다는 사실에 스스로 자괴감을 느꼈다고
    볼 수 있다.

우리를 위해 돌아가신
주님의 어머니를 잘 섬기는 이.

그가 이 일의 자초지종을 이해했을 때
성모 마리아가 그를 불명예로부터 구출하기 위하여
꾸미신 일임을 확신케 되었습니다.
그는 그녀에게 마라베디[65)와 다른 헌납품을 바쳤습니다.
우리를 위해 돌아가신
주님의 어머니를 잘 섬기는 이.

52

남편의 요청으로
성모 마리아의 보호를 받던
한 여인이 그녀의 구애자가 선물한
신발을 신을 수도 벗을 수도
없었던 이야기

사랑하는 사람을 극진히 보호하고 싶은 이는
성모 마리아의 보호를 요청해야 합니다.

성모 마리아가 아라곤에서 행하신 한 기적을
여러분에게 소개하겠습니다.

---

65) 마라베디(Maravedí)는 이베리아반도에서 12세기부터 14세기까지 사용되었던
일반 화폐를 말한다. 본문에서는 헌금을 뜻하는 표현으로 사용되었다.

나는 이 이야기를 시구와 음악으로 표현하였습니다.
실수가 없으신 성모 마리아님은 그 귀부인을 온전히 보호하셨습니다.
사랑하는 사람을 극진히 보호하고 싶은 이는
성모 마리아의 보호를 요청해야 합니다.

내가 들은 바에 따르면 이 여인은
정숙하고 나이가 어렸으며 잘생겼다고 합니다.
이로 인해 귀족집안 남자가 그녀와 결혼을 하고
자신의 집으로 데리고 왔습니다.
사랑하는 사람을 극진히 보호하고 싶은 이는
성모 마리아의 보호를 요청해야 합니다.

그 귀족은 자신의 아내와 오랜 세월에 걸쳐 함께 살았습니다.
하지만 그가 자신의 왕에게 전쟁이 났으니
도와주러 오라는 내용의 서신을 받았기에
출정 준비를 하게 되었습니다.
사랑하는 사람을 극진히 보호하고 싶은 이는
성모 마리아의 보호를 요청해야 합니다.

그가 떠나기 전에 아내가 이렇게 말했습니다.
"여보, 당신이 떠나니 나를 누군가에게 맡겨주세요.
만약 당신이 괜찮다면, 나에게
좋은 조언을 해줄 보호자가 필요해요."
사랑하는 사람을 극진히 보호하고 싶은 이는
성모 마리아의 보호를 요청해야 합니다.

그 귀족이 그녀에게 말했습니다.

"당신이 그렇게 말하니 심히 기쁘구려.
내일 우리 교회에 갑시다. 거기서 내가 당신을
맡기고자 하는 사람이 누구인지 말해주겠소."
사랑하는 사람을 극진히 보호하고 싶은 이는
성모 마리아의 보호를 요청해야 합니다.

다음날 부부는 미사에 참석했습니다. 미사가 끝났을 때
남편이 자신의 아내에게 작별인사를 하였고
그녀는 눈물을 흘렸습니다. 그때 그녀가 자신을 돌봐줄
보호자를 구해달라고 남편에게 간청했습니다.
사랑하는 사람을 극진히 보호하고 싶은 이는
성모 마리아의 보호를 요청해야 합니다.

그는 눈물을 흘리며 주님의 어머니 성모 마리아의 조각상을 바라보며
아내에게 말했습니다. "내 사랑하는 아내여, 내가 당신을
불명예와 해악으로부터 지켜줄 성령의 여왕인 성모 마리아에게
당신의 보호를 요청하지 않는다면
사랑하는 사람을 극진히 보호하고 싶은 이는
성모 마리아의 보호를 요청해야 합니다.

이 일로 인해 일어날 내 죄를 결코 용서받지 못할 거요.
그러니 나는 강하고 고귀한 분이신 성모 마리아님께
나를 위해 당신을 지켜주시고 내가 빨리 돌아올 수 있도록
도와주시기를 기도 드리오."

사랑하는 사람을 극진히 보호하고 싶은 이는
성모 마리아의 보호를 요청해야 합니다.

귀족이 길을 떠난 후, 영악한 악마가
그 아내의 선한 마음에 어떤 못된 짓을
할 수 있었을까요? 악마는 한 기사가
그녀를 보고 사랑에 빠지게 만들었습니다.
사랑하는 사람을 극진히 보호하고 싶은 이는
성모 마리아의 보호를 요청해야 합니다.

그 기사는 정열에 복받쳐 거의 정신이 나간 상태였습니다.
그래서 그는 늙은 하녀에게 자기를 도와달라고 사정했습니다.
만약 그녀가 그의 사랑에 화답한다면
이 일에 대한 보상을 하겠다고 하녀에게 말했습니다.
사랑하는 사람을 극진히 보호하고 싶은 이는
성모 마리아의 보호를 요청해야 합니다.

그가 하녀에게 타일렀습니다. "가서 그 여자분에게 얘기 좀 해주시오.
내가 얼마나 지극하게 그녀를 사랑하고 있는지 말해주시오.
그 여자가 이 말을 들으려 하지 않더라도
멈추지 말고 계속해서 설득해주구려."
사랑하는 사람을 극진히 보호하고 싶은 이는
성모 마리아의 보호를 요청해야 합니다.

하녀는 대답했습니다. "제가 기꺼이 그 일을 맡겠습니다. 당신이

그녀의 마음을 살 수 있도록 최선을 다해보겠습니다. 다만
선물을 좀 주십시오. 그래야 제가 그녀에게 전할 수 있지 않겠습니까?
아마도 이런 방법으로 그녀의 마음을 살 수 있을 겁니다."
사랑하는 사람을 극진히 보호하고 싶은 이는
성모 마리아의 보호를 요청해야 합니다.

기사가 말했습니다. "기꺼이 그렇게 하겠소."
그는 그녀에게 훌륭한 코르도바산 가죽 신발을 주었습니다.
그러나 그 부인은 하녀를 마치 개처럼 행동한다며 쏘아붙였고
결코 그것을 신지 않겠다고 말했습니다.
사랑하는 사람을 극진히 보호하고 싶은 이는
성모 마리아의 보호를 요청해야 합니다.

하지만 천박하고 영악하며 감각적인
음모에 능수능란한 그 노파는 여주인이
신발을 받아들일 때까지 수없이 많은 말을 건네며
설득하려고 애를 썼습니다.
사랑하는 사람을 극진히 보호하고 싶은 이는
성모 마리아의 보호를 요청해야 합니다.

불쌍한 그 어린 부인은 어리석게도 그 일이 별다른 문제를
일으키지 않는다고 생각하면서 그 신발을 신게 되었습니다.
하지만 부인이 신발 한 짝을 신으려 했을 때 발이 끼어서
더 이상 들어가지도 나오지도 않게 되었습니다.
사랑하는 사람을 극진히 보호하고 싶은 이는

성모 마리아의 보호를 요청해야 합니다.

그런 상태로 그녀는 일 년 일 개월을 보냈습니다.
신발이 너무나 발에 꽉 끼어서
두세 사람이 붙어 그것을 벗기려 해도
결코 쉽게 떼어낼 수 없었습니다.
사랑하는 사람을 극진히 보호하고 싶은 이는
성모 마리아의 보호를 요청해야 합니다.

며칠 후 그녀의 남편이 돌아왔습니다. 아내가
너무나 아름답게 보인 나머지 그는 그녀를 원하게 되었습니다.
하지만 아내는 남편에게 다가가지 못하다가
결국 과거에 벌어진 일을 남편에게 토로하게 되었습니다.
사랑하는 사람을 극진히 보호하고 싶은 이는
성모 마리아의 보호를 요청해야 합니다.

남편이 말했습니다. "부인, 그 말을 들으니 기쁘오.
그 일로 인해 우리에게 문제가 될 건 없소. 모든 선을 이루시는
성모 마리아님이 당신을 보호해주신 것을 나는 알고 있소."
그 후 그는 그녀의 신발을 벗겨주었습니다.
사랑하는 사람을 극진히 보호하고 싶은 이는
성모 마리아의 보호를 요청해야 합니다.

53

성모 마리아가 매일 당신에게 기도를 한
툴루즈 백작의 부하를 용광로 속에서
불타 죽지 않도록 구해주신 이야기

영광의 성모 마리아가 보호하시는 이는
결코 굴욕적인 죽음을 맞지 않습니다.

나의 친구들이여, 성모 마리아가 행하신 아주 위대한 기적을
말할 테니 잘 들을 수 있기를 기도합니다.
성모 마리아가 그녀를 섬기는 하인들에게
항상 은총을 내리시는 분임을 여러분들이 깨닫기 바랍니다.
영광의 성모 마리아가 보호하시는 이는
결코 굴욕적인 죽음을 맞지 않습니다.

옛날옛적 툴루즈[66]에
한 존경받는 백작이 살았다고 합니다.
이 백작은 경건한 생활을 지키며 살아가는
한 부하를 두었습니다.
영광의 성모 마리아가 보호하시는 이는
결코 굴욕적인 죽음을 맞지 않습니다.

그는 여러 장점을 갖추고 있었지만

---

66) 프랑스 남부 도시 툴루즈(Toulouse)를 말한다.

그중에서 특별히 성모 마리아 찬양을
어떤 일보다 더 중요하게 여겼기 때문에
그녀에 관한 미사곡 이외에 다른 노래를 들으려 하지 않았습니다.
영광의 성모 마리아가 보호하시는 이는
결코 굴욕적인 죽음을 맞지 않습니다.

백작을 따르던 또 다른 부하들은
그 사람을 시기하여 백작으로부터
멀어지게 하려고 노력하였습니다. 그렇게 하면
그들이 더 행복해질 수 있다고 믿었습니다.
영광의 성모 마리아가 보호하시는 이는
결코 굴욕적인 죽음을 맞지 않습니다.

그들이 백작에게 그 부하에 대한 얘기를 많이 했으며
그 선량한 사람에 대한 부정적인 생각을 백작에게 심어주게 되었습
    니다.
그들은 어떤 험한 사건에 대한 책임을 그 사람에게 전가했고
백작은 그에게 끔찍한 사형을 언도하였습니다.
영광의 성모 마리아가 보호하시는 이는
결코 굴욕적인 죽음을 맞지 않습니다.

그 선량한 사람이 죽어가는 과정을 사람들이 모르게 하기 위해
백작은 즉시 자기 수하에 있는 석회제조업자에게 연락을 해서
연기가 나지 않는 두꺼운 나무 숯으로 된
아주 뜨거운 화로를 피우라고 말했습니다.

영광의 성모 마리아가 보호하시는 이는
결코 굴욕적인 죽음을 맞지 않습니다.

그리고 백작은 그쪽으로 오는 그의 부하들 중에
첫 번째 사람을 붙잡아 즉시 화롯불에 던져 넣어
그의 불쌍한 육신이 그곳에서
소각되게 하라고 그에게 명령했습니다.
영광의 성모 마리아가 보호하시는 이는
결코 굴욕적인 죽음을 맞지 않습니다.

다음날 백작은 신뢰를 잃은 그 부하를 불러서
석회제조업자를 찾아가 주어진 업무를
제대로 수행하는지 알아보라고 명령을 내렸습니다.
"이번 심부름 길이 자네에게 성가시지 않기를 바라네."
영광의 성모 마리아가 보호하시는 이는
결코 굴욕적인 죽음을 맞지 않습니다.

그가 그 목적지로 가던 길에, 머지않은 곳에 위치한
한 외딴 암자를 가로질러 가게 되었습니다.
거기서 사람들은 '고결한 성녀 성모 마리아'에 관한
미사곡을 아름다운 소리로 열창하고 있었습니다.
영광의 성모 마리아가 보호하시는 이는
결코 굴욕적인 죽음을 맞지 않습니다.

그는 즉시 그 교회에 들어갔고 이렇게 말했습니다.

"어떤 일이 있어도 나는 이 미사를 끝까지 듣겠어.
하나님이 불의와 중상모략과 같은 해악에서
나를 구원해주실 거야."
영광의 성모 마리아가 보호하시는 이는
결코 굴욕적인 죽음을 맞지 않습니다.

그 사람이 미사곡을 듣는 동안에
백작은 자신이 시킨 일이 이행되었을 것으로
추측했습니다. 그래서 그는 툴루즈 출신의
또 다른 사람을 즉시 보냈습니다.
영광의 성모 마리아가 보호하시는 이는
결코 굴욕적인 죽음을 맞지 않습니다.

이 사람이 바로 그 병든 생각을 만들었고
음모 전체를 꾸몄던 사람입니다.
백작이 그에게 말했습니다. "어서 가서 그 석회쟁이가
나의 현명한 심판을 제대로 수행하였는지 알아보아라."
영광의 성모 마리아가 보호하시는 이는
결코 굴욕적인 죽음을 맞지 않습니다.

그 약삭빠른 사기꾼은 달리면서 길을 떠났고
일반길이 아닌 지름길을 통해 그 화롯불이 있는 곳에 도착했습니다.
그 석회제조업자는 즉시 그 사람을 잡아 들고
맹렬히 타오르는 무서운 화염 속에 던져버렸습니다.
영광의 성모 마리아가 보호하시는 이는

결코 굴욕적인 죽음을 맞지 않습니다.

미사를 모두 마쳤을 때 그 부하가 석회제조업자에게 가서 물었습니다.
"백작님이 주문하신 바를 이행했소?" 그가 대답했습니다.
"분부대로 했습니다. 만약 그렇게 하지 않았다면
제 인생이 결단코 편하지 않겠지요."
영광의 성모 마리아가 보호하시는 이는
결코 굴욕적인 죽음을 맞지 않습니다.

그 선량한 사람은 석회업자와 헤어지고 나서
가파른 언덕을 내려와
백작에게 돌아갔고 그의 집무실에서
이 놀라운 얘기를 들려주었습니다.
영광의 성모 마리아가 보호하시는 이는
결코 굴욕적인 죽음을 맞지 않습니다.

백작이 그 앞에 선 사람이 죽지 않고
살아 있다는 사실을 알았고 또 그 석회제조업자가
그를 모함한 다른 사람을 어떻게 불속에 던졌는지
듣고 나서는 놀라움을 금치 못했습니다.
영광의 성모 마리아가 보호하시는 이는
결코 굴욕적인 죽음을 맞지 않습니다.

그는 눈물을 흘리며 말했습니다. "오, 성모 마리아님,
찬양을 받으십시오. 당신은 중상모략과 시기를

절대 올바르다고 하시지 않지요. 제가 이 위대한 기적을
당신의 모든 교회에 알리도록 하겠습니다."
영광의 성모 마리아가 보호하시는 이는
결코 굴욕적인 죽음을 맞지 않습니다.

54

성모 마리아가 톨레도[67]에서 귀머거리이자 벙어리인
한 사람이 듣고 말할 수 있게 해주신 이야기

　　　　　　　　　성모 마리아는 병든 자를 치유하시고
　　　　　　　건강한 이를 사망의 길에서 구하십니다.

잊어서는 안 될 위대한 기적 한 편을
내가 지금 소개하고자 합니다.
우리를 위해 기도하시는 성모 마리아께서
톨레도에서 행하신 기적입니다.
성모 마리아는 병든 자를 치유하시고
건강한 이를 사망의 길에서 구하십니다.

스페인의 황제가 그곳에 있었고
그를 동행하는 요인들의 큰 무리가 있었습니다.
큰 기사단도 있었기 때문에

---

67) 스페인 중부에 위치한 도시로서 1085년 알폰소 6세가 도읍지로 삼은 후 펠리페
　　2세가 1561년 수도를 마드리드로 옮길 때까지 스페인의 중심지 역할을 담당했다.

그곳은 입추의 여지가 없었습니다.
성모 마리아는 병든 자를 치유하시고
건강한 이를 사망의 길에서 구하십니다.

당시 그곳에 폰세 백작의 지인으로
한 사제가 방문하였는데
그는 '페드로데솔라라나'라는 이름을 가진
귀머거리에다 벙어리인 동생을 데리고 왔습니다.
성모 마리아는 병든 자를 치유하시고
건강한 이를 사망의 길에서 구하십니다.

이 사람은 말을 하거나 들을 수 없었지만
사람들이 수화로 말하는 모든 것을 이해했고
즉시 상황에 대응하였습니다. 이런 방법들 이외에
다른 식으로 대답을 할 수 있는 길은 그에게 없었습니다.
성모 마리아는 병든 자를 치유하시고
건강한 이를 사망의 길에서 구하십니다.

비록 그가 들을 수도 말할 수도 없었지만
성모 마리아에 대한 큰 믿음을 갖고 있었습니다.
그는 흐느끼고 웅얼거리며 그녀에게
치유를 간구했습니다. 어느 날 아침이었습니다.
성모 마리아는 병든 자를 치유하시고
건강한 이를 사망의 길에서 구하십니다.

그가 교회 앞에 있을 때 교회 안을 놀라운 불빛이
환하게 해주는 광경을 목격하게 되었습니다.
그는 자기 자신에게 말했습니다. "나의 증인이신
하나님께 맹세하건대, 이 불빛은 이 세상 것이 아니야."
성모 마리아는 병든 자를 치유하시고
건강한 이를 사망의 길에서 구하십니다.

그리고 그는 사제처럼 옷을 입은
아주 잘생긴 한 사람이 미사 때
성체거양을 하기 위해 종을 울리는 제단 쪽으로
바삐 다가가는 모습을 보았습니다.
성모 마리아는 병든 자를 치유하시고
건강한 이를 사망의 길에서 구하십니다.

그는 제단 앞에 있는 한 사람을 보았는데
그는 로마 가톨릭 방식에 따라서
성체 축성을 하며 미사를
거행하는 사람처럼 서 있었습니다.
성모 마리아는 병든 자를 치유하시고
건강한 이를 사망의 길에서 구하십니다.

그리고 예배당 오른쪽에 있는
한 처녀를 그가 보았는데 그녀는
너무나 아름다운 모습이었고 눈보다
더 흰색임과 동시에 진홍색을 띠고 있었습니다.

성모 마리아는 병든 자를 치유하시고
건강한 이를 사망의 길에서 구하십니다.

그녀는 사제가 있는 곳에 와서 그에게
무릎을 꿇으라며 손짓을 했습니다. 그리고
우아하고 아름다운 성모 마리아가
사제에게 그 사람의 진찰을 명령하였습니다.
성모 마리아는 병든 자를 치유하시고
건강한 이를 사망의 길에서 구하십니다.

사제는 손가락을 귀머거리이자 벙어리인
그 사람의 귀에 놓고 거기서
양털처럼 푹신하고 털로 덮여 있는
누에고치처럼 생긴 벌레를 끄집어내었습니다.
성모 마리아는 병든 자를 치유하시고
건강한 이를 사망의 길에서 구하십니다.

그가 청각을 회복했음을 깨닫고 나서
사제인 자기 형의 집에 황급히 달려갔고
몸짓을 해가며 형에게 이제 닭 소리와 개구리 소리를
들을 수 있다는 것을 보여주었습니다.
성모 마리아는 병든 자를 치유하시고
건강한 이를 사망의 길에서 구하십니다.

그 사제는 사슴처럼 빨리 달려서 폰세데미네르바 백작의 집에

도착해 말했습니다. "백작님, 무슨 약을 먹어서 그렇게 되었는지
잘 모르겠지만 제 동생이 '페드로'라고 말하는 소리를 듣습니다.
그의 귀가 들리고 있나 봅니다."
성모 마리아는 병든 자를 치유하시고
건강한 이를 사망의 길에서 구하십니다.

그때 백작이 급히 말했습니다. "어서 가서
약을 만든 자를 나에게 데려오시오.
아마도 시실리의 도시 메시나 출신이거나 아니면
살레르노에서 온 전문가일 가능성이 크다오."
성모 마리아는 병든 자를 치유하시고
건강한 이를 사망의 길에서 구하십니다.

이 일이 일어난 후 금요일 아침 일찍
페드로는 포도주와 빵을 갖고
사제가 거주하는 집으로 갔습니다.
그때 그는 교회 뒷문을 통해 들어갔습니다.
성모 마리아는 병든 자를 치유하시고
건강한 이를 사망의 길에서 구하십니다.

그 옆에 한 사제가 걸어갔습니다.
페드로는 흰색 머리카락과 수염을 가진
한 사람이 그를 향해 다가오고
있는 것을 알았습니다.
성모 마리아는 병든 자를 치유하시고

건강한 이를 사망의 길에서 구하십니다.

그가 페드로를 재빨리 잡아당겨
교회 안으로 데리고 들어갔습니다.
그곳에서 그는 엘리사벳의 사촌인
성모 마리아를 보았습니다.
성모 마리아는 병든 자를 치유하시고
건강한 이를 사망의 길에서 구하십니다.

그녀는 그의 청각을 회복시켜준
사제에게 즉시 그의 혀를 느슨하게 풀어서
"아다다"라고 말하지 않게 해줄 것을
명령했습니다.
성모 마리아는 병든 자를 치유하시고
건강한 이를 사망의 길에서 구하십니다.

그녀가 명령을 하자 사제는
무엇을 어떻게 해야 할지 알았습니다.
이에 그는 페드로의 마비되었던 혀가 풀려서
말을 깨끗하게 할 수 있게 해주었습니다.
성모 마리아는 병든 자를 치유하시고
건강한 이를 사망의 길에서 구하십니다.

그가 건강을 회복했을 때 큰소리로 말했습니다.
"하나님의 어머니, 당신의 은혜를 이해하는

당신의 하인을 도와주십니다."
그리고 그는 그녀의 영원함을 찬송했습니다.
성모 마리아는 병든 자를 치유하시고
건강한 이를 사망의 길에서 구하십니다.

이 기적을 아는 모든 사람은
성모 마리아를 찬양했습니다.
너무나 많은 사람들이 그 교회를 찾아왔기에
그 오분의 일조차 들어가지 못했습니다.
성모 마리아는 병든 자를 치유하시고
건강한 이를 사망의 길에서 구하십니다.

55
부활절 날 임신하게 한
남편에 대한 분노로 인해
어머니가 아들을 악마에게 주자
성모 마리아가 그 아이를
구해주신 이야기

우리가 알고 있사오니, 성모 마리아는
항상 선하심으로 우리를 도우러 오십니다.

고결한 소망에서 우리를
멀어지게 하고 세상의 시험대에
우리를 세우려는 자에게서

자유롭도록
성모님은 우리를 돕고
보호하기 위해 오십니다.
강하신 영광의 성모님은 그런 자에게
복수를 하시고 항상 우리를 인도하십니다.
우리가 알고 있사오니, 성모 마리아는
항상 선하심으로 우리를 도우러 오십니다.

이와 관련하여
오래전에 죄를 지어서
악마의 권세에
자기 아들을 바치기로 약속한
한 불행한 여인을 위하여
선량한 성모 마리아께서 행하신
한 놀라운 기적을
내가 발견하였습니다.
우리가 알고 있사오니, 성모 마리아는
항상 선하심으로 우리를 도우러 오십니다.

들은 바에 따르면
로마 지역에 한 남자가 살았는데
그는 선한 사람으로 큰 존경을 받았을 뿐만 아니라
부자였으며 행복한 결혼을 했다고 합니다.
그는 자신의 의무를
신실하게 잘 이행했기에

그 지방의 모든 사람에게
사랑을 받았다고 합니다.
우리가 알고 있사오니, 성모 마리아는
항상 선하심으로 우리를 도우러 오십니다.

이 남자와 그의 아내는
오랜 세월에 걸쳐 온 정성을 다하여
하나님을 모셨습니다.
그들은 자식이 있었고
그들에게 필요한 모든 것을
제공받았습니다.
그 부부는 언제나 서로 순결과 겸양을 통해
상대방을 바라보며 살기로 맹세했습니다.
우리가 알고 있사오니, 성모 마리아는
항상 선하심으로 우리를 도우러 오십니다.

하지만 그들이 한 약속에
불쾌감을 품은 악마는
그들의 약속을 깨뜨릴
많은 궁리를 하였습니다.
그들이 각자 자기 침대에서
누워 잘 때마다 서약을 했음에도 불구하고
악마는 그들이 죄를 짓도록
유혹하기 위해 많이 애썼습니다.
우리가 알고 있사오니, 성모 마리아는

항상 선하심으로 우리를 도우러 오십니다.

악마는 그 남자가
저항을 포기할 때
아주 즐거워했고
그가 침대에서 일어나
아내에게 거짓말을 하도록
부추겼습니다.
그는 깨지 않고 지키겠다고
한 약속을 철회하였습니다.
우리가 알고 있사오니, 성모 마리아는
항상 선하심으로 우리를 도우러 오십니다.

이로 인하여 큰 상처를 받은
아내는 울음을 터뜨렸고
악마가 그의 서약이 파기되도록
애쓰고 있다는 사실을 그에게 말했습니다.
그녀는 그렇게 하면
하나님을 노하게 할 수 있다는
사실을 알아야 한다고 말하면서 남편에게 설명하며
그렇게 행동하지 말기를 요청했습니다.
우리가 알고 있사오니, 성모 마리아는
항상 선하심으로 우리를 도우러 오십니다.

"무엇보다 내일은

성 부활절 주일이에요.
그러니 당신이 한 서약을
당신 스스로 깨뜨리게
만들고 싶어 하는
사탄을 그냥 두지 마세요.
자신이 한 서약을 어기거나 어기려고 하는 사람은
그 순간 하나님의 뜻에서 멀어지게 돼요."
우리가 알고 있사오니, 성모 마리아는
항상 선하심으로 우리를 도우러 오십니다.

그 남자는 자신의
광기 어린 욕망을
포기하지 않았고
옳고 그름을 판단하지 않은 채
내키는 대로 행동했습니다.
이에 그의 아내는 홧김에 말했습니다.
"당신 행동에 따른 결과를
이곳에 있는 악마에게 줘버리겠어요."
우리가 알고 있사오니, 성모 마리아는
항상 선하심으로 우리를 도우러 오십니다.

그 여자는 시간이 흘러
남자아이를 임신하였고
숨길 수 없는 슬픔을 안은 채
그를 출산했습니다.

칠흑과 먹물보다
더 검은색의 악마는
잘생긴 모든 소년을 그냥 봐 넘기지 않고
그들을 자기 소유로 만들려고 하기 때문입니다.
우리가 알고 있사오니, 성모 마리아는
항상 선하심으로 우리를 도우러 오십니다.

이런 일이 일어난 뒤
십이 년의 세월이 흐른 후
악마는 어김없이
소년의 어머니를
찾아와 말했습니다.
"그 누가 방해하더라도
십오 일 안에 나는 그 아이를
내 품 안에 넣고 데려갈 것이다."
우리가 알고 있사오니, 성모 마리아는
항상 선하심으로 우리를 도우러 오십니다.

큰 슬픔과 절망감에 빠진
소년의 어머니는
자신의 아들 일로 인해
눈물을 흘리며 통곡하기 시작했습니다.
그녀는 소년을 불러 말했습니다.
"로마에 계신 교황님을 찾아가
도움을 청하거라. 그리고

여행에 필요한 행찬을 가져가거라."
우리가 알고 있사오니, 성모 마리아는
항상 선하심으로 우리를 도우러 오십니다.

"성자 데니스[68]의 이름으로 맹세하노니
그분이 네가 겪는 어려움에 대하여
조언을 해주실 수 있다고 믿는단다."
그 소년은 조용히 동의를 하고
파리로 떠났습니다.[69]
그곳 공의회에서
그는 붉은색 예복을 입고
사제들 사이에 있는 교황을 알아보았습니다.
우리가 알고 있사오니, 성모 마리아는
항상 선하심으로 우리를 도우러 오십니다.

소년이 교황을 보자
그에게 다가가
자신이 처한 상황을 주저하거나
변형하지 않고 말했습니다.
교황 클레멘스가

---

68) 3세기 프랑스 파리의 초대 주교이자 프랑스 수호 성자인 생드니(Saint Dennis)
를 말한다.
69) 원래 소년의 어머니가 언급한 목적지는 '로마'인데 갑자기 프랑스 '파리'로 변경
되어 언급된 것으로 보아 텍스트 전사 과정에 혼란이 빚어진 것으로 추정된다.

그에게 숨김없이 얘기했습니다.

"지금 너는 지체하지 말고
시리아로 가거라."
우리가 알고 있사오니, 성모 마리아는
항상 선하심으로 우리를 도우러 오십니다.

"그곳에 한 성자가
거주하고 있는데
그 지방을 대표하는
지역 총대주교직을 맡고 있단다.
하나님이 나의 구원자이듯이
그분이 너에게 유익한 충고를 해주실 것이다.
빨리 배를 찾아 서둘러 떠나고
너의 순례를 시작하여라."
우리가 알고 있사오니, 성모 마리아는
항상 선하심으로 우리를 도우러 오십니다.

그 소년이 시리아 앞바다에서
겪었던 큰 풍랑에 대해서는
제가 여러분에게 설명하기가
쉽지 않습니다.[70]
그는 삼백 마일 혹은 사오백 마일을
쉬지 않고 여행했을 겁니다.

---

70) 작품 속의 인물이, 독자들에게 직접 말하는 식의 직접 화법을 사용하고 있다.

그들은 아르메니아섬에 도착할 때까지
닻을 내리지 않았습니다.
우리가 알고 있사오니, 성모 마리아는
항상 선하심으로 우리를 도우러 오십니다.

내가 들은 바에 따르면
그 소년은 믿음이 깊은 그 원로를 찾아가
가져간 편지를 건네주며 말했습니다.
"오, 어르신, 성모 마리아님을 위하여
저의 슬픔을 없애기 위한 방법을
빨리 말씀해주십시오."
소년은 공포에 질린 채 원로에게
자신의 문제를 토로했습니다.
우리가 알고 있사오니, 성모 마리아는
항상 선하심으로 우리를 도우러 오십니다.

원로가 소년에게 이런저런 말없이 곧장 얘기했습니다.
"자네가 목숨이 걸린 위중한 고충을 갖고
있다는 것을 내가 잘 안다네.
자네에게 필요한 것을 생각하다가
한 수도승이 생각나는군.
그는 가벼운 가운조차 걸치지 않고
땅에서 거둔 것은 어떤 것도 먹지 않으며
다만 하나님께서 그에게 주신 것만 받아들인다네."
우리가 알고 있사오니, 성모 마리아는

항상 선하심으로 우리를 도우러 오십니다.

"나는 자네가 몬테네그로에서
그를 만날 수 있을 것이라고 확신하네.
하지만 충고하노니 자네 이외엔
누구도 데려가지 말게.
내가 듣기로 그는 그런 것을 싫어한다네.
그는 보통 사람들과는
다른 생활 관념을 갖고 있지.
그의 생활은 아주 정결하다네."
우리가 알고 있사오니, 성모 마리아는
항상 선하심으로 우리를 도우러 오십니다.

그 소년이
홀로 출발해서
쉬지 않고 하루 종일
먼 길을 걸어가니
그곳에 하나님을 모시는
그 겸손한 수도자가 살고 있는
성스러운 암자가
그의 시야에 들어왔습니다.
우리가 알고 있사오니, 성모 마리아는
항상 선하심으로 우리를 도우러 오십니다.

그 소년이 예배당에 들어가

작은방에 기거하는
그 신실한 수도자를 발견했을 때
큰 환희를 느꼈습니다.
그리고 우리 주님이 내려주신
천상의 빵 두 개가 천에 싸여
크고 아름다운 쟁반에
놓여 있는 것을 보았습니다.
우리가 알고 있사오니, 성모 마리아는
항상 선하심으로 우리를 도우러 오십니다.

하나님의 천사가 하늘 높은 곳에서부터
주님의 하인들 사이에 아름다운 모습으로
내려와 말했습니다.
"나의 친구들이여, 당신들은 섭리에 따라
배가 고프거나 목이 마르면
생명을 영위해나갈 수 없기 때문에
이 빵 두 덩이를 받도록 하시오."
그러고 나서 그는 떠났습니다.
우리가 알고 있사오니, 성모 마리아는
항상 선하심으로 우리를 도우러 오십니다.

소년은 그 빵을 먹은 후
주체할 수 없이 많은 눈물을 흘리며
수도자에게 자신의 이야기를 들려주었습니다.
수도자가 말했습니다.

"선하신 성모 마리아님에게 기도 드려라.
그분은 널 보호해주시고
악마가 마음대로 널 못 데려가도록
막아주고 물리쳐주실 것이다."
우리가 알고 있사오니, 성모 마리아는
항상 선하심으로 우리를 도우러 오십니다.

"내일 네가 떠날 순간까지
그녀가 너에게 위안을 주실 것이다.
나는 아침에 첫 햇살이 비치면 미사를 드릴 것이고
너에게 평화스러운 성찬식을 거행하겠다.
너의 영혼이 온전하고 확신에 차서
천국에 들어가게 될 것이고
그곳에서 항상 웃음과
환희와 함께 지내게 될 것이다."
우리가 알고 있사오니, 성모 마리아는
항상 선하심으로 우리를 도우러 오십니다.

여명이 비치기 전에
수도자는 주님이 우리를 위하여
고통을 겪으며 십자가에서 돌아가신
시간을 언급하기 시작했습니다.
그때 소년은 재빨리 그에게
책을 갖다주며 말했습니다.
"미사를 드리고 절 도와주세요.

시간이 다 되었습니다."
우리가 알고 있사오니, 성모 마리아는
항상 선하심으로 우리를 도우러 오십니다.

그들이 사월 부활절에
미사를 드리기 시작했습니다.
하지만 약삭 빠른 악마와 그 일당은
수도자가 조용히 기도를
드리고 있을 때
그 움막에 살금살금 기어와
그 소년을 잡아 멀리
도망쳐버렸습니다.
우리가 알고 있사오니, 성모 마리아는
항상 선하심으로 우리를 도우러 오십니다.

악마들이 그 소년을 데리고 가면서
그의 머리카락을 다 뽑아
메추리처럼 되었을 때 그들이 두려워하는
하늘의 여왕을 보았습니다.
그들은 소년을 잡아가도록
성모 마리아가 그냥 보고만 있지
않을 것이라고 생각했기 때문에
그 소년을 풀어주고 도망쳐버렸습니다.
우리가 알고 있사오니, 성모 마리아는
항상 선하심으로 우리를 도우러 오십니다.

여러분이 들었듯이
성모 마리아가 그 소년을 구출했을 때
그녀는 악마와 그의 군대를 멀리 몰아내버렸고
일당은 크게 슬퍼했습니다.
그 신실한 수도자는 이렇게 말했습니다.
"하나님, 그들이 내 앞에 있던
소년을 잡아갔을 때 당신은 동의를 하신 겁니까
아니면 주무시고 계셨습니까?"
우리가 알고 있사오니, 성모 마리아는
항상 선하심으로 우리를 도우러 오십니다.

수도자는 큰 슬픔에 빠진 사람처럼
웃음을 잃은 채 눈물을 흘리며
소년을 찾으면서
정신이 나간 사람같이 행동했습니다.
그가 도대체 무슨 일이 있었는지
곰곰이 생각하고 있을 때
그는 '평화가 너와 함께 있다' 노래가 끝나고
소년이 '아멘'이라고 대답하는 우렁찬 소리를 들었습니다.
우리가 알고 있사오니, 성모 마리아는
항상 선하심으로 우리를 도우러 오십니다.

우아한 여왕 성모 마리아가
소년을 안전하고
건강하게 데리고 오자

수도자는 소년의 손을 잡았습니다.
그녀가 소년에게 말했습니다.
"친구여, 네가 보다시피
이제 널 쫓아다니던 사악한 악마로부터
완전히 해방되었음을 내가 보장하마."
우리가 알고 있사오니, 성모 마리아는
항상 선하심으로 우리를 도우러 오십니다.

56
성모 마리아가 살라스에 있는
당신 교회에서 어린 소년을
소생시키신 이야기

성모 마리아는 충실하고
아주 정직한 분이기에
위선적인 말을 아주
싫어하십니다.

착한 아내를 둔 한 선량한 사람이
다로카[71]에 살았습니다.
그는 아내를 사랑했지만
그 둘 사이에 자식이 없었기에
이 일로 인하여 그는 큰

---

71) 스페인 아라곤 지방의 사라고사 시 남쪽에 위치한 옛 도시이다.

슬픔을 느끼며 살았습니다.
한번은 아내가 그에게 말했습니다.
"내가 방법을 알려줄게요."
성모 마리아는 충실하고
아주 정직한 분이기에.

"우리가 아기를 가질 수 있어요.
하지만 그렇게 되면 특별한 묘책이 없는 한
내가 죽음을 맞게 돼요.
그러니 당신에게 충고하건대,
우리가 함께 살라스에 있는
성모 마리아님의 교회를 빨리 방문합시다.
그녀가 신뢰하시는 그분은 기도를 통해 무엇이든
들어주시는 분이니까요. 이건 사실이잖아요."
성모 마리아는 충실하고
아주 정직한 분이기에.

남편은 이 말에
즉시 동의했습니다.
그들은 재빨리
순례길을 준비했고
여행을 떠났습니다.
그들이 그 교회에 들어갔을 때
아기를 가질 수 있게 해달라고
성모 마리아에게 기도했습니다.

성모 마리아는 충실하고
아주 정직한 분이기에.

그녀는 만약 그 시점부터
일 년 이내에
아기를 가지게 된다면
그 아이의 몸무게만큼 밀랍초를
성모 마리아에게 바칠 뿐만 아니라
그 아이를 성모 마리아 교회에서
평생 그녀를 위해 일하는 하인으로
봉사하도록 하겠다고 다짐했습니다.
성모 마리아는 충실하고
아주 정직한 분이기에.

이 기도를 드린 후
두 부부는 그들이 사는
다로카로 돌아왔습니다.
그들은 오랜 시간을
기다릴 필요 없이 며칠 후
아내가 임신한 사실을 알게 되었습니다.
그리고 출산일이 다가왔을 때
그녀는 아름다운 남자아이를 낳았습니다.
성모 마리아는 충실하고
아주 정직한 분이기에.

아이가 태어난 후 그녀는
성모 마리아에게 약속했던 선물을
보내지 않고 아들을 칠 년 동안이나
데리고 있었습니다.
그녀는 양초와 아기를
선물로 거론했던 일을
기억하려 하지 않았고 서약을
완전히 잊어버리려고 했습니다.
성모 마리아는 충실하고
아주 정직한 분이기에.

그녀가 갖고 있던 양초와 아들을
자신의 소유로 계속해서 두는 데 성공했다고
거의 확신했을 무렵 그 소년은
열이 올라 갑자기 목숨을 잃게 되었습니다.
어떤 의사나 치료사도
그에게 아무런 소용이 없었습니다.
소년의 어머니가 아들을 잃었다고 생각하며
목 놓아 대성통곡을 했습니다.
성모 마리아는 충실하고
아주 정직한 분이기에.

그녀의 남편이 소년을
곧바로 매장하기를 원했지만
소년의 어머니는

깊은 시름에 빠졌고
그녀가 약속했었던
양초와 함께
소년을 성모 마리아에게
바치겠다고 말했습니다.
성모 마리아는 충실하고
아주 정직한 분이기에.

다음날 그 부부는 여행길에 올랐고
아내가 소년이 누워 있는 관을
운구하였습니다.
나흘 동안 여행을 한 후
그녀는 목 놓아 울고
자신의 머리카락을 쥐어짜며
아들을 서둘러 제단 위에
데려다 놓았습니다.
성모 마리아는 충실하고
아주 정직한 분이기에.

그녀가 울먹이며 말했습니다.
"영광의 성모님, 제가 아들을 데리고
양초와 함께 당신을 찾아왔습니다.
저는 거짓말을 했습니다.
당신에게 살아 있는 제 아들을 드리기로 약속했지만
죽은 아이를 데리고 왔습니다.

저를 불쌍히 여겨주십시오.
이틀 동안은 그에게서 악취까지 풍겼습니다."
성모 마리아는 충실하고
아주 정직한 분이기에.

"제발 그를 저에게 돌려주십시오.
그 일은 정당하지 않습니다. 하지만
당신이 저의 슬픔을 알지 않습니까?
저의 위선을 언짢게 생각하지
말아주십시오.
다만 제가 끝없는 간구로
당신을 계속해서 분노하게 하지 않도록
저를 도와주십시오."
성모 마리아는 충실하고
아주 정직한 분이기에.

그 불행한 여인은 밤새도록
성모 마리아 제단 앞에 무릎을 꿇고
그녀의 이름을 부르며 자신에게
자비를 베풀어달라고 하며 그렇게 통곡했습니다.
또한 여인은 성모 마리아께서
우리의 문제를 해결해주시기 위해
언제나 기도하시는 중재자라는 사실을
기억하였습니다.
성모 마리아는 충실하고

아주 정직한 분이기에.

죽은 자에게 생명을 주시고
아픈 자에게 건강을 주시는
위대한 선덕의 여인이신
성모 마리아님이 어떻게 하셨을까요?
그후 그녀는 온몸이 붕대에 감긴 채
관 속에 누워 있는
소년이 울음을 터뜨리도록
만드셨습니다.
성모 마리아는 충실하고
아주 정직한 분이기에.

아버지와 어머니가
그들의 아들을 위해 통곡을 하던 중
그 소년이 살아 있다는
사실을 깨달았을 때
그들은 아들이 누워 있는 관을
부수고 열었습니다.
어떤 시장의 인파보다
더 많은 사람이 찾아왔습니다.
성모 마리아는 충실하고
아주 정직한 분이기에.

그들은 성모 마리아가 행하신

위대한 기적을 보고 싶어 했으며
소년이 죽은 지 엿새가 지나
어떻게 소생했는지 알고 싶어 했습니다.
소년의 부활은 신성하고
의로우신 영광의 성모께서
그 일을 주도하셨기에
이루어졌습니다.
성모 마리아는 충실하고
아주 정직한 분이기에.

57
복사(服事)가 성모 마리아 조각상의
손가락에 반지를 끼우려 하자
그 조각상이 손가락을
구부린 이야기

성령의 여왕, 영예로운 동정녀는
당신을 사랑하는 성도들의 범죄함을
원하지 않으십니다.

애인을 자주 바꾼
변덕스러운 신자가
죄악에서 벗어나도록
우리 주님의 어머니 성모 마리아가
그를 돕기 위해 행하신

한 편의 아름답고 재미있는 기적을
여러분에게 소개하겠습니다.
성령의 여왕,
영예로운 동정녀.

독일에서 일어난 일로,
사람들이 교회를 개혁하고자
시도한 적 있었습니다.
당시 그들은 제단 위에 있던
성모 마리아 조각상을
도시 광장의 입구에 있는
주랑현관 아래에
옮겨놓았습니다.
성령의 여왕,
영예로운 동정녀.

광장에는 그 지역 사람들이
휴식을 취하러 오는
녹음이 우거진
공원이 있었습니다.
거기서 사람들은
모든 젊은이가
좋아하는 운동인
공놀이를 즐겼습니다.
성령의 여왕,

영예로운 동정녀.

한번은 그 지역에
젊은 남자로 구성된 큰 부대가
시합을 하기 위해
주둔한 적이 있는데
부대원들 중 사랑에 빠진
한 젊은이가 있었습니다.
그는 그 지역 출신의 애인이 준
반지를 끼고 있었습니다.
성령의 여왕,
영예로운 동정녀.

이 젊은이는 공을 칠 때
반지가 다칠 수 있다는 것을
두려워한 나머지
그것을 보관해둘
장소를 찾았습니다.
그가 그 아름다운 조각상을 보았고
그의 손에 반지를 끼우기 위해
다가가 이렇게 말했습니다.
성령의 여왕,
영예로운 동정녀.

"내가 사랑하던 그 여인은 오늘 이후

저에게 더 이상 중요하지 않습니다.
하나님께 맹세하건대
나의 두 눈이 과거에 본 적 없는
더 아름다운 것을 보고 있습니다.
따라서 지금 이 순간부터
나는 당신의 하인이 되겠으며
이 예쁜 반지를 당신에게 드릴 것을 약속하나이다."
성령의 여왕,
영예로운 동정녀.

그는 조각상 앞에
엄숙히 무릎을 꿇고
"아베 마리아"라고 말하면서
그 순간부터 다른 여인을
절대 사랑하지 않겠고
다만 성모 마리아를 진정으로
마음속에 모시겠다고
약속했습니다.
성령의 여왕,
영예로운 동정녀.

맹세를 하고 나서
그 젊은이는 자리에서 일어났고
그 성모 조각상은
손가락을 구부려

반지를 꼈습니다.
젊은이가 이 광경을 목격하고 나서
크게 놀라 이렇게 외쳤습니다.
"성모 마리아님, 저를 보호하소서."
성령의 여왕,
영예로운 동정녀.

사람들이 이 소리를 듣고 나서
그 젊은이가 말하는
장소로 달려갔고
우리가 독자 여러분에게
방금 묘사한 내용을
그가 사람들에게 말했습니다.
그들은 젊은이에게 즉시
클레르보 수도원[72]에 입문할 것을 권했습니다.
성령의 여왕,
영예로운 동정녀.

그들은 모두 그 젊은이가
그렇게 행동했을 것이라고 믿었습니다.

---

72) 베르나르 데 클레르보(Bernard de Clairvaux, 1090-1153)에 의해 1115년에
건립된 시토회 소속 수도원으로 프랑스 북동부 오브(Aube)주에 위치하고 있다.
시토회는 가톨릭의 한 분파로서 프랑스 중부 디종(Dijon) 인근에 있는 시토
(Citeaux)에서 1098년에 창립되었다.

하지만 그는 악마의 흉계에 빠져서
정반대로 행동했습니다.
물이 소금을 녹이는 것처럼
그가 성모에게 약속한 내용이
그의 생각에 의하여
녹아내리게 된 것입니다.
성령의 여왕,
영예로운 동정녀.

그는 영광의 성모에게
더 이상 마음을 주지 않았고
다만 그가 처음 사랑했던 여인에게
다시 애정을 느꼈습니다.
그는 자신의 친척들이 만족하도록
곧바로 그녀와 결혼식을 올렸고
현세의 즐거움을 위하여
또 다른 세상의 환희를 외면했습니다.
성령의 여왕,
영예로운 동정녀.

결혼식이 끝나고
날이 어두워지자
신랑은 잠자리에 들었고
곧이어 잠에 빠져들었습니다.
잠을 자는 동안 그는 꿈속에서

성모 마리아를 보았는데,
그녀가 화난 목소리로 말했습니다.
"믿음이 없는 거짓말쟁이로구나."
성령의 여왕,
영예로운 동정녀.

"왜 나를 저버리고 결혼을 하였느냐?
네가 나에게 준 반지를 잊었느냐?
따라서 너는 네 아내를 버려야만 하고
내가 원하는 어디든지
나를 따라가야 한다.
만약 그렇지 않는다면 너는
이제 목숨이 더 위태로워질 수 있는
번뇌를 겪게 된단다."
성령의 여왕,
영예로운 동정녀.

신랑이 잠에서 깨어난 후
그곳을 떠나려 하지 않았습니다.
영광의 성모 마리아는
그를 또다시 잠들게 만들었으며
그의 아내와 자기 사이에 성모 마리아가 누워
부부를 분리시키고 있는 환상을 보게 만들었습니다.
성모 마리아가 화가 난 목소리로 그를 불렀습니다.
"사악하고 위선적이며 믿음이 없는 자여."

성령의 여왕,
영예로운 동정녀.

"정녕 제정신인 게냐? 왜 나를 떠났고
그 일에 대하여 죄책감을
느끼지 않는 것이냐?
네가 나의 사랑을 원한다면
여기서 박차고 일어나
날이 저물기 전에
나에게 즉시 돌아와야만 한다.
서둘러 일어나 이 집을 떠나라."
성령의 여왕,
영예로운 동정녀.

그러고 나서 신랑은 잠에서 깼고
이 일로 크게 놀란 나머지
두세 명에게조차
작별인사를 못한 채 길을 떠났습니다.
그는 한 달 이상 광야를 헤매며
방황의 길을 걸었고
소나무 숲 옆에 있는
암자에서 기거했습니다.
성령의 여왕,
영예로운 동정녀.

기록된 바에 따르면
그는 아주 높은 곳에 계신
왕의 어머니 성모 마리아를
평생 모시게 되었습니다.
내가 깨닫고 믿사오니,
그녀가 이 세상에서
천국이 있는 하늘 나라로
그를 데려갔습니다.
성령의 여왕,
영예로운 동정녀.

58

매를 잃어버린 기사가
살라스[73]의 성모 마리아 교회에
기도하러 가서 그 속에 있을 때
매가 그의 손으로 날아와
앉은 이야기

구세주의 어머니를
신뢰하는 사람은 자신의 것을
조금도 손해 보지 않습니다.

온 마음을 다해 그녀를 믿는 사람은

---

73) 스페인 북부 아스투리아스(Asturias) 지방에 있는 도시 살라스(Salas)를 말한다.

사냥하러 갔다가 매를 잃어버린
아라곤 왕국의 한 귀족에게
일어난 일을 경험하게 될 것입니다.
구세주의 어머니를 신뢰하는 사람은
자신의 것을 조금도 손해 보지 않습니다.

그 매는 몸집이 크고
아주 잘생겼으며
먹잇감을 발견하면
크건 작건 못 잡는 것이 없었습니다.
구세주의 어머니를 신뢰하는 사람은
자신의 것을 조금도 손해 보지 않습니다.

그 귀족은 매를 잃어버려
아주 곤경에 처한 적이 있습니다.
이때 그는 주변 국가에
공지를 보냈습니다.
구세주의 어머니를 신뢰하는 사람은
자신의 것을 조금도 손해 보지 않습니다.

이런 식으로도 그가 매를 발견하지 못하자
살라스로 길을 떠났고 이 여행에
그의 매를 닮은 밀랍 모형을 가지고 갔습니다.
그가 말했습니다.
구세주의 어머니를 신뢰하는 사람은

자신의 것을 조금도 손해 보지 않습니다.

"오 나의 주인, 성모 마리아님, 제가 매를 잃어버려
너무나 슬퍼서 당신을 찾아왔습니다.
그 새를 저에게 돌려주시기 바랍니다. 만약에
그렇게 해주신다면 항상 당신의 하인으로 지낼 것입니다."
구세주의 어머니를 신뢰하는 사람은
자신의 것을 조금도 손해 보지 않습니다.

"게다가 나는 당신에게 그 매의 모습을 본떠 만든
밀랍초를 드리고 또 어딜 가든지
당신의 이름을 크게 외치며 모든 성인 중에
당신이 최고라고 말할 것입니다."
구세주의 어머니를 신뢰하는 사람은
자신의 것을 조금도 손해 보지 않습니다.

그가 이러한 말을 하고 나서 그곳으로 떠나기 직전에
엄숙한 미사곡을 들으러 갔을 때
성모 마리아께서 그 매가 그에게 돌아오게
만들어주셨기 때문에 그는 매우 행복했습니다.
구세주의 어머니를 신뢰하는 사람은
자신의 것을 조금도 손해 보지 않습니다.

그는 더 큰 환희를 느낀 적이 없었습니다.
그녀는 마치 그가 매를 데리고

사냥하러 갈 채비를 막 마친 것마냥
그의 손에 내려앉게 만들어주셨습니다.
구세주의 어머니를 신뢰하는 사람은
자신의 것을 조금도 손해 보지 않습니다.

그때 그는 눈에 눈물을 글썽이며
하나님의 어머니를 찬양했습니다.
"오 나의 주인님, 당신이 사랑하는 사람에게
당신은 너무나 많은 은혜를 베풀어주십니다."
구세주의 어머니를 신뢰하는 사람은
자신의 것을 조금도 손해 보지 않습니다.

59
한 무어인이 자기 집에
정성스럽게 보관한
성모 마리아 조각상의
가슴에서 젖이 흘러나온
이야기

동정녀는 당신의 기적을
더 많은 사람에게 알리고자
믿음이 없는 자에게도
나타나 보여주십니다.

내가 듣기로, 한 무어인이

큰 군대를 이끌고 성지에 가서
기독교인에 맞서 싸웠고
전쟁 준비가 되어 있지 않은
그들의 땅에서 약탈을 하는
사건이 발생했습니다.
내가 여러분에게 이제
이 일에 대해 얘기하겠습니다.
동정녀는 당신의 기적을
더 많은 사람에게 알리고자 합니다.

그가 획득한 전리품들 중에
그의 눈을 사로잡은
흠 없는 마리아 조각상을
자신의 소유로 선택했습니다.
그가 그 조각상을 가까이서
살펴본 후 그것을
높은 자리에 갖다 놓았고
금실로 짠 가운을 입혔습니다.
동정녀는 당신의 기적을
더 많은 사람에게 알리고자 합니다.

그는 그 조각상을
자주 바라보며
명상을
하곤 했습니다.

그는 하나님이 여자를 통하여
육신을 갖고 태어났다는
사실을 믿을 수 없었다고
스스로 생각했습니다.
동정녀는 당신의 기적을
더 많은 사람에게 알리고자 합니다.

"이 말을 믿는 모든 사람은 착각을 한 거야."
그가 말했습니다.
"하나님이 그런 큰 고통을 겪었다는 사실과
또한 너무나 위대한 자신이
스스로를 낮추어
육신을 입고 마을 사람들 사이로
걸어 다녔다는 사실을
나는 믿을 수 없어."
동정녀는 당신의 기적을
더 많은 사람에게 알리고자 합니다.

"사람들이 말하듯이
하나님이 세상을 구원하기 위하여
그렇게 하셨다고 치자고.
하지만 만약 그가 나에게
그의 표식 중 하나라도 보여준다면
나를 기독교인으로 즉시 개종시킬 수 있고
이 수염 난 무어인들에게도

그렇게 하실 수 있을 거야."
동정녀는 당신의 기적을
더 많은 사람에게 알리고자 합니다.

이러한 생각을 한
무어인이 조각상의
두 가슴에
살이 붙고
젖이 힘차게
분출하는 모습을
목격하게 되자
탄성을 질렀습니다.
동정녀는 당신의 기적을
더 많은 사람에게 알리고자 합니다.

그가 이 거짓 없는 모습을
보았을 때 진심으로
많은 눈물을 흘리기 시작했고
한 사제가 그에게 세례를 주었습니다.
이 일이 일어난 후 그는
자신의 추종자들과 지인들을
기독교인으로 지체 없이
개종하게 했습니다.
동정녀는 당신의 기적을
더 많은 사람에게 알리고자 합니다.

60
우리의 주님이
성모 마리아를 통해 육신으로
태어나신 이유에 대한 찬송

주님이 동정녀에게
육신으로 태어났으니
우리는 이를 언제라도
의심해서는 안 됩니다.

내가 여러분에게 말하는 것을
누구도 의심해서는 안 됩니다.
만약 이 모든 것이 사실이 아니라면
예수 그리스도께서 우리를
가리시기 위해 오시는 것과 같이
주님이 우리의 육체와 영혼을
심판하기 위해 오시는 모습을 보지 못할 겁니다.
주님이 동정녀에게
육신으로 태어나셨으니.

나의 친구들이여,
주님이 우리의 눈을 통해
볼 수 있는 그런 분이 아니라면
그분의 행적에 나타난
고통스러운 사랑에

결코 마음을 쓸 필요가 없으며
하나님을 다른 방식으로
보게 되지 않을 것입니다.
주님이 동정녀에게
육신으로 태어나셨으니.

하나님은 배고픔,
갈증, 추위,
고통, 슬픔을 결코
겪고 싶어 하시지 않습니다.
누가 그분을 불쌍히 여겨
자비를 베풀거나
그를 대신하여 슬픔을
느낄 수 있겠습니까?
주님이 동정녀에게
육신으로 태어나셨으니.

주님은 당신의 권능을
나누거나
감추지 않으시고
하늘에서 땅으로 내려오셨습니다.
그는 성모 마리아를 통하여
육신을 갖고 태어나셨으며
게다가 우리를 위하여
당신의 죽음을 허락하셨습니다.

주님이 동정녀에게
육신으로 태어나셨으니.

그렇기에 우리는
하나님에게 구세주로서
아버지로서 창조주로서
사랑을 빚졌습니다.
그분을 위해 우리는 사람에 대한
슬픔과 연민을 가져야만 합니다.
당신이 우리를 위하여 이 모든 것을
참아내셨기 때문입니다.
주님이 동정녀에게
육신으로 태어나셨으니.

주님이 그 안에 들어가서
육신을 얻기 위해
당신의 어머니로 택하신
성모 마리아님에게 우리는
큰 사랑을 빚졌습니다.
하나님은 그분을 통하여
내가 여러분에게 소개하는
이 모든 기적을 일으키셨습니다.
주님이 동정녀에게
육신으로 태어나셨으니.

61

악마가 한 사제의 영혼을
잡아가기 위해
두려움을 심어주려고 했지만
성모 마리아가 구해주신 이야기

동정녀 성모 마리아여,
당신이 원하신다면
큰 지혜로 악마에게서
우리를 구원하소서.

악마는 밤이나 낮이나
우리가 실수를 범해
하나님과 그의 아들을
망각게 만들려고 노력합니다.
주님의 아들은
우리가 평화롭게 살도록
고문을 당하고
십자가에서 돌아가셨습니다.
동정녀 성모 마리아여,
원하신다면 우리를 구원하소서.

나의 친구들이여,
이 주제와 관련하여
여러분에게 내가 노래로 지은

아름다운 기적 한 편을 소개하겠습니다.
이 이야기는 선량함을 경멸하는
악마의 유혹에서
성모 마리아가 사제를
어떻게 구출하셨는지 말해줍니다.
동정녀 성모 마리아여,
원하신다면 우리를 구원하소서.

내가 듣기로 이 사제는
교단에 입문한 상태였고
내가 읽은 바로는 그 교단의 규범을
성실하게 숙지했었습니다.
하지만 사악한 악마는
그가 타락하여
지하 동굴에 있는 포도주를
탐닉하게 만들었습니다.
동정녀 성모 마리아여,
원하신다면 우리를 구원하소서.

비록 그가 술에 많이 취하긴 했었지만
교회 쪽으로 똑바로
걸어가려고 애썼습니다.
이때 악마는 황소 모습으로 둔갑해
그를 만나러 왔습니다.
그는 황소가 공격할 때

뿔을 낮추듯 자세를 취하고
그를 들이받으려고 했습니다.
동정녀 성모 마리아여,
원하신다면 우리를 구원하소서.

사제가 이러한 상황을 알아채고는
심각하게 겁에 질렸고
'성모 마리아'의 이름을
큰소리로 불렀습니다.
그녀는 즉시 나타나
황소를 위협하며
소리쳤습니다.
"멀리 떨어져라, 이 역겨운 녀석."
동정녀 성모 마리아여,
원하신다면 우리를 구원하소서.

그러자 악마는 이번에
키가 크고 깡마른 사람의 모습으로
그에게 다시 나타났는데
온몸에 털이 나고 역청 같은
시커먼 색이었습니다.
'비할 데 없는 성모 마리아'는
또다시 그를 멀리 쫓아내며 말했습니다.
"여기서 떠나라. 이 도둑보다 더 사악한 악마야."
동정녀 성모 마리아여,

원하신다면 우리를 구원하소서.

사제가 교회에 들어왔을 때
악마는 또다시 그에게
무서운 사자의 모습으로
둔갑하고 나타났습니다.
그러나 성모 마리아가
막대기로 그를 때리며
소리치셨습니다.
"이 요망한 것아. 당장 사라져라."
동정녀 성모 마리아여,
원하신다면 우리를 구원하소서.

성모 마리아가 당신의 사제를
내가 여러분에게 말한 방법으로 구해주신 후
그를 우둔하게 만든 포도주와
악마로 인해 생긴 공포심에서
그를 진정시켰습니다.
성모님께서 그에게 말했습니다.
"지금부터는 조심하시오.
그릇된 행동을 해서는 안 됩니다."
동정녀 성모 마리아여,
원하신다면 우리를 구원하소서.

62

기사가 사적으로 소유한
샘에서 흘러나오는 물을
몬세랏[74] 수도사들에게
팔기를 원했지만 이를 대신해
성모 마리아가 선물하신 이야기

성모 마리아의 훌륭한 선행은
연민으로 가득하니
가진 자의 것을 취해
필요한 이에게 주십니다.

심판의 날에 우리가
부끄러움에서 해방되어
그분 앞에 서고
오만한 자들이 함께할 수 없도록
예수 그리스도와 같이
일하시는 성모 마리아가
얼마 전에 카탈루냐[75]에서
큰 기적을 일으키셨습니다.
성모 마리아의 훌륭한 선행은

---

74) 스페인 바르셀로나 인근에 위치한 산악지역으로 11세기에 건립한 베네딕트 수
도원이 현존하고 있다.
75) 스페인 발렌시아에서 바르셀로나를 잇는 지중해 연안 지방을 말한다.

연민으로 가득하니.

몬세랏이라고 불리는 지역에
어떤 산 정상에서 흘러나오는
맛있는 샘물이 있었는데
그 샘은 맑고 깊었습니다.
이 장소는 어떤 한 기사의
사유지였으며 그 인접 지역에
신실한 신부들이 거주하는
수도원이 있었습니다.
성모 마리아의 훌륭한 선행은
연민으로 가득하니.

그 수도원에는
우물이 없었습니다.
그래서 신부들이
수도원에서 돈을 받아
샘을 가진 기사에게 주고
물을 공급받았습니다.
그들이 물을 살 수 없을 때는
그냥 물 없이 지냈습니다.
성모 마리아의 훌륭한 선행은
연민으로 가득하니.

게다가 그 기사는 신부들에게

많은 돈을 빌려주었기 때문에
그 수도원의 소유 중에 뭐든지
그가 원하는 것이 있으면 가져갔습니다.
이에 그 수도원은 곤경에 처해졌고
그 신부들은 정해진 미사 시간에
노래를 부르지 못하고
절망감에 빠져 있었습니다.
성모 마리아의 훌륭한 선행은
연민으로 가득하니.

신부들은 자신들의 터전이
큰 난항을 겪고 있다고 생각했기에
그 기사에게 더 이상 아무것도
주지 않기로 합의하였습니다.
그들은 물을 구입하여
마시는 것이 낭비라고 생각했습니다.
그들 모두 겸허히
교회에 들어갔습니다.
성모 마리아의 훌륭한 선행은
연민으로 가득하니.

그들이 기도했습니다. "성모 마리아님,
우리의 맹세를 들어주십시오.
전지전능하신 하나님과
당신의 아들과 함께 우리에게 조언을 주셔서

우리가 물을 보고 있으면서도
그 갈증을 겪는 가운데
목말라 죽는 일이 없도록
도와주시기 바랍니다."
성모 마리아의 훌륭한 선행은
연민으로 가득하니.

그들이 기도를 한 후
자비로운 성모 마리아는
그 샘을 신부들이 사는
땅 쪽으로 옮겨주었습니다.
비록 이전에는
물이 크게 부족했지만
지금부터는 물을 넉넉히
공급받을 수 있게 되었습니다.
성모 마리아의 훌륭한 선행은
연민으로 가득하니.

기사는 자신이 소유했던 샘을
성모 마리아의 뜻에 의해 잃어버리게 되었고
또한 정당한 이유로 그것을
빼앗아갔다는 사실을 깨달은 후
그는 샘물이 솟아
물을 팔았던 그 지역을
수도원에 기부하였고

신부들은 그 이후 풍요로워졌습니다.
성모 마리아의 훌륭한 선행은
연민으로 가득하니.

63
수아송의 성모 마리아 교회로 가는
순례자들이 밤중에 길을 잃자
성모 마리아가 인도해주신
이야기

바다에서 별이 항해자를 잘 인도하듯이
성모 마리아는
신도들을 인도하십니다.

그분은 악마의
사악한 소행으로부터
우리 자신을 어떻게 하면
지킬 수 있는지 가르쳐주십니다.
이브가 어리석음으로 인하여
잃게 된 그녀의 비범한 왕국을
우리가 어떻게 유지해야 하는지
방법을 가르쳐주십니다.
바다에서 별이 항해자를
인도하듯이.

그녀는 큰 시련에 빠진
우리를 돕기 위해
이곳으로 달려오십니다.
내가 들어 잘 알고 있는 바로는
많은 남자와 여자가
슬픔에서 헤어났습니다.
그녀는 밤에도 낮에도
그들에게 달려가십니다.
바다에서 별이 항해자를
인도하듯이.

내가 들은 바에 의하면
큰 순례 행렬단이
깊은 산중을
지나가며
길을 헤매다
근심에 잠겼고
어두움이 깔리자
길을 잃어버렸습니다.
바다에서 별이 항해자를
인도하듯이.

그들은 목숨이
위태로울 수 있어
두려움에 떨었습니다.

그곳은 도적들이 다니며
범죄를 많이 저지르는
장소였기에
그들은 각자가 최선을 다하여
열심히 기도를 했습니다.
바다에서 별이 항해자를
인도하듯이.

우리가 그렇게 하듯이
그들은 하나님의 어머니를 불렀고
그들의 큰 죄를
용서해달라고 기도했습니다.
순례자들은 그 즉시
밝은 빛을 보았고 외쳤습니다.
"성모님, 우리는
당신의 백성입니다."
바다에서 별이 항해자를
인도하듯이.

그들은 그 밝은 빛 속에서
한 여자를 보았는데
그녀는 젊은 여인으로서
아주 아름다운 모습과
비범한 분위기를 띠고 있었습니다.
그녀는 비록 왕좌에 앉아 있진 않았지만

눈부신 왕홀(王笏)을
손에 쥐고 있었습니다.
바다에서 별이 항해자를
인도하듯이.

그 여인이 나타났을 때
그녀가 발산하는 빛이
부근에 있는 모든 산을 밝게 했고
무리를 수아송으로
곧장 데려갔습니다.
그녀는 길을 잘 아는 사람처럼
생소한 지역을 지나가며
그들을 인도하였습니다.
바다에서 별이 항해자를
인도하듯이.

64

성모 마리아 조각상이
앞에 선 사람을 구하기 위해
그녀의 무릎을 펴고 일어나
화살을 대신 맞으신
이야기

우리는 주님의 어머니를
극진히 모셔야 합니다.
그분은 언제나 성도들을
잘 보호하시기 때문입니다.

나는 여러분에게 성모 마리아가
프랑스 오를레앙에서
포티에 백작에게 행한
위대한 기적을 소개하고자 합니다.
한번은 포티에 백작이
어떤 성을 포위하였고
그 속에 있는 주민들을 마치
유대인인 양 포로로 잡으려고 했습니다.
우리는 주님의 어머니를
극진히 모셔야 합니다.

백작은 이 성을 단지
그 속에 사는

큰 부자들을 잡기 위한 목적에서
점령 계획을 세웠습니다.
따라서 그는 그 성을 포위하기 위해
강력한 군대를 소집했습니다.
그가 그 성을 거의
함락시키는 듯했습니다.
우리는 주님의 어머니를
극진히 모셔야 합니다.

하지만 성 주민들은
나름대로 행동을 취하였습니다.
그들이 위험한 상황에 처했다고 생각했을 때
그들은 항상 용의주도하시며
당신의 신자를 모른 척하지 않는
성모 마리아 조각상을 안고
보호를 간구하며
성문 위에 가지고 갔습니다.
우리는 주님의 어머니를
극진히 모셔야 합니다.

그들이 열렬히 기도하고
흐느끼면서
그녀에게 말했습니다.
"빛나는 별과 같은
이 세상 주인의 어머니여,

최고의 신성한 제단에서
우리의 보호자가 되어
주시기를 기도하나이다."
우리는 주님의 어머니를
극진히 모셔야 합니다.

"당신은 그리스도의 육신을
잉태하시고 축성하셨습니다.
이에 우리는 당신이
저 격분한 백작으로부터
우리를 구해주시고
우리의 방패가 되어주시기를 기도합니다.
그 백작은 그의 전쟁 무기로
우리를 파괴하려고 합니다."
우리는 주님의 어머니를
극진히 모셔야 합니다.

그 후 잠시 시간이 흐르자
성 바깥에 주둔하고 있는
군대에서 한 석궁사수가
걸어 다가와
성모 마리아 조각상
뒤에 숨어 있는
성문을 관리하는 수문장에게
닫은 문을 열라며 외쳤습니다.

우리는 주님의 어머니를
극진히 모셔야 합니다.

성 안에 있는 사람이
그렇게 할 수 없다며 거절하자
성 바깥에 있는 그 남자가
곧바로 석궁을 수문장에게
쏘았습니다.
사수는 의심할 여지없이 그에게
상처를 입힐 수 있었습니다.
하지만 내가 들은 바에 따르자면,
우리는 주님의 어머니를
극진히 모셔야 합니다.

그 조각상이 수문장을
방어하기 위해
조각상의 무릎 중 하나를
가슴 위치까지 높이 올렸습니다.
그래서 화살이 거기에 박혔습니다.
게다가 수문장이 그 즉시
화살을 쏘아서 바깥쪽에 있던
석궁사수를 죽였습니다.
우리는 주님의 어머니를
극진히 모셔야 합니다.

성 안에 있는 사람들과
군대에 소속된 사람들이
모두 이 기적을 보았습니다.
그 상황을 목격한 백작은
타고 있던 그의 말에서
땅으로 내려왔고
순례자가 되어 성 안으로
들어가기 위해 다가갔습니다.
우리는 주님의 어머니를
극진히 모셔야 합니다.

그는 성모 마리아 조각상 앞에
무릎을 꿇고
눈물을 흘리며
자신의 사악함을
고백하면서 경배를 드렸습니다.
그는 즉시 모든 군대가
되돌아오도록 명령하였고
포위를 풀어주었습니다.
우리는 주님의 어머니를
극진히 모셔야 합니다.

모든 사람이
성모 마리아의 구원을 찬양했습니다.
내가 읽은 바에 따르면

그들은 그 석궁사수가
문지기를 살해하기 위해 쏜
화살을 성모 마리아 조각상의
다리에서 빼내려 했지만
그렇게 하지 못했습니다.
우리는 주님의 어머니를
극진히 모셔야 합니다.

내가 아는 바에 의하면
성모 마리아는
그 사건에 큰 슬픔을
표명하셨습니다.
그분은 다시는 다리를
내리지 않았고
아직도 그분이 움직이셨던 그 위치에
정확히 멈춰 계십니다.
우리는 주님의 어머니를
극진히 모셔야 합니다.

65

성모 마리아가,
한 선량한 사람에게
그 사람이 악마를 하인으로 두었고
기도를 하고 있지 않을 때
그를 살해하려고 한다는
사실을 깨닫도록 도와주신 이야기

위대한 성신(聖神)의
영예로운 여왕이여,
당신의 신성함으로 우리를
악마와 죄로부터 지켜주십니다.

성모 마리아가 행한
아름답고 위대하며
놀라운 기적 한 편을
소개하고자 합니다.
네로가 로마 황제였던 시대 이후
이 위대한 도시에서
그보다 더 놀라운 사건이
없었습니다.
위대한 성신의
영예로운 여왕이여.

기백이 남다르고

잘생긴 한 남자가 있었는데
그는 똑똑하고 자상했으며 더욱이
너무나 훌륭한 기독교인이었기에
그가 획득한 모든 것을
하나님께 바쳤습니다.
그는 무엇보다
자선사업을 좋아했습니다.
위대한 성신의
영예로운 여왕이여.

그가 열렬히 소원했던
이 일을 더 잘 수행하려고
마을 외곽에 병원[76]을
짓게 되었습니다.
그는 이곳에 거주하며
모든 방문객에게
빵과 와인과 고기와 생선, 그리고
누울 수 있는 침대를 제공했습니다.
위대한 성신의
영예로운 여왕이여.

그는 임무를 달성하기 위해

---

76) 중세 시대 스페인의 병원("espital")은 실질적으로 현대식 병원과 달리 숙박 기능
에 초점을 둔 '순례자를 위한 숙소'라고 할 수 있다.

최선을 다하는 사람으로
가난한 사람들을 도와줄
품행이 방정하고 능력이 있는
젊은 사람들을 찾았습니다.
하지만 악마가 그를 시기하여
아주 훌륭한 용모의
죽은 남자의 몸속에 들어갔습니다.
위대한 성신의
영예로운 여왕이여.

악마는 우아한 행동과
유순한 표정으로
그 선량한 남자를 찾아왔습니다.
그리고 말했습니다.
"날 당신의 하인으로 받아주십시오.
길거리에 있는 가난한 자들을 위해
제가 봉사하겠습니다. 당신이
중요한 일을 한다고 생각하기 때문입니다."
위대한 성신의
영예로운 여왕이여.

"나는 당신을 위해서
공짜로 일할 의향도 있습니다."
그 사람이 이 얘기를 들었을 때
그는 너무나 기뻤으며

게다가 그는 잘생겼고
친절하며 말까지 잘해서
선량한 남자는 그가 훌륭한 믿음을
갖추고 있다고 생각했습니다.
위대한 성신의
영예로운 여왕이여.

이 상황에서 그 사악하고 교활한 악마가
부지런한 일꾼인 듯했기에
선량한 남자는 그를
자신의 땅 관리자로 받아들였습니다.
모든 일에서
그는 항상 첫 번째 지원자로 나섰고
그 착한 사람에게 이렇게 말했습니다.
"주인님, 무엇을 원하십니까? 명령만 내려주십시오."
위대한 성신의
영예로운 여왕이여.

그가 이 착한 주인을
어떻게 하면 기쁘게 할 수 있는지
너무나 잘 알고 있었기에
주인은 그의 말을 전적으로 믿었습니다.
게다가 모든 일에서
주님의 뜻에 순종하면서
이 주인이 원하는 방식으로

일할 수 있는 사람이 달리 없었습니다.
위대한 성신의
영예로운 여왕이여.

그는 그 주인에게
돌이 많은 산에서 사냥을 하거나
바다에서 물고기를 잡자고
졸라댔습니다.
그는 주인을 교묘한 방식으로
살해하고 난 후에
병원과 재산을 차지하려고
애를 썼습니다.
위대한 성신의
영예로운 여왕이여.

이 모든 일에서 그 선량한 사람은
어떤 의심할 여지도 찾을 수 없었습니다.
따라서 그 악마가 추천하는 곳에
안심하며 함께 다녔습니다.
매일 아침 그 선량한 사람이
잠에서 깨어났을 때
자비의 여왕이자 영광의 성모에게
기도를 올렸습니다.
위대한 성신의
영예로운 여왕이여.

이 이유로 인해
부하처럼 지내고 있는 그 악마는
주인을 마음대로 하거나
살해할 수 없었습니다.
그럼에도 불구하고 악마는 밤낮으로
주인을 쉬지 않고 현혹했습니다.
하지만 그에게 혹독한 짓을 하려고 해도
별다른 영향을 주지 못했습니다.
위대한 성신의
영예로운 여왕이여.

이런 식으로 선덕으로 가득한
그 어진 사람이 오랫동안
무탈하게 살아가던 도중에
주교가 그곳에 와서
악마의 속을 가진 자를
감지하게 되었습니다.
이제 이 부분을 여러분에게 말씀 드리니
주님의 이름으로 잘 들으시기 바랍니다.
위대한 성신의
영예로운 여왕이여.

그 주교는 신실하고
덕망이 높은 사람이었으며
만약 암자에 남아 있었다 하더라도

이보다 더 독실할 수 없는 사제였습니다.
이런 까닭에 악마는
주교의 방문을 크게 두려워했고
몸이 좋지 않아 그를
만나러 갈 수 없다고 말했습니다.
위대한 성신의
영예로운 여왕이여.

하루는 그 주교와 주인이 함께
식사를 하게 되었고
악마를 제외한 모든 하인이
그들의 시중을 들게 되었습니다.
선량한 주인이 그 하인이
어디에 있냐고 물었습니다.
그들은 그가 몸이 아파서
일하러 올 수 없었다고 말했습니다.
위대한 성신의
영예로운 여왕이여.

주교가 이 말을 듣고 나서
그 사람이 누구냐고 묻자
주인이 그에게 일어난 모든 일,
그 하인이 어떻게 자신을 찾아왔고
그가 얼마나 성실하게 봉사에 임했는지와 같은
지난 일들을 설명하였습니다.

주교가 말했습니다. "내가 그 사람을 보고자 하니
그를 당장 데리고 와주십시오."
위대한 성신의
영예로운 여왕이여.

이때 선량한 주인은 재빨리
그를 부르러 사람을 보냈습니다.
악마가 이 모든 사실을 알아챘을 때
변명을 하려고 노력했습니다.
하지만 결국 떨면서 그들 앞에 오게 되었습니다.
주교가 그를 보고 나서
그가 진실한 존재가 아니라는
사실을 알게 되었습니다.
위대한 성신의
영예로운 여왕이여.

그는 그 선량한 사람에게 말했습니다.
"하나님이 당신을 사랑합니다. 믿으십시오.
그가 사악한 악마에게서, 그리고
그의 배반으로부터 당신을 구해주셨습니다.
이제 내가 당신이 신뢰하는 이 사람이
악마라는 사실을 의심할 여지없이
보여드리겠습니다.
잠시 조용히 계십시오."
위대한 성신의

영예로운 여왕이여.

그가 악마에게 말했습니다.
"네가 한 짓을 모두
나에게 고하여라.
사람들이 네가 한 짓거리를
모두 알아채도록 말이다.
내가 삼위일체의 하나님이신
예수 그리스도의 능력으로 명령하노니
저항치 말고 모두 말하여라."
위대한 성신의
영예로운 여왕이여.

그러자 악마는 어떻게
죽은 남자의 몸속에 들어왔고
이를 통해 선량한 주인을
속일 수 있었으며
주인이 빛의 어머니에게
기도하지 않았었더라면
그의 목숨을 빼앗을 수도 있었다고
말하였습니다.
위대한 성신의
영예로운 여왕이여.

"그가 기도를 하고 있을 때에

나는 그에게 아무 짓도
할 수가 없었습니다."
악마가 말을 마치고 나서
그를 둘러싸고 있던 육신을 벗어던지고
그들의 눈 앞에서
공중을 향해 날아오른 후
사라져버렸습니다.
위대한 성신의
영예로운 여왕이여.

66
산양들이 몬세랏으로 몰려와
사제들이 매일 양젖을 짜서
마실 수 있도록
성모 마리아가 도와주신 이야기

주님이 잉태되기를 원하신 성모 마리아를
동물들이 순종하는 것은
너무나 당연한 일입니다.

주님의 도움을 받아 나는
여러분에게 성모 마리아가 일으킨
위대하고 아름다운 기적 한 편을 소개하고자 합니다.
경청하세요. 즐거운 얘기를 들으시게 될 겁니다.
주님이 잉태되기를 원하신 성모 마리아를

동물들이 순종하는 것은 너무나 당연한 일입니다.

내가 이전에 말한 몬세랏에
한 교회가 있는데 내가 듣기로
이곳은 십자가에서 돌아가신 가장 고귀한 왕의
어머니 이름으로 된 교회라고 합니다.
주님이 잉태되기를 원하신 성모 마리아를
동물들이 순종하는 것은 너무나 당연한 일입니다.

이 교회는 많은 산양이 배회하는
산자락에 자리를 잡고 있습니다.
그곳의 모든 산양이 교회에 내려오는
특별한 기적이 일어났습니다.
주님이 잉태되기를 원하신 성모 마리아를
동물들이 순종하는 것은 너무나 당연한 일입니다.

그 교회는 계곡 속에 위치했고
산양은 교회 문 앞에 줄을 섰습니다.
이들은 사제가 젖을 짜려고 나오기 전까지
아주 신속하게 자리를 잡았습니다.
주님이 잉태되기를 원하신 성모 마리아를
동물들이 순종하는 것은 너무나 당연한 일입니다.

이 일은 사 년간 지속되었다고 들었습니다.
그리고 사제들은 그들 자신을 위해

충분한 우유를 공급받을 수 있었습니다.
매일 밤 산양이 사제들에게 젖을 주기 위해 찾아왔기 때문입니다.
주님이 잉태되기를 원하신 성모 마리아를
동물들이 순종하는 것은 너무나 당연한 일입니다.

한 어리석은 초보자가 산양 무리에서 새끼 한 마리를 훔쳐서
잡아먹는 사건이 생기기 전까지 이 일이 지속되었습니다.
산양에게 이런 사건이 일어난 후에
사제들은 더 이상 그들을 만날 수 없었습니다.
주님이 잉태되기를 원하신 성모 마리아를
동물들이 순종하는 것은 너무나 당연한 일입니다.

이런 방식으로 하나님의 어머니는
그녀의 사제들에게 필요한 것을 공급했었고
이 일이 일어난 후 엄청난 순례 행렬이
이 기적을 보기 위해 방문했습니다.
주님이 잉태되기를 원하신 성모 마리아를
동물들이 순종하는 것은 너무나 당연한 일입니다.

67
성모 마리아가
글을 배운 적 없는 목동을
수아송으로 데려가
성경책을 읽도록
도와주신 이야기

영광의 성모 마리아가
환자를 병에서 치유하듯이
무지한 사람이 모든 것을
깨닫게 해주실 수 있습니다.

위 제목에서 말한 큰 기적을
여러분에게 소개하고자 합니다.
'들불병'이라 불리는
다리가 붓는 증상에
시달리는 어린 목동을
성모 마리아가
수아송에서
치유하신 이야기입니다.
영광의 성모 마리아가
환자를 병에서 치유하듯이.

그의 아버지는 돌아가셨고
그의 어머니는 두 식구를 위해

양모를 짜는
가난한 여인이었습니다.
제 얘기를 들으시는 청중들에게
성모 마리아가 그 소년에게
어떻게 기적을 행했는지
말씀 드리겠습니다.
영광의 성모 마리아가
환자를 병에서 치유하듯이.

그 소년의 발끝에서 시작한
발진이 너무나 심하게 돋아서
몸이 거의 타는 듯했습니다.
심한 위기를 느낀 그의 어머니는
소년을 수아송으로 데려갔고
애처롭게 눈물을 흘리며
교회 제단 앞에
아이를 내려놓았습니다.
영광의 성모 마리아가
환자를 병에서 치유하듯이.

어머니가 밤새도록 간호하여
소년이 곧 회복하였고
그가 잘 걸을 수 있고
달릴 수 있게 되었습니다.
소년은 어머니와 함께 그곳을 떠났습니다.

소년은 병이 나은 그 장소를
너무나 좋아했기 때문에
그곳에 즉시 돌아오고 싶어 했습니다.
영광의 성모 마리아가
환자를 병에서 치유하듯이.

일 년이 지난 후 소년은 어머니에게
그곳에 다시 가자고 간청했습니다.
하지만 어머니는 그렇게 하지 않았습니다.
그래서 소년이 말했습니다.
"만약 어머니께서 가시지 않으면
제가 심한 병에 다시 걸릴 거예요.
제 의지와는 상관없이 만약 그렇게 된다면
어머니께서 저를 팔에 안고 그곳에 가시게 될 거예요."
영광의 성모 마리아가
환자를 병에서 치유하듯이.

소년이 이 말을 하자
병마가 그에게 찾아왔고
그가 어머니에게
기댄 채 말했습니다.
"아, 어떻게 해야 하지?"
내가 들은 바에 따르면,
어머니가 소년을 팔에 안고
즉시 수아송으로 떠났습니다.

영광의 성모 마리아가
환자를 병에서 치유하듯이.

그녀가 교회 안에 들어가
소년을 제단에 정확히 내려놓자
소년이 곧 잠에 빠져들었습니다.
꿈속에서 그는 자신을 치료하는
하나님의 어머니를 보았습니다.
그리고 그녀가 소년의 영혼을
천국에서 당신의 아들인
예수 그리스도에게 소개시켜주셨습니다.
영광의 성모 마리아가
환자를 병에서 치유하듯이.

그곳에서 소년은 성모 마리아가
그녀의 아들에게 수아송 지역의
모든 사람을 위하여
자비를 요청하는 모습을 보았습니다.
그녀의 요청에 따라서
하나님이 심한 병에 걸린
모든 사람을 구원해주신다는 사실을
소년은 알게 되었습니다
영광의 성모 마리아가
환자를 병에서 치유하듯이.

게다가 그는 성모 마리아가
그녀의 아들에게 말하는 소리를 들었습니다.
"아들아, 수아송에 있는 내 교회가
너무나 낡았구나. 그러니
다시 지어주려무나."
그때 그가 그녀에게 대답했습니다.
"어머니, 바다 멀리 저편에서
이곳으로 제 사람들이 올 거예요."
영광의 성모 마리아가
환자를 병에서 치유하듯이.

"그리고 많은 다른 지역에서
충분한 자금을 보낼 거예요.
그러니 어머니가 묻고 요청하시는
모든 것을 들어드리겠습니다.
어머니의 요청을 아들인 제가 이행하는 것은
너무나 당연한 처사입니다.
훌륭한 어머니가 말씀하시는 것은
뭐든지 아들이 들어야 하니까요."
영광의 성모 마리아가
환자를 병에서 치유하듯이.

소년이 이 일을 하늘에서 보게 되자
너무나 좋아서
그는 앞으로 일어날 일들을

걱정하지 않게 되었습니다.
성령이 그에게 큰 지혜를
심어주었기 때문에
그는 성경을 이해하게 되었고
라틴어로 된 말씀을 읽을 수 있었습니다.
영광의 성모 마리아가
환자를 병에서 치유하듯이.

그는 구약과
신약에 기록된
내용과 아울러
그 이상을 이해했습니다.
그가 사람들에게 말했습니다.
"이 교회를 재건하는 일은
성모 마리아를
기쁘게 해드리는 일입니다."
영광의 성모 마리아가
환자를 병에서 치유하듯이.

"내가 이 모든 사실을 알고 있다는 것을
여러분이 믿으셔야 합니다.
성경책을 보여주시기 바랍니다.
그 구절을 해석해드리겠습니다.
아울러 나는 지금부터 삼십 일 이후에
이 세상을 떠날 것입니다.

그녀가 나를 데려가고 싶어 하신다는 사실을
저에게 밝히셨습니다."
영광의 성모 마리아가
환자를 병에서 치유하듯이.

이 말을 들은 사람들은
주님의 어머니이신
성모 마리아에게
감사와 찬양을 드렸습니다.
그리고 그들은 목동이 말한 것이
진실임을 알게 되었습니다.
그들은 교회를 재건하기 위해
즉시 일하기 시작했습니다.
영광의 성모 마리아가
환자를 병에서 치유하듯이.

68
서로 증오하는
두 경쟁자가 화해하도록
성모 마리아가 중재하신 이야기

영광의 성모님은 우리의 평화를 위해
큰 기적을 일으키십니다.

이 내용에 대해 내가 발견한

기록에 의거하여 모든 충실한 자가 의지하는
위대한 왕의 어머니가 일으키신
위대한 기적 한 편을 소개하고자 합니다.
영광의 성모님은 우리의 평화를 위해
큰 기적을 일으키십니다.

남편이 다른 여자와
사랑에 빠진 까닭에
남편의 애정과 위로를 잃어버린
한 장사꾼의 아내에 대한 이야기입니다.
영광의 성모님은 우리의 평화를 위해
큰 기적을 일으키십니다.

아내는 자신의 경쟁자를
죽도록 미워했고
그 여자가 슬프고 불행하게 해달라며
성모 마리아에게 기도를 했습니다.
영광의 성모님은 우리의 평화를 위해
큰 기적을 일으키십니다.

아내는 과거에 아라스[77]라는 마을에서
자신의 남편과 누렸던
큰 행복을 그 여자로 인해

---

77) 프랑스 북부 도시 아라스(Arras)를 말한다.

잃어버렸기 때문입니다.
영광의 성모님은 우리의 평화를 위해
큰 기적을 일으키십니다.

기도를 하고 난 후 잠에 빠졌을 때
꿈속에서 아내는 큰 천사 무리와 함께 있는
성모 마리아를 보았는데 그때
그녀가 자신에게 이렇게 말했습니다.
영광의 성모님은 우리의 평화를 위해
큰 기적을 일으키십니다.

"너의 기도가 들려왔단다.
하지만 그 잔인한 행동은
나에게 자비를 불러일으키지도
기쁨을 주지도 않는구나."
영광의 성모님은 우리의 평화를 위해
큰 기적을 일으키십니다.

"게다가 그 다른 여인은
내 제단 앞에 무릎을 꿇고
땅바닥에 이마를 대면서
나에게 백 번이나 절을 하는 사람이다."
영광의 성모님은 우리의 평화를 위해
큰 기적을 일으키십니다.

아내가 잠에서 깨어난 후
길을 걸어갔습니다. 그리고 길거리에서
그녀는 상대방을 만났습니다.
여인은 땅바닥에 털썩 주저앉아서 말했습니다.
영광의 성모님은 우리의 평화를 위해
큰 기적을 일으키십니다.

"칠흑같이 검은색의 악마가
당신에게 이 어리석은 짓을 하게 만들었습니다.
하지만 나는 당신을 불행하게 하는
그런 행동을 다시는 하지 않겠습니다."
영광의 성모님은 우리의 평화를 위해
큰 기적을 일으키십니다.

이처럼 성모 마리아는
과거에 녹색 포도즙과 같은
시큼한 증오심을 갖고 서로 공격했던
두 여인이 더 이상 다투지 않게 해주었습니다.
영광의 성모님은 우리의 평화를 위해
큰 기적을 일으키십니다.

69
성모 마리아가 당신의 모유로
병에 걸려 사망한 것으로 보인 사제를
살려주신 이야기

모든 건강을 주시는 성스러운 여왕이여,
왕림하소서. 당신은 우리의 의사이십니다.

비록 우리가 악행을 저질러
이에 상응한 병을 갖고 있을지라도
그녀의 연민이 너무나 커서
그 권능이 우리를 신속히 구원해주십니다.
모든 건강을 주시는 성스러운 여왕이여,
왕림하소서. 당신은 우리의 의사이십니다.

이 주제와 연관된 한 기적이 생각납니다.
이제 여러분에게 들려드리겠습니다.
성모 마리아가 그녀의 하인이자 시토회에 속한
성 에스피나 수도원 사제에게 이 기적을 행하셨습니다.
모든 건강을 주시는 성스러운 여왕이여,
왕림하소서. 당신은 우리의 의사이십니다.

그는 자만심과 오만에서 벗어나
현명하고 학식이 깊고 겸손하고
약속에 충실한 사람이었고

성모 마리아에게 전적으로 헌신하며 살았습니다.
모든 건강을 주시는 성스러운 여왕이여,
왕림하소서. 당신은 우리의 의사이십니다.

그는 성모 마리아를 모시는 데
너무나 열정적이었기 때문에
그 지역 수도원의 하루 일과가 끝난 후에도
작은 예배실에서 기도를 올리며 남아 있었습니다.
모든 건강을 주시는 성스러운 여왕이여,
왕림하소서. 당신은 우리의 의사이십니다.

그가 머리로 경건하게 절을 하며
일과기도인 일시기도, 삼시기도, 육시기도,
구시기도, 만과기도를 드리고 나서
종과기도와 호칭기도를 드렸습니다.
모든 건강을 주시는 성스러운 여왕이여,
왕림하소서. 당신은 우리의 의사이십니다.

그가 신실한 생활 관념 속에서 살아가는 동안
그는 목에 병이 나서 고통을 받았습니다.
너무나 끔찍해서 내가 듣기로는
시체보다 더 나쁜 냄새를 풍겼다고 합니다.
모든 건강을 주시는 성스러운 여왕이여,
왕림하소서. 당신은 우리의 의사이십니다.

그의 얼굴과 목구멍은 부풀어 올랐고
피부는 금이 가고 부서졌습니다.
그는 음식을 삼킬 수도 없는
상태가 되었습니다.
모든 건강을 주시는 성스러운 여왕이여,
왕림하소서. 당신은 우리의 의사이십니다.

그가 아무 말도 못하고
하루 종일 누워 있었기 때문에
그가 죽었다고 믿게 된 사제들은
합의를 하여 그에게 종부성사를 했습니다.
모든 건강을 주시는 성스러운 여왕이여,
왕림하소서. 당신은 우리의 의사이십니다.

그들은 그가 죽었다고 확신했기 때문에
그가 입은 가운의 모자로
그의 눈을 가려주었고
해가 뜨는 동쪽 방향으로 그를 돌려주었습니다.
모든 건강을 주시는 성스러운 여왕이여,
왕림하소서. 당신은 우리의 의사이십니다.

그가 아무런 말도 하지도 듣지도 않은 채
큰 의문 속에 누워 있는 동안
성모 마리아가 그녀의 수건을 들고
그에게 찾아왔습니다.

모든 건강을 주시는 성스러운 여왕이여,
왕림하소서. 당신은 우리의 의사이십니다.

그녀는 그의 몸을 감싸고 있는 발진을
닦아내었습니다. 그리고 그녀는 인간의
낮은 육신으로 오신 주님을 돌보았던
당신의 소중한 가슴을 드러냈습니다.
모든 건강을 주시는 성스러운 여왕이여,
왕림하소서. 당신은 우리의 의사이십니다.

그리고 그녀는 모유를 그 사제의 입과 얼굴에
뿌렸습니다. 사제의 피부가 맑고 깨끗하게 변했고
제비가 털갈이를 하듯이
완전히 탈바꿈한 모습을 보여주었습니다.
모든 건강을 주시는 성스러운 여왕이여,
왕림하소서. 당신은 우리의 의사이십니다.

그녀가 그에게 말했습니다. "나의 형제여,
나는 당신의 회복을 돕기 위해 왔소.
당신이 죽었을 때 성녀 카타리나[78]가
있는 곳으로 갈 것이라고 믿어도 좋소."
모든 건강을 주시는 성스러운 여왕이여,
왕림하소서. 당신은 우리의 의사이십니다.

---

78) 4세기 초에 순교한 이집트 알렉산드리아 출신의 카타리나 성녀를 말한다.

성모 마리아가 이 말을 하고 나서
길을 떠나셨습니다. 곧이어
그 사제가 병상에서 일어났습니다.
그의 동료들이 크게 놀랐으며 조심스럽게 종을 쳤습니다.
모든 건강을 주시는 성스러운 여왕이여,
왕림하소서. 당신은 우리의 의사이십니다.

이 기적으로 말미암아 큰 충격을 받은
모든 사제를 한자리에 모아
아침의 별[79]이신 성모 마리아님을
찬양하기 위함입니다.
모든 건강을 주시는 성스러운 여왕이여,
왕림하소서. 당신은 우리의 의사이십니다.

---

79) 본문에서 "아침의 별"은 태양을 의미하며 성경의 문맥에서 세상의 구원자인 그
리스도 혹은 그를 잉태한 성모 마리아를 지칭하는 표현으로 보인다.(누가복음
1장 78절 참고)

70

아베와 이브의
구별에 대한
성모 마리아 찬가[80]

아베와 이브 사이에
큰 차이가 있습니다

이브가 비록 우리에게서
천국과 하나님을 빼앗아갔지만
아베는 우리에게
그것을 돌려주었습니다.
그러므로 친구들이여, 아베와 이브 사이에
큰 차이가 있습니다.

비록 이브는 우리를
악마의 사슬에 묶이도록 했지만
아베는 우리를 그로부터
해방시켜주었습니다.
이 이유로 인해 아베와 이브 사이에
큰 차이가 있습니다.

---

80) 성모 마리아를 상징하는 '아베(Ave)'와 아담의 아내 '이브(Eva)'에 대한 두 스페
인어 단어는 철자 순서가 정반대이기 때문에 유사하면서 상반되는 두 의미로서
상징적인 효과를 가질 수 있다.

이브는 우리가 하나님에 대한
사랑과 의를 상실하게 했지만
아베는 우리가 그것을
되찾게 해주었습니다.
이런 이유에서 아베와 이브 간에
큰 차이가 있습니다.

이브는 우리에게 하늘 문을
잠그고 열쇠를 버렸지만
마리아는 "아베"라고 말하며
그 문을 부수고 열었습니다.
아베와 이브 사이에
큰 차이가 있습니다.

71
성모 마리아 이름의
다섯 철자를 기리기 위해
다섯 편의 찬송가를 지은
사제가 임종한 후 당신이
그의 입에서 다섯 송이 장미가
피어나게 한 이야기

우리를 위하여 주님께서
성모 마리아에게 잉태되기를
원하셨으니 그분의 기적은
아름답고 의롭습니다.

내가 들은 기적 한 편을
소개하기를 원합니다.
여러분도 그 얘기를 들으시면
즐거워하실 겁니다.
내가 그랬듯이
여러분이 이 얘기를 듣고
성모 마리아가 어느 선한 수도사에게
주신 큰 은혜를 이해하실 수 있습니다.
그분의 기적은
아름답고 의롭습니다.

내가 들은 바로 그 수도사는

비록 글을 잘 읽지는 못했지만
흠 없는 성모 마리아를
진심으로 사랑했습니다.
그가 몹시 갈망했던
그녀의 위상을 높이기 위하여
그는 다섯 편의 노래를
작곡하였습니다.
그분의 기적은
아름답고 의롭습니다.

다섯 편의 노래를 짓고
이들 사이에 순서를 정한 이유는
MARIA의 다섯 철자를
보여주기 위함입니다.
그렇게 하여 그는
그녀에게 은혜가 넘치는
아들을 바라볼 수 있도록
허락을 받고자 하였습니다.
그분의 기적은
아름답고 의롭습니다.

이 찬송가들을
주의 깊게 살펴본 사람은
누구든지 "Magnificat"와
"Ad Dominum", 그리고

바로 다음에 "In convertendo"와
"Ad te", 그리고 아래쪽에
아주 엄숙히 쓰인 "Retribue servo tuo"
글자들을 보게 될 겁니다.[81]
그분의 기적은
아름답고 의롭습니다.

하나님을 찬양하기 위해서
그는 매일 제단 앞에서 이 성가들을
신실한 마음으로 반복해 불렀고
그 앞에 엎드렸습니다.
그리고 분별력을 잃거나
기분이 불쾌할 때
자신이 저지른 비난받을 수 있는
모든 행동에 대해 회개하였습니다.
그분의 기적은
아름답고 의롭습니다.

---

81) 작품에서 언급한 다섯 편의 노래 가사 첫 부분이 라틴어 성경(Biblia Sacra Vulgata)에서 유래하였다는 발터 메트만(Mettmann1986, I, 194)의 주장은 타당하다고 본다. 예를 들어, Magnificat anima mea Dominum (누가복음 1장 46), Ad Dominum cum tribularer clamavi, et exaudivit me (시편 120편 1절), In convertendo Dominus captivitatem Sion, facti sumus sicut consolati (시편 126편 1절), Ad te levavi oculus meos, qui havitas in caelis (시편 121편 1절), Retribue servo tuo, vivifica me, et custodiam sermones tuos (시편 119편 17절) 등과 같은 구절이 해당 노래의 가사로 응용되었을 가능성이 다분하다.

살아 있는 동안 그는 계속해
이런 방식으로 생활을 하였습니다.
그가 이 세상을 떠났을 때
그의 입에서 장미 덤불이 솟아났고
그 위에 핀 다섯 송이 장미꽃이
보였습니다. 그가 전지전능한 분의
어머니를 찬양했기 때문에
그 꽃이 자라났습니다.
그분의 기적은
아름답고 의롭습니다.

72

몬세랏으로 순례를 가던
한 여자와 그 일행을 도적질한
강도들이 불구자가 되었지만
성모 마리아가 치유해주신 이야기

밤이나 낮이나
우리를 성모 마리아에게
온전히 바쳐 감사해야 합니다.
신도를 해악과 속임수에서
보호하시고 온전히 이끌어
주시기 때문입니다.

소중한 기적 한 편을

소개하고자 합니다.
성모 마리아를 사랑하는 이들이
이 얘기를 들을 것이라는
사실을 우리는 알고 있습니다.
그녀는 오만한 자들을
겸손하게 만들고 덕망이
높은 사람들을 총애하며
그들에게 지혜와 천국을
기쁜 마음으로 주십니다.
밤이나 낮이나 성모 마리아에게
우리를 온전히 바쳐야 합니다.

몬세랏에서 성모 마리아는
큰 명성을 얻게 될
기적을 행하셨습니다.
저 또한 도와주러 오시길 빕니다.
한 선량한 여자가 일행과 함께
광활하고 음산한 산길을
여행하던 중
휴식을 취하며
간식을 먹기 위해
샘물 쪽으로 내려왔습니다.
밤이나 낮이나 성모 마리아에게
우리를 온전히 바쳐야 합니다.

그 샘터에서 그들이
다과를 먹는 동안
레이문드라고 불리는
싸움꾼이자 도둑이
숲에서 튀어나왔습니다.
순례자들은
돈을 전혀 갖고 있지
않았기에
도둑 일당이
훔칠 것이 없었습니다.
밤이나 낮이나 성모 마리아에게
우리를 온전히 바쳐야 합니다.

한 여자가 능욕을 당한 후
슬프고 고통스러운 심정으로
동행자들과 함께
즉시 그곳을 떠났습니다.
그 가련한 여인은
곧 몬세랏에 도착하였고
울부짖었습니다.
"여왕이신 성모 마리아님,
저를 위해 복수를 해주십시오.
당신에게 순례를 오던 중에 능욕을 당했습니다."
밤이나 낮이나 성모 마리아에게
우리를 온전히 바쳐야 합니다.

신부들이 그녀의 비명을 듣고
달려 나왔습니다.
그들이 무슨 일이 있었는지
자초지종을 듣고 나자
그 수도원의 원장 신부가
급히 말을 타고 달렸습니다.
그는 격분해 있는 상태로
샘터에서 큰 무리의 도적 떼를 만났는데
모두 탈진하거나 장님이 되어 있거나
사지가 마비되어 있었기에
단 한 명도 일어서지 못했습니다.
밤이나 낮이나 성모 마리아에게
우리를 온전히 바쳐야 합니다.

도둑들 사이에
가장 사악한 악당이
그의 손에 닭다리를 들고
누워 있는 모습을
원장 신부가 보았습니다.
그가 차가운 음식 한 조각을 들고는
그의 망토 아래에서
먹으려 하고 있었습니다.
하지만 하나님께서
그가 음식을 못 먹도록
막았기에 먹을 수가 없었습니다.

밤이나 낮이나 성모 마리아에게
우리를 온전히 바쳐야 합니다.

그가 음식을 먹기 시작했을 때
입에 붙어버렸기에
음식물을 바깥으로 빼낼 수도
안으로 밀어 넣을 수도 없었습니다.
또한 그것을 씹을 수도
삼킬 수도 없었습니다.
게다가 그의 눈이 멀고
귀가 들리지 않았으며
몸에 심한 멍투성이였습니다.
그것은 너무나 정당한
징벌이었습니다.
밤이나 낮이나 성모 마리아에게
우리를 온전히 바쳐야 합니다.

원장 신부와 그의 사제들은
강도 떼가 악행을 범했기 때문에
그러한 혹독한 상태에 놓여 있다는 것을
발견하고서는
범죄자들을 말 등에 태우고
제단 앞에 데리고 가
쌓아놓았습니다.
하나님의 뜻에 따라서

그들이 목숨을 잃을 것인지
아니면 치유가 될 것인지
두고 보기 위해서 그렇게 하였습니다.
밤이나 낮이나 성모 마리아에게
우리를 온전히 바쳐야 합니다.

사제들이 강도들을
제단 앞에 옮겨놓고 나서
그 범죄자들을 위해
기도와 간구를 드렸습니다.
이에 곧바로 강도들의
눈과 다리와 손이 회복되었습니다.
이 일로 인해 그들은
절대 기독교인을
더 이상 강탈하지 않겠고
그들이 걸어온 죄악의 길을
단념하겠다고 모두 맹세하였습니다.
밤이나 낮이나 성모 마리아에게
우리를 온전히 바쳐야 합니다.

73

한 기사와 사랑에 빠져
함께 떠나기로 결심한
수녀의 마음을
성모 마리아가 되돌리신 이야기

성모 마리아는
너무나 자상하고 성실한 분이시니
여러모로 우리를 악에서 지켜주십니다.

여러분에게 내가 알고 있는 기적 한 편을
소개하겠습니다. 내가 발견한 기록에 정확히 따르자면,
성모 마리아께서 당신에게 많은 사랑의 징표를 준
한 수녀를 위해 행하신 기적입니다.
성모 마리아는 너무나 자상하고 성실한 분이시니
여러모로 우리를 악에서 지켜주십니다.

이 수녀는 너무나 아름다웠고
소속 교단의 규범에 순종적이었습니다.
그리고 성모 마리아를 기쁘게 하는
모든 일을 항상 신실하게 수행했습니다.
성모 마리아는 너무나 자상하고 성실한 분이시니
여러모로 우리를 악에서 지켜주십니다.

이 일을 시기한 악마는 그녀가 실수를 범하도록 현혹하기 위해 끝까지 노력한 끝에 그녀가 한 기사와 사랑에 빠지도록 유도했습니다.
그녀는 어떻게든 그와 함께 도망가기로 약속을 했고
그 기사는 그녀와 결혼을 하고 부양하기로 합의를 했습니다.
성모 마리아는 너무나 자상하고 성실한 분이시니
여러모로 우리를 악에서 지켜주십니다.

기사가 수도원 정원 뜰에서 그녀를 만나기로 약속했기에
그는 그곳에서 기다리고 있었습니다.
수녀가 잠시 잠에 빠져들었고
극심한 공포를 느끼게 하는 어떤 환상을 보게 되었습니다.
성모 마리아는 너무나 자상하고 성실한 분이시니
여러모로 우리를 악에서 지켜주십니다.

그녀는 역청보다 더 어둡고 좁고도 깊은 구덩이의 벼랑 끝에
자신이 서 있는 모습을 보았습니다.
그 장소로 그녀를 데려온 악마는 영원히 꺼지지 않는 불길 속에
그녀를 던지려고 했었습니다
성모 마리아는 너무나 자상하고 성실한 분이시니
여러모로 우리를 악에서 지켜주십니다.

그곳에서 그녀는 수천 명 이상의 사람들이
지르는 비명소리를 들었으며
많은 사람들이 고문을 받는 장면을 목격했습니다.
그녀의 마음은 공포심으로 가득 찼습니다.
성모 마리아는 너무나 자상하고 성실한 분이시니

여러모로 우리를 악에서 지켜주십니다.

그녀는 울부짖었습니다. "주님의 어머니이신
나의 주인 성모 마리아님, 저를 도와주십시오.
저는 항상 당신의 계명을 지키기 위해 노력했습니다.
저의 죄를 용서해주십시오. 당신의 사랑은 끝이 없지 않습니까?"
성모 마리아는 너무나 자상하고 성실한 분이시니
여러모로 우리를 악에서 지켜주십니다.

그녀가 이 말을 하자 성모 마리아는 그녀에게 나타나서
큰소리로 그녀를 야단쳤습니다. "네가 나를 모른 척하게 만든
그 사람을 포기하고 난 후 나의 보호 속에 들어오너라.
그렇지 않으면 내가 도움을 줄 수 없단다."
성모 마리아는 너무나 자상하고 성실한 분이시니
여러모로 우리를 악에서 지켜주십니다.

성모 마리아가 이렇게 말하자
한 악마가 그녀를 구덩이로 던졌습니다.
그녀가 성모 마리아를 향해 소리치자 이 우아한 성령의 여왕은
그녀를 그곳에서 꺼내주셨습니다.
성모 마리아는 너무나 자상하고 성실한 분이시니
여러모로 우리를 악에서 지켜주십니다.

성모 마리아가 그 소녀를 밖으로 꺼내고 나서 말했습니다.
"오늘 이후로 나와 내 아들에게서 멀어지지 않도록 하여라.

만약 네가 그렇게 하지 않는다면 내가 널 데리고
이곳에 다시 오겠다. 내 말을 명심하여라."
성모 마리아는 너무나 자상하고 성실한 분이시니
여러모로 우리를 악에서 지켜주십니다.

이 일이 일어난 후 그 소녀는 잠에서 일어났고
그녀의 가슴은 심하게 뛰었습니다.
그녀가 본 그 환상이 너무나 무서워서
그녀는 문을 향해 즉시 달려갔습니다.
성모 마리아는 너무나 자상하고 성실한 분이시니
여러모로 우리를 악에서 지켜주십니다.

그곳에서 그녀는 함께 도망치기로 약속했던 그 남자와 함께 있던
사람들을 발견하였습니다. 그녀는 그들에게 말했습니다.
"영원히 살 수 없는 사람을 위해 하나님 곁을 떠났던 일은
저에게 아주 그릇된 행동이었습니다."
성모 마리아는 너무나 자상하고 성실한 분이시니
여러모로 우리를 악에서 지켜주십니다.

"하나님의 뜻이니, 저는 떠나지 않을 것입니다.
어떤 남자도 이 장소 밖에서 나를 볼 수 없을 겁니다.
당장 나가주십시오.
나는 좋은 의복과 드레스를 원하지 않습니다."
성모 마리아는 너무나 자상하고 성실한 분이시니
여러모로 우리를 악에서 지켜주십니다.

"내가 살아가는 동안 나는 연인을 두지 않겠습니다.
우리 주님의 어머니이자
신성한 하늘의 여왕님에 대한 사랑 이외에
또 다른 사랑을 찾지 않겠습니다."
성모 마리아는 너무나 자상하고 성실한 분이시니
여러모로 우리를 악에서 지켜주십니다.

74

자신의 사위에 대한 거짓된 소문을 듣고
그를 살해하도록 주문한 여인을
성모 마리아가 구하시어
화형을 당한 그 여인이 불에 타지 않은 이야기

　　　　　　우리가 불행한 순간에 서 있을 때
　　　　　　성모 마리아는 버팀목이자 희망이십니다.

여러분에게 성모 마리아가 행한
아주 위대한 기적 한 편을 소개하겠습니다.
그녀는 죄인을 범죄에서 구하기 위해
항상 기도해주십니다.
무분별한 행위로 인해 체포된 고결하고 품위 있는
어느 유산층 여인에게 벌어진 일입니다.
우리가 불행한 순간에 서 있을 때
성모 마리아는 버팀목이자 희망이십니다.

그 여자는 부자이고 행복한 결혼생활을 했으며
아주 아름다웠고 성실했습니다. 그리고
내가 들은 바에 따르면 그녀는 론 리옹[82]에
좋은 집을 갖고 있었습니다.
그녀에게 사랑스러운 어린 딸이 있었는데
이 아이와 관련한 큰 재앙이 어느 날 그녀에게 닥쳤습니다.
우리가 불행한 순간에 서 있을 때
성모 마리아는 버팀목이자 희망이십니다.

그 여인과 남편은 그들의 딸에게
당사자가 원하는 남편감을 만나게 했고
그들이 행복을 만들어가도록 집 한 채를 선물하였습니다.
하지만 불길한 출발이 시작되었는데
이 일은 그 딸의 어머니와 사위의 관계에 대한
흉흉한 소문 때문에 일어났습니다.
우리가 불행한 순간에 서 있을 때
성모 마리아는 버팀목이자 희망이십니다.

그 소문은 완전히 사실무근이었으며
그들은 올바른 행동거지를 유지했습니다.
그럼에도 불구하고 그 여인은 사위가
목숨을 잃게 만들었습니다.
그녀는 사악한 사람들에게 사위를 살해하도록

---

82) 프랑스 남부에 위치한 론(Rhône) 지방의 도시 리옹(Lyon)을 말한다.

많은 돈을 지불했습니다.
우리가 불행한 순간에 서 있을 때
성모 마리아는 버팀목이자 희망이십니다.

그날 미사를 드리고 나서
그들이 저녁식사를 위해 식탁에 앉았습니다.
그리고 음모를 꾸민 장모가 사위를 불러오라고 시켰습니다.
그녀의 딸이자 사위의 아내가 그를 부르러 갔을 때
남편이 죽어 있는 것을 발견했습니다.
창백해진 그녀는 울부짖기 시작했습니다.
우리가 불행한 순간에 서 있을 때
성모 마리아는 버팀목이자 희망이십니다.

이 사건이 순식간에 온 도시에 알려졌고
지역 치안 판사가 곧장
크게 화를 내며 찾아와서
젊은이가 어떻게 죽었는지 물었습니다.
그는 철두철미하게 사실을 조사하고 추궁하면서
수사를 진행하였습니다.
우리가 불행한 순간에 서 있을 때
성모 마리아는 버팀목이자 희망이십니다.

그가 사건의 진실을 규명하기 위해
애를 썼고 범행을 저지른 사람들을
엄중히 잡아오게 했습니다.

그후 장모는 자신이
그런 사악한 짓을 어떻게 주도했는지
고백하였습니다.
우리가 불행한 순간에 서 있을 때
성모 마리아는 버팀목이자 희망이십니다.

꼿꼿하고 엄격한 그 치안 판사는
그 여자를 즉시 잡아들였고
조금도 주저함 없이 화형을 언도했습니다.
그는 그 사건을 가볍게 보지 않았고
어떤 호소에도 귀를 기울이지 않았습니다. 그녀를
활활 타오르는 불속에 데리고 가도록 명령할 뿐이었습니다.
우리가 불행한 순간에 서 있을 때
성모 마리아는 버팀목이자 희망이십니다.

사람들이 길을 따라 그녀를 끌고 가다가
하나님의 어머니 교회 앞에 섰을 때
그녀는 속옷 이외에 걸친 것이 없이
집행관들에게 말했습니다. "친구들이여,
제발 내가 성모 마리아 조각상 앞에서
기도를 드릴 수 있게 멈춰주게나."
우리가 불행한 순간에 서 있을 때
성모 마리아는 버팀목이자 희망이십니다.

그녀가 부탁한 것을 그들이 들어주자

그녀가 그 조각상 앞 땅바닥에
자신의 몸을 내던졌습니다.
그리고 슬프게 울면서 말했습니다.
"우리를 위해 죽으신 분의 어머니 동정녀 여왕님,
어서 오셔서 당신을 믿는 불쌍한 죄인을 도와주십시오."
우리가 불행한 순간에 서 있을 때
성모 마리아는 버팀목이자 희망이십니다.

치안 판사가 퉁명스럽게 말했습니다.
"여봐라, 저 여자를 도시 밖에 있는
큰 길가로 데려가라.
거기에 아주 낡은 집이 있단다.
그녀를 집 안으로 데리고 가 포박한 뒤
신경을 써서 제대로 불을 지펴라."
우리가 불행한 순간에 서 있을 때
성모 마리아는 버팀목이자 희망이십니다.

화형 집행은 아주 신속히 이루어졌습니다.
집은 나무로 채워졌고 그 주변도 덤불로 둘러싸였습니다.
곧이어 불이 붙었고 여인은
두려움으로 가득 차 있었다고 들었습니다.
그녀는 나뭇가지를 태우는 불꽃을 보았지만
주님의 어머니가 그녀를 보호하였습니다.
우리가 불행한 순간에 서 있을 때
성모 마리아는 버팀목이자 희망이십니다.

비록 그 집이 완전히 소각되고
나무는 숯으로 변했어도
그 여자는 조금도 피해를 입지 않았습니다.
그녀가 기도를 드렸던 성모 마리아는
당신의 능력으로 그녀를 구원했고
불이 빨리 꺼지도록 해주셨습니다.
우리가 불행한 순간에 서 있을 때
성모 마리아는 버팀목이자 희망이십니다.

그 집에 불이 두 번 지펴졌습니다.
하지만 어려움을 겪는 여인을 항상 돕는
성모 마리아의 기적이 이루어졌습니다.
그녀가 사랑하는 사람이
불에 화상을 입거나
죽어 소멸하는 일을 허용하지 않으십니다.
우리가 불행한 순간에 서 있을 때
성모 마리아는 버팀목이자 희망이십니다.

치안 판사와 사람들이 이 광경을 보았을 때
그들은 그 판결에 대하여 후회하기 시작했고
즉시 경비원들에게 지체하지 말고
불을 끄라고 명령했습니다.
그녀가 얼마나 큰 희열을 느끼며 해방되었는지
이루 말할 수 없었습니다.
우리가 불행한 순간에 서 있을 때

성모 마리아는 버팀목이자 희망이십니다.

그 여인이 지나간 교회로
사제들이 줄을 지어 서서
놀라운 은혜의 기적을 일으키신
성모님이 영구 복자(福者)[83]이심을 축원하였습니다.
그분이 행한 기적을 들으면
언제나 행복해집니다.
우리가 불행한 순간에 서 있을 때
성모 마리아는 버팀목이자 희망이십니다.

75
십자가의 그리스도가
당신의 어머니를 위해서
연인과 함께 도주하기로 결심한
수녀의 뺨을 때리신
이야기

성모 마리아를 잘 모시는 자는
절대 실족하지 않습니다.

이 일에 대하여 나는 여러분에게

---

83) 가톨릭교회에서 시복식을 통하여 복자품(福者品)에 오른 훌륭하고 모범적인
사람을 일컫는 말이다.

내가 발견한 기록에 근거하여
진실하고 위대하며 아름다운
한 편의 기적을 말하겠습니다.
가장 높은 곳에 계신 주님의 어머니께서
일으키신 기적이니 경청하시기 바랍니다.
성모 마리아를 잘 모시는 자는
절대 실족하지 않습니다.

이 기적은 퐁트브로 수녀원[84]에 살던
아름답고 우아한 한 처녀에게
일어났습니다. 그녀는
신실하게 성모 마리아를 사랑했습니다.
하지만 그녀는 교단을 떠나기를
원했습니다.
성모 마리아를 잘 모시는 자는
절대 실족하지 않습니다.

잘생기고 용감한 한 기사와 함께
떠나려고 했습니다.
그녀는 자신의 행동에 대한
심각성을 고려하지 않았고
다만 무심한 여인처럼
도망치기로 결심했습니다.

---

84) 프랑스 중서부 도시 퐁트브로(Fontevraud)를 말한다.

성모 마리아를 잘 모시는 자는
절대 실족하지 않습니다.

하지만 그녀가 밤이나 낮이나
언제든지 기도를 올리며 진심으로 경배했던
성모 마리아는 그녀가 떠나기를
허락하지 않으셨습니다.
그녀가 기도를 드린 후
일어난 진실을 말하겠습니다.
성모 마리아를 잘 모시는 자는
절대 실족하지 않습니다.

그녀는 성모 마리아 조각상의
다리와 그리스도 십자가상의 다리에
성령이 가득한 입맞춤을
했다고 들었습니다.
그녀가 기도를 마치고 나서
교회 문을 열었습니다.
성모 마리아를 잘 모시는 자는
절대 실족하지 않습니다.

그리고 그녀는 교회의
관리자로서
수녀원의 사람들을 모두 깨워
기도를 하러 오도록

종을 치는 일을 맡고
있었다고 들었습니다
성모 마리아를 잘 모시는 자는
절대 실족하지 않습니다.

그녀가 이 일을 오랫동안
수행해왔습니다.
하지만 악마가 한 기사와
사랑에 빠지게 만들었고
교회 바깥으로 나가서 사는 일을
열망하게 만들었습니다.
성모 마리아를 잘 모시는 자는
절대 실족하지 않습니다.

따라서 그녀는 약속한 날의
자정에 일어났고
항상 그랬듯이
교회에 들어갔으며
성모상에 총총걸음으로 가서
작별인사를 올렸습니다.
성모 마리아를 잘 모시는 자는
절대 실족하지 않습니다.

그녀가 무릎을 꿇고
기도를 했습니다.

"나의 주인이시여,
은혜를 베푸소서."
하지만 구세주의 어머니는
그 죄인이 회개하도록
눈물을 흘리셨습니다.
성모 마리아를 잘 모시는 자는
절대 실족하지 않습니다.

그 후 그 불행한 수녀는
해가 뜨기 전에 빠져나가기 위해
자리에서 일어났습니다. 하지만
그리스도 조각상이 갑자기 손을
뻗어서 권력을 가진 사람처럼
그녀를 강하게 때리셨습니다.
성모 마리아를 잘 모시는 자는
절대 실족하지 않습니다.

그녀의 귀 언저리를
그렇게 때림으로
그녀가 항상 못으로 인한
흉터를 갖고 살아가게 했고
또다시 실수를 범해
벌받지 않도록 하셨습니다.
성모 마리아를 잘 모시는 자는
절대 실족하지 않습니다.

이렇게 하여 그녀는 수녀원의 수녀들이
교회 문을 열기 전까지 움직임이나 의식 없이
죽은 사람처럼 누워 있었습니다.
누가 소녀를 단념시키기 위해 때렸는지
그녀가 다른 수녀들에게 말했을 때
그들은 놀라움을 금치 못했습니다.
성모 마리아를 잘 모시는 자는
절대 실족하지 않습니다.

그녀는 큰 실수를 범할 뻔했습니다.
하지만 하나님도, 하나님의 어머니도
그 일을 허락하시지 않았습니다.
누가와 마태, 그리고 다른 이들이 기록했듯이
그분들은 신도들을 열정적으로
보호하시기 때문입니다.
성모 마리아를 잘 모시는 자는
절대 실족하지 않습니다.

일천일백 명에 달하는
수녀들은
양옆으로 줄을 지어 서서
기적을 행하신
하나님께 감사의 노래를
불렀습니다.
성모 마리아를 잘 모시는 자는

절대 실족하지 않습니다.

76
성모 마리아가 당신을 찬양하던
한 사제가 큰 병을 앓자
모유로 치유해주신 이야기

주님이 드시길 원했던 신성한 모유가
병을 치료한다는 사실은 놀랄 일이 아닙니다.

우리를 당신의 권능으로 붙들고
무에서 유를 창조하셨으며 당신이 선택한 시기에
우리를 사멸케 하실 주님에게 영양분을 공급한 모유는
악을 물리치고 선을 가져다줍니다.
주님이 드시길 원했던 신성한 모유가
병을 치료한다는 사실은 놀랄 일이 아닙니다.

나는 여러분에게 이 내용과 관련한
기적 한 편을 소개하겠습니다. 이 이야기는
성모 마리아가 그녀를 찬양한 사제를 치유한 이야기로서
여러분에게 유익한 강론이 될 것입니다.
주님이 드시길 원했던 신성한 모유가
병을 치료한다는 사실은 놀랄 일이 아닙니다.

이 사제는 아주 훌륭한 가정 출신이며

몸과 마음이 잘생겼고
타고난 천성이 쾌활했기 때문에
그 지역에서 빼어난 사람이었습니다.
주님이 드시길 원했던 신성한 모유가
병을 치료한다는 사실은 놀랄 일이 아닙니다.

그는 노래를 잘 부르는 방법과
책을 읽는 방법, 그리고
그의 재산을 너그럽게 기부하는 방법을 알았습니다.
하지만 나쁜 행실에서도 그는 악마에 못지않았습니다.
주님이 드시길 원했던 신성한 모유가
병을 치료한다는 사실은 놀랄 일이 아닙니다.

비록 그가 많은 악한 행동을 저지르긴 했지만
모든 것에 앞서 성모 마리아를 사랑했습니다.
이런 맥락에서 그의 믿음이 아주 깊었기 때문에
그녀의 제단을 보게 되면,
주님이 드시길 원했던 신성한 모유가
병을 치료한다는 사실은 놀랄 일이 아닙니다.

그는 무릎을 꿇고 그녀의 조각상을 바라보면서
이렇게 말을 했다고 들었습니다.
"성모 마리아님, 저는 하나님이
당신에게 주신 선덕을 찬양하러 왔습니다."
주님이 드시길 원했던 신성한 모유가

병을 치료한다는 사실은 놀랄 일이 아닙니다.

"여인들 중 여인이신 당신을 찬양합니다.
당신과 같은 분이 어디 있겠습니까?
당신을 통하여 하늘과 땅과 바다를 창조하신
우리 주 예수 그리스도가 태어나셨습니다."
주님이 드시길 원했던 신성한 모유가
병을 치료한다는 사실은 놀랄 일이 아닙니다.

"당신의 아들이 그 속에 있도록 피난처를 제공한
당신의 태아기관이 축복을 받으시길 빕니다.
하나님이 우리를 구원하기 위해 그 아들을 보내고
당신에게 영예를 주어 육신을 취하게 하셨습니다."
주님이 드시길 원했던 신성한 모유가
병을 치료한다는 사실은 놀랄 일이 아닙니다.

"그분이 영양분을 공급받은 당신의 가슴이여
축복받으소서. 성 데니스[85]가 말했듯이,
이로 인해 우리가 지옥에 가지 않게 되었습니다.
이 일은 우리 행실에 대한 보답이 아닙니다."
주님이 드시길 원했던 신성한 모유가
병을 치료한다는 사실은 놀랄 일이 아닙니다.

---

85) 프랑스 수호 성자 생드니를 말한다.

그가 하나님의 어머니를 찬양하고 있을 때
그의 죄로 말미암아 심각한 병을 얻게 되었습니다.
그것은 유대인이나 기독교인조차
도움을 받기 쉽지 않은 그런 큰 병이었습니다.
주님이 드시길 원했던 신성한 모유가
병을 치료한다는 사실은 놀랄 일이 아닙니다.

광기가 그를 아주 혼란스럽게 만들어서
그는 자신의 혓바닥을 삼켰고 또한
그의 입술을 물어뜯었습니다. 그를 혼자
내버려 두었더라면 그것을 먹었을 수도 있었을 겁니다.
주님이 드시길 원했던 신성한 모유가
병을 치료한다는 사실은 놀랄 일이 아닙니다.

결론적으로 그의 얼굴과 코가
너무나 부어 올라서 문헌에 따르면
사람들이 그의 얼굴이 끝나는 부분과
목이 시작하는 부분을 구분하지 못했다고 합니다.
주님이 드시길 원했던 신성한 모유가
병을 치료한다는 사실은 놀랄 일이 아닙니다.

그가 거의 죽음에 임박한 시간이 되었을 때
그는 자신을 향해 다가오는 한 천사를 보았습니다.
천사는 할 수만 있다면 그 사제를 구하고 싶었습니다.
천사가 흐느끼기 시작했습니다.

주님이 드시길 원했던 신성한 모유가
병을 치료한다는 사실은 놀랄 일이 아닙니다.

그리고 큰소리로 통곡했습니다.[86]
"나의 주인이신 성모 마리아님, 무릎을 꿇고
당신께 경배를 드렸던 이 죄인이 당신을 향해 가졌던
사랑을 기억해주시기 바랍니다."
주님이 드시길 원했던 신성한 모유가
병을 치료한다는 사실은 놀랄 일이 아닙니다.

"그가 당신을 기쁜 마음으로 노래할 때 사용했던
자신의 혀를 이제 개처럼 먹어버렸습니다. 또한
당신의 선덕에 대해 이야기할 때 사용했던
그의 입술은 이제 모두 허물어졌습니다."
주님이 드시길 원했던 신성한 모유가
병을 치료한다는 사실은 놀랄 일이 아닙니다.

"그러므로 나의 주인이시여, 당신의 하인이
목숨을 잃어버리지 않도록 그를 도와주십시오.
나는 그의 천사이며, 그가 나를 신뢰하고 있습니다.
이것이 바로 내가 당신에게 간청하러 온 이유입니다."
주님이 드시길 원했던 신성한 모유가

---

86) 본 가요집에서 성모 마리아를 대신하여 천사가 인간의 구원을 위해 간구기도
를 드리는 경우는 76번 가요가 유일한 것으로 보인다.

병을 치료한다는 사실은 놀랄 일이 아닙니다.

"그가 저지른 죄 때문에 그가 목숨을 잃고 나서
역청보다 더 검은 악마가
지옥으로 그를 데리고 가도록
내버려 두지 마십시오."
주님이 드시길 원했던 신성한 모유가
병을 치료한다는 사실은 놀랄 일이 아닙니다.

내가 문헌에서 읽은 바에 따르면, 천사가 이렇게 말하는 동안
하늘에 계신 왕의 어머니가 재빨리 도착했고
그에게 말했습니다. "내가 늦게 도착했구나.
내가 이제 너를 치유하러 왔단다."
주님이 드시길 원했던 신성한 모유가
병을 치료한다는 사실은 놀랄 일이 아닙니다.

그리고 그녀는 자신의 가슴을 드러내고
그의 얼굴과 가슴에 자신의 모유를 발랐습니다.
이렇게 하여 그를 치유하였고
즐거운 잠에 빠진 사람같이 만들었습니다.
주님이 드시길 원했던 신성한 모유가
병을 치료한다는 사실은 놀랄 일이 아닙니다.

건강한 사람이 잠을 자고 난 것처럼 그는
자리에서 일어나 그를 정신이상자로 만들었던

심각한 병에서 회복한 후 성모 마리아를 경배했기에
이렇게 될 수 있었다는 사실을 깨달았습니다.
주님이 드시길 원했던 신성한 모유가
병을 치료한다는 사실은 놀랄 일이 아닙니다.

77
성모 마리아에게
순결을 맹세한
사제가 결혼을 하자
그 여인과 헤어지고
당신을 돌보게 하신 이야기

다른 여인을 위해 성모 마리아를
멀리하는 자는 실족하게 됩니다.

한 보잘것없는 여인 때문에
영광의 성모 마리아를 떠난 사람은
비록 그 여자가 아주 아름답고
부유하고 재능이 많으며
우아하고 사랑이 넘치더라도
상상할 수 없는 큰 광기에 사로잡혀
죄악을 범하게 됩니다.
다른 여인을 위해 성모 마리아를
멀리하는 자는 실족하게 됩니다.

성모 마리아 이외 여인들의 미모는
아무런 가치가 없으며
그들이 가진 매력은 그분과 비교할 때
딸기 한 알만도 못합니다.
그분의 사랑은 지속적이고
절대 실패하지 않으며
항상 커져만 갑니다.
다른 여인을 위해 성모 마리아를
멀리하는 자는 실족하게 됩니다.

이 주제와 관련하여 피사에 사는
잘생기고 재산이 많으며
높은 지위에 있는 한 사제에게
놀라운 기적이 일어났습니다.
그는 너무나 검소했기 때문에
몸 위에 항상 거친 셔츠 한 장만
걸치고 다녔습니다.
다른 여인을 위해 성모 마리아를
멀리하는 자는 실족하게 됩니다.

그가 어느 누구보다 더 사랑한
은혜로우신 성모 마리아에게 기도를 하였고
그녀의 처녀성을 헤아려
자기 자신의 순결을 보전하겠으며
결혼을 하지 않은 채

성모 마리아 앞에 정결히 남아 있겠다고
맹세하였습니다.
다른 여인을 위해 성모 마리아를
멀리하는 자는 실족하게 됩니다.

그가 이런 방식으로 살아가는 가운데
그의 아버지와 어머니는 세상을 떠났고
부모가 그에게 남긴 포도원과
과수원을 통해 재산 증식을
시작했다고 들었습니다.
따라서 그의 친척들은 그의 행운을
기쁘게 여겼습니다.
다른 여인을 위해 성모 마리아를
멀리하는 자는 실족하게 됩니다.

그가 더 좋아하지 않을까 하는 생각에
그들이 그에게 결혼을 종용했고
그에게 상대자를 구해주겠다고 말했습니다.
그들은 그의 동의를 얻기 위해
많은 논리를 피력했지만
그는 그들의 생각을 탐탁지 않게
여겼습니다.
다른 여인을 위해 성모 마리아를
멀리하는 자는 실족하게 됩니다.

그러나 그들은 교언영색으로 그를 압박했고
너무나 강력한 속임수를 썼기에
그가 해를 넘기기 전에
결혼을 하겠다는 승낙을 했습니다.
그 이유는 그가 만약 아내를 두지 않으면
그에게 큰 손실이 생길 것이라고
그들이 확신하며 얘기했기 때문입니다.
다른 여인을 위해 성모 마리아를
멀리하는 자는 실족하게 됩니다.

게다가 그들은 그 지역에서
그들이 알고 있는 한
가장 모범적으로 살고 있고 예쁜
젊은 처녀를 선택하여
그에게 데려오겠다고 하였고
그 둘은 슬픔도 흠도 위선도 없이
살 것이라고 말했습니다.
다른 여인을 위해 성모 마리아를
멀리하는 자는 실족하게 됩니다.

그가 이 일에 동의하고 나서
결혼식 날이 찾아왔습니다.
이날 이후 그는 자기 재산과
상대편의 재산으로
큰 부자가 될 것이라고 보았습니다.

포도원은 손님으로 가득 차서
더 이상 사람이 들어올 수 없었습니다.
다른 여인을 위해 성모 마리아를
멀리하는 자는 실족하게 됩니다.

그가 초대한 사람들이
도착하는 동안
그는 자신이 얼마나 변했는지
생각하기 시작했습니다.
그리고 그가 이미 많은 시간이
흘렀다는 생각이 들었을 때
교회 안으로 들어갔습니다.
다른 여인을 위해 성모 마리아를
멀리하는 자는 실족하게 됩니다.

그가 신실하게 기도하고 있을 때
갑자기 잠에 빠져들었고
마룻바닥에 쓰러졌습니다.
그가 잠이 든 사이에
많은 사람들이
하늘에서 내려오는
광경을 보았습니다.
다른 여인을 위해 성모 마리아를
멀리하는 자는 실족하게 됩니다.

그들은 하나님께서 선택하신
성모 마리아를 무리 중간에
모시고 있었습니다.
그분이 곧 그에게 와서 말했습니다.
"너에게 내가 요청하노니
너에 대하여 내가 알고 싶은 것이
무엇인지 솔직하게 말해보아라."
다른 여인을 위해 성모 마리아를
멀리하는 자는 실족하게 됩니다.

"너는 모든 것을 제쳐두고
나를 사랑하겠다고 말했고
너의 온 정성을 다해서 꾸준히
나를 존중했던 사람이 아니냐?
왜 다른 사랑을 찾아다니며
나를 멸시하려 하느냐?
누가 너를 사랑했느냐?"
다른 여인을 위해 성모 마리아를
멀리하는 자는 실족하게 됩니다.

"게다가 너는 날 버린 후
나에게 경배까지 드리러 왔구나.
나에게 큰 과오를 저질렀다.
말해보아라. 왜 나에게 거짓말을 했느냐?
너에게는 그 여인이 나보다 더 중요하더냐?

어리석은 자여, 왜 그렇게도
무분별한 짓을 하였느냐?"
다른 여인을 위해 성모 마리아를
멀리하는 자는 실족하게 됩니다.

가장 성스러운 여왕이
그에게 이 말을 한 후
길을 떠났고 그의 가슴에
비난의 가시를 남겨두었습니다.
내가 읽은 바에 따르면 그가
빨리 밥상을 차리라고 요청했지만
그는 음식을 조금만 먹었습니다.
다른 여인을 위해 성모 마리아를
멀리하는 자는 실족하게 됩니다.

그는 자신이 거짓말을 했고
잘못을 저질렀다는 사실을 말한
성모 마리아를 어떻게
영접할 수 있었는지 생각했습니다.
밤이 올 때까지 그는
그녀의 원망을 어떻게
피할 수 있을지 고심했습니다.
다른 여인을 위해 성모 마리아를
멀리하는 자는 실족하게 됩니다.

그 부부는 그들의 방 침대에 누웠습니다.
그들이 홀로 남겨지게 되자
신랑은 신부의 가슴을 보았고
그들은 포옹을 하였습니다.
그녀는 그와 함께 합법적인 환희를
즐길 생각이었습니다.
하지만 그렇게 할 수 없었습니다.
다른 여인을 위해 성모 마리아를
멀리하는 자는 실족하게 됩니다.

비록 그녀의 큰 미모가
부부 침실에 정열적인
기운을 불러일으켰고
그녀에 대한 큰 매력을 느끼게 했지만
은혜의 성모 마리아는
그녀를 갖지 못하게 만들었습니다.
그는 침대에서 일어났습니다.
다른 여인을 위해 성모 마리아를
멀리하는 자는 실족하게 됩니다.

그리고 그는 즉시 길을 떠났습니다.
그는 자신이 가졌던 큰 재산을 포기하고
극심하게 가난한 생활을 영위하면서
성모 마리아를 모셨습니다.
그녀는 전에도 그랬고 앞으로도 항상 그렇듯이

고귀함에서 비할 데 없는 분이십니다.
그리고 그녀는 당신의 친구를 인도하십니다.
다른 여인을 위해 성모 마리아를
멀리하는 자는 실족하게 됩니다.

그녀는 그가 평생 행복하고
신실하게 살도록 인도하였습니다.
그의 영혼이 자신의 육체로부터
순순히 이탈했을 때
고결하고 순수한 상태가 되었고
우리를 돕는 성모 마리아가 그를
하나님이 앉아 계신 곳까지 동행하셨습니다.
다른 여인을 위해 성모 마리아를
멀리하는 자는 실족하게 됩니다.

78

성모 마리아가 한 주교에게
미사곡을 부르게 하고
의식 집전을 위한
의복을 하사한 후
그 옷을 두고 떠나신 이야기

성모 마리아를 소망하는 만큼
재산이 더 불어납니다.

매일 나의 말을 경청하며 그 이후에도
내 말에 귀를 기울일 분들에게,
비교할 자 없이
성인과도 같이 선량한
오베르뉴[87]의 한 주교에게
일어난 위대한 기적을
기쁜 마음으로 소개하겠습니다.
성모 마리아를 소망하는 만큼
재산이 더 불어납니다.

성모 마리아는
주님이 계신 곳에 사는
큰 무리와 함께 오셨습니다.
그리고 성모 마리아는
우리를 위해 기도하시며
우리가 해를 입지 않도록
주님이 항상 도와주시도록 합니다.
성모 마리아를 소망하는 만큼
재산이 더 불어납니다.

그녀는 오른편에
성 요한을 데리고 왔습니다.
성자가 그녀에게 말했습니다.

---

87) 프랑스 중부 지방 오베르뉴(Auvergne)를 말한다.

"누가 미사곡을
부르며
누가 모든 성인전을
소개합니까?"
성모 마리아를 소망하는 만큼
재산이 더 불어납니다.

"누가 당신의 담당 사제인지
저에게 말씀해주십시오."
그녀가 대답했습니다.
"이곳을 담당하는 주교입니다.
그는 이 자리에서 나를 위해
항상 헌신적으로, 그리고
열정적으로 일해왔습니다."
성모 마리아를 소망하는 만큼
재산이 더 불어납니다.

그녀가 그 성자와 같이
사제에게 가서 말했습니다.
"오늘 미사를 올려라.
이에 차질 없이
정확히 답변할 줄 아는
이 신성한 성자들이
응답할 것이다."
성모 마리아를 소망하는 만큼

재산이 더 불어납니다.

주교가 이 소리를 듣고 나서
미사제복을 즉시 간구했습니다.
그리고 그들은 너무나
휘황찬란해서
그 가치를 가늠하기가
불가능한 제의(祭衣)를
그에게 주었습니다.
성모 마리아를 소망하는 만큼
재산이 더 불어납니다.

그가 의복을 입었을 때
성 베드로가 교구 관리자가 되어
종을 쳤고
그 나머지 성자들은
노래를 부르기 시작했습니다.
주교는 요청된 규범에 따라
와인과 빵을 들고 축사를 했습니다.
성모 마리아를 소망하는 만큼
재산이 더 불어납니다.

그가 미사를 마쳤을 때
성모 마리아는 지체 없이 말했습니다.
"나는 이제 떠날 것이다.

그리고 모든 사람이 지금 출발할 것이다.
하지만 내가 너에게 준 옷은
가져가지 않겠다.
이것은 내가 너에게 준 선물이다."
성모 마리아를 소망하는 만큼
재산이 더 불어납니다.

79

성모 마리아가 콘스탄티노폴리스[88]에서
당신의 조각상 앞에 있는 천을
내려주신 이야기

성모 마리아는 여러 방식으로
우리에게 나타나기를
원하십니다.

큰 병에 걸렸을 때 성모 마리아는
자비로 충만한 당신을 보여주십니다.
그녀는 우리 병을 소멸하기 위해
당신을 보도록 허락하십니다.
성모 마리아는 여러 방식으로

---

88) 오늘날 터키의 최대 도시인 이스탄불을 말한다. 로마 황제 콘스탄티누스가
   330년에 비잔티움 지역에 세운 도시로서 로마제국이 동서로 분열된 395년에
   동로마제국의 수도가 되었다.

우리에게 나타나기를 원하십니다.

이 주제와 관련하여 우리의 피신처이고
우리가 죄사함을 받도록 해주시는
성모 마리아님, 우리의 등불이자
우리를 통치하시는 주님의 어머니.
성모 마리아는 여러 방식으로
우리에게 나타나기를 원하십니다.

이분은 콘스탄티노폴리스의
루세르나라는 이름의 교회에서
아주 아름다운 기적을
일으키셨습니다.
성모 마리아는 여러 방식으로
우리에게 나타나기를 원하십니다.

이 교회 제단 위에는 성스럽고
순결한 처녀 조각상이 있는데
헤아릴 수 없을 만큼
아름다웠습니다.
성모 마리아는 여러 방식으로
우리에게 나타나기를 원하십니다.

먼지가 앉거나
다른 손실이 생기지 않도록

그 조각상 앞에 일 년 내내
천을 걸어두었습니다.
성모 마리아는 여러 방식으로
우리에게 나타나기를 원하십니다.

금요일이 되면 그 천이 서서히
공중으로 올라가 조각상이 드러났습니다.
모든 사람이 서둘러 그곳에 가서
성모 마리아 조각상에게 경배를 드렸습니다.
성모 마리아는 여러 방식으로
우리에게 나타나기를 원하십니다.

한 사람이 다른 사람에게 말했습니다.
"하늘에서 내려오는 저 천사를 보십시오.
그는 베일이 올라가게 하고
공중에 휘날리게 합니다."
성모 마리아는 여러 방식으로
우리에게 나타나기를 원하십니다.

그날 밤과 토요일 낮 동안 계속해서
순례자들이 도착했고
아울러 많은 사제들이 모여서
몇 시간 동안이나 찬송가를 불렀습니다.
성모 마리아는 여러 방식으로
우리에게 나타나기를 원하십니다.

조각상이 가리지 않는 상태가 되면
사람들이 그곳에 많은 공물을 가져다 놓았습니다.
이 모든 것은 사실입니다. 그리고
그들은 모두 눈물을 흘리기 시작했습니다.
성모 마리아는 여러 방식으로
우리에게 나타나기를 원하십니다.

그들이 성모 마리아 조각상을 보았을 때
마음이 벅차올랐고
흠 없는 성모 마리아의 위대한 은혜를
찬송하였습니다.
성모 마리아는 여러 방식으로
우리에게 나타나기를 원하십니다.

토요일이 지나면
천사가 재빨리
성모 마리아 조각상을 가리기 위해
그 천을 내렸습니다.
성모 마리아는 여러 방식으로
우리에게 나타나기를 원하십니다.

이 기적은 어머니를 공경하는
예수 그리스도의 은혜로 인하여
매주 토요일마다
일어났습니다.

성모 마리아는 여러 방식으로
우리에게 나타나기를 원하십니다.

80
다섯 자로 된
성모 마리아 이름의
의미에 대한 찬가

마리아(María)의 이름은 오직
다섯 자로 이루어졌습니다.

M은 '가장 큰 어머니 Madre mayor',
'가장 속이 넓은 mais manssa',
'우리 주님이 창조했으며 더 이상 존재할 수 없는
가장 훌륭한 피조물 mui mellor'을 의미합니다.
마리아(María)의 이름은 오직
다섯 자로 이루어졌습니다.

A는 '변호 avogada', '존경 aposta',
'칭송 aorada', '친구 amiga',
'가장 성스러운 무리 중에서
사랑받는 이 amada'를 뜻합니다.
마리아(María)의 이름은 오직
다섯 자로 이루어졌습니다.

R은 '지파 ram', '뿌리 raiz',
'여왕과 여황제 Reinn e Enperadriz',
'세상의 장미 rosa do mundo'를 뜻합니다.
그녀를 제대로 쳐다볼 수 있는 사람이 있기를 비나이다.
마리아(María)의 이름은 오직
다섯 자로 이루어졌습니다.

I는 우리에게 '예수 그리스도 Ihesu-Cristo',
'정의로운 심판 iusto iuiz'을 의미합니다.
'이사야 Ysaya'의 말에 따라
우리가 그녀를 알게 되었습니다.
마리아(María)의 이름은 오직
다섯 자로 이루어졌습니다.

A는 '우리가 소유하다 averemos'의 의미와
'하나님에게 우리가 원하는 것을 완성할 것이다
acabaremos'라는 말을 따라
그녀가 우리를 인도하십니다.
마리아(María)의 이름은 오직
다섯 자로 이루어졌습니다.

81

부부관계 요구를 거절하여
남편에게 폭행당한 여인을
성모 마리아가
치료하신 이야기

큰 연민과 자비와 숭고함,
이 세 가지는 성모 마리아에게 넘칩니다.
이에 그분은 악함과 잔인함과 방종을
용납하지 않습니다.

이 주제에서 성스러운 여왕은
내가 여러분에게 이제 소개하려는
위대한 기적을 일으키셨습니다.
성모 마리아는 아라스 시에 위치한
아버지 집 안뜰에 있던 한 어린 소녀에게 나타나셨습니다.
그녀는 그 정원에 놀러 가곤 했습니다.
큰 연민과 자비와 숭고함,
이 세 가지는 성모 마리아에게 넘칩니다.

소녀가 성모 마리아를 보았을 때
그녀는 너무나 놀라 그냥 서 있을 수 없었습니다.
성모 마리아는 그녀에게 다정히 다가가서 말했습니다.
"놀랄 필요가 없단다. 다만 네가 나를 믿는다면
넌 아주 빨리 내 아들을 보게 되겠고

나의 얼굴을 마주보게 될 것이다."
큰 연민과 자비와 숭고함,
이 세 가지는 성모 마리아에게 넘칩니다.

"네가 평생 처녀성을 유지하고
나를 믿는다면 그 일이 일어날 것이다.
그리고 너는 모든 악으로부터 해방될 것이다.
내가 너에게 나타난 이유가 바로 이 때문이란다."
그 소녀가 말했습니다. "자비로운 성모님, 그렇게 하겠습니다.
제 마음이 그렇게 하기를 진심으로 원합니다."
큰 연민과 자비와 숭고함,
이 세 가지는 성모 마리아에게 넘칩니다.

그 후 성모 마리아는 떠나고 소녀는
매우 기쁘고 행복한 상태로 그 자리에 남아 있습니다.
그리고 소녀는 결혼을 절대 하지 않을 것을
마음속에 다짐했습니다.
하지만 어느 날 그녀의 아버지가 말했습니다.
"나는 네가 오베르뉴에서 온 신사와 결혼하기를 원한단다."
큰 연민과 자비와 숭고함,
이 세 가지는 성모 마리아에게 넘칩니다.

"그는 아주 부유하고 존경받으며
너에게 그의 재산을 주고 싶어 한단다."
소녀가 대답했습니다. "전 그렇게 할 수 없습니다.

성모 마리아께서 천사 무리와 함께
정원에 있는 저에게 나타나셔서
제가 그분께 약속을 하게 하셨습니다."
큰 연민과 자비와 숭고함,
이 세 가지는 성모 마리아에게 넘칩니다.

그녀의 아버지와 어머니는 소녀의 말을 듣지 않고
그녀의 의지에 반하여 약혼을 하게 했습니다.
약정한 날이 다가왔을 때
그들은 결혼식을 거행하였습니다.
결혼 잔치가 끝난 후 그 부부는 그들의 환희를 즐길 수 있는
밀폐된 방 안에 홀로 남게 되었습니다.
큰 연민과 자비와 숭고함,
이 세 가지는 성모 마리아에게 넘칩니다.

여러분은 성모 마리아가 소녀를
어떻게 보호하셨는지 놀라운 일을 듣게 될 겁니다.
비록 소녀가 남편의 권력 아래에 있었지만
신랑은 그녀를 가질 수 없었습니다.
그녀는 이전에 그랬듯이 순결한 상태로 남았고
이 일을 이후에 내색하지 않았습니다.
큰 연민과 자비와 숭고함,
이 세 가지는 성모 마리아에게 넘칩니다.

이런 식으로 그들은 일 년을 함께 살았으며

남편은 그 소녀와 부부관계를 맺지 못했습니다.
그러던 중 그는 소녀에게 큰 폭행을 하게 되었고
그녀의 목숨이 위태로운 상태에 이르렀습니다.
이런 일을 말하기 송구스럽지만, 그는 소녀의 몸 가운데
아주 은밀한 부분을 칼로 잔인하게 찔렀습니다.
큰 연민과 자비와 숭고함,
이 세 가지는 성모 마리아에게 넘칩니다.

이 일은 누구도 묘사할 수 없었고
말로 형용하기조차 힘든 행위였으며
피사에 있는 외과 의사들도
그녀가 입은 상처에 가까이 갈 수 없었습니다.
소녀는 자신이 당한 학대에 대해 항의를 했습니다.
그후 보니파시오라고 불리는 한 주교가
큰 연민과 자비와 숭고함,
이 세 가지는 성모 마리아에게 넘칩니다.

이 일을 알게 되었을 때 그녀에 대해 깊은 연민의 정과
문제의식을 가졌기 때문에 조사위원회를 구성했습니다.
하지만 부부간의 문제를 확대하지 않기 위하여
그는 소녀를 남편에게 돌려보냈습니다. 하지만
하나님이 나의 증인이듯이 그 불한당은
즉시 고열에 시달렸고 심한 증상을 겪었습니다.
큰 연민과 자비와 숭고함,
이 세 가지는 성모 마리아에게 넘칩니다.

도시의 모든 사람이 그 고열로 인해 고통을 받으며
교회로 이주하였습니다. 이곳에 너무 많은 사람이
누워 있기 때문에 그 일부는 들어가지도 못했습니다.
모든 사람이 시련을 겪었습니다.
이 모든 결과가 그 젊은 남자가 저지른
악의적인 행동 때문이었습니다.
큰 연민과 자비와 숭고함,
이 세 가지는 성모 마리아에게 넘칩니다.

자신의 남편 때문에 상처를 입은
그 불쌍한 소녀도 나머지 사람들과 마찬가지로
고열로 인해 극심한 고통을 겪고 있습니다.
소녀는 오른쪽 가슴에 큰 증상이 나타났습니다.
사람들이 그녀를 교회로 데려갔는데 회색 빛 모직 천에 싸인 채
살아 있다기보다 죽어가는 상태였습니다.
큰 연민과 자비와 숭고함,
이 세 가지는 성모 마리아에게 넘칩니다.

그녀가 의식을 되찾았을 때 울부짖으며 말했습니다.
"성모 마리아님, 제가 당신을 믿었는데
왜 절 도와주지 않으십니까? 당신이 약속한 것을
저에게 주시지 않고 고열만 주셨습니다.
그 일이 제게 준 병은 너무 끔찍해서
내 몸이 부서지고 있습니다."
큰 연민과 자비와 숭고함,

이 세 가지는 성모 마리아에게 넘칩니다.

그녀는 신음을 내며
울부짖다가 잠에 빠졌습니다.
여왕 중의 여왕이 소녀에게
곧장 나타나 위로하기 시작했습니다.
그녀가 말했습니다. "열병과 나병을
치료할 수 있는 처방을 가지고 왔단다."
큰 연민과 자비와 숭고함,
이 세 가지는 성모 마리아에게 넘칩니다.

"이제 이곳에서 일어나라. 오늘부터 너는
병에서 완전히 회복되었단다.
나의 제단 앞에 가서 잠을 청해라.
그리고 네가 일어났을 때
너와 입맞춤하는 모든 환자는 사과와 같이 상쾌해지고
화상과 고통에서 회복할 것이다."
큰 연민과 자비와 숭고함,
이 세 가지는 성모 마리아에게 넘칩니다.

그 소녀가 대답했습니다. "이 모든 것을 완전히 믿습니다.
하지만 제가 어떻게 일어날 수 있습니까?"
성모 마리아가 말했습니다. "네 손을 나에게 주어라."
성모 마리아는 소녀를 일어나게 했고 자신의 다리 위에 올렸습니다.
소녀는 자신의 몸이 화상과 위험한 상처로부터

완전히 회복된 것을 느꼈습니다.
큰 연민과 자비와 숭고함,
이 세 가지는 성모 마리아에게 넘칩니다.

다음날 일찍 일어나 소녀를 본 사람들이
그녀를 깨우러 가서는 어떻게 회복했는지 물었습니다.
소녀는 조금도 숨김없이 모든 것을 말해주었습니다.
소녀를 편안하게 해주기 위해서
그들은 소녀에게 녹색 포도즙과
수프를 갖다 달라고 요청했습니다.
큰 연민과 자비와 숭고함,
이 세 가지는 성모 마리아에게 넘칩니다.

사람들이 그녀가 말한 것이 진실인지 확인해보기 위해
즉시 환자들을 앞쪽으로 오게 요청했습니다.
그녀가 그들에게 키스를 했을 때
그들은 건강을 회복하였습니다.
그들은 성모 마리아를 찬양하기 시작했고
곧 그 지역 모든 사람이 이 기적을 알게 되었습니다.
큰 연민과 자비와 숭고함,
이 세 가지는 성모 마리아에게 넘칩니다.

82

성모 마리아가 모든 이 앞에서
하늘에서 교회로 내려와
'성 마티알의 불' 열병에
앓아 누운 환자들을 모두
치료해주신 이야기

> 그 동정녀가 갖고 계신 영적 능력이 너무나 커서
> 우리가 건강하고 병에서 낫게 하십니다.

나는 여러분에게 하나님의
어머니가 행하신 기적들 중
한 편의 위대하고 놀라운
이야기를 소개하고자 합니다.
비록 유대인과 이교도가 다른 관점에서
보려고 하지만 그 일을 반박할 수 없습니다.
그 동정녀가 갖고 계신 영적 능력이 너무나 커서
우리가 건강하고 병에서 낫게 하십니다.

최근에 프랑스에서 일어난 일입니다.
사람들이 범죄를 행하기 때문에
이에 대한 대가로서
하나님이 '성 마티알의 불'이라고
불리는 열병을
재앙으로 주기 위해 임하셨습니다.

그 동정녀가 갖고 계신 영적 능력이 너무나 커서
우리가 건강하고 병에서 낫게 하십니다.

그들이 비명을 지르고 신음하며
수아송으로 급히 이주하였습니다.
그들이 이곳에서
건강을 회복할 수 있고
고통받는 자를 돕는 성모 마리아에게
위로를 받을 수 있다고 확신했기 때문입니다.
그 동정녀가 갖고 계신 영적 능력이 너무나 커서
우리가 건강하고 병에서 낫게 하십니다.

내가 들은 바로는, 그 질병이
처음에는 환자들에게
한기를 느끼게 했고
그다음은 그들이 불 같은
고열에 시달리게 합니다.
모든 환자가 심한 통증을 겪었습니다.
그 동정녀가 갖고 계신 영적 능력이 너무나 커서
우리가 건강하고 병에서 낫게 하십니다.

그들의 팔과 다리가 축 늘어졌고
잠을 잘 수도 먹을 수도
전혀 없었으며
발을 딛고 일어설 수도 없었습니다.

그들은 극심한 고통을 참는 것보다
차라리 죽고 싶은 심정이었습니다.
그 동정녀가 갖고 계신 영적 능력이 너무나 커서
우리가 건강하고 병에서 낫게 하십니다.

그러던 어느 날 밤
하늘에서 밝은 빛이
그들에게 나타났습니다.
그리고 성모 마리아가 내려왔습니다.
하늘의 여인이 도착했을 때
땅이 흔들렸습니다.
그 동정녀가 갖고 계신 영적 능력이 너무나 커서
우리가 건강하고 병에서 낫게 하십니다.

사람들이 너무 놀라 소동이 일어났고
그들이 할 수 있는 최대한 재빨리
도망치려고 애를 썼습니다.
성모 마리아는 환자를 즉시 치유하셨습니다.
그녀가 신도에게 응답을 하지
않은 적은 절대 없습니다.
그 동정녀가 갖고 계신 영적 능력이 너무나 커서
우리가 건강하고 병에서 낫게 하십니다.

성모 마리아는 당신의 자비를 믿고
요청하는 신자에게 응답하십니다.

그분은 당신이 언제 필요한 분인지 아시기 때문에
항상 결정적인 순간에 오십니다.
그분은 열병에 걸린 환자들을 치유하셨고
그 상처가 더 이상 남아 있지 않았습니다.
그 동정녀가 갖고 계신 영적 능력이 너무나 커서
우리가 건강하고 병에서 낫게 하십니다.

83

수도원을 짓기로 해놓고
완수하기 전에
세상을 떠난 교활한 기사를
구원하기 위하여
성모 마리아가 당신의 아들을
설득하신 이야기

동정녀이신 성모 마리아는
죄인에게 크고 위대한 자비를 베푸시니
소망만 해도 이미 성취한 일처럼
여겨주십니다.

이 일은 오래전에 귀족이면서
아주 부자였던 한 기사에게 일어났습니다.
그는 기질이 성급하고
과격하며 오만방자함과 동시에
믿음이 부족한 사람이었습니다.

그는 하나님과 성자들을 위해
작은 돈조차
헌납하지 않았다고 들었습니다.
동정녀이신 성모 마리아는
크고 위대한 자비를 베푸시니.

그 기사는 모든 이웃사람에게
해로운 짓을 하며
다치게 하고
공격을 하는 행동으로 인해
항상 바쁘게 살았습니다. 또한
그는 수도원과 교회를 파손하고
수도원의 원장이나 부원장을
존중하는 마음이 없었습니다.
동정녀이신 성모 마리아는
크고 위대한 자비를 베푸시니.

그의 유일한 생각이
불행한 사람들을 짓밟는 것이었고
무심코 길 가는 사람들에게
도둑질을 하는 것이었습니다.
그는 심지어 여인들과 어린이들에게도
친절하지 않았습니다.
그의 큰 잔인함을 자제하도록
만들 수 있는 것은 아무것도 없었습니다.

동정녀이신 성모 마리아는
크고 위대한 자비를 베푸시니.

그가 이 야만적이고 미천한 인생을 살아가던 중
어느 날 그는 자신의 불쌍한 영혼이
얼마나 많은 죄로
가득 차 있는지 깨달았습니다.
또한 선량함으로 가득한 성모 마리아가
그를 불쌍히 여기지 않는다면
그가 살아 있기보다 죽은 사람에게
더 가까이 있다는 사실을 깨닫게 되었습니다.
동정녀이신 성모 마리아는
크고 위대한 자비를 베푸시니.

또한 선량한 사람들이
그의 잘못된 행동에 대해
극심하게 문책하고 있었기 때문에
그는 훌륭한 회랑이 있는
수도원과 교회,
공동묘지, 그리고
순례자 숙소를 자기 땅에
짓겠다고 생각했습니다.
동정녀이신 성모 마리아는
크고 위대한 자비를 베푸시니.

게다가 할 수만 있다면
오십 명 내지 일백 명에 달하는
큰 사제 조직을 그곳에
창립할 것을 기획하였고 또한
그들이 그곳에서 살아가는 데
필요한 모든 것을 공급하겠다고 생각하였습니다.
그는 그곳에서 성모 마리아를 모시는
사제가 되겠다고 결심했습니다.
동정녀이신 성모 마리아는
크고 위대한 자비를 베푸시니.

그는 이 모든 것을 식사를 하며 생각했고
하인들이 식탁을 치우고 있을 때
수도원을 세울 수 있는
그 장소를 보기 위해 재빨리 나왔습니다.
내가 들은 바에 따르면
그는 자신의 자선사업을 수행할
아주 아름답고 녹음이 우거진
장소를 찾아다녔습니다.
동정녀이신 성모 마리아는
크고 위대한 자비를 베푸시니.

그가 이 목적을 열의를 갖고
단호히 실현하려고 했을 때
심각한 질병에

시달리게 되었습니다.
그리고 악마들이
그 영혼을 낚아채었습니다. 하지만
천사들이 도착해 말했습니다.
"멈춰라, 멈추어라."
동정녀이신 성모 마리아는
크고 위대한 자비를 베푸시니.

"성모 마리아께서 너희들이
이분의 영혼을 데려가기를 원치 않으신단다."
악마들이 말했습니다.
"그런 말을 하는 당신은 무슨 권리로
그를 데려가려는 거요? 아시겠지만,
이 사람은 항상 악한 짓을 했기 때문에
그의 영혼은 우리 것이오.
다른 곳에 가서 사람을 찾으시오."
동정녀이신 성모 마리아는
크고 위대한 자비를 베푸시니.

천사들이 말했습니다.
"너희들은 무모하고
무분별하구나.
이 사람의 영혼을 데려가다니.
그를 붙들고 있으면
너희들에게 정말 큰 문제가 생길 것이다.

우리에게 속한 영혼을 남겨두고
너희들은 불구덩이 속으로 돌아가라."
동정녀이신 성모 마리아는
크고 위대한 자비를 베푸시니.

악마들이 말했습니다.
"결코 우리는 그를 포기하지 않겠소.
하나님은 매우 공정하신 분이 아니오.
이 영혼이 우리가 정당하게
그 소유권을 주장할 수 있는 그런 짓을
저질렀다는 것을 우리가 잘 알고 있소.
삼분의 일이나 반도 아니고
모든 것이 잘못되었죠."
동정녀이신 성모 마리아는
크고 위대한 자비를 베푸시니.

천사들 중에 한 명이 말했습니다.
"내가 말하는 것을 잘 들어라.
내가 하늘로 올라갈 테니
너희들은 여기서 기다려라.
하나님께서 이 문제에 대해 어떤 판결을 내리셔도
너희들은 그분의 결정을 따라야만 한다.
그러니 움직이거나 말하지 말고
단지 침묵을 지켜라."
동정녀이신 성모 마리아는

크고 위대한 자비를 베푸시니.

이 말을 하고 난 뒤 천사는 길을 떠났고
지체 없이 성모 마리아에게
이 상황을 말했습니다.
그녀는 즉시 예수 그리스도에게
그 영혼에 대하여
어떻게 할 것인지 물었습니다.
"오 나의 성결한 아들아,
이 영혼을 나에게 주어라."
동정녀이신 성모 마리아는
크고 위대한 자비를 베푸시니.

그가 그녀에게 대답했습니다.
"나의 어머니, 당신이 무엇을 원하시든
나는 어김없이 드립니다.
당신의 기쁨을 위해 드립니다.
만약 당신이 좋다고 생각하신다면
그 영혼을 육신에게 되돌리고 나서
수도원을 짓고 그 속에서 겸허하게
살도록 만들겠습니다."
동정녀이신 성모 마리아는
크고 위대한 자비를 베푸시니.

주님이 이 말을 하고 나서

회개자의 의복처럼 보이는
하얀 천을 가져와
천사에게 주었고, 그리고
그 영혼에게
이 옷을 입히면
신뢰할 수 없는 악마들이
그를 풀어줄 것이라고 말했습니다.
동정녀이신 성모 마리아는
크고 위대한 자비를 베푸시니.

천사가 즉시 되돌아왔고
그 악마들은 회개자의
의복을 보자마자
그 장소에서 도망을 쳤습니다.
천사는 그들을 뒤따라 갔고
질책하면서 말했습니다.
"그런 어리석은 행동을 했기에
너희들이 천국을 잃어버렸지."
동정녀이신 성모 마리아는
크고 위대한 자비를 베푸시니.

악마들이 그곳에서 추격을 당하며
완전히 벌을 받고
얻어맞은 후
그들은 굉음을 내면서

다른 악마들에게 "도와줘,
자네들 나 좀 도와주게"라고
말하며 그들의 지옥으로
다시 돌아갔습니다.
동정녀이신 성모 마리아는
크고 위대한 자비를 베푸시니.

천사들은 그 영혼을 되찾아
"하나님을 찬양하라"
노래를 찬송하면서
그 죽은 기사의 육신에
영혼을 되돌려주었고
그가 소생케 해주었습니다.
기사는 자신의 수도원을 지었고
거기서 겸허한 삶을 살았다고 합니다.
동정녀이신 성모 마리아는
크고 위대한 자비를 베푸시니.

84

성모 마리아가
당신의 교회 문을
발로 찬 기사에게
복수하신 이야기

성모 마리아를 모욕하려는 자는
나쁜 결과를 얻습니다.

최근에 갈리시아[89]에 사는
한 하급기사가 화가 나서
교회 문을 부수려고
사납게 굴었다가 겪은 일화입니다.
성모 마리아를 모욕하려는 자는
나쁜 결과를 얻습니다.

그 암자는 '산속의 성모 마리아'라는
이름으로 불렸듯이
높은 고지에 위치해 있었고
당시 많은 사람이 그곳에 순례를 왔습니다.
성모 마리아를 모욕하려는 자는
나쁜 결과를 얻습니다.

---

89) 스페인 서북부 지역 갈리시아(Galicia)를 말한다.

내가 들은 바에 따르면
주로 팔월 중순 축제날에 그들이 찾아왔습니다.
한 무리의 사람들이 그곳에 온 후
철야기도를 드리기 시작했습니다.
성모 마리아를 모욕하려는 자는
나쁜 결과를 얻습니다.

여러분에게 말씀드린 그 하급기사가 도착 후
한 예쁜 소녀를 보고 마음에 두게 되었습니다.
그는 소녀에게 구애를 하려고 했지만
그녀는 한 치도 허락하지 않았습니다.
성모 마리아를 모욕하려는 자는
나쁜 결과를 얻습니다.

그는 그녀를 붙들고 성폭행을 시도했습니다.
하지만 하나님은 그런 일을 원하지 않으셨기에
그는 뜻을 이룰 수 없었고 소녀는 그에게서 벗어나
교회를 피난처로 삼으려고 도망갔습니다.
성모 마리아를 모욕하려는 자는
나쁜 결과를 얻습니다.

울음소리를 듣고 나서 사람들이 뛰쳐나오자
소녀가 자기가 본 그 남자의 협박에서
제발 구출해달라고 말하며
그들에게 도움을 요청하였습니다.

성모 마리아를 모욕하려는 자는
나쁜 결과를 얻습니다.

사고가 일어날 것을 두려워했기에
사람들이 즉시 문을 잠그고 큰소리로 외쳤습니다.
"하나님의 어머니, 저희를 도와주십시오.
당신의 도움이 필요합니다."
성모 마리아를 모욕하려는 자는
나쁜 결과를 얻습니다.

그 하급기사는 소녀가
자신에게서 도망치는 것을 보고
그녀를 쫓아가며 말했습니다.
"넌 나에게서 벗어날 수 없어."
성모 마리아를 모욕하려는 자는
나쁜 결과를 얻습니다.

교회 문이 닫혀 있는 것을 본
그 기사는 화가 나서
정신이 거의 나간 상태였고 그 문을 발로 차
부숴버리겠다고 단언했습니다.
성모 마리아를 모욕하려는 자는
나쁜 결과를 얻습니다.

그는 건방지고 무모했기 때문에 협박한 내용을

실행하고자 계속해 애를 썼습니다.
그가 다리를 올려 문을
아주 강하게 차려고 했습니다.
성모 마리아를 모욕하려는 자는
나쁜 결과를 얻습니다.

그에게 무슨 일이 벌어졌는지
여러분에게 말씀 드리겠습니다.
내가 들은 바에 따르면, 이런 일을 싫어하시는 성모 마리아의 아들인
하늘 왕의 뜻에 따라 그의 다리가 부러졌습니다.
성모 마리아를 모욕하려는 자는
나쁜 결과를 얻습니다.

이와 함께 더 나쁜 일이
그에게 벌어졌습니다.
그는 충격과 고통에 휩싸여 혼절했고
설상가상으로 주님이 그의 말문을 막았습니다.
성모 마리아를 모욕하려는 자는
나쁜 결과를 얻습니다.

그는 "오, 성모 마리아여"라는 말 이외에
어떤 말도 할 수 없었으며
불구가 되었고 광기에 사로잡혔습니다.
그는 오랫동안 이집저집 다니며 구걸하며 살았습니다.
성모 마리아를 모욕하려는 자는

나쁜 결과를 얻습니다.

85
미사를 드리는 동안
장님 사제가 앞을 볼 수 있도록
성모 마리아가 치료하신 이야기

성모 마리아는 앞 못 보는 사람의 눈을
밝히는 능력을 갖고 계십니다.

빛이신 주님을 잉태하고 낳은 성모 마리아는
빛을 주는 큰 능력을 갖고 계십니다.
그녀가 우리에게 하나님을 보도록 해주셨습니다.
우리가 주님을 볼 수 있는 또 다른 방법은 없습니다.
성모 마리아는 앞 못 보는 사람의 눈을
밝히는 능력을 갖고 계십니다.

내가 들은 바로는, 성모 마리아가
시력을 잃은 그녀의 사제가
다시 볼 수 있도록 해주었습니다.
그는 아무것도 볼 수 없었습니다.
성모 마리아는 앞 못 보는 사람의 눈을
밝히는 능력을 갖고 계십니다.

선량함에 있어 현재와 미래에

비할 자 없는 분인
성모 마리아의 교회를
그 사제가 이끌고 있었습니다.
성모 마리아는 앞 못 보는 사람의 눈을
밝히는 능력을 갖고 계십니다.

그는 온 마음을 다해 흐느끼면서
무릎을 꿇고 기도하며 말했습니다.
"제가 모시는 부인이시여,
제가 잃은 눈은 어떻게 된 겁니까?
성모 마리아는 앞 못 보는 사람의 눈을
밝히는 능력을 갖고 계십니다.

비록 사람들이 미사를
드릴 동안만이라도 좋으니
제가 볼 수 있게 해주시기를
간청하려고 왔습니다."
성모 마리아는 앞 못 보는 사람의 눈을
밝히는 능력을 갖고 계십니다.

그는 잠에 빠졌습니다. 그러고
성모 마리아가 그에게 나타났습니다.
그녀는 결코 실패한 적이 없으며
당신의 신자들을 모른 척하지 않았습니다.
성모 마리아는 앞 못 보는 사람의 눈을

밝히는 능력을 갖고 계십니다.

그녀가 그에게 말했습니다.
"내일 아침 정성을 다해 나에게 미사를
올리도록 하시오. 그렇게 하면
지금 보이지 않는 당신의 눈이 시력을 회복할 것이오."
성모 마리아는 앞 못 보는 사람의 눈을
밝히는 능력을 갖고 계십니다.

"미사가 끝나기 전에 우리 주님이 그 일을 이루어주실 것입니다.
내 아들이 당신을 위해 이렇게 하는 이유는
나에 대한 사랑 때문이에요. 지금부터
그가 당신을 축복해주실 것입니다."
성모 마리아는 앞 못 보는 사람의 눈을
밝히는 능력을 갖고 계십니다.

사제가 그때 일어났고 즉시
미사를 드리기 시작했습니다.
그의 눈은 빛을
회복하였습니다.
성모 마리아는 앞 못 보는 사람의 눈을
밝히는 능력을 갖고 계십니다.

선한 의지의 성모 마리아는
당신의 언약을 절대로 어긴 적 없고

절대 어기지 않을 것입니다. 내가 여러분에게 말했듯이
그녀는 그에게 볼 수 있는 시력을 하루에 한 번 베풀어주셨습니다.
성모 마리아는 앞 못 보는 사람의 눈을
밝히는 능력을 갖고 계십니다.

86
한 수녀가 수도원을 떠나
속세를 살아가는 동안
성모 마리아가 교단 일을 대신하고
그녀가 낳은 아들을 키워주신
이야기

성모 마리아는
너무나 선한 분이시니
아주 천천히 화내시고
용서는 크게 하십니다.

이 노래에서 나는
자비롭고 친절한
성모 마리아가 스페인에서
한 수녀에게 베푸신
기적을 소개하겠습니다.
그녀는 한 삭발한 사제와
수도원 밖에서
수치스러운 생활을 하였습니다.

성모 마리아는
너무나 선한 분이시니.

이 여인은 그 무엇보다
성모 마리아를 사랑했습니다.
그래서 하루 일과가
시작해서 끝날 때까지
쉬지 않고 기도를 했습니다.
일시기도, 삼시기도,
육시기도, 만과기도,
구시기도,
성모 마리아는
너무나 선한 분이시니.

종과기도, 아침기도를
그녀의 조각상 앞에서
반복하기를 멈추지 않았습니다. 그러나
처녀성을 대수롭지 않게 생각한 악마는
그녀가 한 수도원장과 도주하게 만들었습니다.
내가 여러분에게 말했듯이,
그는 그녀와 리스본에서 오랫동안
연인관계로 지냈습니다.
성모 마리아는
너무나 선한 분이시니.

그들은 아기를 밸 때까지
이런 식으로 살았습니다.
그 후 그 파렴치한 사제는
그 여자를 멀리했습니다.
이에 그녀는 수치심을 느꼈고
생활고를 겪기 시작했습니다.
그녀는 밤중에 항상
도둑질을 했습니다.
성모 마리아는
너무나 선한 분이시니.

그녀는 자기가 떠난 수도원에 다시 돌아와
수녀원 원장에게 말을 걸었습니다.
이때 원장은 그녀가 도망쳤을 때부터
그녀를 그다지 어색해하지 않았고
떠나라는 말도 하지 않았습니다.
수녀원 원장이 말했습니다.
"사랑스런 내 딸[90]아, 삼시기도를 위한
종소리가 울리는구나."
성모 마리아는
너무나 선한 분이시니.

---

90) 스페인에서는 어린 소녀에 대한 친근한 표현으로서 '딸(hija)'이라는 단어를 자주
사용한다.

그녀가 과거에 했던 일을 하러 갔을 때
사람들이 오랜만에 만난 것 같은 기색을
하지 않자 놀라게 되었습니다.
이로 인해 그녀는 성모 마리아에게
감사의 눈물로
인사를 드리며 말했습니다.
"축복을 받으십시오. 저희들을
도와주시는 성모님, 찬양을 받으십시오."
성모 마리아는
너무나 선한 분이시니.

그녀는 성모 마리아 찬양과
또 다른 찬양을
계속하였습니다.
그녀가 아기를 낳을
시기가 다 되었습니다.
그때 그녀는
성모 마리아 조각상에
슬픈 심정을 갖고,
성모 마리아는
너무나 선한 분이시니.

주인에게 호소하는 하인처럼
서글피 울기 시작했습니다.
그리고 말했습니다. "나의 주인이시여,

제가 큰 잘못을 저질렀다는 사실을
수긍하는 여자로서 당신을 찾아왔습니다.
사랑하는 주인님,
제가 약소하나마 당신을
모셨다는 사실을 기억해주십시오."
성모 마리아는
너무나 선한 분이시니.

"그래서 불명예에 빠지는 일과
저의 영혼이 악마에 붙잡혀
지옥에서 타죽을 뻔한
위기에서 구원해주셨지요.
부탁만 하는 저 자신을
부끄럽게 생각하며
당신에게 두려움을 갖고 간청합니다.
당신의 자비를 구합니다."
성모 마리아는
너무나 선한 분이시니.

그녀가 이 말을 했을 때
성모 마리아가 즉시 도착했고
이 여인에게 시련을 치유하는
처방이 내려졌습니다.
그녀가 천사에게 말했습니다.
"즉시 그녀의 몸속에서

아기를 꺼내어 거친 수수빵이 아닌
부드러운 빵 위에 올려놓아라."
성모 마리아는
너무나 선한 분이시니.

성모 마리아는 길을 떠났고
수녀는 회복을 했습니다.
그녀는 그녀의 아이를 찾고자 노력했지만
찾을 수 없었습니다.
그녀가 나이가 들어 백발이 되었을 때까지
오랜 세월 동안 그를 만나지 못했습니다.
새끼를 보고 싶어 하는 암사자와 같이
그녀는 이 일로 인해 비통해했습니다.
성모 마리아는
너무나 선한 분이시니.

시간이 흘러, 합창단이
멋있게 노래 부르고
읽으면서 만과기도를
드리고 있을 때
사람들이 아주 잘생긴 한 소년을
보게 되었습니다.
그들은 소년이 귀족 영주나 귀부인의
아들이라고 생각했었습니다.
성모 마리아는

너무나 선한 분이시니.

그때 그가 합창단에 합류했고
맑고 아름다운 목소리로 "여왕을 경외하시오"
노래를 부르기 시작했습니다.
그 소년을 오랫동안 보살펴주신
성모 마리아께서 내리신 명령인 양
이 노래를 불렀습니다.
그녀는 그 사랑을 저버리지 않았지만
오히려 사람들이 그녀에게 실수를 범했습니다.
성모 마리아는
너무나 선한 분이시니.

수녀가 즉시 그 소년이
자신의 아들이라는 사실을 인식하자
소년도 그녀가 자신의
어머니라는 사실을 깨달았습니다.
그가 어디에서 살아왔는지 그녀에게 말했을 때
그녀는 놀랐고 환희에 벅차올랐습니다. 그리고 말했습니다.
"저는 돌아가려고 합니다. 선한 여인이시여
제가 가도록 허락해주십시오."
성모 마리아는
너무나 선한 분이시니.

순식간에 수도원 전체가

기적이 일어난 성소가 되었고
일백 명이 넘는 수녀들이
그곳에 모여 있었습니다.
그들은 성모 마리아께서
베푸신 그 기적에 대하여
크게 찬양하였고 그분의 행적을
온 세상에 알렸습니다.
성모 마리아는
너무나 선한 분이시니.

87
악마가 자신을 추악하게 그렸기에
살해하길 원했던 화가를
성모 마리아가
구해주신 이야기

성모 마리아가 지키시려는 성도에게
악마는 조금도 해를 입힐 수 없습니다.

온 정성을 다해 성모 마리아를
가장 아름답게 그리려고 애쓴 화가를
당신이 얼마나 보호하려고 하셨는지
이를 보여주는 기적을 한 편 소개해드립니다.
성모 마리아가 지키시려는 성도에게
악마는 조금도 해를 입힐 수 없습니다.

그는 항상 악마를 가장 추악하게 그렸습니다.
이에 악마가 말했습니다. "왜 나를 이토록
싫어하는 거냐? 넌 왜 나를 모든 사람 중에
가장 흉칙한 이로 몰아가지?"
성모 마리아가 지키시려는 성도에게
악마는 조금도 해를 입힐 수 없습니다.

화가가 대답했습니다.
"내가 널 이렇게 대하는 이유는
너는 항상 사악한 짓만 하고
어떤 선한 행동도 하지 않기 때문이지."
성모 마리아가 지키시려는 성도에게
악마는 조금도 해를 입힐 수 없습니다.

그가 이렇게 말했을 때 악마가 화를 내며
그 화가를 죽이겠다고 위협하였습니다.
아울러 그를 빨리 죽일 수 있는
방법을 찾아다녔습니다.
성모 마리아가 지키시려는 성도에게
악마는 조금도 해를 입힐 수 없습니다.

내가 들은 바로는, 악마가 그를 쫓아갔습니다.
화가는 성모 마리아의 이미지를 그리고 있었습니다.
내가 들은 바에 따르면 그는 그림을
아주 잘 그려보려고 최선을 다했습니다.

성모 마리아가 지키시려는 성도에게
악마는 조금도 해를 입힐 수 없습니다.

결국 그녀가 아주 아름다운 모습으로 묘사된
그림이 그려졌습니다. 하지만 거짓말을 일삼는
악마가 뇌우가 불어닥칠 때처럼 큰 돌풍을
불러일으켰습니다.
성모 마리아가 지키시려는 성도에게
악마는 조금도 해를 입힐 수 없습니다.

돌풍이 교회 안으로 들어왔고
그 화가가 서 있는 마룻바닥을 파손하였습니다.
하지만 그는 자신을 구출해달라며
주님의 어머니 성모 마리아를 불렀습니다.
성모 마리아가 지키시려는 성도에게
악마는 조금도 해를 입힐 수 없습니다.

그녀는 화가를 구하기 위해 즉시 도착하셨고
그가 그림을 그릴 때 사용했던 붓을 꽉 붙잡았습니다.
그러자 그는 넘어지지 않았고
악마가 어떤 식으로건 그를 해칠 수 없었습니다.
성모 마리아가 지키시려는 성도에게
악마는 조금도 해를 입힐 수 없습니다.

나무가 쓰러지고 야단법석이 일어났을 때

사람들이 곧이어 도착했습니다. 그들은 역청보다
더 검은 악마가 교회에서 싸움에 패배한 후
튀어나와 도망치는 모습을 보았습니다.
성모 마리아가 지키시려는 성도에게
악마는 조금도 해를 입힐 수 없습니다.

사람들은 화가가 그 붓을 붙잡고
매달려 있는 모습을 보았습니다.
그들은 우리 주님의 어머니께 감사를 드렸습니다.
성모 마리아는 곤경에 빠진 당신의 신도들을 도와주십니다.
성모 마리아가 지키시려는 성도에게
악마는 조금도 해를 입힐 수 없습니다.

88
오랫동안 파문되었던 사람을
성모 마리아가
구원해주신 이야기

주님께서 당신의 어머니를 위하여 모든 죄를
용서하시니 우리는 이를 믿어야만 합니다.

여러분에게 성모 마리아가 행하신
위대한 기적 한 편을 소개해드리고자 합니다.
그분은 내가 누구의 도움도 받지 않고
스스로 이 이야기를 하도록 명령하십니다.

주님께서 당신의 어머니를 위하여 모든 죄를
용서하시니 우리는 이를 믿어야만 합니다.

선량한 기독교인이자
신실한 삶을 살던 어느 마을 신부와
그의 말을 절대 듣지 않는 오만방자한
한 교구민 사이에 얽힌 사연을 소개해드리겠습니다.
주님께서 당신의 어머니를 위하여 모든 죄를
용서하시니 우리는 이를 믿어야만 합니다.

착한 신부는 그 교구민에게 생활 습관을 고치기를 강요하며
나무랐습니다. 하지만 그 불량스런 교구민은
신부의 말에 신경을 쓰지 않았고 너무나 교만하여
악마가 자신의 사슬로 그를 묶어놓고 있었습니다.
주님께서 당신의 어머니를 위하여 모든 죄를
용서하시니 우리는 이를 믿어야만 합니다.

신부가 그에게 한 번을 말하든 백 번을 말하든
변함없이 자신의 충고가 아무런 소용이 없다는
생각이 들었기에 그를 파문시켰습니다. 그렇게 하면
그 교구민이 잘못을 깨달을 것이라고 생각했습니다.
주님께서 당신의 어머니를 위하여 모든 죄를
용서하시니 우리는 이를 믿어야만 합니다.

교구민은 이 일에 조금도 신경을 쓰지 않았고

그가 파문된 일에 대해서도 개의치 않았습니다.
그 이후 신부가 세상을 떠났고
교구민은 파문된 채 남아 있었습니다.
주님께서 당신의 어머니를 위하여 모든 죄를
용서하시니 우리는 이를 믿어야만 합니다.

교구민이 죄악으로 가득한 상태로 긴 세월을
흘려보낸 후 심각한 병에 걸리고 말았습니다.
이 일은 그가 스스로의 생각을 바꾸고 그가 행해온
일에 대해 죄를 지었다는 사실을 느끼게 만들었습니다.
주님께서 당신의 어머니를 위하여 모든 죄를
용서하시니 우리는 이를 믿어야만 합니다.

그는 교단에 들어가기를 원했고 속죄하려고 했습니다.
하지만 사람들은 이를 허락지 않았습니다.
그 이유는 그가 불신자로 알려져왔기 때문입니다.
그들은 그를 높은 지위에 있는 사제에게 보냈습니다.
주님께서 당신의 어머니를 위하여 모든 죄를
용서하시니 우리는 이를 믿어야만 합니다.

교구민은 최대한 빨리 그 사제에게 달려갔고
울먹이고 말을 더듬으면서 자신의 괴로움을 토로했습니다.
사제가 그에게 이렇게 얘기했다고 들었습니다.
"교황님을 찾아가게나. 자네의 잘못은 심각하다네."
주님께서 당신의 어머니를 위하여 모든 죄를

용서하시니 우리는 이를 믿어야만 합니다.

교구민은 이 말을 듣고서 기뻐했고 곧장 로마로 갔습니다.
그곳에서 교황을 만나 그가 왜 왔는지 설명했습니다.
교황은 자신의 위원들 중 한 명에게
그를 사면하라는 명령을 내렸습니다.
주님께서 당신의 어머니를 위하여 모든 죄를
용서하시니 우리는 이를 믿어야만 합니다.

교황의 위원은 교구민에게 구제를 받고 싶다면 뭔가를 줘야 한다고
  말했습니다.
그렇지 않으면 그는 그 일을 하지 않겠다고 했습니다.
그 사람이 그 위원에게 줄 수 있는 것은 아무것도 없었습니다.
가진 것이 아무것도 없었기 때문입니다. 그는 슬픔과 곤경에 빠졌
  습니다.
주님께서 당신의 어머니를 위하여 모든 죄를
용서하시니 우리는 이를 믿어야만 합니다.

그는 어떤 착한 기독교인을 만날 때까지 방랑을 계속하기로 결심했
  습니다.
그런 기독교인을 만난다면 그에게 어떤 것도 바라지 않고
다만 그 곤경에서 빠져나올 수 있게
조언을 좀 해줄 수 있는 사람이기를 기대했습니다.
주님께서 당신의 어머니를 위하여 모든 죄를
용서하시니 우리는 이를 믿어야만 합니다.

그는 멀고 넓은 육지와 바다를 가로지르며
큰 고생과 슬픔을 감내했습니다.
그는 암자들과 성소들을 돌아다니며
그런 사람을 찾을 수 있기를 희망했습니다. 그는 방황을 하며
주님께서 당신의 어머니를 위하여 모든 죄를
용서하시니 우리는 이를 믿어야만 합니다.

멀리 몬테네그로에 여행을 갔고 한 암자에서
아주 신실한 삶을 사는 한 사람을 만났습니다.
그 수도사가 방랑객의 행적에 관하여 얘기를 들었을 때
이 불쌍한 사람에게 연민의 정을 느꼈습니다.
주님께서 당신의 어머니를 위하여 모든 죄를
용서하시니 우리는 이를 믿어야만 합니다.

그가 말했습니다. "친구여, 당신이 나를 믿는다면
당신 문제에 대해 좋은 충고를 해주고 싶습니다.
알렉산드리아로 가세요. 그렇게 한다면 머리카락이 짧고
광기에 사로잡힌 한 사람이 당신에게 조언을 해줄 것입니다."
주님께서 당신의 어머니를 위하여 모든 죄를
용서하시니 우리는 이를 믿어야만 합니다.

그 가엾은 사람이 이 말을 들었을 때
살아 있기보다는 오히려 죽었으면 하고 생각하는 듯했습니다.
그에게 이 조언은 복잡한 수수께끼처럼 보였기에
희망을 거의 단념하다시피 했습니다.

주님께서 당신의 어머니를 위하여 모든 죄를
용서하시니 우리는 이를 믿어야만 합니다.

그가 말했습니다. "이건 나에게 뭔가 속임수같이 보이는군요.
교황과 그의 참모들조차 이 문제에 관해 조언을 해줄 수 없었는데
정신이 완전히 나간 사람이
어떻게 나에게 충고를 해줄 수 있다는 거죠?"
주님께서 당신의 어머니를 위하여 모든 죄를
용서하시니 우리는 이를 믿어야만 합니다.

수도승이 그에게 말했습니다. "마을 사람들이 하는 말을
굳이 고려하지 않는다면 그 사람은 미치지 않았습니다.
그는 하나님께서 주시는 보상을 나중에 받기 위해
천대를 참아내고 있는 겁니다."
주님께서 당신의 어머니를 위하여 모든 죄를
용서하시니 우리는 이를 믿어야만 합니다.

그 사람이 대답했습니다. "비록 그가 그렇다 하더라도
내가 당신한테 무슨 편지라도 받아서 먼저 주지 않는 다음에야
그가 나를 신뢰할 수 있을지 자신이 없소. 만약 그렇게 한다면
그가 나를 믿고 내 말을 들어주겠지요."
주님께서 당신의 어머니를 위하여 모든 죄를
용서하시니 우리는 이를 믿어야만 합니다.

수도승은 즉시 그 광인에게 보내는 편지를 교구민에게 주며 말했습

니다.

"이것을 그분에게 가져가기 바랍니다.

혹시 당신이 죽음을 맞이하게 된다면

하나님의 용서를 받은 죽음이 될 것입니다."

주님께서 당신의 어머니를 위하여 모든 죄를

용서하시니 우리는 이를 믿어야만 합니다.

그 교구민은 자신의 기도가 응답받지 않을 수도

있다는 두려움을 가진 채 알렉산드리아로 출발했고

바쁜 걸음으로 길을 재촉했습니다.

이 도시는 톨레도만 하거나 아니면 더 큰 규모입니다.

주님께서 당신의 어머니를 위하여 모든 죄를

용서하시니 우리는 이를 믿어야만 합니다.

그는 그 도시에 십오 일 동안 머물며 정신이 온전치 않은 그 사람을

찾아 큰길과 샛길을 두루 다녔습니다.

하지만 그 광인을 발견하지 못하자 이렇게 말했습니다.

"이 사람보다 구세주 메시아를 만나는 일이 더 쉽겠군."

주님께서 당신의 어머니를 위하여 모든 죄를

용서하시니 우리는 이를 믿어야만 합니다.

이런 말을 하고 있을 때 그는 다가오는 군중을 보았는데

그들은 흐트러진 얼굴을 하고 넝마를 걸친

한 수척한 남자를 잔인하게 놀리고 있었습니다.

그가 말했습니다. "이 사람이 바로 내가 그렇게 오랫동안 찾던 자군."

주님께서 당신의 어머니를 위하여 모든 죄를
용서하시니 우리는 이를 믿어야만 합니다.

"그가 정말 미친 건지 보기 위해서
밤이 될 때까지 기다려봐야겠어.
만약 그가 완전히 정신이상이 아니라면
어딘가 숨어 지내는 곳에 휴식을 취하려고 들어가겠지."
주님께서 당신의 어머니를 위하여 모든 죄를
용서하시니 우리는 이를 믿어야만 합니다.

그가 이 말을 하는 동안 밤이 되기 시작했고
광인은 사람들에게서 멀어지기 시작했습니다.
그 사람은 광인을 따라갔고
도시에서 멀어질 때까지 그를 지켜보았습니다.
주님께서 당신의 어머니를 위하여 모든 죄를
용서하시니 우리는 이를 믿어야만 합니다.

아치형 천장이 있고 잘 건립되었지만
지금은 유적지로 변했으며 가시덤불에 둘러싸인
한 낡은 교회로 그가 들어갔습니다.
그곳은 이전에 아주 존중받는 장소였습니다.
주님께서 당신의 어머니를 위하여 모든 죄를
용서하시니 우리는 이를 믿어야만 합니다.

그 광인이 교회로 들어가고 나서부터

그는 더 이상 광기가 없는 정상적인 사람으로 변모했습니다.
그리고 그는 제단 앞에 몸을 엎드리고
항상 그렇게 했듯이 서글피 울었습니다.
주님께서 당신의 어머니를 위하여 모든 죄를
용서하시니 우리는 이를 믿어야만 합니다.

그 후 광인이 일어나서 몸을 돌려
보리빵 사분의 일을 먹으려고 잘랐습니다.
그가 빵을 한 입 먹으려고 할 때
그 [여행객]이 편지를 그에게 건네주었습니다.
주님께서 당신의 어머니를 위하여 모든 죄를
용서하시니 우리는 이를 믿어야만 합니다.

그가 조심스럽게 편지를 읽고
무슨 말인지 충분히 이해를 했을 때
눈에 눈물을 글썽이며 그 사람에게 말했습니다.
"내가 당신을 도와주겠소. 밤 동안 이곳에 머무시오."
주님께서 당신의 어머니를 위하여 모든 죄를
용서하시니 우리는 이를 믿어야만 합니다.

"피곤할 테니 지금 눈을 붙이시오. 그러나
해가 지고 나서는 더 이상 자지 마시오.
그리고 당신이 무엇을 보든지 놀라지 마시오.
이곳에서 그냥 누워서 조용히 쉬시면 됩니다."
주님께서 당신의 어머니를 위하여 모든 죄를

용서하시니 우리는 이를 믿어야만 합니다.

그는 여행객을 위해 두 개의 돌 사이에 침대를 만들었습니다.
한밤중에 성모 마리아를 대동한 성자들이 나타났는데
그 숫자가 너무나 많아서
그곳 전체가 눈부시게 빛났습니다.
주님께서 당신의 어머니를 위하여 모든 죄를
용서하시니 우리는 이를 믿어야만 합니다.

여러 천사가 성모 마리아를 모시고 제단 꼭대기에
앉게 해드리고 아침기도 노래를 불렀습니다.
그 광인도 희열에 차올라
그들과 함께 노래를 불렀습니다.
주님께서 당신의 어머니를 위하여 모든 죄를
용서하시니 우리는 이를 믿어야만 합니다.

그들 모두가 아침기도를 정성껏 낭송하고 있을 때
광인이 그 교구민을 불렀고 이에
그가 무릎을 꿇고 몸을 낮추어
성모 마리아에게 다가갔습니다.
주님께서 당신의 어머니를 위하여 모든 죄를
용서하시니 우리는 이를 믿어야만 합니다.

광인이 말했습니다. "자비로우신 부인이여,
이 사람[91)]이 위험한 선언문 아래에 있습니다.

성모님은 자비로운 분이시니
그를 묶은 쇠사슬로부터 그를 해방시켜주십시오."
주님께서 당신의 어머니를 위하여 모든 죄를
용서하시니 우리는 이를 믿어야만 합니다.

성모 마리아가 점잖게 대답했습니다.
"걱정하지 말고 이제 안심하시오.
그대를 파문한 사람을 그대가 알고 있다면 내 앞에
불러오도록 하시오. 그러면 그대가 해방될 것이오."
주님께서 당신의 어머니를 위하여 모든 죄를
용서하시니 우리는 이를 믿어야만 합니다.

그 사람이 자리에서 일어났고
광인이 그와 함께 있었습니다.
그는 성자들을 보았고 곧이어 그 마을 신부를 발견했는데
신부는 노래를 크게 불렀지만 목이 쉬진 않았습니다.
주님께서 당신의 어머니를 위하여 모든 죄를
용서하시니 우리는 이를 믿어야만 합니다.

세 명이 성모 마리아 앞에 나아갔고
그 자초지종을 말했습니다.
그들이 얘기를 마쳤을 때 그녀가 말했습니다.

---

91) 원문에서 "이 사람"이라 함은 파문당한 사람들의 명단 속에 적힌 그 교구민의
'이름'을 의미한다.

"그를 풀어주시오. 그렇지 않으면 그대는 대가를 치르게 될 것이오."
주님께서 당신의 어머니를 위하여 모든 죄를
용서하시니 우리는 이를 믿어야만 합니다.

이 일을 마치고 나서 성모 마리아는 길을 떠났고
광인은 그 남자에게 떠나기를 요청했습니다. 그러나
그는 이 일을 만류하면서 항의를 했습니다.
"저는 이곳을 떠나고 싶지 않습니다."
주님께서 당신의 어머니를 위하여 모든 죄를
용서하시니 우리는 이를 믿어야만 합니다.

"또한 저는 당신과 헤어질 생각도 하고 있지 않습니다.
하나님이 저의 보호자이듯이 성모 마리아가 당신의 요청으로
저에게 기적을 베푸신 후 제 영혼은 건강을 회복했고
사라졌던 하나님의 축복이 다시 찾아왔습니다."
주님께서 당신의 어머니를 위하여 모든 죄를
용서하시니 우리는 이를 믿어야만 합니다.

그때 광인이 말했습니다. "당신이 여기 머물기를 원한다면
나의 모든 과거를 알 수 있을 것이오.
비록 내가 발가벗고 다니고 폭행을 당하고 있지만
나는 미친 것이 아닙니다."
주님께서 당신의 어머니를 위하여 모든 죄를
용서하시니 우리는 이를 믿어야만 합니다.

"이 땅은 나와 나의 조상이 계속해 살아온 터전이고
위대한 영광이 서려 있는 장소입니다.
모든 사람이 죽은 후 이 지역이 내 소유로 되었습니다.
나는 정식으로 계승된 왕이었소."
주님께서 당신의 어머니를 위하여 모든 죄를
용서하시니 우리는 이를 믿어야만 합니다.

"비록 지금은 내가 큰 혐오감을 주면서 당신과 만나고 있지만
나는 아주 호탕했고 인기가 많았고 잘생겼으며
용감하고 인자했습니다. 부유했고 힘이 넘쳤으며
우아한 예법과 신사로서 행동을 했습니다."
주님께서 당신의 어머니를 위하여 모든 죄를
용서하시니 우리는 이를 믿어야만 합니다.

"내가 많은 백성들을 다스리는 왕이었던 시절에
나는 나의 아버지와 나의 모든 친척이 죽는 것을 보았습니다.
그 후 나는 내 인생을 되돌아보았고
이 세상에 분노를 느꼈습니다."
주님께서 당신의 어머니를 위하여 모든 죄를
용서하시니 우리는 이를 믿어야만 합니다.

"나는 내 땅에 살 수 있는 방법을 생각해보았습니다.
아무도 나를 알아볼 수 없고 일반인 사이에 사는 미친 사람처럼
피난처를 조성한다면 내가 이 세상으로부터 적절히 격리되어
살아갈 수 있을 것이라고 기대하면서 말입니다."

주님께서 당신의 어머니를 위하여 모든 죄를
용서하시니 우리는 이를 믿어야만 합니다.

"신자들을 돕고 이들을 구원하기 위해
순교하신 하나님의 사랑을 위해서 내가 조상 땅에서
수모를 당하고 고난을 겪어야 한다는 것은
합당한 이치라고 생각합니다."
주님께서 당신의 어머니를 위하여 모든 죄를
용서하시니 우리는 이를 믿어야만 합니다.

"내 인생에 대해서 당신에게 좀 더 말해주겠습니다.
오늘부터 십오 일이 지나면 나는 의심할 여지없이
천국에 가 있을 겁니다. 하지만 그때까지
아무에게도 이 사실을 알리지 마시길 부탁합니다."
주님께서 당신의 어머니를 위하여 모든 죄를
용서하시니 우리는 이를 믿어야만 합니다.

그래서 그 두 사람은 그 장소를 떠나지 않았고
매일 밤 함께 성모 마리아를 보았습니다.
십오 일이 지나자 함께 지내던
광인이 세상을 떠났습니다.
주님께서 당신의 어머니를 위하여 모든 죄를
용서하시니 우리는 이를 믿어야만 합니다.

그가 성모 마리아를 모시며

살아온 이 세상을 떠나자
그녀가 당신을 정성껏 모실 수 있는 곳으로
그의 영혼을 데려갔습니다.
주님께서 당신의 어머니를 위하여 모든 죄를
용서하시니 우리는 이를 믿어야만 합니다.

수도사가 죽은 후 하나님은
그 도시의 모든 사람이 그의 죽음을 알고 찾아와
슬퍼하고 원래 사랑받던 왕에게 대하듯이
그를 위해 존경을 표하기를 원했습니다.
주님께서 당신의 어머니를 위하여 모든 죄를
용서하시니 우리는 이를 믿어야만 합니다.

그는 오랫동안 시민들이 모르게 그 비밀을 간직했습니다.
그들은 자신들의 죄로 인해 그를 잃게 되었던 것입니다.
하지만 하나님은 그를 위하여 기적을 일으키셨으니
그가 성인으로 불리게 되었습니다.
주님께서 당신의 어머니를 위하여 모든 죄를
용서하시니 우리는 이를 믿어야만 합니다.

그 교구민은 그의 죽음을 깊이 애도했고
여생을 그곳에서 수도사의 무덤을 지키며 홀로 살았습니다.
진실의 하나님은 당신과 함께 있도록 하기 위해
그를 데리고 가셨습니다. 주님, 찬양받으소서. 아멘.
주님께서 당신의 어머니를 위하여 모든 죄를

용서하시니 우리는 이를 믿어야만 합니다.

89

포도주가 떨어져 붉게 얼룩진
제의복을 순백색으로 고쳐주신
성모 마리아 이야기

영혼의 죄를 씻어주실 수 있는 분은
흉한 것을 아름답게 바꿔주실 수 있습니다.

문헌에 기초하여 클루사[92]에서
성모 마리아가 일으킨 아름다운 기적을 소개해드리겠습니다.
제가 알고 있기로, 그분은 이곳에서
또 다른 많은 기적을 일으키셨습니다.
영혼의 죄를 씻어주실 수 있는 분은
흉한 것을 아름답게 바꿔주실 수 있습니다.

당시 그곳에는 성모 마리아를 온 정성을 다해 모시는
큰 수도사 모임회가 있었습니다.
이 모임에 속한 회계사가
성모 마리아를 열렬히 사랑했습니다.
영혼의 죄를 씻어주실 수 있는 분은

---

92) 이탈리아 투린 지방의 도시 추사디산미켈레(Chiusa di San Michele)에 있는
베네딕트파 소속 성 미카엘 수도원(Sacra di San Michele)를 말한다.

흉한 것을 아름답게 바꿔주실 수 있습니다.

그는 필요한 것이 있을 때
곧장 성모 마리아에게 요청하러 갔고
그녀는 그것을 그에게 주었습니다. 따라서
그는 그녀를 모시는 일만 생각하고 전념했습니다.
영혼의 죄를 씻어주실 수 있는 분은
흉한 것을 아름답게 바꿔주실 수 있습니다.

한번은 크리스마스 축제일에
수도승들이 아침미사를 드리고 있을 때
그가 옅은 흰색 천으로 만든 제의복을
제단 위에 가져다 놓으려고 했습니다.
영혼의 죄를 씻어주실 수 있는 분은
흉한 것을 아름답게 바꿔주실 수 있습니다.

내가 들은 바에 따르면 그가 또 다른 손에
성찬식에 사용할 포도주를 들고
그들에게 가져갔습니다. 그가
걸어가다가 돌을 헛딛고 말았습니다.
영혼의 죄를 씻어주실 수 있는 분은
흉한 것을 아름답게 바꿔주실 수 있습니다.

그가 발을 헛딛었을 때 그는 아주 붉은색 포도주를
그의 제의복 위에 떨어뜨리고 말았습니다.

그것은 마치 신선한 피를
그 위에 쏟은 것처럼 보였습니다.
영혼의 죄를 씻어주실 수 있는 분은
흉한 것을 아름답게 바꿔주실 수 있습니다.

그 포도주는 너무나 진한 붉은색이어서
그보다 더 강력한 염색약을
만들 수 없을 정도입니다. 만약 묻게 되면
얼룩을 빼낼 수 없었습니다.
영혼의 죄를 씻어주실 수 있는 분은
흉한 것을 아름답게 바꿔주실 수 있습니다.

사제가 얼룩을 보았을 때 너무나 걱정이 되어서
거의 실신할 뻔했습니다. 그때 그는 기도를 했습니다.
"우릴 보호해주시는 주님의 어머니 성모 마리아님,
저를 도와주러 와주십시오."
영혼의 죄를 씻어주실 수 있는 분은
흉한 것을 아름답게 바꿔주실 수 있습니다.

"제가 살아 있는 한 결코 겪은 적 없는
그런 수난을 당하지 않게 해주십시오.
저는 결코 수도원장 면전에 나가지 않겠고
수도원에 들어가지도 않겠습니다."
영혼의 죄를 씻어주실 수 있는 분은
흉한 것을 아름답게 바꿔주실 수 있습니다.

그가 이런 말을 하면서 흐느껴 우는 가운데
하나님의 어머니가 그를 도와주러 재빨리 와주셨고
수많은 순례자들이 멀리서
그 제의복을 경배하기 위해 오는 기적이 일어났습니다.
영혼의 죄를 씻어주실 수 있는 분은
흉한 것을 아름답게 바꿔주실 수 있습니다.

붉은색으로 물든 자국은 성모 마리아가
그 이전보다 더 하얀색으로 만들어주셨습니다.
이 기적에 대한 이야기를 들은 모든 사람은
소중한 가치를 지닌 여인 성모 마리아를 찬양하였습니다.
영혼의 죄를 씻어주실 수 있는 분은
흉한 것을 아름답게 바꿔주실 수 있습니다.

90
천사가 드린
기도에 대한
성모 마리아 찬가

주님의 사랑으로 가득한 여인이여,
우리에게 임하소서.

우리의 모든 축복이
당신에게 달렸습니다.
당신의 아들은 항상 당신을 위해

무엇이든 원하시는 일을 하십니다.
주님의 사랑으로 가득한 여인이여,
우리에게 임하소서.

하나님이 당신과 함께 있듯이
당신을 믿는 우리와 함께하소서.
당신에 대한 우리의 믿음을 신실하게 해주시고
공포에서 해방되게 하소서
주님의 사랑으로 가득한 여인이여,
우리에게 임하소서.

모든 여인 중 당신은 축복을 받으셨기에
당신으로 인하여
예수 그리스도가 태어나셨습니다.
고로 우리가 절실할 때,
주님의 사랑으로 가득한 여인이여,
우리에게 임하소서.

우리의 보호자가 되소서. 신실한 믿음으로 인해
당신은 축복을 받아 결실을 맺었습니다.
그분이 앉은 권좌에 당신이 함께 계시기에
우리가 절실할 때 우리를 위해 기도해주소서.
주님의 사랑으로 가득한 여인이여,
우리에게 임하소서.

친애하는 여인이여, 우리를 구원하소서.
죄인이 하루에 천 가지 죄를 지을지라도
당신을 위해서라면
주님이 천 번이라도 용서하십니다.
주님의 사랑으로 가득한 여인이여,
우리에게 임하소서.

91
한 소녀에게 아베마리아 성가를
짧게 부르는 방법을 가르쳐주신
성모 마리아 이야기

당신을 찬양하는 법을
우리에게 가르쳐주신 성모님을
깊이 사랑하지 않으면
큰 오류를 범하게 됩니다.

성모 마리아가 행하신
놀라운 기적 한 편을
여러분에게 소개합니다.
우리가 당신 아들의 왕국 밖에
머물지 않고
그 속에 들어가는 길을
가르쳐주기 위해 그분은
절대 주저하지 않습니다.

성모님을 깊이 사랑하지 않으면
큰 오류를 범하게 됩니다.

수녀원에서 아주 신실한 삶을 살던
한 수녀에 대하여
얘기하고자 합니다.
그녀는 성모 마리아를 찬양하기 위해
아주 열심히 애를 썼습니다.
우리가 배운 바에 따르면
그녀는 매일 쉬지 않고
책 한 권을 온전히 낭송했습니다.
성모님을 깊이 사랑하지 않으면
큰 오류를 범하게 됩니다.

이는 기도문에 관한 책이었고
아베마리아 이름을
일천 번이나 언급했습니다.
그래서 유대인들은
아직도 기다리고 있지만
우리가 이미 만난 구세주의
어머니를 그녀가
볼 수가 있다고 생각했습니다.
성모님을 깊이 사랑하지 않으면
큰 오류를 범하게 됩니다.

그녀는 이 모든 것을 울먹이면서, 그리고
말을 더듬으며 낭송했고
쉬지 않고 이 기도문들을
한번에 빠른 속도로 말했기에
한숨을 몰아쉬었습니다.
그녀가 성모 마리아를
만난 일에 대하여 내가 들은 바를
이제 말하겠습니다.
성모님을 깊이 사랑하지 않으면
큰 오류를 범하게 됩니다.

그녀가 지쳐서
휴식이 필요했을 때
그녀의 방 침대에 누워 있었습니다.
그녀가 잠에 든 것은 아니었습니다.
그때 우리가 믿는 예수 그리스도의
어머니 성모 마리아가
그곳에 있는 그녀에게 나타나셨습니다.
성모님을 깊이 사랑하지 않으면
큰 오류를 범하게 됩니다.

수녀가 성모 마리아를 보았을 때
많이 놀랐습니다.
성모 마리아가 그녀에게 말씀하셨습니다.
"놀라지 말아라. 나는

네가 그렇게 자주 불렀던
바로 그 사람이다.
이제 정신을 가다듬고
대화를 하자꾸나."
성모님을 깊이 사랑하지 않으면
큰 오류를 범하게 됩니다.

그 소녀가 대답했습니다.
"성모 마리아님, 나의 여왕님,
어떻게 하찮은 소녀를
방문하시기로 하셨습니까?
이 일은 원하지 않은 은혜입니다.
저를 데려가 주십시오.
저희는 당신이 없는 이곳에
남아 있지 않겠습니다."
성모님을 깊이 사랑하지 않으면
큰 오류를 범하게 됩니다.

성모 마리아가 말했습니다.
"내가 기꺼이 그렇게 하마.
네 자리는 이미 천국에 보장되어 있단다.
하지만 살아 있는 동안
네가 어떻게 기도문을
적절히 낭송해야 하는지 내가 보여주겠다.
그것을 어떻게 노래해야 하는지

우리가 알기 때문이란다."
성모님을 깊이 사랑하지 않으면
큰 오류를 범하게 됩니다.

"내가 너의 기도로
응답받기를 네가 원한다면
합장배례를 하여
신성한 천사가
그것을 나에게 전해줄 때
그 기도를 서두르지 않고
진정한 마음으로 드려야 한다.
이에 너에게 분명히 말하노니."
성모님을 깊이 사랑하지 않으면
큰 오류를 범하게 됩니다.

"하나님이 나에게 어떻게
임하셨는지 내가 들을 때
친구여, 나는 너무나 행복하단다.
내가 그 얘기를 들을 때
아직도 하나님 아버지와
친구와 아들, 이 모두를
내 몸속에 또다시
가진 것처럼 느껴진단다."
성모님을 깊이 사랑하지 않으면
큰 오류를 범하게 됩니다.

"친구이자 동반자여,
우리가 간청하는데
기도를 아주 천천히
드리는 방법을 택하여라.
앞선 두 부분을 제외하고
세 번째 부분을 분명히 말하여라.
그렇게 하면, 우리는 너를
더 사랑하게 될 것이다."
성모님을 깊이 사랑하지 않으면
큰 오류를 범하게 됩니다.

이 말을 마친 후
영광의 성모가 길을 떠나자
이 순간부터 그 소녀는 항상 겸허히
기도를 올렸습니다.
자비로운 성모님이
기도하는 방법을
그녀에게 가르쳐주었기 때문에
의심할 여지가 없었습니다.
성모님을 깊이 사랑하지 않으면
큰 오류를 범하게 됩니다.

그녀는 "아베마리아" 이름을
항상 천천히, 그리고
조심스럽게 말했습니다.

그녀가 이 세상을 떠나야 한다고
하나님이 생각했을 때
그녀의 영혼을 하늘로 데려가셨습니다.
그곳에서 그녀는 우리가 기도하는
축복받은 어머니를 보았습니다.
성모님을 깊이 사랑하지 않으면
큰 오류를 범하게 됩니다.

92
성모 마리아에게
드린 것을 빼앗아간
장사꾼의 양모(羊毛)가
불에 타서
없어진 이야기

성모 마리아에게 드리거나
드리기로 약속한 것을
빼앗는 사람은 틀림없이
벌을 받을 것입니다.

하나님이 성모 마리아를 위해
우리에게 주신 지혜에 보답하여
그녀에게 아무것도 드리지 않는다면
아주 어리석은 사람이 됩니다.
그녀의 것인데도 불구하고

우리는 아무것도 주지 않고 있습니다.
그녀로부터 그것을 빼앗아가는 사람은
큰 교만의 죄를 짓게 됩니다.
성모 마리아에게
드리기로 한 약속.

이 노래를 불러
나는 위대한 여인,
성스러운 성모 마리아가 행한
아름다운 기적을 소개하고자 합니다.
이 기적은 어떤 사제들이
프랑스로 가져온
그녀의 유물에 관한 이야기입니다.
이제 내가 여러분에게 그 이야기를 해드리겠습니다.
성모 마리아에게
드리기로 한 약속.

이 사제들은 리옹 뒤 론[93]이라고
불리는 도시 출신입니다.
당시 그곳에는 큰 교회가 있었는데
심각한 화재가 발생해
완전히 재로 소각되었습니다. 하지만
그 불이 성모 마리아의 유물에

---

93) 본고의 74장 기적이 일어난 장소와 동일한 지역이다.

닿지 않았다는 사실에
주목하시기 바랍니다.
성모 마리아에게
드리기로 한 약속.

그곳에 있는
순금으로 만든 상자에는
신성한 성모의 모유와
잘 짠 천에 포장된
그녀의 머리카락이
보관되어 있었습니다.
화재는 모든 것을 앗아갔지만
그녀의 소유물은 온전했습니다.
성모 마리아에게
드리기로 한 약속.

사제들이 교회가
화재로 소실된 것을 보았을 때
그 유물을
세상에 가지고 나가
교회를 빨리 재건하기 위한
충분한 재원을
확보해야 한다고
그들은 합의하였습니다.
성모 마리아에게

드리기로 한 약속.

마에스트레 베르날이라고 불리는
그 교회의 주교가 있었는데
그는 선량하고 온순하며
마음이 너그러운 사람이었고
천국에 가기 위해
많은 고행들을 항상 해나갔습니다.
그가 그 유물을 널리 알리기 위해
길을 떠났습니다.
성모 마리아에게
드리기로 한 약속.

무엇보다 하나님께서
그 유물을 통해 많은 기적을 행하신
장소인 프랑스 전역을
그가 돌아다녔다고 들었습니다.
그리고 그는 영국으로 갔는데
그 유물을 안전하게
운반하기 위하여
어떤 배를 타고 갔다고 들었습니다.
성모 마리아에게
드리기로 한 약속.

그 배는 코리스타누스라고 불리는

상선이었습니다.
그는 블리투스왕이
통치하는 영국으로
그것을 가져갈 목적이었습니다.
많은 부자 상인들이
그 배에 값비싼 물품들을
더 이상 싣지 못할 만큼 많이 실었습니다.
성모 마리아에게
드리기로 한 약속.

그들이 바다를 가로질러
여행하는 동안
좋은 날씨를 만끽했고
모두들 기뻐했습니다. 하지만
갤리선들이 갑자기 나타나
그들을 추격하자
상인들이 잔뜩 겁에
질리게 되었습니다.
성모 마리아에게
드리기로 한 약속.

그 배에는 바다에 들끓는 해적이 타고 있었습니다.
상선의 선장이 그들을 보고 나서 말했습니다.
"우리를 향해 오고 있는
저 사람들의 눈빛이

마음에 심상치 않군요.
하여튼 우리가 둥글게 원을 지어서
저 유물을 떠받쳐서
저 사람들이 이것을 볼 수 있게 합시다."
성모 마리아에게
드리기로 한 약속.

이 말이 떨어지자마자
마에스트레 베르날이
유물을 담고 있는 상자를
가지고 나왔습니다.
그가 상자를 보여주자
배에 탄 모든 상인 중에
앞에 나서서 좋은 공물을 바치겠다고
외치지 않은 사람이 한 명도 없었습니다.
성모 마리아에게
드리기로 한 약속.

모두가 아주 너그럽게
그들의 물품을 헌납했습니다.
어떤 상인은 옷을 주었고
또 다른 상인들은 금이나 은을 주었습니다.
그들이 말했습니다. "성모님, 하나도
남기지 마시고 모두 가져가십시오.
우리는 당신이 죽음과 상처로부터

우리의 몸을 지켜주시기를 요청합니다."
성모 마리아에게
드리기로 한 약속.

여섯 척의 갤리선이
가까이 계속 따라왔고
그들은 각기 다른
여러 방향으로 갈라져서
그 배를 향해 공격 대열을 갖추었습니다.
상자를 잡고 있는 사람이
하늘을 향해 그것을
더 높이 치켜올렸습니다.
성모 마리아에게
드리기로 한 약속.

갤리선의 두목이 다른 배들보다
더 앞쪽에서 공격하자
하나님의 어머니,
성모 마리아의 상자를
잡고 있는 사람은 그들에게 소리쳤습니다.
"위선자, 믿음이 없는 악마들이여,
우리는 성모 마리아에게 속한 성도들이다.
하나님이 이 땅에 태어나기 위해 선택하신 분이다."
성모 마리아에게
드리기로 한 약속.

"그러므로 우리에게 해를 입히지 마라.
만약 그렇게 한다면 너희들은 곧 죽을 것이다.
너희와 함께 있는 자들도
지옥으로 함께 갈 것이다.
네가 얻으려는 것 중에
아무것도 얻지 못할 것이다.
이 유물이 배를
너희로부터 보호하기 때문이다."
성모 마리아에게
드리기로 한 약속.

그 두목은 그 사제가 말한
모든 것을 비웃었고
그 배에 탄 모든 사람을
살해하기 위해
일천 발이 넘는 화살을 쏘라고
명령을 내렸습니다.
하지만 갑자기 강력한 돌풍이 불어와
갤리선들을 뒤집었습니다.
성모 마리아에게
드리기로 한 약속.

그 돌풍은 두목이 탄 갤리선을
꼭대기에서부터 바닥까지
갈라놓았고

돛대를 파괴했는데

그것이 두목의 머리 위에 떨어져

그의 눈이 머리 밖으로 튀어나올 만큼

강하게 그를 내리쳤고

그를 바닷속에 수장시켰습니다.

성모 마리아에게

드리기로 한 약속.

남풍이 다른 갤리선들을

멀리 떠내려 보냈고

그들이 더 이상 보이지 않게 되었습니다.

배에 탄 사람들은

아서왕이 개척한 도버 항구를

바라보고 있었습니다. 그리고

그들 자신과 그들의 재산이

모두 구조받았다고 생각했습니다.

성모 마리아에게

드리기로 한 약속.

그러자 그 상인들의 무리가

유물이 있는 곳을 향해

달려갔고 각 개인이

그 유물에 바쳤던

모든 공물과

물품 꾸러미를 빼앗아갔습니다.

그들은 놀라운 기적에
주목하지 않았습니다.
성모 마리아에게
드리기로 한 약속.

내가 이미 여러분에게 말했듯이
가장 높은 곳에 계신 우리의 왕을 낳으신 어머니,
성모 마리아께서 그들의 목숨을 구하고 적을 제거하셨습니다.
마에스트레 베르날이 말했습니다.
"내가 여러분에게 좋은 가격으로
물건을 제공하겠습니다.
여러분에게 물품의 반을 그냥 주겠으니
그 나머지를 두고 가기 바랍니다."
성모 마리아에게
드리기로 한 약속.

그들이 모두 지체하지 않고
대답했습니다.
"우리가 인정할 수 있는 흥정은
우리가 그것을 모두 가져가는 것이오.
하지만 나중에 되돌려주겠소.
각자가 그것을 통해 이익을 보는 만큼
적합하고 가능한 선에서
돌려드리겠소."
성모 마리아에게

드리기로 한 약속.

그 대부분의 상인들은
플랑드르와 파리 출신이었습니다.
그들이 배에서 떠나
각자 자신의 돈으로 양털을 샀으며
그것이 확실한 사업임과 동시에
자신의 고향으로
안전하게 가져갈 수 있을 거라
생각했습니다.
성모 마리아에게
드리기로 한 약속.

그들이 양털을 사고 나서
동이 트기 전에
도버 항구를 떠났습니다. 하지만
십자가에서 돌아가신 주님이
당신의 어머니를 위해 복수하기를 원했습니다.
주님은 엄청난 능력을 갖고 계신 분으로서
그들이 두려움을 갖도록 유도하여
잘못을 바로 고치려고 하였습니다.
성모 마리아에게
드리기로 한 약속.

그들은 세상의 여주인, 왕의 어머니의 뜻에

거슬리는 행동을 하였습니다.
성자 펠릭스 이름으로 말하건대,
주님이 그 배를 번갯불로 내리쳤습니다.
내가 읽은 바에 따르면
그 양털이 모두 불타버렸고
그 이외의 것은 아무것도
건드리지 않았다는 사실입니다.
성모 마리아에게
드리기로 한 약속.

상인들이 기적을 보자 유물을 두었던
그 장소에 자발적으로 돌아가 말하였습니다.
"하나님이 우리가 가지고 있는 것을
당신의 어머니에게
바치길 원하시기 때문에
우리는 각자 무엇을 가지고 있든지
기쁜 마음으로 그분에게 드려야 합니다.
이제 받으십시오."
성모 마리아에게
드리기로 한 약속.

마에스트레 베르날이
대답했습니다.
"하나님과 함께 계시는
성모 마리아의 유물과 관련해서

당신이 약속을 지키지 않은
큰 잘못을 기억하는 일은 너무나 당연합니다.
주님은 삼분의 일을 받으시며
그 부분만 가져가십니다."
성모 마리아에게
드리기로 한 약속.

93
천국의 환희가
어떤 것인지
보여주기를 간청한
수도사에게 삼백 년 동안
새 노래를 듣게 해주신
성모 마리아 이야기

                                         동정녀를 잘 모신 이는
                                         천국으로 가게 됩니다.

천국에 가면 어떤 행복을
누리는지 가르쳐달라며
항상 간구기도를 한
어떤 사제를 위하여
성모 마리아가 행하신
위대한 기적을 소개하고자 합니다.
동정녀를 잘 모신 이는

천국으로 가게 됩니다.

그는 생전에 그 황홀경을
경험할 수 있기를 원했습니다.
영광의 성녀가 그에게
무슨 일을 행했는지 잘 들으십시오.
그녀는 그가 이전에 여러 번 방문했었던
한 정원에 오게 했습니다.
동정녀를 잘 모신 이는
천국으로 가게 됩니다.

그날 그녀는 그에게
어떤 굉장히 맑고
아름다운 샘을 찾아가도록 시켰고
그가 그 옆에 앉았습니다.
그가 자신의 손을 깨끗이
씻고 나서 말했습니다.
동정녀를 잘 모신 이는
천국으로 가게 됩니다.

"성모 마리아님, 제가 당신에게
그토록 자주 요청했듯이
이 세상을 떠나 훌륭한 인생을 산
사람에게 줄 상이 무엇인지
알기 전에 천국의 아름다움을

조금이라도 볼 수 있다면 얼마나 좋을까요?"
동정녀를 잘 모신 이는
천국으로 가게 됩니다.

그 사제가 기도를 마쳤을 때
작은 새 한 마리가
아주 황홀하게 지저귀며
노래하기 시작한 상황을 알아차렸지만
그 소리에 너무나 빠져들어
정신을 거의 잃었습니다.
동정녀를 잘 모신 이는
천국으로 가게 됩니다.

그는 그 경이로운 노래에 푹 빠져
큰 즐거움을 느꼈기 때문에
그 상태로 삼백 년 혹은 그 이상의
긴 시간을 지나게 되었습니다.
하지만 그에게는 아주 짧은 순간과
같이 생각되었습니다.
동정녀를 잘 모신 이는
천국으로 가게 됩니다.

사제로서 가끔씩 정원에서
산책을 하며 들을 수 있는
그러한 소리와는 사뭇 달랐습니다.

그 후 그 새는 멀리 날아가고 그는 많이 슬퍼했습니다.
그리고 그가 말했습니다. "이제 이 자리를 떠나야겠어.
수도원에 가서 식사해야 할 시간이군."
동정녀를 잘 모신 이는
천국으로 가게 됩니다.

그는 즉시 길을 떠났고
한번도 본 적 없는 대문을 발견했습니다.
그리고 그가 말했습니다. "성모 마리아님,
절 좀 도와주십시오. 여기는
제가 있던 수도원이 아닙니다.
저에게 무슨 일이 벌어지고 있나요?"
동정녀를 잘 모신 이는
천국으로 가게 됩니다.

그가 교회에 들어갔을 때
많은 수도사들이 그를 보고
있다는 사실에 매우 놀랐습니다.
수도원의 부원장이 그에게 물었습니다.
"친구여,[94] 당신은 누구십니까?
여기서 무엇을 찾으십니까?"
동정녀를 잘 모신 이는

---

94) 낯선 사람을 친근하게 부르는 스페인식 표현, 즉 '친구(amigo/-a)'로 생각할 수 있다.

천국으로 가게 됩니다.

그가 대답했습니다.
"저는 우리 수도원의 원장님을 찾고 있습니다.
제가 조금 전에 정원으로 떠나기 전에 만났던
부원장과 신부님들도 찾고 있습니다.
그들이 어디에 있는지
말씀해주시겠습니까?"
동정녀를 잘 모신 이는
천국으로 가게 됩니다.

수도원장이 이 얘기를 들었을 때
제정신이 아닌 사람의 말로 받아들였고
수도원 전체가 그렇게 생각했습니다.
하지만 그에게 무슨 일이 벌어졌는지
자초지종을 그들이 듣고 나서
말했습니다.
동정녀를 잘 모신 이는
천국으로 가게 됩니다.

"하나님께서 당신의 어머니
'흠 없는 성모 마리아'의 중재로 인해
사제에게 행하신
위대한 이 기적을
누가 들을 수 있겠습니까?

이 일에 대해 성모 마리아에게 기도합시다."
동정녀를 잘 모신 이는
천국으로 가게 됩니다.

"이 밖의 모든 일에 대해서도 그녀를 찬양합시다.
우리가 그녀에게 요청한 것은 그녀의 요청을 받은
당신 아들이 이루어주시기 때문에
하나님의 이름으로 그녀를 찬양하는 일은 타당합니다.
주님은 우리에게 훗날 베풀어주실 것을
이 세상에 있을 때 미리 가르쳐주십니다."
동정녀를 잘 모신 이는
천국으로 가게 됩니다.

94

보베흐[95]의 성모 마리아 교회에
죄 많은 한 여인이 들어가려고 하자
죄를 고백하기 전까지
그녀의 입장을 허락하지 않으신
성모 마리아 이야기

자기 죄를 회계하지 않은 사람이
성모 마리아의 자비를
구해서는 안 됩니다.

---

95) 프랑스 남부 가르(Gard)주의 도시 보베흐(Vauvert)를 말한다.

성모 마리아가

죄지은 한 여인을

모든 사람이 보는 앞에서

어떻게 꾸짖으셨는지

이 상황을 목격한 남자들과

여자들에 의해 묘사된

한 기적을

소개하겠습니다.

자기 죄를 회계하지 않은 사람이

성모 마리아의 자비를 구해서는 안 됩니다.

그 죄는 심각하고 잔혹했습니다.

하지만 그녀가

그다지 부당함을

느끼지 않았기에

성모 마리아께서는

그 여인이 교회에 들어가기 위해

요청을 했을 때

거부하셨습니다.

자기 죄를 회계하지 않은 사람이

성모 마리아의 자비를 구해서는 안 됩니다.

이 일은 몽펠리에[96] 근처에 있는

---

96) 프랑스 남부의 몽펠리에(Montpellier)를 말한다.

보베흐에서 일어났는데
이곳에서 성모 마리아는 당신이 원하실 때
큰 기적을 행하곤 하십니다.
그 여자는 교회에 들어가려고
그곳에 왔지만
가엾게도
들어갈 수 없었습니다.
자기 죄를 회계하지 않은 사람이
성모 마리아의 자비를 구해서는 안 됩니다.

그곳에 들어가기 위해
최대한 애를 써보았지만
문을 열 수 없었습니다.
다른 사람들은 두셋이
한번에 들어갔습니다.
그 여자가 이 광경을 보았을 때
울기 시작했고 너무나 억울해서
그녀의 두 뺨을 쥐어짰습니다.
자기 죄를 회계하지 않은 사람이
성모 마리아의 자비를 구해서는 안 됩니다.

그리고 말했습니다.
"주님의 어머니이신 성모 마리아님,
당신이 주시는 축복은 저의 죄를
훨씬 능가합니다.

주인님, 저를 당신의 하녀들 중 한 명으로
만들어주십시오. 그리고
당신의 신실한 기도를 들을 수 있게
교회에 들어가도록 허락해주십시오."
자기 죄를 회계하지 않은 사람이
성모 마리아의 자비를 구해서는 안 됩니다.

"그녀가 이 말을
하고 난 뒤에
자기가 지은 죄를
고백하였고
그리고 회개를 마치자
그녀는 문이
열리는 것을 보고 나서
그 교회에 들어갔습니다."
자기 죄를 회계하지 않은 사람이
성모 마리아의 자비를 구해서는 안 됩니다.

이 광경을 지켜본 그녀와
많은 사람들이 감사히 생각했습니다.
그녀는 남은 평생 동안
성모 마리아를 섬겼고 그 교회에서
절대로 떠나지 않았습니다.
그녀는 모든 노력을 동원해
성모 마리아를 모시는 데

전념하였습니다.
자기 죄를 회계하지 않은 사람이
성모 마리아의 자비를 구해서는 안 됩니다.

95
성모 마리아가
샤르트르[97]에서 한 금세공인의
눈을 뜨게 치료해주신 이야기

성모 마리아는 죄지은 영혼을
밝게 해주실 수 있으며
장님이 눈을 뜨고 보도록
하실 수도 있습니다.

나는 여러분에게
성모 마리아가 프랑스에서 행하신
아름다운 기적 한 편을
소개해드리고자 합니다.
그녀는 샤르트르에서 한 장님이
눈을 뜨고 잘 볼 수 있게
도와주셨습니다. 여러분에게
이 이야기를 소개해드립니다.
성모 마리아는 장님이

---

97) 프랑스 중북부 도시 샤르트르(Chartres)를 말한다.

눈을 뜨고 볼 수 있게 하시니.

장님은 프랑스뿐만 아니라
주변 지역까지 포함해서
이보다 더 훌륭할 수 없는
대단한 금세공업자였습니다.
그는 성모 마리아를 꾸준히 섬기는
일에 큰 즐거움을 느꼈습니다.
그에게는 금으로 만든 아주 훌륭한
상자가 있었습니다.
성모 마리아는 장님이
눈을 뜨고 볼 수 있게 하시니.

이 상자는 모든 의식 행렬에
유물을 담기 위한 것이었습니다.
그는 그것을 리옹 성당에 팔았습니다.
그는 좋은 가격에 판매했기 때문에
교회에 헌금으로 다시
되돌려주었습니다.
그는 유물이 그 속에
포함되어 있다고 믿었습니다.
성모 마리아는 장님이
눈을 뜨고 볼 수 있게 하시니.

이 상자는 내가 여러분에게

이전에 언급한 장소에 있었습니다.
기록에 따르면 사람들이 그것을 가지고
돈을 벌기 위해 세상을 돌아다녔다고 합니다.
마찬가지로 내가 이미 언급했듯이
그 도시의 교회가 완전히 소각되었지만
그 유물이 보관되어 있던 제단은
불타지 않았습니다.
성모 마리아는 장님이
눈을 뜨고 볼 수 있게 하시니.

그곳의 주교가 그 상자를
신속히 가지고 나왔고
그 상자와 함께 많은 나라를
돌아다녔습니다.
그리고 천신만고 끝에
큰돈을 벌었기에
소실되었던 교회를
다시 지을 수 있었습니다.
성모 마리아는 장님이
눈을 뜨고 볼 수 있게 하시니.

성모 마리아가
사람들이 잃었던 교회에
큰 기적을 일으켰습니다.
내가 여러분에게 이미 얘기했듯이

이 고귀한 여인의 유물에
일어난 일입니다.
하나님이 이를 통해 위대한 기적을
보여주길 원하셨습니다.
성모 마리아는 장님이
눈을 뜨고 볼 수 있게 하시니.

그들이 많은 나라를 다니며
여행을 하는 동안
샤르트르에 간 적이 있는데
그곳에 바로 그 장님 금세공업자가 있었습니다.
그가 그 상자가 어떻게 제조되었는지
들었을 때 즉시 말했습니다.
"하나님의 이름으로 말하는데,
내가 장님이 되기 전에 그 상자를 만들었소."
성모 마리아는 장님이
눈을 뜨고 볼 수 있게 하시니.

그는 자신의 하인들에게
상자가 있는 곳에 가달라고
명령하고 나서 이렇게 말했습니다.
"내가 그곳에 도착하면
나의 죄로 인하여 오랫동안 닫혀 있었던
내 두 눈을 통해 보게 될 것이오.
나는 하나님과 그 축복받은 어머니에 대한

믿음을 갖고 있소."
성모 마리아는 장님이
눈을 뜨고 볼 수 있게 하시니.

그가 그 상자 앞에 갔을 때
그는 바닥에 엎드려 눈물을 흘리며
성모 마리아에게 자비를 구했습니다.
그는 그의 눈에서 나와
얼굴로 흐르는 눈물을 닦았고
그 눈물이 그 상자 위로 떨어졌습니다.
그랬더니 그는 그 이전보다 더 잘 볼 수 있었습니다.
그는 울부짖으며 외치기 시작했습니다.
성모 마리아는 장님이
눈을 뜨고 볼 수 있게 하시니.

"훌륭한 왕이신 예수 그리스도의
어머니 성모 마리아님,
칭송을 받으소서.
제가 제 눈을 통해 보고 있습니다.
제가 필요할 때
당신이 저에게 축복을 내려주셨습니다.
당신의 아들이 심판을 하러 오실 때
제발 저를 위해 선처를 호소해주십시오."
성모 마리아는 장님이
눈을 뜨고 볼 수 있게 하시니.

96
예수 그리스도의 성체를
애인으로 삼으려고 했던
한 여인의 머리에서 피가 나다가
그 성체를 제거했을 때
피를 멎게 해주신
성모 마리아 이야기

주님이신 당신의 아들을
모욕하는 사람만큼
동정녀를 그토록 슬프게
하는 이는 없습니다.

만약 누군가 그렇게 한다면
그 공격이 오히려 자신에게
돌아갈 것임을
명심하기 바랍니다.
나는 이 내용과 관련한
성모 마리아의 한 위대한 기적을
소개하고자 합니다.
귀를 기울이시기 바랍니다.
동정녀를 그토록 슬프게
하는 이는 없습니다.

그렇게 머지않은 과거에

갈리시아에서 생긴 일입니다.
걸걸한 성격의 한 지주가
첩을 두고 살았습니다. 그가 다른 사람과
이미 결혼을 한 상태였기 때문에
그녀는 너무나 억울해했고
항상 슬픔에 싸여
정신이 산만한 채 지냈습니다.
동정녀를 그토록 슬프게
하는 이는 없습니다.

그녀는 마음의 상처가 너무나 커서
이웃사람들에게 조언을 청했고
그들은 그녀에게 이런 얘기를 했습니다.
이야기인즉
만약 그녀가 교회에서
성체를 훔친다면
그녀가 그토록 사랑하는 그분도
한꺼번에 훔칠 수 있다는 내용이었습니다.
동정녀를 그토록 슬프게
하는 이는 없습니다.

우리가 큰 곤경에 처했을 때
해악으로부터
항상 보호해주시는
성모 마리아의 교회에

그녀가 지체하지 않고
갔습니다.
그리고 그녀가 성체배령을
하고 싶다고 말했습니다.
동정녀를 그토록 슬프게
하는 이는 없습니다.

사제는 의심하지 않고
그녀의 성체배령을 허락했습니다.
그러나 이 여인은
그 성체를 입속에 보관했고
씹거나
삼키지 않았으며
다만 최대한 신속히
입천장에 올려놓았습니다.
동정녀를 그토록 슬프게
하는 이는 없습니다.

교회를 벗어나자 그녀는 입에서 손가락으로
성체를 재빨리 빼내어
두건 속에 그것을 붙였습니다.
곧이어 그녀는 그 여자들이 자신에게 말한 것이
진실인지 거짓인지 알고 싶었습니다.
그 내용은 만약 그렇게 하면
사랑하는 사람이 그녀에게 돌아오고

절대 멀어지지 않고 평생 같이 산다는 것이었습니다.
동정녀를 그토록 슬프게
하는 이는 없습니다.

그 여자가 사는 도시인
칼다스데레이[98]에 왔을 때
아주 놀라운 일이 벌어졌는데,
이제 말씀드리겠습니다.
선홍 피가
그녀의 이마에서
아래로
흘러내리기 시작했습니다.
동정녀를 그토록 슬프게
하는 이는 없습니다.

사람들이 그 피를 보았을 때 말했습니다.
"선한 여인이여, 무슨 일인지
우리에게 말해보시오.
누가 당신한테 그토록 심한
상처를 입혔습니까?"
그녀가 이 이야기를 들었을 때
너무나 놀라서

---

98) 스페인 서북부 지방 폰테베드라(Pontevedra)에 있는 도시 칼다스데레이에스
(Caldas de Reyes)를 말한다.

어떻게 대답해야 할지 몰랐습니다.
동정녀를 그토록 슬프게
하는 이는 없습니다.

그녀는 손을 두건에 넣고 나서
그것이 분명히 따뜻한 피라는
사실을 깨달았습니다.
그리고 말했습니다. "저에게
상처를 입힌 분은 다름 아닌
당신의 권능으로 세상을 호령하시는 주님이십니다.
저의 큰 잘못으로 인해 제가
이런 처벌을 충분히 받아 마땅합니다."
동정녀를 그토록 슬프게
하는 이는 없습니다.

그리고 그녀가 일어난 기적에 대하여
극심하게 흥분된 상태에서
그들에게 정확히 묘사하였습니다.
기쁨에 겨워 흐느끼면서
그들은 우리 주님의 어머니
성모 마리아와 그녀의
축복받은 아들을
찬양하였습니다.
동정녀를 그토록 슬프게
하는 이는 없습니다.

여인은 교회로 즉시 돌아왔고
성모 마리아 조각상 앞에
그녀를 낮추며 말했습니다.
"고귀한 여인이여,
저의 죄를 탓하지 마시고 이렇게 만든
악마의 소행을 책망해주십시오."
그녀는 곧이어 수녀원에 입문하여
수녀가 되었습니다.
동정녀를 그토록 슬프게
하는 이는 없습니다.

97
악마에 홀려서
결혼식을 올린 한 사제가
아내와 헤어지고 나서
그 부부가 교단에
함께 입문하도록 도와주신
성모 마리아 이야기

동정녀 마리아의 은혜는
악마의 능력이나
인간의 사악한 배신보다
더 강합니다.

여러분에게 성모 마리아가

오베르뉴의 한 사제에게 행하신
아주 아름다운 기적을
소개하고자 합니다.
사제는 그분이 내리시는 축복을 받기 위해
찬양을 충실히 하였습니다.
그는 매일 그분을 위한 기도문을
낭송했습니다.
동정녀 마리아의 은혜는
더 강합니다.

사제는 자신이 거주해온
도시를 담당한
주교의 집사였습니다.
그곳에 아주 아름다운 한 여인이
살았다고 들었습니다.
그녀는 하나님의 어머니
성모 마리아를
온 정성을 다해 모셨습니다.
동정녀 마리아의 은혜는
더 강합니다.

그녀는 악마에게서 자신을
지키기 위한 방법을 말해달라고
성모 마리아에게 기도를 올렸습니다.
그 후 그분이 그녀에게 나타나 말했습니다.

"'아베마리아'라고 말하여라.
그리고 너의 자유의지가
나를 바라보아야 하고
어리석은 행동을 해서는 안 된단다."
동정녀 마리아의 은혜는
더 강합니다.

여인은 성모의 명령에 순종했습니다.
그리고 기도문을 읽었습니다.
하지만 내가 말한 그 사제는
그 여인을 너무나 깊이 사랑한 나머지
그녀를 얻을 수 있는
모든 방법을 동원했습니다.
하지만 그는 아무것도 이루지 못했습니다.
그녀가 그의 말을 듣지 않았기 때문입니다.
동정녀 마리아의 은혜는
더 강합니다.

사제는 이 일로 인하여 곤경에 처하자
비밀스러운 지식을 통해
악마들을 한꺼번에 불러들였고
그들에게 얘기했습니다.
"그 소녀를 오늘밤
내 수중에 넣을 방법을 찾아보아라.
그렇지 않으면 나는 너희들을

모두 병 속에 가두어버릴 것이다."
동정녀 마리아의 은혜는
더 강합니다.

모든 악마가 그 말을 듣고
크게 놀랐습니다. 그리고
그들이 그 소녀를 찾아가 에워쌌습니다.
하지만 그들은 아무 짓도
할 수가 없었습니다.
구세주의 어머니가 그녀를
이렇게 강력히 보호하셨기 때문에
아무런 해를 끼칠 수 없었습니다.
동정녀 마리아의 은혜는
더 강합니다.

악마가 이 사실을 알고 나서
그 사제에게 다시 돌아왔습니다.
사제가 그들에게 말했습니다.
"일을 제대로 수행하고 있는 거냐?"
그들이 대답했습니다. "아뇨. 그녀는
성모 마리아의 영광스러운 보호막 속에
꼭 숨어 있어서 그녀를 현혹하려면
우리가 더 많은 기술을 알아야만 합니다."
동정녀 마리아의 은혜는
더 강합니다.

사제는 그들에게 더 강하게
몰아붙였습니다.
그래서 그들은 그 소녀에게 다시 찾아왔고
그중 하나가 성모 마리아의 기도를
그녀가 잊어버리도록
끈질기게 매달렸습니다.
악마는 웃음이 가득한 채
사제에게 돌아왔습니다.
동정녀 마리아의 은혜는
더 강합니다.

악마가 말했습니다. "당신이
우리에게 명령한 것을 제가 잘 수행했어요.
그리고 지금부터 그녀를 소유하는 것이
당신에게 그렇게 어렵지 않을 것이라 생각해요."
사제가 대답했습니다.
"친구, 그곳에 다시 돌아가거라.
날 위해 그녀를 잡아두어라.
그렇지 않으면 넌 죽은 목숨이다."
동정녀 마리아의 은혜는
더 강합니다.

악마는 즉시 돌아갔고
그 소녀가 병에 걸리게 만들었습니다.
그녀가 아파서 너무나

고통스러워했기 때문에
아버지와 어머니가
그녀의 목숨을 차라리 끊고 싶어 했습니다.
하지만 사제가 재빨리
부모로부터 그녀를 빼앗았습니다.
동정녀 마리아의 은혜는
더 강합니다.

그 후 사제가 그녀에게 갑자기
너무나 잘생긴 사람으로 보였기에
곧바로 그에 대한 사랑에
빠져들었습니다.
사악한 악마가 그녀의 열정을
크게 부풀려놓았기에
그녀는 아버지에게
그와 결혼하겠다고 말했습니다.
동정녀 마리아의 은혜는
더 강합니다.

소녀가 자신의 어머니에게 즉시
그에게 보내달라고 말했고
담당 사제에게 연락을 해서
그들이 혼인서약을 할 수 있게
도와달라고 말했습니다.
그렇게 하지 않으면

그녀는 그들이 보는 바로 앞에서
곧 목숨을 끊을 것이라고 경고했습니다.
동정녀 마리아의 은혜는
더 강합니다.

다음날 아침 그들은
사제를 오게 했습니다.
그는 기쁜 마음으로 왔고
그들의 딸을 위해 결혼을 요청했습니다.
그리고 엄숙하게
약혼식을 올렸습니다.
그가 가진 큰 지참금을
그녀에게 주겠다고 약속했습니다.
동정녀 마리아의 은혜는
더 강합니다.

그가 말했습니다. "당장 결혼합시다."
하지만 아버지가 말했습니다.
"안 된다네. 내일 자네에게
내 딸을 명예롭게 주겠네.
그리고 자네는 내 아들 자리를 차지할 터이니
만약 내가 죽고 난 후 자넨
내가 가진 막대한 재산을
어김없이 상속받을걸세."
동정녀 마리아의 은혜는

더 강합니다.

그 두 사람은 즉시 약혼했고
다음날 결혼식을 올렸다고
얘기를 들었습니다. 하지만
어떻게 표현해야 할까요?
이 일은 악마의 소행이었기 때문에
영광스런 하늘에서
찬양받는 왕의 어머니는
즉시 그 일을 취소하셨습니다.
동정녀 마리아의 은혜는
더 강합니다.

이 순간부터 성모 마리아께서
어떻게 하셨는지 한번 들어보세요.
그녀에게 항상 기도 드렸던 사제는
어떤 기도문도 잊지 않았습니다.
하지만 고귀한 여왕은
그가 늘 다니던
그녀의 교회에 가도록
만들었습니다.
동정녀 마리아의 은혜는
더 강합니다.

그날 기도를 드리고 있을 때

하나님의 어머니가 그에게 나타나 말하셨습니다.
"여기서 무엇을 하느냐?
너는 더 이상 나의 부하가 아니고
내 아들의 부하도 아니다.
너는 내 아들의 적이자
이 창피한 일이 생기게 만든
악마에 속한 자다."
동정녀 마리아의 은혜는
더 강합니다.

"내 하인이 내 뜻에 반하는
결혼식을 올리고 나서
이미 침대보에 둘러싸인
신혼 침대에 누워 있구나.
이런 일이 올해 일어나서도 안 되고
이번 달에도 일어나서는 안 된단다.
이 정신 나간 행동을 중단하고
사제 직분으로 돌아오너라."
동정녀 마리아의 은혜는
더 강합니다.

"이곳에 주교를 모셔오겠다.
내가 너에게 말한 것을 그에게 전하거라.
그러면 너에게 네 영혼을 잃지 않기 위해
어떻게 해야 하는지

조언을 해줄 것이다.

네가 그렇게 하지 않으면

하나님이 너에게 악마의 무리를 찾은 죄로

징벌할 것이다."

동정녀 마리아의 은혜는

더 강합니다.

성모 마리아는 소녀를 찾아갔고

그녀가 잠들어 있는 곳에서 말했습니다.

"옳지 않은 짓을 했구나.

감히 여기서 잠을 자고 있다니.

너는 악마의 권능 속에서 지내며

나와 내 아들 예수를 잊었느냐.

정신을 못 차리고 있구나.

부당하고 어리석은 짓을 했구나."

동정녀 마리아의 은혜는

더 강합니다.

소녀가 말했습니다.

"나의 성녀님, 당신이 원하는 일을

기꺼이 하겠습니다. 하지만

제가 어떻게 이 사람을 떠날 수 있습니까?

저는 그의 아내가 아닙니까?"

성모 마리아가 말했습니다.

"너는 그를 떠나야만 하고

수녀원에 들어가야만 한단다."
동정녀 마리아의 은혜는
더 강합니다.

신부는 즉시 일어났고 울면서
그녀의 아버지와 어머니에게
그녀가 본 것을 말했습니다.
그녀는 자기를 수도원에
즉시 데려다주도록
자신의 부모에게 간청했습니다.
성모 마리아의 말씀을 듣고 나서
그녀는 결혼을 더 이상 원하지 않았습니다.
동정녀 마리아의 은혜는
더 강합니다.

주교가 곧 도착했고 신랑이 그에게 말했습니다.
"저는 결혼 생각에 제정신이 아니었습니다.
하지만 곁에 있는 사람들을
항상 해롭게 하는 악마가
저를 속였습니다.
제가 지체하지 않고
수도승이 되어
수도원에 입문하는 것이 마땅합니다."
동정녀 마리아의 은혜는
더 강합니다.

이렇게 신랑과 신부는
고백을 기록하여
그 문제를 해결하기로
결정하였습니다.
돈 펠릭스라는 이름의 주교가
하늘에 계신 영광스러운 여호와의 뜻에 따라
그들을 교단에 입문시켰고
그들은 그곳에서 여생을 마쳤습니다.
동정녀 마리아의 은혜는
더 강합니다.

98
기사 남편에게
그가 다른 여인을 더 사랑하며
그녀가 성모 마리아임을
듣고 자살을 시도한 아내를
성모 마리아가
소생시켜주신 이야기

온 정성을 다하여
성모 마리아를 따르는 사람은
큰 불행이나 슬픔을 당하거나
손해를 결코 보지 않습니다.

성모 마리아 찬양가를 지은

한 선량한 사람에게 일어난
위대한 기적을
이제 들어보십시오.
나는 이 노래를 다른 기적들과 함께
두기로 결정하였습니다.
여러분이 이 노래를 듣는다면
한 편의 강론 경청과 같은 혜택을 누리게 됩니다.
온 정성을 다하여
성모 마리아를 따르는 사람.

어떤 기사에게 일어난 기적입니다.
그는 자신이 열렬히 사랑하던
젊고 아름다운 한 여인과
행복한 결혼생활을 하고 있었습니다.
그녀 역시 그를 열정적으로 사랑했습니다.
나는 여러분에게 이 사랑으로 인해
일어난 재앙에 관하여
얘기하겠습니다.
온 정성을 다하여
성모 마리아를 따르는 사람.

그 기사는 결함이 없이
훌륭한 자질의 소유자였고
모든 것에 앞서 영적으로
성모 마리아를 사랑했습니다.

이러한 이유로 그는
기도를 드리러 가는 통로로서
그의 집에서 교회까지 직접 이어지는
큰 현관문을 설치했습니다.
온 정성을 다하여
성모 마리아를 따르는 사람.

그 교회가 하나님의 어머니를 위해
지어졌기 때문에
그는 매일 밤중에 그의 아내와
식구들로부터 빠져나와
그 조각상에 가서 말했습니다.
"저의 죄가 큽니다.
그러나 당신을 통하여
용서를 받을 수 있다고 믿습니다."
온 정성을 다하여
성모 마리아를 따르는 사람.

그가 이러한 생활을 계속했기 때문에
그의 아내는 그가 얼마나
규칙적으로 집을 나서는지 관찰했고
나쁜 일에 연관된 것이 아닌지 의심했습니다.
의혹을 품고 있던 그녀가
어느 날 그에게 물었습니다.
"여보, 밤중에 도둑같이

어디를 그렇게 가는 거예요?"
온 정성을 다하여
성모 마리아를 따르는 사람.

그가 그때 그녀에게 말했습니다.
"나를 의심하지 마시오.
나는 나쁜 짓을 하는 것이 아니오.
내가 당신을 처음 본 순간부터 한눈을 판 적 없소."
그의 아내는 입을 다물었습니다.
그는 더 이상 그녀에게 얘기하지 않았습니다.
하지만 아내는 그때부터 그를
더욱 가까이서 지켜보았습니다.
온 정성을 다하여
성모 마리아를 따르는 사람.

그러던 어느 날 그들이
식탁에 앉아서
밥을 먹고 있을 때
그 아내가 남편에게
예 혹은 아니요 중에
선택해 대답하기를 요구하면서
혹시 또 다른 여자를 사랑하고 있는지
물었습니다.
온 정성을 다하여
성모 마리아를 따르는 사람.

그는 기쁜 마음으로 대답했습니다.

"물론이지. 당신은 그걸 알아야 해요.

내가 당신한테 지금 말하고 있는

아주 아름다운 또 다른 여인을 사랑하고 있어요.

이 세상 무엇보다 그녀를 더 사랑할 거예요.

그녀를 항상 모시겠소."

이 말을 듣고 그 부인은

석탄같이 까맣게 타들어 갔습니다.

온 정성을 다하여

성모 마리아를 따르는 사람.

그녀는 빵을 자르는

칼을 집어 들고

자신의 가슴을 찔렀습니다.

너무나 큰 상처가 났기 때문에

그녀는 즉사했습니다.

기사는 울부짖었습니다.

"오 주님, 너무나 끔찍한 일이

일어났습니다."

온 정성을 다하여

성모 마리아를 따르는 사람.

그런 그녀를 즉시 안아 들고

침대에 눕혔고

그녀를 덮어주었습니다.

그리고 아무도 그 집을 떠나지 못하게
하였습니다.
그는 교회를 향하여
문을 열고
그곳을 향해 빨리 뛰어갔습니다.
온 정성을 다하여
성모 마리아를 따르는 사람.

그는 성모 마리아 조각상 앞에 서서 말했습니다.
"나의 성녀님, 당신에 대한 사랑 때문에
내가 그토록 사랑하는
아내를 잃었습니다.
하지만 당신의 아들로 인해서
큰 슬픔과 고통을 겪은 나의 성녀님,
제발 그녀가 다시 살아 저에게 돌아오도록
도와주시기를 빕니다."
온 정성을 다하여
성모 마리아를 따르는 사람.

그렇게 흐느끼고 있을 때
성모 마리아가 나타나 말했습니다.
"네가 나에게 보낸 기도를
내 아들이 들었단다.
그래서 그가 네 아내를
되살려주셨구나.

너의 확고한 믿음과
너의 큰 헌신 덕분이란다."
온 정성을 다하여
성모 마리아를 따르는 사람.

기사는 곧장 집으로 돌아갔고
그의 아내를 보았습니다.
그는 그녀가 살아서
건강한 모습으로 있는 것을
발견하고 나서 너무나 행복했습니다.
그리고 그와 그 가족은
사랑에 복받쳐 찬송가를 부르며
성모 마리아 찬양을 하기 시작했습니다.
온 정성을 다하여
성모 마리아를 따르는 사람.

그는 문을 열도록 명령했고
많은 사람들이 와서
그 놀라운 여왕이 그의 아내에게 행하신
기적을 목격하도록 하였습니다.
곧이어 이 두 부부는
성모 마리아를 더 잘 섬기기 위하여
신실한 교단에 입문하기로
결정했습니다.
온 정성을 다하여

성모 마리아를 따르는 사람.

99
오만과 자존심으로
잘못 얻은 재산보다
겸손한 가난이 더 소중함을
한 사제가 판단하도록
성모 마리아가 도와주신 이야기

면류관을 쓴 동정녀는
가난한 겸손을 사랑하지만
부유한 거드름을
아주 싫어하십니다.

이 노래를 불러
나는 여러분에게 영광스런 왕의
어머니, 성모 마리아가
어느 한 사제에게 행한
아주 아름다운 기적을
소개해드리고자 합니다.
그가 그녀를 섬기는 일을 원했기에
큰 기적이 일어났습니다.
면류관을 쓴 동정녀는
가난한 겸손을 사랑하시니.

이 기적이 일어난 도시에
한 고리대금업자가 살았는데
그는 부자이고 오만하며
허영과 모순으로 가득 찬 사람이었습니다.
그는 하나님에게 헌금을 내지 않았고
그의 어머니를 위해서도 마찬가지였습니다.
그는 육체에 대해서 많이 생각했지만
영혼에 대한 생각은 없었습니다.
면류관을 쓴 동정녀는
가난한 겸손을 사랑하시니.

그 도시에 또한 한 작은 노파가 살았는데
그녀는 좋은 세상적인 것들을
갖추지 않은 채
가난하고 불쌍하게 살았습니다.
그녀는 예수 그리스도와
그의 어머니인 하늘의 여왕을
세상 어떤 것보다 더 사랑했습니다.
그녀는 너무나 만족스럽게 살았습니다.
면류관을 쓴 동정녀는
가난한 겸손을 사랑하시니.

그녀는 이 세상의 어떤 일도
걱정하지 않았습니다.
그녀는 갈대로 만든 움막에 살았고

사람들이 헌납한 물품으로
생계를 이어갔습니다.
그녀는 많은 헌금을 받으며 살 때보다
지금 이런 생활방식이
더 진실하다고 믿으며 행복해했습니다.
면류관을 쓴 동정녀는
가난한 겸손을 사랑하시니.

그녀가 이런 방식으로 살다가
심각한 열병에 걸렸습니다.
그 부자도 함께 그 병에 걸렸습니다.
그들은 모두 죽음의 문턱에 있었습니다.
한편 노파는 성모 마리아를
그녀의 위안으로 삼은 반면에
그 부자 남성은 고통스러운 죽음을 안기는
악마와 동행하고 있었습니다.
면류관을 쓴 동정녀는
가난한 겸손을 사랑하시니.

담당 사제가 그 부자의 위중한 상태를
알았을 때 급히 서둘러
그를 방문했습니다.
그 이유는 그가 이 부자의 재산을 한몫
차지할 수 있을 것이라고 생각했기 때문입니다.
그가 생각한 것은 돈뿐이었습니다.

그가 말했습니다.

"이 병은 굉장히 심각하게 보입니다."

면류관을 쓴 동정녀는

가난한 겸손을 사랑하시니.

"따라서 유언장을 작성하기 바랍니다.

은화 백 냥을

우리 교회에 주십시오.

그러면 하나님께서

당신이 우리에게 주신 것에 대해

그 백배를 드릴 겁니다.

이러한 방법을 통해 당신이 천국으로

갈 것입니다."

면류관을 쓴 동정녀는

가난한 겸손을 사랑하시니.

담당 사제의 조언을 달갑지 않게 여긴

부자의 아내가 담당 사제에게

남편이 회복해야 하니

그 문제에 대해 입을 다물고

그를 괴롭히지 말라며

퉁명스럽게 말했습니다.

그러다 보면 그의 재산이

처분될 수도 있었기 때문입니다.

면류관을 쓴 동정녀는

가난한 겸손을 사랑하시니.

담당 사제는 그 여자가 얘기한 것이
마음에 들지 않았습니다.
다만 그녀가 무슨 말을 하든
상관하지 않고
그 집을 떠나지 않았습니다.
부자가 그에게 화를 내며 대답했습니다.
"나는 나의 아내와 자식을 보살피는데
내 영혼을 걸었습니다."
면류관을 쓴 동정녀는
가난한 겸손을 사랑하시니.

그 담당 사제가
그 집을 떠나려 하지 않고
거부하고 있었을 때
한 소녀가 그 노파로부터
편지를 가지고 왔습니다.
노파가 죽어가고 있기 때문에
고해성사를 집전하고
성체배령을 거행해주길 요청해왔습니다.
면류관을 쓴 동정녀는
가난한 겸손을 사랑하시니.

그때 그가 말했습니다. "저리 가라.

내가 존경받고 부자인
이 선량한 분과 함께 있는 것을
네 눈으로 똑똑히 보고 있지 않니?
나는 지금 이분을 떠나지 않을 것이다.
그 노파는 일 년 전부터
죽음의 위협을 직시하면서 왔지만
아직 죽지 않았단다."
면류관을 쓴 동정녀는
가난한 겸손을 사랑하시니.

그 노파의 하녀가 이 말을 듣고 나서
왔던 길로 되돌아 달려갔습니다.
그때 노파가 죽음의 문턱에서
괴로워하고 있는 상태임을 발견했습니다.
소녀가 노파에게 말했습니다.
"그 사제는 여기 오지 않을 거라고 생각해요.
비록 마님이 돌아가셔도
그가 화장을 맡아 할 것 같진 않아요."
면류관을 쓴 동정녀는
가난한 겸손을 사랑하시니.

그 노파가 이 얘기를 들었을 때
크게 비통해하며
기도를 드렸습니다.
"하나님의 어머니 성모 마리아님,

어서 오셔서 제 영혼을 구원해주십시오.
그리고 저의 죄를 용서해주십시오.
저에게 영성체를 줄 사람조차 없이
버림을 받았습니다."
면류관을 쓴 동정녀는
가난한 겸손을 사랑하시니.

그 부자 집에서 일하는 한 사제가 있었는데
그는 복음을 전파하는 신부였습니다.
그가 담당 사제에게 말했습니다.
"제가 두려워하는 것을 마음에 새겨두기 바랍니다.
만약에 그 노파가 세상을 떠난다면
당신이 훗날 예수 그리스도에게
그녀의 영혼에 대해서
책임 있는 답변을 해야 할 것입니다."
면류관을 쓴 동정녀는
가난한 겸손을 사랑하시니.

담당 사제가 그에게 말했습니다.
"이 착한 분을 버리고 떠나라고
충고하지 마세요.
만약 당신이 원한다면 가십시오.
거기서 무엇을 얻든지 간에
나에게 주실 필요가 없습니다."
복음 전도 사제는 곧장

그 자리를 떠났습니다.
면류관을 쓴 동정녀는
가난한 겸손을 사랑하시니.

그리고 그는 교회에서
성찬과 성배를 가져갔습니다.
그가 그 움막에
들어갔을 때
불의와 불화를 참지 못하는
주님의 축복받은 어머니가
그 노파 옆에 앉아 계시는 것을
보았습니다.
면류관을 쓴 동정녀는
가난한 겸손을 사랑하시니.

그는 또한 움막 속에 그녀와 함께 있는
반짝이는 빛을 보았는데
곧 자비의 성모 마리아라는 사실을
확실히 알아보았습니다.
그가 뒷걸음쳐 나오려고 했을 때
성모님이 그에게 말했습니다.
"내 배에서 태어난
내 아들의 성체와 함께 들어오시오."
면류관을 쓴 동정녀는
가난한 겸손을 사랑하시니.

그가 들어갔을 때
성모 마리아 옆에
여섯 명의 소녀가 흰 가운을
입고 있는 모습을 보았는데
그들은 모두 너무나 아름다웠고
백합이나 장미보다 더 하얀색이었습니다.
그들은 연지나 얼굴의 주름살을 펴주는
백분도 바르지 않은 상태였습니다.
면류관을 쓴 동정녀는
가난한 겸손을 사랑하시니.

그들은 양탄자가 아닌
짚단 위에 앉아 있었습니다.
성모가 그 사제에게 말했습니다.
"자리에 앉아 이 선한 여인에게
성체배령을 거행하고
그녀가 죄 없음을 선포하시오.
이 여인은 이미 준비된
천국의 장소로 곧 출발할 겁니다."
면류관을 쓴 동정녀는
가난한 겸손을 사랑하시니.

그 사제가 성모 마리아께서
지시한 것을 모두 이행해야만 했습니다.
하지만 침상 위에 있는 그분 옆에

앉으려고 하지는 않았습니다.
한편 그 노파는 자신의 손으로
가슴을 치면서 말했습니다.
"다 내 잘못입니다.
내가 죄인이기 때문이지."
면류관을 쓴 동정녀는
가난한 겸손을 사랑하시니.

그 노파가 고해성사를 마쳤을 때
성모 마리아가 손수
그녀를 일으켜 세웠고
그리고 사제는 성체배령을 거행했습니다.
노파가 영성체를 받고 나서
성모 마리아가 다시 그녀를 자리에 눕혔습니다.
그리고 노파가 그녀에게 말했습니다.
"나의 성녀, 우리의 보호자여."
면류관을 쓴 동정녀는
가난한 겸손을 사랑하시니.

"이 세상에 저를 더 이상 두지 마시고
성모님께서 절 데리고 가셔서
당신의 아들을 볼 수 있게 해주십시오.
그분은 당신의 아버지이자 친구입니다."
성모 마리아가 대답했습니다.
"좀 있으면 당신이 나와 함께 있을 것이오.

다만 나는 당신의 영혼이
좀 더 정화되기를 바랍니다."
면류관을 쓴 동정녀는
가난한 겸손을 사랑하시니.

"당신이 세상을 떠나면
천국으로 곧바로 갈 것이고
더 이상의 시험을 당하지 않고
영원한 기쁨과 환희를 누리게 될 것이오.
그 불충실한 부자는
자신의 사악함에 빠져
그의 영혼이 이제 악마의 손에
넘어가게 되었소."
면류관을 쓴 동정녀는
가난한 겸손을 사랑하시니.

그리고 그분이 사제에게 말했습니다.
"이제 가보시오. 잘 수행하였소.
그대가 여기 온 것을
매우 감사하게 생각합니다.
하나님의 이름으로, 당신은
그 담당 사제보다 더 많은 선덕을 쌓았소.
담당 사제는 그 부잣집에 머물며
그의 돈을 탐내고 있지요."
면류관을 쓴 동정녀는

가난한 겸손을 사랑하시니.

곧이어 그 전도 사제는
저주받은 그 부자의 집에 갔고
거기서 담당 사제가 부자 앞에서
무릎을 꿇고 있는 모습을 보았습니다.
게다가 그 집이 악마로
가득 차 있는 것을 보았습니다.
문헌에 따르면, 그들은 그런 비난을 받아도
마땅한 영혼을 찾아온 것입니다.
면류관을 쓴 동정녀는
가난한 겸손을 사랑하시니.

그는 그 노파가 남아 있는
움막에 즉시 돌아갔고
거기서 너무나 아름답고 밝은
성모 마리아를 보았습니다.
그녀는 손짓으로 사제를
그 앞으로 소환하였고,
그리고 말했습니다.
"이제 나는 이 불쌍한 영혼을 거두려고 하오."
면류관을 쓴 동정녀는
가난한 겸손을 사랑하시니.

그때 그녀가 노파에게 말했습니다.

"친애하는 친구여,
이제 나와 함께 내 아들이
다스리는 왕국으로 갑시다.
그곳에 가면 그가 공정하게 심판을 하기 때문에
당신이 그곳에 즉시 들어가지 못할
이유가 없다고 생각합니다."
곧이어 그 착한 여인이 이 세상을 떠났습니다.
면류관을 쓴 동정녀는
가난한 겸손을 사랑하시니.

성모 마리아는 그 사제에게
올바른 행동을 했다고 말했고
아울러 그 움막에 온 일로 인해
상을 받을 것이라고 말했습니다.
게다가 시간이 좀 흐른 후
그가 무서운 곤경에
처하게 될 때
그녀가 구할 것이라고 말해주었습니다.
면류관을 쓴 동정녀는
가난한 겸손을 사랑하시니.

성모 마리아께서 말씀하시는 동안
그 사제는 무릎을 꿇고
눈물을 흘리며
머물러 있었습니다.

그리고 그가 부잣집에 다시 돌아왔을 때
그의 눈앞에 새로운 광경이 펼쳐졌습니다.
그 집이 엄청난 악마들에 의해
둘러싸여 있는 모습을 보았습니다.
면류관을 쓴 동정녀는
가난한 겸손을 사랑하시니.

그가 집에 들어갔을 때 바깥에 있던
악마들보다 더 큰 것들을 보았는데
무섭고 못생겼으며
무어인보다 더 검은색이었습니다.
그가 말했습니다.
"영혼아, 거기서 나와라.
네가 데리고 온 악마들 때문에
네가 영원한 처벌을 받을 시간이 되었다."
면류관을 쓴 동정녀는
가난한 겸손을 사랑하시니.

영혼[99]이 말했습니다. "불쌍한 내 신세,
내가 잘못한 것이 뭐지?
그런 혹독한 벌을
지옥에서 받아야 하다니.

---

99) 본문에서 "영혼"은 '육신'에 대응된 개념으로서 의인화된 알레고리적 주체라고
할 수 있다.

이 세상에 태어나지 않았다면
차라리 나았을 거야.
이제 티끌로 돌아가도록
하나님께 기도해야지."
면류관을 쓴 동정녀는
가난한 겸손을 사랑하시니.

사제가 이 광경을 보았을 때
너무 놀라 충격을 받아
거의 쓰러져 죽을 뻔했습니다.
하지만 성모 마리아가
그를 도와주러 재빨리 오셨습니다.
침착한 성모님은
그의 손을 잡고서
그를 악마의 구역에서 꺼내셨습니다.
면류관을 쓴 동정녀는
가난한 겸손을 사랑하시니.

그리고 그에게 말했습니다.
"그대가 지금 여기서 보고 있는 것과
그 움막에서 나를 도와주며
보았던 것을 신중하게
마음속에 새기기 바랍니다.
그대는 사람들에게 가서
목격한 바를 정확하게

증언해야 합니다."
면류관을 쓴 동정녀는
가난한 겸손을 사랑하시니.

그 사제는 은혜로 가득한
성모 마리아의 명령에 순종했습니다.
그리고 그가 이 세상에 살아 있는 동안
성인으로서 삶을 살았습니다.
그리고 그의 영혼이 육체를 벗어났을 때
성모 마리아께서 그를 데려가셨습니다.
성모 마리아님, 찬양받으소서.
면류관을 쓴 동정녀는
가난한 겸손을 사랑하시니.

100
심판의 날을 겪을
우리를 위해 성모 마리아가
당신의 아들에게 드린 기도

주님의 어머니, 그 순간에 우릴 위하여
당신의 아들에게 기도해주소서.

어머니인 당신을 통해 받으신
그 육신을 입으시고
아버지 성부의 능력을 갖고서

이 세상에 강림하시니, 기도해주소서.
주님의 어머니시여, 그 순간에 우릴 위하여
당신의 아들에게 기도해주소서.

주님이 큰 분노에 휩싸여
모두에게 나타나실 때
그분이 어떻게 잉태되었는지
기억하실 수 있게 해주소서.
주님의 어머니시여, 그 순간에 우릴 위하여
당신의 아들에게 기도해주소서.

주님이 가장 크게 노여워하실 날에
성모님의 몸속에 어떻게
그분이 계셨는지
기억하실 수 있게 해주소서.
주님의 어머니시여, 그 순간에 우릴 위하여
당신의 아들에게 기도해주소서.

당신이 공포에 사로잡힌
한 무리의 성자들을 보게 될 때
그분이 영양분을 공급받았던
당신의 성스러운 가슴을 보여주소서.
주님의 어머니시여, 그 순간에 우릴 위하여
당신의 아들에게 기도해주소서.

기록된 바에 따라
모든 이가 심판을 받으러 올 때
당신이 주님과 함께 이집트로 어떻게
도주했는지 주님에게 말해주소서.
주님의 어머니시여, 그 순간에 우릴 위하여
당신의 아들에게 기도해주소서.

모든 사람이 편안하고
부유하게 지낼 때
당신이 주님과 함께 겪은 고생을
주님에게 말해주소서.
주님의 어머니시여, 그 순간에 우릴 위하여
당신의 아들에게 기도해주소서.

불이 산과 계곡과 숲을 태울 때
당신이 이집트에서 물도 샘도
발견하지 못했던 그 당시 상황을
주님께 말해주소서.
주님의 어머니시여, 그 순간에 우릴 위하여
당신의 아들에게 기도해주소서.

천사들이 주님 앞에서 떨고 있는 모습을 보셨을 때
당신이 그분을 숨기기 위해
얼마나 바삐 서둘러야 했는지
그분에게 말해주소서.

주님의 어머니시여, 그 순간에 우릴 위하여
당신의 아들에게 기도해주소서.

나팔이 "모든 죽은 자들아 일어나라"라고 선언할 때
당신이 그분을 잃었을 때
당신이 느꼈던 슬픔이 작지 않았다는 사실을
그분에게 말해주소서.
주님의 어머니시여, 그 순간에 우릴 위하여
당신의 아들에게 기도해주소서.

대기가 불과 유황으로 타오를 때
그분이 감옥에 들어간 뒤에
당신이 느꼈던 큰 슬픔을
그분에게 말해주소서.
주님의 어머니시여, 그 순간에 우릴 위하여
당신의 아들에게 기도해주소서.

하늘에서 크고 우렁찬 소리가 날 때
그분이 채찍에 맞아 상처가 났고
당신의 마음이 얼마나 큰 아픔을 겪었는지
그분에게 말해주소서.
주님의 어머니시여, 그 순간에 우릴 위하여
당신의 아들에게 기도해주소서.

모든 사람이 자기 이마에 자신이 무슨 일을 했는지 기록할 때

그분이 십자가에 매달림으로 인해
당신의 마음이 얼마나 아팠는지
그분에게 말해주소서.
주님의 어머니시여, 그 순간에 우릴 위하여
당신의 아들에게 기도해주소서.

산과 계곡과 평야의 높이가 같아질 때
사람들이 주님의 손에 못질을 함으로써
당신이 느꼈던 마음을
주님께 말해주소서.
주님의 어머니시여, 그 순간에 우릴 위하여
당신의 아들에게 기도해주소서.

밝은 태양이 무서운 흑색으로 바뀔 때
주님이 쓸개즙과 식초를 마시는 모습을 보고
당신이 느꼈던 아픔을
주님께 말해주소서.
주님의 어머니시여, 그 순간에 우릴 위하여
당신의 아들에게 기도해주소서.

거대한 바다가 그 모양새를 바꿀 때
사람들이 주님을 긴 창으로 찔러
당신이 고통받았던 일을
주님께 말해주소서.
주님의 어머니시여, 그 순간에 우릴 위하여

당신의 아들에게 기도해주소서.

별들이 창공에서 떨어질 때
주님이 무덤에 누웠을 당시에
당신이 느꼈던 바를
주님께 말해주소서.
주님의 어머니시여, 그 순간에 우릴 위하여
당신의 아들에게 기도해주소서.

지옥이 올바르게 살지 않은 자들을 모두 삼킬 때
사람들이 그 무덤을 지켜보는 가운데
당신이 느꼈던 바를
주님께 말해주소서.
주님의 어머니시여, 그 순간에 우릴 위하여
당신의 아들에게 기도해주소서.

모든 왕이 그분에게 머리를 숙여 절을 할 때
왕들 중에 가장 강성한 왕이
어떻게 지상에 내려왔는지
주님께 말해주소서.
주님의 어머니시여, 그 순간에 우릴 위하여
당신의 아들에게 기도해주소서.

주님이 이 모든 끔찍한 사실을 보여줄 때
보호자가 되시어

우리 죄인들을 위하여
변호해주소서.
주님의 어머니시여, 그 순간에 우릴 위하여
당신의 아들에게 기도해주소서.

당신의 청운을 통하여 주님이 우리를
그분의 천국으로 데려가시어
그곳에서 우리는 환희와 미소를
영원토록 가질 수 있기를 기도합니다. 아멘.
주님의 어머니시여, 그 순간에 우릴 위하여
당신의 아들에게 기도해주소서.

인쇄체 전사본

Don Afonsso de Castela
de Toledo de Leon
Rey. e ben des copostella
ta o Reyno daragō

De Cordoua. de Jahen
de Seuilla outrossi
y de Murça u gran bē
lle fez deus com aprendi

Do algarue que gāou
de mouros y nossa fe
meteu y. y ar poblou
badaloz que Reyno e

Muit antigue que tolleu
a mouros Neule. Xerez
Beger. Medina prendeu
y Alcala doutra uez

E que dos Romāos Rey
e. per dereit e Sēnor

este liuro com achey
fez. a onrre a loor

Da uirgen Santa maria
que este madre de deus
en que ele muito fia
porē dos miragres seus

Fez cē cātares. y sōes
saborosos de cantar
todos de sēnas razões
com y podedes achar

A primeyra cātiga e de loor de
Santa maria; emētando los sete
    go
yos que ouue de seu fillo. e começa

Desoge mais quereu trobar
pola sennor onrrada
en que deus quis carne fillar
bēeita e sagrada

579

A segūda como Santa maria
pareceu en toledo a sāt alifōsso
y deull va alua que trouxe de para
iso cō que dissesse missa. e começa

Muito deuemos uarões
loar a Santa maria
que sas graças e seus dōes
da. a quen por ela fia

A terceyra. como Santa maria
fez cobrar a theofilo a carta que
fezera cono demo u se tornou
seu uassalo. e começa

Mais nos faz Santa maria
a seu fillo perdōar
que nos per nossa folia
llimos falir e errar

A quarta. como Santa maria
quardou ao fillo do iudeu que
nō ardesse que seu padre dei
tara no forno. e começa

A madre do que liurou
dos leōes daniel
essa do fogo guardou

un minyo dirrael

A quīta como sāta maria resoci
tou ao minȳo que o iudeu ma
tara por que cantaua gaude
uirgo maria. e começa

A que do bon rey daui
de seu linage decende
nenbralle creed ami
de quen por ela mal prende

A sesta como Santa maria li
urou a abadessa prenne que ador
mecera anto seu altar chorādo
e começa

Santa maria amar
deuemos muit e rrogar
que a ssa graça ponna
sobre nos por que errar
non nos faça nen pecar
o demo sen uergonna

A setēa como Santa maria guar
dou de morte a onrrada dona de
roma aque o demo acusou pola
fazer quemar. e começa

Sēpre seia bēeita e loada
sāta maria a noss auogada

A outaua como Sāta maria fez
en rocamador decender ṽa can
dea na uiola do iograr que cā
taua entela. ea loaua. e começa

A uirgen Santa maria
todos a loar deuemos
cātand e con alegria
quantos seu bē atendemos

A nouēa como Santa maria fez
en Sardonay preto de domas
que a ssa omagen que era pīta
da en ṽa tauoa. se fezesse carne
e manas oyo. e começa

Por que nos aiamos
senpre noit e dia
dela renenbrāça
en domas achamos
que Santa maria
fez gran demostrāça

A dezēa e de loor de sāta maria
come fremosa e bōa e a gran po

der. e começa

Rosa das rosas. e flor das flores
dona das donas sēnor das sēnores

A .xi. e como Santa maria. tolleu
a alma do mōge quess afogara no
rio. ao demo. e fezeo resocitar
e começa

Marcar ome per folia
agȳa caer pod en pecado
do ben de Santa maria
non deua seer desesperado

A .xii. como Santa maria cōuerteu
un caualeyro namorado quess
ouuera desesperar. por que nō
podia auer sa amiga. e começa

Quē dona fremosa
e bōa quiser amar
ama groriosa
e non podera errar

A .xiii. como Santa maria se quey
xou en toledo eno dia de sa festa
dagosto por que os iudeus cro

cefigauā ṽa omagen de cera a
semellāça de seu fillo. e começa

O que a Santa maria mais despraz
e de quen a o seu fillo pesar faz

A .xiiii. como Santa maria guar
dou o ladrō que non morresse
na forca. por quea saudaua. e
começa

Assi como ieso cristo
estando na cruz saluou
un ladrō assi sa madre
outro de morte liurou

A .xv. como Santa maria rogou
a seu fillo pola alma do mōge
de san pedro por que rogaran
todolos sātos e o nō quis fazer
senon por ela. e começa

Par deus muit e grā razō
de poder Santa maria
mais de quātos santos son

A .xvi. como Santa maria fez fazer
aos babous que crian a seda

duas toucas. por que a dona
que os guardaua lle prometera
ṽa e non lla dera. e começa

Por nos de dulta tirar
praz a Santa maria
de seus miragres mostrar
fremosos cada dia

A .xvii. como Santa maria fez
nacer ṽa flor na boca ao creri
go quea loaua despois que foi
morto. e era en semellança de
lilio. e começa

Madre de deus nō pod errar
quen enti a fiança

A . xviii. como Santa maria fillou
uengāça dos tres caualeiros
que mataran seu eēmigo anto
seu altar. e começa

Gran sandece faz
Quen se por mal filla
cona que de deus
e madre y filla

A .xix. como Santa maria aiudou
a enperadriz de roma a sofrer as
grandes coitas per que passou.
e começa.

Qvenas coitas deste mundo
ben quiser soffrer
Santa maria deue
sempr ante si pōer

A .xx. e de loor de Santa maria por
quantas mercees nos faz y co
meça.

Uirga de iesse
quen te soubesse
loar como mereces
e sen ouuesse
per que dissesse
quanto por nos padeces.

A .xxi. como Santa maria mandou
que fizessen bispo ao crerigo
que dizia senpre sas oras. y come
ça.

Mvito pūna dos seus onrrar
senpre Santa maria.

A .xxij. como Santa maria guardou
a un laurador que non morresse
   das
firidas quele daua un caualeiro y
seus omes. e começa.

Muy grā poder a a madre de deus
de defender ed anparar los seus.

A .xxiii. como Santa maria acrecen
tou o vio no tonel por amor da
bōa dōa de bretāna. y começa.

Como deus fez vīo. dagua
ant archetecrīo
bē assi depois sa madr
acrecentou o vīo.

A . xxiiij. como Santa maria ioigou
a alma do romeu que ya a Santiago
que se matara na carreira por enga
no do diabloo que tornas a o corpo.
y fizesse pēedença. y começa.

Nō e grā cousa se sabe
bon iuyzio dar
a madre do que o mundo
tod a de iuygar.

A .xxv. cõmo Santa maria fillou
a sinagoga dos iudeus. y fez dela
eigreia. y começa.

Non deuemos por marauilla tẽer
da madre do uencedor senpre uẽcer.

A .xxvj. cõmo Santa maria fez auer
fillo a ṽa moller manỹa y de
pois morreu lle y resocitoullo.
y começa. ·

Santa maria
pod enfermos guarir
quando xe quiser
e mortos resorgir.

A .xxvij. como Santa maria deffẽ
deu costanti noble dos mouros que
a cõbatian. y a cuidauan fillar. y
começa.

Todo logar mui ben pode
seer deffendudo
o que a Santa maria
a por seu escudo.

A .xxviij. como Santa maria liurou

a moller prenne que non morresse
no mar. y fezlli auer fillo dẽtro
nas ondas. y começa.

Acorrer nos pode
e de mal guardar
a madre de deus
se por nos nõ ficar.

A .xxix. como Santa maria fez pa
recer nas pedras omagẽes a ssa
semellança y começa.

Nas mentes senpre tẽer
deuemos las sas feituras
da uirgẽ pois receber
as foron as pedras duras.

A .xxx. e de loor de Santa maria
das marauillas que deus fez por
ela. e começa.

Deus te salue groriosa
reĩa maria
lume dos sanctos fremosa
e dos ceos uia.

A .xxxj. e como Santa maria seruiu

584

en logar da mōia que se foi do mōes
teiro. e começa.

De uergōna nos guardar
punna toda uia.
e de falir e derrar
a uirgen maria

A .xxxij. como Santa maria leuou
o boi do aldeāo de segouia quell
auia prometudo e non llo queria
dar. e começa.

Tāto se deus me perdon
son da uirgē cōnoçudas
sas mercees que quinnō
querē end as bestas mudas

A .xxxiij. como Santa maria defendeu
a cidade de cesaira do enperador iuy
āo. e começa.

Todolos santos que son no ceo
de seruir muyto an grā sabor
sancta maria a uirgen madre
de ieso cristo nostro sennor.

A xxxiiij. como Santa maria amēa

çou o bispo que descomūgou o creri
go que nō sabia dizer outra missa
se nō a sua. e começa.

Quen loar podia
com ela querria
a madre de quen
o mundo fez
seria de bon sen.

A xxxv. e como Santa maria le
uou en saluo o romeu que caera
no mar. y o guyou per soa agua
a o porto ante que chegas o batel.
y começa.

Gran poder a de mandar
o mar e todolos uentos.
a madre daquel que fez
todolos quatr elemētos.

A xxxvi. e como Santa maria fillou
dereito do iudeu pola desonrra que
fizera a sua omagē. y começa.

Gran dereit que fill o demo
por esecarmento
quen cōtra Santa maria

filla atreuimento

A xxxvii. e como Santa maria
apareceu non maste da naue
de noite que ya a bretāna. e a
guardou que nō perrigoasse. y
começa.

Muit amar deuemos
en nossas uoōtades.
a sennor que coitas
nos toll e tenpestades.

A xxxviij. como a ymagē de
Santa maria falou en testimonio
entro crischao y o iudeu. y co
meça.

Pagar ben pod o que deuer
o que a madre de deus fia.

A xxxviiij. como Santa maria
fez cobrar seu pe a o ome queo
tallara cō coita de door
y começa.

Miragres fremosos
faz por nos Santa maria

e marauillosos.

A xl. cantiga de loor de santa
maria de como deus nō lle pode
dizer de nō do que lle rogar nē ela
a nos. y começa.

Muito ualuera mais se deus māpar
que nō fossemos nados
senos nō desse deus a que rogar
uay. por nossos peccados.

A xli. e como a omagē de santa
maria tendeu o braço y tomou
o de seu fillo que queria caer da pe
drada que lle dera o tafur. de que
      sayu
sangue. e começa.

Poys que deus quis da uirgen fillo
seer por nos peccadores saluar
por ende non me marauillo
selle pesa de quen lle faz pesar.

A xlij. e como Santa maria
tornou a minȳa que era garrida
corda. y leuoa sigo a paraiso.
e começa.

Ay Santa maria
quen se por uos guia
quit e de folia
e senpre faz ben.

A xliij. e como Santa maria guar
dou a sa omagē que a nō queimas
o fogo. e começa.

Torto seria grād e desmesura
de prender mal da uirgē sa fegura.

A xliiij. e como Santa maria gua
receu o que era Sandeu e começa.

A uirgē madre de nostro sennor
ben pode dar seu siso
a o sandeu pois a o pecador
faz auer parayso.

A xlv. e como Santa maria sacou
dous escudeiros de priiō. e começa.

Prijō forte nē dultosa
nō pod os presos tēer
a pesar da groriosa.

A xlvi. e como Santa maria gua

receu o que era sordo e mudo. e
começa

Ben pod a sennor sen par
fazer oyr y falar.

A xlvij. e como Santa maria gua
receu a o quexelle torcera a boca
por que descreera ēela. e começa.

Fol e o que cuida que nō poderia
fazelo que quisesse Santa maria.

A xlviij. e como Santa maria gua
receu a moller do fogo de San
marçal quell auia comesto todo
o rostro. e começa.

Par deus tal sennor muito ual
que toda door toll e mal.

A xlviiij. e como Santa maria deu
o fillo a ūa bōa dona queo deitara
en pīnor. y crecera tanto a usu
ra que o nō podia quitar. e começa

Sāta maria senpre os seus aiuda
e os acorr a gran coita sabuda.

A L. e dos .vij. pesares que uiu santa
maria do seu fillo. e come

Auer nō poderia
lagrimas que chorasse
quantas chorar querria
sem ante nō uēbrasse.
como Santa maria
uiu cōque lle pesasse
do fillo que auia
ante quea leuasse

A Li. e como Santa maria sacou
de uergōna a un caualero que ouue
ra seer en a lid en sant esteuan
de gormas de que nō pod y seer
polas tres missas suas que oyu. e
começa

Qvuen ben serua madre
do que quis morrer
por nos nunca pod
en uergonna caer.

A Lij. e de como a moller que o
marido leixara en comenda a
Santa maria nō podo a çapata
quelle dera seu entendedor meter

no pee nē descalçar. e começa.

Qvē mui quiser
o que ama guardar.
a Santa maria
o deua encomendar.

A Liij. e como Santa maria guar
dou un priuado do conde de tolo
sa que nō fosse queimado no forno
por que oya sa missa cada dia. e
comença.

Non pode prender
nūca morte uergonnosa
aquele que guarda
a uirgen groiosa.

A Liiij. e como Santa maria fez
oyr y falar a o que era sordo y
mudo en toledo. e começa.

Santa maria os enfermos sāa
e os sāos tira de uia uāa.

A Lv. e como Santa maria tolleu
a o demo o mȳo quelle dera sa ma
dre con sanna de seu marido

por que cõcebera del dia de pascoa.
e começa.

Con seu bē sēpre uē en ayuda
cōnoçuda de nos Santa maria.

A Lvi. e como Santa maria reso
citou un minỹo en Santa maria
de salsas. e começa.

Por que e Santa maria
leal e muy uerdadeira.
por en muitoll auoreçe
a paraura mentireira

A Lvij. e como crerizō meteu
o anel eno dedo da omagē de santa
maria. e a omagē encolleu o
dedo cōel. e começa.

A uirgen muy groriosa
reỹa espirital.
dos que ama e ceosa
ca nō quer que façā mal

A Lviij. e de como o caualeiro que
   per
dera seu açor. y foyo pedir a santa

maria de salas. y estando na
igreia posoulle na mão. e
começa.

Quē fiar na madre do saluador
nō perdera rē de quanto seu for

A Lviiiij. e como a omagē de
Santa maria que un mouro guar
daua en sa casa onrrada mēte
e deitou leite das tetas. y come
ça.

Por que aian de seer
seus miragres mais sabudos
da uirgen. de les fazer
uay ant omees descreudos.

A Lx. e de loor de Santa maria
que mostra por que razō encar
non nostro sennor ēela. e começa.

Nō deue null ome
desto perren dultar.
que deus ena uirgen
ueō carne fillar.

A Lxi. e de como Santa maria guar

dou o mōge que o demos quis espan
tar polo fazer perder. e começa.

Uirgē Santa maria
guarda nos sete praz
da gran sabedoria
que eno demo iaz.

A Lxij. de como sāta maria
tolleu a agua da fōte ao caua
leyro en cuia eradade estaua. ea
deu aos frades de mōssarraz aquea
el queria uender. e começa.

Tāto son da groriosa
seus feitos mui piadosos
que fill aos que an muito
e da aos menguadosos

A .Lxiii. como Santa maria guy
ou os romeus que yan a seixō
e errarā de noite. e começa

Ben com aos que uā per mar
a estrela guya.
outrossi aos seus guiar
uai Santa maria

A .Lxiiij. e como a omagē de
Santa maria alçou o gēollo por
receber o colbe da saeta por guar
dar o que estaua pos ela. e começa

A madre de deus
deuemos tēer mui cara
por que aos seus
sēpre mui ben os āpara

A . Lxv. e como sāta maria fez
ao ome bōo conocer que tragia
cōssigo o demos por seruēte queo
queria matar senon pola ssa oraçō
que dizia. e começa

A reȳna groriosa
tāt e de gran sanctidade
que cō esto nos deffēde
do dem e de ssa maldade

A Lxvi. de como Santa maria
fez uiīr las cabras mōtesas
a mōssarrad. y se leixauā ordi
nar a os mōges cada dia. e come
ça.

Mvi gran dereit e

das bestias obedecer
a Santa maria
de que deus quis nacer.

A Lxvij. e de como Santa maria
guareceo o mocço pegureiro
que leuarō a seixō.y lle fez saber
o testamēto das escrituras ma
car nūca leera. e começa.

Como pod a groriosa
mui bē enfermos sāar.
assi a os que nō saben
pode todo saber dar.[1]

A Lxviij. e de como Santa maria
auēo as duas cōbooças que se que
riā mal e começa.

A groriosa grandes faz
miragres por dar a nos paz.

A Lxviiij. e de como Santa maria

guareçeu cō seu leite o mōge
doēte que cuidauā que era morto y
começa

Toda saude da santa reȳna
uen. ca ela e nossa meezīa.

A Lxx. e de loor de Santa maria
do departimēto que a entre aue
eua. y começa

Entre aue eua
gran departiment a

A Lxxi. e de como Santa maria
fez naçer as .v. rosas na boca
do monge depos sa morte polos
cīco salmos que dizia a onrra das
cīco leteras que a no seu nome
e começa.

Gran dereit e de seer
seu miragre muy fremoso

---

1) 톨레도본의 목차 67번과 68번 사이에 목차의 내용과 직접적으로 관련이 없는 두
   페이지가 존재한다. 이는 현존 톨레도본을 제본하는 과정에서 생성된 일종의 오류
   로 추정된다. 따라서 이 두 페이지를 제외한 나머지 내용으로 해당 목차 부분을
   열결하여 독자들이 이해할 수 있도록 나열하였다.

da uirgen de que nacer
quis por nos deus grorioso.

A Lxxii. e de como Santa maria
fez guarecer os ladrões que
foran tolleitos por que rouba
rā ūa dona y sa cōpāna que
yan en romaria a mōssarrad
e comeca.

Mvi grandes noyt e dia
deuemos dar por ende
nos a Santa maria
graças por que defende
os seus de dano
e sen engano
en saluo os guia.

A Lxxiii. e de como santa ma
ria desuiou a mōia que se non
fosse cō un caualeiro cō que po
sera dessir. e começa.

De muitas guisas
nos guarda de mal
Santa maria
tan muit e leal.

A Lxxiiij. e de como santa ma
ria guareceu a moller que
feçera matar seu gērro polo
mal prez quell apoȳa cō el que nō
ardeu no fogo en que a meterō
e começa.

Na mal andança
noss anparāça
ē esperança.
e Santa maria.

A Lxxv. e de como o crucifisso
deu a palmada a onrra de sa
madre a a mōia que posera dessir
cō seu entendedor. e começa.

Qvena uirgen ben seruir
nunca podera falir.

A Lxxvi. e de como Santa maria
guareceu cō seu leite da grand
enfermedade o clerigo que a loaua.
e começa.

Non e sē guisa dēffermos sāar
o santo leite que deus quis mamar.

A Lxxvii. e de como santa ma
ria fez a o clerigo quelli prometera
castidade y se casara; que leixasse
sa moller. y a fosse seruir. e
começa.

Qven leixar Santa maria
por outra fara folia.

A Lxxviij. e de como Santa maria
feç a un bispo cantar missa
y deulla uestimenta cō que a di
sesse y leixoulla quando se foy.
e começa.

Qvātos en Santa maria
esperança an
bē se porra sa fazenda.

A Lxxviiij. e de como santa ma
ria faz en cōstantinoble deçer
un pano anta sa omagen.
y começa.

De muitas guisas mostrar
sse nos quer Santa maria
por senos fazer amar.

A Lxxx. e de loor de Santa maria
das cīco leteras que a no seu no
me. y o que queren dizer. y começa

Eno nome de maria
cīque letera nō mais ya.

A Lxxxi. e de como Santa maria
guareceu a moller que chagara
seu marido por que a nō podia
auer a ssa guisa. y começa.

Grā piedat y mercee y nobleza
daquestas tres a na uirgen assaz
tā muitē que maldade nē crueza
nē descousimēto nūcalle praz

A Lxxxij. e de como Santa maria
deceu do ceo en ṽa igreia ante todos.
y guareceu quantos enfermos y
iaziā.
que ardiā do fogo de san marçal.
y
começa.

A uirgē nos da saud e tolle mal
tant a enssi gran uertud esperital

A Lxxxiij. e como Santa maria gāou
de seu fillo que fosse saluo o
  caualeiro
malfeitor que cuidou de fazer un
  mō
esteiro y morreu ante queo fezesse
e começa.

A uirgen Santa maria
tant e de grā piedade
que a o pecador colle
por feito a uoontade.

A Lxxxiiij. e de como Santa maria
se uīgou do escudeiro que deu o
  cou
ce na porta dassa igreia. e começa.

Mal ssa end achar
quē quiser desonrrar
Santa maria

A Lxxxv. e de como Santa maria
fazia ueer o clerigo cego en quanto
dizia a ssa missa. e começa.

Santa maria poder a
de dar lum a queno nō a.

A Lxxxvi. e de como Santa maria
seruiu pola mōia que se fora do
mōesteiro. y lli criou o fillo que
fezera ala andando. e começa.

A tant e Santa maria
de toda bondade bōa
que muy dāuidos sassāna
e mui de grado perdōa.

A Lxxxvij. e de como Santa maria
guareceu o pintor que o demo
quisera matar por que o pintaua
feo. e começa.

Qven Santa maria
quiser deffender
nōlle pod o demo
ni un mal fazer

A Lxxxviij. e de como santa ma
ria fez soltar o ome que andara
grā tēpo escomungado. e começa.

A creer deuemos que todo pecado
deus pola ssa madr auera perdōado.

A Lxxxviiij. e de como santa ma

ria tornou a casula branca que
tingera o uīo uermello. y começa

Ben pod as cousas feas
fremosas tornar
a que pod os pecados
das as almas lauar

A Lxxxx. e de loor de Santa maria
de como a saudou o angeo. y co
meça

De gracia chēa e damor
de deus acorre nos sennor.

A Lxxxi. e de como Santa maria
mostrou aa monia como dise
sse breuemēt. aue maria. y co
meça.

Se muito nō amamos
gran sandece fazemos
a sennor que nos mostra
de como a loemos.

A Lxxxxij. e de como santa
maria fez queimar a lāa a os
mercadores que ofereran algo a

a sua omagen. y llo tomaron
depois. y começa

O que a Santa maria
der algo ou prometer
dereit e quess en mal ache
sello pois quiser toller.

A Lxxxxiij. e de como Santa maria
fez esta o monge .ccc. anos a
o cāto da passarȳa por qu elli pidia
quelli mostrasse o bē que auiā os
   que
erā en parayso. y começa.

Quena uirgē bē seruira.
a parayso yra

A Lxxxxiiii. e de como Santa maria
nō quis cōssintir a dona que era
   mui
pecador que entrasse en sa igreia
   de
ual uerde ata que sse maenfestas
se y cōmça.

Non deua Santa maria
merecee pidir.

aquel que de seus pecados
nõss arrepintir.

A Lxxxxv. e como Santa maria fez
cobrar o lume a un ouriuez
en chartes. e começa.

Ben pode Santa maria
seu lum ao cego dar.
pois que dos pecados pode
as almas alumēar.

A Lxxxxvi. e de como Santa maria
fez a a moller que queria fazer ama
foyras a seu amigo cõ el corpo
de ihu xpo y queo tragia na touca
quelli corresse sangue da cabeça
   ata
queo tirou ende. y começa.

Nunca ia pod a auirgen
ome tal pesar fazer
como quē ao seu fillo
deus. coida escarneçer.

A Lxxxxvij. e como Santa maria fez
partir o crerigo y a donzela que
fazian uoda. por que o crerigo trou

xera este preito polo demo. y fez
   que
entrassen ambos en orden y comça.

uit e mayor o ben fazer
da uirgen Santa maria
que e do demo o poder
nen dome mao perfia.

A Lxxxxviij. e de como santa ma
ria resucitou a moller do caualeiro
quesse matara. por qlle diss o caua
leiro que amaua mays outra ca ela. e
dizialli por snta maria. e começa.

O que en Santa maria
creuer ben de coraçon
nunca recebera dano.
nē grā mal nē oqueiion.

A Lxxxxviiij. e de como Santa maria
fez ueer ao crerigo que era mel
lor pobreza con omildade; ca re
queza mal gāada con soberuia
y con orgullo. y começa.

mildade con pobraza
quer a uirgen corõada

mas dorgullo con requeza
e ela mui despagada.

A .C. e de como Santa maria
rogue por nos a seu fillo eno

dia do ioyzo. e começa.

Madre de deus ora
por nos teu ffill essa ora.

[서문]²⁾

Por que trobar e cousa en que jaz
entendimēto poren queno faz
ao dauer. e de razon assaz
per que entenda e sabia dizer
o que entende de dizer lle praz
ca ben trobar assissa de fazer

E marcar eu estas duas nō ey
com eu querria pero prouarey
a mostrar ende un pouco que sey
confiand en deus ond o saber uen
ca per ele tenno que poderey
mostrar do que quero alguna ren

E o que quero e dizer loor
da uirgen madre de nro sēnor
Sancta maria que est a mellor
cousa que el fez y por aquest eu
quero seer oy mays seu trobador
e rogolle que me qyra por seu

Trobador e que qira meu trobar
receber. ca per el qr eu mostrar
dos miragres que ela fez e ar
querreime leixar de trobrar³⁾ desi
por oura dona e cuid a cobrar
per esta. quāt enas outras perdi

Ca o amor desta sennor e tal
que queno a. senpre per y mas ual
e poylo gaānad a non lle fal
se non se e per sa grand ocaijō
querendo leixar bē y fazer mal
ca per esto o perde peral non.

Poren dela nō me quer eu partir
ca sey depran que sea ben seruir.
que non poderey en seu ben falir
deo auer ca nunca y faliu
quen llo soube con merçee pedir
ca tal rogo senpr ela bē oyu.

Onde lle rogo se ela quiser
que lle praza do que dela disser
en meus cantares. y sell apuguer

---

que me de galardon com ela da
a os que ama. e queno souber
por ela mais de grado trobara.

1

Esta e a primera cantiga de
loor de Santa maria, ementādo
los vij. goȳos que ouue de seu fillo

Desoge mais quereu trobar
pola Sennor onrrada
en que Deus quis carne fillar
beeita e sagrada,
por nos dar gran soldada
no seu reino y nos erdar
por seus de sa masnada
de uida perlongada,
sen auermos pois a passar
per mort outra uegada.

E pore quero começar
como foi saudada
de gabriel u le chamar
foi ben auenturada
uirgen de Deus amada
do que o mund á de saluar
ficas ora prennada

y de mais ta cunnada
elisabet que foi dultar
e end ēuergonnada.

E de mais queroll enmentar
como chegou canssada
a beleem e foi pousar
no portal da entrada
u pariu sen tardada
Iesu Crist' e foyo deitar
como moller menguada
u deitan a ceuada,
no preseve a pousētar
entre bestias darada.

E non ar quero obridar
com angeos cantada
loor a Deus forō cantar
y paz en terra dada
nē como a contrada
a os tres reis en ultramar
ouua strela mostrada
por que sen demorada
uēeron sa oferta dar
estranna e preçada.

Autra razon quero contar
quell ouue pois cōtada

a madalena com estar
uyu a pedr entornada
do sepulcre guardada
do angeo que le falar
foy y disse coitada
moller. sei confortada,
ca Iesu que uēes buscar,
resurgiu madurgada.

E ar quero uos demostrar
gran lediça ficada
que ouuela u uiu alçar
a nuuen lumēada
seu fill y pois alçada
foi virō angeos andar
entra gent assūada
muy desaconssellada
dizend assi uerra iulgar
est e cousa prouada.

Nen quero de dizer leixar
de como foi chegada
a graça que deus enuiar
le quis atan grāada
que porel esforçada
foi. a cōpanna que juntar
fez Deus e enssinada
de Spirit auondada

por que souberō preegar
logo sen alongada.

E par deus nō e de calar
como foi corōada
quando seu fillo a leuar
quis des que foi passada
deste mund e jūtada
cōel no ceo par a par
e reyna chamada
filla madr e criada
e porē nos deu a iudar
caxé noss auogada.

2
Esta segūda e de como pare
çeu en toledo Santa maria a sāt
alifōsso. e deull ṽa alua que
trouxe de paraiso cō que dise
sse missa

Muito deuemos uarōes
loar a Santa maria
que sas graças e seus dōes
da aquen por ela fia.[4]

Sen muita de bōa māna
que deu a un seu prelado

que primado foi despaña
y afons era chamado
deull ṽa tal uestidura
que trouxe de parayso
ben feita assa mesura
por que metera seu siso
ena loar noit e dia
poren deuemos uarões
loar Santa maria

Ben enpregou el seus ditos
com achamos en uerdade
y os seus bōos escritos
que fez da uergijdade
daquesta Sennor mui santa
per que sa loor tornada
foi en espanna de qnta
a end auian deitada
iudeus y a eregia.
poren deuemos uarões
loar a Santa maria

Mayor miragre do mundo
llant esta sēnor mostrara

u con rey recessiũdo
ena precisson andara
u lles pareceu sen falla
santa locay e en quanto
llel rey tallou da mortalla
disselai affonsso santo
per ti uiua sennor mia.
poren deuemos uarões
loar a Santa maria

Por queo a groriosa
achou mui fort e sen medo
en loar ssa preciosa
uergīindad en toledo
deulle porend ṽa auva
que nas sas festas uestisse
a uirgē santa e salua
e en dandolla le disse
meu fillo esto chenuia.
poren deuemos uarões
loar a Santa maria

Pois leste dō tā estraȳo
ouue dad e tan fremoso

---

4) 본문 내부의 이탤릭체는 후렴부임을 의미한다. 그다음 이어지는 각 연에서 반복되
는 동일한 후렴부는 텍스트의 가독성을 높이고자 그 첫 번째 행과 말줄임표(…)로
대체하였다. 이 규정은 본 연구번역 전체에 적용된다.

disse par deus muit eāyo
seria. e orgulloso
qnss ēesta ta cadeira
se tu nō es, sassentasse
nē que p nulla maneira
est alua uestir prouasse
ca deus del se uingaria.
porē deuemos uarões
loar Santa maria

Pois do mūdo foi partido
este confessor de Cristo
don siagrio falido
foi arçobispo pos isto
queo fillou asseu dano
ca por que foi atreuudo
ensse uestir aquel pano
foi logo mort e poudo
com a uirgē dit auia.
poren deuemos uarões
loar a Santa maria

3

Esta terceira e como Santa maria
fez cobrar a theofilo a carta que
fezera cono demo u se tornou
seu uassallo

Mais nos faz Santa maria
a seu fillo perdōar
que nos per nossa folia
llimos falir e errar

Por ela nos perdōou
deus o pecado dadam
da maçāa que gostou
por que soffreu muit affan
eno ynferno entrou
mais a do mui bon talan
tantasseu fillo rogou
queo foi end el sacar.
Mais nos faz Santa maria
a seu fillo perdōar

Pois ar fez perdon auer
a theofilo un seu
seruo. que fora fazer
per conssello dun iudeu
carta por gāar poder
cono demo, e lla deu
e fez llen deus descreer
desi aela negar.
Mais nos faz Santa maria
a seu fillo perdōar

Pois theofilo assi

fez aquesta traiçon
per quant' end eu aprendi
foi do demo gran sazon
mais depois segūd oy
repentiuss e foi perdō
pedir logo ben ali
u pecador sol achar.
Mais nos faz Santa maria
a seu fillo perdōar

Chorādo dos ollos seus
muito. foi perdō pedir
u uiu da madre de deus
a omagen sen falir
lle diss os pecados meus
son tā muitos sē mētir
que senō per rogos teus
nō poss eu perdon gāar.
Mais nos faz Santa maria
a seu fillo perdōar

Theophilo dessa uez
chorou tāt e nō fez al
atēes a que de prez
todas outras donas ual
ao demo mais ca pez
negro do fog yfernal
a carta trager lle fez

e deulla anto altar.
Mais nos faz Santa maria
a seu fillo perdōar

4

Esta quarta e como Santa maria
guardou ao fillo do iudeu que
non ardesse que seu padre dei
tara no forno

A madre do que liurou
dos leōes daniel
essa do fogo guardou
n minyo dirrael.

En beorges un iudeu
ouue que fazer sabia
uidro. e un fillo seu
que el en mais non auia
per quant end aprendi eu
ontros crischāos leya
na escol e era greu
a seu padre samuel.
A madre do que liurou
dos leōes daniel

O minȳo o mellor
leeu que leer podia

e daprender grā sabor
ouue de quanto oya
e por esto tal amor
con esses moços collia
con que era leedor
que ȳa en seu tropel.
A madre do que liurou
dos leōes daniel

Poren uos quero cōtar
o quell auco un dia
de pascoa. que foi entrar
na eigreia u uiia
o abad anto altar
e aos moços dād ya
ostias de comungar
e uȳen un calez bel.
A madre do que liurou
dos leōes daniel

O iudeucīo prazer
ouue calle parecia
que ostias a comer
les daua Santa maria
que uiia resprandecer
eno altar u siia
e enos braços tēer
seu fillo emanuel.

A madre do que liurou
dos leōes daniel

Quand o moç esta uisō
uiu. tā muito lle prazia
que por fillar seu qnnō
antos outros se metia
Santa maria enton
a mão lle porregia ·
e deulle tal comuyō
que foi mais doce ca mel.
A madre do que liurou
dos leōes daniel

Poila comuyon fillou
logo dali se partia
e encas seu padr entrou
como xe fazer soya
y ele lle preguntou
que fezera. el dizia
a dona me comūgou
que ui so o chapitel.
A madre do que liurou
dos leōes daniel

O padre qnd' est oyu
creceule tal felonia
que de seu siso sayu

e seu fill entō prendia
e u o fornarder uiu
meteo dētre choya
o forne mui mal faliu
como traedor cruel.
A madre do que liurou
dos leōes daniel

Rachel sa madre que bē
grand a seu fillo queria
cuidādo sen outra ren
quelle no forno ardia
deu grādes uozes porē
y ena rua saya
e aqa gente uen
ao doo de rachel.
A madre do que liurou
dos leōes daniel

Pois souberō sē mētir
o por que ela carpia
forō log o fornabrir
enque o moço iazia
que a ugē qs guarir
como guardou anania
deus seu fill. e sen falir
azarie misael.
A madre do que liurou

dos leōes daniel

O moço logo dali
sacaron con alegria
e preguntarōll assi
sesse dalgū mal sētia
dissel non. ca eu cobri
o que a dona cobria
que sobelo altar ui
cō seu fillo bon dōzel.
A madre do que liurou
dos leōes daniel

Por este miragr atal
log a iudea criia
eo minȳo sen al
o batismo recebia
e o padre qo mal
fezera. per sa folia
deronll enton morte qual
qs dar. a seu fill abel.
A madre do que liurou
dos leōes daniel

5

Esta .v. e como Santa maria resu
citou o minȳo que o iudeu ma
tara por que cātaua gaude uirgo

maria

A que do bō rey daui
de seu linage decende
nenbralle creed ami
de quen por ela mal prēde.

Porend a sant escritura
que non mēte nen erra
nos conta un gran miragre
que fez en engra terra
a uirgen Santa maria
con que iudeus an grā guerra
por que naceu iesu cristo
dela que os reprende.
A que do bō rey daui
de seu linage decende

Auia en engra terra
ṽa moller menguada,
a que morreu o marido
cō que era casada
mais ficoulle del un fillo
cō que foi mui cōffortada
e log a Santa maria
o ofereu porende
A que do bō rey daui
de seu linage decende

O minȳ a marauilla
er apost e fremoso
e daprender quant oya
era muit engenoso
e demais tan ben cātaua
tan māss' e tan saboroso
que uencia quantos erā
en sa terr e alende.
A que do bō rey daui
de seu linage decende

E o cātar que o moço
mais aposto dizia
e de qsse mais pagaua
quen qr queo oya
era un cantar enque
diz. gaude virgo maria
e pois diz mal do iudeu
que sobr aqsto contende.
A que do bō rey daui
de seu linage decende

Este cantar o minyo
atan ben o cantaua
que qual qr qo oya
tantoste o fillaua
e por levalo conssigo
conos outros barallaua

dizend eu darllei que iante
e demais que merende.
A que do bō rey daui
de seu linage decende

Sobresto diss o minyo
madre fe que deuedes
desoge mais uos consello
que o pedir leixedes
pois uos da Santa maria
por mi quanto uos queredes
e leixad ela despenda
pois que tan ben despende.
A que do bō rey daui
de seu linage decende

Depois un dia de festa
en que foron iuntados
muitos iudeus e crischãos
e que iogauan dados
enton cantou o minyo
e foron en mui pagados
todos, senon un iudeu
quelle qs gran mal desende.
A que do bō rey daui
de seu linage decende

No que o moço cantaua

o iudeu meteu mentes
e leuoo a sa casa
pois se foron as gentes
e deulle tal dueña acha
que ben atro enos dentes
o fendeu bees assi
ben como qn lenna fende.
A que do bō rey daui
de seu linage decende

Poilo minyo foi morto
o iudeu muit agia
soterroo na adega
u sas cubas tiia
mais deu mui maa noite
a sa madre a mesquya,
queo andaua buscando
e dalend e daquende.
A que do bō rey daui
de seu linage decende

A coitada por seu fillo
ya muito chorando
e aquantos ela viia
a todos preguntando
seo uiran. o un ome
lle diss eu o ui ben quando
un iudeu o leuou sigo

que os panos reuende.
A que do bō rey daui
de seu linage decende

As gentes quand est oyron
foron ala correndo
e a madre do minyo
braadand e dizendo
dime que fazes meu fillo
ou que estas atendendo
que non uēes ata madre
que ia sa mort entende.
A que do bō rey daui
de seu linage decende

Pois dis ai Santa maria
sennor tu que es porto
u arriban os coitados
dame meu fillo morto
ou uiuou qual qr que seia
senon faras me gran torto
e direi que mui mal erra
queno teu ben atende.
A que do bō rey daui
de seu linage decende

O miny enton da fossa
enque o soterrara

o iudeu. começou logo
en uoz alta e clara
a cantar gaude maria
que nunca tan ben cantara
por prazer da groriosa
que seus seruos defende.
A que do bō rey daui
de seu linage decende

Enton tod aquela gente
que y iuntada era
foron corrend aa casa
ond essa uoz uēera
e sacaron o minyo
du o iudeu o posera
uiue sāo e dizian
todos. que ben reçende.
A que do bō rey daui
de seu linage decende

A madr enton aseu fillo
preguntou que sentira
e ele lle contou como
o iudeu o firira
e que ouuera tal sono
que senpre depois dormira
ata que Santa maria
lle dise leuatende.

A que do bō rey daui
de seu linage decende

Ca muito per as dormido
dormidor te feziste
e o cantar que dizias
meu ia escaeciste
mas levat e dio logo
mellor que nunca dissiste
assi que achar non possa
nullomi. que emende.
A que do bō rey daui
de seu linage decende

Quand esto disso minyo
quantossi acertaron
aos iudeus foron logo
e todolos mataron
e aquel que o firira
eno fogo o queimaron
dizendo quen faz tal feito
desta guysa o rende.
A que do bō rey daui
de seu linage decende

6
Esta .vi. e como Santa maria liurou
  a

abadessa prenne que adormecera
ant o seu altar chorando

Santa maria amar
deuemos muit e rogar
que a sa graça ponna
sobre nos por que errar
non nos faça nen pecar
o demo sen uergonna.

Porende uos contarei
un miragre que achei
que por ṽa badessa
fez a madre do gran rey
ca per com eu apres ei
era xe sua essa
mais o demo en artar
a foi por que enprennnar
souue dun de bolonna
ome que de recadar
auia e de guardar
seu feit e sa besonna.
Santa maria amar

As monias pois entender
foron esto e saber
ouueron gran lediça
ca por que les non sofrer

queria de mal fazer
auianlle maiça.
e forona acusar
ao bispo do logar,
e el ben de colonna
chegou y, e pois chamar
a fez, ueo sen uagar
leda e mui risonna.
Santa maria amar
deuemos muit rogar

Obispo le diss assi
Dona per quant aprendi
mui mal uossa fazenda
fezestes. e uin aqui
por esto que ante mi
façades end emenda.
mas a dona sen tardar
a madre de deus rogar
foi, e come quen sonna
Santa maria tirar
le fez o fill e criar
lo mandou en Sanssonna.
Santa maria amar
deuemos muit rogar

Pois sa dona espertou
e se guarida achou

log ant obispo ueno
e el muito a catou
e desnuala mandou
e pois le uiu o seno
começou Deus a loar
e as donas a brasmar
que eran dordin donna
dizendo se Deus manpar
por salua possesta dar
que non sei quell aponna.
Santa maria amar
deuemos muit rogar

7

Esta .vij. e como Santa maria
    guardou
de morte a onrrada dona de ro
ma a que o demo acusou pola
fazer queimar

Sēpre seia bēeita e loada
sāta maria a noss auogada

Maravilloso miragre doyr
uos quereu ora contar sen mentir
de como fez o diabre fogir
de Roma. a Uirgen de Deus amada.
Senpre seia bēeita e loada

sāta maria a noss auogada

En Roma foi ia ouue tal sazôn
que ṽa dona mui de coraçon
amou a Madre de Deo mas enton
sofreu que fosse do demo tentada.
Senpre seia bēeita e loada
sāta maria a noss auogada

A dona mui bō marido p̣deu
e cō pesar del. per poucas morreu
mas mal conorto dū fillo pndeu
que del auia, quea fez prennada.
Senpre seia bēeita e loada
sāta maria a noss auogada

A dona, pois que prenne se sētiu
grā pesar ouue. mas depois pariu
un fille u a nengūu non uiu
matoo dentr en sa cas ensserrada.
Senpre seia bēeita e loada
sāta maria a noss auogada

En aquel tēpo o demo mayor
tornouss en forma dome sabedor
e mostrandosse por deuȳnador
o enp̣ador le fez dar soldada.
Senpre seia bēeita e loada

sāta maria a noss auogada

E ontro al que soub adeuȳar
foi o feito da dona mesturar
e disse que llo quería prouar
en tal que fosse log ela queimada.
Senpre seia bēeita e loada
sāta maria a noss auogada

E pero llo enperador dizer
oyu. ia per rē nō llo qs creer
mas fez a dona antessi trager,
e ela uēo ben acompānada.
Senpre seia bēeita e loada
sāta maria a noss auogada

Poilo enp̣ador chamar mandou
a dona. logo o dem ar chamou
qlle foi dizer per qnto passou
de que foi ela mui marauillada.
Senpre seia bēeita e loada
sāta maria a noss auogada

O enp̣ador lle disse moller
boa, de responder uos e mester
Obē diss ela se prazo ouuer
en que eu possa seer cōssellada.
Senpre seia bēeita e loada

sāta maria a noss auogada

Lenperador lles pos praz atal
doia tres dias u nō aia al
uēna prouar o maestr este mal
senon a testa lle seia tallada.
Senpre seia bēeita e loada
sāta maria a noss auogada

Abōa dona se foi ben dali
aun eigreia per qnt aprendi
de Santa maria. e diss assi
Sēnor acorre a tua coitada.
Senpre seia bēeita e loada
sāta maria a noss auogada

Santa maria lle diss est afan
e esta coita que tu as de pran
faz o maestre. mas mēos que cā
o tē en uil. e sei ben esforçada.
Senpre seia bēeita e loada
sāta maria a noss auogada

Abōa dona sen niū desden
ant o enꝑerador aquea uē
mas o demo entō ꝑ nulla rē
nona cōnoçeu nēlle disse nada.
Senpre seia bēeita e loada
sāta maria a noss auogada

Diss o enꝑador par Sā martin
maestre mui pret e a uossa fī
Mas foiss o demo e fez llo bocī
e derribou do teit ṽa braçada.
Par deus muit e gran razō
de poder Santa maria[5]

8
Esta oitava e como Santa maria
fez en rocamador decēder ṽa cā
dea na uiola do iograr que cātaua
entela

A uirgen Santa maria
todos a loar deuemos
cantand e con alegria

---

5) 톨레도본에 속한 본 행의 후렴부는 필경사의 실수로 15장의 후렴부를 혼동하여 기
재했을 가능성이 높다. 따라서 본 작품의 나머지 연에서 일괄적으로 사용한 후렴부
(*Sēpre seia bēeita e loada/ sāta maria a noss auogada*)로써 대체하는 것이 합당
하다고 생각한다.

quantos seu ben atēdemos

E por aquest un miragre
uos direy de que sabor
aueredes poiloirdes
que fez en rocamador
a uirgen Santa maria
madre de nuestro sēnor
ora oid o miragre ,
e nos contaruoloemos.
A uirgen Santa maria

Un iograr de que seu nome
era pedro de sigrar
que mui bē cantar sabia
e mui mellor uiolar
y en todalas eigreias
da ugē que nō a par
un seu lais sēpre dizia
per qnt en nos apndemos.
A uirgē Sāta maria
todos a loar deuemos

O lais que ele cātaua
era da madre de deus
estand ant a sa omagē
chorādo dos ollos seus
e pois diss ai groriosa

seuos prazē estes meus
cantares. ṽa candea
nos dade a que cēemos.
A uirgē Santa maria
todos a loar deuemos

De com o iograr cātaua
Santa maria prazer
ouue. fez lle na uiola
ṽa candea deçer
mas o mōge tesoureiro
foi lla da mão toller
dizend encantador sodes
e nō uola leixaremos.
A uirgen Santa maria
todos a loar deuemos

Mas o iograr que na ugē
tīna seu coraçon
nō qs leixar seus cātares
e a candea enton
ar pousoulle na uiola
mais o frade mui felō
tolleulla outra uegada
mais toste ca uos dizemos.
A uirgē Santa maria
todos a loar deuemos

Pois a cãdea fillada
ouuaql monge desi
ao iograr da uiola
foya põer ben ali
ux ant esta ue atoa
mui derig e diss assi
dõ iograr sea leuardes
por sabedor uos terremos.
A uirgē Santa maria
todos a loar deuemos

O iograr por tod aqsto
nõ deu ren mas uiolou
comox ante uiolaua
i a candea pousou
outra uez ena uiola
mas o mõge lla cuidou
fillar. mas disse lla gēte
esto uos non sofreremos.
A uirgē Santa maria
todos a loar deuemos

Poilo mõge pfïado
aqueste miragre uiu
entēdeu que muit errara
e logoss arrepentiu
y ant o iograr en tra
se deitou. e le pediu

perdõ por Santa maria
en que uos e nos creemos.
A uirgē Santa maria
todos a loar deuemos

Poila Virgen groriosa
fez este miragr atal
que deu ao iograr dõa
y conuerteu o negral
monge. dali adeante
cadan un grãd estadal
lle trouxe a ssa eigreia
o iograr que dit auemos.
A uirgē Santa maria
todos a loar deuemos

9

Esta novena e. como Santa maria
fez en Sardonai preto de domas
que a sa omagē que era pītada en
    ṽa
tauoa. se fizesse carne y manass
oyo.

Por que nos aiamos
senpre noit e dia. dela renenbrãça
en domas achamos que Santa maria
fez gran demostrança.

En esta cidade que uos ei ia dita
ouui ṽa dona de mui santa uida
mui fazedor dalgue de todo mal
   qta
rica e mui nobre e de ben cōprida.
mas por que sabiamos como nō
   qria
do mūdo gabāça como fez digamos
valberguería u fillou morança.
Por que nos aiamos sēpre
noit y dia. dela renēbrança

E ali morand e muito bē fazēdo
a todalas gētes que peri passavā
uēo y un mōge segund eu aprendo
que pousou cō ela com outros
   pousauan.
Dissela ouçamos u tēedes uia
se ides a Frāça. diss el mas cuidamos
dereit a Soria. log ir sē tardança.
Por que nos aiamos sēpre
noit y dia. dela renēbrança

Log entō a dona chorādo dos ollos
muito lle rogaua que p i tornasse
des que el ouuesse fito los gēollos
ant o San Sepulcro. e ēel beyiasse.
y mais uos rogamos que se uos pzia

ṽa semellāça que dala ueiamos
da que sēpre guya os seus sen
   errāça.
Por que nos aiamos sēpre
noit y dia. dela renēbrança

Pois que foi o mōge na santa cidade
u Deus por nos morte ena cruz
   prendera
comprido seu feito rē da magestade
nō lle uēo amēte que el prometera.
mas disse mouamos assa conpānia
que gran demorança aqui u estamos
bōa nō seria sen auer pitança.
Por que nos aiamos sēpre
noit e dia. dela renēbrança

Quand est ouue dito coidouss ir sē
   falla
mas a uoz do ceo lle disse mesquỹo
e como nō leuas asse deus te ualla
a omagē tigo. e uas teu camỹo
esto nō loamos ca mal chestaria
que per obridança se a que amamos
mōia, nō auia. da Virgen senbrāça.
Por que nos aiamos sēpre
noit e dia. dela renēbrāça

Mantenent o frade os que con el yan
leixou ir. e logo tornou sen tardada
e foi buscar u as omages vendian
e cōprou end ṽa a mellor pintada.
Diss el ben mercamos e quen poderia
a esta osmāça pōer y uaamos
a noss abadia con esta gaança.

Por que nos aiamos senpre

E pois que omōge aqsto feit ouue
foiss entō sa uia omagē no sēo
y log y apreto un leon u iouue
achou que correndo pera ele uēo
de so ūus ramos nō con felonia
mas cō omildāça. por que ben
    creamos
que deus o qria. guardar sē dultāça.

Por que nos aiamos sēpre
noit y dia. dela renēbrança

Des quando o mōge do leō foi qto
que macar se fora. nō ꝑdera medo
del. a pouca dora un ladrō maldito
que romeus robaua diss aos seus
    quedo

por que non matamos este pois
    desuia
dallei cō mia lāça e o seu partamos
logo sē ꝑfīa todos per iguança.

Por que nos aiamos sēpre
noit e dia. dela renēbrança

Quand est ouue dito quis enel dar
    salto
dizendo matemolo ora yrmāos
Mas a uoz do ceo lles disse mui dalto
[Sandeus][6] nō pōnades ēele as
    māos
ca nos lo guardamos de malfeitoria
e de malandāça. e bē uos mostramos
que Deus prenderia. de uos grā
    uēgāça.

Por que nos aiamos sēpre
noit y dia. dela renēbrança

Pois na majestade uiu tā grā vertude
o mōg entō disse como quer que
    seia
bōa sera esta, a se deus maiude
en costātinoble na nossa eigreia

---

6) 대괄호 속의 어휘와 관련하여 톨레도 판본(Mss. Toledo)의 것은 지워져 알아보기
힘든 상태이므로 엘에스코리알 판본(Códice Rico)의 해당 부분을 참고하였다.

ca sea leuamos all bauequia

e gran mal estãça, sera non erramos.

E a omarsia con tal acordãça.

Por que nos aiamos sēpre

noit y dia. dela renēbrãça

E en ṽa naue cō outra grã gēte

entrou. e grã peça pelo mar singraron

mas ṽa tormēta uēo mātenēte

que do que tragian muit en mar

   deitaron

por guarir osmamos. e ele prendia

con desasperança. a que aoramos

que sigo tragia. por sa deliurança.

Por que nos aiamos sēpre

noit y dia. dela renēbrãça

Por no mar deitala. que a nō deitasse

ṽa uoz lle disse ca era pecado

mas contra o ceo suso a alçasse,

y o tēpo forte seria quedado

diz prestes estamos. entō a ergia

y diz confïança. ati graças dimos

que es alegria nosse amparança.

Por que nos aiamos sēpre

noit y dia. dela renēbrança

E log a tormenta quedou essa ora

y a naua acre entō foi tornada

y cō sa omagē o mōge foi fora

y foisse a casa da dona onrrada

ora retrayamos quan grand arteria

fez per antollança. mas como

   penssamos

tanto lle valrria. com ṽa garuança,

Por que nos aiamos sēpre

noit e dia. dela renēbrãça

O mōge da dona. non foi connoçudo,

onde prazer ouve, e ir se quisera

logo da capela u éra metudo

nō uiu end aporta nē peru uēera.

Por que nō leixamos cōtrassi dizia

y sē demorãça. esta que compramos,

y Deus tiraria nos. desta balança.

Por que nos aiamos sēpre

noit y dia. dela renēbrãça

El esto pēssãdo uiu a port aberta

y foi aa dona contar sa fazenda

y deulla omagē ond ela foi certa

e sobelo altar a pos por emenda.

Carne nō dultamos se fez. y saya

dela mas non rança. grosain e

   seiamos

certos que corria. e corr auōdança.

Por que nos aiamos sẽpre
noit e dia. dela renẽbrãça

10

Esta decima. e de loor de Santa
   maria
come fremosa. y bõa y a gran poder

Rosa das rosas y flor das flores
dona das donas sẽnor das sẽnores.

Rosa de beldad e de pareçer
y flor dalegria e de prazer
dona en mui piadosa seer,
Sẽnor en toller coitas e doores.
Rosa das rosas y flor das flores
dona das donas sẽnor das sẽnores.

Atal sẽnor deuome muit amar
que de todo mal o pode guardar
y pode llos pecados perdõar
que faz no mundo per maos sabores.
Rosa das rosas y flor das flores
dona das donas sẽnor das sẽnores.

Deuemo la muit amar e servir
ca pũna de nos guardar de falir
desi dos erros nos faz repentir

que nos fazemos come pecadores.
Rosa das rosas y flor das flores
dona das donas sẽnor das sẽnores.

Esta dona que tẽno por Sẽnor
e de que quero seer trobador
se eu p rẽ poss auer seu amor
dou ao demo os outros amores.
Rosa das rosas y flor das flores
dona das donas sẽnor das sẽnores.

11

Esta .xi. e como Santa maria tol
leu a alma do monge quess
afogara no rio. a o demo. y
fezeo resocitar

Macar ome per folia
agina caer pod en pecado
do ben de Santa maria
non deua seer desesperado.

Poren direi toda uia
com en ṽa abadia
un tesoureyro auia
monge. que trager con mal recado
a sa fazenda sabia
por a Deus pder o malfadado.

Macar ome per folia

Sē muito mal que fazia
cada noit en drudaria
a ṽa sa druda ya
cō ela tēer. seu gasallado
pero ant aue maria
sēpr ya dizer. de mui bō grado.
Macar ome per folia
agia caer pod en pecado

Quād esto fazer queria
nunca os sinos tangia
y log as portas abria
por ir a fazer. o desguisado
mas no rio que soya
passar foi morrer. dētr afogado.
Macar ome per folia
agia caer pod en pecado

Eu lla alma saya
log o demo a pēndia
y cō mui grād alegria
foi pola pōer. no fog irado
mas dangeos cōpānia
pola socorrer. uēo priuado.
Macar ome per folia
agia caer pod en pecado

Gran referta y crecia
ca o demo lles dizia
Ide daquí uossa uia
que dest almauer. e iuigado
ca fez obras noit e dia
sēpr a meu prazer, e meu mandado.
Macar ome per folia
agia caer pod en pecado

Quād esta cōpannoya
dos angeos. se partia
dali triste pois uiia
o demo seer. ben rezōado
mas a Uirgen que nos guya
non quis faleçer. a seu chamado.
Macar ome per folia
agia caer pod en pecado

E pois chegou lles mouia
sa razon con preitesia
que per ali lles faria
a alma toller. do frad errado
dizendo lles ousadia
foi. dirdes tāger. meu comēdado.
Macar ome per folia
agia caer pod en pecado

O demo quand entēdia

esto. con pauor fogia
mas un angeo corria
a alma prender. led aficado
y no corpo a metia
y fezlo erger. ressucitado.
Macar ome per folia
agia caer pod en pecado

O conuento atēdía
o sino a que sergía
ca despeça nō durmia
porēsē lezer ao sagrado
foron y a agua fria
u uirō iazer. o mui culpado.
Macar ome per folia
agia caer pod en pecado

Tod aquela crerezia
dos monges. logo liia
sobrele a ledania
polo defender. do denodado
demo. mas a Deus prazia
y logo viver. fez o passado.
Macar ome per folia
agia caer pod en pecado

12

Esta .xii. e como Santa maria cōuer

teu un caualeiro namorado
quess ouuera desesperar. por que
nō podia auer sa amiga

Quen dona fremosa
e bōa quiser amar am a groriosa
y non podera errar.

E desta razō uos quer eu agora dizer
fremoso miragre que foi en Frāça
   fazer
a Madre de Deus que nō quiso leixar
   pder
un namorado quess ouuera desespar.
Quē dona fremosa e bōa quiser
   amar
am a groriosa. y nō podera errar

Este namorado foi caualo de grā
prez darmas e mui fremose aposte
   mui fran
mas tal amor ouua ṽa dona que
   de pran
cuidou a morrer por ela. ou sandeu
   tornar.
Quē dona fremosa. y bōa quiser
   amar
am a groriosa. y nō podera errar

E pola auer fazia o que uos direi

nõ leixava guerra nē lide nē bõ
tornei

u se nõ puasse tã bē que cõde nē rei

polo que fazia o nõ ouuess a preçar.

Quē dona fremosa e bõa quiser. a.

E cõ tod aquesto daua seu auer tan
ben

e tan frãcamente que lle non ficaua
ren

mas quando dizia aa dona que o
sen

perdia por ela. non llo queria
scoitar.

Quen dona fremosa y bõa quiser
amar

Macar o caualeir assi despreçar se
uiu

da que el amaua y seu desamor
sentiu

pero con tod esto o coraçon non
partiu

de querer seu ben y deus mais dal
cobiiçar.

Quen dona fremosa y bõa quiser
amar

Mas cõ coita grãde que tĩia no coraçõ

com ome fora de seu siso se foi enton

a un sant abade y dissell en confisson

que a Deus rogasse que lla fezesse
gãar.

Quen dona fremosa y bõa quiser
amar

O sãt abade que o caualeiro sandeu

uiu con amores atantostess apercebeu

que pelo dem era y poren se trameteu

de buscar carreira pera o ende tirar.

Quen dona fremosa y bõa quiser
amar

E poren lle disse amigo creed ami

se esta dona uos queredes fazed
assi

a Santa maria a pedide desaqui

que e poderosa y uola podera dar.

Quen dona fremosa y bõa quiser
amar

E a maneira en que lla deuedes pedir

e que duzētas uezes digades sē mentir

Aue María. doi a un ano sen falir

cada dia engēollos ant o seu altar.

Quen dona fremosa y bõa quiser

O caualeiro fez todo quantoll el
  mādou

e todess ano sas Aues Marias rezou

senō poucos dias que na cima en
  leixou

con coita das gentes que yā con
  el falar.

Quē dona fremosa y bōa quiser
  amar

Mas o caualeiro tant auia gran sabor

de conprir o ano cuidād auer sa sēnor

que en un ermida da Madre do
  Saluador

foi conprir aquelo que fora ant
  obridar.

Quē dona fremosa e bōa quiser
  amar

E u el estaua en aqueste preit atal

mostrand a Santa maria sa coit e
  seu mal

pareçeu lle log a reȳa espirital

tan fremos e clara quea nō pod el
  catar.

Quē dona fremosa y bōa quiser

E dissell assi toll as maōs dante
  ta faz

e para mi mentes. ca eu non tēno
  anfaz

de mi y da outra dona a que te mais
  praz

filla qual quiseres segundo teu
  semellar.

Quē dona fremosa y bōa quiser
  amar

O cavaleiro disse sēnor Madre de
  Deus

tu es a mais fremosa cousa que
  estes meus

ollos. nunca uiron. porē seia eu
  dos teus

seruos que tu amas y quer a outra
  leixar.

Quē dona fremosa y bōa quiser
  amar

E enton lle disse a Sēnor do mui
  bon prez

Se me por amiga queres auer mais
  rafez

tanto que est ano rezes por mi outra uez

quāto pola outra. antano fuste rezar.

Quē dona fremosa y bōa quiser amar

Poila Groriosa o cavaleiro por seu fillou. desali rezou el e nō lle foi greu

quanto lle mandara ela y com oy eu

na cima do ano. foyo conssigo leuar.

Quē dona fremosa y bōa quiser amar

am a groriosa y non podera errar

13

Esta trezēa. e como Santa maria se queixou

en Toledo. eno dia de sa festa de agosto

porque os iudeus croceigauan ṽa omagē de cera. a semellāça de seu fillo

O que a Santa maria mais despraz
e de quen ao seu fillo pesar faz

E daquest un gran miragre, uos quereu ora contar

que a reȳa do ceo quis en toledo mostrar

eno dia que a deus foi coronar

na sa festa que no mes dagosto iaz.

O que a Santa maria mais despraz
e de quen ao seu fillo pesar faz

O Arçebisp aquel dia

a gran missa ben cātou

e quand entrou na segreda

e a gente se calou

oyron uoz de dona que lles falou

piadosa y doorida asaz.

O que a Santa maria mais despraz
e de quen ao seu fillo pesar faz

E a uoz come chorādo

dizia ay deus ay deus

com e mui grāde puada

a perfia dos iudeus

que meu Fillo matarō seēdo seus

y ainda nō queren conosco paz

O que a Santa maria mais despraz
e de quen ao seu fillo pesar faz

Poila missa foi cantada
o arçebispo sayu
da eigreia y a todos
disso que da uoz oyu
y toda a gent assi lle recodiu
esto fez o poblo dos iudeus maluaz
O que a Santa maria mais despraz
e de quen ao seu fillo pesar faz

Entō todos mui corrēdo
começaron logo dir
dereit aa iudaria
y acharon sen mentir
omagen de ieso crist a que ferir
yā os iudeus e cospir lle na faz
O que a Santa maria mais despraz
e de quen ao seu fillo pesar faz

E sen aquest os iudeus
fezeran ῦa cruz fazer
en que aquela omagen
querian logo pōer
y por est ouuerō todos de morrer
y tornouselles en doo seu solaz
O que a Santa maria mais despraz
e de quen ao seu fillo pesar faz

14

Esta .xiiii. e como Santa maria
   guardou
o ladrō que nō morresse na forca
por que a saudaua

Assi como ieso cristo
estando na cruz saluou
un ladron. assi sa madre
outro de morte liurou

E porend un gran miragre
uos direi desta razon
que feze Santa maria
dun mui mal feitor ladrō
que elbo por nom auia
mas senpr en sa oraçō
a ela sa comendaua
y aquelo le prestou
Assi como ieso cristo
estando na cruz saluou

Odell auēo un dia
que foi un furto faz
y o meirȳo da terra
ouueo log aprender
e tantoste sen tardada
fez lo na forca pōer

mas a uirgen de deus madre
log entō del se nēbrou.
Assi como ieso cristo
estādo na cruz saluou

Eu pendorad estaua
da forca pors afogar
a uirgen Santa maria
nō uos quis entō tardar
ante chegou muit agīa
y follas māos parar
soos pees y alçoo
assí que nōss afogou
Assi como ieso cristo
estādo na cruz saluou

Assi esteue tres dias
o ladrō que nō morreu
mais lo meirȳo passaua
peri y mentes meteu
com era uiue un ome
seu logo lle corregeu
o laço per que morresse
mas a Uirgen o guardou.
Assi como ieso cristo
estando na cruz saluou

U cuidavan que mort era

o ladron les diss assi
quero uos dizer amigos
ora por que nō morri
guardou me Santa maria
y aqueuola aqui
que me nas sas māos sofre
que mo laço non matou
Assi como ieso cristo
estando na cruz saluou

Quād est oyu o meirȳo
deu aa uirgen loor
Santa maria y logo
foi decer por seu amor
elbo o ladron da forca
que depois por seruidor
dela. foi sēpr en sa uida
ca en orden log entrou
Assi como ieso cristo
estādo na cruz saluou

15

Esta .xv. e como Santa maria ro
gou a seu fillo. pola alma do
monge de san pedro. por que
    rogaran todolos santos. y o nō
    quis fazer senon por ela

Par deus, muit e grã razō
de poder Santa maria
mais de quantos santos son.

E muit e cousa guisada
de poder muito con deus
a queo troux en seu corpo
y depois nos braços seus
o trouxe muitas uegadas
y con pauor dos iudeus
fogiu con el a e gipto
terra de rey faraon.
Par deus muit e gran razō
de poder Santa maria

Esta sēnor groriosa
quis grã miragre mostrar
en un moesteir antigo
que soya pret estar
da cidade de colōna
u soyan a morar
mōges y que de Sā Pedro
auian a uocaçon.
Par deus muit e gran razon
de poder Santa maria

Ontr aqueles bōos frades
auia un frad atal

que dos sabores do mundo
mais ca da celestial
uida. gran sabor auia
mas por se guardar de mal
beueu ṽa meezīa
y morreu sen confisson.
Par deus muit e gran razon
de poder Santa maria

E tã toste que foi morto
o dem a alma fillou
dele y con gran lediça
logo a leuar cuidou
mas defēdeullo Sā Pedro
y a Deus por el rogou
que a alma do seu mōge
por el ouuesse perdon.
Par deus muit e grã razō
de poder Santa maria

Pois que sā pedr esto disse
a deus. respos llel assi
non sabes la profecia
que disso bon rey daui
queo ome con mazela
de pecado. ante mi
nō uerra. nē de mia casa
nunca sera conpānon.

Par deus muit e grā razō
de poder Santa maria

.

Mui triste ficou sā pedro
quand esta razō oẏu
y chamou todolos sātos
ali u os estar uiu
e rogaron polo frade
a deus. mas el recodiu
ben com a el recodira
y en outra guysa non
Par deus muit e grā razō
de poder Santa maria

Quādo uiu sā pedr os santos
que assi foran falir
enton a Santa maria
mercee lle foi pedir
que rogass ao seu fillo
que nō quises cōsētir
que a alma do seu frade
teuess o dem en priion
Par deus muit e grā razō
de poder Santa maria

Log entō Santa maria
a seu fillo saluador
foi rogar que aquel frade

ouuesse por seu amor
perdon. y dissel fareyo
pois end auedes sabor
mas torn a alma no corpo
y conpra sa profisson
Par deus muit e grā razō
de poder Santa maria

V deus por Sāta maria
este rogo foi fazer
o frade que era morto
foiss en pees log erger
y contou ao conuēto
comoss ouuer a pder
senon por Sāta maria
a que deus lo deu en don
Par deus muit e gran razon
de poder Santa maria
mais de quātos santos son.

16

Esta .xvi. e como Santa maria fez
    fazer a os babous que criā a
    seda duas
toucas. porque a dona que os
    guardaua lle pmetera ṽa y nō
    lla dera

Por nos de dulta tirar
praz a Santa maria
de seus miragres mostrar
fremosos cada dia.

E por nos fazer ueer
sa apostura. gran miragre
foi fazer en estremadura
Por nos de dulta tirar[7]
en segouia u morar
ṽa dona soya
que muito sirgo criar
en sa casa fazia
Por nos de dulta tirar
praz a Santa maria

Porque os babous p̣deu
y ouue pouca
seda. poren p̣meteu
dar ṽa touca
pera omagē onrrar
que no altar siia
da Uirgen que nō a par
en que muito criia.

Por nos de dulta tirar
praz a Santa maria

Pois que a p̣messa fez
senpre creceron
os babous bē dessa uez
y non morreron
mas a dona con uagar
grande. que y prēdia
da touca da seda dar
senpre llescaecia
Por nos de dulta tirar
praz a Santa maria

Ondell auēo assi
ena gran festa
dagosto. que uēo y
cō mui gran sesta
anta omagen orar
y ali u iazia
a prezes. foi lle nēbrar
a touca que deuia
Por nos de dulta tirar
praz a Santa maria

---

7) 톨레도본의 해당 행은 여타 후렴부처럼 붉은색으로 필사돼 있으며 특히 위 원문에
서 보듯이 그 위에 줄이 쳐져 있다. 필경사가 실수로 쓴 행을 바로잡으려고 줄을
쳤을 가능성이 있다고 본다.

Chorando de coraçõ
foisse correndo
a casa. y uiu entõ
estar fazendo
os bischocos y obrar
na touca a perfia
y começou a chorar
cõ mui grãd alegria
Por nos de dulta tirar
praz a Santa maria

E pois que assí chorou,
meteu ben mētes
na touca. desi chamou
muitas das gentes
y, que uēessen parar
mētes como sabia
a madre de deus laurar
per santa maestria
Por nos de dulta tirar
praz a Santa maria

As gētes cõ grã sabor
quand est oyron
dando aa madre loor
de deus. sayron
aas ruas braadar
dizendo uia uia

o gran miragre catar
que fez a que nos guya
Por nos de dulta tirar,
praz a Santa maria...

Un. e un y dous y dous
log y uēeron
ontre tanto os babous
outra fezeron
touca. per que fossē par
que se alguē queria
a ῖa delas leuar
a outra leixaria
Por nos de dulta tirar

Por en dõ afonss el rey
na sa capela
trage per quāt apres ei
end a mais bela
que faz nas festas sacar
por toller eregia
dos que na Uirgen dultar
uan p sa gran folia
Por nos de dulta tirar
praz a Santa maria

17
Esta .xvii. e como Santa maria

fez nacer ῦa flor na boca a o
crerigo de pois que foi morto
y era en semellança de lilio
por que a loaua

Madre de deus
nõ pod errar quen en ti a fiança.

Non pod errar nen falecer
quen loar te sab e temer.
dest un miragre retraer
quero. que foi en França.
Madre de deus. nõ pod errar
quen en ti a fiança.

En Chartes ouun crerizõ
que era tafur y ladron
mas na Uirgen de coraçõ
auia esperança.
Madre de deus nõ pod errar
quen en ti a fiança.

Quand algur ya mal fazer
se uia omagen seer
de Santa maria. correr
ya la. sen tardança.
Madre de deus nõ pod errar
quen en ti a fiança

E pois fazia oraçon
ya comprir seu mal enton
porē morreu sen confisson
per sua malandāça.
Madre de deus nõ pod errar
quen en ti a fiança

Por que tal morte foi morrer
nono quiseron receber
no sagrad. e ouua iazer
fora. sen demorança.
Madre de deus nõ pod errar
quen en ti a fiança

Santa maria en uisõ
se mostrou a pouca sazõ
a un prest, e dissell entõ
fezestes mal estança.
Madre de deus nõ pod errar
quen en ti a fiança

Por que nõ quisestes coller
o meu crerigo nē meter
no sagrad e longe põer
o fostes. por uiltança.
Madre de deus nõ pod errar
quen en ti a fiança

Mas cras, a se Deus uos pdō
ide por el con procisson
con choros y con deuoçō
ca foi grand a errança.
Madre de deus nō pod errar
quen en ti a fiança

O preste log foiss erger
y mandou os sinos tāger
por ir o miragre ueer
da Uirgen sen dultāça
Madre de deus nō pod errar
quen en ti a fiança

Os crerigos en mui bō sō
cantando kyrieleison
uiron iazer aquel barō
u fez deus demostrança.
Madre de deus nō pod errar
quen en ti a fiança

Que por que fora bē dizer
de sa madre. fez lle nacer
flor na boca y pareçer
de liro semellança
Madre de deus nō pod errar
quen en ti a fiança

Esto teuerō por gran dō
da uirgen. y mui cō razon
y pois fezeron en sermō
leuarono con dança
Madre de deus nō pod errar
quen en ti a fiança

18
Esta .xviii. e como Santa maria fillou
uēgāça dos tres caualeiros que
matarō seu ēemigo ant o seu
altar

Gran sandece faz
quen se por mal filla
cona que de deus e madre y filla.

Desto uos direi un miragre fremoso
que mostrou a madre do rei grorioso
cōtra un ricome fol y soberuioso
y cōtar uos ei end a gran marauilla.
Gran sandece faz
quen se por mal filla

El y outros dous
un día acharon
un seu ēemig e
pos el derranjaron

e en ṽa eigreia
o ensserraron
por prazer do demo
que os seus aguylla
Gran sandece faz
quen se por mal filla

O enserrado
teue que lle ualrria
aquela eigreia
de Santa maria
mas anto altar
cõ sa gran felonia
peças del fezerõ
per sa pecadilla
Gran sandece faz
quen se por mal filla

E pois queo eles
peças feit ouuerõ
logo da eigreia
sair se quiseron
mas aquesto p̃ ren
fazer nõ poderon
ca deus los trillou
o que os maos trilla
Gran sandece faz
quen se por mal filla

Nõ foi quen podesse
arma nen escudo
tēer niun deles
assi foi perdudo
do fogo do ceo
ca tod encēdudo
foi ben da cabeça
tro ena uirilla
Gran sandece faz
quen se por mal filla

Poilos malapsos
arderss assi uiron
logo por culpados
muito se sentiō
a Santa maria
mercee pediron
que os nõ metesse
o dem en sa pilla
Gran sandece faz
quen se por mal filla

Pois se repentirō
foron mellorados
y dun sant obispo
mui ben confessados
que lles mandou
por remiir seus pecados

ques fossen da terra
como quen seixilla
Gran sandece faz
quen se por mal filla

De mais lles mādou
que aquelas espadas
con que o mataran
fossen peceiadas
y cintas en feitas
con que apertadas
trouxessen as carnes
per toda çezilla.
Gran sandece faz
quen se por mal filla

19

Esta. xviiii. e como Santa maria
aiudou. a enperadriz de ro
ma. a sofrer as grādes coitas
per que passou

Quenas coitas deste mūdo
ben quiser sofrer. Santa maria
deue senpr antessi pōer

E desto uos quer eu ora contar
segund a letra diz

un mui gran miragre que fazer
quis pola enperadriz
de roma. segund eu contar oy per
nome beatriz
Santa maria a madre de deus ond
este cantar fiz
que a guardou do mundo que lle
foi mal ioiz
y do demo que por tentar a cuidou
uencer.
Quenas coitas deste mūdo bē
quiser sofrer
Santa maria deue senpr antessi
pōer

Esta dona de que uos disse ia. foi
dun enpador
Moller. mas pero del nome nō
sei. foi de Roma sēnor
y per quāt eu de seu feit aprendi.
foi de mui grā ualor
Mas a dona tant era fremosa, que
foi das belas flor[8]
e servidor de Deus e de sa lei
amador
e soube Santa maria mais d al ben
querer.
Quenas coitas deste mundo ben

quiser sofrer

Santa maria deue senpre antessi
pōer

Aquest emperador a sa moller
    quería mui gran ben

e ela outrossi a el amava mais
    que outra ren

mas por servir Deus o emperador.
    com ome de bon sen

cruzous e passou o mar e foi
    romeu a ierusalen.

Mas quando moveu de roma por
    passar alen

leixou seu irmāo e fez i gran seu
    prazer.

Quenas coitas deste mundo ben
    quiser sofrer
Santa maria deue senpre antessi
    pōer

Quando souv a ir o emperador.
    aquel irmao seu

de que uos ja diss. a sa moller a
    emperadriz o deu

dizend. este meu irmāo receb oi
    mais por fillo meu

e vos seedell en logar de madre
    poren. uos rogu eu

e de o castigardes ben non uos seja
    gréu

en esto me podedes mui grand'
    amor fazer.

Quenas coitas deste mundo ben
    quiser sofrer
Santa maria deue senpre antessi
    pōer

Depoilo emperador se foi. a mui
    pouca de sazon

catou seu ịrmāo a sa moller e
    namorous enton

dela, e disselle que a amava mui
    de coraçon

maila santa dona, quando ll oiu
    dizer tal traïçon

---

8) 본 작품의 두 번째 연 4행부터 스물네 번째 연 2행까지의 시행들은 마드리드 국립
도서관에 소장된 톨레도 필사본(Mss. Toledo)에 부재한 부분으로서 고본을 전사
하는 과정에서 소실되었을 것으로 추정하고 있다. 따라서 필자가 그 공백 부분을
엘에스코리알 도서관의 필사본(Códice E)을 기반으로 복원하였다.

en ṽa torre o meteu en mui gran
  prijon
jurando muito que o faría i morrer.
Quenas coitas deste mundo ben
  quiser sofrer
Santa maria deue senpre antessi
  pōer

O Emperador dous anos e meio
  en acre morou
e tod a terra de ierussalên muitas
  vezes andou
e pois que tod est ouue feito. pera
  roma se tornou
mas ante que d ultramar se partisse
  mandad envïou
a sa moller. e ela logo soltar mandou
o seu irmão mui falsso. que a foi
  traer.
Quenas coitas deste mundo ben
  quiser sofrer
Santa maria deue senpre antessi
  pōer

Quando o irmão do emperador de
  prijon saiu
barva non fez nen cercēou cabelos,
  e mal se vestiu

a séu irmão foi e da emperadriz
  non s espediu
mas o emperador. quando o atán
  mal parado viu
preguntoulli que fora. e el lle recodiu
En poridade uos quer eu aquesto
  dizer.
Quenas coitas deste mundo ben
  quiser sofrer
Santa maria deue senpre antessi
  pōer

Quando foron ambos a ṽa parte,
  fillous a chorar
o irmão do Emperador e muito
  xe lle queixar
de sa moller. que, porque non
  quisera con ela errar
que o fezera porende tan tost en
  un carcer deitar.
Quand o emperador oiu, ouv en tal
  pesar
que se leixou do palafren en terra
  caer.
Quenas coitas deste mundo ben
  quiser sofrer
Santa maria deue senpre antessi
  pōer

Quand o emperador de terra s ergeu.
  logo, sen mentir,
cavalgou e quanto mais pod a
  roma começou de s' ir
e a pouca d ora viu a emperadriz
  a si vīir
e logo que a viu, mui sannudo a
  ela leixous ir
e deulle gran punnada no rostro,
  sen falir
e mandoua matar sen a verdade
  saber.
Quenas coitas deste mundo ben
  quiser sofrer
Santa maria deue senpre antessi
  pōer

Dous monteiros. a que esto mandou.
  fillarona des i
e rastrand a un monte a levaron
  mui preto dalí
e quando a no monte teveron,
  falaron ontre si
que jouvessen con ela per força,
  segund eu aprendi.
Mas ela chamando Santa maria,
  logu i
chegou un Conde. que lla foi das

mãos toller.
Quenas coitas deste mundo ben
  quiser sofrer
Santa maria deue senpre antessi
  pōer

O conde. poila livrou dos vilãos,
  disselle: Senner
dizedem ora quen sodes ou dond.
  Ela respos moller
soo mui pobr e coitada, e de vosso
  ben ei mester.
par Deus diss el conde. aqueste
  rogo farei volonter,
ca mia companneira tal come vos
  muito quer
que crïedes nosso fill e facedes
  crecer.
Quenas coitas deste mundo ben
  quiser sofrer
Santa maria deue senpre antessi
  pōer

Pois que o Cond aquesto diss enton
  atan toste, sen al
a levou consigo aa condessa e
  dissell atal
Aquesta moller pera criar nosso

fillo muito val

ca vejoa mui fremosa. demais,
semellame sen mal

e poren tenno que seja contra nos
leal

e metamoslle des oi mais o moç
en poder.

Quenas coitas deste mundo ben
quiser sofrer

Santa maria deue senpre antessi
pōer

Pois que a santa dona o fillo do
conde recebeu

de o crïar muit apost e mui ben
muito se trameteu

mas un irmão que o cond avía,
mui falss e sandeu

pediulle seu amor. e porque ela
mal llo acolleu

degoloull' o meninno v̄a noit' e
meteu

ll o cuitelo na mão pola fazer
perder.

Quenas coitas deste mundo ben
quiser sofrer

Santa maria deue senpre antessi
pōer

Pois desta guisa pres mort o meninno,
como uos dit ei

a santa dona. que o sentiu morto,
diss: ai, que farei

o cond e a condessa lle disséron
que as diz eu ei

pesar e coita por meu crïado. que
ora mort achei.

diss o irmão do conde eu o vingarei
de ti, que o matar foste por nos
cofonder.

Quenas coitas deste mundo ben
quiser sofrer

Santa maria deue senpre antessi
pōer

Pois a dona foi ferida mal daquel.
peior que tafur

e non viínna quen lla das mãos
sacasse de nenllur

senôn a condessa. que lla fillou.
mas esto muit' adur

ūus dizían queimena e outros
moira con segur

Mas poila deron a un marinneiro
de sur

que a fezesse mui longe no mar
somerger.

*Quenas coitas deste mundo ben
    quiser sofrer*
*Santa maria deue senpre antessi
    p̄oer*

O marinneiro. poila na barca meteu
    ben come fol
disselle que fezesse seu talan e
    seria sa prol
mas ela diss enton Santa maria
    de mi non te dol
neno teu fillo de mi non se nembra,
    como fazer sol
enton vēo vóz de ceo, que lle disse
    Tol
tas māos dela. se non, fareite
    perecer.
*Quenas coitas deste mundo ben
    quiser sofrer*
*Santa maria deue senpre antessi
    p̄oer*

Os marinneiros disseron enton
    pois est a Deus non praz
leixemola sobr aquesta pena u
    pod aver assaz
de coita e d afan e pois morte. u
    outra ren non jaz

ca, se o non fezermos, en mal ponto
    vimos seu solaz
E pois foi feito. o mar nona leixou
    en paz
ante a vēo con grandes ondas
    combater.
*Quenas coitas deste mundo ben
    quiser sofrer*
*Santa maria deue senpre antessi
    p̄oer*

A emperadriz, que non uos era de
    coraçon rafez
com aquela que tanto mal sofrera
    e non ṽa vez
tornou con coita do mar e de fame
    negra come pez
mas en dormindo a Madre de
    Deus direivos que lle fez
tolleull a fam e deull ṽa erva de
    tal prez
con que podesse os gafos todos
    guarecer.
*Quenas coitas deste mundo ben
    quiser sofrer*
*Santa maria deue senpre antessi
    p̄oer*

A santa dona pois que s espertou.
  non sentiu null afan
nen fame come se sempr ouvesse
  comudo carn' e pan
e a erva achou so sa cabeça e disse
  de pran
madre de Deus. bēeitos son os que
  en ti fïuza an
ca na ta gran mercee nunca faleceran
enquanto a soubéren guardar e
  gradecer.
Quenas coitas deste mundo ben
  quiser sofrer
Santa maria deue senpre antessi
  pōer

Dizend aquesto a emperadriz. muit
  amiga de Deus
viu vīir ṽa nave preto de si chēa
  de romeus
de bōa gente. que non avia i
  mouros nen iudeus
Pois chegaron. rogoulles muito
  chorando dos ollos seus
dizendo levademe vosc', ai, amigos
  meus.
E eles logo conssigo a foron coller.
Quenas coitas deste mundo ben

quiser sofrer
Santa maria deue senpre antessi
  pōer

Pois a nav u a emperadriz ía aportou
  na foz
de roma. logo baixaron a vea.
  chamando. Aioz.
E o maestre da nave diss a un seu
  ome. Vai coz
carn' e pescado do meu aver que
  te non cost ṽa noz.
E a emperadriz guariu un gaf. e a
  voz
foi end. e muitos gafos fezeron s' i
  trager.
Quenas coitas deste mundo ben
  quiser sofrer
Santa maria deue senpre antessi
  pōer

Ontr os gafos que a dona guariu.
  que foron mais ca mil
foi guarecer o irmāo de conde
  eno mes d abril
mas ant ouv el a dizer séu pecado,
  que fez come vil.
enton a condessa e el conde changían

a gentil

dona, que perderan por traïçon

   mui sotil

que ll aquel gafo traedor fora

   bastecer.

Quenas coitas deste mundo ben

   quiser sofrer

Santa maria deue senpre antessi

   põer

Muitos gafos sãou a emperadriz

   en aquele mes

mas de grand algo que poren lle

   davan ela ren non pres

mas andou en muitas romarías. e

   depois ben a tres

meses entrou na cidade de roma.

   u er o cortes

emperador. que a chamou e dissolle

   ves

guarim est irmão gaf. e darchei grand

   aver.

Quenas coitas deste mundo ben

   quiser sofrer

Santa maria deue senpre antessi

   põer

A dona diss' ao emperador voss

irmão guarra

mas ante que eu en el faça ren.

   seus pecados dira

ant o apostolig e ante uos comoos

   feitos a

y pois foi feito. o enperador diss

   ai deus que sera

nunca mayor traiçon desta om

   oyra

y con pesar seus panos se fillou a

   rõper.

Quenas coitas deste mũdo bẽ quiser

   sofrer

Santa maria deue senpr antessi

   põer

A enperadriz fillouss a chorar. y

   diss ami nõ nuz

en uos saberdes que soon essa

   par deus de uera cruz

a que uos fezestes a tan gran

   torto com agor aduz

uoss yrmão a mãefesto tan feo

   come estruz

mas desoi mais a Santa maria

   que e luz

quero seruir que me nunca a de

   faleçer.

Quenas coitas deste mūdo bē quiser
  sofrer
Santa maria deue senpr antessi
  pōer

Per nulla ren quell o enpador
  dissesse nūca quis
a dona tornar a el. ante lle disse
  que fosse fis
que ao segre non ficaria nūca par
  san dinis
nen ar uestiria pano de seda nen
  pena de gris
mas ṽa cela faria dobra de paris
u se metesse. por mais o mūd
  auorreçer.
Quenas coitas deste mūdo bē quiser
  sofrer
Santa maria deue senpr antessi
  pōer

20
Esta .xx. e de loor de Santa maria
por quantas mercees nos faz

Uirga de iesse. quen te soubesse
loar como mereces
y sen ouuesse por que dissesse

quanto por nos padeçes

Ca tu noit e dia
senpr estas rogando
teu fill ai maria
por nos que andādo
aqui pecādo y mal obrād
que tu muit auorreces
nō quera quādo seuer iulgādo
catar nossas sandeces
Virga de iesse. quen te soubesse
loar como mereces

E ar toda uia
Senpr estas lidādo
por nos a perfia
o dem arrancando
que sosacando
nos uai tētando
cō sabores rafeces
mas tu guardādo
y anparando
nos uas. poilo couseçes.
Virga de iesse, quen te soubesse
loar como mereces

Miragres fremosos
uas por nos fazēdo

y marauillosos
per quant eu entēdo
y corregendo
muit e sofrēdo
ca nō nos escaeçes
y contendendo
nos defendendo
do demo que sterreçes.
Virga de iesse, quen te soubesse
loar como mereces

Aos soberuiosos
dalto uas decendo
y os omildosos
en onrra crecendo
y enadendo
e prouezēdo
tas santas grāadeçes.
porē ma comēdo
a ti y rendo
que os teus nō faleçes.
Virga de iesse quen te soubesse
loar como mereces

21

Esta .xxi. e como Santa maria
mādou que fizessen bispo
a o crerigo que dizia sas oras

Muito punna dos seus
onrrar senpre Santa maria.

E desto uos quero contar
un gran miragre que mostrar
quis a uirgen que nō a par
na cidad de paui a.
Muito pūna dos seus onrrar
senpre Santa maria

Un crerig ouui sabedor
de todo ben y seruidor
desta groriosa Sēnor
quant ele mais podia.
donrrar os seus a grā sabor
senpre Santa maria.
Muito pūna dos seo onrrar

Ond auēo que cōteçeu
poil obispo dali morreu
aun sant om apareçeu
a Uirgen que nos guya.
aos seus onrrou y ergeu
senpre Santa maria
Muito punna dos seo onrrar
senpre Santa maria

E pois lle foi aparecer

começoull assi a dizer
uai di que façan esleer
cras en aquele dia.
os seo faz onrrados seer
senpre Santa maria.
Muito pūna dos seus onrrar
senpre Santa maria

Por bisp un que geronim a
nome. ca tanto sei del ia
que me serue y servid a
ben com a mi prazia.
os seus onrrou y onrrara
senpre Santa maria.
Muito punna dos seus onrrar
senpre Santa maria

Poilo sant óme se sptou
ao cabidoo contou
o quell a Uirgen nomeou
que por bispo queria.
dos seus onrrar muito pūnou
senpre Santa maria.
Muito punna dos seus onrrar
senpre Santa maria

Acordados dun coraçō
fezeron del sa esleiçon

e foi bisp a pouca sazō
ca beno merecia.
os seus onrrou cō grā razō
senpre Santa maria.
Muito punna dos seus onrrar
senpre Santa maria

22

Esta .xxii. e como Santa maria
guardou a un laurador que
non morresse das firidas que lle
daua un caualeiro. y seus
omēes

Mui gran poder a
a madre de deus
de defender y anparalos seus

Gran poder a ca seu fillo llo deu
de defēder quen se chamar por
      seu
y dest un miragre uos direi eu
que ela fez grāde nos di as meus.
Mui gran poder
a a madre de deus

En armēteira foi un laurador
que un caualeiro por desamor

mui grāde. que auia seu sēnor
foi polo matar. p̃ nome Mateus.
Mui gran poder a a madre

Eu o uiu seu millo debullar
na eira. mādou lle lāçadas dar
mas el começou a madr a chamar
do que na cruz matarō os iudeus.
Mui gran poder
a a madre de deus

Duas lāçadas lle deu un peon
mas nōll entrarō y escātaçō
cuidou que era o coteif entō
mais brauo foi que iudas macabeus.
Mui gran poder
a a madre de deus

Entō a sa azcūa lle lançou
y feriu o. pero nono chagou
ca el a Santa maria chamou
Sēnor ual me. como uales os teus.
Mui gran poder
a a madre de deus

E nō moira ca nō mereci mal
eles pois uiron o miragr atal
que fez a reya espirital

creuerō bē. ca ant erā encreus.
Mui gran poder
a a madre de deus

E fillarō se log a repentir
y ao laurador. perdō pedir
y deronll algue el punnou dessir
a rocamador. cō outros romeo.
Mui gran poder
a a madre de deus

23
Esta .xxiii. e como Santa maria
  acrecen
tou o vīo no tonel por amor da
bōa dona de bretāna

Como deus fez vīo
dagua ant archetecrīo
ben assi depois sa madr a
crecentou o vīo

Desto direi un miragre
que fez en bretāna
Santa maria por ṽa
dona. mui sen sāna
en que muito bō costume
muita bōa māna

deus posera que quis dela
seer seu vezīo
Como deus fez
vīo dagua ant archetecrīo

Dobre todalas bondades
que ela auia
era que muito fiaua
en Santa maria
y porende a tirou
de uergōna un dia
del rey. que a sa casa
vēera de camīo
Como deus fez
vīo dagua āt archetecrīo

Adona polo servir
foi muit afazēdada
y deu lle carne pescado
y pan. y ceuada
mas de bō vīno pa el
era mui menguada
ca nō tīina se nō pouc
en un tonelcīo
Como deus fez
vīo dagua āt archetecrīo

E dobrauaxell a coita

ca pero quisesse
auelo. nō era end en
terra que podesse
por dīeiros. nē por outr
auer. que porel desse
senō fosse pola madre
do uell e menīo
Como deus fez
vīo dagua āt archetecrīo

E cō aquest asperāça
foi aa eigreia
y diss ai Santa maria
ta merçee seia
que me saques daquesta
uergōna. tan sobeia
senon a caron nūca
ia mais uestirei līo
Como deus fez
vino dagua ant archetecrino

Mantenēt a oraçō
da dona. foi oyda
y el rei y sa conpāna
toda. foi conprida
de bō uȳe a adega
nō en foi falida
que nō achass y auond

o rique o mesquÿo
Como deus fez
vīo dagua āt archetecrīo

24

Esta .xxiiii. e como Santa maria
iuigou a alma do romeu que
que ya a santiago que sse matou
na carreira por engano do dia
boo. que tornass a o corpo y fizesse
pēedēça

Non e gran cousa
se sabe bon ioizo dar. a madre
do que o mūdo tod a de ioigar

Mui gran razō e que sabia dereito
quen Deus troux en seu corp e de
   seu peito
mamentou y del despeito
nunca foi fillar
poren de sen me sospeito
quea quis auondar
Nō e grā cousa se sabe
bon ioizo dar

Sobr esto sem oissedes diria
dun ioizo que deu Santa maria

por un que cadano ya
com oy contar
a San iam en romaria
por que se foi matar.
Nō e grā cousa se sabe
bon ioizo dar

Este romeu cō bōa uoōtade
ya a santiago de uerdade
pero desto fez maldade
que ant albergar
foi cō moller sen bōdade
sen con ela casar.
Nō e grā cousa se sabe
bon ioizo dar

Pois esto fez. meteuss ao camīo
y nō se māefestou o mesquīo
y o demo mui festīo
se lle foi mostrar
mais brāco que un armīo
polo tost enganar.
Nō e grā cousa se sabe
bon ioizo dar

Semellāça fillou de santiago
y disse macar meu deti despago
a saluaçon eu cha trago

do que fust errar
por que nō caias no lago
diferno sen dultar.
Nō e grā cousa se sabe
bon ioizo dar

Mas ante faras esto que te digo
se sabor as de seer meu amigo
talla o que trages tigo
que te foi deitar
en poder do ēemigo
y uai te degolar.
Nō e grā cousa se sabe
bon ioizo dar

O romeu que sē douida cuidaua
que santiag aquelo lle mādaua
quāto lle mandou tallaua
poilo foi tallar
log enton se degolaua
cuidando ben obrar.
Nō e grā cousa se sabe
bon ioizo dar

Seus cōpāneiros poi lo mort acharō
por nō lles apōer que o matarō
foronss. y logo chegaron
a alma tomar

demōes que a leuarō
mui toste sen tardar.
Nō e grā cousa se sabe
bon ioizo dar

E u passauā ant v̄a capela
de Sā Pedro muit aposta y bela
San Iames de conpostela
dela foi trauar
dizēd ai falss alcauela
non podedes levar.
Nō e grā cousa se sabe
bon ioizo dar

A alma do meu romeu que fillastes
ca por razō de mi o enganastes
gran traiçon y penssastes
y se deus manpar
pois falsamēt a gāastes
non uos pode durar
Nō e grā cousa se sabe
bon ioizo dar

Respōderō os demōes louçīos
cuia est alma foi. fez feitos uāos
por que somos ben certāos
que non deuentrar
ante deus. pois cō sas mãos

se foi desperentar.
Nō e grā cousa se sabe
bon ioizo dar

Santiago diss atanto façamos
pois nos y uos est assi rezõamos
ao ioizo uaamos
da que non a par
y o que iulgar façamos
logo sen alongar
Nō e grā cousa se sabe
bon ioizo dar

Log ante Santa maria uēerō
y rezōarō quāto mais poderō
dela tal ioizouueron
que fosse tornar
aalma ondea trouxerō
por se depois saluar
Nō e grā cousa se sabe
bon ioizo dar

Este ioizo logo foi cōprido
y o romeu morto. foi resurgido
de que foi pois deus seruido
mas nunca cobrar
podo de que foi falido
con que fora pecar

Nō e grā cousa se sabe
bon ioizo dar

25

Esta .xxv. e como Santa maria
fillou a sinagoga dos iudeus
y fez dela eigreia

Non deuemos
por marauilla tēer
da madre do uēcedor
sēpre uēçer

Uēcer deua madre daquel que deitou
locifer do ceus y depois britou
o iferne os santos dele sacou
y uēceu a mort u por nos foi morrer.
Nō deuemos por marauilla tēer
da madre do uēcedor sēpre uēcer

Porēd un miragre a madre de deus
fez na sinagoga que foi dos iudeus
y que os apostolo amigos seus
conpraran y forā eigreia fazer.
Nō deuemos por marauilla tēer
da madre do uēcedor sēpre uēcer

Os iudeus ouueron desto grā pesar

y a cesar se forō ende queixar
dizēdo que o auer querian dar
que pola vēda forā en receber.
Nō deuemos por marauilla tēer
da madre do uēcedor senpre uēcer

O enpador fez chamar ante si
os apostolos. y disse lles assi
contra tal querella que or ante mi
os iudeus fezerō que ides dizer.
Nō deuemos por marauilla tēer
da madre do uēcedor sēpre uēcer

Os apostolos com omees de bō sē
respōderon. sēnor nos fezemos bē
pois que lla cōpramos y fezemos en
eigreia. da que uirgen foi cōçeber.
Nō deuemos por marauilla tēer
da madre do uēcedor sēpre uēcer

Sobr esto deu cesar seu ioiz atal
Serrena eigreia u non aia al
y a quaraēta dias qual sinal
de lei y acharen. tal a deuauer.
Nō deuemos por marauilla tēer
da madre do uēcedor sēpre uēcer

Os apostolos log a mōte siō

forō u a uirgen moraua enton
Santa maria y mui de coraçon
a rogarō que os vēess acorrer.
Nō deuemos por marauilla tēer
da madre do uēcedor sēpre uēcer

Assi lles respos a mui santa sēnor
Daqueste preito nō aiades pauor
ca eu uos serei y tal aiudador
per que a os iudeus. aian de perder.
Nō deuemos por marauilla tēer
da madre do uēcedor sēpre uēcer

E pois que o prazo chegou sē falir
mandou entō cesar as portas abrir
y ābalas partes. fez log ala yr
e dos seus que fossen. a pa ueer.
Nō deuemos por marauilla tēer
da madre do uēcedor sēpre uēcer

Des que forō dētr assi lles cōteçeu
que logo sā peor anto altar uarreu
y a os iudeus tan tost apareçeu
omagen da Uirgen pītada seer.
Nō deuemos por marauilla tēer
da madre do uēcedor sēpre uēcer

Os iudeus disserō pois que a Deus

praz

que esta omagen a maría faz

leixemos llaqueste seu logar en paz

y nõ queramos con ela contẽder.

Nõ deuemos por marauilla tẽer

da madre do uẽcedor sẽpre uẽcer

Forõss os iudeus y gãou dessa uez

aquela eigrixia. a Sẽnor de prez

que foi a primeira que se nunca fez

en seu nome dela. sen dulta prender.

Nõ deuemos por marauilla tẽer

da madre do uẽcedor sẽpre uẽcer

De pois Iuyão enperador cruel

que a Santa maria non foi fiel

mãdou ao poboo dos dirra el

quell aquela omagen fossen trager.

Nõ deuemos por marauilla tẽer

da madre do uẽcedor sẽpre uẽcer

E os iudeus que senpr acostumad

an

de querer gran mal. a do mui bõ

talã

forõ y y assí os catou de pran

que a nõ ousarõ per ren sol tãger.

Nõ deuemos por marauilla tẽer

da madre do uẽcedor sẽpre uẽcer

26

Esta .xxvi. e como Santa maria fez

auer

fillo a ṽa moller manŷa y depois

morreu lle y ressocitou llo

Santa maria pod

enfermos guarir quãdo xe quiser

y mortos resurgir

Na que deus seu sant espirit enviou

e que forma dome en ela fillou

non é maravilla se del gaannou

vertude per que podéss esto conprir

Santa maria pod enfermos guarir

guando xe quiser. y mortos resurgir

Porend un miragr aquesta reŷa

santa fez mui grãd a ṽa mesquīa

moller. que cõ coita de que manŷa

era. foi aela un fillo pedir

Santa maria pod enfermos guarir

guando xe quiser. y mortos resurgir

Chorando dos ollos mui de coraçon

lle diss ai Sẽnor oe mia oraçon

y por ta mercee un fillo baron
me da cō que goye te possa seruir
Santa maria pod enfermos guarir
guando xe quiser. y mortos resurgir

Logo que pediu lle foi outorgado
y pois a seu tēp aquel fillo nato
que a Santa maria demandado
ouue. ca lle nō quis eno dō falir
Santa maria pod enfermos guarir
guando xe quiser. y mortos resurgir

Mas o minȳ a pouco pois que naçeu
dūa forte feuer mui cedo morreu
mas a madre p̃ poucas ensandeçeu
por el y sas faces fillouss a carpir
Santa maria pod enfermos guarir
guando xe quiser. y mortos resurgir

Entō a catiua cō gran quebrāto
a o mōesteir o leuou y anto
altar. o pos fazēdo tā grā chāto
que todalas gentes fez assi uīir
Santa maria pod enfermos guarir
guando xe quiser. y mortos resurgir

E braadādo começou a dizer
Santa maria que me fuste fazer

en dar meste fill e logo mio toller
por que nō podesse con ele goir
Santa maria pod enfermos guarir
guando xe quiser. y mortos resurgir

Sēnor que de madre nome me deste
en toller mio logo mal me fezeste
mas polo prazer que do teu ouueste
fillo. dameste meu que ueia riir
Santa maria pod enfermos guarir
guando xe quiser. y mortos resurgir

Ca tu soa es a que mio podes dar
y porēd ati o uenno demandar
onde groriosa Sēnor sen tardar
damio uiuo que aia que te gracir.
Santa maria pod enfermos guarir
guando xe quiser. y mortos resurgir

Log a oraçō da moller oyda
foi y o minȳo tornou en uida
por prazer da uirgen santa conprida
que o fez no leit u iazia bulir.
Santa maria pod enfermos guarir
guando xe quiser. y mortos resurgir

Quand esto uiu a moller ouue pauor
da primeir e pois tornousell en sabor

y deu poren graças a nostro sēnor
y a sa Madre. por que a quis oyr.
Santa maria pod enfermos guarir
guando xe quiser. y mortos resurgir

27

Esta .xxvii. e como Santa maria
defendeu costantinobre dos
mouros que a cōbatiā y a cuida
uā fillar

Todo logar mui bē
pode seer defendudo
o que a Santa maria
a por seu escudo

Onde daquesta razon
un miragre uos quero
contar mui de coraçon
que fez mui grand e fero
a uirgen que non a par
que non quis que perdudo
foss o poblo que guardar
auia nen uençudo
Todo logar mui bē pode
seer defendudo

De comeu escrit achei

pois que foi de crischãos
costantinobre un rey
con oste de pagãos
uēo a uila cercar
mui braue mui sanudo,
pola per força fillar
por seer mais temudo
Todo logar mui bē pode
seer defendudo

E começou a dizer
cō sana que auia
que se per força prender
a cidade podia,
que faria en matar
o poboo miudo
e o tesour en leuar
que tīan ascondudo
Todo logar mui bē pode
seer defendudo

Na cidade, com oy
se deus maiud e parca
San germā dentr era y
un santo Patriarcha
que foi a Uirgen rogar
que dela acorrudo
foss o poblo sen tardar

daquel mour atreuudo
Todo logar mui bē pode
seer defendudo

E as donas ar rogou
da mui nobre cidade
mui derig e cōsellou
que anta majestade
da uirgen. fossen queimar
candeas. que traudo
o poboo do logar
non fosse. nē rendudo
Todo logar mui bē pode
seer defendudo

Mas aquel mouro soldā
fez lles pōer pedreiras
pera os de dentr afan
dar de muitas maneiras
y os arqueiros tirar
y assi conbatudo
o muro foi sen uagar
que toste foi fendudo.
Todo logar mui bē pode
seer defendudo

E coita sofrerō tal
os de dentro y tanta

que presos foran sen al
se a uirgen mui sāta
nō fosse que y chegar
cō seu māt estēdudo
foi. polo mur anparar
que non fosse caudo
Todo logar mui bē pode
seer defendudo

E ben ali u deçeu
de sātos grā cōpāna
con ela apareçeu
y ela mui sā sāna
o seu māto foi parar
u muito recebudo
colb ouue dos que y dar
fez. o Soldan beiçudo
Todo logar mui bē pode
seer defendudo

E auēo dessa uez
a os que conbatian
que deus por sa madre fez
que dali u firian
os colbes. yan matar
daquel soldan barvudo
as gentes y arredar
do muro ia mouudo.

Todo logar mui bē pode
seer defendudo

Aquel soldā sē mētir
cuidou que p abete
non queriā enuair
os seus y mafomete
começou muit a chamar
o falsso connoçudo
que os uēes aiudar
mas foi y decebudo
Todo logar mui bē pode
seer defendudo

Ali u ergeu os seus
ollos. contra o ceus
uiu log a madre de deus
coberta de seu ueo
sobre la uila estar
con seu māto tendudo
y as firidas fillar
pois est ouue ueudo
Todo logar mui bē pode
seer defendudo

Teuesse por pecador
ca uiu que aquel feito
era de nostro sēnor

porē per niū preito
nō quis cōbater mādar
y fez com e sisudo
e na uila foi entrar
dos seus descōnoçudo
Todo logar mui bē pode
seer defendudo

Pera sā germā se foi
aquel soldan pagāo
y disse lle, sēnor oy
mais. me quereu crischāo
per uossa mão tornar
y seer conuertudo
y mafomete leixar
o falsso recreudo.
Todo logar mui bē pode
seer defendudo

E o por que esto fiz
direi uolo agīa
segūdo uossa lei diz
a mui santa reȳa
ui. que uos uēo liurar
pois mest apareçudo
foi. quero me batiçar
mas nō seia sabudo.
Todo logar mui bē pode

seer defendudo

Poderia uos de dur
dizer. as grādes dāas
que aquel solban de sur
deus y. ricas y bōas
de mais foyos segurar
que nō fosse corrudo
o reino se deus māpar
y foi lle gradeçudo.
Todo logar mui bē pode
seer defendudo

28
Esta .xxviii. e como Santa maria.
   liurou
a moller prene que non morresse
   no
mar. y fez lle auer fillo dentro nas
ondas

Acorrer nos pode
y de mal guardar. a madre de deus
se per nos non ficar

Acorrer nos pode quaādo xe quiser
y guardar de mal cada quelle puguer
bē como guardou v̄a pobre moller

que cuidou morrer enas ondas do
   mar.
Acorrer nos pode y de mal guardar
a madre de deus se per nos nō ficar

Eno mar que cerca o mūd a redor
na terra que chamā bretāna mayor
fez a santa madre de nostro sēnor
un gran miragre que uos quero
   contar.
Acorrer nos pode. y de mal guardar
a madre de deus. se per nos nō ficar

O miragre foi muit apost e mui bel
que Santa maria fez por sā miguel
que é conpāneiro de San Gabriel
o angeo que a uēo saudar.
Acorrer nos pode y de mal guardar
a madre de deus se per nos nō ficar

De Sā migael o āgeo de Deus
era un ermida u muitos romeus
yan y rogar polos pecados seus
que deus llos quisesse por el perdōar.
Acorrer nos pode y de mal guardar
a madre de deus se p̄ nos nō ficar

O logar era de mui grā devoçō

mas non podía om ala yr se nõ
mēguas ant o mar, ca en outra sazon
nõ podia ren ên sair nē entrar.
Acorrer nos pode. y de mal guardar

E porend un dia avēo assi
que ṽa moller prenne entrou p y
mas o mar creceu e colleu a ali
e non se pod yr tanto non pod andar.
Acorrer nos pode
y de mal guardar

A pobre moller macar quis non fogiu
ca o mar de todas partes a cobriu
e pois sa mesqya ental coita viu
começou Santa maria de chamar.
Acorrer nos pode
y de mal guardar

A moller sen falla coidou a fiir
quando uiu o mar que a uēo cobrir
e de mais chegoull o tōpo de parir
e por tod esto non cuidou escapar.
Acorrer nos pode
y de mal guardar

mas a santa uirgen que ela rogou
oyo lle seu rog e tā toste chegou

y a sua manga sobrela parou
que a fez parir y as ondas quedar.
Acorrer nos pode
y de mal guardar

Pois Santa maria a sēnor de prez
este miragre daquela moller fez
cō seu fill a pobre se foi essa uez
log a sā miguel o miragre mostrar.
Acorrer nos pode
y de mal guardar

29
Esta .xxix. e como Santa maria
fez parecer nas pedras
omagēes a ssa semellança

Nas mētes senpre tēer
deuemo las sas feituras
da uirgen pois receber
as foron as pedras duras

Per quant eu dizer oy
a omes que foron y
na santa gessemani
foron achadas figuras
da madre de deus assi
que non foron de pinturas.

656

Nas mentes senpre tēer
deuemo las sas feituras

Nen ar entalladas nō
forō se deus me p̱dō
y auia y faiçon
da sēnor das aposturas
cō seu fill e per razō
feitas bē ē sas mesuras.
Nas mentes senpre tēer
deuemo las sas feituras

Porenas resprādecer
fez. tan muit e parecer
per que deuemos creer
que e sēnor das naturas
que nas cousas a poder
de fazer craras de scuras.
Nas mentes senpre tēer
deuemo las sas feituras

Deus xas quise figurar
en pedra. por nos mostrar
que a sa madre onrrar
deuē todas creaturas
pois deceu carne fillar
ēela das sas alturas.
Nas mentes senpre tēer

deuemo las sas feituras

30

Esta .xxx. e de loor de Santa maria
das marauillas que deus
fez por ela

Deus te salue gro
riosa reȳa maria
lume dos santos fremosa
e dos ceos uia.

Salue te que cōcebiste
mui contra natura
y pois teu padre pariste
y ficaste pura. uirgen
y poren subiste. sobela altura
dos ceos. porque quesiste
o que el queria.
Deus te salue groriosa
reȳa maria

Salue te que enchositi
deus gran sē mesura
en ti. y dele fezisti
ome creatura
esto foi por que ouuisti
gran sen y cordura

en creer quando oisti
sa messageria
Deus te salue groriosa
reÿa maria

Salue te deus ca nos disti
en nossa figura
o seu fillo que trouxisti
de gran fremosura,
y con el nos remiisti
da mui gran loucura
que fez eua y uēcisti
o que nos uencia
Deus te salue groriosa
reÿa maria

Salue te deus ca tollisti
de nos gran tristura
u por teu fillo frāgisti
a carcer escura
u yamos y metisti
nos. en grā folgura
cō quāto bē nos uiisti
queno contaria
Deus te salue groriosa
reÿa maria

Esta .xxxi. e como Santa maria
seruiu en logar da monia. que
se foi do mōesteiro

De ūrgōna nos guardar
punna toda uia y de falir

y derrar. a uirgen maria

E guarda nos de falir
y ar quer nos encobrir
quando en erro caemos;
desi faz nos repentir
e a emenda uīir
dos pecados que fazemos
dest un miragre mostrar
en un abadia
quis a reÿa sen par.
santa. que nos guya
De ūrgōna nos guardar
pūna toda uia

Una dona ouuali
que, per quant eu aprendi
era minÿa fremosa
de mais sabia assi
tēer sa ordē que ni

ṽa a tan aguçosa
era di aproueitar
quanto mais podia
e porẽ lle forā dar
a tesoureria
De ūrgōna nos guardar
pūna toda uia

Mailo demo que prazer
nō ouuen. fez lle querer
tal ben. a un caualeiro
que lle non daua lezer
tenes que a foi fazer
que saỹu do mōesteiro
mas ant ela foi leixar
chaues que tragia
na cinta. ant o altar
da en que criia
De ūrgōna nos guardar
pūna toda uia

Ai madre de deus entō
diss ela en sa razon
leixo uos est en comenda
y avos de coraçon
macomēd e. foiss e nō
por bē fazer sa fazēda
cō aquel que muit amar

mais ca ssi sabia
y foi gran tēpo durar
con el en folia.
De ūrgōna nos guardar
pūna toda uia

E o caualeiro fez
poi la leuou dessa uez
ēela fillos y fillas
mais la Uirgen de bō prez
que nūca amou sādez
emostrou y marauillas
que a uida estrāyar
lle fez que fazia
por en sa claustra tornar
u ante uiuia
De ūrgōna nos guardar
pūna toda uia

Mais en quant ela andou
con mal sen, quanto leixou
aa uirgen comendado
ela mui ben o guardou
ca en seu logar entrou
e deu a todo recado
de quant ouua recadar
que ren non falia
segundo no semellar

de quena uiia
De ūrgōna nos guardar
pūna toda uia

Mais pois quess arrepentiu
a monja e se partiu
do cavaleiro mui cedo
nunca comeu nen dormiu
tro o mõesteiro viu
e entrou enel amedo
e fillouss a preguntar
os que connocia
do estado do logar
que saber queria.
De ūrgōna nos guardar
pūna toda uia

Disserōll entō sē al
abadess auemos tal
y prior y tesoureira
cada ṽa delas ual
muito y de bē sē mal
nos fazē de grā maneira.
Quād est oyu a sinar
logo se prēdia
por quess assi nomear
con elas oȳa
De ūrgōna nos guardar

pūna toda uia

E ela cō grā pavor
tremēdo y sen coor
foisse pera a eigreia
mais a madre do sēnor
lle mostrou tā grād amor
y poren bēeita seia
que as chaues foi achar
u postas auia
y seus panos foi fillar
que ante uestia
De ūrgōna nos guardar
pūna toda uia

E tan toste sē desdē
y sē vergōna de rē
auer iūtou o cōuēto
y cōtou lles o grā ben
que lle fezo a que tē
o mūd en seu mādamento
y por lles todo puar
quanto lles dizia
fez seu amigo chamar
que llo contar ya.
De ūrgōna nos guardar
pūna toda uia

O cõuēto por mui gran
marauilla teua pran
pois que a cousa puada
uirō. dizendo que tan
fremosa par sā iohan
nunca lles fora contada
y fillarōss a cantar
con grād alegria
salue te strelado mar
Deus, lume do dia."
De ūrgōna nos guardar
pūna toda uia

32

Esta .xxxii. e como Santa maria
leuou o boi do aldeāo de Se
gouia. quell auía prometudo
y non llo queria dar

Tāto se deus me pdon
son da uirgen coñoçudas
sas mercees que quinnon
querē end as bestias mudas

Desto mostrou un miragre
a que e chamada uirga
de iesse na sa eigreja
que este en uila sirga

que a preto de carron
e duas leguas sabudas
u uan fazer oraçon
gentes grandes y miudas
Tanto se deus me pdon
son da uirgē cōnoçudas

Ali uan muitos enfermos
que reciben sanidade
y ar vaxi muitos sāos
que dan y sa caridade
y per aquesta razon
son as gentes tan mouudas
que uan y de coraçon
ou enuian sas aiudas.
Tanto se deus me perdon
son da uirgen connoçudas

E porēd un aldeāo
de segouia que moraua
na aldea, ṽa uaca
pdera que muit amaua
y en aquela sazon
forā y outras perdudas
y de lobos log enton
comestas ou mal mordudas
Tanto se deus me pdon
son da uirgē cōnoçudas

E por que o aldeão
desto muito se temia
ante sa moller estādo
diss assi. Santa maria
dar tei o que trag en don
a uaca. se bē maiudas
que de lob e de ladrō
mia guardes ca defendudas
Tanto se deus me ṗdon
son da uirgē cōnoçudas

Sō as cousas que tu queres
y por aquesto te rogo
que mi aquesta vaca guardes
y a uaca uēo logo
sen dane sen ocaion
cō sas orellas meriudas
y fez fillo sen liion
con sinaes pareçudas
Tāto se deus
son da uirgē cōnoçudas

Pois creceu aquel bezerro
y foi almall arrizado
a sa moller o uilāo
diss irei cras a mercado
mas este novelo nō
ira nas ofereçudas

bestias quen ofereçō
sō a os santos rēdudas
Tanto se deus me ṗdon
son da uirgē cōnoçudas

Dizēd esto aa noite
outro dia o uilāo
quis ir uēdelo almallo
mas el sayu lle de mão
y correndo de randō
foi a jornadas tēdudas
come se con aguillō
o leūassen de corrudas
Tāto se deus me ṗdon
son da uirgē cōnoçudas

Pois foi en Sāta maria
mostrousse por bestia sage
meteu se na sa eigreia
y parouss anta omage
y por auer sa raçon
foi u as bestias metudas
eran que ena maison
forā dadas ou uendudas
Tāto se deus me ṗdon
son da uirgē cōnoçudas

E desali adeante

non ouui boi nē almallo
que tā bē tirar podesse
o carr e sofrer traballo
de quantas bestias y son
que an as unnas fendudas
sen firilo de baston
nen daguyllō ascodudas
Tāto se deus me pdon
son da uirgen cōnoçudas

O laurador que pos ele
a mui gran pressa uēera
poi lo uiu en uila sirga
ouuen marauilla fera
y fez chamar a pregon
y gentes foron uīudas
a que das cousas sermō
fez. quell eran conteçudas
Tāto se deus me pdon
son da uirgē cōnoçudas

33

Esta .xxxiii. e como Santa maria
defēdeu a cidade de cesaira
do enperador iuyāo

Todo los sātos que sō no ceo
de seruir muito an gran sabor

Sāta maria a uirgen madre
de ieso cristo nostro sēnor

E dele seerē ben mandados
esto dereit e razon aduz
pois que por eles encravelados
ouue seu fill os nēbros na cruz
de mais per ela santos chamados
son, e de todos é lum e luz
por end estā senpr aparellados
de fazer quantoll en prazer for.
Todo los santos que sō no ceo
de seruir muito an gran sabor

Ond en cesaira a de Suria
fez un miragre á gran sazō
por san basillo Sāta maria
sobre iuyāo falss e felon
que os crischāos matar queria
ca o demo no seu coraçon
metera y tā grand erigia
que per rē nō podia mayor.
Todo los santos que sō no ceo
de seruir muito an gran sabor

Este iuyāo auia guerra
con perssiāos y foi sacar
oste sobreles y pela terra

de cesaira. ouue de passar
y san basill a pedūa serra
sayu ael por xell omillar
y diss assi. y aquel que non erra
que deus e. te saluenpador.
Todo los sātos que sō no ceo
de seruir muito an gran sabor

Iuyāo diss, ao ome santo
Sabedor es y muito me praz
mas quer agora que sabias tāto
que mui mais sei eu ca ti assaz
e de tod esto eu ben mauāto
que sei o que en natura iaz
basillo diz sera est en quāto
tu cōnoceres teu Criador.
Todo los santos que sō no ceo
de seruir muito an gran sabor

O sant ome tirou de seu sēo
pan dorio. que lle foi ofrecer
dizēd esto nos dando allēo
por deus. con que possamos uiuer
pois ta pessōa nobr aqui uēo
fillao se te iaz en prazer
iuyāo disse, Den ti do fēo
pois me ceuada das por amor.
Todo los sātos que sō no ceo

de seruir muito an gran sabor

E mais ti digo que se conqueiro
terra de perssia. quero uīir
per aquí logue teu mōesteiro
y ta cidad e ti destroir
y fēo comeras por fazfeiro,
ou te farei de fame fīir
y set aqueste pan non refeiro
terrei me por doutr ome peyor.
Todo los sātos que sō no ceo
de seruir muito an gran sabor

Pois sā basill o fēo fillado
ouue. tornādo sse diss atal
iuyāo deste fēo que dado
mias que comesse. feziste mal
y est orgullo que mias mostrado
deus tio demande que pod e ual
e quant eu ei tēnē comendado
da uirgen madre do salvador.
Todo los sātos que sō no ceo
de seruir muito an gran sabor

Pois se tornou a os da cidade,
Fez los iūtar chorādo dos seus
ollos. contād a des lealdade
de iuyāo y disse por deus

de quen e madre de piedade
Santa mariai amigos meus
roguemos lle pola sa bondade
que nos guarde daquel traedor
Todo los sātos que sō no ceo
de seruir muito an gran sabor

De mais fez lles ieiuar tres dias
y leuar gran marteire afã
andādo p muitas romarias
beuēd agua comēdo mal pā
de noite les fez tēer uigias
na eigreia da do bon talan
Sāta maria que desse vias
per que saissen daquel pauor
Todo los sātos que sō no ceo
de seruir muito an gran sabor

Poilo sāt om aquest ouue feito
ben ant o altar adormeceu
da santa uirgen lass e mal treito
y ela logoll apareceu
cō gran poder de sātos afeito
que a terra toda sclareceu
y dizendo pois que ei congeito
uīgar mei daquele mal feitor
Todo los sātos que sō no ceo
de seruir muito an gran sabor

Pois esto disse chamar mādaua
san mercuiro y dissell assi
iuyāo falsso que rezōava
mal a meu fill e peyor a mi
por quanto mal nos ele buscaua
danos dereito del ben ali
du uai ontros seus en que fiaua
y sei de nos anbos uēgador
Todo los sātos que sō no ceo
de seruir muito an gran sabor

E mātenēte sē demorāça
sā mercuiro log ir se leixou
en seu caualo brāque sa lāça
muito brādīd e toste chegou
a iuyāo y deu lle na pāça
que en terra morto o deitou
ontros seus todos. y tal uēgāça
fillou del. come bon lidador
Todo los sātos que sō no ceo
de seruir muito an gran sabor

Tod aquesto que uos ora dito
ei sā basill en sa uison uiu
y Sāta maria deull escrito
un liuro. y ele o abriu
y quanti uiu no coraçon fito
teue ben. y logo sespediu

dela. y pois da uisō foi quito
ficou en cō med e cō tremor
Todo los sātos que sō no ceo
de seruir muito an gran sabor

De pos aquest un seu copāneiro
san basilio logo chamou
y catar foi logo de primeiro
u as sas armas ante leixou
de san mercuiro. o caualeiro
de ieso crist. e nonas achou
y teue que era uerdadeiro
seu sōne deu a deus en loor
Todo los sātos que sō no ceo
de seruir muito an gran sabor

Essa ora logo sen tardada
san basilo com escrit achei
u a gente estaua suada
foi lles dizer como uos direi
gran uēgāça nos a ora dada
san mercuiro. daquel falsso rey
ca o matou dūa gran lāçada
que nūca atal deu isustador.
Todo los sātos que sō no ceo
de seruir muito an gran sabor

E se daquesto pela uentura

que digo. nō me creedes en
eu foi catar a sa sepultura
y das sas armas nō ui y rē.
mas tornemos y log a cordura
por deus que o mūd en poder tē
ca este feit e de tal natura
que deuomen seer sabedor
Todo los sātos que sō no ceo
de seruir muito an gran sabor

Logo tā toste forō correndo
y as armas todas essa uez
acharō y a lança iazendo
con que sā mercuiro colbe fez
sangoēt e peri entendēdo
forō. que a Uirgen mui de prez
fez fazer esto. en defēdēdo
os seus de iuyāo chufador
Todo los sātos que sō no ceo
de seruir muito an gran sabor

Eles assi a lāça catando
que creer podian muit adur
maestre libano foi chegādo
filosofo natural de Sur
que lles este feito foi cōtādo
ca se non detevera nenllur
des que leixara a ost alçando

y iuyão morto sen coor
Todo los sātos que sō no ceo
de seruir muito an gran sabor

E cōtou lles a mui gran ferida
quell un caualeiro brāco deu
per que alma tā toste partida
lle foi do corp aquesto vi eu
diss el, poren quero santa uida
fazer uosque nō uos seja greu
y receber uossalei conprida
y serei dela preegador.
Todo los sātos que sō no ceo
de seruir muito an gran sabor

E log a agua sobela testa
lle deitaron y batismo pres
e começaron loguy a festa
da uirgen que durou bē un mes
y cada dia pela gran sesta
vyan da ost un y dous y tres
que lles cōtaron da mort a gesta
que pres iuyão a gran door
Todo los sātos que sō no ceo
de seruir muito an gran sabor

34

Esta .wwwiiii. e como Santa maria

 amēaçou o bispo que descomū
gou o crerigo que nō sabia di
zer outra missa se nō a sua

Quen loar podia
come la querría. a madre de quē
o mundo fez. sería de bō sen

Dest un gran miragre
uos contarei ora
que Santa maria
fez. que por nos ora
dūu que al fora
a ssa missa ora
con nunca per ren
outra sabia dizer
mal nen ben.
Quen loar podia
com ela querria

Onde ao bispo
daquele bispado
en que el moraua
foi end acusado
y antel chamado
y enpreguntado
foi. se era ren
o que oya

del. respos o ben.
Quen loar podia
com ela querria

Poilo bispo soube
per el a uerdade
mādou lle tā toste
mui sen piedade
que a uezindade
leixas da cidade
toste sen desden
y que sa uia
logo se foss en.
Quen loar podia
com ela querria

Aquela noit' ouue
o bispo ueuda
a Santa maria
cō cara sānuda
dizēdo lle muda
a muit atreuuda
sentença ca ten
que gran folia
fezist e poren.
Quen loar podia
com ela querria

Te dig e ti mādo
que destas perfias
te quites. e senon
doja trinta dias
morte prēderias
y ala yrias
u dem os seus tē
na ssa bailia
ond ome nō uē
Quen loar podia
com ela querria

O bispo leuousse
mui de madurgada
y deu a o preste
ssa raçō dobrada
e missa cantada
com acostumada
as. disse manten
da que nos guya
ca assi conuen
Quen loar podia
com ela querria

35
Esta .xxxv. e como Santa maria
leuou en saluo o romeu que
caera no mar. y o guyou p

s[o a agua ao pórto ante que chegass'
   o batél]⁹⁾

Grã poder a de mādar
o mar y todolos uentos
a madre daquel que fez
todolos quatr elementos

Desto uos quero contar
un miragre que achar
ouuen un liure tirar
o fui, ben dontre trezentos
que fez a Uirgen sen par
por nos atodos mostrar
que seus son os mandamentos.
Gran poder a de mādar
o mar y todo los uētos

Una nauia per mar
cuidād en acre portar
mas tormēta leuātar
se foi. que os bastimētos
da nave ouua britar,
e começouss a fondar
cō romeus mais doitocētos

Gran poder a de mādar
o mar y todo los uētos

Vn bispo fora entrar
y. que cuidaua passar
con eles. y pois toruar
o mar uiu. seus pēssamentos
foron. dali escapar
y poren se foi cambiar
no batel. bē cō duzētos
Gran poder a de mādar
o mar y todo los uētos

Omees. y un saltar
deles quis e se lançar
cuidou no batel, mas dar
foi de pees en xermentos
que y. eran. e tonbar
no mar foi e mergullar
ben ate nos fōdamentos
Gran poder a de mādar
o mar y todo los uētos

Os do batel a remar
se fillarō sen tardar

_____

9) 대괄호 속의 부분은 톨레도 판본에 부재한 부분으로서 엘에스코리알 판본을 토대
로 복원하였다.

per se da naualōgar
y fogir dos escarmentos
de que oyran falar,
dos que queren pfiar
sen auer acorrimentos
Gran poder a de mādar
o mar y todo los uētos

E cō coita darribar
sa uea foron alçar
y terra foron fillar
cō pauor y medorētos
y enton uiron estar
aquel que perigoar
uirā, enos mudamentos.
Gran poder a de mādar
o mar y todo los uētos

Começarōss a sinar
e forono pregūtar
que a uerdad enssinar
lles fosse sē tardamentos
se guarira per nadar
ou queno fora tirar
do mar y dos seus tormentos.
Gran poder a de mādar
o mar y todo los uētos

E el fillouss a chorar
y disse se deus māpar
Santa maria guardar
me quis por merecimentos
nō meus. mas por uos mostrar
que quen per ela fiar
ualer llā seus cousimentos
Gran poder a de mādar
o mar y todo los uētos

Quātos erā no logar
começaron a loar
y mercee lle chamar
que dos seus enssinamentos
os quisess acostumar
que nō podessē errar
nē fezessen falimentos.
Gran poder a de mādar
o mar y todo los uētos

36

Esta .wwwvi. e como santa
maria fillou dereito do
iudeu pola desōrra que
fizera a sua omagen

Gran dereit e que
fill o demo por escarmento

quen cōtra Santa maria
filla atreuimento

Poren direi un miragre
que foi gran uerdade
que fez en costātinoble
na rica cidade
a uirgen madre de deus
por dar entendimento
que quen contra ela uay
palla e contra uento.
Gran dereit e que fill o
demo por escarmento

Una omage pītada
na rua siia
en tauoa mui bē feita
de Santa maria
que nō podiā achar
ent outras mais de cēto
tan fremosa. que furtar
foi un iudeu a tento.
Gran dereit e que fill o
demo por escarmento

De noite. poila leuou
so sa capa furtada
en sa cas a foi deitar

na camara priuada
desi assentous ali
y fez gran falimento
mas o demo o matou
y foi a perdimento.
Gran dereit e que fill o
demo por escarmento

Pois que o iudeu assi
foi mort e cofōdudo,
y o demo o leuou
que nunc apareçudo
foi. un crischāo entō
con bon enssinamento
a omagen foi sacar
do logar balorento.
Gran dereit e que fill o
demo por escarmēto

E pero que o logar
muit enatio estaua
a omagen quant enssi
mui bōo cheiro daua
que specias dultramar
balssamo nē unguēto
nō cheiravā a tā ben
comesta que emento.
Gran dereit e que fill o

demo por escarmento

Pois quea sacou dali
mantenente lauoa
cō agua e log enton
a ssa casa leuoa
y en bon logar a pos
y fez lle cōprimento
de quant ouue de fazer
por auer saluamēto.
Gran dereit e que fill o
demo por escarmento

Pois lle tod esto feit ouue
mui gran demostrança
fez y a madre de deus
que doyo semellāça
correu daquela omage
grand auōdamento
que ficasse deste feito
por renenbramento.
Gran dereit e que fill o demo
por escarmento

37

Esta .wwwvii. e de como santa
maria apareceu no mas
te da naue de noite que

ya a bretāna. y a guardou
que non perigoasse

Muit amar deuemos
en nossas uoontades
a sēnor que coitas
nos toll e tenpestades

E desto mostrou a uirgē
marauilla quamanna
nō pode mostrar outro santo
no mar de bretāna
u foi liurar ṽa naue
u ya gran conpāna
domees por sa prol buscar no que
todos pūnades.
Muit amar deuemos en nossas
uoōtades
a sēnor que coitas nos toll e
tenpestades

E u singravā pelo mar atal foi sa
uentura
que se leuou mui gran tormēta e
a noit escura
se fez. que ren non lles ualia siso
nē cordura
e todos cuidaron morrer de certo

o sabiades.

Muit amar deuemos en nossas
uoōtades
a sēnor que coitas nos toll e
tenpestades

Pois uirō o perigo tal. gemendo y
chorando
os santos todos a rogar se fillarō.
chamādo
por seus nomes cada un deles.
muito lles rogādo
que os uēessen acorrer. polas sas
piedades.

Muit amar deuemos en nossas
uoōtades
a sēnor que coitas nos toll e
tenpestades

Quand est oyu un sant abade, que
na naue ya
disse lles tēno que fazedes ora
gran folia
que ides rogar outros santos. y
Santa maria
que nos pode desto liurar. sol
nona ementades.

Muit amar deuemos en nossas

uoōtades
a sēnor que coitas nos toll e
tenpestades

Quād aquest oyron dizer a aquel
sant abade
enton todos dun coraçon y dūa
voontade
chamaron a Uirgē santa Madre
de piedade
que lles ualuesse non catasse as
suas maldades.

Muit amar deuemos en nossas
uoōtades
a sēnor que coitas nos toll e
tenpestades

E diziā sēnor ual nos ca a naue se
sume
e dizend esto cataron com er e de
costume
cōtra o masto e uirō en cima mui
gran lume
que alumēaua mui mais que
outras craridades.

Muit amar deuemos en nossas
uoōtades
a sēnor que coitas nos toll e

tenpestades

E pois lles est apareçeu. foi o
  uēto quedado
y o ceo uiron claro. y o mar
  amanssado
y a o porto chegaron cedo que
  desejado
auiā y se lles pug en. sol dulta nō
  prēdades.
Muit amar deuemos en nossas
  uoōtades
a sēnor que coitas nos toll e
  tenpestades

38

Esta .wwwviii. e como a ymagen
  de
Santa maria. falou en testimonio
ontro crischāo y o iudeu

Pagar ben pod o que deuer. o que
  a madre de deus fia

E desto uos quero cōtar. un gran
  miragre mui fremoso
que fezo a uirgen sen par
madre do gran rei grorioso

por un ome que seu auer
todo ja despendud auia
por fazer ben y mais ualer
ca non ia en outra folia.

Quād aquel bonome o seu
auer. ouu assi despendudo
nō pod achar com aprix eu
de straẙo nen de cōnoçudo
quē sol llenprestido fazer
quisess e pois esto uiia
a un iudeu foi sen lezer
prouar sell alguen prestaria.
Pagar bē pod o que deuer
o que a madre de deus fia

E o iudeu lle diss enton
amig aquesto que tu queres
farei eu mui de coraçon
sobre bō pēnor se mio deres
dissell o crischāo poder
desso fazer. non aueria
mas fiador quero seer
de cho pagar bē aun dia.
Pagar bē pod o que deuer
o que a madre de deus fia

O iudeu lle respos assi

Sē pēnor nō sera ja feito
queo per rē leūes de mi
diz o crischāo. fas un preito
ȳr tei por fiador meter
Jesu Crist e Sāta maria
respos el. nō quer eu creer
ēeles. mas fillarchos ya.
Pagar bē pod o que deuer
o que a madre de deus fia

Porque sei que santa moller
foi ela. y el ome santo
y profeta. poren sēner
fillar chos quere darchei quanto
quiseres. tod a teu prazer
y o crischāo respondia
Sas omagees que ueer
posso dout en fiadoria.
Pagar bē pod o que deuer
o que a madre de deus fia

Pois o judeu est outorgou
anbos se foron mantenēte
y as omagēes lle mostrou
o crischāo. y anta gente
tangeu y fillouss a dizer
que por fiança llas metia
por que llo seu fosse rēder

a seu prazo. sen tricharia.
Pagar bē pod o que deuer
o que a madre de deus fia

E uos Jeso Cristo Sēnor
y uos sa Madre muit ōrrada
diss el se daqui longe for
ou mia fazenda enbargada
non possa per prazo pder
se eu pagar nō llo podia
per mi. mas uos ide pōer
a paga u mia eu porria.
Pagar bē pod o que deuer
o que a madre de deus fia

Ca eu auos lo pagarei
y uos fazed ael a paga
por que nō diga pois. nō ei
o meu. y en preito me traga
nē mio meu faça despēder
cō el andād en preitesia
ca se de coita a morrer
ouuesse. desta morreria.
Pagar bē pod o que deuer
o que a madre de deus fia

Poilo crischāo assi fis
fez o iudeu a poucos dias

cõ seu auer quāt ele quis
gāou en bõas merchādias
ca bē se soub en trameter
dest e ben fazelo sabia
mas foillo praz escaecer
a que o el pagar deuia.
Pagar ben pod o que deuer
o que a madre de deus fia

O crischão que nõ mētir
quis daquel prazo que posera
ant un dia que a uīir
ouuesse. foi en coita fera
y por esto fez conpõer
un arca. y dentro metia
quāt el ao iudeu render
ouue diss ai deus tu o guȳa.
Pagar bē pod o que deuer
o que a madre de deus fia

Dizēd est en mar la meteu
y o uento moueu as ondas
y outro dia pareceu
no porto das aguas mui fõdas
de besanç e pola prender
ū iudeu mui toste corria
mas lógu y ouua falecer
que a arc antele fogia.

Pagar ben pod o que deuer
o que a madre de deus fia

E pois o iudeu esto uiu
foi metēdo mui grādes uozes
a seu sēnor. y el sayu
y disse lle Sol duas nozes
nõ uales. que fuste temer
o mar. cõ mui grā couardia
mas esto quer eu cometer
bē leu a mi Deus la daria.
Pagar bē pod o que deuer
o que a madre de deus fia

Pois esto disse nõ fez al
mas correu ala sen demora
y a archa en guysa tal
fez. que aportou antel fora
Enton foi sa mão tender
y fillo a con alegria
ca non se podia sofrer
de saber o que y iazia.
Pagar bē pod o que deuer
o que a madre de deus fia

Desi fezea leuar en
a ssa casa y seus dīneiros
achou ēela y mui ben

se guardou de seus cōpāneiros
que nōll ouuessē dētender
de como os el ascondia
poi los foi cōtar y uoluer
a arca pos u el dormia.
Pagar bē pod o que deuer
o que a madre de deus fia

Pois ouue feito de sa prol
o mercador ali chegaua
y o iudeu ben come fol
mui derrizo lle demādaua
que lle dess o quell acreer
fora. fe nō que el diria
atal cousa per que caer
en gran uergōna o faria.
Pagar bē pod o que deuer
o que a madre de deus fia

O crischāo disse fiel
bōo tēno. quet ei pagado
a Uirgen madre do dōzel
que no altar chouui mostrado
que te fara ben cōnocer
como foi ca nō mētiria
y tu non queras cōtender
cō ela. que mal ten uerria
Pagar bē pod o que deuer

o que a madre de deus fia

Diss o iudeu desso me praz
pois vaamos aa eigreja
y seo disser en mia faz
a ta omagen. feito seia.
Enton fillaronss a correr
y a gente pos eles ya
todos con coita de saber
o que daquel preit auerria.
Pagar bē pod o que deuer
o que a madre de deus fia

Pois na eigreja foron diz
o crischāo. ai. magestade
de Deus. se esta paga fiz
rogo te que digas verdade
per que tu faças parecer
do iudeu sa aleiuosia
que cōtra mi cuida trager
do que lle dar non deueria.
Pagar bē pod o que deuer
o que a madre de deus fia

Entō diss a madre de deus
per como eu achei escrito
a falssidade dos iudeus
e grād, e tu iudeu maldito

sabes que fuste receber
teu aver que ren non falia
e fuste a arca sconder
so teu leito con felonia.
Pagar bē pod o que deuer
o que a madre de deus fia

Quād est o īudeu entēdeu
bēes ali logo de chāo
en Santa maria creeu
y en seu fill e foi crischāo
ca non uos quis escaecer
o que profetou ysaya
como deus uerria nacer
da uirgen. por nos toda uia.
Pagar bē pod o que deuer
o que a madre de deus fia

39
Esta .xxxviiii. e como santa
maria. fez cobrar seu pee
a o ome que o tallara con
coita de door

Miragres fremosos
faz por nos Sāta maria
y maravillosos

Fremosos miragres
faz que en deus creamos
y marauillosos
por queo mais temamos
por end un daquestes
e ben que uos digamos
dos mais piadosos
Miragres fremosos. faz por
nos Santa maria. y marauillosos

Est auēo na terra
que chamā berria
dū ome coitado
a que o pe ardia
y na sa eigreja
anto altar iazia
ent outros coitosos
Miragres fremosos faz por
nos Santa maria y marauillosos

Aquel mal do fogo
atanto o coitaua
que cō coita dele
o pe tallar mādaua
y de pois eno conto
dos çopos ficaua
desses mais astrosos.
Miragres fremosos. faz por

nos Santa maria y marauillosos

Pero cō tod esto
senpr ele cōfiādo
en Santa maria
y mercee chamādo
que dos seus miragres
enel fosse mostrando
non dos uagarosos.
Miragres fremosos. faz por
nos Santa maria y marauillosos

E dizendo ay uirgen
tu que es escudo
senpre dos coitados
queras que acorrudo
seia per ti se non
serei oy mais tēudo
por dos mais noiosos.
Miragres fremosos faz por
nos Santa maria. y maravillosos

Logo a santa uirgen
a el en dormīdo
per aquel pe a māo
indo y uīindo
trouxe muitas uezes
e de carne copndo

con dedos neruiosos.
Miragres fremosos faz por nos
Santa maria. y maravillosos

E quādo se sptou
sētiusse mui bē sāo
y catou o pe
e pois foi del bē certāo
nō semellou log andādo
per esse chāo
dos mais pregi çosos.
Miragres fremosos. faz por
nos Santa maria. y maravillosos

Quātos aquest oyrō
log ali uēeron
y aa uirgen santa
graças ende derō
y os seus miragres
ontros outros teuerō
por mais groriosos.
Miragres fremosos
faz por nos Santa maria
y maravillosos

40

Esta .xl. e de loor de santa
maria. de como deus nō lle po

de dizer de nō do que lle
rogar, nē ela anos

Muito ualvera mais
se deus māpar que nō fossemos
   nados
se nos nō desse Deus a que rogar
uai por nossos pecados

Mas daquesto nos fez el o mayor
ben que fazer podia
u fillou por madr e deu
por sēnor anos Santa maria
quelle rogue quādo sānudo for
contra nos toda uia
que da sa graça nē do seu amor
non seiamos deitados.

[T]al[10] foi el meter entre nos y si
y deu por auogada
que madr amiga lle creed ami
y filla y criada
Porē nō lle diz de nō mas de si

u a sent aficada
rogādo lle por nos. ca log ali
somos del perdōados.

Muito ualuera mais se deus
māpar que nō fossemos nados

Nē ela out ssi. a nos de nō
pode se deus maiude
dizer. que nō rogue de coraçō
seu fill ond a uertude
ca por nos lle deu el aqueste dō
y por nossa saude
fillou dela carne sofreu paxō
por fazer nos onrrados.

Muito ualuera mais se deus
māpar que nō fossemos nados

No seu reino. que el pa nos tē
seo nos non perdermos
p nossa culpa nō obrādo bē
y o mal escollermos
mas seu bē nō pderemos p rē
se nos firme creermos

---

10) 톨레도본에는 'T[al]'의 T철자가 존재하지 않고 "al"로 시작한다. 이 오류는 해
   당 판본이 필사되는 과정에서 필경사의 실수로 인해 발생했을 가능성이 크다.
   엘에스코리알 판본(cf. cantiga 30)을 통하여 이 누락된 철자를 복원할 수 있다
   고 본다.

que Jeso Crist e a que nos mātē
por nos foron iuntados.
Muito ualuera mais se deus
māpar que nō fossemos nados

41
Esta .xli. e de como a oma
gen de Santa maria tēdeu o bra
ço. y tomou o de seu fillo que
queria caer da pedrada quelle
dera o tafur de que sayu sāgue

Pois que deus quis
da uirgen fillo. seer por nos
pecadores saluar. por ende
non me marauillo
se lle pesa de quen lle faz pesar.

Ca ela y seu fillo son iuntados damor
que partidos per ren nunca poden
   seer
y poren son mui neicios prouados
os que contra ela uan. non cuidand
   y el tanger
esto fazen os mal fadados. que
   est amor non querē entēder
como Madre Fill acordados. son
   en fazer bē. y mal castigar.

Daquest auēo tenpos son passados
grādes, que o cōde de peiteus quis
   batall auer
con rei de frāç e foron assūados
en castro radolfo, p com eu oy retraer
un mōesteiro dordinados
mōges. Quel conde mandou desfazer
por que os ouuel sospeitados
que a franceses o querian dar.
Pois que deus quis da uirgen fillo
seer por nos pecadores saluar

Poilos mōges foron ende tirados
mui maas cōpānas se forō tā tost
   y meter
ribaldos y iogadores de dados
y outros que lles tragian y vyo a
   vender
y outros malauenturados
ouui un que começou a perder
per que foron del dēostados
os santos y a reȳa sen par.
Pois que deus quis da uirgen fillo
seer por nos pecadores saluar

Mas ṽa moller que por seus pecados
entrara na eigreia como sol acaecer
ben u soyan uesti los sagrados

panos. los mōges quando yan sas
   missas dizer
por que uiu y ben entallados
en pedra deus. con sa Madre seer
os gēollos logo ficados
ouu anteles y fillouss a culpar.
Pois que deus quis da uirgen fillo
seer por nos pecadores saluar

O tafur quād esto uiu con yrados
Ollos. a catou y começou a mal a
   trager
dizendo uella. son muit enganados
os que nas omagēes de pedra querer
   creer
y por que ueias com errados
son. quer eu ora logo cometer
aqueles idolos pintados.
y foi lles log ṽa pedra lançar.
Pois que deus quis da uirgen fillo
seer por nos pecadores saluar

E deu no fillo que anbos alçados
tiīa seus braços. en maneira de
   bēeizer
y macar non llos ouuanbos britados
britoull end un assi quell ouuera
   log acaer

mas a madre os seus deitados
ouue sobrel con que llo foi erger
y a frol que con apertados
seus dedos tiīa. foi logo deitar.
Pois que deus quis da uirgen fillo
seer por nos pecadores saluar

Mayores miragres ouui mostrados
deus que sāgui craro fez dessa
   ferida correr
do minȳo. y os panos dourados
que tiīa a madre. fez bē soas tetas
   decer
assi que todos desnuados
os peitos llouueron de parecer
y macar non daua braados
o contenente parou de chorar.
Pois que deus quis da uirgen fillo
seer por nos pecadores saluar

Ede mais ouue os ollos tornados
tā brauos que quantos a soyan ante
   ueer.
a tan muit eran dela espantados
que sol ena face noll ousauā mētes
   tēer.
y demoes log assembrados
contra o que esto fora fazer

come monteiros ben mādados
o foron logo tan toste matar.
Pois que deus quis da uirgen fillo
seer por nos pecadores saluar

Outros dous tafures demoniados
ouui por que forā aquel tafur mort
   ascōder
poren sas carnes os endiabrados
cō grā rauia as começarō todas de
   roer
y pois no rio afogados
foron. ca o demo non lles lezer
deu. que todos escarmentados
fossen. quantos dest oissen falar.
Pois que deus quis da uirgen fillo
seer por nos pecadores saluar

O cōde quand est oyu con armados
caualeiros uēoy anta eigreia decer
foi y un daqueles mais arrufados
diss assi no meu coraçō nō pod
   esto caber
se a pedra que me furados
os queixos ouue mia uedes trager
y por que dīeiros pagados.
ouui muitos. se mē nō quer sāar.
Pois que deus quis da uirgen fillo

seer por nos pecadores saluar

Pois esto disse pernas y costados
y a cabeça foi log anta omagē merger
y log os ossos foron ben soldados
y a pedra ouuele pela boca de rēder.
desto foron marauillados
todos. y el foi a pedra pōer
estandi omees onrrados
anta omagen. sobelo altar.
Pois que deus quis da uirgen fillo
seer por nos pecadores saluar

42

Esta .xlii. e como Santa maria
tornou a minȳa que era garri
da. Corda. y leuoa sigo a parayso

Ai Santa maria quen sse per uos
   guya
quite de folia. y senpre faz ben

Porend un miragre
uos direi fremoso
que fezo a madre
do rei grorioso y deo oyr
seer uosa saboroso
y prazer mia en.

Ai Santa maria quen sse per uos
　　guya
quite de folia. y senpre faz bē

Aquesto foi feito
por ṽa minīa
que chamauā musa
que mui fremosīa
era y aposta
mas garridelỹa
y de pouco sen.
Ai Santa maria quen sse per uos
　　guya
quite de folia. y sēpre faz ben

E esto fazendo
a mui groriosa
pareceull en sōnos
sobeio fremosa
cō muitas minỹas
de marauillosa
beldad. e poren.
Ai Santa maria quen sse per uos
　　guya
quite de folia. y sēpre faz bē

Quiserasse musa
yr con elas logo

mais Sāta maria
lle diss eu te rogo
que se mig ir queres
leixes ris e iogo
orgull e desden.
Ai Santa maria quen sse per uos g.
quite de folia. y sēpre faz bē

E se esto fazes
doia trinta dias
seeras comig en
trestas conpānias
de moças que uees
que nō son sādias
ca lles non cōuen.
Ai Santa maria quen sse por uos
　　guya
quite de folia. y sēpre faz bē

Atāt ouue musa
sabor das conpānas
que en uison uira
que leixou sas mānas
y fillou log outras
daquelas estrānas
y nō quis al ren.
Ai Santa maria quen se per uos
　　guya

quite de folia. y sēpre faz bē

O padre a madre
quand aquesto uirō
preguntarō musa
y pois quell oyrō
contar o que uira
mercee pediron
a que nos māten.[11]

A os quinze dias
tal feuer aguda
fillou log a musa
que iouue tēduda
y Santa maria
llouua pareçuda
que lle disse uē
Ai Santa maria quen sse per uos
guya
quite de folia. y sēpre faz bē

Vē pora mi toste
respos lle de grado
y quando o prazo

dos dias chegado
foi. seu espirito
ouue deus leuado
u dos outros ten.
Ai Santa maria quen sse per uos
guya
quite de folia. y sēpre faz bē

Sātos. y poren
seia denos rogado
que eno iuizo
u uerra irado
que nos ache quitos
derre de pecado
y dized amen.[12]

43

Esta .xliii. e como santa
maria guardou a ssa oma
gen que a non queimas o
fogo

Torto seria grand e
desmesura de prender mal

---

11) 톨레도본에 해당 연의 후렴부가 생략되어 있다.

12) 동일 작품의 위 일곱 번째 행과 같이 후렴구가 생략되어 있다. 이러한 후렴구
생략은 엘레스코리알본과는 무관하며 다만 톨레도본에서만 발견된다.

da uirgen sa figura.

Ond auēo en sā miguel de tōba,
no mōesteiro que iaz sobre lonba
dūa gran pena que ia quant e conba
en que corisco feriu noit escura.
Torto seria grand e desmesura
de prender mal. da uirgen sa fegura

Eoda a noite ardeu a ꝑfia
ali o fog e queimou quāt auia
na eigreia. mas nō foi u siia
a omagen da que foi uirgen pura
Torto seria grand e desmesura
de prender mal. da uirgen sa fegura

E como quer que o fogo queimasse
en redor da omagen quant achasse
Santa maria nō quis que chegasse
o fum a ela. nena caentura
Torto seria grand e desmesura
de prender mal. da uirgen sa fegura

Assí guardou a reȳa do ceo
a ssa omagē que nē sol o ueo
tāgeu o fogo. come o ebreo
guardou no forno cō sa uestidura
Torto seria grand e desmesura

de prender mal. da uirgen sa fegura

Assi lle foi o fog obediēte
a Santa maria, que sol niēte
nō tangeu sa omagē uera mente
ca de seu fill el era creatura.
Torto seria grand e desmesura
de prēder mal. da uirgen sa fegura

Daquesto forō mui maravillados
quantos das terras y forō iūtados
que solamēt os fios defu mados
nō uirō do ueo. nē a pītura
Torto seria grād e desmesura
de prēder mal. da uirgen sa fegura

Da omagē nē ar foi afumada
ante semellaua que mui lauada
fora bē toda cō agua rosada
assi cheiraua cō sa cobertura.
Torto seria grand e desmesura
de ꝑnder mal. da uirgen sa fegura

44

Esta .xliiii. e como santa
maria guareçeu o que era
sandeu

A uirgen madre de nostro
sēnor. bē pode dar seu siso
ao sādeu, pois a o pecador
faz auer paraiso

En seixōs fez a garin cābiador
a uirgen. madre de nostro sēnor
que tāt ouue deo tirar sabor
a uirgen, madre de nostro sēnor
do poder do demo ca de pauor
del perdera o siso
mas ela tolleull aquesta door
e deu lle paraiso.
A uirgen madre de nostro sēnor
bē pode dar seu siso

Grā bē lle fez en este grād amor
a uirgen. madre de nostro sēnor
que o liurou do dem enganador
a uirgen madre de nostro sennor
que o fillara come traedor
e tollera llo siso
mas cobrou llo ela e por mellor
ar deu lle paraiso.
A uirgen madre de nostro sēnor
ben pode dar seu siso

Loada sera mētr o mūdo for

a uirgen, madre de nostro sēnor
de poder de bondad e de ualor
a uirgen, madre de nostro sēnor
porque a ssa mercee e mui mayor.
ca o nosso mal siso
y senpre a sseu fill e rogador
que nos de paraiso
A uirgen madre de nostro sēnor
ben pode dar seu siso

45

Esta .xlv. e como Santa maria sacou
dous escudeiros de priion

Prijō forte
nen dultosa
nō pod os presos tēer
a pesar da groriosa

Desta razon uos direi
un miragre que achei
escrito. e mui ben sei
que farei. del cantiga saborosa
Priion forte nē dultosa
nō pod os presos tēer

E cōtarei sen mētir
como de priion sair

fez dous presos. e fogir
e pois yr
en salua mui preciosa.
Priiõ forte nē dultosa
nõ pod os presos tēer

Dous escudeiros correr
foron por rouba fazer
mais foronos a prēder
e meter
en prijon perigoosa.
Priion forte nē dultosa
nõ pod os psos tener. a pesar .d.

Jazend en aquel logar
ūu deles se nenbrar
foi. com en seixõ laurar
e pintar
uiu eigreia mui fremosa.
Priiõ forte nē dultosa
non pod os presos tēer

E diss a seu conpanõ
se eu sair de priion
cen crauos darei en dõ
a seixon
que e obra mui costosa.
Priiõ forte nē dultosa

nõ pod os presos tēer

E pois esto prometeu,
logo llo cepo caeu
en terra. mas nõss ergeu
atendeu
ant a noite lubregosa.
Priiõ forte nē dultosa
nõ pod os presos tēer

Mais poila noite chegou
a sseu conpanõ contou
como llo cepo britou
e sacou
end a uirgē piedosa.
Priiõ forte nē dultosa
nõ pod os presos tēer

O outro lle diss assi
per quāt eu auos oy
mil crauos leuarei y
semiami
toll esta priion noiosa.
Priion forte nē dultosa
nõ pod os presos tēer

Poiss o primeiro sentiu
solto. da prijon. fogiu

a guarda quand esto uiu

log abriu

a carcer mui tēeurosa.

Priion forte nē dultosa

nō pod os presos tēer

Polo outri guardar bē

ca atal era seu sen

mas dele nō achou rē

e poren

ouua uirgen sospeitosa.

Priiō forte nē dultosa

nō pod os presos tēer

Madre de nostro sēnor

que lle fora soltador

dos presos e guyador

sen pauor

como Sēnor poderosa.[13]

46

Esta .xlvi. e como Santa maria

guareceu o que era sordo

y mudo

Ben pod a sēnor

sen par. fazer oyr e falar

Com ṽa uegada fez

a un mud a de bon prez

e sordo. que dūa uez

o foi de todo sāar.

ben pod a sēnor sē par

fazer oyr y falar

Este fora a Seixon

rogar Deus no coraçō

ca pela boca ia nō

llo podia el mostrar.

bē pod a sēnor sē par

fazer oyr e falar

Senō por sinas fazer

con sas māos e gemer

anta uirgen que ualer

lle quisess e aiudar.

bē pod a sēnor sē par

fazer oyr y falar

Per que podesse oyr

e falasse sen falir

E por aquesto partir

---

13) 톨레도본에는 해당 위치의 후렴부가 생략된 채 45번 찬가가 끝난다.

nõ se quis danto altar.
bẽ pod a sēnor sẽ par
fazer oyr y falar

Trões que a gran Sēnor
que Madre do Saluador
lle mostrou tã grãd amor
como uos quero cõtar.
bẽ pod a sēnor sẽ par
fazer oyr y falar

Que logoll apareceu
y cõ sas mãos tangeu
llo rostre o guareceu
e foi lla lingua soltar.
bẽ pod a sēnor sẽ par
fazer oyr y falar

E as orellas llabriu
assi que tãtost oyu
e o sangui lle sayu
da līgue delas a par
bẽ pod a sēnor sẽ par
fazer oyr y falar

Assi que log entõ deu
loores com aprix eu
aa uirgen. e por seu

ficou en aquel logar.
bẽ pod a sēnor sẽ par
fazer oyr y falar

47
Esta .xlvii. e como santa
maria guareceu o que xe lle
torcera a boca. porque des
creera ẽela

Fol e o que cuida que
nõ poderia fazelo que quisesse
  Santa maria.

Dest un miragre uos direi que auēo
en seixons. ond un livro á todo chēo
de miragres ben di ca dallur non uēo
que a madre de deus mostra noit e
  dia.
Fol e o que cuida que nõ poderia
fazelo que quiesse Sãta maria

En aquel mõesteira ṽa çapata
que foi da uirgen por que o mũdo
  cata
por que diss un uilão de gran barata
que aquesto per ren ele non criia.
Fol e o que cuida que nõ poderia

fazelo que quiesse Sāta maria

Diss el ca deo creer non e guisada
cousa. pois que tā gran sazō e passada
de seer a çapata tan ben guardada
que ia podre non foss esto non seria.
Fol e o que cuida que nō poderia
fazelo que quiesse Santa maria

Esto dizend. ya per ṽa carreira
ele e outros quatro a ṽa feira
e torceu xella boca en tal maneira
que quen quer queo uisse espātar
    ssia.
Fol e o que cuida que nō poderia
fazelo que quiesse Santa maria

E tal door auia que bē cuidaua
que llos ollos fora da testa deitaua
e con esta coita logo se tornava
u a çapata éra en romaria
Fol e o que cuida que nō poderia
fazelo que quiesse Santa maria

E logo que chegou deitosse tendudo
anto altar en terra como perdudo
repentīdosse de que fora treuudo
en sol ousar dizer a tā gran folia.

Fol e o que cuida que nō poderia
fazelo que quiesse Santa maria

Enton a abadessa do mōesteiro
lle trouxe a çapata por seu fazfeiro
pelo rostro. e tornou llo tan enteiro
e tan são. ben como xo ant auia.
Fol e o que cuida que nō poderia
fazelo que quiesse Santa maria

Poilo uilāo se sētiu bē guarido
do sēnor de que era foi espedido
e ao mōesteiro lógo uīido
foi. e dalí sergēte pois toda uia.
Fol e o que cuida que nō poderia
fazelo que quiesse Santa maria

48
Esta .xlviii. e como Santa maria
guareceu a moller do fogo de
san marçal quell auia comesto
todo o rostro

Par deus tal sēnor muito
ual. que toda door toll e mal.

Esta sēnor que dit ei e Sāta maria
que a deus seu fillo rei, roga toda uia

sē al. que nos guarde do ifernal.
Par deus tal sēnor muito ual
que toda door toll e mal

Fogo. e ar outro ssi
do daqueste mundo
desi doutro que a y
com oy segūdo que tal
algūa uez. por Sā Marçal.
Par deus tal sēnor muito ual
que toda door toll e mal

De que sāou ṽa uez
ben. a gondianda
ṽa moller que lle fez
rogo e demāda atal
per que lle nō ficou sinal.
Par deus tal sēnor muito ual
que toda door toll e mal

Daquele fogo mōtes
de que laida era
onde tā gran dano pres
que porē posera. cendal
anta faz cō coita mortal.
Par deus tal sēnor muito ual
que toda door toll e mal

De que atā bē sāou
a Uirgen aquesta
moller que logo tornou
lla carne comesta ygual
y con sa coor natural.
Par deus tal sēnor muito ual
que toda door toll e mal

Tan fremosa que entō
quantos la catauan
a Uirgen de coraçon
chorādo loauā. a qual
e dos coitados espital.
Par deus tal sēnor muito ual
que toda door toll e mal

49

Esta .xlviii. e como sāta
maria deu o fillo a ṽa bōa
dona queo deitara en pīnor
y crecera tāto a usura. que o
nō podía quitar

Santa maria sēpr os
seus aiuda. e os acorr a
gran coita sabuda

A qual acorreu ia ṽa uegada

a ṽa dona de França coitada
que por fazer bē tāt endeuedada
foi que ssa erdad ouuera p̢duda.
Santa maria sēpr os seus aiuda
y os acorr a gran coita sabuda

Se non fosse pola Uirgē María
que a acorreu todo quant auia
p̢dud ouuera. que ia nō podia
usura sofrer. tāt era creçuda.
Santa maria sēpr os seus aiuda
y os acorr a gran coita sabuda

E macar a dona de grā linage
era. nō quiseron dela menage
seus deuedores. mais deulles ēgaie
seu fill. onde foi pois mui repētuda.
Santa maria sēpr os seus aiuda
y os acorr a gran coita sabuda

Ca daquesto pois pres mui grā
    quebrāto
porque a usura lle crecera tāto
que a nō podía pagar por quanto
auia. se dal non foss acorruda.
Santa maria sēpr os seus aiuda
y os acorr a gran coita sabuda

E porque achar nō pode cōssello
nos que fiaua. porēd a cōcello
nō ousou sair. mais ao espello
das Virgēes foi. ben come sisuda.
Santa maria sēpr os seus aiuda
y os acorr a gran coita sabuda

E de coraçō que a acorresse
lle rogou entō como nō p̢desse
seu fill en priiō. mais que llo rēdesse
e sa demāda lle foi ben cabuda.
Santa maria sēpr os seus aiuda
y os acorr a gran coita sabuda

Ca bē como se lle ouuesse dito
Santa maria. uai e darchei quito
teu fillo. do usureiro maldito
assi foi ela. led e atreuuda.
Santa maria sēpr os seus aiuda
y os acorr a gran coita sabuda

E caualgou logo sē demorāça
e foi a seu fillo con esperança
e uiu o estar. u fazian dança
a gēte da uila que esteue muda
Santa maria sēpr os seus aiuda
y os acorr a gran coita sabuda

Que nō disse nada quando. o
  chamaua
uē aca meu fillo. e poilo deitaua
de possi na bestia y que o leuaua
per meya a uila. de todos uiuda.
Santa maria sēpr os seus aiuda
y os acorr a gran coita sabuda

Que sol nō disserō. dona ōde uēes
nē de que o leuas. grā torto nos tēes
esto fez a uirgē que ia outros bēes
fez e fata sēpre ca dest e tēuda.
Santa maria sēpr os seus aiuda
y os acorr a gran coita sabuda

50

Esta .L. e dos sete pesares
que uiu Santa maria do
seu fillo

Auer non poderi a
lagrimas que chorasse
quantas chorar querri a
sem ante non nenbrasse
como Santa mari a
uiu con que lle pesasse
do fillo que auia
ante que a leuasse

Un daquestes pesares
foi quando a egito
fugiu polos millares
segund achei escrito
dos minīos a pares
que erodes maldito
fez matar a logares
por seu reinauer quito.

O segundo foi quādo
seu fill ouue perdudo
tres dias. e cuidando
que iudeus ascondudo
llo tīinan. e osmando
que morto ou traudo
foss. e por el chorando
antela foi uīudo

E o pesar terçeiro
foi mui grand aficado
quādoll un mādadeiro
disse que recadado
seu illo uerdadeiro
Iesu Crist e liado
leuauā mui sennleiro
dos seus desanparado.

Do quarto foi coitada

u seu fillo uelido
uiu leuar a pesada
cruz. e el mal ferido
daçoutes. e messada
a barua y cospido
e a gent assũada
sobrel. en apelido.

O quinto pesar forte
foi quando o poserō
na cruz. y por conorte
azed e fel lle deron
sobre seus panos sorte
deitaron e fezeron
per que chegou a morte
onde prazer ouuerō.

O sesto foi sen falla
quandoo despregarō
da cruz. e cō mortalla
a soterrar leuaron
e temendo baralla
o sepulcro guardarō
mais pois se el me ualla
ali nono acharon.

Segund a Escritura
conta. foi o setēo

pesar de gran tristura
e de gran doo chēo
quando uiu na altura
Deus sobir onde uēo
e ficou con rancura
pois en poder allēo.

51

Esta .Li. e como Santa maria
sacou de uergōna a un caua
leiro que ouuera seer ena li
de en sāt esteuā de gormaz
de que nō pod y seer polas tres
missas suas que oyu

Quē ben serua madre
do que quis morrer. por nos
nunca pod en uergōna caer

Dest un gran miragre
uos quero contar
que Santa maria
fez se deus manpar
por un caualeiro a que foi guardar
de mui grā uergōna que cuidou
  pnder.
Quē bē serua madre
do que quis morrer

Este caualeiro per quant aprēdi
franque ardid era que bēes ali
u ele moraua nen redor dessi
darmas non podian outro tal saber.
Quē bē serua madre
do que quis morrer

De bōos costumes auia asas
e nūca con mouros quiso auer paz
porēd en Sāt Esteuāo de Gormaz
entrou. quand Almāçor a cuidou auer
Quē bē serua madre
do que quis morrer

Cō el cōde dō Garcia que entō
tīna o logar en aquela sazon
que era bonome de tal coraçon
que a os mouros se fazia temer.
Quē bē serua madre
do que quis morrer

Este cōde de Castela foi sēnor
e ouue grā guerra cō rey Almāçor
que Sāt Esteuāo tod a derredor
lle uēo cercar cuidādolla toller.
Quē bē serua madre
do que quis morrer

Mais el cōde defēdiasse mui bē
ca era ardido y de mui bō sen
e porēdo seu nō lle leixaua ren
mas yaos mui derriio cometer.
Quē bē serua madre
do que quis morrer

Mais o caualeiro de que uos falei
tāto fez y darmas ꝑ quant end eu sei
que nō ouuilide nē mui bō tornei
u se nō fezesse por bōo tēer.
Quē bē serua madre
do que quis morrer

E auēoll un dia que quis sair
cō el cōde por na oste yr firir
dos mouros, mais ante foi missa oyr
como cada dia soya fazer.
Quē bē serua madre
do que quis morrer

Pois foi na eigreia bē se repentiu
dos seus pecados. e. a missa oyu
de Santa maria que rē nō faliu
e outras duas que y ren foron dizer.
Quē bē serua madre
do que quis morrer

Que da Reyna eran espirital
mas un seu escudeiro o trouxe mal
dizendo quen ental torneyo non sal
com aqueste nunca deua parecer.
Quē bē serua madre
do que quis morrer

Por nulla ren que lle dissess aquel seu
Escudeiro. ele nulla ren non deu
mas a Santa maria diz. Sõo teu
e tol me ūgonna ca as en poder.
Quē bē serua madre
do que quis morrer

As missas oidas logo caualgou
y ena carreira o conde achou
que llo braço destro no colo deitou
dizend en bō ponto uos fui cōnocer.
Quē bē serua madre
do que quis morrer

Ca se uos non fossedes. iuro par
    Deus
que uençudos foramos. eu e os meus
mas tantos matastes uos dos mouros
    seus
del rei almāçor. que ssouua recreer.
Quē bē serua madre

do que quis morrer

E tāto fezestes por gāardes prez
que ia caualeiro nunca tanto fez
nen sofreu en armas com aquesta
    uez
sofrer fostes uos. polos mouros
    uencer.
Quē bē serua madre
do que quis morrer

Mas rogo uos por que uos e mui
    mester
que de uossas chagas penssedes
    senner
y eu ei un mege dos de monpisler
que uos pode cedo delas guarecer.
Quē bē serua madre
do que quis morrer

Dissell est el conde y mui mais ca
    tres
lle disseron aquesta razon medes
y el deles todos. tal uergonna pres
que con uergonna se cuidou yr pder.
Quē bē serua madre
do que quis morrer

Mais pois que sas armas uiu e
  couseceu
que firidas eran logo connoceu
que miragre fora ca ben entendeu
que doutra guysa non podia seer.
Quē bē serua madre
do que quis morrer

Pois est entendudo ouue. ben foi
  fis
que Santa maria leixalo non quis
caer en uergonna. e marauidis
e outras ofrendas lle foi ofrecer.
Quē bē serua madre
do que quis morrer

52
Esta .Lii. e de como a moller que
  o marido
leixara en comenda a Santa maria.
  non po
do calçar a çapata que lle dera seu
  entende
dor. mas de ate ena meadade do
  pe. nena ar
pode descalçar. ta que o marido
  lla descalçou

Quen mui ben quiser o que ama
  guardar
a Santa maria o deua encomendar.

E dest un miragre de que fiz cobras
  e son
uos direi mui grande que mostrou
  en aragon
Santa maria. que a moller dun
  ifançon
guardou de tal guisa por que non
  podess errar.
Quen mui ben quiser o que ama
  guardar
a Santa maria o deua encomendar

Esta dona per quant eu dela oy dizer
aposta y nina foi. e de bon parecer
e por aquesto a foi o ifançon prender
por moller. e foya pera sa casa leuar.
Quen mui ben quisér o que ama
  guardar
a Santa maria o deua encomendar

Aquel ifançon un mui gran temp
  assi morou
con aquela dona. mas pois sirdali
  cuidou

698

por ṽa carta de seu sennor que lle
  chegou
que auia guerra y que o foss aiudar.
Quen mui ben quisér o que ama
  guardar
a Santa maria o deua encomendar

Ante que mouesse dissell assi sa
  moller
Sennor pois uos ides. fazede se uos
  puguer
que m encomendedes a alguen ca
  me mester
que me guarde y que me sabia ben
  conssellar.
Quen mui ben quisér o que ama
  guardar
a Santa maria o deua encomendar

E o ifançon lle respondeu enton
  assi
Muito me praz ora daquesto que
  uos oy
mas ena eigreia mannana seremos
  y
y enton uos direi a quen uos cuid
  a leixar.
Quen mui ben quisér o que ama

guardar
a Santa maria o deua encomendar

Outro dia foron anbos a missa oyr
e pois foi dita. u se lle quis el espedir
chorand enton ela lle começou a
  pedir
que lle desse guarda por que ouuess
  a catar.
Quen mui ben quisér o que ama
  guardar
a Santa maria o deua encomendar

E ar ele chorando muito dos ollos
  seus
mostrou lla omagen da virgen
  madre de deus
y dissell amiga nunca os pecados
  meus
seian perdonados. se uos a outri
  uoudar
Quen mui ben quisér o que ama
  guardar
a Santa maria o deua encomendar

Se non a esta que e sennor espirital
que uos pode ben guardar de posfaz
  e de mal

y porende a ela rog eu que pod e ual

que mi uos guarde e leix ami cedo tornar.

Quen mui ben quisér o que ama guardar

a Santa maria o deua encomendar

Foiss o caualeiro logo dali. mais que fez

o diabrarteiro. por lle toller seu bon prez

a aquela dona. tant andou daquela uez

que un caualeiro fezo dela namorar.

Quen mui ben quisér o que ama guardar

a Santa maria o deua encomendar

E con seus amores a poucas tornou sandeu

e porend ṽa sa couilleira cometeu

que lle fosse bõa, e tanto lle prometeu

que per força fez que fosse con ela falar.

Quen mui ben quisér o que ama guardar

a Santa maria o deua encomendar

E dissell assi. Ide falar con mia sennor

y dizedelle como moiro por seu amor

e macar ueiades que lle desto graue for

nona leixedes uos poren muito daficar.

Quen mui ben quisér o que ama guardar

a Santa maria o deua encomendar

A moller respos aquesto de grado farei

y que a aiades quant eu poder punnarei

mais de uossas dõas me dad. e eu llas darei

e quiçai per esto a poderei enganar.

Quen mui ben quisér o que ama guardar

a Santa maria o deua encomendar

Disso caualeir esto farei de bon talan

log ṽas çapatas lle deu de bon cordouan

mas a dona a trouxe peyor que a un can

700

y disse que per ren non llas queria
   fillar.
Quen mui ben quisér o que ama
   guardar
a Santa maria o deua encomendar

Mas aquela uella com era mott
   mui uil
e dalcayotaria sabedor y sotil
por que a dona as çapatas fillasse
   mil
razones. lle disse. trones que llas
   fez tomar.
Quen mui ben quisér o que ama
   guardar
a Santa maria o deua encomendar

Mas a mesquynna que cuidaua
   que era ben
fillou logo as çapatas. y fez y mal
   sen
ca u quis calçala v̆a delas ia per ren
fazer nono pode nena do pee sacar.
Quen mui ben quisér o que ama
   guardar
a Santa maria o deua encomendar

E assí esteve un ano e ben un mes

que a çapata a o pe assi sill apres
que macar de toller lla prouaron
   dous nen tres
nunca lla poderon daquel pee
   descalçar.
Quen mui ben quisér o que ama
   guardar
a Santa maria o deua encomendar

E de pos aquest a poucos dias recodiu
seu marid a ela. y tan fremosa a uiu
que a logo quis. mas ela non llo
   conssentiu
ata que todo seu feitoll ouue a
   contar.
Quen mui ben quisér o que ama
   guardar
a Santa maria o deua encomendar

O caualeiro disse dona desto me
   praz
e sobresto nunca aueremos se non
   paz
ca sei que santa maríennque todo
   ben iaz
uos guardou. y a çapata lle foi en
   tirar.
Quen mui ben quisér o que ama

guardar

a Santa maria o deua encomendar

53

Esta .Liii. e como Santa maria
  guardou
un priuado do conde de tolosa que
  non fosse
queimado no forno porque oya sa
  missa cada
dia

Non pode prender nunca morte
  vergonno sa
aquele que guarda a uirgen groriosa.

Poren meus amigos rogo uos que
  m ouçades
un mui gran miragre que quero
  que sabiades
que a Santa Virgen fez per que
  entendades
com aos seus seruos e senpre
  piedosa.
Non pode prender nunca morte
  vergonnosa
aquel que guarda a uirgen groriosa

E daquest auēo gran tēp a ia passado
que ouuen Tolosa un conde mui
  preçado
y aquest auia. un ome seu priuado
que fazia uida come religiosa.
Non pode prender nunca morte
  vergonnosa
aquel que guarda a uirgen groriosa

Entros outros bēes muitos que el
  fazia
mais que outra ren amaua Santa
  maria
assi que outra missa. nunca el queria
oyr erga sua nenll era saborosa.
Non pode prender nunca morte
  vergonnosa
aquel que guarda a uirgen groriosa

E outros priuados que con el cond
  andauan
auianll enueia. e porende punnauan
de con el uolue lo. por que desi
  cuidauan
auer con el conde sa uida mais
  uiçosa.
Non pode prender nunca morte
  vergonnosa

aquel que guarda a uirgen groriosa

E sobresto tanto con el conde falaron
que aquel bon ome mui mal con
   el mezcraron
e de taes cousas a el o acusaron
per que lle mandaua dar morte
   doorosa.
Non pode prender nunca morte
   vergonnosa
aquel que guarda a uirgen groriosa

E que non soubessen de qual morte
   lle daua
por un seu caleiro atan tost enuiaua
e un mui gran forno encender llo
   mandaua
de lenna mui grossa que non fosse
   fumosa.
Non pode prender nunca morte
   vergonnosa
aquel que guarda a uirgen groriosa

E mandou lle que o primeiro que
   chegasse
om a el dos seus que tan toste o
   fillasse
e que sen demora. no forno o deitasse

y que y ardesse a carne del astrosa.
Non pode prender nunca morte
   vergonnosa
aquel que guarda a uirgen groriosa

Outro diel conde a o que mezcrad
   era
mandoo yr que fosse ueer se fezera
aquel seu caleiro o quell ele dissera
dizend esta uia non te seja noiosa.
Non pode prender nunca morte
   vergonnosa
aquel que guarda a uirgen groriosa

E u ele ya cabo dessa carreira
achou un ermida que estaua senlleira
u dizian missa ben de mui gran
   maneira
de Santa maria a Uirgen preciosa.
Non pode prender nunca morte
   vergonnosa
aquel que guarda a uirgen groriosa

E logo tan toste entrou ena eigreia
e diss esta missa a como quer que
   seia
oyrei eu toda. por que deus de peleia
me guard e de mezcra maa e

revoltosa.

Non pode prender nunca morte
vergonnosa
aquel que guarda a uirgen groriosa

En quant el a missa oya ben cantada
teue ia el conde. que a cous acabada
era que mandara y poren sen tardada
enuiou outr ome natural de Tolosa.
Non pode prender nunca morte
vergonnosa
aquel que guarda a uirgen groriosa

E aquel om era o que a mezcra feita
ouuera e toda de fond a cima treita
y disse lle logo uai correnᵈ e aseita
se fez o caleiro a iostiça fremosa.
Non pode prender nunca morte
vergonnosa
aquel que guarda a uirgen groriosa

Tan toste correndo foiss aquel falff
arteiro
y non teue uia. mas per un semedeiro
chegou ao forno y logo o caleiro
o deitou na chama forte perigorosa.
Non pode prender nunca morte
vergonnosa

aquel que guarda a uirgen groriosa

O outro pois toda a missa ouu oyda
foi ao caleiro. y dissell as conprida
uoontad del conde. diss el si sen
falida
se non nunca faça eu mia uida
goyosa.
Non pode prender nunca morte
vergonnosa
aquel que guarda a uirgen groriosa

Enton do caleiro. se partia tan toste
aquel ome bōo y per un gran recoste
se tornou al conde. y dentren ssa
reposte
contoull end a estoria marauillosa.
Non pode prender nunca morte
vergonnosa
aquel que guarda a uirgen groriosa

Quando uiu el conde, aquele que
chegara
antele uiue soube de como queimara
o caleir o outro que aquele mezcrara
teueo por cousa doyr muit espantosa.
Non pode prender nunca morte
vergonnosa

aquel que guarda a uirgen groriosa

E disse chorando. uirgen, bēeita seias
que nunca te pagas de mezcras nen
  denueias
poren farei ora per todas tas eigreias
contar este feito y comes poderosa.
Non pode prender nunca morte
  vergonnosa
aquel que guarda a uirgen groriosa

54
Esta .Liiii. e como Santa maria fez
  oyr y
falar a o que era sordo y mudo en
  toledo

Santa maria os enfermos sāa
e os sāos tira de uía uāa

Dest un miragre quero contar ora
que dos outros non deue seer fora
que Santa maria que por nos ora
grande fez na cidade toledāa.
Santa maria os enfermos sāa
y os sāos tira de uia uāa

Seend y o enperador de spanna

e domees onrrados gran conpanna
con el y caualaria tamanna
que dentro non cabian nena chāa.
Santa maria os enfermos sāa
y os sāos tira de uia uāa

Ali enton un monge foi uyudo
que del cond don ponç era connoçudo,
e troux un seu yrmão sord e mudo
que chamauan pedro de solarāa.
Santa maria os enfermos sāa
y os sāos tira de uia uāa

Aqueste non falaua nen oya
mas per sinas todo ben entendia
o que lle mandauan y o fazia
ca non uos auia el outraçāa.
Santa maria os enfermos sāa
y os sāos tira de uia uāa

E pero non oya nen falaua
en Santa maria muito fiaua
e chorand e mugindo lle rogaua
que o sāasse y v̄a mannāa.
Santa maria os enfermos sāa
y os sāos tira de uia uāa

Lla uēo que foi ₊pant eigreia

y uiu dentro claridade sobeia
e entre si disse se deus me ueia
esta claridade non e umāa.
Santa maria os enfermos sāa
y os sāos tira de uia uāa

Pus isto uiu un ome mui fremoso
uestido ben come religioso
que no leuar. non foi mui pregyçoso
cab o altar. u tangena canpāa.
Santa maria os enfermos sāa
y os sāos tira de uia uāa

Do corpus domini y uiu estando
un om anto altar ben como quando
esta o que diz missa conssagrando
a ostia. a costume romāa.
Santa maria os enfermos sāa
y os sāos tira de uia uāa

E a destro uiu estar. da capela
de gran firmosura ṽa donzela
que de faiçon y de coor mais bela
era. que non esta neue a grāa.
Santa maria os enfermos sāa
y os sāos tira de uia uāa

Que lle fezo sinas que sse chegasse

ant o preste y quess agēollasse
e ao preste fez que o catasse
a uirgen piedosa e louçāa.
Santa maria os enfermos sāa
y os sāos tira de uia uāa

Que lle meteu o dedo na orella
e tiroull end un ūmen a semella
destes do sirgo. mais come ouella
era uelos e coberto de lāa.
Santa maria os enfermos sāa
y os sāos tira de uia uāa

E tan toste oyr. ouue cobrado
y foissa casa do monge priuado
e logo p̃ sinas llouue mostrado
que ia oya o gal e a rāa.
Santa maria os enfermos sāa
y os sāos tira de uia uāa

Enton corrend o monge como cerua
se foi a cas don ponço de minerua
e disse conde. non sei con qual erua
oe pedr e a orella lle māa.
Santa maria os enfermos sāa
y os sāos tira de uia uāa

Entō diss el conde muit aginna

mide polo que fez a meezina
ca ben leu e maestre de meçina
ou de salerna a ciziliãa.
Santa maria os enfermos sãa
y os sãos tira de uia uãa

E de pus esto. uernes madurgada
leuaua vine pan aa pousada
Pedro do monge u fez sa passada
peranta porta. que e mais iusãa.
Santa maria os enfermos sãa
y os sãos tira de uia uãa

Da eigreia y ya pela mão
con el un preste y uiu ben de chão
pedro vīir assi. un ome cão
ena cabeça y a barua cãa.
Santa maria os enfermos sãa
y os sãos tira de uia uãa

Que o tirou contra ssi mui correndo
y foy o ena eigreia metendo
u uiu a preto do altar seendo
a uirgen delisabet coyrmãa.
Santa maria os enfermos sãa
y os sãos tira de uia uãa

Que mandou ao preste reuestido

que lle fezera cobralo oydo
que lle fezesse que logo guarido
fosse da lingua que non disses ãa.
Santa maria os enfermos sãa
y os sãos tira de uia uãa

Logo o que mandou ela. foi feito
ca o preste sabia de tal preito
poren da lingua ond era contreito
lle fez falar parauoa certãa.
Santa maria os enfermos sãa
y os sãos tira de uia uãa

E pois sãidad ouue reçebuda
diss a gran uoz madre de deus
	aiuda
a o teu seruo que a connoçuda
a ta graça. e cantou antiuãa.
Santa maria os enfermos sãa
y os sãos tira de uia uãa

Quantos aqueste miragre souberon
a Santa maria loores deron
e tantos aa eigreia uēeron
que non cabían y. nena quintãa.
Santa maria os enfermos sãa
y os sãos tira de uia uãa

55

Esta .Lv. e como Santa maria
tolleu ao demo o minyno que lle
dera sa madre con sanna de seu
marido por que conçebera del eno
dia de Pascoa

Con seu ben senpre uen en aiuda
connoçuda de nos Santa maria

Con aiuda nos uene
e con sa anparança
contra o que nos tene
no mund en gran balança
por toller nos o bene
da mui nobre sperança
mas uengança filla a Groriosa
poderosa. del y sẽpre nos guya.
Cõ seu bẽ sẽpre uẽ en aiuda
cõnoçuda de nos Santa maria

Desto no tẽpo dante
achamos que fezera
a do mui bon talante
gran marauilla fera
dũa moller andante
mal. que seu fillo dera
e posera. por que fora pecare

deo dare ao dem en bailia.
Cõ seu bẽ sẽpre uẽ en aiuda
cõnoçuda de nos Santa maria

En terra de Roma ouui
com escrit ei achado
un ome com aprendi
bõo y muit onrrado
y de mais segund oy
rique mui ben casado
y amado de todolos da terra
ca sen erra. sa fazenda fazia.
Cõ seu bẽ sẽpre uẽ en aiuda
cõnoçuda de nos Santa maria

Est ome y sa moller
mui gran tẽp esteueron
seruindo Deus uolonter
y seus fillos fezeron
y quant ouueron mester
a cada ũu deron
Pois poseron de tẽer castidade
y uerdade entre ssi noit e dia.
Cõ seu bẽ sẽpre uẽ en aiuda
cõnoçuda de nos Santa maria

Mais o dem a que pesou
daquesto que poseran

muitas carreiras buscou
pera o que fezeran
desfazer. e tant andou
que o que manteueran
u iouueran cada un en seu leito
con despeito os meteu en folia.
Cō seu bē sēpre uē en aiuda
cōnoçuda de nos Santa maria

Muit ouuo demo prazer
pois que ouue uençudo
o om e fez lo erger
de seu leit encendudo
por con sa moller iazer
y o que prometudo
y tēudo muit era que guardasse
non britasse e el ende o partia.
Cō seu bē sēpre uē en aiuda
cōnoçuda de nos Santa maria

A moller chorand enton
a que muito pesaua
lle diss aquesta razon
como o dem andaua
por britar sa profisson
mas que lle conssellaua
y rogaua que o el non fezesse,
ca soubesse que a Deus pesaria.

Cō seu bē sēpre uē en aiuda
cōnoçuda de nos Santa maria

De mais festa sera cras
dessa Pascoa santa
porend en ti Satanas
non aia força tanta
que o que pmetud as
brites ca quen quebranta
ouss encanta a britar sa pmessa
log enessa ora de Deus desuia.
Cō seu bē sēpre uē en aiuda
cōnoçuda de nos Santa maria

O ome non quis per ren
leixar seu fol deleito
nen catou y mal nen ben
mais pois cōpriu o preito
ela con sanna poren
diz o que sera feito
eu endeito o daqui que seu seia
sen peleia do demo toda uia.
Cō seu bē sēpre uē en aiuda
cōnoçuda de nos Santa maria

Logo bēes dessa uez
a moller foi en cinta
dun menyo que pois fez

con pesar sen enfinta
por que o mui mais ca pez
negro nen que a tinta
del non quinta. mais todo o minȳo
fremosȳo depois auer deuia.
Cō seu bē sēpre uē en aiuda
cōnoçuda de nos Santa maria

Onde depois sen mentir
o demo de mal chēo
a os doz anos pedir
aquel minȳo uēo
a sa madre sen falir
e diss ao quinzēo
en meu sēo o leuarei sen falla
sen baralla doutre y sen pfia.
Cō seu bē sēpre uē en aiuda
cōnoçuda de nos Santa maria

A madre con gran pesar
y con mui gran quebranto
começou log a chorar
por seu fill e fez chanto
e pois fezeo chamar
e dissell enton tanto
ao santo Papa que e en Roma
uai e toma auer por ena uia.
Cō seu bē sēpre uē en aiuda

cōnoçuda de nos Santa maria

Ca da tanto soon fis
que te porra conssello
en teu mal par san dinis.
y o moç en trebello
nono teue por paris
foi y pois non concello
no ūermello pano cōnoceu logo
no meogo Papa da crerizia.
Cō seu bē sēpre uē en aiuda
cōnoçuda de nos Santa maria

E tan toste que o uiu
a ele mantenente
foi y ben lle descobriu
seu feito que niente
del. non leixou nen mentiu.
Mais lo Papa Cremente
certamente lle disse essa ora
sen demora te vai pera suria.
Cō seu bē sēpre uē en aiuda
cōnoçuda de nos Santa maria

Ca un sant om y esta
que end e Patriarcha
daquela terra. e a
en pode la comarca

y conssello te dara
bōo, se Deus me parca
busca barca y uai tost e non chores
nen demores y faz ta romaria.
Cō seu bē sēpre uē en aiuda
cōnoçuda de nos Santa maria

Contaria uos de dur
as mui grandes tormentas
que sofreu no mar de Sur
o moço. ca trezentas
millas. correu sen nenllur
folgar. ou quatrocentas
ou quinentas. sen ancora deitaren
nen chegaren a terra darmenia.
Cō seu bē sēpre uē en aiuda
cōnoçuda de nos Santa maria

E per com aprendi eu
o moço muit agina
chegou a el e lle deu
a carta que tīina
e dissell ai sennor meu
pola Santa reȳa
meezina na mia coita pon cedo
y con medo seu mal lle descobria.
Cō seu bē sēpre uē en aiuda
cōnoçuda de nos Santa maria

O patriarcha sen al
lle disse sei que andas
con mui gran coita mortal
mas desto que demandas
un ermitan sei atal
que uestiduras brandas
nen viandas non usa terrēaes
se non taes como llas Deus enuia.
Cō seu bē sēpre uē en aiuda
cōnoçuda de nos Santa maria

E achaloas ben sei
ena negra montanna;
mas atanto te direi
que non leues conpanna
ca per com eu apres ei
nona quer e sa manna
e estranna doutrome e sa uida
mui conprida Soo sen conpānia.
Cō seu bē sēpre uē en aiuda
cōnoçuda de nos Santa maria

O caminnenton colleu
o moç e gran iornada
pois cada día prendeu
que nunca folgou nada
ata quell apareceu
a ermida sagrada

u morada daquel religioso
omildoso era. que Deus seruia.
Cō seu bē sēpre uē en aiuda
cōnoçuda de nos Santa maria

O moç ouue gran sabor
pois entrou na capela
mas do ermitan mayor
que uiu dentr en sa cela
ull enton Nostro Sennor
deu en un escudela
grand e bela. dous paes ben do ceo
so un ueo quea toda cobria.
Cō seu bē sēpre uē en aiuda
cōnoçuda de nos Santa maria

E o angeo de Deus
do ceo da altura
deceu ontros seruos seus
en mui bela figura
y diss ai amigos meus
por que uossa natura
non endura muito fame nen sede
dous tēede pāes y logoss ya.
Cō seu bē sēpre uē en aiuda
cōnoçuda de nos Santa maria

Pois comeron daquel pan

o moço sa fazenda
contou ao ermitan
chorando sen contenda
el diss a do bon talan
roga que te defenda
e comprenda o demo y o dome
que non tome a ti comel querria.
Cō seu bē sēpre uē en aiuda
cōnoçuda de nos Santa maria

Ela seia teu solaz
a teena mannāa
que direi eu se lle praz
missa pela luz chāa
e comungartei en paz
y a ta alma sāa
e certāa sera de paraiso
u a riso senpre y alegria.
Cō seu bē sēpre uē en aiuda
cōnoçuda de nos Santa maria

O ermitan anta luz
as oras foi dizendo
daquel que morreu na cruz
por nos. pēas sofrendo
o minyento lladuz
seus liuros mui correndo
y tremendo disse missa dizede

y ualede me ca tenpo seria.
Cō seu bē sēpre uē en aiuda
cōnoçuda de nos Santa maria

De Pascoa no mes dabril
a missa começaron
mas o demo mui sotil
el y os seus andaron
tant a redor do couil
que o moço fillaron
y leuaron da missa na segreda
que mui queda o ermitan dizia.
Cō seu bē sēpre uē en aiuda
cōnoçuda de nos Santa maria

Com a estoria diz
u diabres leuauan
o moç e como pdiz
assi o depenauan
uiron a enperadriz
do ceo. que dultauan
y leixauan o moço y fogian
ca sabian que llo non leixaria.
Cō seu bē sēpre uē en aiuda
cōnoçuda de nos Santa maria

Pois que tolleu o donzel
a Virgen com oistes

ao dem e seu tropel
fezo fogir mui tristes
mais o ermitán fïel
diss ai Deus consentistes
ou dormistes u mi o moço prenderon
y tolleron que ante mi siia.
Cō seu bē sēpre uē en aiuda
cōnoçuda de nos Santa maria

Como ome que se dol
chorand e non riindo
o ermitan come fol
souua tornar pedīdo
o moço y en ssa prol
estando comedindo
foi oyndo u a paz acabara
quell en crara uoz. amen respondia.
Cō seu bē sēpre uē en aiuda
cōnoçuda de nos Santa maria

O ermitan enton pres
o moço pela māo
que a reȳa cortes
lle dera liure são
y dissell amigo ues
eu te faço certão
ben de chāo que desoi mais es quito
do maldito demo que te seguya.

Cō seu bē sēpre uē en aiuda
cōnoçuda de nos Santa maria

56

Esta .Lvi. e como santa ma
ria resucitou un menyno en
Santa maria de salas

Por que e Santa maria
leal e mui uerdadeira
poren muitoll auorrece
a paraura mentireira

E porend un ome bōo
que en darouca moraua
de sa moller que auia
bōa e que muit amaua
non podia auer fillo
e porende se queixaua
muit end el mas dissell ela
eu uos porrei en carreira.
Por que e Santa maria
leal e mui uerdadeira

Com aiamos algun fillo
ca se non eu morreria
Poren dou uos por conssello
que log a Santa maria

de Salas ābos uaamos.
ca quen se enela fia
o que pedir dar lla logo,
aquest e cousa certeira.
Por que e Santa maria
leal e mui uerdadeira

Muit en pugao marido
y tantoste se guysaron
de fazer sa romaria
y en seu camynentraron
y pois foron na eigreia
Santa maria rogaron
que podessen auer fillo
ontrel y sa conpaneira.
Por que e Santa maria
leal e mui uerdadeira

E a moller fez promessa
que se ela fill ouuesse
que con seu peso de cera
a un ano llo trouxesse
y por seu seruidor sēpre
na sa eigreia o desse
y que aquesto conprisse
entroull ende par maneira.
Por que e Santa maria
leal e mui uerdadeira

E pois aquesto dit ouue
anbos fezeron tornada
a darouca u morauan
mas non ouui gran tardada
que log a poucos de dias
ela se sentiu prennada
y a seu tenp ouuefillo
fremoso de gran maneira.
Por que e Santa maria
leal e mui uerdadeira

Des que lle naceu o fillo
en logar que adianos
dessend a Santa maria
teueo grandes set anos
que lle non uēo emēte
nen da cera nē dos panos
con que o leuar deuera
y cuidou seer arteira.
Por que e Santa maria
leal e mui uerdadeira

Ca u quis tēelo fillo
y a cera que tiina
deu feuer ao minȳo
y matoo muit agīa
que lle nūca prestar pode
fisica nen meezina

mas gran chanto fez la madre
pois se uiu dele senlleira.
Por que e Santa maria
leal e mui uerdadeira

Que o soterrassē logo
o marido ben quisera
mais la madre do minȳo
disse con gran coita fera
que ela Santa maria
o daria que llo dera
con sa cera comoll ela
prometera da primeira.
Por que e Santa maria
leal e mui uerdadeira

E logo en outro dia
entraron en seu camīo
y a madr en ataude
leuou sig aquel minȳo
y foron en quatro dias
y anto altar festīo
o pos fazendo gran chāto
depenando sa moleira.
Por que e Santa maria
leal e mui uerdadeira

E dizend a grandes uozes

a ti uēno groriosa
con meu fill e cona cera
de que te foi mentirosa
en cho dar quand era uiuo
mas por que es piadosa
o adug ante ti morto
y dous dias a que cheira.
Por que e Santa maria
leal e mui uerdadeira

Mas se mio tu dar quisesses
non por que seia dereto
mas porque sabes mia coita
y non catasses despeito
de como fui mentirosa
mas guardar y meu pueito
y non quisesses que fosse
noiosa y mui parleira.
Por que e Santa maria
leal e mui uerdadeira

Todaa noit a mesquȳa
esteuassi braadando
anto altar en gēollos
Santa maria chamando
quess a mercēasse dela
y seu fillo llēmētando
a quen polas nossas coitas

roga senpre e uozeira.
Por que e Santa maria
leal e mui uerdadeira

Mas que fez Santa maria
a sennor de gran uertude
que da aos mortos uida
y a enfermos saude
logo fez que o minȳo
chorou eno ataude
u iazia muit enuolto
en panos dūa liteira.
Por que e Santa maria
leal e mui uerdadeira

Quando o padre a madre
que fazian muit esquiuo
doo por seu fillo. uiron
que o miny era uiuo
britaron o ataude
u iazia o catiuo.
Entō uēo y mais gēte
que non uen a ṽa feira.
Por que e Santa maria
leal e mui uerdadeira

Por ueer o gran miragre
que a uirgen demostrara

de como aquel minỹo
de morte resocitara
que a cabo de seis dias
iazendo morto chorara
por prazer da groriosa
santa e dereiturera.
Por que e Santa maria
leal e mui uerdadeira

57

Esta .Lvii. e de como o crerizõ
meteu o anel eno dedo da oma
gen de Santa maria y a omagen
encolleu o dedo cõel

A uirgen mui groriosa
reỹa espiral dos que ama
e ceosa. ca non quer que façan mal.

Dest un miragre fremoso
ond aueredes sabor
uos direi que fez a uirgen
madre de nostro sennor
per que tirou de gran falla
a un mui falss amador
que amiude canbiaua
seus amores dun en al.
A uirgen mui groriosa

reyna espirital

Foi en terra dalemanna
que querian renouar
ṽas gentes sa eigreia
y poren foran tirar
a magestad ende fora
que estaua no altar
y poserona na porta
da praça soo portal.
A uirgen mui groriosa
reyna espirital

En aquela praç auia
un prado mui uerd assaz
en que as gentes da terra
yan tēer seu solaz
y iogauana pelota
que e iogo de que praz
muit a omees mancebos
mais que outro iog atal.
A uirgen mui groriosa
reyna espirital

Sobraquest ṽa uegada
chegou y un gran tropel
de mācebos por iogaren
a pelot e un donzel

andaua y namorado
e tragia seu anel
que sa amiga lle dera
que end era natural.
A uirgen mui groriosa
reyna espirital

Este donzel con gran medo
dexello anel torcer
quando feriss a pelota
foi buscar u o pōer
podess e uiu a omage
tan fremosa parecer
y foi llo meter no dedo,
dizend oy mais non menchal
A uirgen mui groriosa
reyna espirital

Daquela que eu amaua
ca eu beno iura deus
que nunca tan bela cousa
uiron estes ollos meus
poren daqui adeante
serei eu dos seruos teus
y est anel tan fremoso
ti dou porend en sinal.
A uirgen mui groriosa
reyna espirital

E os gēollos ficados
antela con deuoçon
dizendo aue maria
pmeteu lle log entō
que desali adeante
nunca no seu coraçon
outra moller ben quisesse
y que lle fosse leal.
A uirgen mui groriosa
reyna espirital

Pois feit ouue sa pmessa
o donzel. logoss ergeu
e a omagen o dedo
cono anel encolleu
y el quando uiu aquesto
tan gran pauor lle creceu
que diss a mui grandes vozes
ai Santa maria ual.
A uirgen mui groriosa
reyna espirital

As gentes quand est oyron
correndo chegaron y
u o donzel braadaua
y el contou lles desi
como uos ia dit auemos
y conssellaronll assi

que orden logo fillasse
de monges de Claraual.
A uirgen mui groriosa
reyna espiral

Queo fezesse cuidaron
logo todos dessa uez
mas p conssello do demo
ele doutra guysa fez
que o que el pmetera
aa uirgen de gran prez
assi llo desfez da mente
como desfaz agua sal.
A uirgen mui groriosa
reyna espiral

E da uirgen groriosa
nunca de pois se nenbrou
mas da amiga primeira
outra uez se namorou
e p prazer dos parentes
logo con ela casou
e sabor do outro mundo
leixou. polo terrēal.
A uirgen mui groriosa
reyna espiral

Poilas uodas foron feitas

e o dia se sayu
deitouss o nouio primeiro
y tan tostess adormiu
y el dormindo. en sonnos
a Santa maria uiu
que o chamou mui sannuda
ai meu falsse mentiral.
A uirgen mui groriosa
reyna espiral

De mi por que te partiste
y fuste fillar moller
mal te nenbrou a sortella
que me dest ond a mester
que a leixes y te uaas
comigo a como quer
senon daqui adeante
aueras coita mortal.
A uirgen mui groriosa
reyna espiral

Logo se sptou o nouio
mas pero non se quis ir
y a uirgen groriosa
fez lo outra uez dormir
que viu iazer ontra nouia
e ssi pera os partir
chamand ael mui sannuda

mao falsso desleal.

A uirgen mui groriosa
reyna espirital

Ves e por que me leixaste
e sol uergonna non as
mas se tu meu amor queres
daqui te leuantaras
e uai te comigo logo
que non esperes a cras
erge te daqui correndo
e sal desta casa sal.
A uirgen mui groriosa
reyna espirital

Entō sespertou o nouio
y desto tal medo pres
ques ergeu y foi sa uia
que non chamou dous nen tres
omēes. que con el fossen
y per montes mais dun mes
andou y en un ermida
se meteu cabun pinal.
A uirgen mui groriosa
reyna espirital

E pois en toda sa uida
per comeu escrit achei

seruiu a Santa maria
madre do muit alto rei
queo leuou pois conssigo
per comeu creo y sei
deste mund a paraiso
o reino celestial.
A uirgen mui groriosa
reyna espirital

58

Esta .Lviii. e como. o ca
ualeiro que pdera seu açor
y foi o pidir a Santa maria
de salas. y estando na igre
ia. posou lle na mão

Quen fiar na madre
do saluador non perdera ren
de quanto seu for.

Quen fïar en ela de coraçon
auerra lle com a un ifançon
auēo eno reino daragon
que pdeu a caça un seu açor.
Quen fiar na madre do saluador
no perdera ren que quanto seu for

Que grand e mui fremos era y ren

non achaua que non fillasse ben
de qual priion açor fillar conuen
daue pequena tro ena mayor.
Quen fiar na madre do saluador
no perdera ren que quanto seu for

E daquest o ifançon gran pesar
auia de que o non pod achar
e porende o fez apregōar
pela terra toda en derredor.
Quen fiar na madre do saluador
no perdera ren que quanto seu for

E pois que por esto nono achou
pera Salas seu camino fillou
y de cera semellança leuou
de sa aue dissassi ai Sennor.
Quen fiar na madre do saluador
no perdera ren que quanto seu for

Santa maria eu uenno a ti
con coita de meu açor que perdi
que mio cobres e tu fas lo assi
y auermas sēpre por seruidor.
Quen fiar na madre do saluador
no perdera ren que quanto seu for

E de mais esta cera ti darei

en sa figura e sēpr andarei
pregōado teu nome e direi
como dos Santos tu es la mellor.
Quen fiar na madre do saluador
no perdera ren que quanto seu for

Pois esto disse missa foi oyr
mui cantada. mas ante que partir
sen quisesse. fezllo açor uīir
Santa maria. ond ouuel sabor.
Quen fiar na madre do saluador
no perdera ren que quanto seu for

E que ouuess end el mayor prazer
Fez llo açor ena mão decer
come se ouuesse log a prender
caça conel. como faz caçador.
Quen fiar na madre do saluador
no perdera ren que quanto seu for

E el enton muit a Madre de Deus
Loou y chorando dos ollos seus
dizend ai Sennor tantos son os teus
bēes que fazes. a quen as amor.
Quen fiar na madre do saluador
no perdera ren que quanto seu for

59

Esta .Lviiii. e como a oma
gen de Santa maria que un mo
uro guardaua en sa casa
onrrada mente deitou lei
te das tetas

Por que aian de seer
seus miragres mais sabudos
da uirgen deles fazer
uai ant omes descreudos.

E dest aueo assi
como uos quero contar
dun mouro com aprendi
que con ost en ultramar
grande foi segund oi
por crischãos guerreiar
y roubar. que nõ erã percebudos.
Por que aian de seer
seus miragres mais sabudos

Aquel mouro astragou
as terras u pud entrar
y todo quanto robou
fezeo sigo leuar
y mui ledo se tornou
a sa terra y iuntar

foi e dar
os roubos que ouu auudos.
Por que aian de seer
seus miragres mais sabudos

Daquel auer que partiu
foi en perassi fillar
ṽa omagen que uiu
da uirgen que non a par
y pois la muito cousiu
fezea logo alçar
y guardar
en panos douro teçudos.
Por que aian de seer
seus miragres mais sabudos

E amenude ueer
a ya muit e catar
pois fillauass a dizer
ontressi y rezõar
que non podia creer
que Deus quisess encarnar
nen tomar
carnen moller y perdudos.
Por que aian de seer
seus miragres mais sabudos

Son quantos lo creer uan

diss el. ca non poss osmar
que quisesse tal afan
prender Deus nenss abaxar
que el que este tan gran
se foss en corp ensserrar
nen andar
ontre poboos miudos.
Por que aian de seer
seus miragres mais sabudos

Como dizen que andou
pera o mundo saluar
mas se de quant el mostrou
foss ami que quer mostrar
faria me logo sou
crischão. sen detardar
y crismar
con todos estes baruudos.
Por que aian de seer
seus miragres mais sabudos

Adur pod esta razon
toda o mour encimar
quand a omagen enton
uiu duas tetas a par
de uiua carne dal non
que foron logo māar
e deitar

leite come per canudos.
Por que aian de seer
seus miragres mais sabudos

Quand esto uiu sen mentir
começou muit a chorar
y un crerigo uīir
fez. que o foi batiçar
y pois desto sen falir
os seus crischāos tornar
fe y ar
outros bēes connosçudos.
Por que aian de seer
seus miragres mais sabudos

60
Esta .Lx. e de loor de Santa maria
que mostra por que razon
encarno nostro sennor en ela

Non deue nullome
desto per ren dultar
que deus ena uirgen
uēo carne fillar.

E dultar non deue
por quanto uos direi
por que se non foss esto

non uiramos rey
que corpos e almas
nos iulgass eu o sei
como Ieso cristo nos uerra ioigar.
Non deue null ome
desto per ren dultar

Nen doutra maneira
nos non uiramos Deus
nen amor con doo
nunca dos feitos seus
ouueramos. se el
non foss amigos meus
tal que nossos ollos
o podessen catar.
Non deue null ome
desto per ren dultar

Ca Deus enssi meesmo
ele mengua non a
nen fame nen sede
nen frio nunca ia
nen door nen [coita]¹⁴⁾
pois quen se doera

del. nen piadade
auera. nen pesar.
Non deue null ome
desto per ren dultar

E poren dos ceos
quis en terra decer
sen seer partido
nen menguar seu poder
e quis ena uirgen
por nos carne prender
y leixouss en cima
de mais por nos matar.
Non deue null ome
desto per ren dultar

Onde come a Deus
lle deuemos amor
y come a padre
y nosso criador
e come a ome
del coita y door
auermos de quanto
quis por nos endurar.

---

14) 본 어휘("coita")는 엘에스코리알 판본을 토대로 번역자가 첨가한 부분이다. 본 번역의 직접적인 대상인 톨레도 판본은 이 자리가 지워진 채 별다른 표시 없이 비워져 있다.

Non deue null ome
desto per ren dultar

E a santa uirgen
en que ssel ensserrou
de que prendeu carne
y por madre fillou
muit amar deuemos
ca per ela mostrou
todas estas cousas
que uos fui ja contar.
Non deue null ome

61
Esta .Lxi. e como Santa maria
guardou o monge que o
demo quis espantar polo
fazer perder

Uirgen Santa maria
guarda nos se te praz
da gran sabedoria
que eno demo iaz.

Ca ele noit e dia
punna de nos meter
per que façamos erro
porque a seus perder

aiamolo teu fillo
que quis por nos sofrer
na cruz paxon y morte
que ouuessemos paz.
Virgen Santa maria
Guardanos se te praz

E desto meus amigos
uos quer ora contar
un miragre fremoso
de que fiz meu cantar
como Santa maria
foi un monge guardar
da tentaçon do demo
a que do ben despraz.
Virgen Santa maria
Guardanos se te praz

Este mong ordinado
Era. segund oy
muit e mui ben sa orden
tiina com aprendi
mas o demo arteiro
o contoruou assi
que o fez na adega
beuer do uynassaz.
Virgen Santa maria
Guardanos se te praz

Pero beued estaua
muit o monge quis sir
dereit aa eigreia
mas o dem a salir
en figura de touro
o foi polo ferir
con seus cornos meriudos
ben como touro faz.
Virgen Santa maria
Guardanos se te praz

Quand esto uiu o monge
feramen se spantou
e a Santa maria
mui derriio chamou
quell apareceu logu e
o tour amēaçou
dizendo uai ta uia
muit es de mal solaz.
Virgen Santa maria
Guardanos se te praz

Pois en figura dome
pareceull outra uez
longue magre ueloso
y negro come pez
mas acorreu lle logo
a uirgen de bon prez

dizendo fuge mao
mui peor ca rapaz.
Virgen Santa maria
Guardanos se te praz

Pois entrou na eigreia
ar pareceull enton
o demo en figura
de mui brauo leon
mas a uirgen mui santa
deu lle con un baston
dizendo tolt astroso
e logo te desfaz.
Virgen Santa maria
Guardanos se te praz

Pois que Santa maria
o seu mong acorreu
como uos ei ia dito
y llo medo tolleu
do demo e do uȳo
con que era sandeu
dissel oi mais te guarda
e non seias maluaz.
Virgen Santa maria
Guardanos se te praz

62

Esta .Lxii. e como Santa maria
tolleu a agua da fonte a o
caualeiro en cuia erdade
estaua y a deu a os frades
de monssarrat a que a el queria uen.

Tanto son da groriosa
seus feitos mui piadosos
que fill aos que an muito
e da aos menguadosos.

E daquest un gran miragre
fez pouca en catalonna
a uirgen Santa maria
que con Ieso cristo ponna
que no dia do ioizo
possamos ir sen vergonna
antel e que non uaamos
u yran os soberuiosos.
Tanto son da groriosa
seus feitos mui piadosos.

Monssarrat este chamado
o logar u e a fonte
saborosa grand e clara
que nac en cima dun monte
que era dun caualeiro

y doutra parte de fronte
auia un mõesteiro
de monges religiosos.
Tanto son da groriosa
seus feitos mui piadosos.

Mas en aquel mõesteiro
ponto dagua non auia
senon quant o caualeiro
da fonte lles dar queria
por que os monges lle dauan
sa renda da abadia
y quando lla non comprian
eran dela perdidosos.
Tanto son da groriosa
seus feitos mui piadosos.

E demais sobre tod esto
el assi os pennoraua
que quanto quer que achasse
do mõesteiro. fillaua
y porend aquel conuento
en tan gran coita estaua
que non cantauanas oras
y andauan mui chorosos.
Tanto son da groriosa
seus feitos mui piadosos.

Os monges porque sentian
a sa casa mui menguada
entre si acord ouueron
de lle non daren en nada
ca tīian por soberuia
de beuer agua conprada
poren todos na eigreia
entraron muit omildosos.
Tanto son da groriosa
seus feitos mui piadosos.

Dizend ai Santa maria
a nossa coita ueede
y con deus o uosso fillo
que todo pode pōede
que nos de algun conssello
que non moiramos de sede
ueend agua conos ollos
y seer dela deseiosos.
Tanto son da groriosa
seus feitos mui piadosos.

Pois sa oraçon fezeron
a sennor de piedade
fez que se canbiou a fonte
ben dentro na sa erdade
dos monges que ant auian
da agua gran soidade

y des ali adeante
foron dela auondosos.
Tanto son da groriosa
seus feitos mui piadosos.

Pois que uiu o caualeiro
que sa font assi perdera
por prazer da groriosa
que lla aposto tollera
deu a erdad u estaua
a fonte ond el uendera
a agua aquele conuento
onde pois foron uiçosos.
Tanto son da groriosa
seus feitos mui piadosos.

63

Esta .Lxiii e de como Santa maria
guyou os romeus que yan
a sa eigreia a seixon. y erra
ran o camyno de noite

Ben com aos que uan p mar
a estrela guya outrossi aos
seus guyar. uai Santa maria.

Ca ela nos vai demostrar
de como nos guardemos

do demo e de mal obrar
y en como gãemos
o seu reino que non a par
que nos ia perdemos
per doneua que foi errar
per sa gran folia.
ben com aos que van per mar
a estrela guya

E ar acorre nos aqui
enas mui grandes coitas
segund eu sei ben y oy
quaes auemos doitas
ca muitos omees eu ui
y molleres moitas
a que elacorreu assi
de noit e de dia.
ben com aos que van per mar
a estrela guya

E segund eu oy dizer
ṽa mui gran conpanna
de romeus ar foi guarecer
en ṽa gran montanna
en quess ouueran de perder
con coita estranna
por quelles foi escurecer
y perderon uia.

ben com aos que van per mar
a estrela guya

E sen aquest un med atal
enos seus corações
auian mui fero mortal
ca andauan ladrões
peri fazendo muito mal
porend orações
fezeron todos y sen al
quis come sabía.
ben com aos que van per mar
a estrela guya

E chamand a madre de Deus
come nosso costume
que dos graues pecados seus
perdess ela queixume
y logo aqueles romeus
uiron mui gran lume
y disseron ai Sennor teus
somos. toda uia.
ben com aos que van per mar
a estrela guya

E en aquel gran lum enton
uiron ṽa mui bela
moller de corp e de faiçon

e ben come donzela
lles pareceu y pero non
siia en sela
mas tina na ma un baston
que resprandecia.
ben com aos que van per mar
a estrela guya

E poi la donzela chegou
todas essas montannas
do seu gran lum alumēou
y logo as conpannas
dereito a Seixon leuou
y per muit estrannas
terras. en saluo os guyou
come quen podia.
ben com aos que van per mar
a estrela guya

64

Esta .Lxiiii. e como a oma
gen de Santa maria alçou o gēo
llo y recebeu o colbe da sae
ta por guardar o que esta
ua pos ela

A madre de deus
deuemos tēer mui cara

por que a os seus
senpre mui ben os anpara.

E desto uos contar quero
ṽa mui gran demostrança
que mostrou Santa maria
en terra dorlens en frança
al con de peiteus
que un castelo cercara
e come iudeus
assi fillar los cuidara.
A madre de deus
deuemos tener mui cara

Este castell aquel conde
poral fillar non queria
senon pola gran requeza
que eno logar auia
poren gran poder
de gent ali assūara
con que conbater
o fez. y queo tomara.
A madre de deus
deuemos tener mui cara

Se non foss os do castelo
que pois se uiron coitados
que fillaron a omagen

por seer mais anparados
da uirgen enton
Santa maria que para
mentes. y que non
os seus nunca desanpara.
A madre de deus
deuemos tener mui cara

E logo sobela porta
do castelo. a poseron
y aorando a muito
chorand assi lle disseron
madre do Sennor
do mund estrela mui crara
sei defendedor
de nos. tu altar y ara.
A madre de deus
deuemos tener mui cara

En que o corpo de cristo
foi feito y conssagrado
y porende te rogamos
que daqueste cond irado
nos queras guardar
y sei nossa acitara
ca nos quer britar
con seus engēos que para.
A madre de deus

deuemos tener mui cara

Mantenente dos de fóra
uēo log un baesteiro
y diss a outro da uila
que poseran por porteiro
que pera guarir
da omagen se scudara
que uēess abrir
a porta que el serrara.
A madre de deus
deuemos tener mui cara

E de dentro respos logo
que non faría en nada
y o de fora tan toste
ouua baesta armada
y tiroull assi
que sen dulta o chagara
mas com aprendi
un dos gēollos alçara.
A madre de deus
deuemos tener mui cara

A omagen atan alte
que chegou preto da teta
por guardalo baesteiro
y feriu lli a saeta

y ar aprix al
que o de dentro tirara
en maneira tal
que o de fora matara.
A madre de deus
deuemos tener mui cara

Esta marauilla uiron
os de dentre os da oste
y outrossi fez el conde
y deceu a terra toste
dun caualo seu
en que enton caualgara
y come romeu
aprix que dentro entrara.
A madre de deus
deuemos tener mui cara

E os gēollos ficados
aorou a magestade
muito dos ollos chorando
connocendo ssa maldade
y logo mandou
tornar quant ali fillara,
y sa ost alçou
que sobra uila deitara.
A madre de deus
deuemos tener mui cara

Desto a Santa maria
todos loores le deron
y punnaron da saeta
tirar, mas nunca poderon
com escrit achei
da perna u lla ficara
o que uos dit ei
baesteiro que osmara.
A madre de deus
deuemos tener mui cara

Matalo outro de dentro
que a omagen guardaua
y poren Santa maria
tan gran pesar en mostraua
que nunca per ren
achei que depois tornara
a perna. mais ten
na. como quand a mudara.
A madre de deus
deuemos tener mui cara

65
Esta .Lxv. e de como santa
maria fez ao ome bōo conno
cer que tragia cossigo o demo
por seruente y que o queria
matar sen non pola oraçon que

dizia. sua

A reyna groriosa
tant e de gran santidade
que con esto nos defende
do dem e de sa maldade.

E de tal razon com esta
un miragre contar quero
que fezo Santa maria
aposto e grand e fero
que non foi feito tan grande
ben des lo tenpo de nero
que enperador de roma
foi, daquela gran cidade.
A reyna groriosa
tant e de gran santidade

Ond auēo que un ome
mui poderos e loução
sisud e fazedor dalgo
mas tant era bon crischāo
que tod ele por deus daua
quanto collia en mão
ca de todas outras cousas
mais amaua caridade.
A reyna groriosa
tant e de gran santidade

E por mellor fazer esto
que muit ele cobiiçavua
un espital fezo fora
da uila. u el moraua
en que pan e uine carne
y pescad a todos daua
y leitos en que iouuessen
en yuerne en estade.
A reyna groriosa
tant e de gran santidade

E como quen a gran coita
de conprilo que deseia
ele mancebos collia
ben mandados sen peleia
que aos pobres seruissen
mais lo demo con enueia
meteuss en un corpo morto
dome de mui gran beldade.
A reyna groriosa
tant e de gran santidade

E uēo pera el logo
masse en bon contenente
y disse Sennor querede
que seia uosso sergente
y o seruiço dos pobres
uos farei de bōa mente

pois ueio que uos queredes
e fazedes y bondade
A reyna groriosa
tant e de gran santidade

E sequelo meu seruiço
aueredes endõado
quandoll om oyu aquesto
dizer. foi en mui pagado
y demais uiu o fremoso
apost e ben razõado
y cuidou que non andaua
se non con gran lealdade.
A reyna groriosa
tant e de gran santidade

En esta guysa o demo
chēo de mal e arteiro
fez tanto que o bonome
o fillou por escudeiro
y en todos seus seruiços
a el achaua primeiro
dizendo lle que queredes
sennor ami o mandade.
A reyna groriosa
tant e de gran santidade

Tanto lle soub o diabo

fazer con que lle prouguesse
que nunca llele dizía
cousa que el non creuesse
de mais non auia ome
que o atan ben soubesse
seruir senpr en todas cousas
segundo sa uoontade.
A reyna groriosa
tant e de gran santidade

E porende lle fazia
amēude que caçasse
enas motannas mui fortes
y eno mar que pescasse
y muitas artes buscaua
per que o algur matasse
per que ouuess el a alma
e outr ouuess a erdade.
A reyna groriosa
tant e de gran santidade

En todest o ome bõo
per ren mentes non metia
y poren de bõa mente
ull el conssellaua ya
mas quando se leuantaua
ṽa oraçon dizia
da Virgen mui groriosa

reyna de piedade.
A reyna groriosa
tant e de gran santidade

E por aquest aquel demo
quell andava por uassalo
ni un poder non auia
per nulla ren de matalo
y pero dia nen noite
non quedaua de tentalo
macarlle prol non auia
por mostrar sa crueldade.
A reyna groriosa
tant e de gran santidade

Desta guysa o bon ome
que de santidade chēo
era, uiueu mui gran tenpo
trões que un bisp y uēo
que foi sacar ao demo
logo as linnas do sēo
como uos contarei ora
y por Deus ben mascuitade.
A reyna groriosa
tant e de gran santidade

Aquel bispo era ome
sante de mui bōa uida

y mui mais religioso
que se morass en ermida
y por aquesto o demo
tanto temeu sa uīida
que disse que non podia
seruir por enfermidade.
A reyna groriosa
tant e de gran santidade

Ond auēo que un dia
anbos iantando siian
y que todolos sergentes
foras aquele seruian
preguntou lles o bonome
u era. eles dizian
que y seruir non uēera
con mengua de sāidade.
A reyna groriosa
tant e de gran santidade

Quand aquest' oyu o bispo
preguntou lle que om era
y ele lle contou todo
de com a ele uēera
e como lle lealmente
senpre seruiço fezera
diss o bispo uenna logo
ca de ueer lei soidade.

A reyna groriosa
tant e de gran santidade

Entôn aquel ome bōo
enuiou por el correndo.
Quand esto soub o diabo
andou muito reuoluendo
mas pero na cima uēo
anteles todo tremendo
y poilo catou o bispo
connoceu sa falssidade.
A reyna groriosa
tant e de gran santidade

E diss ao ome bōo
deus uos ama ben sabiades
que uos quis guardar do demo
falss e de sas falsidades
y eu uos mostrarei ora
com est om en que fïades
e demo sen nulla dulta
mas un pouco uos calade.
A reyna groriosa
tant e de gran santidade

E enton diss ao demo
dime toda ta fazenda
por que aquesta conpanna
todo teu feito aprenda
y eu te coniur e mando
que a digas sen contenda
per poder de iesu cristo
que e Deus en Trïidade.
A reyna groriosa
tant e de gran santidade

Enton começou o demo
a contar de com entrara
en corpo dun ome morto
conque enganar cuidara
a aquel con que andaua
a que sen dulta matara
sea oraçôn non fosse
da madre de claridade.[15]
A reyna groriosa
tant e de gran santidade

Quand el aquesta dizia
sol non era eu ousado
de lle fazer mal nïūu

---

15) 엘에스코리알 판본에는 '광명(claridad)'을 대신해서 '자비(caridad)'로 기재되어
있다.

y pois est ouue contado
leixou caer aquel corpo
en que éra enserrado
y euãeceu ant eles
comox era uãidade.
A reyna groriosa
tant e de gran santidade

66

Esta .Lxvi. e como Santa maria
fez uĩir las cabras montesas
a Monssarrat, e leixauan se
ordennar aos monges cada dia

Mui gran dereit e
das bestias obedecer a Santa maria
de que deus quis nacer.

E dest un miragre se deus manpar
mui fremoso uos quer ora contar
que quiso mui grand a Groriosa
    mostrar
oidemio se ouçades prazer.
Mui gran dereit e das bestias
obedecer. a Santa maria de que
    Deus quis nacer

En monssarrat de que uos ia contei

a un eigreia p quant apres ei
feita no nome da madre do alto rei
que quis por nos morte na cruz
    prender.
Mui gran dereit e das bestias
obedecer. a Santa maria de que
    Deus quis nacer

Aquel logar ape dun mont esta
en que muitas cabras montesas a
ond estranya marauilla auẽo ia
ca foron todas ben iuso decer.
Mui gran dereit e das bestias
obedecer. a Santa maria de que
    Deus quis nacer

Anta igreia quen un uale iaz
y anta porta parauanss en az
y estauan y todas mui quedas en paz
ta que os monges las yan monger.
Mui gran dereit e das bestias
obedecer. a Santa maria de que
    Deus quis nacer

E quatr anos durou segund oy
que os monges ouueron perassi
assaz de leite que cada noite ali
uĩian as cabras esto fazer.

Mui gran dereit e das bestias
obedecer. a Santa maria de que
    Deus quis nacer

Atēes que un crerizon sandeu
furtou un cabrit en y o comeu
y das cabras depois assi lles conteceu
que nunca mais las poderon auer.
Mui gran dereit e das bestias
obedecer. a Santa maria de que
    Deus quis nacer

E desta guysa a madre de Deus
quis gouernar aqueles monges seus
por que de pois gran romaria de
    romeus
uēeron polo miragre saber.
Mui gran dereit e das bestias
obedecer. a Santa maria de que
    Deus quis nacer

67

Esta .Lxvii. e como Santa maria
guareceu o moço pegureiro que
leuaron a seixon y lle fez saber
o testamento das escrituras ma
car nunca leera

Como pod a groriosa
mui ben enfermos sāar
assi aos que non saben
pode todo saber dar.

E de tal ia end auēo
un miragre que dizer
uos quer ora. que a uirgen
quis grand en seixon fazer
dun minyno pegureiro
a que os pees arder
começaron daquel fogo
que saluag ouço chamar.
Como pod a groriosa
mui ben enfermos sāar

Seu padre del. era morto
mas ṽa pobre moller
sa madr era que fiaua
a lāa mui uolonter
per quess ambos governavan
mas quenm ascoitar quiser
direi lleu de com a uirgen
quis no minyno mostrar
Como pod a groriosa
mui ben enfermos sāar

Aquel fog ao minyno

tan feramente coitou
que a p poucas dos pees
os dedos non lle queimou
y a madre mui coitada
pera seixon o leuou
y chorando mui deriio
o pos ben anto altar.
Como pod a groriosa
mui ben enfermos sāar

Tod essa noite uigia
teue logo guareceu
o minyno en tal guysa
que andou ben e correu
desi foisse con ssa madre
mas atal amor colleu
daquel logar u sāara
que sse quis log y tornar.
Como pod a groriosa
mui ben enfermos sāar

De pois a cabo dun ano
lle rogou queo ali
tornass e non quis la madre
y ele lle diss assi
se non quiserdes o fogo
sei eu que uerra a mi
y que uos pes maueredes

eno cola soportar.
Como pod a groriosa
mui ben enfermos sāar

Dizend aquest o minyno
o fog enel salto deu
y trauou log en sa madre
dizendo ai eu ai eu
y ela o en seu colo
fillou com aprendi eu
y a seixon de camyno
começou logo dandar.
Como pod a groriosa
mui ben enfermos sāar

E pois entrou na igreia
anto altar sen falir
o pos y log o minyno
se fillou ben a dormir
e uiu en uyion a madre
de deus. que o foi guarir
y seu fillo Ieso cristo
a que ela presentar.
Como pod a groriosa
mui ben enfermos sāar

A alma en paraiso
foi dele y ala uyu

que a Virgen a seu fillo
mercee porel pediu
y por todolos da terra
de seixon y ben sentiu
que por seu rogo. do fogo
os quis Deus todos liurar.
Como pod a groriosa
mui ben enfermos sāar

E oyu mais. que a uirgen
diss a deus esta razon
Fillo. esta mia capela
que e tan pobr en seixon
fas tu que seia ben feita
y el lle respos enton
madr eu farei y as gentes
uīir. ben da len do mar.
Como pod a groriosa
mui ben enfermos sāar

E de muitas outras tras
que daran auer assaz
ca todo quanto demandas
y queres. todo me praz
y que eu faça teu rogo
aquest en dereito iaz
ca fillo por bōa madre
fazer deuo que mandar.

Como pod a groriosa
mui ben enfermos sāar

Quand esto uiu o minyno
no ceo. foi lle tal ben
que quant al de pois uiia
sol nono preçaua ren
ca o Spirito santo
pos enel atan gran sen
que as Escrituras soube
y latín mui ben falar.
Como pod a groriosa
mui ben enfermos sāar

E quanto no testamento
uedro y no nouo iaz
todest el mui ben sabia
y aiuda mais assaz
y dizia aas gentes
a Santa maria praz
que aquesta sa igreia
façades mui ben obrar.
Como pod a groriosa
mui ben enfermos sāar

E por que certos seiades
que todest e mui mais sei
mostrade mias escrituras

ca eu as espranarei
de mais doia trinta dias
sabiades que morrerei
ca a que me mostrou esto
me quer conssigo leuar.
Como pod a groriosa
mui ben enfermos sāar

Todos quantos est oyron
deron graças y loor
aa uirgen groriosa
madre de nostro sennor
ye acharon en uerdade
quanto diss aquel pastor
ye começaron tan toste
na igreia de laurar.
Como pod a groriosa
mui ben enfermos sāar

68

Esta .Lxviii. e como santa
maria. auēo as duas cōboo
ças que se querian mal

A groriosa grandes faz
miragres por dar a nos paz.

E dest un miragre direi

fremoso que escrit achei
que fez a madre do gran rei
en que toda mesura iaz.
A groriosa grandes faz
miragres por dar a nos paz.

Pola moller dun mercador
que por que seu marid amor
auia con outra. sabor
dele. perdia y solaz.
A groriosa grandes faz
miragres por dar a nos paz.

E por esto queria mal
a ssa conbooça mortal
y Santa maria. sen al
rogaua que lle dess assaz
A groriosa grandes faz
miragres por dar a nos paz.

Coita y mal por que pder
lle fazia. o gran prazer
que seu marido lle fazer
soya na uila darraz.
A groriosa grandes faz
miragres por dar a nos paz.

E pois fez esta oraçon

adormeceusse log enton
y dormindo. uiu en uiion
Santa maria con grand az.
A groriosa grandes faz
miragres por dar a nos paz.

Dangeos que lle diss assi
a ta oraçon ben oy
mas pero non conuen a mi
fazer crueza. nen me praz.
A groriosa grandes faz
miragres por dar a nos paz.

De mais aquela uai ficar
os gēollos anto altar
meu y cen uezes saudar
mi, pōend en terra sa faz.
A groriosa grandes faz
miragres por dar a nos paz.

Tan tost aquela se spertou
y foiss e na rua topou
cona outra que se deitou
ant ela. y disse maluaz.
A groriosa grandes faz
miragres por dar a nos paz.

Demo foi. chus negro ca pez

quem este torto fazer fez
contra uos. mas ia outra uez
nono farei. pois uos despraz.
A groriosa grandes faz
miragres por dar a nos paz.

Assi a uirgen auīir
fez estas duas sen falir
quex ant auian sen mentir
denteira come con agraz.
A groriosa grandes faz
miragres por dar a nos paz.

69

Esta .Lxviii. e de como santa
maria guareceu con seu leite o
mon
ge doente que cuidauan que era
morto

Toda saude da santa reyna
uen ca ela e nossa meezina.

Ca po auemos enfermidades
que merecemos p nossas maldades
a tan muitas son as sas piedades
que sa uertude nos acorr agīa.
Toda saude da santa reyna

uen ca ela e nossa meezina.

Dest un miragre me uēo emente
que uos direi ora ay bōa gente
que fez a uirgen. por un seu sergente
monge branco. com estes da espina.
Toda saude da santa reyna
uen ca ela e nossa meezina.

Est era sisudo y leterado
e omildoso y ben ordinado
y a Santa maria todo dado
sen tod orgullo y sen louçayna.
Toda saude da santa reyna
uen ca ela e nossa meezina.

E tal sabor de a seruir auia
que poilo conuent as oras dizia
ele fazend oraçon. remania
en ṽa capela mui pequenyna.
Toda saude da santa reyna
uen ca ela e nossa meezina.

E dizia prima terça y sesta
y nōa y uesperas. y tal festa
fazia senpre baxada a testa
de pois completas y aledanyna.
Toda saude da santa reyna

uen ca ela e nossa meezina.

E uiuend en aquesta santidade,
ena garganta ouu enfermidade
tan maa que com aprix en uerdade
peyor cheiraua quea caaurina.
Toda saude da santa reyna
uen ca ela e nossa meezina.

Ca o rostr e a garganta llenchara
y o coiro fenderass e britara
de maneira que atal se parara
que non podia trocir a taulina.
Toda saude da santa reyna
uen ca ela e nossa meezina.

Os frades que cuidauan que mort
    era
por que un dia sen fala iouuera
cada un deles de grado quisera
queo ongessen como couiīa.
Toda saude da santa reyna
uen ca ela e nossa meezina.

E porend o capeiron lle deitaron
sobelos ollos porque ben cuidaron
que era mort e tornalo mandaron
a ourient onde o sol uiīa.

Toda saude da santa reyna
uen ca ela e nossa meezina.

Eu el en tan gran coita iazia
que ia ren non falaua nen oya
ueelo uēo a uirgen maria
y con ṽa toalla que tiīa
Toda saude da santa reyna
uen ca ela e nossa meezina.

Tergeullas chagas ond el era chēo
y pois tirou a sa teta do sēo
santa con que criou aquel que uēo
por nos fillar. nossa carne mesquyna.
Toda saude da santa reyna
uen ca ela e nossa meezina.

E deitou lle na boca e na cara
do seu leite. e tornou lla tan crara
que semellaua que todo mudara
como muda penas a andorina.
Toda saude da santa reyna
uen ca ela e nossa meezina.

E disse lle por esto uin irmão
que ti acorress e te fezesse são

y quando morreres. sei ben certão
que iras u e Santa Cateliyna."
Toda saude da santa reyna
uen ca ela e nossa meezina.

Pois esto dit ouue. foisse mui cedo
se leuantou o monge e gran medo
ouueron os outros. y quedo quedo[16]
foron tanger. ṽa sa canpayna.
Toda saude da santa reyna
uen ca ela e nossa meezina.

A que logo. todos foron iuntados
y deste miragre marauillados
y a Santa maria muitos dados
loores, a Estrela Madodina.
Toda saude da santa reyna
uen ca ela e nossa meezina.

70
Esta .Lxx. e de loor de santa
maria do departimento que
a entre aue y eua

Entre aue eua
gran departimenta.

---

16) 필경사의 실수로 동일 단어("quedo")가 반복해 쓰인 것으로 판단된다.

Ca eua nos tolleu
o parais e deus
aue nos y meteu
porend amigos meus.
Entre aue eua
gran departimenta

Eua nos foi deitar
do dem en sa priion
y aue en sacar
y por esta razon.
Entre aue eua
gran departimenta

Eua nos fez ꝑder
amor de Deus e ben
y pois aue auer
nolo fez y poren
Entre aue eua
gran departimenta

Eua nos ensserrou
os ceos sen chaue
y Maria britou
as portas per Aue.
Entre aue eua
gran departimenta

71

Esta .Lxxi. e como santa
maria fez nacer as cinque
rosas na boca do monge de
pos sa morte. polos cinco sal
mos que dizia a onrra das cinco
leteras que a no seu nome.

Gran dereit e de seer
seu miragre mui fremoso
da uirgen de que nacer
quis por nos Deus grorioso.

Poren quero retraer
un miragre que oy
ond aueredes prazer
oindoo outrossi
per que podedes saber
o gran ben com aprendi
que a uirgen foi fazer
a un bon religioso.
Gran dereit e de seer
seu miragre mui fremoso

Este sabia leer
pouco. com oy contar
mas sabia ben querer
a uirgen que non a par

y poren foi conpōer
cinque salmos y juntar
por en sa loor crecer
de que era deseioso.
Gran dereit e de seer
seu miragre mui fremoso

Dos salmos foi escoller
cinque. por esta razon
y de sūu os pōer
por cinque letras que son
en maria por prender
dela pois tal galardon
per que podesse ueer
o seu Fillo piadoso.
Gran dereit e de seer
seu miragre mui fremoso

Quen catar reuoluer
estes salmos. achara
magnificat y iazer
e ad Dominun y a
y cabo del in conuer
tendo. y ad te esta
y pois retribue ser
uo tuo. muit omildoso.
Gran dereit e de seer
seu miragre mui fremoso

Pera ben de Deus auer
ond aquestes sen falir
salmos. senpr ya dizer
cada dia sen mentir
anto altar y tender
se. todo y repentir
do que fora merecer
quand era fol y astroso.
Gran dereit e de seer
seu miragre mui fremoso

Est uso foi mantēer
mentre no mundo uiueu
mais pois quand ouua morrer
na boca lla pareceu
rosal que uiron tēer
cinque rosas y creceu
por que fora bēeizer
a madre do poderoso.
Gran dereit e de seer
seu miragre mui fremoso

72

Esta .Lxxii. e como Santa maria fez
guareçer os ladrões que foran tolleitos
porque roubaran hūa dona y sa cōpā
na que yan en romaria a monssarrad.

Mui grandes noit e dia
deuemos dar porende
nos a Santa maria
graças por que defende
os seus de dano
y sen engano. en saluo os guia.

E daquesto queremos
un miragre preçado
dizer por que sabemos
que sera ascoitado
dos que a uirgen santa .
aman por que quebranta
senpr aos soberuiosos
y os bōos auanta
y dales siso e paraiso
con tod alegria.
Mui grandes noit e dia
deuemos dar porende

En monssarrat uertude
fez que mui longe sōa
a uirgen semiaiude
ela. por ṽa bōa
dona. que na montana
di. mui grand y estranna
deceu a ṽa fonte
con toda sa conpanna

por y iantaren. desi folgaren
y iren sa uia.
Mui grandes noit e dia
deuemos dar porende

U seyan comendo
cabo daquela fonte
a eles mui correndo
sayu ben desse monte
Reimund un caualeiro
roubador y guerreiro
que de quanto tragian
non lles leixou dinneyro
que non roubasse y non fillasse
con sa conpānia.
Mui grandes noit e dia
deuemos dar porende

A dona mantenente
logo que foi roubada
foiss ende con sa gente
mui trist e mui coitada
a monssarrat agina
chegou essa mesquyna
dando grandes braados
uirgen santa reyna
dame uingança. ca pris uiltança
en ta romaria.

Mui grandes noit e dia
deuemos dar porende

E os frades sairon
a as vozes que dava
y quand esto oyron
o prior caualgaua
corrend e foi mui toste,
y passou un recoste
e uiu cabo da fonte
de ladrões grand oste
iazer mal treitos
cegos contreitos
que un nonss ergia.
Mui grandes noit e dia
deuemos dar porende

Entresses roubadores
uiu iazer un uilão
desses mais malfeitores
ṽa perna na mão
de galīna freame
que sacara cō fame
enton dun enpāada
que so un seu çurame
comer quisera
mais non podera
ca Deus non queria.

Mui grandes noit e dia
deuemos dar porende

Cassell atrauessara
ben des aquela ora
u a comer cuidara
que dentro nen afora
non podia sacala
nen comer nen passala
de mais iazia cego
y ar mudo sen fala
y mui mal treito
por aquel preito
ca xo merecia.
Mui grandes noit e dia
deueṁos dar porende

O prior y seus frades
pois que assi acharon
treitos por sas maldades
os ladrões mandaron
que logo di. leuados
fossen atrauessados
en bestias que trouxeran
ant o altar deitados
que y morressen
ou guarecessen
se a Deus prazia.

748

Mui grandes noit e dia
deuemos dar porende

E pois que os ladrões
ant o altar trouxeron
por eles orações
y pregairas fezeron
e log ouvuron sãos
ollos pees e mãos
y porende iuraron
que nunca a crischãos
ia mais roubassen
y se quitassen
daquela folia.
Mui grandes noit e dia
deuemos dar porende

73

Esta .Lxxiii. e como santa
maria desuiou a monja que sse
non fosse con un caualeiro con que
posera dess yr.

De muitas guysas
nos guarda de mal
Santa maria. tan muit e leal.

E dest un miragre uos contarei

que Santa maria fez com eu sei
dūa monja segund escrit achei
que damor lle mostrou mui gran
  sinal.
De muitas guysas nos guarda de
  mal
Santa maria tan muit e leal

Esta monja. fremosa foi assaz
y tiina ben quant en regla iaz
y o que a Santa maria praz
esso fazia, senpr a comunal.
De muitas guysas nos guarda de mal
Santa maria tan muit e leal

Maslo demo que dest ouue pesar
andou tanto pola fazer errar
que a troux a quess ouue de pagar
dun caualeiro y pos preit atal.
De muitas guysas nos guarda de mal
Santa maria tan muit e leal

Con ele que sse foss a como quer
y que a fillasse pois por moller
y lle dess o que ouuesse mester
y pos dessir a el a un curral.
De muitas guysas nos guarda de mal
Santa maria tan muit e leal

Do mõesteir e y a atendeu
Mas entant a dona adormeceu
y uiu en uinion ond esterreceu
con mui gran pauor que ouue mortal.
De muitas guysas nos guarda de mal
Santa maria tan muit e leal

Case uiu sobr un poç aquela uez
estreit e fond e negro mais ca pez
y o demo que a trager y fez
deitala quis peri no ynfernal.
De muitas guysas nos guarda de mal
Santa maria tan muit e leal

Fogo. u mais de mil uozes oyu
domes y muitos tormentar y uiu
y con med a poucas xelle partiu
o coraçon y chamou Sennor ual.
De muitas guysas nos guarda de mal
Santa maria tan muit e leal

Santa maria que madr es de Deus
ca sēpre punnei en fazelos teus
mandamentos y non catelos meus
pecados. ca o teu ben nunca fal.
De muitas guysas nos guarda de mal
Santa maria tan muit e leal

Pois esto disse foill aparecer
Santa maria y mui mal trager
Dizendo lle uenna chora acorrer
o por que me deitast a non mencal.
De muitas guysas nos guarda de mal
Santa maria tan muit e leal

Esto dit un diaboo a puxou
dentro no poç e ela braadou
por Santa maria que a sacou
del a reyna nobre spirital.
De muitas guysas nos guarda de mal
Santa maria tan muit e leal

Des que a pos fora. dissell assi
Desoge mais non te partas de mi
nen de meu fillo. y se non aqui
te tornarei u non auera al.
De muitas guysas nos guarda de mal
Santa maria tan muit e leal

Pois passou esto acordou enton
a monia tremendo llo coraçon
y con espanto daquela uiion
que uira. foi logo a un portal.
De muitas guysas nos guarda de mal
Santa maria tan muit e leal

U achou os que fezera uīir
aquele con que posera dessir
y disse lles mal quisera falir
en leixar Deus. por ome terēal.
De muitas guysas nos guarda de mal
Santa maria tan muit e leal

Mais se Deus quiser. esto non sera
nen fora daqui. non me ueera
ia mais null ome y ide uos ia
ca non quer os panos neno brial.
De muitas guysas nos guarda de mal
Santa maria tan muit e leal

Nen mentre uiua. nunca amador
auerei. nen non quer eu outr amor
se non da Madre de Nostro Sennor
a santa reyna celestial.
De muitas guysas nos guarda de mal
Santa maria tan muit e leal

74

Esta .Lxxiiii. e como Santa maria
    guareçeu
a moller que fezera matar seu genrro
polo mal prez quell apoyan con
    el. que non
ardeu no fogo en que a meteron.

Na mal andança noss
anparança y esperança. e Santa
    maria.

Dest' un miragre uos direi ora
que a uirgen quis mui grande mostrar
Santa maria a que senpr ora
polos pecadores de mal guardar
dūa burgesa nobre cortesa
que fora presa por sa gran folia.
Na mal andança noss anparança
y esperança e Santa maria

Esta foi rica y ben casada
y mui fremosa y de bōo sen
y en Leon do rodan morada
ouue mui bōa per quant aprix en
e ouue bela filla. donzela
de que mazela llauēo un dia.
Na mal andança noss anparança
y esperança e Santa maria

Ela y seu sennor anbos deron
sa filla a marid a seu prazer
y morada de sūu fezeron
por se peri mais uiçosos tēer.
mais mal enpeço foi no começo,
ca mao preço a sogra auia

Na mal andança noss anparança
y esperança e Santa maria

Con seu genrro p̄ a gran torto
ca non fezeran el es feit atal
com este. maisela p̄ que morto
fez foi o genrro. y non ouui al
ca mantenente deu muit argente
a maa gente que o matar ya.
Na mal andança noss anparança
y esperança e Santa maria

E esse dia. pos missa dita
assentaronss a iantar e mandou
chamar seu genrra sogr maldita
y sa moller que por el foi achou
mort o marid e escoorido,
y apelido mui grande metia.
Na mal andança noss anparança
y esperança e Santa maria

Aqueste feito toste sabudo
foi pela uila y uēo log y
o meiryno dela. mui sannudo
y preguntou como morrer assi
y tant andando foi trastornando
y preguntando que achou a uia.
Na mal andança noss anparança

y esperança e Santa maria

Per que soub a uerdade do preito
y mantenente recadar mandou
os que fezeran aquele feito
mais a sogra enton māeffestou
de com ouuera coita tan fera
per que fezera quela diabria.
Na mal andança noss anparança
y esperança e Santa maria

O meiryno. que foi fort e brauo
mandou fillar log aquela moller
y por queimala non deu un crauo
ca muito fazia ben seu mester.
Nen fez en iogo nen fillou rogo
masao fogo leuou que ardia.
Na mal andança noss anparança
y esperança e Santa maria

Eu a leuauan pela rua
ant a igreia da madre de Deus
senon da camisa. toda nua
diss aos sergentes amigos meus
por piadade anta magestade
uos me parade y rogala ya.
Na mal andança noss anparança
y esperança e Santa maria

Eles fezeron llo que rogaua
y ela log en terra se tendeu
ant a omagen muito choraua
dizendo madre daquel que morreu
por nos. agina uirgen reyna
acorr a mesquīa que en ti fia.
Na mal andança noss anparança
y esperança e Santa maria

E logo tan toste o meirīo
disse uarões leuadea ia
fora da uila cab o camīo
v ūa casa mui uella esta
y a metede dentr e odede,
desi pōede llo fog a perfia.
Na mal andança noss anparança
y esperança e Santa maria

Esto foi feito toste correndo
y a casa dentro e enrredor
chēa de lenna foi com aprendo
y de fogo. dond ouuela pauor
ca uiu a chama queimala rama
de que a ama de Deus defendia.
Na mal andança noss anparança
y esperança e Santa maria

Pero a casa toda queimada

foi y a lenna se tornou caruon
a moller desto non sentiu nada
ca a uirgen a que fez oraçon
lle deu saude per sa uertude
y ameud o fogo tollia.
Na mal andança noss anparança
y esperança e Santa maria

A casa foi per duas uegadas
Acenduda. mas uedelo que fez
Santa maria que as coitadas
acorre senpre non quis nulla uez
quess y perdesse nen que ardesse
nen que morresse a que ben queria.
Na mal andança noss anparança
y esperança e Santa maria

Quand est o meirino y as gentes
uiron. fillaron send a repentir
y mandaron log aos sergentes
que a fezessen do fogo sair
desi con cantos ela foi tantos
leuada quantos mui de durdiria.
Na mal andança noss anparança
y esperança e Santa maria

E pois que elafoi na igreia
os crerigos se pararon en az

y loaron a que senpre seia
bēeita. polos miragres que faz
marauillosos y piadosos
y saborosos doyr toda uia.
Na mal andança noss anparança
y esperança e Santa maria

75

Esta .Lxxv. e como o cruci
fisso deu a palmada a onrra
de sa sa[17] madre aa monia que
posera dessir con seu enten
dedor.

Quena virgen bē
seruir nunca podera falir.

E daquesto un gran feito
dun miragre uos direi
que fez mui fremos afeito
a madre do alto Rey
per com eu escrit achei
se me quiserdes oir.
Quena uirgen ben seruir
nunca podera falir

Esto foi dūa donzela
que era en font enbrar
monia fremosa y bela
que a uirgen muit amar
sabia, se Deus manpar
mais quis da orden saír.
Quena uirgen ben seruir
nunca podera falir

Con un caualeir aposto
y fremos e de bon prez
y non catou seu dēosto
mais como moller rafez
quiserass yr dessa vez.
mais nona quis leixar yr.
Quena uirgen ben seruir
nunca podera falir

A uirgen Santa maria,
a que mui de coraçon
saudava noit e dia
cada que sa oraçon
fazia. y log enton
ya beyar sen mentir.
Quena uirgen ben seruir
nunca podera falir

---

17) 필경사의 실수로 "sa"가 두 번 반복되었다고 본다.

Os pees da majestade
y dun crucifiss assi
que y de gran santidade
auia com aprendi
y pois sergia dali
ya as portas abrir.
Quena uirgen ben seruir
nunca podera falir

Da igreg e sancristāa
era. com oy dizer
do logar y a canpāa
se fillaua a tanger
por so conuento erger
y a sas oras uīir.
Quena uirgen ben seruir
nunca podera falir

Fazend assi seu ofiço
mui gran temp aquest usou
atēes que o prouiço
a fez que se namorou
do caualeir. e punnou
de seu talante cōprir.
Quena uirgen ben seruir
nunca podera falir

E porend ṽa uegada

a meya noite sergeu
e com era costumada
na igreia se meteu
y aà omagen correu
por se dela espedir.
Quena uirgen ben seruir
nunca podera falir

E ficando os gēollos
disse con graça, Sennor.
mas chorou logo dos ollos
a madre do Saluador
en tal que a pecador
se quisesse repentir.
Quena uirgen ben seruir
nunca podera falir

Enton sergeu a mesquyna
por sir log ante da luz
mas o crucifiss agīa
tirou a mão da cruz
y com ome que a aduz
derrijo a foi firir.
Quena uirgen ben seruir
nunca podera falir

Eben cabo da orella
lle deu orellada tal

que do crauo a semella
teue sēpre por sinal
por que nō fezesse mal
nē sassi foss escarnir.
Quena uirgen ben seruir
nunca podera falir

Desta guysa come morta
iouue tolleita sen sen
trões o conuent a porta
britou y espantouss en
quand ela lles contou quen
a firiu pola partir.
Quena uirgen ben seruir
nunca podera falir

Do grand erro que quisera
Fazer. mais que non quis Deus
nena sa madre que fera
mēte. quer guardalos seus
segund Lucas y mateus
y os outros escriuir.
Quena uirgen ben seruir
nunca podera falir

Forō porend o conuento
se pararon log en az
u auia mil y cento

donas. todas faz a faz
y cantando ben assaz
est a Deus foron gracir.
Quena uirgen ben seruir
nunca podera falir

76

Esta .Lxxvi. e como Santa maria
    guare
çeu con seu leite o crerigo de grand
enfermidade por que a loaua

Non e sen guysa denfermos sāar
o santo leite que deus quis mamar

Toller deue mal y aduzer ben
o leite que criou o que nos ten
en seu poder y nos fez de non ren
y desfara quando lle semellar.
Non e sen guysa denfermos sāar
o santo leite que deus quis mamar

Porend un miragre desta razon
uos direi que xe ualrra un sermon
de como guareceu un crerizon
Santa maria que el foi loar.
Non e sen guysa denfermos sāar
o santo leite que deus quis mamar

De bon linage foi aquest assaz
y mui fremoso de corp e de faz
y leterado. y de bon solaz
que en sa terra non auia par.
Non e sen guysa denfermos sāar
o santo leite que deus quis mamar

Cantar sabia el. ben y leer
y ar daua de grado seu auer
mas non leixaua o demo fazer
obras. que xas āt el nō foss obrar.
Non e sen guysa denfermos sāar
o santo leite que deus quis mamar

E pero fazia tan muito mal
Santa maria amaua mais dal
y en aquesto era tan leal
que cada u uiia seu altar.
Non e sen guysa denfermos sāar
o santo leite que deus quis mamar

Agēollauasse dizend assi
catand a sa omagen com oy
Santa maria eu vēno a ti
polo ben que Deus pos enti. loar.
Non e sen guysa denfermos sāar
o santo leite que deus quis mamar

Entras molleres bēeita es tu
ca tal come ti. u acharan u
ca tu parist o bon Sennor Iesu
que fez o ceo. y terra y mar.
Non e sen guysa denfermos sāar
o santo leite que deus quis mamar

Porend o teu uentr u sel ensserrou
bēeito seia. ca en el fillou
carne teu Fillo que Deus enuiou
por saluar nos y por a ti onrrar.
Non e sen guysa denfermos sāar
o santo leite que deus quis mamar

E as tas tetas que el mamar quis
bēeitas seian. ca per elas fis
somos. de non yrmos par San Dinis
a iferno. se per nos non ficar.
Non e sen guysa denfermos sāar
o santo leite que deus quis mamar

Assi loando a madre de Deus
foi el caer polos pecados seus
en tal enfermidad a que iudeus
nen crischāos. non podian prestar.
Non e sen guysa denfermos sāar
o santo leite que deus quis mamar

Ca frenesia o tornou sandeu
tan muito que sa lengua xe comeu
y ar os beiços desfez y mordeu
y comera se lle dessen uagar.
Non e sen guysa denfermos sāar
o santo leite que deus quis mamar

E porend a boca y o nariz
llencharon tanto como liuro diz
que non podian dele a seruiz
neno rostro. qual era estremar.
Non e sen guysa denfermos sāar
o santo leite que deus quis mamar

E assi iazendo pera fīir
un angeo uiu perassi ūīr
queo queria guardar de falir
se podesse. y fillouss a chorar.
Non e sen guysa denfermos sāar
o santo leite que deus quis mamar

E dizend agrandes uozes Sennor
Santa maria. nenbret o amor
que tiauia aqueste pecador
que engēollos tia saudar.
Non e sen guysa denfermos sāar
o santo leite que deus quis mamar

Eia sa lengua que de bon talán
te saudaua comeu come can
y os seus beiços que feos estan
con que soya no teu ben falar.
Non e sen guysa denfermos sāar
o santo leite que deus quis mamar

Poren Sennor. ual ao seruo teu
que se non perça. ca eu sōo seu
angeo. y acomendad e meu
y poren te uēno por el rogar.
Non e sen guysa denfermos sāar
o santo leite que deus quis mamar

E que non queras que aquesta uez
se perça polos pecados que fez
nen que o demo mais negro ca pez
o possa ao iferno leuar.
Non e sen guysa denfermos sāar
o santo leite que deus quis mamar

Esto dizendo. a madre do Rei
dos ceos. toste com escrit achei
chegou. e disse lle por que tardei
uēno tiagora grand emendadar.
Non e sen guysa denfermos sāar
o santo leite que deus quis mamar

E enton a sateta descobriu
y de seu leit o rostro lle cobriu[18]
y os peitos y assi o guariu
que con sabor o fez adormentar.
Non e sen guysa denfermos sāar
o santo leite que deus quis mamar

E pois dormiu. com ome são sol
dormir. sāou do mal ond era fol
y entendeu que fezera sa prol
en sse a Santa maria deitar.
Non e sen guysa denfermos sāar
o santo leite que deus quis mamar

77

Esta .Lxxvii. e como Santa
maria fez ao crerigo que lli
prometera castidade y se casa
ra. que leixasse sa moller y a fo
sse seruir.

Quen leixar Santa maria
por outra fara folia.

Quen leixala Groriosa
por moller que seia nada

macar seia mui fremosa
y rica y auondada
nen manssa nen amorosa
fara loucura prouada
que mayor non poderia.
Quen leixar Santa maria
por outra fara folia.

Ca toda a fremosura
das outras e nemigalla
nen toda sa apostura
tanto come ṽa palla
contra a desta. e dura
seu amor y non faz falla
ante crece toda uia.
Quen leixar Santa maria
por outra fara folia.

E dest un marauilloso
miragr auēo en pisa
a un crerigo fremoso
y rique de mui gran guysa
mas era tant era omildoso
que celiço por camisa
senpre a caron uestia.
Quen leixar Santa maria

---

18) 톨레도 판본에 "cobriu"와 이를 대신하는 용어 "ungiu"가 함께 기재되어 있다.

por outra fara folia.

De mais las oras rezaua
da Sennor de piedade
que mais doutra ren amaua
y pola uirgīidade
dela a sua guardaua
y anta sa magestade
de guardar lla ꝑmetia.
Quen leixar Santa maria
por outra fara folia.

E desta guysa uiuendo
seu padre sa madre morto
foron. e enrrequecendo
foi el. ca uinnas y ortos
lle ficaron. com aprendo
poren lle dauan conortos
seus parentes. dalegria.
Quen leixar Santa maria
por outra fara folia.

E do que lle mais falauan
per que se mais alegrasse
era de comoll achauan
casament e que casasse
y razões lle mostrauan
muitas. que o outorgasse

mais a el non lle prazia.
Quen leixar Santa maria
por outra fara folia.

Pero tanto o trouxeron
per faague per engano
que outorgar lle fezeron
que casass en aquel ano
ca de chão lle disseron
que faria gran seu dano
se el moller non prendia.
Quen leixar Santa maria
por outra fara folia.

E de mais que lle darian
ṽa minīa donzela
das mais ricas que sabian
ena terra y mais bela
por que anbos uiuirian
sen coita y sen mazela
y sen toda tricharia.
Quen leixar Santa maria
por outra fara folia.

Pois aquest ouuoutorgado
o prazo das uodas uēo
en que ouua ser grāado
que do seu que do allēo

e dos que a seu chamado
ouue foi o curral chēo
que mais en el non cabia.
Quen leixar Santa maria
por outra fara folia.

En quanto foron chegando
aqueles que conuidara
foiss el en si acordando
de como acostumara
dizer sas oras y quando
uiu que ia muito tardara
na igreia se metia.
Quen leixar Santa maria
por outra fara folia.

E u estaua dizendo
sas oras deuotamente
un mui gran sono correndo
o fillou tan feramente
que caeu y en iazendo
dormido uiu mui gran gente
que do ceo decendia.
Quen leixar Santa maria
por outra fara folia.

E a uirgen coronada
tragian eno meogo

que mui feramente yrada
uēo pera ele logo
y disse pois mas leixada
ṽa cousa eu te rogo
uie di que saber querria.
Quen leixar Santa maria
por outra fara folia.

Non es tu o que dizias
que mi. mais que al amauas
y que me noites e dias
mui de grado saudauas
por que outra fillar yas
amiga y desdennauas
a mi. que amor ti auia.
Quen leixar Santa maria
por outra fara folia.

De mais saudar me uēe
pois que te de mi partiste
en todo torto me tēes
di e por que me mentiste
preçaste mais los seus bēes
ca os meus. porque feziste
sandeu tan grand ousadia.
Quen leixar Santa maria
por outra fara folia.

Pois quell aquest ouue dito
foiss a mui santa Reyna
y el no coraçon fito
lle ficou end a espina
e per com achei escrito
as mesas mandou agina
põer. mais pouqu el comia.
Quen leixar Santa maria
por outra fara folia.

Cuidando en como uira
a uirgen, que lle dissera
quell andara con mētira
y que torto lle fezera
y por sair de sa yra
esteuen gran coita fera
ata quell anoitecia.
Quen leixar Santa maria
por outra fara folia.

Enton anbolos deitaron
na camara en un leito
y des que soos ficaron
y el uiu dela o peito
logo anbos sabraçaron
cuidand ela seu dereito
auer del. mais non podia.
Quen leixar Santa maria

por outra fara folia.

Ca po a gran beldade
dela. fez que a quisesse
o nouio de uoontade
y que lle muito puguesse
a uirgen de piadade
lle fez que o non fezesse
y do leit enton sergia.
Quen leixar Santa maria
por outra fara folia.

E logo foi sa carreira
y leixou a gran requeza
que auia a maneira
fillou. de mui gran pobreza
por seruir a que senlleira
foi y sera en nobreza,
que os seus amigos guya.
Quen leixar Santa maria
por outra fara folia.

Queo guyou ben sen falla
pois senpr en toda sa uida
y a uirgen que nos ualla
quando lla alma saida
foi do corpo. sen baralla
onrradament e cõprida

lla leuou u Deus siia.
Quen leixar Santa maria
por outra fara folia.

78

Esta .Lxxviii. e como santa
maria fez a un bispo can
tar missa y deu lla uesti
menta con que a dissesse
y leixou lla quando se foi.

Quantos en Santa maria
esperança an. ben se porra sa
fazenda.

Os quem oen cada dia
y quem oyran. de grado lles
contaria miragre mui gran
dun bon bispo que auia
en aluerna tan. santo
que uiu sen contenda
Quantos en Santa maria espernaça
an
ben se porra sa fazenda

Na capela u iazia
a do bon talan
uēo con gran cōpannia

desses que estan
ante Deus y todauia
por ńos rogaran
que el de mal nos defenda.
Quantos en Santa maria espernaça
an
ben se porra sa fazenda

E a seu destro tragia
sigo San Iohan
quell enton assi dizia
quaes cantaran
a missa que conuerria
ou quaes diran
toda a outra leenda.
Quantos en Santa maria espernaça
an
ben se porra sa fazenda

E dizede quen seria
uosso capelan
y ela lle respondia
O bispo que man
aqui que sēpre perfia
fillou y afan
por mi en esta prebenda.
Quantos en Santa maria espernaça
an

ben se porra sa fazenda

E logo pera el ya
y diss ao san-
tom. aquesta missa dia
y responderan
esta santa crerizia
que ben saberan
responder ti sen emenda.
Quantos en Santa maria espernaça
an
ben se porra sa fazenda

Obispo, quand est oya
logo manaman
as uestimentas pedia
y taes llas dan
que ome non poderia
preçalas de pran
nen a conpra nen auenda.
Quantos en Santa maria espernaça
an
ben se porra sa fazenda

E pois que sse reuestia
come sancristan
Sanpedro sino tangia
y os outros uan

cantand e el bēeizía
o uinne o pan
como a lee comenda.
Quantos en Santa maria espernaça
an
ben se porra sa fazenda

E pois la missa cōp̄a
ben sen adaman
diss a uirgen eu irmia
y todos ir ssan
mais o que tieu dad auia
nono leuaran
pois tio dei por oferenda.
Quantos en Santa maria espernaça
an
ben se porra sa fazenda

79

Esta .Lxxviii. e como santa
maria faz en costantinobre. decer
un pano ante sa omagen.

De muitas guysas
mostrar xe nos quer Santa maria
por xe nos fazer amar.

Nas grandes enfermidades

Sa mostra con piedades
y polas nossas maldades
toller se leixa catar
De muitas guysas mostrar
se nos quer Santa maria

Dest un miragre mui nobre
mostrou en costantinobre
aquela que nos encobre
y que nos faz perdōar
De muitas guysas mostrar
se nos quer Santa maria

Madre do que nos goūna
y que e nossa lenterna
ena que chaman Luzerna
igreia cabo do mar.
De muitas guysas mostrar
se nos quer Santa maria

Ali a ṽa fegura
da ugen santa y pura
fremosa sobre mesura
posta sobelo altar.
De muitas guysas mostrar
se nos quer Santa maria

Antela esta un pano

colgado todo o ano
que poo nen outro dano
nona possa afolar.
De muitas guysas mostrar
se nos quer Santa maria

Mas sesta feira ergendo
se uai. y aparecendo
a omagen y correndo
a uan todos a orar.
De muitas guysas mostrar
se nos quer Santa maria

E diz un a outr aqueo
angeo que uen do ceo
que alça aquele ueo
y faz no aire parar.
De muitas guisas mostrar
se nos quer Santa maria

Tod essa noit e o dia
de sabado. romaria
uen ȳ y gran crerezia
pera as oras cantar.
De muitas guysas mostrar
se nos quer Santa maria

E pois ueen descoberta

a omagen. grand oferta
dan ȳ. est e cousa certa
de mais fillanss achorar.
De muitas guysas mostrar
se nos quer Santa maria

Todos mui de voontade
pois ueen a magestade
loand a gran piedade
da uirgen que non a par.
De muitas guysas mostrar
se nos quer Santa maria

Poilo sabad acabado
e o angeo priuado
a log o pano deitado
comox ante sol estar.
De muitas guysas mostrar
se nos quer Santa maria

Anta omagen y isto
e cada sabado uisto
por prazer de Ieso Cristo
que se quer sa madr onrrar.
De muitas guysas mostrar
se nos quer Santa maria

80

Esta .Lxxx. e de loor de santa
maria das cinco leteras que a no
seu nome y o que queren dizer.

En no nome de maria
cinque letras non mais ȳ a.

M mostra madre mayor
y mais manssa y mui mellor
de quant al fez nostro sennor
nen que fazer poderia.
Eno nome de maria
cinque letras non mais ȳ a

A demostra auogada
aposta y aorada,
e amiga y amada
da mui santa conpannia.
Eno nome de maria
cinque letras non mais ȳ a

R mostra ram e raiz
y reinne enperadriz
rosa do mundo e fiiz
quena uisse ben seria.
Eno nome de maria
cinque letras non mais ȳ a

I nos mostra Ieso Cristo,
Iusto Ioiz. y por isto
foi por ela de nos uisto
segun disso Ysaya.
Eno nome de maria
cinque letras non mais ȳ a

A ar diz que aueremos
y que tod acabaremos
aquelo que nos queremos
de Deus. pois ela nos guȳa.
Eno nome de maría
cinque letras non mais ȳ a

81

Esta .Lxxxi. e como santa
maria guareçeu a moller que
chagou seu marido por que a
non pod auer a ssa guȳsa.

Gran piadad e mercee
y nobleza. daquestas tres a na uirgen
assaz
tan muit en que maldade nen crueza
nen descousimento nunca lle praz.

E desto fezo a santa reȳa
gran miragre que uos quero contar

u apareceu a ṽa minȳa
en un orto u fora trebellar
en cas de seu padr en ṽa cortina
que auia ena uila darraz.
Gran piadad e mercee e nobleza
daquestas tres a na uirgen assaz

Quando a uiu ouuenton tan gran
    medo
que adur pod en seus pees estar
mais a uirgen se lle chegou mui
    quedo
y disse non as por que te spantar
mais se me creueres iras mui cedo
u ueras meu fill e min faz a faz.
Gran piadad e mercee e nobreza
daquestas tres a na uirgen assaz

Esto sera se ta uirgȳidade
quiseres toda ta uida guardar
y te quitares de toda maldade
ca por aquesto te me uin mostrar
dissa moça. Sennor de piadade
eu o farei. pois nos en prazer iaz.
Gran piadad e mercee e nobreza
daquestas tres a na uirgen assaz

Enton se foi log a uirgen maria

y a menyna ficou no lugar
mui pagada y con grand alegria
y no coraçon pos de non casar
mais seu padre lle diss assi un dia
casar te quero con un aluernaz.
Gran piadad e mercee y nobreza
daquestas tres a na uirgen assaz

Ome que e mui ric e muit onrrado
y que te quer logo grand algo dar
dissa moça. esto non e penssado
ca Santa maria mio fez iurar
que mia pareçeu no orto no prado
u trouxe sigo dangeos grand az.
Gran piadad e mercee e nobreza
daquestas tres a na uirgen assaz

Eo padr e a madre perfïados
a foron mui sen seu grad esposar
y quando os prazos foron chegados
fezeron uodas y de pois iantar
foron os nouios anbos enserrados
de sūu por aueren seu solaz.
Gran piadad e mercee e nobreza
daquestas tres a na uirgen assaz

Mais oiredes marauilla fera
de como a quis a uirgen guardar

que pero en poder do nouio era
nunca p̃ ren pod a ela passar
y tal xe ficou como xe uēera
por que pois non ouua trager enfaz.
Gran piadad e mercee e nobreza
daquestas tres a na uirgen assaz

Desta guȳsa passaron ben un ano
que nunca el pode ren adubar
cona donzela. porên tan gran dano
lle fez que a ouuera de matar
ca lle deu con un coitel a engano
en tal logar que uergonna me faz.
Gran piadad e mercee e nobreza
daquestas tres a na uirgen assaz

Deo dizer ca tanto foi sen guysa
que non pod ome per ren y falar
que quantos fisicos ouuend a pisa
non lle poderon a chaga serrar
y desto queixouss e fez end enquisa
un bispo que chamauan bonitaz.
Gran piadad e mercee e nobreza
daquestas tres a na uirgen assaz

Que ouue dela gran doo sen falla
quand esto soube. y mui gran pesar
mais por non meter entreles baralla

a seu marido a fui comendar
en que caeu fog assi Deus me ualla
logo saluage ardeu o maluaz.
Gran piadad e mercee e nobreza
daquestas tres a na uirgen assaz

E todolos daquela uila ardian
daquel fog e fazian se levar
aa igreia, u tantos iazian
que non podian y. outros entrar
y todos aquesta coita sofrian
polo mal que fezeraquel rapaz.
Gran piadad e mercee e nobreza
daquestas tres a na uirgen assaz

Mais entr aquestes aquela catiua
a que o marido fora chagar
sofreu de fogo gran coita esquiua
ca a teta destra lle foi queimar
y meterona mais morta ca uiua
na igreia. uestida dun prumaz.
Gran piadad e mercee e nobreza
daquestas tres a na uirgen assaz

E pois acordou muito braadaua
Dizendo por que me fust enganar
Santa maria pois en ti fïaua
ca en lugar de me dereito dar

diste me fogo que tan mal queimaua
y queima. que o corpo me desfaz.
Gran piadad e mercee e nobreza
daquestas tres a na uirgen assaz

Assi gemendo y dando carpinnas
adormeceu y logo sen tardar
lla pareceu a Sennor das reynas
y começou a muit a confortar
y dissell eu trago as meezinas
con que são de fog e daluaraz.
Gran piadad e mercee e nobreza
daquestas tres a na uirgen assaz

E leuat en ca desoi mais es sãa
y uai dormir ant aquel meu altar
y pois tespertares sei ben certãa
que quantos enfermos fores beyiar
seran tan sãos com hũa maçãa
daqueste fogo. y de seu fumaz.
Gran piadad e mercee e nobreza
daquestas tres a na uirgen assaz

Tod esto diss ela creo de chão
mais como me poderei leũantar
diz Santa maria dam essa mão
enton na ergeu y foya leuar
y ela sentiu o corpo ben são

do fog e da ferida do falpaz.
Gran piadad e mercee e nobreza
daquestas tres a na uirgen assaz

E outro dia os que madurgaron
e a uiron. forona espertar
y como sāara lle preguntaron
y ela ren non lles quiso negar
y pola confortar logo mandaron
que lle dessen caldo con do agraz.
Gran piadad e mercee e nobreza
daquestas tres a na uirgen assaz

Os enfermos log enton os poseron
ant ela por esta cousa prouar
y pois que os beyiou. saud ouueron
y começaron enton de loar
Santa maria y logo souberon
este feito. pela terra uiaz.
Gran piadad e mercee e nobreza
daquestas tres a na uirgen assaz

82

Esta .Lxxxii. e como Santa maria
deceu do ceo en ῦa igreia ante
todos y guareçeu quantos enfer
mos y iazian que ardian do fogo
de san marçal.

A uirgen nos da saud e
tolle mal. tat a en ssi gran uertud
  espital.

E poren dizer uos quero
entr estes miragres seus
outro mui grand e mui fero
que esta madre de Deus
fez, que non poden contradizer
  iudeus
nen ereges pero queyran dizer al.
A uirgen nos da saud e tolle mal
tat a en ssi gran uertud espital

Aquest auēo en França
non ay mui gran sazon
que os omes por errança
que fezeran. deu enton
Deus en eles por uendeita cofuion
deste fogo que chaman de San
  marçal.
A uirgen nos da saud e tolle mal
tat a en ssi gran uertud espital

E braadand e gemendo
fazianss enton leuar
a Saixon logo correndo
por sa saud y cobrar

cuidand en todas guysas y a sãar
pela uirgen que aos coitados ual.
A uirgen nos da saud e tolle mal
tat a en ssi gran uertud espital

E era de tal natura
aquel mal com aprendi
que primeiro con friura
os fillaua y desi
queimaua peyor que fogo y assi
sofrian del todos. gran coita mortal.
A uirgen nos da saud e tolle mal
tat a en ssi gran uertud espital

Ca os nenbros lles cayan
y sol dormir nen comer
per nulla ren non podian
nen en seus pees serger
y ante ia querrian mortos seer
que sofrer door atan descomunal.
A uirgen nos da saud e tolle mal
tat a en ssi gran uertud espital

Porend hũa noit auẽo
que lume lles pareceu
grande. que do ceo uẽo
y log enton decendeu
Santa maria y a terra tremeu

quando chegou a Sennor celestial.
A uirgen nos da saud e tolle mal
tat a en ssi gran uertud espital

E os omees tal medo
ouueron. que a fugir
se fillaron. y non quedo
mais quanto podian yr
y ela fez lóg os enfermos guarir
como Sennor que enas coitas non
   fal
A uirgen nos da saud e tolle mal
tat a en ssi gran uertud espital

A quena chama fïando
no seu piadoso ben
ca ela senpre uen quando
entende que lle conuen
porend a esses enfermos nulla ren
non leixou do fogo. nen sol un sinal.
A uirgen nos da saud e tolle mal
tat a en ssi gran uertud espital

83
Esta .Lxxxiii. e como santa
maria gãou de seu fillo que
fosse saluo o caualeiro mal
feitor que cuidou fazer un

mõesteiro y morreu ante
que o fezesse.

A uirgen Santa maria
tant e de gran piedade
que ao pecador colle
por feito a uoontade.

E desta guysa auēo
pouca a un caualeiro
fidalgu e rico sobeio
mais era braue terreiro
soberuios e mal creente
que sol por deus un dineiro
non daua nen polos santos
esto sabed en uerdade.
A uirgen Santa maria
tant e de gran piedade

Aqueste de fazer dano
sēpre sende traballaua
y a todos seus uezīnos
feria y dēostaua
sen esto os mõesteiros
y as igreias britaua
que uergonna non auia
do prior nen do abade.
A uirgen Santa maria

tant e de gran piedade

E todo seu cuidad era
de destroir os mesquinos
y de roubar os que yan
seguros pelos camynos
y per ren non perdōaua
molleres nen a minynos
quess en todo non metesse
por de mui gran crueldade.
A uirgen Santa maria
tant e de gran piedade

E esta uida fazendo
tan braua y tan esquiua
un dia meteu ben mentes
como sa alma catiua
era chēa de pecados
y mui mais morta ca uiua
se mercee non llouuesse
a conprida de bondade.
A uirgen Santa maria
tant e de gran piedade

E por que sēpre os bōos
lli dauan mui gran fazfeiro
do muito mal que fazia
penssou que un mõesteiro

faria con bōa claustra
igreia y cimiteiro
estar y enfermaria
y todo en sa erdade.
A uirgen Santa maria
tant e de gran piedade

E desi ar cuidou logo
de meter y gran conuento
de monges se el podesse
ou cinquaenta ou cento
y per que mui ben uiuessen
lles daria conprimento
y que por Santa maria
seruir. seria y frade.
A uirgen Santa maria
tant e de gran piedade

Tod aquesto foi cuidando
mentre siia comendo
y pois llalçaron a mesa
foi catar logo correndo
lugar en que o fezesse
y achoo com aprendo
muit apost e mui uiçoso
u conpris sa caridade.
A uirgen Santa maria
tant e de gran piedade

En este coidad estando
muit aficad e mui forte
ante que o começasse
door lo chegou a morte
y os demōes a alma
fillaron del en sa sorte
mais los angeos chegaron
dizendo. estad estade.
A uirgen Santa maria
tant e de gran piedade

Ca non quer Santa maria
que a uos assi leuedes
y disseron os diabos
mais uos que razon auedes
dauela. ca senpr est ome
fezo mal como sabedes
por que est alma e nossa
mais allur outra buscade.
A uirgen Santa maria
tant e de gran piedade

Os angeos responderon
mais uos folia fezestes
en fillardes aquest alma
mao conssell y ouuestes
y mui mal uos acharedes
de quanto a ia teuestes

mais tornad a uosso fogo
y nossa alma leixade.
A uirgen Santa maria
tant e de gran piedade

Os diabos ar disseron
esto per ren non faremos
ca Deus e mui iusticeiro
y por esto ben sabemos
que esta alma fez obras
por quea auer deuemos
toda ben enteira mente
sen terce sen meadade.
A uirgen Santa maria
tant e de gran piedade

E un dos angeos disse
o que uos dig entendede
eu sobirei ao ceo
y uos aqui mi atendede
y o que Deus mandar desto
uos enton esso fazede
y oy mais non uos mouvades
nen faledes mais calade.
A uirgen Santa maria
tant e de gran piedade

De pois aquestas palauras

o angeo logoss ya
y contou aqueste feito
mui tost a Santa maria
ela log a Ieso cristo
aquela alma pidia
dizend ai meu fillo santo
aquesta alma me dade.
A uirgen Santa maria
tant e de gran piedade

E ele lle respondia
mia madr o que uos quiserdes
ei eu de fazer sen falla
pois uos en sabor ouuerdes
mais torn a alma no corpo
seo uos por ben teuerdes
y faça o mõesteiro
u uiua en castidade.
A uirgen Santa maria
tant e de gran piedade

E pois Deus est ouue dito
un pano branco tomaua
feito ben come cogula
que ao angeo daua
y sobela alma logo
o pano deitar mandaua
por quea leixass o demo

conprido de falssidade.

A uirgen Santa maria
tant e de gran piedade

Tornouss o angeo logo
y atan toste que uiron
os diabos a cogula
todos ant ela fugiron
y os angeos correndo
pos eles mal los feriron
dizendo assi perdestes
o ceo per neicidade.

A uirgen Santa maria
tant e de gran piedade

Pois quess assi os diabos
foron dali escarnidos
y mal treitos fera mente
dēostados y feridos
foron pera seu iferno
dando grandes apelidos
dizendo aos diabos
uarōes ouiad ouiade.

A uirgen Santa maria
tant e de gran piedade

Os angeos de pos desto
aquela alma fillaron

y cantando surgat deus
eno corpo a tornaron
daquel caualeiro morto
y uiuo o leuantaron
y fizo seu mōesteiro
u uiueu omildade.

A uirgen Santa maria
tant e de gran piedade

84

Esta .Lxxxiii. e como santa
maria se uingou do escudeiro
que deu couce. na porta da
sa igreia.

Mal ssa end achar
quen quiser desonrrar Santa maria

Comoss achou non a y mui gran
 sazon
en ga liza un escudeiraz peon
que qs mui felō btarla igreia. cō
 felonia.

Mal ssa end achar
quen quiser desonrrar Santa maria

Santa maria a ermida noma
do mōte. por que en lugar alt esta

y foran ala. de gentes entō mui gran
  romaria.
Mal ssa end achar
quen quiser desonrrar Santa maria

En hūa festa per com eu aprendi
de meāt agosto y pois chegou y
gran gent e desi
começaron a tēer sa uigia.
Mal ssa end achar
quen quiser desonrrar Santa maria

O escudeiro que uus dixe chegou
y uiu hūa moça de que se pagou
que forçar cuidou
mais ela p ren nō llo cōsētia.
Mal ssa end achar
quen quiser desonrrar Santa maria

E trauando dela coidou a forçar
mais pug a Deus y nono pod acabar
ca foill escapar
y fogīd a eigreia se collia.
Mal ssa end achar
quen quiser desonrrar Santa maria

Aos braados a gente recudiu
y a minyna. mercee lles pidiu

que daquel que uiu
a quisessen guardar de sa pfia.
Mal ssa end achar
quen quiser desonrrar Santa maria

As gentes temendo de lles uīir mal
foron sarraras portas logo sen al
y chamando ual
Madre de Deus ca mester nos seria.
Mal ssa end achar
quen quiser desonrrar Santa maria

O escudeiro tanto que uiu fugir
a moça leixou se de pos ela yr
dizendo guarir
nō me podes rapariga sandia.
Mal ssa end achar
quen quiser desonrrar Santa maria

E quando as portas sarradas achou
p poucas que de sanna sandeu tornou
y logo iurou
que a couces toda las britaria.
Mal ssa end achar
quen quiser desonrrar Santa maria

E com era atreuudo y sandeu,
qs acabar aquelo que pmeteu

y o pe ergeu

y ena porta gran couce dar ya.

Mal ssa end achar

quen quiser desonrrar Santa maria

Mais auēoll en como uos eu direi

britouxella pna segund apres ei

per prazer do rey

fillo da uirgen a que desprazia.

Mal ssa end achar

quen quiser desonrrar Santa maria

E dal llaueno ainda mui peor

esmoreceu con coita y cō door

y Nostro Sennor

sen tod aquest a fala lle tollia.

Mal ssa end achar

quen quiser desonrrar Santa maria

En tal guiysa que pois nūca disse

   rē

ergo aya Santa maria y des en

tolleit e sen sen

uiueu gran tenp e p portas pidia.

Mal ssa end achar

quen quiser desonrrar Santa maria

85

Esta .Lxxxv. e como Santa maria
fazia ueer o crerigo cego en quan
to dizia a ssa missa.

Santa maria poder a

de dar lum a queno non a.

Ca de dar lum a gran poder

a que o lum enssi trager

foi. que nos fez a Deus ueer

que per al non uiramos ia.

Santa maria poder a

de dar lum a querno non a

Desta Virgen santa deu

pois lum a un crerigo seu

que perdera com aprix eu

que non uiia ca nen ala.

Santa maria poder a

de dar lum a querno non a

E tā toste se fez fillar

y aa igreia leuar

da uirgen que non ouuo par

de bondade. nen auera.

Santa maria poder a

de dar lum a querno non a

E chorando de coraçon
fazia atal oraçon
en gēollos con deuoçon
dizendo Sennor que sera.
Santa maria poder a
de dar lum a querno non a

Daqueste lume que perdi
y porende uenno a ti
que mio cobres sequer ali
u a ta missa se dira.
Santa maria poder a
de dar lum a querno non a

Enton logoss adormeceu
y a uirgen llapareçeu
que a os seus non fal eçeu
nunca ia. nen faleçera.
Santa maria poder a
de dar lum a querno non a

E dissell enton logo cras
mannaa mia missa diras
con devoçon y cobraras
teu lum e que te durara
Santa maria poder a
de dar lum a querno non a

Ta quea missa dita for
ca assi quer Nostro Sennor
que chesto faz por meu amor
y ainda che mais fara.
Santa maria poder a
de dar lum a querno non a

O clig enton se sptou
y log a missa começou
y seu lum ali o cobrou
ca non mentiu nen mentira.
Santa maria poder a
de dar lum a querno non a

A uirgen que e de bon prez
quelle seu lume cobrar fez
cada dia senpr hūa uez
como uos dissemos aca.
Santa maria poder a
de dar lum a querno non a

86
Esta .Lxxxvi. e como santa
maria seruiu pola monia que
sse fora do mōesteiro y lli
criou o fillo que fezera ala
andando.

Atant e Santa maria
de toda bondade bõa
que mui dāuidos sassanna
y mui de grado perdōa.

Desto direi un miragre
que quis mostrar en espāna
a uirgen Santa maria
piadosa y sen sanna
por hūa mōia que fora
fillar uida dauol manna
fora de seu mōesteiro
con un preste de corōa.
Atant e Santa maria
de toda bondade bõa

Esta dona mais amaua
doutra ren Santa maria
y porend en todo tenpo
senpre sas oras dizia
mui ben y cōprida mente
que en elas non falia
de dizer prima y terça
sesta uesperas y nōa.
Atant e Santa maria
de toda bondade bõa

Compretas y madodinnos

ben anta sa magestade
mais o demo que se paga
pouco de uirgīidade
fez como uos eu ia dixe
que se foi con un abade
que a por amiga teue
un mui gran tēp en Lis bõa.
Atant e Santa maria
de toda bondade bõa

Anbos assi esteueron
ta que ela foi prennada
enton o crerig astroso
leixoa desanparada
y ela tornousse logo
uergonnosa y coitada
andando sēpre de noite
come se fosse ladrōa.
Atant e Santa maria
de toda bondade bõa

E foi ao mōesteiro
alí onde se partira
y falou lla abadessa
que a nunca mēos uira
ben des que do mōesteiro
sen sa leçença saira
dizendo por deus mia filla

logo aa terça sõa.
Atant e Santa maria
de toda bondade bõa

E ela foi fazer logo
aquelo que lle mandaua
mais de quea nõ achauan
mēos se marauillaua
y dest a Santa maria
chorando loores daua
dizendo bēeita eras
dos pecadores padrõa.
Atant e Santa maria
de toda bondade bõa

Estas loores y outras
a Santa maria dando
muitas de noit e de dia
foissell o tenpo chegando
que auia dauer fillo
y enton se fui chorando
pera a sa magestade
y como quen se razõa.
Atant e Santa maria
de toda bondade bõa

Con sennor assi dizia
chorando mui feramente

mia sennor eu ati uenno
como moller que se sente
de grand erro que a feito
mais sennor uennach amente
se che fiz algun seruiço
y guarda me mia pessõa.
Atant e Santa maria
de toda bondade bõa

Que non caia en uergonna
sennor y alma me guarda
que a non leuo diabo
nen eno ynferno arda
esto con medo cho peço
ca eu soõ mui couarda
de por nulla rē rogar te
mais peço chesto por dõa.
Atant e Santa maria
de toda bondade bõa

Quand ela est ouue dito
chegou a santa reyna
y ena coita da dona
pos logo sa meezina
y a un angeo disse
tirall aquel fill aginna
do corp e criar llo manda
de pan. mais non de borõa.

Atant e Santa maria
de toda bondade bōa

Foiss entō Santa maria
y a monia ficou sāa
y cuidou achar seu fillo
mais en seu cuidar foi uāa
ca o nō uiu por gran tēpo
senō quand era ia cāa
y por el foi mas coitada
que por seu fill e leoa.
Atant e Santa maria
de toda bondade bōa

Mais de pois asill auēo
que u uesperas dizendo
estauan todas no coro
y ben cantand e leendo
uiron entrar y un moço
mui frimosino correndo
y cuidaron que fill era
difançon y dinfançōa.
Atant e Santa maria
de toda bondade bōa

E pois entrou eno coro
en mui bōa uoz y crara
começou salue regina

assi como lle mandara
a uirgen Santa maria
queo gran tenpo criara
que aos que ela ama
por llerrar non abaldōa.
Atant e Santa maria
de toda bondade bōa

A monia logo tan toste
connoceu que seu fill era
y el que era sa madre
e a marauilla fera
foi enton ela mui leda
pois llel diss onde uēera
dizendo tornar me quero
y leixade mir uarōa.
Atant e Santa maria
de toda bondade bōa

Mantenēt aqueste feito
soube todo o conuento
que eran y aiuntadas
de monias. mui mais ca cento
y loaron muit a uirgen
por aqueste cousimento
que fezera. cuios feitos
todo o mund apregōa.
Atant e Santa maria

de toda bondade bõa

87

Esta .Lxxxvii. e como santa ma
ria guarece o pintor que o de
mo quisera matar. porque o
pintaua feo.

Quen Santa maria quiser defender
non lle pod o demo niun mal fazer

E dest un miragre uvos quero contar
de como Santa maria quis guardar
un seu pintor que punnaua de pintar
ela mui fremos a todo seu poder.
Quen Santa maria quiser defender
non lle pod o demo niun mal fazer

Ea o demo mais feo doutra ren
pintaua el senpr e o demo poren
lli disse. por que me tẽes en desden
ou por que me fazes tan mal parecer.
Quen Santa maria quiser defender
non lle pod o demo niun mal fazer

A quantos me ueen y el diss enton
esto que cheu faço e con gran razon
ca tu senpre mal fazes y do ben non

te queres. per nulla ren entrameter.
Quen Santa maria quiser defender
non lle pod o demo niun mal fazer

Pois est ouue dit. o demos assannou
y o pintor. ferament ameaçou
de o matar y carreira lle buscou
per queo fezesse mui cedo morrer.
Quen Santa maria quiser defender
non lle pod o demo niun mal fazer

Porend un dia o espreitou ali
u estaua pintando com aprendí
a omagen da uirgen segund oy
y punnaua dea mui ben cõpõer.
Quen Santa maria quiser defender
non lle pod o demo niun mal fazer

Por que parecesse mui fremos assaz.
mais enton o dem en que todo mal
　　iaz
trouxe tan gran uento como quando
　　faz
mui grandes toruões e que quer
　　chouer.
Quen Santa maria quiser defender
non lle pod o demo niun mal fazer

Pois aquel uento na igreja entrou
en quanto o pintor estaua deitou
en terra. mais el log a uirgen chamou
madre de Deus. que o uēess acorrer.
Quen Santa maria quiser defender
non lle pod o demo niun mal fazer

E ela logo tan tostell acorreu
y fez lle que eno pinzel se sofreu
con que pintaua y poren non caeu
nen lle pod o dem en ren enpeecer.
Quen Santa maria quiser defender
non lle pod o demo niun mal fazer

Ea o gran son que a madeira fez
uēeron as gentes logo dessa uez
y uiron o demo mais negro ca pez
fogir da igreia. uss ya perder.
Quen Santa maria quiser defender
non lle pod o demo niun mal fazer

E ar uiron com estaua o pintor
colgado do pinzel y poren loor
deron aa madre de Nostro Sennor
quea os seus quer na gran coita ualer.
Quen Santa maria quiser defender
non lle pod o demo niun mal fazer

88

Esta .Lxxxviii. e como Santa maria
fez soltar o ome que andara gran
tenpo escomungado.

A creer deuemos que todo pecado
deus pola sa madr auera perdōado

Porend un miragre uos direi mui
   grande
que Santa maria fez y ela mande
que mostralo possa per mi e non
   ande
demandand a outre que men de
   recado.
A creer deuemos que todo pecado
deus pola sa madr auera perdōado

Poren direi com un clerig aldeāo
de mui santa uida y mui bon crischāo
ounn seu feegres soberue louçāo
que nunca queria fazer seu mandado.
A creer deuemos que todo pecado
deus pola sa madr auera perdōado

Eo ome bōo senpre lle rogaua
que se corregesse y o castigaua
mais aquel uilāo poren ren non

daua
assi o tragia o dem enganado.

A creer deuemos que todo pecado
deus pola sa madr auera perdōado

Pois que o preste uiu que
mōestamento
non lle ualia ren hūa uez nen cento
escomungou o enton por escarmento
coidando que fosse per y castigado.

A creer deuemos que todo pecado
deus pola sa madr auera perdōado

Mais el por aquesto non deu
nimigalla
nen preçou sa escomoyon hūa palla
En tanto o preste morreu y sen falla
ficou o uilāo del escomungado.

A creer deuemos que todo pecado
deus pola sa madr auera perdōado

E durou depois muit en esta maldade
ata que caeu en grand enfermidade
que lle fez canbiar aquela uoōtade
y do que fezera. sītiu se culpado.

A creer deuemos que todo pecado
deus pola sa madr auera perdōado

E quis comungar y fillar pēedença
mais non lla quiseron dar pola
setença
en que el iazia por sa descreença
mais mandaron lle que fossa seu
prelado.

A creer deuemos que todo pecado
deus pola sa madr auera perdōado

E logo que podo. foi a el correndo
y seu mal lle disse chorand e
gemendo
y ele lle disse per quant eu entendo
uaite ao papa ca muit as errado.

A creer deuemos que todo pecado
deus pola sa madr auera perdōado

El quand est oyu. ouualegria fera
y foi log a roma u o papa era
y dissoll aquelo sobre que uēera
el mandou o liur a un seu priuado.

A creer deuemos que todo pecado
deus pola sa madr auera perdōado

Que lle disse se liure seer queria
que lle dess algo se non nono seria
el dar. non llo podo cao non tragia
y poren foisse mui trist e mui

coitado.

A creer deuemos que todo pecado
deus pola sa madr auera perdōado

E pensso que senpr assi ia mais
  andasse
ata que algun bon crischāo achasse
que lle non pidiss e que o consellasse
como saisse daquel mao estado.
A creer deuemos que todo pecado
deus pola sa madr auera perdōado

Atan muit andou per terras e per
  mares
sofredo traballos muitos e pesares
buscando ermidas e santos lugares
u achasse tal om e tant ouu andado.
A creer deuemos que todo pecado
deus pola sa madr auera perdōado

Que achou un one mui de santa uida
na Montanna Negra en hūa ermida
y pois sa fazenda toda ouuoyda
ouue do catiuo gran dooficado.
A creer deuemos que todo pecado
deus pola sa madr auera perdōado

E dissell amigo se me tu creueres

y desta ta coita bon conssello queres
uai Aleixandria y seo fezeres
dar cha y conssello un fol trosquiado.
A creer deuemos que todo pecado
deus pola sa madr auera perdōado

Quand aquest oyu aquel ome catiuo
quiser enton seer mais morto ca uiuo
y semellou lle conssello muit esquiuo
y teuess enton ia por desasperado.
A creer deuemos que todo pecado
deus pola sa madr auera perdōado

E diss aquesto semella me trebello
que poi lo papa nen todo séu concello
en este feito non me deron conssello
como mio dara o que e fol prouado.
A creer deuemos que todo pecado
deus pola sa madr auera perdōado

E o ermitan lle diss enton sandece
non a en aquel se non quanto parece
a as gentes y tod aquest el padece
por lle seer de Deus pois galardōado.
A creer deuemos que todo pecado
deus pola sa madr auera perdōado

E o ome disse, pero eu fezesse

esto. non cuido que mio ele creuesse
sell ant algūa uossa carta non desse
per que fosse del creud e ascuitado.
A creer deuemos que todo pecado
deus pola sa madr auera perdōado

E o ermitan. deu lle sa carta logo
que lle leuasse y dissell eu te rogo
que lla leues. y se en este meogo
morreres. morreras de Deus perdōado.
A creer deuemos que todo pecado
deus pola sa madr auera perdōado

Fuiss o ome punnou de chegar mui
　　çedo
a Alexandria que come Toledo
e grand ou mayor. mais ya con gran
　　medo
de non auer ali. seu preit ençimado.
A creer deuemos que todo pecado
deus pola sa madr auera perdōado

E morou ena uila ben quinze dias
buscand o fol per carreiras e per uias
y poi lo non achou. disso a Messias
poss eu auer. ante que aquest achado.
A creer deuemos que todo pecado
deus pola sa madr auera perdōado

Esto dizendo. uiu uīir muita gente
escarnecend un ome mui feramente
mui magre roto y de fol contenente
y diss aquest e. o que tant ei buscado.
A creer deuemos que todo pecado
deus pola sa madr auera perdōado

Pero se aquest e fol pela uentura
Aguardalo ei, tēena noit escura
ca se el non e ben louco de natura
algur ira long albergar apartado.
A creer deuemos que todo pecado
deus pola sa madr auera perdōado

Dizend aquesto fuiss a noite chegando
e o sandeu fuisse da gent esfurtando
y el depos el. senpre o aguardando
ata que o uiu mui longe do poblado.
A creer deuemos que todo pecado
deus pola sa madr auera perdōado

U entraua en ṽa igreia uvedra
mui ben feita tod a boueda de pedra
pero con uellece ia cuberta dedra
que fora dantigo lugar muit onrrado.
A creer deuemos que todo pecado
deus pola sa madr auera perdōado

Pois aquel fol na igreja fui metudo
non uos semellaria fol. mais sisudo
ca se deitou log ant o altar tendudo
chorando muito com auia usado.
A creer deuemos que todo pecado
deus pola sa madr auera perdōado

E desi ergeuss e como quenss aparta
tomou dun pan dorio quant e ṽa
  quarta
polo comer. mais o ome deulla carta
ante que huuiasse comer nen
  bocado.
A creer deuemos que todo pecado
deus pola sa madr auera perdōado

E pois que a carta ouue ben leuda
y ouua razon dela. ben entenduda
disso lle chorand eu uos farei aiuda
y seed esta noit aqui albergado.
A creer deuemos que todo pecado
deus pola sa madr auera perdōado

E dormid agora pois canssad andades
mas pois que for noite nada non
  dormiades
nen uos espantedes por ren que
  ueiades

mais iazed en este lugar mui calado.
A creer deuemos que todo pecado
deus pola sa madr auera perdōado

E fez lle sa cama ben entre dous
  cantos
y a mea noite aqueuolos santos
con Santa maria y chegaron tantos
que todo o lugar foi alumēado.
A creer deuemos que todo pecado
deus pola sa madr auera perdōado

Os angeos Santa maria fillaron
y ena cima do altar a sentaron
y os madodynos todos ben cantaron
y o fol cantaua con eles de grado.
A creer deuemos que todo pecado
deus pola sa madr auera perdōado

E pois que os ouueron todos ben
  ditos
de coraçon. ca non per outros escritos
o fol chamou o outr. en gēollos fitos
uēo ant a uirgen muit en uergonnado.
A creer deuemos que todo pecado
deus pola sa madr auera perdōado

E diss o fol Sennor santa piadosa

est om en sentença iaz mui pigosa
mais tu que es mui misericordiosa
solta lleste laço. en que iaz liado.
A creer deuemos que todo pecado
deus pola sa madr auera perdōado

Respos a uirgen con parauoas doces
uai ora mui quedo y non t aluoroces
y o que te scomungou seo connoces
chamao ante mi y seras soltado.
A creer deuemos que todo pecado
deus pola sa madr auera perdōado

Leuantouss o ome ye con el o louco
y catou os todos. mais tardou mui
   pouco
que achou o preste que non era rouco
de cantar. pero muit auia cantado.
A creer deuemos que todo pecado
deus pola sa madr auera perdōado

Desi ant a uirgen. todos tres uēeron
y de como fora o feito disseron
y ela disse. pois que llo dit ouueron
soltadeo preste. pois sodes uīgado.
A creer deuemos que todo pecado
deus pola sa madr auera perdōado

Fuiss enton a uirgen pois esto foi
   feito
y o fol ao outro moueu tal preito
que se foss e teuess end el por
   maltreito
y disse. sol dem yr non sera penssado.
A creer deuemos que todo pecado
deus pola sa madr auera perdōado

Nen que uos eu leixe assi Deus
   miaiude
ca pois que mia uirgen mostrou
   tal uertude
por uos. que mia alma cobrou ia
   saude
y o ben de Deus. de que era deitado.
A creer deuemos que todo pecado
deus pola sa madr auera perdōado

O fol diss enton. pois que ficar
   queredes
toda mia fazenda ora saberedes
non soon louco. nen uos nono
   cuidedes
pero ando nuu y mui mal parado.
A creer deuemos que todo pecado
deus pola sa madr auera perdōado

Ca esta terra foi de meu poderio
y meu linagē a māteua gran brio
y morreron todos y o sennorio
me ficou end ami y fui rey alçado.
A creer deuemos que todo pecado
deus pola sa madr auera perdōado

E macar uos paresc ora tan astroso
muito fui loução apost e fremoso
ardid e grāado riq e poderoso
y de bōas mannas y ben costumado.
A creer deuemos que todo pecado
deus pola sa madr auera perdōado

E seend assi sennor de muitas gentes
ui morrer meu padre todos meus
   parentes
y en mia fazenda enton parei mentes
y daqueste mundo fui log enfadado.
A creer deuemos que todo pecado
deus pola sa madr auera perdōado

Enton cuidei logo. como me partisse
daquesta terra que niun non me uisse
y que como fol entras gentes guarisse
per que fosse do mundo mais
   despreçado.
A creer deuemos que todo pecado

deus pola sa madr auera perdōado

E por razon tiuve que en esta terra
dos meus que sofresse desonrra y
   guerra
por amor de Deus que aos seus non
   erra
y polos saluar quis seer marteirado.
A creer deuemos que todo pecado
deus pola sa madr auera perdōado

Ainda uos direi mais de mia fazenda
doia quinze dias serei sen contenda
no paraiso. e dou uos por comenda
que ata enton. sol non seia falado.
A creer deuemos que todo pecado
deus pola sa madr auera perdōado

Assi esteueron que non se partiron
ambos dessūu y cada noite uiron
a Santa maria y pois se conpriron
estes quinze dias. o fol foi passado.
A creer deuemos que todo pecado
deus pola sa madr auera perdōado

E Santa maria a que el seruira
porque sse do ben deste mundo
   partira

leuou del a alma ca des que a uira
en a seruir fora todo seu cuidado.
A creer deuemos que todo pecado
deus pola sa madr auera perdōado

E pois que foi morto. quis Deus que
    soubessen
sa mort os da uila y logo uēessen
sobrel fazer doo. ell onrra fezessen
com a seu sennor natural y amado.
A creer deuemos que todo pecado
deus pola sa madr auera perdōado

Que os auia mui gran tēp enganados
y que o perderan pelos seus pecados
mais Deus por el logo miragres
    mostrados
ouue. por que fosse pois santo
    chamado.
A creer deuemos que todo pecado
deus pola sa madr auera perdōado

E gran doo fez por el seu cōpāneiro
y quant el uiueu foi sēpr ali sēlleiro
guardand o sepulcro. mais Deus
    uerdadeiro
leuoo cōssigue el seia loado. Amē.
A creer deuemos que todo pecado

deus pola sa madr auera perdōado

89
Esta .Lxxxviiii. e como Santa maria
fez branca a casula que tingua o
vīo uermello.

Bē pod as cousas feas. fremosas
tornar. a que pod os pecados das
    almas lauar

E dest un miragre fremoso uos
    direi
que auēo na clusa com escrit achei
que fez Santa maria y creo y sei
que mostrou outros muitos en
    aquel lugar.
Bē pod as cousas feas fremosas
    tornar
a que pod os pecados das almas
    lauar

De monges gran conuento eran y
    enton
que seruian a uirgen mui de coraçon
un tesoureir y era aquela sazon
que Santa maria. sabia muit amar.
Bē pod as cousas feas. fremosas

tornar
a que pod os pecados das almas
lauar

E quando algũa cousa llia falir
log a Santa maria o ya pidir
y ela llo daua. porend ena seruir
era todo seu sise todo seu coidar.
Bē pod as cousas feas. fremosas
tornar
a que pod os pecados das almas
lauar

Onde llauēo que na festa de natal
que dizian os monges missa matinal
fillou ṽa casula de branco cendal
pola yr pōer enton sobelo altar.
Bē pod as cousas feas. fremosas
tornar
a que pod os pecados das almas
lauar

E fillou na outra māo comaprendi
vino. con que fezessen sacrifiç ali
y indo na carreira auēoll assi
que ouuen hūa pedra a entrepeçar.
Bē pod as cousas feas. fremosas
tornar

a que pod os pecados das almas
lauar

E auēoll assi que quand entrepeçou
que do uȳo sobre la casul antornou
que era mui uermello y tal la parou
como se sangue fresco. fossen y
deitar.
Bē pod as cousas feas. fremosas
tornar
a que pod os pecados das almas
lauar

E aquel vinera de uermella coor
y espessa tan muito. que niun tintor
uermello non poderia fazer mellor
e u caya nono podian tirar.
Bē pod as cousas feas. fremosas
tornar
a que pod os pecados das almas
lauar

Quando uiu o mong esto. pesoulle
tanten
que per poucas ouuera de perdelo
sen
y diss enton. ai madre do que nos
manten

uirgen Santa maria y uen mi
aiudar.

Bē pod as cousas feas. fremosas
tornar
a que pod os pecados das almas
lauar

E non me leixes en tal uergonna
caer
com esta ca ia nunca en quant eu
uiuer
non ousarei ant o abad aparecer
nen u for o conuento. ousarei entrar.
Bē pod as cousas feas. fremosas
tornar
a que pod os pecados das almas
lauar

Esto dizend e chorando muito
dos seus
ollos. acorreulle log a madre de
Deus
y fez tal virtude per que muitos
romeus
uēeron de mui long a casula orar.
Bē pod as cousas feas. fremosas
tornar
a que pod os pecados das almas

lauar

Ca u uermella era tan branca a
fez
queo non fora tanto da primeira
uez
poren Santa maria. Sennor de
gran prez
loaron quantos oyron desto falar.
Bē pod as cousas feas. fremosas
tornar
a que pod os pecados das almas
lauar

90
Esta .Lxxxx. e de loor de santa
maria. de como a saudou o an
geo.

De graça chēa e damor
de deus. acorre nos sennor

Santa maria. se te praz
pois nosso ben tod en ti iaz
y que teu Fillo senpre faz
por ti o de que as sabor.
De graça chēa e damor
de deus. acorre nos sennor

E pois que contigo e Deus
acorranos que somos teus
y fas nos que seiamos seus
y que perçamos del pauor.
De graça chēa e damor
de deus. acorre nos sennor

Ontras outras molleres tu
es bēeita por que Iesu
Cristo parist e porend u
nos for mester razōador.
De graça chēa e damor
de deus. acorre nos sennor

Sei por nos pois que bēeit e
o fruito de ti a la fe
y pois tu sees u el se
roga por nos u mester for.
De graça chēa e damor
de deus. acorre nos sennor

Punna Sennor de nos saluar
pois Deus por ti quer perdōar
mil uegadas se mill errar
eno dia o pecador.
De graça chēa e damor
de deus. acorre nos sennor

91

Esta .Lxxxxi. e como Santa maria
mostrou aa monia como di
ssesse breuement aue maria.

Se muito non amamos
gran sandeçe fazemos
a sennor que nos mostra
de como a loemos

E porend un miragre
vos quero dizer ora
que fez Santa maria
a que nunca demora
a buscar nos carreiras
que non fiquemos fora
do reyno de seu fillo
mais per que y entremos.
Se muito non amamos
gran sandeçe fazemos

E direi dūa mōia
que en un mōesteiro
ouue de santa uida
y fillaua lazeiro
en loar muit a uirgen
ca un gran liurenteiro
rezaua cada dia

como nos aprendemos
Se muito non amamos
gran sandeçe fazemos

De grandes orações
senpre noites y dias
y sen esto rezaua
ben mil aue marias
por que ueer podesse
a madre de messias
que os iudeus atenden
y que nos ia auemos.
Se muito non amamos
gran sandeçe fazemos

Tod aquesto dizia
chorando y gemendo
y suspiraua muito
mais rezaua correndo
aquestas orações
y poren com aprendo
uiu a Santa maria
com agora diremos.
Se muito non amamos
gran sandeçe fazemos

Dentro no dormidoyro
en seu leit u iazia

por dormir mui cansada
y pero non durmia
enton a uirgen santa
ali lla pareçia
madre de iesu cristo
aquel en que creemos.
Se muito non amamos
gran sandeçe fazemos

Quando a uiu a monia
espantousse ia quanto
mais a uirgen lli disse
sol non prendas espanto
ca eu soon aquela
que aschamada tanto
y sei ora mui leda
y un pouco falemos.
Se muito non amamos
gran sandeçe fazemos

Respos enton a monia
uirgen santa reyna
como ueer quisestes
hūa monia mesquyna
esto mais ca mesura
foi y porend agina
leuade nos con uosco
que sen uos non fiquemos.

Se muito non amamos
gran sandeçe fazemos

Disse Santa maria
esto farei de grado
ca ia teu lugar tēes
no ceo apartado
mais mentre fores uiua
un rezar ordinado
che mostrarei que faças
ca ia que en sabemos.
Se muito non amamos
gran sandeçe fazemos

Se tu queres que seia
de teu rezar pagada
u dizes la saude
que me foi enuiada
pelo angeo santo
dia assessegada
mente y non te coites
ca certo che dizemos.
Se muito non amamos
gran sandeçe fazemos

Que quand ouço u fala
como deus foi comigo
tan gran prazer ei ende

amiga. que che digo
que enton me semella
que deus padr e amigo
y fill en nosso corpo
outra uez ben tēemos.
Se muito non amamos
gran sandeçe fazemos

E porên te rogamos
que filles tal maneira
de rezares mui passo
amiga conpanneira
y duas partes leixa
y di ben a terceira
de quant ante dizias
y mais tend amaremos.
Se muito non amamos
gran sandeçe fazemos

Pois dit ouuesto fuisse
a uirgen groriosa
y des enton a monia
senpre muit omildosa
mente assi dizia
comoll a piadosa
mostrara que dissese
daquesto non dultemos.
Se muito non amamos

gran sandeçe fazemos

Ca senpr aue maria
mui ben y passo disse
y quando deste mundo
quis Deus que se partisse
fez leuar a sa alma
a o Ceo. u uisse
a sa bēeita madre
a que loores demos.
Se muito non amamos
gran sandeçe fazemos

92

Esta .Lxxxxii. e como santa
Maria. fez queimar a lāa a
os mercadores que ofereran
algo a sua omage y llo
tomaran de pois.

O que a Santa maria
der algo ou prometer
dereit e quess en mal ache
se llo pois quiser toller.

Ca muit e ome sen siso
quen lle de dar algue greu
ca o ben que nos auemos

Deus por ela nolo deu
y por esto non lle damos
ren do nosso mais do seu
onde quen llo toller cuida
gran soberuia uai fazer.
O que a Santa maria
der algo ou prometer

Desta razon un miragre
direi fremoso que fez
a uirgen Santa maria
que e Sennor de gran prez
por hūas sas reliquias
que leuaron hūa vez
ūus clerigos a França
de que uos quero dizer.
O que a Santa maria
der algo ou prometer

Estes foron da cidade
que e chamada Leon
do Rodāo u auia
mui grand igreia enton
que ardeu tan feramente
que se fez toda caruon
mais non tangeu nas reliqs
esto deuedes creer.
O que a Santa maria

der algo ou prometer

Ca auia y do leite
da uirgen espirital
Outro si dos seus cabelos
enuoltos en un cendal
tod aquest en ṽa arca
feita douro. ca non dal
estas non tangeu o fogo
mais lo al fui tod arder.
O que a Santa maria
der algo ou prometer

Os crerigos quando uiron
que a igreia queimar
se fora. como uos digo
ouueron se dacordar
que se fossen pelo mundo
conas reliquias gāar
per que sa igreia feita
podess agina seer.
O que a Santa maria
der algo ou prometer

Maestre bernald auia
nom un que er en dayan
da igreia. ome bōo
manss e de mui bon talan

que por auer Paraiso
senpre sofria afan
este foi conas reliquias
polas fazer connocer.
O que a Santa maria
der algo ou prometer

E andou primeiro frança
segundo com aprendi
u fez Deus muitos miragres
per elas y fui assi
que depois a Ingraterra
ar passou y com oy
polas leuar mais en saluo
fuyas na naue meter.
O que a Santa maria
der algo ou prometer

Dun mercador que auia
per nome colistanus
que os leuass a bretanna
a que pobrou rey brutus
y entrou y tanta gente
que non cabian y chus
de mui ricos mercadores
que leuauan grand auer.
O que a Santa maria
der algo ou prometer

E u ia pelo mar yan
todos a mui gran sabor
ouueron tan gran bonaça
que non podia mayor
y estando en aquesto
ar ouueron gran pauor
ca uiron ben seis galeas
leixarss a eles correr.
O que a Santa maria
der algo ou prometer

De cossarios que fazian
en aquel mar. mal assaz
mas pois o sennor da naue
os uiu. disse non me praz
con estes que aque uēen
mais paremonos en az
y ponnamos as reliquias
alt u as possan ueer.
O que a Santa maria
der algo ou prometer

Logo que esto foi dito
maestre bernalt sacou
a arca conas reliquias
y tanto que as mostrou
dos mercadores que yan
ena nauun non ficou

que tan toste non uēessen
mui grand alguy oferer.
O que a Santa maria
der algo ou prometer

Todos enton mui de grado
oferian y mui ben
os ūus dauan y panos
os outros our ou argen
dizendo Sennor tod esto
filla. que non leixes ren
sol que non guardes os corpos
de mort e de mal prender.
O que a Santa maria
der algo ou prometer

En tod est as seis galeas
non quedauan de uīir
cada ūa de sa parte
por ena naue ferir
y o que tīia arca
das reliquias sen mentir
alçou a contra o ceo
pois foya alte pōer.
O que a Santa maria
der algo ou prometer

O almiral das galeas

vĩia muit ant os seus
y o que tĩia a arca
da uirgen madre de deus
lles diss a mui grandes uozes
falssos maos y encreus
de Santa maria somos
a de que deus quis nacer.
O que a Santa maria
der algo ou prometer

E porên mal non nos faças
se non logo morreras
y con quantos tigo trages
ao ynferno yras
y de quant acabar coidas
ren en non acabaras
ca a nauestas relquias
queren de ti defender.
O que a Santa maria
der algo ou prometer

Quant o crerigo dizia
o almiral teuen uil
y fez tirar das galeas
saetas mui mais de mil
por mataren os da naue
mais un uento non sotil
se leuantou muit aginna

que as galeas uoluer.
O que a Santa maria
der algo ou prometer

Fez que a do almirallo
de fond a cima fendeu
y britou logo o maste
y sobrel enton caeu
y deu lle tan gran ferida
que os ollos lle uerteu
logo fora da cabeça
y fezlo no mar caer.
O que a Santa maria
der algo ou prometer

E fez as outras galeas
aquele uento de sur
alongar enton tan muito
que as non uiron nen llur
e apareçeu lles doura
que pobrou bon rey artur
y enton cuidaron todos
o seu en saluo tẽer.
O que a Santa maria
der algo ou prometer

E logo aas reliquias
correndo mui gran tropel

uēo desses mercadores
y cada un seu fardel
fillou y quant al y dera
y non cataron o bel
miragre marauilloso
per que os fez guarecer.
O que a Santa maria
der algo ou prometer

A uirgen Santa maria
madre do muit alto rey
que matou seus ēemigos
como uos eu ia dit ei
y maestre bernal disse
un pleito uosco farei
dar uos ei a meadade
y leixad o al iazer.
O que a Santa maria
der algo ou prometer

Todos responderon logo
preit outr y non auera
que o todo non tomemos
mais tornaremos daca
daquelo que gaannarmos
cada ūu y dara
o que uir que guysado
como o poder sofrer.

O que a Santa maria
der algo ou prometer

Os mais desses mercadores
de frandes y de paris
eran. e poiss apartaron
cada ūu deles quis
conprar de seu auer lāa
cuidando seer ben fis
que en saluo a sa terra
a poderia trager.
O que a Santa maria
der algo ou prometer

E poill ouueron conprada
un dia ante da luz
moueron do porto doura
mais o que morreu na cruz
querendo uingar sa madre
fez com aquel que aduz
gran poder de meter medo
quell aian de correger.
O que a Santa maria
der algo ou prometer

O gran torto que fezeran
a sa madr enperadriz
a que e Sennor do mundo

y poren par San fiiz
feriu corisco na naue
y com o escrito diz
queimou tod aquela lãa
y non quis o al tanger.
O que a Santa maria
der algo ou prometer

Quand este miragre uiron
tornaron mui uolunter
u leixaran as reliquias
y disseron pois deus quer
que a sa madre do nosso
demos. quis do que teuer
dara y de bõa mente
y ideo receber.
O que a Santa maria
der algo ou prometer

Disso maestre bernaldo
esto mui gran dereit e
de uos nenbrar das reliquias
da uirgen que con deus se
a que fezestes gran torto
guardando mal uossa fe.
y non quis en mais do terço
que fezo logo coller.
O que a Santa maria

der algo ou prometer

93

Esta Lxxxxiii. e como santa
maria feze estar a o monie tre
zentos anos ao canto da passaryna
por que lli pidia que lli mos
trasse qual era o ben que auian
os que eran en parayso.

Quena uirgen ben
seruira. a paraíso yra.

E daquest un gran miragre
uos quer eu ora contar
que fezo Santa maria
por un monge que rogar
llia senpre que lle mostrasse
qual ben en parais a.
Quena uirgen ben seruira
a parayso yra

E que o uiss en sa uida
ante que fosse morrer
y porend a groriosa
uedes que lle foi fazer
fez lo entrar en ṽa orta
en que muitas uezes ia.

Quena uirgen ben seruira
a parayso yra

Entrara. mais aquel dia
fez que ṽa font achou
mui crara y mui fremosa
y cabela sassentou
y pois lauou mui ben sas mãos
diss ai uirgen que sera.
Quena uirgen ben seruira
a parayso yra

Se uerei do parayso
o que cheu muito pidi
algun pouco de seu uiço
ante que saya daqui
y que sabia do que ben obra
que galardon auera.
Quena uirgen ben seruira
a parayso yra

Tan toste que acabada
ouuo mong a oraçon
oyu hũa passaryna
cantar log en tan bon son

que se escaeceu[19] seendo
y catando senpr ala.
Quena uirgen ben seruira
a parayso yra

Atan gran sabor auia
daquel cant e daquel lais
que grandes treçentos anos
esteuo assi ou mais
cuidando que non esteuera
se non pouco com esta.
Quena uirgen ben seruira
a parayso yra

Mong algũa uez no ano
quando sal a o uergeu
desi foiss a passaryna
de que fui a el mui greu
y disse oi mais yr me quero
ca oi mais comer querra.
Quena uirgen ben seruira
a parayso yra

O conuent e foisse logo
y achou un gran portal

---

19) 톨레도본에 "escaceu" 표기 위에 작은 글씨체로 "e"를 기록해 /escaeceu/로
수정하고자 했던 것으로 보인다.

que nunca uira y disse
ai Santa maria val
non est est o meu mõesteiro
pois de mi que se fara.
Quena uirgen ben seruira
a parayso yra

Desi entrou na ygreia
y ouueron gran pauor
os monges quando o uiron
y demandoull o prior
dizend amigo uos quen sodes
ou que buscades aca.
Quena uirgen ben seruira
a parayso yra

Diss el busco meu abade
que agor aqui leixei
y o prior y os frades
de que miagora quitei
quando fui a aquela orta
v seen quen mio dira.
Quena uirgen ben seruira
a parayso yra

Quand est oyu o abade
te ueo por de mal sen
y outro si o conuento

mais des que souberon ben
de como fora este feito
disseron quen oyra.
Quena uirgen ben seruira
a parayso yra

Nunca tan gran marauilla
como Deus por este fez
polo rogo de sa madre
uirgen santa de gran prez
y por aquesto a loemos
mais quena non loara.
Quena uirgen ben seruira
a parayso yra

Mais doutra cousa que seia
ca par Deus gran dereit e
pois quanto nos lle pidimos
nos da seu Fill alafe
por ela y aqui nos mostra
o que nos de pois dara.
Quena uirgen ben seruira
a parayso yra

94

Esta .Lxxxxiii. e como santa
maria non quis conssentir a
dona que era mui pecador que

entrasse en sa igreia de ual
uerde. ata quesse maefestasse.

Non deua Santa maria
mercee pidir. aquel que de
seus pecados non se repintir.

Desto direi un miragre
que contar oy
a omees y molleres
que estauan y
de como Santa maria
desdennou assi. ante todos
hūa dona que fora falir.
Non deua Santa maria merçee pidir
aquel que de seus pecados non se.
re.

E o falimento fora
grand e sen razon
y por quess en non doya
en seu coraçon
pero a Santa maria
foi pedir enton
que entrass en sa igreia
non quis consentir.
Non deua Santa maria merçee pidir
aquel que de seus pecados non se.

re.

Aquesto foi en ual ūde
cabo monpisler
u faz a uirgen miragres
grandes. quando quer
u uēo aquesta dona
mui pobre moller
por entrar ena igreia
mas non pod abrir
Non deua Santa maria merçee pidir
aquel que de seus pecados non se
repintir

As portas per nulla guysa
que podess entrar
y entrauan y os outros
dous e tres a par
quand aquesto uiu a dona
fillouss a chorar
y con coita a catiua
sas faces carpir.
Non deua Santa maria merçee pidir
aquel que de seus pecados non se.
re.

Dizendo Santa maria
tu madre de deus

mui mais son as tas mercees
que pecados meus
y fais me sennor que seia
eu dos seruos teus
y que entre na igreia
das oras oyr.
Non deua Santa maria merçee pidir
aquel que de seus pecados non se.
    Re.

Pois que aquest ouue dit e
se maenfestou
y do mal que feit auia
muito lle pesou
enton as portas abertas
uiu y log entrou
na igreia muit agina
y esto gracir.
Non deua Santa maria merçee pidir
aquel que de seus pecados non se.
    Re.

Foi ela y muita gente
que aquesto uiu
y senpr ela en sa uida
a Virgen seruiu
y nunca des aquel ora
dali se partiu

ante punnou toda uia
da uirgen seruir.
Non deua Santa maria merçee pidir
aquel que de seus pecados non se
    re

95

Esta .Lxxxxv. e como Santa maria
fez cobrar o lume a un ou
riuez que era cego. en chartes.

Ben pode Santa maria
seu lum ao cego dar
pois que dos pecados pode
as almas alumēar.

E de tal razō com esta
uos quer eu ora dizer
un miragre mui fremoso
que foi en frança fazer
a uirgen Santa maria
que fez un cego ueer
ben ena uila de chartes
como uos quero contar.
Ben pode Santa maria
seu lum a o cego dar

Este ceg ouriuez fora

que non ouuera mellor
en todo reino de frança
ne nas terras arredor
y en seruir senpr a uirgen
auia mui gran sabor
y porend un arca douro
fora mui rica laurar.
Ben pode Santa maria
seu lum a o cego dar

Pora trager as religas
senpre ena precisson
y poren uendela fora
ena see de leon
y dera dela por algo
y dela dera en don
pois que soube que auian
as reliquias y andar.
Ben pode Santa maria
seu lum a o cego dar

Esta foi aquela arca
de que uos eu ia falei
que tragian pelo mundo
por gāar segund achei
escrito. por quess a uila
queimara como contei
outro si y a eigreia

toda. se non o altar.
Ben pode Santa maria
seu lum a o cego dar

V estas reliquias eran
y tan toste manaman
as fillou logo correndo
un que era y dayan
y leuou as pelas terras
y sofreu mui grand afan
por gāar con elas algo
con que podessen cobrar.
Ben pode Santa maria
seu lum a o cego dar

La eigreia que perderan
y grandes miragres fez
por elas. Santa maria
como uos dix outra uez
ca eran y sas reliquias
desta sennor de gran prez
y queria deus por elas
grandes miragres mostrar.
Ben pode Santa maria
seu lum a o cego dar

Andand assi pelas terras
a chartes ouueron dir

u aquel ouriuez era cego
y pois foi oyr
da arca com era feita
disso logo sen falir
par deus eu fiz aquel arca
ante que fosse cegar.
Ben pode Santa maria
seu lum a o cego dar

E mandou sse leuar logo
ala a omees seus
dizendo se ala chego
ben ei fiuza en deus
y na sa madre bēeita
que ueerei destes meus
ollos. que por meus pecados
muita se foron serrar.
Ben pode Santa maria
seu lum a o cego dar

E pois que foi anta arca
se deitou y lle pediu
mercee. muito chorando
y da agua que sayu
con que a arca lauaran
trouxe pelo rostre uiu
mui mellor que ante uira
y fillouss a braadar.

Ben pode Santa maria
seu lum a o cego dar

Chamando Santa maria
madre do bon rey Iesu
porque ueio dos meus ollos
bēeyta seias tu
y pois meste ben fiziste
quando me for mester u
teu Fillo seuer iulgando
queiras por mi razonar.
Ben pode Santa maria
seu lum a o cego dar

96

Esta .Lxxxxvi. e como Santa maria
fez aa moller que queria fazer
amadoiras a seu amigo; con el
corpo de ihesu xristo. y que o tragia
na touca que lli corresse sangue da
cabeça ata que o tirou ende.

Nunca ia pod aa uirgen
ome tal pesar fazer
como quen ao seu fillo
deus. coida escarnecer.

E o que o fazer coida

creed aquesto por mi
que aquel escarno todo
a de tornar sobre ssi
e daquest un gran miragre
uos direi que eu oy
que fezo Santa maria
oidemio a lezer.
Nunca ia pod aa uirgen
ome tal pesar fazer

Aquesto foi en galiza
non a y mui gran sazon
que hūa sa barragāa
ouue un escudeiron
y por quanto sel casara
tan gran pesar ouuenton
que con gran coita ouuera
o siso end a perder.
Nunca ia pod aa uirgen
ome tal pesar fazer

E con gran pesar que ouue
foi seu conssello buscar
enas outras sas uizinas
y atal llo foron dar
que sol que ela podesse
hūa ostia furtar
das da eigreia que logo

o poderia auer.
Nunca ia pod aa uirgen
ome tal pesar fazer

Pois que lle tal ben queria
y ela toste sen al
foisse a hūa eigreia
da uirgen espirital
que nas nossas grandes coitas
nos guarda senpre de mal
y diss enton que queria
logo comuyon prender.
Nunca ia pod aa uirgen
ome tal pesar fazer

E o crerigo sen arte
dea comungar coidou
mais la ostia na boca
aquesta moller guardou
que per ni hūa maneira
nona trociu nen passou
y punnou quanto mais pude
desse dali log erger.
Nunca ia pod aa uirgen
ome tal pesar fazer

Pois que sayu da eigreia
os dedos enton meteu

ena boca y tan toste
tirou a end e odeu
a ostia ena touca
y nada non atendeu
ante se foi muit aginna
por prouar est e ueer.
Nunca ia pod aa uirgen
ome tal pesar fazer

Se lle disseran uerdade
ou se lle foran mentir
aquelas que lle disseran
que lle farian uīir
log a ela seu amigo
y ia mais nunca partir
dela. se ia poderia
y de con ela uiuer.
Nunca ia pod aa uirgen
ome tal pesar fazer

E entrant a hūa uila
que dizen caldas de rey
ond aquesta moller era
per com end eu apres ei
auēo en mui gran cousa
que uos ora contarei
ca lle uiron pelas toucas
sangue uermello correr.

Nunca ia pod aa uirgen
ome tal pesar fazer

E a gent enton dizia
quando aquel sangue uiu
di moller que foi aquesto
ou quen te tan mal feriu
y ela maravillada
foi tanto que est oyu
assi que nunca lles soube
ni hūa ren responder.
Nunca ia pod aa uirgen
ome tal pesar fazer

E pos a mão nas toucas
y sentiu y uiu mui ben
que era sangue caente
y disso assi poren
a mi non me feriu outre
senon queno mundo ten
en seu poder. por grand erro
que mell eu fui merecer.
Nunca ia pod aa uirgen
ome tal pesar fazer

Enton contou lles o feito
tremendo con gran pauor
todo comoll auēera

y deron poren loor
todos a Santa maria
madre de nostro sennor
y a seu fillo bēeito
chorando con gran prazer.
Nunca ia pod aa uirgen[20]

A moller se tornou logo
aa eigreia outra uez
y deitouss anta omagen
y disse sennor de prez
non cates a meu pecado
que mio demo fazer fez
y log a un moesteiro
se tornou monia meter.
Nunca ia pod aa uirgen
ome tal pesar fazer

97

Esta .Lxxxxvii. e como santa
maria fez partir o crerigo
e a donzela. que fazian uoda
por que o crerigo trouxera
este preito pelo demo, y fez
que entrassen anbos en orden.

Muite mayor o ben fazer
da uirgen Santa maria
que e do demo o poder
nen dome mao perfia.

E desta razon uos direi
un miragre fremos assaz
que fezo Santa maria
por un clerigo aluernaz
que ena loar punnaua
polos muitos bēes que faz
y rezaua por aquesto
a sas oras cada dia.
Muite mayor o ben fazer
da uirgen Santa maria

O crerigo mayordomo
era do bispo ben dali
da cidad en que moraua
el y era y outrossi
hūa donzela fremosa
a marauilla com oy
que a uirgen de deus madre
mui de coraçon seruia.
Muite mayor o ben fazer

---

da uirgen Santa maria

Desi senpre lle rogaua
que lle mostrass algũa ren
per que do demo guardada
fosse y a uirgen poren
lla pareceu y lli disse
di aue maria e ten
senpr en mi a uoontade
y guardate de folia.
Muite mayor o ben fazer
da uirgen Santa maria

Ela fezo seu mandado
y usou esta oraçon
mais o crerigo que dixe
lle quis tal ben de coraçon
que en toda las maneiras
puou dea uencer mais non
podo y acabar nada
ca oyr nono queria.
Muite mayor o ben fazer
da uirgen Santa maria

Daquesto foi mui coitado
o crerig e per seu saber
fez aiuntar os diabos
y disse lles ide fazer

com eu a donzela aia
log esta noit en meu poder
senon en hũa redoma
todos uos ensserraria.
Muite mayor o ben fazer
da uirgen Santa maria

Daquelo que lles el disse
ouueron todos gran pauor
y foron aa donzela
y andaronll a derredor
mas nada non adubaron
ca a Madre do Saluador
a guardaua en tal guysa
que ren nonll empēecia.
Muite mayor o ben fazer
da uirgen Santa maria

Quand entenderon aquesto
log ao crerigo sen al
se tornaron. y el disse
como uos uai. disseron mal
ca tan muito e guardada
da Virgen Madre spirital
que o que a enganasse
mui mais ca nos saberia.
Muite mayor o ben fazer
da uirgen Santa maria

O crerig outra uegada
de tal guysa os coniurou
que ar tornaron a ela
y un deles tan muit andou
que a oraçon da uirgen
lle fezo que sell obridou
y ao crerigo uēo
o demo con alegria.
Muite mayor o ben fazer
da uirgen Santa maria

Dizend o que nos mandastes
mui beno per recadei eu
y oi mais dea auerdes
tenno que non sera mui greu
y o crerigo llar disse
tornat a la amigo meu
y fais me como a aia
se non logo morreria.
Muite mayor o ben fazer
da uirgen Santa maria

E o demo tornou toste
y fezea log enfermar
y ena enfermidade
fez la en tal guysa mayar

que seu padre y sa madre
a querian poren matar
mai o crerigo das mãos
muit agina lla tollia.
Muite mayor o ben fazer
da uirgen Santa maria

E enton a tan fremoso
o crerigo lle pareceu
que a poucas damor dele
logo se non ensandeçeu
ca o demo de mal chēo
en tal guysa a encendeu
que diss enton a seu padre
que logo se casaria.
Muite mayor o ben fazer
da uirgen Santa maria

Eon[21] aquel crerig e disse
a sa madre que manaman
por el logo enuiasse
y chamassen un capelan
que lles las iuras fezesse
se non soubessen que de pran
que log enton con sas mãos
anteles se mataria.

---

21) 엘에스코리알 판본에는 이 부분이 "con"으로 표기되어 있다.

Muite mayor o ben fazer
da uirgen Santa maria

Outro dia de mannãa
fizeron log eles uĩir
o crerig e el de grado
uēo y. y foi lles pedir
sa filla por casamento
y pmeteu lles sen falir
que lle daría en arras
gran requeza que auia.
Muite mayor o ben fazer
da uirgen Santa maria

E disse casemos log
mas diss o padre non mais cras
che darei onrradamente
mia filla y tu seeras
come en logar de fillo
y se eu morrer erdaras
mui grand algo que eu tenno
que ganei sen tricharia.
Muite mayor o ben fazer
da uirgen Santa maria

Os esposoiros iuntados
foron logo com apres ei
y outro dia mannãa

casaron. mas que uos direi
por que pelo demo fora
a madre do muit alto rei
do Ceo mui grorioso
logo llelo desfazia.
Muite mayor o ben fazer
da uirgen Santa maria

E por partir este feito
oyd agora o que fez
o crerigo que dissera
sepre sas oras. essa uez
obridouxe lle a nõa
mais la reyna de gran prez
fezo que a sa eigreia
fosse. como yr soya.
Muite mayor o ben fazer
da uirgen Santa maria

Eu estaua rezando
pareceull a madre de deus
y dissoll aqui que fazes
ca ia tu non eras dos meus
uassalos. nen de meu fillo
mas es dos ēemigos seus
diabos que che fezeron
começar est arlotia.
Muite mayor o ben fazer

da uirgen Santa maria

Que con esta mia criada
cuidas casar pero me pes
que ia se eno taamo
toda ben coberta dalfres
esto non sera dest ano
per bōa fe nen deste mes
mais leixa esta loucura
y tornat a crerizia.
Muite mayor o ben fazer
da uirgen Santa maria

E eu farei ao bispo
que uenna por ti logaca
y dill esto que ti dixe
y el ben te consellara
como non perças ta alma
y se non Deus se uengara
de ti. por quanto quisiste
do demo sa conpania.
Muite mayor o ben fazer
da uirgen Santa maria

Foiss enton a uirgen santa
aa donzela. ali u
dormia y disso maa
com ousas aqui dormir tu

que es en poder do demo
e mi y meu Fillo Iesu
te scaecemos mui toste
louca maa y sandia.
Muite mayor da u
da uirgen Santa maria

A donzela disse logo
Sennor o que uos aprouguer
farei mui de bōa mente
mas este de que soon moller
como leixarei diss ela
diss a uirgen ache mester
que o leixes y te uaas
meter en hūa mongia.
Muite mayor o ben fazer
da uirgen Santa maria

A nouia se spertou logo
chorando y esto que uiu
diss ao padr e a madre
desi mercee lles pediu
que log en un mosteiro
a metessen per com oyu
dizer aa uirgen santa
que casar non lle prazia.
Muite mayor o ben fazer
da uirgen Santa maria

E o bispo chegou logo
y disse lle o nouio fol
soon. de que casar quige
mais lo demo que senpre sol
fazer mal a os que ama
menganou y poren mia prol
e que logo monge seia
en algũa abadia.
Muite mayor o ben fazer
da uirgen Santa maria

Desta guysa acordados
foron os nouios como diz
o escrito y o bispo
que nom auia don fiiz
anbos los meteu en orden
por prazer da enperadriz
do ceo mui groriosa
y foron y toda uia.
Muite mayor o ben fazer
da uirgen Santa maria

98
Esta .Lxxxxviii. e como santa
maria resucitou. a moller
do caualeiro que sse matara
por que lle diss o caualeiro que
amaua mais outra ca ela. y

diziali por Santa maria.

O que en Santa maria
creuer ben de coraçon
nunca recebera dano
nen gran mal nen oqueiion.

E daquest un gran miragre
oid ora de que fix
un cantar da uirgen santa
que eu dun bonom aprix
y ontros outros miragres
por ende metelo quix
por que sei seo oyrdes
que uos ualrra un sermon.
O que en Santa maria
creuer ben de coraçon

Esto foi dun caualeiro
que casad era mui ben
con dona minỹe bela
que amou mais doutra ren
y ela a el amaua
que xe perdia o sen
y do mal que dest aueno
uos contarei a razon.
O que en Santa maria
creuer ben de coraçon

O caualeir era bōo
de costumes y sen mal
y mais doutra ren amaua
a uirgen espirital
y por esto de sa casa
fezera un gran portal
ben atro ena eigreia
por yr fazer oraçon.
O que en Santa maria
creuer ben de coraçon

Por que aquela eigreia
era da madre de Deus
cada noite ses furtaua
de sa moller y dos seus
y anta omagen ssia
dizend os pecados meus
son muitos mas per ti creo
guaannar deles perdon.
O que en Santa maria
creuer ben de coraçon

El aquest assi dizendo
sa moller mentes parou
en como se leuantauua
y de mal o sospeitou
y por aquesta sospeita
hũa uez lle preguntou

u ides assi marido
de noite come ladron.
O que en Santa maria
creuer ben de coraçon

El enton assi lle disse
non sospeitedes de mi
que uos niun torto faço
nen fiz des quando uos ui
a moller enton calousse
que lle non falou mais y
y pero parou y mentes
senpre mui mais desenton.
O que en Santa maria
creuer ben de coraçon

Ond auēo pois un dia
que siian a seu iantar
y pois ouueron iantado
começoull a preguntar
a dona a seu marido
muito y a coniurar
se el amaua mais outra
que dissesse si ou non.
O que en Santa maria
creuer ben de coraçon

El lle respos com en iogo

pois uos praz deziruolei
outra dona mui fremosa
amo muit e amarei
mais doutra cousa do mundo
y por seu senpr andarei
a dona tornou por esto
mais negra que un caruon.
O que en Santa maria
creuer ben de coraçon

E tomou log un cuitelo
con que tallauano pan
y deu se con el no peito
hūa firida a tan
grande. que sen outra cousa
morreu logo manaman
diss enton o caualeiro
ai deus que maa uiion.
O que en Santa maria
creuer ben de coraçon

E fillou sa moller logo
y deitoa sen mentir
en seu leito y cobriua
y non quiso que sair
podess ome de sa casa
y a porta foi abrir
da eigreia y correndo

entrou y de gran randon.
O que en Santa maria
creuer ben de coraçon

E parouss ant a omagen
y disso assí sennor
mia moller que muit amaua
perdi polo teu amor
mais tu sennor que sofriste
gran coita y gran door
por teu fillo. damia uiua
y sāa. ora en don.
O que en Santa maria
creuer ben de coraçon

El assi muito chorando
a uirgen llapareçeu
y diss ao caualeiro
o meu fillo recebeu
o rogo que me fiziste
y a ta moller uiueu
pola ta firme creença
y por ta gran deuoçon.
O que en Santa maria
creuer ben de coraçon

El entôn tornousse logo
y foi sa moller ueer

y achoa uiue sāa
y ouuen mui gran prazer
enton el y sa conpanna
começaron beeizer
a uirgen Santa maria
cantando en mui bon son.
O que en Santa maria
creuer ben de coraçon

El mandou abrilas portas
y as gentes uīir fez
que uissen aquel miragre
que a reyna de prez
fezera daquela dona
mas log anbos dessa uez
por mellor servir a uirgen
fillaron religion.
O que en Santa maria
creuer ben de coraçon

99

Esta .Lxxxxviiii. e como santa
maria fez ueer ao clerigo
que era mellor pobreza con omil
dade. ca requeza mal gāada con
orgullo y con soberuia.

Omildade con pobreza

quer a uirgen corōada,
mais dorgullo con requeza
e ela mui despagada.

E desta razon uos direi
un miragre mui fremoso
que mostrou Santa maria
madre do rei grorioso
a un crerigo que era
dea seruir deseioso
y poren gran marauilla
lle foi per ela mostrada.
Omildade con pobreza
quer a uirgen coronada

Ena uila u foi esto
auia un usureiro
mui riqu e muit orgulloso
y soberuie torticeiro
y por deus nen por sa madre
non daua sol nen dineiro
y de seu corpo pensaua
muit e de sa alma nada.
Omildade con pobreza
quer a uirgen coronada

Outrossi en essa vila
era hūa uellocina

mui catiua y mui pobre
y de tod auer mesquyna
mais amaua Iesu Cristo
y a ssa madr a reyna
mais que outra ren que fosse
y con tant era pagada.
Omildade con pobreza
quer a uirgen coronada

Tan muito que non preçaua
deste mundo nimigalla
y porend en hūa choça
moraua. feita de palla
y uiuia das elmosnas
que lle dauan y sen falla
mui mais se pagaua desto
ca de seer ben erdada.
Omildade con pobreza
quer a uirgen coronada

E estando desta guysa
deu a ela feuer forte
ye outrossi ao rico
per que chegaron a morte
mas a uella aa uirgen
auia por seu conorte
y o rico ao demo
que lle deu morte coitada.

Omildade con pobreza
quer a uirgen coronada

Mas o capelan correndo
quando soube com estaua
o rico. uēo agina
porque del auer cuidaua
gran peça de seus dineiros
ca el por al non cataua
y diss estan fermidade
semella muit aficada.
Omildade con pobreza
quer a uirgen coronada

E porend eu uos conssello
que façades testamento
y dad a nossa eigreia
se quer cen marcos darento
ca de quant aqui nos derdes
uos dara Deus por un cento
y desta guys aueredes
no parayso entrada.
Omildade con pobreza
quer a uirgen coronada

A moller a que pesaua
de que quer que el mandasse,
diss a o crerigo toste

que daquesto se calasse
ca seu marido guarria
y que folga lo leixasse
entre tanto sa fazenda
aueria ordinada.
Omildade con pobreza
quer a uirgen coronada

A o crerigo pesaua
desto que llela dizia
mas por ren que lle dissesse
partir non sende queria
y o riqu enton con sanna
mui brauo lle respondia
na moller y en os fillos
ei mia alma leixada.
Omildade con pobreza
quer a uirgen coronada

O crerig assi estando
desse non yr perfïado
hũa moça a el uẽo
que lle trouxe tal mandado
da uella como morria
y que lle desse recado
como ouuesse manefesto
y que fosse comungada.
Omildade con pobreza

quer a uirgen coronada

Diss el enton uaite logo
ca ben uees comeu fico
aqui con est ome bõo
que e onrrad e mui rico
que non leixarei agora
pola uella que no bico
tena mort a mais dun ano
y pero non e finada.
Omildade con pobreza
quer a uirgen coronada

Quand aquest oyu a moça
da uella. foisse correndo
y achoa mui coitada
y cona morte gemendo
y dissoll aquel moogo
non uerra per quant entendo
nen per el macar moyrades
non seredes soterrada.
Omildade con pobreza
quer a uirgen coronada

Quand est entendeu a uella
foi mui trist a marauilla
y disso Santa maria
virgen. de deus madr e filla

uen por mia alme non pares
mentes. a mia pecadilla
ca non ei quen me comungue
y soon desanparada.
Omildade con pobreza
quer a uirgen coronada

En casa do ric estaua
un crerigo dauangeo
que ao capelan disse
uedes de que me receo
se aquesta uella morre
segund eu tennd y creo
sera uos de iesu cristo
a sa alma demandada.
Omildade con pobreza
quer a uirgen coronada

E o capelan lle disse
esto non me conselledes
que eu leix est ome bõo
mas id y. se yr queredes
y de quant ala gãardes
nulla parte non me dedes.
y o euangelisteiro
se foi logo sen tardada.
Omildade con pobreza
quer a uirgen coronada

E fillou o corpus xpisti
y o calez da eigreia
y quando foi aa choça
uiu a que bẽeita seia
madre do que se non paga
de torto nen de peleia
seend aa cabeceira
daquela uella sentada.
Omildade con pobreza
quer a uirgen coronada

E uiu con ela na choça
hũa tan gran claridade
que ben entendeu que era
a sennor de piadade
y el tornar se quisera
mas dissoll ela entrade
con o corpo de meu fillo
de que eu fui enprennada.
Omildade con pobreza
quer a uirgen coronada

E pois entrou uiu a destro
estar hũas seis donzelas
uestidas de panos brancos
muit apostas y mais belas
que son lilios nen rosas
mas pero non de concelas

outrossi nen daluayalde
que faz a car anrrugada.
Omildade con pobreza
quer a uirgen coronada

E siian assentadas
en palla non en tapede
y disse a uirgen santa
a o crerigo seede
y aquesta moller bōa
comungad y assoluede
como ced a paraiso
uaa u ten ia pousada.
Omildade con pobreza
quer a uirgen coronada

O crerigo macar teue
que lle dizia dereito
a uirgen Santa maria
non quis con ela no leito
seer. mais fez aa uella
que se ferisse no peito
con sas māos y dissesse
mia culpa. ca fui errada.
Omildade con pobreza
quer a uirgen coronada

E pois foi maenfestada

Santa maria alçoa
con sas māos y tan toste
o crerigo comungoa
y des que foi comungada
u xe iazia deitoa
y dissell enton a uella
sennor nossa auogada.
Omildade con pobreza
quer a uirgen coronada

Non me leixes mais no mundo
y leva me ia contigo
u eu ueia o teu fillo
que e teu padre amigo
respos lle Santa maria
mui cedo seras comigo
mas quero que ant un pouco
seias ia quanto purgada.
Omildade con pobreza
quer a uirgen coronada

E que tanto que morreres
uaas log a paraiso
y non aias outr enpeço
mais senpre goyo y riso
que perdeu per sa folia
aquel rico de mal siso
por que sa alma agora

sera do demo leuada.
Omildade con pobreza
quer a uirgen coronada

E ao crerig ar disse
Ideuos ca ben fezestes
y muito sōo pagada
de quan ben aqui uēestes
y par Deus mellor conssello
ca o capelan teuestes
que ficou con aquel rico
por leuar del gran soldada.
Omildade con pobreza
quer a uirgen coronada

Enton o crerigo foisse
acas do rico maldito
u o capelan estaua
antel en gēollo fito
y ar uiu a casa chēa
per com eu achei escrito
de diabos que uēeran
por aquel alma iulgada.
Omildade con pobreza
quer a uirgen coronada

Entonce se tornou logo
aa choça u leixara

a uella. y uiu a Virgen
tan fremosa y tan crara
queo chamou con sa māo
como xo ante chamara
dizendo ia leuar quero
a alma desta menguada.
Omildade con pobreza
quer a uirgen coronada

Enton diss aa uella uente
ia comigo ai amiga
ao reyno de meu Fillo
ca non a ren que te diga
que te log enel non colla
ca el dereito ioiga
y tan tost a moller bōa
foi deste mundo passada.
Omildade con pobreza
quer a uirgen coronada

E ao crerig a uirgen
disse que mui ben fezera
y que mui ben sacharia
de quanto ali uēera
de mais fariall aiuda
mui ced en gran coita fera
y pois aquest ouue dito
foiss a ben auenturada.

Omildade con pobreza
quer a uirgen coronada

E en quant a uirgen disse
sēpr o crerig os gēollos
teue ficados en terra
chorando muito dos ollos
y tornouss a cas do rico
y ouuy outros antollos
ca uiu de grandes diabos
a casa toda cercada.
Omildade con pobreza
quer a uirgen coronada

E pois que entrou uiu outros
mayores que os de fora
muit espantosos y feos
y negros mui mais ca mora
dizendo sal aca alma
ca ia tenpo e y ora
que polo mal que fiziste
seias senpr atormentada.
Omildade con pobreza
quer a uirgen coronada

E a almassi dizia
que sera de mi catiua
mais ualuera que non fosse

eu en este mundo uiua
pois ei de sofrer tal coita
no ynferno tan esquiua
agora a Deus puguesse
que foss en poo tornada.
Omildade con pobreza
quer a uirgen coronada

Quand o crerigo uiu esto
fillousell ende tal medo
que de pdersse ouuera
mas acorreu lle mui cedo
a uirgen Santa maria
que o tirou pelo dedo
fora daquel lugar mao
como Sennor mesurada.
Omildade con pobreza
quer a uirgen coronada

E disselle para mentes
en quant agor aqui uiste
outro ssi y ena choça
ali u migo seuiste
que ben daquela maneira
queo tu tod entendiste
o conta log aas gentes
sen nin hūa delongada.
Omildade con pobreza

quer a uirgen coronada

O crerigo fez mandado
da Virgen de ben conprida
y mentre uiueu no mundo
foi ome de santa uida
y de pois quando lla alma
de sa carne foi saida
leuoa Santa maria
y ela seia loada. Amē
Omildade con pobreza
quer a uirgen coronada

100

Esta .C. e de como Santa maria
rogue por nos a seu fillo. eno
dia do ioyzo.

Madre de deus ora
por nos teu fill essa ora.

U uerra na carne
que quis fillar de ti madre
ioigalo mundo
con o poder de seu padre.
Madre de deus ora
por nos teu fill essa ora

E u el a todos
parecera mui sannudo
enton fas llemente
de como foi conçebudo.
Madre de deus ora
por nos teu fill essa ora

E en aquel dia
quand ele for mais irado
fas lle tu emente
com en ti foi ensserrado.
Madre de deus ora
por nos teu fill essa ora

U ueras dos santos
as conpannas espantadas
mostrallas las tetas
santas que ouuel mamadas.
Madre de deus ora
por nos teu fill essa ora

U a o ioizo
todos p come escrito
uerran. dilli como
con el fog ist a egito.
Madre de deus ora
por nos teu fill essa ora

U leixaran todos
os uiços y as requezas
dille que sofriste
con ele muitas pobrezas.
Madre de deus ora
por nos teu fill essa ora

V queimara fogo
serras y uales y montes
di com en egipto
non achast aguas nen fontes.
Madre de deus ora
por nos teu fill essa ora

V ueras os angeos
estar antele tremendo
dille quantas uezes
o tu andast ascondendo.
Madre de deus ora
por nos teu fill essa ora

V diranas trõpas
mortos leuade vos logo
dill u o perdiste
que ta coita non foi iogo.
Madre de deus ora
por nos teu fill essa ora

V sera o aire
de fog e deixuffr aceso
dill a mui gran coita
que ouuiste pois foi preso.
Madre de deus ora
por nos teu fill essa ora

U uerra do ceo
Santo. mui forte rogido
dill o que sofriste
u daçoutes foi ferido.
Madre de deus ora
por nos teu fill essa ora

V terran escrito
nas frontes quanto fezeron
dill o que sofriste
quandoo na cruz poseron.
Madre de deus ora
por nos teu fill essa ora

E quandoss yguaren
montes y uales y chãos
dill o que sentiste
u lle pregaron as mãos.
Madre de deus ora
por nos teu fill essa ora

E u o sol craro
tornar mui negro de medo
dill o que sentiste
u beueu fel y azedo.
Madre de deus ora
por nos teu fill essa ora

E du o mar grande
perdera sa semellança
dill o que sofriste
u lle deron cona lança.
Madre de deus ora
por nos teu fill essa ora

E u as estrelas
caeren do firmamento
dill o que sentiste
u foi posto no monimento.
Madre de deus ora
por nos teu fill essa ora

E du o iferno
leuar os que mal obraron
dill o que sentiste

u o sepulcro guardaron.
Madre de deus ora
por nos teu fill essa ora

E u todolos reis
foren antel omildosos
dille como uēes
deles dos mais poderosos.
Madre de deus ora
por nos teu fill essa ora

E u mostrar ele
tod estes grandes pauores
fas com auogada
ten uoz denos pecadores.
Madre de deus ora
por nos teu fill essa ora

Que polos teus rogos
nos leuao parayso
seu. u alegria
aiamos por sēpr e riso. Amen.
Madre de deus ora. por nos teu
fill

7
참고문헌

일차자료 (필사본, 팩시밀 사진본, 현대판본 등)

필사본

톨레도본 (Códice To), 스페인 마드리드 국립도서관 Biblioteca Nacional de
Madrid, ms. 10069

엘에스코리알본 (Códice T), 엘에스코리알 수도원 도서관 Biblioteca del
Monasterio de El Escorial, ms. T-I-1 (일명 *Códice rico*).

피렌체본 (Códice F), 피렌체 국립도서관 Biblioteca Nazionale Centrale
(Florencia), Banco Rari, ms. 20

엘에스코리알본 (Códice E), 엘에스코리알 수도원 도서관 Biblioteca del
Monasterio de El Escorial, ms. B-I-2 (일명 *Códice de los músicos*).
417편의 가요로 구성된 가장 완성도가 높은 현존 판본

팩시밀 사진본

Anglès, Higinio, *La música de las Cantigas de Santa María, del rey
Alfonso el Sabio*, I: *Facsímil del códice j-b-2 del Escorial*, Barcelona,
Biblioteca Central, 1964.

Cantigas de Santa Maria. Edición facsímile do códice de Toledo, Santiago
de Compostela, Consello da Cultura Galega, 2003.

*El códice de Florencia de las cantigas de Alfonso X el Sabio: ms. B.R. 20 de
la Biblioteca Nazionale Centrale*, con estudios de Agustín Santiago
Luque, María Victoria Chico y Ana Domínguez Rodríguez, Madrid,

Edilán, 1991, 2 vols.

Las Cantigas de Santa María: edición facsímil, el "Códice Rico" del Escorial (Manuscrito escurialense T-I-1), Madrid, Edilán, 1979, 2 vols.

현대판본

BELTRÁN, Luis (ed.), *Cuarenta y cinco cantigas del "Códice rico" de Alfonso el Sabio: textos pictóricos y verbales*, Palma de Mallorca, José J. de Olañeta, 1997.

CUNNINGHAM, Martin G. (ed.),Alfonso X el Sabio, *Cantigas de loor*, Dublín, Université College Dublin Press, 2000.

FIDALGO, Elvira (ed.), *As Cantigas de Loor de Santa Maria* (edición e comentario), Santiago de Compostela, Centro Ramón Piñero para a Investigación en Humanidades, Xunta de Galicia, 2004.

HERNÁNDEZ SERNA, Joaquín (ed.), *Cantigas de Santa María: Códice BR 20 de Florencia*, Murcia, Universidad de Murcia, 1993.

METTMANN, Walter (ed.), Alfonso X, el Sabio, *Cantigas de Santa María*, Coimbra, Universidade de Coimbra, 1959-1972, 4 vols. [reimpresa en Vigo, Edicións Xerais de Galicia, 1981, 2 vols.].

METTMANN, Walter (ed.), Alfonso X, el Sabio, *Cantigas de Santa María*, Madrid, Castalia, 1986-1989, 3 vols.

MONTOYA, Jesús (ed.), Alfonso X el Sabio, *Cantigas*, Madrid, Cátedra, 1988.

VALMAR, Marqués de [Leopoldo Augusto de Cueto] (ed.), *Cantigas de Santa María de Don Alfonso el Sabio*, Madrid, Real Academia Española, 1889, 2 vols. [reimpresión, Madrid, Real Academia Española, Caja Madrid, 1990].

이차자료 (연구논문, 단행본, 참고문헌, 악보 등)

ALVAR, Carlos, "Alfonso X, poeta profano. Temas poéticos", en TOUBER, Anton (ed.), *Le Rayonnement des troubadours: Actes du Colloque de l'Association Internationale d'Etudes Occitanes, Amsterdam, 16-18 octobre 1995*, Amsterdam, Rodopi, 1998, pp. 3-17.

ÁLVAREZ, Rosario, "Los instrumentos musicales en los códices alfonsinos: su tipología, su origen, su uso. Algunos problemas iconográficos", *Revista de Musicología*, 10.1 (1987, *Alfonso X y la música*), pp. 67-95.

ANGLÈS, Higinio, *La música de las Cantigas de Santa María, del rey Alfonso el Sabio*, Barcelona, Diputación Provincial de Barcelona, Biblioteca Central, 1943-1964, 4 vols.

ANGLÈS, Higinio, *Scripta musicologica*, Roma, Edizione di Storia e Letteratura, 1975-1976, 3 vols.

BARAUT, C, "Les cantigues d'Alfons el Savi i el primitiu *Liber Miraculorum* de Nostra Dona de Monserrat", *Estudis Romànics*, 2 (1949-1950), pp. 79-92.

BELTRÁN, Luis (trad.), *Las cantigas de loor de Alfonso X el Sabio*, Madrid, Júcar, 1990.

BELTRÁN, Vicente, "Tipos y temas trovadorescos. V: Para la datación de lasCantigas alfonsíes: el ciclo del Puerto de Santa María", *Revista deLiteratura Medieval*, 2 (1990), pp. 165-174.

BERTOLUCCI PIZZORUSSO, Valeria, "Alcuni sondagi per l'integrazione del discorso critico su Alfonso X poeta", en su *Morfologie del testo medievale*, Bolonia, Il Mulino, 1989, pp. 147-148.

BERTOLUCCI PIZZORUSSO, Valeria, "Alfonso X el Sabio, poeta profano e mariano", en MONTOYA MARTÍNEZ, Jesús y DOMÍNGUEZ

RODRÍGUEZ, Ana (eds.), *El Scriptorium alfonsí: de los Libros de Astrología a las "Cantigas de Santa María"*, Madrid, Editorial Complutense, 1999, pp. 149-158.

BERTOLUCCI PIZZORUSSO, Valeria, "Contributo allo studio della letteratura miracolistica", *Miscellanea di Studi Ispanici*, 6 (1963), pp. 5-72.

BERTOLUCCI PIZZORUSSO, Valeria, "Primo contributo all'analisi delle varianti redazionali nelle *Cantigas de Santa Maria*", en PARKINSON, Stephen (ed.), *"Cobras e son": Papers on the Text, Music and Manuscripts of the* "Cantigas de Santa Maria", Oxford, Legenda, 2000, pp. 106-118.

BERTOLUCCI PIZZORUSSO, Valeria, "Retorica della poesia alfonsina: la figura dell'analogia", en su *Morfologie del testo medievale*, Bolonia, Il Mulino, 1989, pp. 169-188.

BETTI, Maria Pia, *Repertorio metrico delle* "Cantigas de Santa Maria" di Alfonso X di Castiglia, Pisa, Pacini, 2005.

BETTI, Maria Pia, *Rimario e lessico in rima delle* "Cantigas de Santa Maria" *di Alfonso X di Castiglia*, Pisa, Pacini, 1997.

BREA, Mercedes, "Tradiciones que confluyen en las *Cantigas de Santa Maria*", *Alcanate*, 4 (2004-2005), pp. 269-289.

Bulletin of the Cantigueiros de Santa Maria, dir. John E. Keller, Society of the Cantigueiros of Santa Maria, University of Kentucky, 1987-.

CHICO PICAZA, M. V., *Composición pictórica en el Códice Rico de las Cantigas de Santa Maria*, Madrid, Servicio de Reprografía de la Universidad Complutense, 1987.

Clemencic Consort, dirección de René Clemencic, Alfonso X, *Cantigas de Santa Maria* [Grabación sonora], 1977, 4 CDs.

CORRAL DÍAZ, Esther, "A poesia profana amorosa de Alfonso X", en

CASAS RIGAL, Juan y DÍAZ MARTÍNEZ, Eva M.ª (eds.), *Iberia Cantat*, Santiago de Compostela, Universidade, 2002, pp. 213-245.

CORRAL DÍAZ, Esther, "Las notas coloccianas en el cancionero profano de Alfonso X", en BOLOGNA, Corrado y BERNARDI, Marco (eds.), *Angelo Colocci e gli studi romanzi*, Città del Vaticano, Biblioteca Apostolica Vaticana, 2008, pp. 387-404.

CORTI, Francisco, "Reflexiones sobre la narrativa visual y su retórica en las *Cantigas de Santa Maria*", *La Corónica*, 34.2 (2006), pp. 93-111.

CORTI, Francisco, "Retórica visual en episodios biográficos reales ilustrados en las *CantigasdeSantaMaría*", *Historia Instituciones Documentos*, 29 (2002), pp. 59-108.

COUCEIRO PÉREZ, Xosé Luís, "A cantiga do Beato de Valcavado", en ÁLVAREZ, Rosario y SANTAMARINA, Antón *(eds.), (Dis)cursos da escrita: estudos de filoloxía galega ofrecidos en memoria de Fernando R. Tato Plaza*, [A Coruña], Fundación Pedro Barrié de la Maza, [2004], pp. 101-110.

CUETO, Leopoldo Augusto de, *Estudio histórico-crítico y filológico sobre las cantigas del rey D. Alfonso X el Sabio*, Madrid, Real Academia Española, 1897 [reimpresión del primer tomo de la edición de las *Cantigas* de Leopoldo Cueto, Marqués de Valmar, en 1889, con un prólogo de Marcelino Menéndez y Pelayo].

DE LOLLIS, Cesare, "Cantigas de amor e de maldizer di Alfonso el Sabio re di Castiglia", *Studi di Filologia Romanza*, 2 (1887), pp. 31-66.

DEXTER, Elise Forsythe, "Sources of the *Cantigas* of Alfonso el Sabio", tesis doctoral, University of Wisconsin, 1926.

DOMÍNGUEZ RODRÍGUEZ, Ana y TREVIÑO GAJARDO, Pilar, *Las Cantigas de Santa María. Formas e imágenes*, Madrid, AyN Ediciones, 2007.

DOMÍNGUEZ RODRÍGUEZ, Ana, "*Compassio y co-redemptio en las Cantigas de Santa María*: Crucifixión y Juicio final", *Archivo Español de Arte*, 281 (1998), pp. 17-35.

ELLIS, John C., "Textual-Pictorial Convention as Politics in the *Cantigas de Santa Maria* (Ms. Escorial T.I.1) of Alfonso X el Sabio", tesis doctoral, University of Massachusetts Amherst, 2003.

FÁLVY, Zoltán, "La Cour d'Alphonse le Sage et la musique européene", *Studia Musicologica*, 25 (1983), pp. 159-70.

FERNÁNDEZ DE LA CUESTA, Ismael, "La interpretación melódica de las *Cantigas de Santa María*", en KATZ, Israel J. y KELLER, John E. (eds.), *Studies on the "Cantigas de Santa Maria": Art, Music, and Poetry: Proceedings of the International Symposium on the "Cantigas de Santa Maria" of Alfonso X, el Sabio (1221-1284)*, Madison, Hispanic Seminary of Medieval Studies, 1987, pp. 155-188.

FERNÁNDEZ POUSA, Ramón, "Menéndez Pelayo y el códice florentino de las *Cantigas de Santa María* de Alfonso X", *Revista de Archivos, Bibliotecas y Museos*, 62 (1956), pp. 235-255.

FERNÁNDEZ, Laura, "Cantigas de Santa María: fortuna de sus manuscritos", *Alcanate*, 6 (2008-2009), pp. 323-348.

FERNÁNDEZ, Laura, "Historia florentina del códice de las *Cantigas de Santa María*, ms. B.R.20. de la Biblioteca Palatina a la Nazionale Centrale", *Reales Sitios*, 164 (2005), pp. 18-29.

FERREIRA, Manuel Pedro, "Alfonso X, compositor", *Alcanate*, 5 (2006-2007), pp. 117-137.

FERREIRA, Manuel Pedro, "Rondeau and Virelai: The Music of Andalus and the Cantigas de Santa Maria", *Plainsong and Medieval Music*, 13 (2004), pp. 127-140.

FERREIRO, Manuel Pedro, "The Stemma of the Marian *Cantigas*:

Philological and Musical Evidence", *Bulletin of the* Cantigueiros de Santa Maria, 5 (1993), pp. 49-84 [reimpresión corregida, 6 (1994), pp. 58-98].

FIDALGO, Elvira (ed.), *As Cantigas de Santa Maria*, Vigo, Edicións Xerais de Galicia, 2002.

FIDALGO, Elvira, "Joculatores qui cantant gesta principum et vitas sanctorum: as *Cantigas de Santa Maria*, entre a lírica e a épica", en *Homenaxe ao Profesor Camilo Flores Varela*, Santiago de Compostela, Universidad de Santiago, 1999, II, pp. 318-334.

FIDALGO, Elvira, "Tu es alva: las *albas* religiosas y una cantiga de Alfonso X", *Medioevo Romanzo*, 26 (2002), pp. 101-126.

FIDALGO, Elvira, "Apuntes para una *Vida* de Alfonso X en un códice de Colocci (*Vat. lat.* 4817)", en BOLOGNA, Corrado y BERNARDI, Marco (eds.), *Angelo Colocci e gli studi romanzi*, Città del Vaticano, Biblioteca Apostolica Vaticana, 2008, pp. 363-385.

FIDALGO, Elvira, "Cantigas de amor a Santa Maria", en RODRÍGUEZ, J. L. (ed.), *Estudios dedicados a Ricardo Carvalho Calero*, Santiago de Compostela, Universidad de Santiago, Parlamento de Galicia, 2000, II, pps. 255-266.

FILGUEIRA VALVERDE, José, Alfonso X el Sabio, *Cantigas de Santa María*, Madrid, Castalia (Odres Nuevos), 1976 (reimpresión, 1985).

FILGUEIRA VALVERDE, José, *Alfonso X, poeta profano*, Madrid, Instituto de España, 1987.

FILGUEIRA VALVERDE, José, *Tiempo y gozo eterno en la narrativa medieval: la Cantiga CIII*, Vigo, Edicións Xerais de Galicia, 1982 (1.ª ed., 1936).

FITA, Fidel, "Cincuenta leyendas por Gil de Zamora combinadas con las Cantigas de Alfonso el Sabio", *Boletín de la Real Academia de la*

Historia, 7 (1885), pp. 54-144.

GARCÍA AVILÉS, Alejandro, "Imágenes 'vivientes': idolatría y herejía en las *Cantigas* de Alfonso X el Sabio", *Goya*, 321 (2007), pp. 324-342.

GARCÍA CUADRADO, Amparo, *Las cantigas: el códice de Florencia*, Murcia, Universidad de Murcia, 1993.

GARCÍA-ARENAL, Mercedes, "Los moros en las cantigas de Alfonso el Sabio", *Al-Qantara*, 6 (1985), pp. 133-151.

GIER, Albert, "Les *Cantigas de Santa María* d'Alphonse le Savant: leur désignation dans le texte", *Cahiers de Linguistique Hispanique Médiévale*, 5 (1980), pp. 143-156.

GREENIA, George, "The Politics of Piety: Manuscript Illumination and Narration in the *Cantigas de Santa Maria*", *Hispanic Review*, 61 (1993), pp. 325-344.

Grupo de Música Antigua, dirección de Eduardo Paniagua, Alfonso X el Sabio, *La vida de María: Cantigas de las fiestas de Santa María*[Grabación sonora], [España], Sony Music Entertainment, D.L. 2003.

GUERRERO LOVILLO, José, *Las Cantigas: estudio arqueológico de sus miniaturas*, Madrid, Instituto Diego Velázquez, CSIC, 1949.

HART, Thomas R., "Alfonso X's *Non me posso pagar tanto*", *Portuguese Studies*, 15 (1999), pp. 1-10.

HELLER, Sandra Roslyn, "The Characterization of the Virgin Mary in Four Thirteenth-Century Narrative Collections of Miracles: Jacobus de Voragine's *Legenda aurea*, Gonzalo de Berceo's *Milagros de Nuestra Senora*, Gautier de Coinci's *Miracles de Nostre Dame*, and Alfonso el Sabio's *Cantigas de Santa Maria*", tesis doctoral, New York University, 1975.

Hespèrion XX, dirección de Jordi Savall, Alfonso X el Sabio, *Cantigas de*

Santa María: Strela do día [Grabación sonora], Colegiata del Castillo de Cardona, 1993.

HUSEBY, Gerardo V., "El parámetro melódico en las *Cantigas de Santa María*: sistemas, estructuras, fórmulas y técnicas compositivas", en MONTOYA MARTÍNEZ, Jesús y DOMÍNGUEZ RODRÍGUEZ, Ana (eds.), *El Scriptorium alfonsí: de los Libros de Astrología a las "Cantigas de Santa María"*, Madrid, Editorial Complutense, 1999, pp. 215-270.

HUSEBY, Gerardo V., "Musical Analysis and Poetic Structure in the *Cantigas de Santa María*", en GEARY, J. S. (ed.), *Florilegium Hispanicum: Medieval and Golden Age Studies presented to Dorothy Clotelle Clarke*, Madison, Hispanic Seminary of Medieval Studies, 1983, pp. 81-101.

JACKSON, Deirdre, "The Influence of the Theophilus Legend: An Overlooked Miniature in Alfonso X's *Cantigas de Santa Maria* and its Wider Context", en LOWDEN, John y BOVEY, Alixe (eds.), *Under the Influence: The Concept of Influence and the Study of Illuminated Manuscripts*, Turnhout, Brepols, 2007, pp. 75-87.

JACOB, Jeffrey Timothy, "Siting the Virgin: The Poetics of Place and Identity in *Las Cantigas de Santa Maria*", tesis doctoral, Emory University, 1999.

KATZ, Israel J. y KELLER, John E. (eds.), *Studies on the "Cantigas de Santa Maria": Art, Music, and Poetry: Proceedings of the International Symposium on the "Cantigas de Santa Maria" of Alfonso X, el Sabio (1221-1284) in Commemoration of Its 700th Anniversary Year-1981*, con la colaboración de Samuel G. Armistead y Joseph T. Snow, Madison, Hispanic Seminary of Medieval Studies, 1987.

KATZ, Israel J., "Higinio Anglés and the Melodic Origins of the Cantigas de Santa María: a Critical View", en MÁRQUEZ VILLANUEVA, Francisco y VEGA, Carlos Alberto (eds.), *Alfonso X of Castile the Learned King (1221-1284): An International Symposium, Harvard University (17 November 1984)*, Cambridge, Department of Romance Languages and Literatures of Harvard University, 1989, pp. 46-75.

KELLER, John E., *Alfonso X, el Sabio*, Teayne Publishers Inc., 1967, pp. 64-96.

KENNEDY, Kirstin, "Alfonso's Miraculous Book: Patronage, Politics, and Performance in the *Cantigas de Santa Maria*", en HOLGER PETERSEN, Nils, BIRKEDAHL BRUUN, Mette, LLEWELLYN, Jeremy y ØSTREM, Eyolf (eds.), *The Appearances of Medieval Rituals: The Play of Construction and Modification*, Turnhout, Brepols, 2004, pp. 199-212.

KULP-HILL, Kathleen (trad.), *The Songs of Holy Mary by Alfonso X, the Wise: A Translation of the Cantigas de Santa Maria*, Tempe, Arizona Center for Medieval and Renaissance Studies, 2000.

LE GOFF, Jacques, "Le roi, la Vierge et les images: le manuscrit des Cantigas de Santa María *d'Alphonse X de Castille*", en DE CLERCK, Paul de y PALAZZO, Eric (eds.), *Rituels: Mélanges offerts à Pierre-Marie Gy, O.P.*, París, Éditions du Cerf, 1990, pp. 385-392.

LIPTON, Sarah, "Where are the Gothic Jewish Women? On the Non-Iconography of the Jewess in the *Cantigas de Santa Maria*", *Jewish History*, 22 (2008), pp. 139-177.

LIU, Benjamin, "Obscenidad y transgresión en una *cantiga de escarnio*", en LÓPEZ-BARALT, Luce y MÁRQUEZ VILLANUEVA, Francisco (eds.), *Erotismo en las letras hispánicas: aspectos, modos y fronteras*, México, El Colegio de México, 1995, pp. 203-217 [reimpreso, en versión inglesa, en LIU, Benjamin, *Medieval Joke Poetry: The*

"Cantigas d'escanio e de mal dizer", Cambridge, Harvard University Department of Comparative Literature, 2004, cap. IV].

LÓPEZ ELUM, Pedro, *Interpretando la música medieval del siglo XIII: las "Cantigas de Santa Maria"*, Valencia, Universitat de València, 2005 [ver FERREIRA, Manuel Pedro, Alcanate, 5 (2006-2007), pp. 307-315].

MARCHAND, James W., "Vincent de Beauvais, Gil de Zamora et le *Mariale magnum*", en BAILLAUD, Bernard, DE GRAMONT, Jérôme y HÜE, Denis (eds.), *Discours et savoirs: encyclopédies médiévales*, Rennes, Presses universitaires de Rennes, 1998, pp. 101-115.

MÁRQUEZ VILLANUEVA, Francisco, "Las lecturas del deán de Cádiz en una *cantiga de mal dizer*", *Cuadernos Hispanoamericanos*, 395 (1983), pp. 331-345 [reimpreso en KATZ, Israel J. y KELLER, John E. (eds.), Studies on the "Cantigas de Santa Maria": Art, Music, and Poetry: Proceedings of the International Symposium on the "Cantigas de Santa Maria" of Alfonso X, el Sabio (1221-1284), Madison, Hispanic Seminary of Medieval Studies, 1987, págs. 329-353]

MARULLO, T., "Ossevazioni sulle Cantigas di Alfonso X e sui Miracles di Gautier de Coincy", *Archivum Romanicum*, 18 (1934), pp. 495-539.

MENÉNDEZ PELAYO, Marcelino, "Prólogo", *Estudio histórico, crítico filológico sobre las Cantigas del rey don Alfonso el Sabio por El Marqués de Valmar*, Real Academia Española, 2.ª edición, 1897, pp. vii-xii.

MENÉNDEZ PELAYO, Marcelino, "*Las cantigas del Rey Sabio*", en sus *Obras Completas*, I: *Estudios y Discursos de crítica histórica y literaria*, Madrid, Consejo Superior de Investigaciones Científicas, 1941, pp. 161-189. (1.ª publ., *La Ilustración Española y Americana*, 39 (1895), pp. 127-131, 143-146 y 159-163).

MENÉNDEZ PIDAL, Gonzalo, "Los manuscritos de las Cantigas: cómo se elaboró la miniatura alfonsí", *Boletín de la Real Academia de la Historia*, 150 (1962), pp. 25-51.

METTMANN, Walter, "A Collection of Miracles from Italy as a Possible Source of the *Cantigas de Santa Maria*", *Bulletin of* Cantigueiros de Santa Maria, 1.2 (1988), pp. 75-82.

METTMANN, Walter, "Algunas observaciones sobre la génesis de la colección de las *Cantigas de Santa María* y sobre el problema del autor", en KATZ, Israel J. y KELLER, John E. (eds.), *Studies on the "Cantigas de Santa Maria": Art, Music, and Poetry: Proceedings of the International Symposium on the "Cantigas de Santa Maria" of Alfonso X, el Sabio (1221-1284)*, Madison, Hispanic Seminary of Medieval Studies, 1987, págs. 355-366.

METTMANN, Walter, "Die Quellen der Ältesten Fassung der Cantigas de Santa Maria", en ARENS, Arnold (ed.), *Text-Etymologie, Untersuchungen zu Textkörper und Textinhalt: Festschrift für Heinrich Lausberg zum 75. Geburtstag*, Stuttgart, Franz Steiner, 1987, pp. 177-182.

METTMANN, Walter, "Die Soissons-Wunder in den *Cantigas de Santa Maria*", en KREMER, Dieter (ed.), *Homenagem a Joseph M. Piel por ocasião do seu 85. aniversário*, Tübingen, Niemeyer, 1988, pp. 615-620.

METTMANN, Walter, "Os *Miracles* de Gautier de Coinci como fonte das Cantigas de Santa Maria" en *Estudos Portugueses: Homenagem* a Luciana Stegagno Picchio, Lisboa, Difel, 1991, pp. 79-84.

MIRANDA, José Carlos Ribeiro, "O argumento da linhagem na literatura galego-portuguesa do séc. XIII", en *Colóquio Internacional: Legitimação e linhagemna Idade Média peninsular: Homenagem a D.*

Pedro, Conde de Barcelos (Lamego, 31 de maio-1 de junho, 2010), = *e-Spania*, 10 (diciembre 2010), en prensa.

MIRANDA, José Carlos Ribeiro, "O autor anónimo de A 36 / A 39", en BREA, Mercedes (ed.), *O Cancioneiro da Ajuda, cen anos despois. Actas do Congreso realizado pola Dirección Xeral de Promoción Cultural en Santiago de Compostela e na Illa de San Simón os días 25-28 de maio de 2004*, Santiago deCompostela, Consellería de Cultura, Comunicación Social e Turismo, Xunta de Galicia, 2004, pp. 443-458.

MONACI, Ernesto, "Le *Cantigas* di Alfonso el Sabio pubblicate dalla Real Academia Espanda per cura del Marchese de *Valmar*", *Rendiconti della Reale Accademia dei Lincei: Classe di Scienze Morali, Storiche e Filologiche*, 5.ª serie, 1 (1892), pp. 3-18.

MONTANER FRUTOS, Alberto, "Las prosificaciones de las *Cantigas de Santa María* de Alfonso X en el *Códice rico*: datación filológica y paleográfica", *Emblemata*, 13 (2007), pp. 179-193.

MONTERO SANTALHA, José-Martinho, "A estrutura métrica de algumas das *Cantigas de Santa Maria*", *Agália*, 93-94 (2008), pp. 87-134.

MONTOYA MARTÍNEZ, Jesús, "Cancionero de Santa María del Puerto: edición, traducción y notas", *Alcanate*, 1 (1998-1999), pp. 117-275.

MONTOYA MARTÍNEZ, Jesús, "El concepto de "autor" en Alfonso X", en GALLEGO MORELL, A., SORIA, Andrésy MARÍN, Nicolás (eds.), *Estudios sobre Literatura y arte dedicados al Professor Emilio Orozco Díaz*, Granada, Universidad de Granada, 1979, II, pp. 454-62 (recogido en su *Composición, estructura y contenido del cancionero marial de Alfonso X*, Murcia, RealAcademia Alfonso X el Sábio, 1999, pp. 41-53).

MONTOYA MARTÍNEZ, Jesús, *Composición, estructura y contenido del cancionero marial de Alfonso X*, Murcia, RealAcademia Alfonso X el Sabio, 1999.

MUSSAFIA, Adolf, "Studien zu den mittelalterlichen Marienlegenden", *Sitzungsberichte der kaiserl. Akademie der Wissenschaften in Wien, philosophisch-historische Classe*, 113 (1886), pp. 917–994; 115 (1888), pp. 5–92; 119.9 (1889), pp. 1–66; 123.8, (1891), pp. 1–85 y 139.8 (1898), pp. 1–74.

O'CALLAGHAN, Joseph, *Alfonso X and the Cantigas de Santa María: A Poetic Biography*, Leiden, Brill, 1998.

OLIVEIRA, António Resende de, "D. Afonso X, infante e trovador, I: Coordenadas de uma ligação à Galiza", *Revista de Literatura Medieval*, en prensa.

Orquesta Ensemble Unicorn, Viena, dirección de Michael Posch, Alfonso X el Sabio, *Cantigas de Santa Maria* [Grabación sonora], [Munich], Naxos, 1995.

PAREDES, Juan (ed.), *El cancionero profano de Alfonso X el Sabio*, Santiago de Compostela, Universidade, 2010 (otra edición, por el mismo autor, en Madrid, Biblioteca Nueva, 2010).

PAREDES, Juan, "La tradición manuscrita de la lírica profana de Alfonso X el Sabio", en FUNES, Leonardo y MOURE, José Luis (eds.), *Studia in honorem Germán Orduna*, Alcalá de Henares, Universidad de Alcalá, 2001, pp. 493–504.

PAREDES, Juan, *La guerra de Granada en las Cantigas de Alfonso X el Sabio*, Granada, Universidad de Granada, 1992.

PAREDES, Juan, *Las cantigas de escarnio y maldecir de Alfonso X: problemas de interpretación y crítica textual*, Londres, Queen Mary and Westfield College, 2000 (Papers of the Medieval Hispanic Research Seminar, 22).

PARKINSON, Stephen (dir.), The Oxford *Cantigas de Santa Maria* Database.

PARKINSON, Stephen (ed.), *"Cobras e son": Papers on the Text, Music and Manuscripts of the* "Cantigas de Santa Maria", Oxford, Legenda, 2000.

PARKINSON, Stephen y JACKSON, Deirdre, "Collection, Composition, and Compilation in the *Cantigas de Santa Maria*", *Portuguese Studies*, 22 (2006), pp. 159-172.

PARKINSON, Stephen, "Layout in the *Códices ricos of the Cantigas de Santa Maria*", *Hispanic Research Journal*, 1 (2000), pp. 243-274.

PARKINSON, Stephen, *"Meestria métrica: metrical virtuosity in the Cantigas de Santa Maria*", *La Corónica*, 27.2 (1999), pp. 21-35.

PARKINSON, Stephen, "The Evolution of Cantiga 113: Composition, Recomposition, and Emendation in the *Cantigas de Santa Maria*", *La Corónica*, 35.2 (2007), pp. 227-272.

PARKINSON, Stephen, "The First Reorganization of the *Cantigas de Santa Maria*", *Bulletin of the* Cantigueiros de Santa Maria, 1.2. (1988), pp. 91-97.—, "Layout and Structure of the Toledo Manuscript of the *Cantigas de Santa Maria*", en PARKINSON, Stephen (ed.), *"Cobras e son": Papers on the Text, Music and Manuscripts of the "Cantigas de Santa Maria"*, Oxford, Legenda, 2000, pp. 133-153.

PARKINSON, Stephen y JACKSON, Deirdre, "Putting the Cantigas in Context: Tracing the Sources of Alfonso X's *Cantigas de Santa Maria*", International Medieval Congress, Kalamazoo, Mayo, 2005.

PELLEGRINI, Silvio, "Le due laude alfonsine del Canzoniere Colocci-Brancuti", en su *Varietà romanze*, Bari, Adriatica, 1977, pp. 9-19.

PELLEGRINI, Silvio, "Una cantiga de maldizer di Alfonso X", *Studi Mediolatini e Volgari*, 8 (1960), pp. 165-172.

PLA SALES, Roberto, *Cantigas de Santa María, Alfonso X el Sabio. Nueva transcripción integral de su música según la métrica latina*, Madrid, Música Didáctica, 2001.

PRADO-VILAR, Francisco, "The Gothic Anamorphic Gaze: Regarding the Worth of Others", en ROUHI, Leyla y ROBINSON, Cynthia (eds.), *Under the Influence: Questioning the Comparative in Medieval Iberia*, Leiden, Brill, 2005, pp. 67-100.

RAIMOND, Jeanne, "Entre distension et contrainte, la noblesse dans les *Cantigas de Santa María* d'Alphonse le Sage", *Cahiers de Linguistique et de Civilisation Hispaniques Médiévales*, 25 (2002), pp. 49-69.

REMENSNYDER, Amy G., "Marian Monarchy in Thirteenth-Century Castile", en BERKHOFER, Robert, COOPER, Alan y KOSTO, Adam (eds.), *The Experience of Power in Medieval Europe, 950-1350*, Aldershot, Ashgate, 2005, pp. 247-264.

RIBERA, Julián, *La música de las Cantigas: estudio sobre su origen y naturaleza*, Madrid, Real Academia Española, 1922.

RODRÍGUEZ BARRAL, Paulino, "La dialéctica texto-imagen. A propósito de la representación del judío en las *Cantigas de Santa María de Alfonso X*", *Anuario de Estudios Medievales*, 37 (2007), pp. 213-243.

RODRÍGUEZ-ALEMÁN, María del Mar, "Una aproximación al Códice rico de las *Cantigas de Santa María* del Monasterio del Escorial: miniatura, poema y glosa", *Revista de Poética Medieval*, 11 (2003), pp. 53-92.

ROITMAN, Gisela, "Alfonso X, el rey sabio ¿tolerante con la minoría judía? Una lectura emblemática de las *Cantigas de Santa María*", *Emblemata*, 13 (2007), pp. 31-177.

ROSSELL MAYO, Antoni, "Las *Cantigas* de Santa María (CSM) y sus modelos musicales litúrgicos, una imitación intertextual e intermelódica", en ALONSO GARCÍA, Manuel José, DAÑOBEITIA FERNÁNDEZ, María Luisa y RUBIO FLORES, Antonio Rafael (eds.), *Literatura y Cristiandad: Homenaje al Prof. Jesús Montoya (con motivo de su jubilación): estudios sobre hagiografia, mariologia, épica y retórica*, Granada, Universidad de Granada, 2001, pp. 403-12.

SÁNCHEZ AMEIJEIRAS, Rocío, "Imaxes e teoría da imaxe nas *Cantigas de Santa Maria*", en FIDALGO, Elvira (ed.), *As Cantigas de Santa Maria*, Vigo, Edicións Xerais de Galicia, 2002, pp. 245-330.

SÁNCHEZ AMEIJEIRAS, Rocío, "La fortuna sevillana del códice florentino de las Cantigas: tumbas, textos e imágenes", *Quintana*, 1 (2002), pp. 257-273.

SÁNCHEZ AMEIJEIRAS, Rocío, "Ymagines sanctae: Fray Juan Gil de Zamora y la teoría de la imagen sagrada en las Cantigas de Santa María", en ROMANÍ MARTÍNEZ, Miguel y NOVOA GÓMEZ, M.ª Ángeles (eds.), *Homenaje a José García Oro*, Santiago de Compostela, Universidad de Santiago, 2002, pp. 515-525.

SCARBOROUGH, Connie Larue, "Visualization vs. Verbalization in Ms. Tji. of the *Cantigas de Santa Maria*", tesis doctoral, University of Kentucky, 1983.

SCHAFFER, Martha E., "'Ben vennas mayo': A 'failed' *cantiga de Santa Maria*", en CORTIJO OCAÑA, A., PERISSINOTTO, G. y SHARRER, H. L. (eds.), *Estudos Galegos Medievais*, Santa Barbara, Centro de Estudos Galegos, University of California, 2001, pp. 97-132.

SCHAFFER, Martha E., "A nexus between *cantiga de amor and cantiga de Santa Maria*: The cantiga "de change"", *La Corónica*, 27.2 (1999), pp. 37-60.

SCHAFFER, Martha E., "Epigraphs as a Clue to the Conceptualization and Organization of the Cantigas de Santa Maria", *La Corónica*, 19.2 (1991), pp. 57–88.

SCHAFFER, Martha E., "Los códices de las *Cantigas de Santa Maria*: su problemática", en MONTOYA MARTÍNEZ, Jesús y DOMÍNGUEZ RODRÍGUEZ, Ana (eds.), *El Scriptorium alfonsí: de los Libros de Astrología a las "Cantigas de Santa María"*, Madrid, Editorial Complutense, 1999, pp. 127–145.

SCHAFFER, Martha E., "Marginal Notes in the Toledo Manuscript of Alfonso el Sabio's *Cantigas de Santa Maria*: Observations on Composition, Correction, Compilation, and Performance", *Bulletin of the* Cantigueiros de Santa Maria, 7 (1995), pp. 65–84.

SCHAFFER, Martha E., "Questions of Authorship: The *Cantigas de Santa Maria*", en BERESFORD, Andrew M. y DEYERMOND, Alan (eds.), *Proceedings of the Eight Colloquium of the Medieval Hispanic Research Seminary*, Londres, Queen Mary and Westfield College, 1997, pp. 17–30 (Papers of the Medieval Hispanic Research Seminar, 5).

SCHAFFER, Martha E., "The "Evolution" of the *Cantigas de Santa Maria*: The Relationships between MSS T, F, and E", en PARKINSON, Stephen (ed.), *"Cobras e son": Papers on the Text, Music and Manuscripts of the "Cantigas de Santa Maria"*, Oxford, Legenda, 2000, pp. 186–213.

SNOW, Joseph T., "El *yo* anónimo y las *Cantigas de Santa Maria de Alfonso* X", *Alcanate*, 6 (2008–2009), pp. 309–322.

SNOW, Joseph T., "The Central Role of the Troubadour persona of Alfonso X in the *Cantigas de Santa Maria*", *Bulletin of Hispanic Studies*, 56 (1979), pp. 305–16.

SNOW, Joseph T., "The Satirical Poetry of Alfonso X: A Look at Its

Relationship to the *Cantigas de Santa Maria*", en MÁRQUEZ VILLANUEVA, Francisco y VEGA, Carlos Alberto (eds.), *Alfonso X of Castile, The Learned King (1221-1284): An International Symposium, Harvard University, 17 November 1984*, Cambridge, Department of Romance Languages and Literatures of Harvard University, 1990, pp. 110-131.

SNOW, Joseph T., "Trends in Scholarship on Alfonsine Poetry", *La Corónica*, 11.2 (1983), pp. 248-257.

SNOW, Joseph T., *The Poetry of Alfonso X el Sabio: a Critical Bibliography*, Londres, Grant & Cutler, 1977.

SOLALINDE, Antonio G., "El códice florentino de las *Cantigas* y su relación con los demás manuscritos", *Revista de Filología Española*, 5 (1918), pp. 143-179.

TARAYRE, Michel, *La Vierge et le miracle. Le Speculum historiale de Vincent de Beauvais*, París, Champion, 1999.

WULSTAN, David, "Decadal Songs in the *Cantigas de Santa Maria*", *Bulletin of the* Cantigueiros de Santa Maria, 8 (1996), pp. 35-58.

WULSTAN, David, "A Pretty Paella: The Alfonsine *Cantigas de Santa Maria* and their Connexions with Other Repertories", *Al-Masaq*, 21 (2009), pp. 191-227.

WULSTAN, David, "The Compilation of the *Cantigas* of Alfonso el Sabio", en PARKINSON, Stephen (ed.), *"Cobras e son": Papers on the Text, Music and Manuscripts of the "Cantigas de Santa Maria"*, Oxford, Legenda, 2000, pp. 154-185.

WULSTAN, David, *The Emperor's Old Clothes: The Rhythm of Medieval Song*, Otawa, The Institute of Mediaeval Music, 2001.

YARZA LUACES, "Historias milagrosas de la Virgen en el arte del siglo XIII", *Lambard: Estudis d'Art Medieval*, 15 (2002-2003), pp. 205-245.

YARZA LUACES, Joaquín, "Reflexiones sobre la iluminación de las Cantigas", en *Metropolis Totius Hispaniae. 750 Aniversario Incorporación de Sevilla a la Corona Castellana*, Sevilla, 1998, pp. 163-179.

8
찾아보기

9
장 제목 찾아보기

856

백승욱

스페인 중세 문헌 학자이다. 스페인 마드리드 아우토노마 대학교에서 박사학위를 취득하고, 고려대학교, 서울대학교, 미국 델라웨어 대학교, 펜실베이니아 대학교에서 스페인 언어, 문학, 문화를 강의하였다. 세계스페인어문학회(AIH)의 이사직(2010-2016)을 역임하였다. 주요 관심 분야는 스페인 중세 문헌, 알레고리 픽션, 문화예술사, 동서 고전설화 비교, 문학정전, 번역 등이다. 주요 논저로 *Aproximación al decir narrativo castellano del siglo XV*(카스티야 15세기 서사문학에 대한 접근, Delaware: Juan de la Cuesta, 2003), 『스페인 중세 알레고리문학』(2014), 『문화재명칭 스페인어표기 용례집』(2017), 「『칼릴라와 딤나』의 세상의 위험에 대한 알레고리에 대한 소고」(2016), 「『바에나 가요집』(1430년경)에 나타난 알레고리 문체와 정치성」(2016), 「스페인 중세설화의 정전성과 타자성」(2015), 「스페인 15세기 알레고리의 사실주의 경향」(2013), 「스페인 중세문학에 나타난 『판차탄트라』의 수용에 대한 소고」(2012) 등이 있다.

성모 마리아 찬가

대우고전총서 049

1판 1쇄 찍음 | 2019년 7월 10일
1판 1쇄 펴냄 | 2019년 7월 25일

지은이 | 알폰소 현왕
옮긴이 | 백승욱
펴낸이 | 김정호
펴낸곳 | 아카넷

출판등록 2000년 1월 24일(제406-2000-000012호)
10881 경기도 파주시 회동길 445-3
전화 031-955-9510(편집) · 031-955-9514(주문) | 팩스 031-955-9519
책임편집 | 이하심
www.acanet.co.kr

ISBN 978-89-5733-632-8 94870
ISBN 978-89-89103-56-1 (세트)

이 도서의 국립중앙도서관 출판시도서목록(CIP)은
서지정보유통지원시스템 홈페이지(http://seoji.nl.go.kr)와
국가자료공동목록시스템(http://www.nl.go.kr/kolisnet)에서 이용하실 수 있습니다.
(CIP제어번호: CIP2019023068)